D.B. John

STER VAN HET NOORDEN

Vertaald door Reintje Ghoos
en Jan Pieter van der Sterre

CARGO

2019
AMSTERDAM

Cargo is een imprint van Uitgeverij De Bezige Bij, Amsterdam

Eerste druk september 2018
Tweede druk juni 2019
Oorspronkelijke titel *Star of the North*
Oorspronkelijke uitgever Harvill Secker, Londen
Omslagontwerp Wil Immink Design
Omslagillustratie © Fang Zhou/Hollandse Hoogte
Foto auteur Ollie Grove
Vormgeving binnenwerk Adriaan de Jonge
Druk Bariet Ten Brink, Meppel
ISBN 978 94 031 1870 3
NUR 305

uitgeverijcargo.nl

Ter nagedachtenis aan Nick Walker
1970-2016

Noord-Korea is in veel opzichten vreemder dan een schrijver kan bedenken. Het is een marxistische erfelijke monarchie waarvan het volk afgesloten leeft van de buitenwereld. De Noord-Koreanen krijgen te horen dat ze in een land van overvloed en vrijheid wonen, maar toch worden er kinderen naar de goelag gestuurd als hun ouders misdadige ideeën hebben, en gebruikt het regime uithongering als middel tot politieke controle. Deze staat heeft zich in de loop der jaren gedragen op een manier die voor buitenstaanders misschien erg moeilijk te geloven is, laat staan te begrijpen, vandaar dat lezers geïnteresseerd kunnen zijn in de vraag welke onderdelen van de roman op werkelijkheid berusten.

Voor die lezers is er aan het eind van dit boek een toelichting van de schrijver opgenomen. Omdat hierin elementen van de plot aan de orde komen, wordt geadviseerd deze toelichting pas na het beeindigen van de roman te lezen.

Tevens staat achter in dit boek een beknopte woordenlijst met de vertaling van een aantal in de tekst gebruikte Koreaanse woorden.

Ten slotte zij de lezer erop attent gemaakt dat dit verhaal speelt in het Noord-Korea van rond 2010 en dat de huidige politiek leider, Kim Jong-un, nog geen rol van betekenis speelde. De macht was destijds in handen van zijn vader, Kim Jong-il, 'de Geliefde Leider', die weer de zoon was van Kim Il-sung, 'de Grote Leider'.

Proloog

Baengnyeong
Zuid-Korea
Juni 1998

De zee was kalm op de dag dat Soo-min verdween.

Ze keek hoe de jongen een vuurtje bouwde met drijfhout. De vloed kwam vervaarlijk opzetten en voerde torenhoge wolken met zich mee, die de roze kleur van as kregen. Ze had de hele dag geen enkele boot gezien en het strand was verlaten. Het tweetal had de wereld voor zichzelf.

Ze richtte haar camera en wachtte tot hij opkeek. 'Jae-hoon...?' Later zou er op de foto die ze maakte een negentienjarige jongen blijken te staan met sterke armen en benen en een verlegen glimlach. Hij was donker voor een Koreaan en had een dun laagje zout op zijn schouders, als een parelvisser. Ze gaf de camera aan hem en hij nam een foto van haar. 'Ik was nog niet klaar,' zei ze lachend. Op die foto zou ze haar lange haren van haar voorhoofd vegen. Ze hield haar ogen dicht en haar gezicht stond intens tevreden.

Het vuur laaide nu op, hout kreunde en barstte. Jae-hoon zette een geblutste pan op drie stenen boven de vlammen en goot er sesamolie in. Toen ging hij naast haar liggen, in het zachte, warme zand vlak boven de vloedlijn; hij leunde op zijn elleboog en keek naar haar. Zijn oog viel op haar kettinkje, dat later zoveel verdriet en herinneringen zou oproepen. Het was een dun zilveren kettinkje met een zilveren hangertje in de vorm van een tijger, het dier dat Korea symboliseert. Hij raakte het aan met zijn vingertop. Soo-min drukte zijn hand tegen haar borst en ze begonnen te kussen, met hun voorhoofden tegen elkaar en strelende tongen en lippen. Hij rook naar de oceaan, kauwgum met muntsmaak, inktvis en Marlboro's. Zijn sprietige baardje schraapte over haar kin. Al die details, alles, vertelde ze aan haar zus in de luchtpostbrief die ze zonder het te beseffen in haar hoofd al aan het schrijven was.

De sesamolie begon te sputteren in de pan. Jae-hoon bakte een inktvis, die ze opaten met chilipasta en rijstballen, terwijl ze keken hoe de zon naar de horizon daalde. De wolken waren veranderd in vuur en rook, de zee was een vlakte van paars glas. Toen ze klaar waren met eten haalde hij zijn gitaar voor de dag en begon met zijn zachte, heldere stem 'Rocky Island' te zingen, kijkend naar haar met het licht van het vuur in zijn ogen. Het liedje vond het ritme van de branding en ze voelde de zalige zekerheid dat ze die situatie haar hele leven zou onthouden.

Midden in een toon hield hij op met zingen.

Hij keek naar de zee, zijn lichaam zo gespannen als dat van een kat. Toen gooide hij de gitaar opzij en sprong op.

Soo-min volgde de richting van zijn blik. In het licht van het vuur leek het strand een maanlandschap vol kraters. Ze zag niets. Alleen de golven die neersmakten en als dofwit schuim plat uitwaaierden over het zand.

En toen zag ze het.

In een smalle strook voorbij de branding, een meter of honderd uit de kust, begon de zee te kolken en te koken; het water werd omgewoeld tot bleek sop. Er schoot een fontein omhoog, net zichtbaar in het tanende licht. Toen spoot er een enorme dampstraal sissend de lucht in, als de adem uit het blaasgat van een walvis.

Ze stond op en greep zijn hand.

Het ziedende zeewater begon voor hun ogen uiteen te gaan; er kwam iets zwarts, glanzends omhoog.

Soo-min voelde onrust in haar ingewanden. Ze was niet bijgelovig, maar voelde diep vanbinnen dat er iets kwaadaardigs stond te gebeuren. Elk instinct, elke vezel van haar lichaam zei haar dat ze weg moest rennen.

Plots werden ze verblind door een licht. Vanuit zee kwam er een straal met een oranje halo, te fel om tegenin te kijken, en richtte zich op hen.

Soo-min draaide zich om en trok Jae-hoon met zich mee. Ze lieten hun spullen liggen en holden struikelend door het mulle, diepe zand. Maar al na een paar stappen bleven ze stokstijf staan omdat ze iets anders zagen.

Er kwamen gestalten met zwarte maskers op tevoorschijn uit de donkere duinen en renden op hen toe met touwen in hun handen.

Datum: 22 juni 1998, zaak ref: 734988/220598

PER FAX VERZONDEN

RAPPORT van de Gemeentepolitie van Incheon op verzoek van de Nationale Politie, Seodaemun-gu, Seoul

In opdracht verricht onderzoek naar de vraag of de twee vermiste personen die op 17 juni om 14.30 uur voor het laatst zijn gezien, vóór hun verdwijning het eiland Baengnyeong hadden verlaten. Met alle respect opgesteld door inspecteur Ko Eun-tek:

1. Naar aanleiding van videobeelden die ter beschikking werden gesteld door de beveiliging van de Terminal van Baengnyeong kan met een hoge mate van zekerheid worden vastgesteld dat niemand die op de vermiste personen lijkt aan boord van de veerpont is gegaan tijdens een van de afvaarten binnen de betreffende tijd. Conclusie: de vermiste personen hebben het eiland niet met de veerpont verlaten.
2. De kustwacht heeft geen andere vaarbewegingen in het gebied gemeld in de periode nadat de vermiste personen voor het laatst zijn gezien. Omdat het eiland dicht bij Noord-Korea ligt is er zeer beperkt scheepvaartverkeer. Conclusie: de vermiste personen hebben het eiland niet met een andere boot verlaten.
3. Een eilandbewoner ontdekte gisteren bij de resten van een kampvuur op Condol Beach ook een gitaar, schoeisel, kledingstukken, een camera en portefeuilles met contant geld, retour-

tickets voor de veerpont, paspoorten en bibliotheekpasjes die eigendom zijn van de vermiste personen. De twee ID's komen overeen met de persoonsgegevens die werden verstrekt door Sangmyung University. Ze zijn eigendom van:
Jae-hoon Park, man, 19, woonachtig in de Doksanwijk te Seoul, wiens moeder op Baengnyeong woont.
Soo-min Williams, vrouw, 18, Amerikaans staatsburgeres, die in maart in het land aankwam om zich als student in te schrijven.
4. Heden om 07.00 uur heeft de kustwacht een zoekactie per zeehelikopter in gang gezet tot vijf zeemijl buiten de kust. Er is geen spoor van de vermiste personen gevonden. Conclusie: beide personen zijn tijdens het zwemmen helaas verdronken. De zee was kalm, maar volgens de kustwacht stonden er bijzonder sterke stromingen. De lichamen kunnen inmiddels een aanzienlijke afstand hebben afgelegd.

Met uw toestemming zullen wij nu het zoeken per helikopter opschorten en wij raden u nederig aan om de families van de vermiste personen te informeren.

Deel een

Het zaad van leden van groeperingen en klassenvijanden,
wie zij ook zijn, moet over drie generaties
worden geëlimineerd.

Kim Il-sung, 1970
Jaar 58 van het Juche-tijdperk

1

Georgetown
Washington DC
Eerste week van oktober 2010

Jenna schrok wakker omdat ze onwillekeurig moest schreeuwen.

Ze ademde diep, met wijd open ogen, het beeld was vertekend door de lens van de nachtmerrie. In de verwarde seconden tussen dromen en waken kon ze haar lichaam nooit bewegen. Langzaam kregen de vage proporties van de kamer vorm. Er siste zachtjes stoom in de radiatoren en ver weg sloeg de klokkentoren. Ze zuchtte en deed haar ogen weer dicht. Haar hand lag op haar hals. Daar hing het dunne zilveren kettinkje met het kleine zilveren tijgertje. Het was er altijd. Ze wierp het dekbed van zich af en voelde hoe de kille lucht als een linnen sluier neerdaalde op haar transpirerende lichaam.

Naast haar op bed ontstond geruisloos een kuil. Ambergroene ogen spiegelden in het flauwe licht. Cat was opgedoken uit het niets, uit een andere dimensie, alsof hij door de kerkklok was opgeroepen. 'Hé,' zei ze, en ze aaide het dier over zijn kop.

De tijd op de wekkerradio versprong.

'*...nister van Buitenlandse zaken heeft de lancering veroordeeld als "een zeer provocerende actie, die de veiligheid van de regio in gevaar brengt..."*'

De keukentegels voelden ijskoud onder haar blote voeten. Ze schonk melk op een schoteltje voor Cat, warmde in de magnetron de koude koffie op die ze in de pot vond, en nipte ervan terwijl ze zich pantserde tegen de achterstand in voicemails op haar telefoon. Dr. Levy had gebeld om haar afspraak om negen uur te bevestigen. De redacteur van *East Asia Quarterly* wilde haar spreken over de publicatie van haar artikel en vroeg of ze het dreigende nieuws van die ochtend had gehoord. De oudere berichten waren in het Koreaans en waren allemaal van haar moeder. Ze sloeg ze over tot het oorspronkelijke bericht, een uitnodiging om zondag tussen de middag te komen eten in Annandale; haar moeder klonk afgemeten en gekwetst; Jenna ervoer haar schuldgevoel als een zure oprisping.

Met haar koffie in haar hand keek ze naar haar mistroostige tuintje, maar zag alleen de weerspiegeling van het helverlichte keukeninterieur in het raam. Ze moest zich dwingen te accepteren dat de dertigjarige vrouw met holle ogen en ondergewicht die naar haar terugkeek zijzelf was.

Ze vond haar gymschoenen en joggingbroek in een berg onder de pianokruk, bond haar haar samen en liep naar buiten, de kou van O Street in, en weerstond de blik van de postbode, die niet glimlachte. *Dat klopt, vriend, ik ben zwart en woon in deze buurt.* Ze begon door de halftinten onder de bomen naar het jaagpad te hollen. Georgetown voelde die ochtend slaperig en hol. Een kille noordooster woei bladeren door een hemel als gepolijst metaal. Pompoenen gluurden uit ramen en vanaf drempels. Ze sprintte al voordat ze opgewarmd was, de zeewind vanaf het kanaal woei de kwade droom uit haar haren.

De man glimlachte vermoeid. 'Als je niet met me wilt praten, komen we nergens.' Onder de overredende stem voelde Jenna de harde kern van zijn verveling. Hij was bezweken voor de verleiding een poppetje te tekenen op het notitieblok dat op zijn knie lag. Ze concentreerde zich op een deegkruimel in zijn baard, net rechts van zijn mond. 'Het is dezelfde nachtmerrie, zei je?'

Ze ademde langzaam uit. 'Er zijn altijd wel variaties, maar het is in principe dezelfde. We hebben er al vaak over gesproken.' Zonder erbij na te denken, raakte ze haar kettinkje aan op haar keel.

'Als we niet tot de kern ervan doordringen, blijft hij terugkomen.'

Haar hoofd zakte weer neer op de bank. Ze zocht aan het plafond naar woorden, maar vond ze niet.

Hij wreef over zijn neusbrug onder zijn bril en keek haar aan met een soort ergernis en opluchting, alsof hij de rand van de kaart had bereikt en de reis met een zuiver geweten kon opgeven. Hij sloeg zijn notitieblok dicht.

'Ik vraag me af of je niet beter naar een rouwconsulent kunt gaan. Misschien is dat hier het probleem? Je ervaart nog steeds je verlies. Het is twaalf jaar geleden, ik weet het, maar bij sommigen van ons geneest de tijd langzamer.'

'Nee, dank u.'

'Wat doen we dan hier vandaag?'

'Mijn prazosine is op.'

'Daar hebben we het over gehad,' zei hij overdreven geduldig. 'Prazosine neemt niet het oorspronkelijke trauma onder handen dat de oorzaak is van...'

Ze stond op en pakte haar jasje. Ze had haar witte blouse aan en een strakke zwarte broek, haar werkkleding. Haar glanzende zwarte haar droeg ze in een losse knot. 'Het spijt me, dr. Levy, ik moet over een paar minuten college geven.'

Hij zuchtte en greep naar de blocnote op zijn bureau. 'Al mijn patiënten noemen me Don, Jenna,' zei hij al schrijvend. 'Dat heb ik je toch verteld?'

Het beeld kwam tevoorschijn als door een raam in de ruimte. China bestond uit een miljoen lichtpuntjes, met de nieuwe steden als brutale zwermen halogeen en neon. Ontelbare steden en dorpen glansden als diamanten in antraciet. Rechtsonder op het projectorscherm stuurden de scheepswerven en containerhavens van Nagasaki en Yokohama geelbruin natriumlicht het donker in. Tussen de Japanse Zee en de Gele Zee was Zuid-Korea omzoomd met opgloeiende kustslagaders; de enorme hoofdstad Seoul was een schitterende chrysant. Maar het midden van het beeld was een duistere strook. Geen oceaan, maar een land, een bergachtig land van duisternis en schaduw; alleen de hoofdstad gaf een flauwe gloed af, een sintel in de as.

De studenten zaten in halve cirkels rond de lessenaar en keken zwijgend naar het satellietbeeld.

'Zoals jullie vanmorgen allemaal hebben gehoord,' zei Jenna, 'hebben de Noord-Koreanen gisteren weer een Unha-3-raket gelanceerd. Als het om vreedzame technologie gaat, zoals ze beweren, en de *kwangmyongsong*-satelliet in een baan rond de aarde vliegt om oogsten in de gaten te houden, dan is dit het beeld dat ze 's nachts van hun land hebben...'

'Kwangmyongsong, zoals in... "heldere ster", zoiets?'

Jenna knipte de lamp op de lessenaar aan. Een Koreaans-Amerikaans meisje had de vraag gesteld. 'Heldere ster' klonk duidelijk ironisch. In de melkweg van lichtjes op het scherm was Noord-Korea een zwart gat.

'Ja, of schitterende ster of leid-ster,' zei Jenna. 'De naam bevat veel symboliek voor Noord-Korea. Weet iemand waarom?'

'De cultus van de Kims,' zei een jongen met een Red Sox-pet op, ook een Koreaanse overloper, die door Jenna was aanbevolen voor een studiebeurs.

Ze draaide zich naar het scherm en liet snel de beelden langsvliegen van de verkeersvrije doorgaande wegen van Pyongyang, van triomfbogen en massaspelen, voordat ze de foto vond die ze zocht. Er ging een golf van hilariteit door het lokaal, maar de studenten waren duidelijk gefascineerd door het beeld. Op de foto stonden rijen burgers in saaie kleren, die bogen voor een portret ten voeten uit van een welgedane, glimlachende man in een strakzittend, beige casual jasje met bijpassende broek. Rond het portret stonden rode begonia's en eronder was in rood Koreaans schrift een slogan geschilderd: KIM JONG-IL IS DE LEID-STER VAN DE 21E EEUW!

'In de officiële staatsmythologie,' zei Jenna, 'werd de Geliefde Leider in 1942 geboren op een geheime guerrillabasis binnen het door Japan bezette Korea. Zijn geboorte werd voorspeld door het verschijnen van een heldere, nieuwe ster in de lucht boven de top van de Paektu. Hij wordt soms zelf "Leid-ster" genoemd, kwangmyongsong.'

Achter in de collegezaal vroeg iemand: 'Was zijn moeder maagd?' De studenten gniffelden.

Op dat moment knipperden de plafondlampen aan en kwam de faculteitsvoorzitter binnen, professor Ranyon, Jenna's baas. Ranyon was in de vijftig, maar door zijn gebogen schouders, vlinderdas en corduroy jasje zag hij er eerder uit als zeventig, en door zijn uitgedroogde, dunne stem dichter bij de tachtig.

'Heb ik een grap gemist?' vroeg hij, over zijn leesbril heen kijkend naar de studenten. Hij boog zich voorover naar Jenna's oor en zei: 'Vervelend u te storen, dr. Williams. Zou u alstublieft mee willen gaan?'

'Nu?'

Buiten in de gang zei hij: 'Ik werd zojuist van hogerhand gebeld. We hebben een bezoeker van... een *ondoorzichtig* overheidsorgaan.' Hij glimlachte verward. 'Hij wil ú ontmoeten. Weet u hier iets van?'

'Nee, meneer.'

De Riggs-bibliotheek was een gewelfde, gotische kamer waarin de antiquarische boeken stonden. De enige bezoeker was een man in een donkergrijs pak. Hij stond met zijn profiel naar hen toe, hield een koffiekopje vast en keek naar een geïmproviseerd partijtje voetbal dat op het grasveld werd gespeeld.

Professor Runyon schraapte zijn keel en de man draaide zich naar hen toe. Zonder te wachten totdat hij werd voorgesteld deed hij een stap naar voren en schudde Jenna warm de hand. 'Charles Fisk,' zei hij, 'van het Institute of Strategic Studies.' Hij was lang, krachtig gebouwd en begin zestig. Zijn neus was lichtjes bolvormig en gespleten aan de punt, zijn haar zilver en golvend als bouclétapijt.

'Dr. Williams is *assistent*-professor aan onze School of Foreign Service,' zei Runyon, nog steeds met een spoortje van verbijstering. 'We hebben oudere personeelsleden beschikbaar, die misschien meer...'

'Dank u wel, meneer, alles is goed zo,' zei de man en gaf hem het koffiekopje.

Runyon stond er even naar te kijken; daarna boog hij zijn hoofd alsof hij een complimentje had gekregen en schuifelde achteruit, als een hoveling van een mandarijn, naar de deur.

Toen de deur weer dicht was en ze alleen waren, dacht Jenna direct dat ze in de problemen zat. De man observeerde haar vreemd aandachtig. Hij was formeel vriendelijk, had iets van een cavalerist en kneep haar botten bijna fijn toen hij haar een hand gaf: alles wees in de richting van 'een militair'.

Hij zei: 'Mijn excuses omdat ik u uit uw college heb gehaald.' De stem was laag en melodieus. 'Mag ik u Jenna noemen?'

'Mag ik vragen waar dit over gaat?'

Hij glimlachte en fronste tegelijk. 'Kent u mijn naam niet? Heeft uw vader me nooit genoemd?'

Ze bleef neutraal kijken, beheerst, maar voelde zich licht verontrust, zoals altijd als iemand blijk gaf van enige bekendheid met haar familie, hoe miniem ook.

'Nee. Ik kan me niet herinneren dat mijn vader ooit over ene Charles Fisk heeft gesproken.'

'Ik heb met hem gediend bij Signals Intelligence. Achtste Amerikaanse leger in Seoul. Dat is, o, inmiddels vele jaren geleden, voordat u werd geboren. Hij was de hoogst geplaatste Afro-Amerikaan in het garnizoen. Wist u dat?'

Ze zei niets, bleef hem strak aankijken. Er roerde zich een herinnering in haar achterhoofd. Aan haar oom Cedric, haar vaders broer, die aarde op de kist gooide toen men die liet zakken; aan haar armen die stevig haar huilende moeder vasthielden; aan de lucht die geurde naar vochtige bladeren; en aan een rij mannen op respectvolle afstand op de achtergrond, naast de begrafenisstoet, mannen in lange legerjassen, die in de regen hun hoofd ontblootten toen er op een bugel werd gespeeld, en die later hun pet terugzetten met de klep ver omlaag getrokken. Haar intuïtie wist zeker dat deze man een van hen was geweest.

Er sloeg een klok in de toren. Ze wierp een blik op haar horloge.

'U hebt tot drie uur verder geen lessen,' zei hij. 'Ik heb uw superieur gevraagd uw rooster te veranderen.'

'U hebt wat?'

'Ik heb hem gezegd dat ik uw advies nodig had over een kwestie van nationale veiligheid.'

Jenna was te verrast om zich in te houden. 'Bullshit.'

Hij keek haar welwillend aan, een wijze oudoom met een eigenzinnig nichtje. 'Ik zal het onder het eten uitleggen.'

Jenna liep achter Fisks brede rug aan toen ze door de maître d'hôtel naar een tafeltje werden geleid. Het restaurant, aan 36th Street, bevond zich in een herenhuis van rond 1800, dat was gedecoreerd met ruiterij-antiquiteiten en porseleinen borden uit Limoges. Boven de lambrisering hingen portretten van de Founding Fathers, die uitkeken over een eetzaal vol geroezemoes van gesprekken tussen mannen. Prompt voelde ze zich niet op haar plaats en geïrriteerd. Deze man die beweerde haar vader te hebben gekend, deze volslagen vreemdeling die haar dag had gekaapt, had haar protesten weggewuifd met het gemak van iemand die steevast zijn zin kreeg.

'De Maine-kreeft is erg goed,' zei hij, terwijl hij zijn servet opensloeg en naar haar glimlachte alsof het haar verjaardagskostje was.

'Ik heb echt geen honger...'

'Laten we beginnen met een dozijn oesters.'

De ober werd ondervraagd over de voors en tegens van bepaalde sauzen, een fles Saint-Émilion werd besteld en voorgeproefd, glazen ingeschonken, en haar bezwaren nogmaals met een glimlach afgewimpeld. Het was een demonstratief vertoon van goede manieren en ze vroeg zich af in hoeverre die show speciaal voor haar werd opgevoerd. Nadat ze een voorzichtig slokje wijn had genomen en had berust in de zinloosheid van verzet tegen zo'n overweldigende hartelijkheid, voelde Jenna dat haar irritatie geleidelijk plaatsmaakte voor nieuwsgierigheid.

Ze zei: 'Mijn vader heeft nooit over zijn vrienden of collega's uit het leger gesproken. Ik had altijd aangenomen...'

'Hij was een gesloten man, zoals u weet.'

Even dacht ze dat dit een zorgvuldig voorbereide truc was om vertrouwelijkheid te kweken.

'Hoe goed hebt u hem gekend?'

'Goed genoeg om getuige te zijn geweest op zijn bruiloft.'

Dat was een verrassing. Ze zag onmiddellijk de armoedige stenen lutherse kerk in Seoul voor zich waar haar ouders waren getrouwd. Ze had altijd gedacht dat ze alleen waren geweest met een dominee. De familie van haar moeder was weggebleven en had geweigerd haar een tweede, Koreaanse bruiloft te gunnen, zoals de gewoonte was, en had haar zelfs jaren nadien gemeden.

'Toen hij met uw moeder naar Virginia ging, heb ik contact met hem gehouden. Later diende ik opnieuw met hem in Fort Belvoir...'

Hij begon herinneringen op te halen, vertelde legenden en anekdotes over haar vader uit een tijd voor haar geboorte of toen ze heel jong was. Sommige kende ze; andere had ze nog nooit gehoord, maar het werd steeds duidelijker dat deze man een heleboel wist. Hij was zelfs op de hoogte van de recentere geschiedenis, toen het slechter ging met haar familie – haar vader die dronk en werd ontslagen uit het leger, haar moeder die voorzichtig voor zichzelf begon als huwelijksconsulente om de eindjes aan elkaar te knopen – en dat alles vertelde hij op gemoedelijke toon, als een oude vriend die de familiegeschiedenis ophaalde; af en toe wierp hij een blik op haar terwijl hij een oester in wijnazijn en citroensap doopte en dan in zijn keel wipte. Maar ineens begon de paniek te groeien toen ze begreep waar hij heen wilde. Hij kwam dichterbij en maakte achteloos trage, steeds kleinere cirkels rond het onderwerp waarover ze niet wilde spreken, de afgrond waar ze niet in wilde kijken.

Hij merkte dat ze zich ongelukkig voelde en zweeg, met zijn vork omhoog. Toen zuchtte hij, leunde achterover in zijn stoel en glimlachte haar verslagen toe, alsof hij haar wilde laten zien dat hij alle schijn liet varen. Met zachte stem zei hij: 'U bent bang dat ik over uw zus begin.'

De woorden vielen als stenen uit zijn mond. Jenna zat nu heel stil. Het geroezemoes en getik van zilver op porselein verdween naar de achtergrond. Ze hoorde zichzelf ademen.

De volgende gang werd geserveerd, maar Jenna bleef de man strak aankijken.

'Weet u,' zei hij zacht, 'ik denk soms dat de dingen die echt de moeite waard zijn om over te praten de dingen zijn die mensen absoluut weigeren te bespreken.'

Ze probeerde haar stem stabiel te houden toen ze vroeg: 'Wie bent u?'

Zijn gezichtsuitdrukking veranderde lichtjes, werd koeler, ernstiger. 'Ik ben geheim agent, en heb uw vader goed gekend. Ik houd al heel lang beroepshalve een oogje op u. U hoeft niet zo verbaasd te kijken.' Hij brak een stuk brood af, smeerde er boter op en keek haar aan. Zijn ogen hadden de kleur van puimsteen; zijn openhartige blik maakte haar nerveus. 'U hebt de afscheidsrede voor uw jaar gehouden en had als student torenhoge cijfers. U hebt een beurs gekregen en bezit het hoogste IQ van de staat Virginia. Uw proefschrift was zo bijzonder dat het u een snelle academische carrière garandeerde. "De evolutie van de Arbeiderspartij als machtsinstrument van de Kim-dynastie, van 1948 tot heden". Ja, ik heb het gelezen. U bent opgegroeid in twee culturen, met twee talen. U bent vorig jaar drie maanden in de Chinese provincie Jilin geweest om het Noord-Koreaans dialect beter te leren kennen. U bent gezond en atletisch. U was finaliste in de jeugdcompetitie van taekwondo. U doet aan hardlopen. U bent eenzelvig; u kunt geheimen bewaren. U bent uiterst onafhankelijk. Een dergelijke serie vaardigheden en kwaliteiten konden wij niet onopgemerkt aan ons voorbij laten gaan.'

'Wie zijn die "wij"?'

'"Wij" zijn de Dienst, Jenna. De CIA.'

Jenna kreunde zacht. Ze had het gevoel beetgenomen te zijn en voelde zich dom omdat ze het niet had zien aankomen. Toen volgde er een driftimpuls bij het besef dat de herinnering aan haar vader als lokaas was gebruikt.

'Meneer...' Ze legde haar bestek neer naast het nauwelijks aangeraakte hoofdgerecht. 'U verspilt uw tijd, en de mijne.' Ze raakte de telefoon in haar zak aan en vroeg zich af of het te laat was om de veranderingen die deze man in haar lesrooster had aangebracht teniet te doen. 'Ik moet terug naar mijn werk.'

'Rustig maar,' zei hij joviaal. 'We praten alleen maar.'

Ze sloeg het hengsel van haar handtas over haar schouder en maakte aanstalten om op te staan. 'Dank voor de maaltijd.'

Zijn lage basstem drong makkelijk door de restaurantgeluiden heen, ook al sprak hij zachtjes. 'Gisteren om zes uur Koreaanse tijd werd de kwangmyongsong-raket afgevuurd vanaf de satellietlanceerbasis Tonghae in het noordoosten van Noord-Korea, in strijd met verschillende resoluties van de Veiligheidsraad van de VN. Er was geen satelliet aan boord. De technologie was volstrekt vijandig.' Jenna verstijfde. 'We hebben de lancering gevolgd. De derde trap van de raket kwam in de Filipijnse Zee terecht, waar hij werd opgepikt door de Amerikaanse zevende vloot voordat de Noord-Koreanen hem konden bergen. Ze testten het hitteschild voor een thermonucleaire langeafstandsraket, die ze binnenkort op onze westkust zullen richten. Uw eten wordt koud.' Hij was begonnen met eten. 'Gegrilde zeebaars in champagnesaus...' Hij deed zijn ogen dicht. 'Perfectie.'

Haar hoofd nam zoemend enkele scenario's door. Ze besefte amper dat ze weer was gaan zitten. 'Mijn god,' mompelde ze. Ze zag ineens een vallende ster voor zich, hoog boven de Stille Oceaan. Kwangmyongsong. 'Dat betekent...'

'Ik wil dat u voor me werkt.' Hij had gesproken met zijn mond vol dampend voedsel. 'Bij de Clandestine Service van de CIA.'

Ze knipperde twee keer met haar ogen. 'Ik ben... niet van het CIA-soort. U denkt misschien dat u alles over me weet, maar u weet niet dat ik eens per week naar een zielenknijper ga. Ik neem medicijnen tegen nachtmerries.'

Hij grijnsde haar monter toe en ze besefte dat hij dat ook wist.

'Ik rekruteer al tientallen jaren lang agenten. Daardoor heb ik een psychologische gave ontwikkeld, zou je kunnen zeggen. U bent misschien wel een van de veelbelovendste kandidaten die ik ooit heb ontmoet, dr. Williams.' Hij boog vertrouwelijk naar haar over. 'U bent niet alleen intelligent. U hebt een sterk persoonlijk motief om uw land te dienen.'

Ze keek hem bedachtzaam aan.

'U weet wat ik bedoel.' Opnieuw klonk zijn stem vol sympathie. 'Ik heb geen antwoorden voor u. Misschien achterhaalt u nooit de waarheid van wat er met uw zus op dat strand is gebeurd. Maar ik bied u geheimen. Ik bied de kans dat er op een dag een deur opengaat en u de waarheid misschien achterhaalt. U bent geobsedeerd door haar verdwijning. Dat klopt, hè? U bent er koel en eenzaam door geworden. U vertrouwt tegenwoordig niets en niemand meer, behalve uzelf.'

'Soo-min is verdronken,' zei ze zwakjes. 'Meer valt er niet over te zeggen.'

Hij liet zijn stem dalen, prevelde nu, formuleerde omzichtig. 'Er is geen lichaam gevonden. Ze is misschien verdronken...' Hij bestudeerde Jenna's gezicht, probeerde haar te doorgronden. 'Maar u kunt de andere mogelijkheid niet uitsluiten...'

Jenna deed haar ogen dicht. Dat was haar meest persoonlijke geloofsartikel en nu werd het tegengesproken. 'Ze is verdronken. Dat weet ik.' Ze slaakte een ongelukkige zucht. 'Als u eens wist hoeveel jaar het me heeft gekost om dat te kunnen zeggen...'

Ze stopte en slikte luid. Plotseling verbeet ze haar tranen en moest een andere kant op kijken.

Voordat hij haar kon tegenhouden liep ze het restaurant uit. Ze was de deur door en liep op straat, ademde de lucht met grote happen in, liep zo snel ze kon terug naar de universiteit, de wind greep naar haar haren en jas en liet de bladeren rond haar kolken.

2

District Baekam
Provincie Ryanggang, Noord-Korea
Dezelfde week

Mevrouw Moon was op zoek naar matsutakes toen de ballon omlaag kwam. Ze zag hem tussen de bomen zweven en geruisloos op een vossenpad belanden. Hij glansde en het licht scheen er recht doorheen, maar ze wist dat het geen geest was. Toen ze dichterbij kwam, zag ze dat het een leeglopende cilinder van polyethyleen was, ongeveer twee meter lang, en dat er met touw een plastic zak aan vastgebonden was. Vreemd, dacht ze, hoewel ze half en half iets had verwacht: de afgelopen drie nachten had er een komeet aan de westelijke hemel gestaan, al kon ze niet beslissen of dat een goed of een slecht teken was.

Ze knielde moeizaam en spitste haar oren om zeker te weten dat ze alleen was. Niets. Alleen het kraken van de bomen in het bos en een tortelduif die plotseling wegfladderde. Ze sneed de plastic zak open met haar foerageermes en voelde wat erin zat. Tot haar verbazing haalde ze twee paar nieuwe, warme wollen sokken tevoorschijn, vervolgens een kleine, met een slingertje opwindbare zaklantaarn en toen een paar plastic aanstekers in een pakje. En nog iets: een rode kartonnen doos met een plaatje van een chocoladekoek op het deksel. Er zaten twaalf koeken in, verpakt in felrood-witte papiertjes. Ze hield er een tegen het licht en kneep haar ogen half dicht. *Chocoladekoeken*, las ze met bewegende lippen. *Made in South Korea*. Mevrouw Moon draaide zich om en tuurde in de richting waarvandaan de ballon was gekomen. Had de wind dat ding helemaal uit het zuiden gedragen? Een paar *ri* verder en het zou in China zijn geland!

In het oosten was de lucht achter de boomtoppen bloedrood, maar ze zag geen ballonnen meer, alleen een groepje ganzen die in formatie aan kwamen vliegen voor de winter. Dat was in elk geval een goed voorteken. Het bos fluisterde en zuchtte, vertelde haar dat het tijd was om te vertrekken. Ze keek naar de chocoladekoek in haar hand. Toen kon ze geen weerstand meer bieden, ze maakte de verpakking open en nam een hap. De smaken van chocola en marshmallow smolten op haar tong.

O, m'n lieve grootje.

Ze drukte de koek tegen haar borst. Hij was kostbaar.

Ze rilde van opwinding, stopte alles snel terug in de zak en verborg die in haar mand onder het brandhout en de bladeren van de adelaarsvaren. Toen liep ze moeizaam over de bosweg, terwijl ze haar lippen aflikte. Ze had het paadje langs de akker bereikt toen ze mannen hoorde roepen.

Drie figuren renden over de velden in de richting van het bos: de directeur van de boerderij zelf, gevolgd door een van de ossendrijvers en een soldaat met een geweer op zijn rug.

Geitenkak!

Ze hadden de ballon omlaag zien komen.

De hele dag werkte ze zwijgend op het veld, trok samen met de vrouwen van haar werkploeg maïsstengels met wortel en al uit de grond, langs de voren lopend die waren gemarkeerd met rode vaandels. Er waren die ochtend vroeg vijandige ballonnen gezien die door de lucht vlogen, vertelde een van de vrouwen. Het leger heeft erop geschoten en de radio heeft iedereen gewaarschuwd ze niet aan te raken.

Uit de bergen kwam een gure wind. De spandoeken klapperden. Mevrouw Moon had last van haar rug en verging van de pijn in haar knieën. Haar mand hield ze dicht en ze zei niets. Ze zag die dag maar één bewaker, die zich verveelde, aan de uiterste rand van het veld; hij rookte. Ze vroeg zich af of de andere bewakers op zoek waren naar ballonnen.

Toen om zes uur vanaf de wachttoren de sirene klonk, liep ze haastig naar huis. De verre top van de Paektu werd knalrood, de steile rotsmassa's staken scherp af tegen de avondlucht, maar de huizen van het dorp stonden op een helling diep in de schaduw. Overal was het gezicht van de Partij te zien: in letters uitgehouwen op stenen plaquettes; op een mozaïek van de Geliefde Leider in een veld met goudgele tarwe; op de grote obelisk die verkondigde dat diens vader, de Grote Leider, het eeuwige leven had. Er kwam rook van kolenvuurtjes uit de schoorstenen van de hutten; nette, witte hutten met pannendaken en moestuintjes erachter. Het was zo stil dat ze de ossen op de boerderij hoorde loeien. De temperatuur daalde snel. Haar knieën waren pijnlijk gezwollen.

Ze duwde haar deur open en zag dat Tae-hyon in kleermakerszit op de vloer zat en een zelfgerolde sigaret van zwarte tabak rookte. Onder het kale peertje leek zijn gezicht vol lijnen en voren op een uitgeputte akker.

Hij had de hele dag niets gedaan, kon ze zien. Maar ze vond het belangrijk dat een echtgenoot zijn gezicht niet zou verliezen, dus ze glimlachte en zei: 'Wat ben ik toch blij dat ik met je getrouwd ben.'

Tae-hyon keek een andere kant op. 'Ik ben blij dat een van ons vrolijk is.'

Ze liet haar mand op de grond zakken en trok haar rubberlaarzen uit. De elektriciteit kon elk moment uitgeschakeld worden, vandaar dat ze een petroleumlamp aanstak en op de lage tafel zette. Haar betonvloer was brandschoon, de slaapmatjes waren opgerold; haar geglazuurde *kimchi*-potten stonden op een rij naast de ijzeren kachel; en de geretoucheerde gezichten aan de muur, portretten van de leiders, vader en zoon, waren schoon en afgestoft met de speciale doek.

Tae-hyon keek naar de mand. Ze had geen enkele paddenstoel in het bos gevonden en had alleen varens en maïsstengels bij zich voor de soep, maar vanavond zou hij in elk geval niet teleurgesteld zijn. Ze haalde de plastic zak uit haar mand en hield hem omhoog. 'Aan een ballon,' zei ze zachtjes. 'Uit het *dorp beneden*.'

Tae-hyon zette grote ogen op toen hij het eufemisme voor 'het zuiden' hoorde en volgde haar hand terwijl ze elk voorwerp uit de mand haalde en op de grond voor hem neerlegde. Toen maakte ze de doos met koeken open en gaf hem de niet opgegeten helft van haar chocoladekoek. Zijn mond bewoog langzaam terwijl hij hem opat en genoot van de hemelse smaken; toen hij zijn hand uitstak en de hare vastnam, brak haar hart.

Morgen zou ze een offer brengen, zout strooien voor de berggeesten, zei ze, en naar Hyesan reizen om de koeken te verkopen. Met het geld dat ze zou verdienen, kon ze...

Er werd drie keer hard op de deur geklopt.

Beiden verstijfden van schrik. Ze schoof de spullen onder de lage tafel en deed de deur open. Er stond een vrouw van een jaar of vijftig, die een op batterijen werkende lamp hoog in de lucht hield. Ze droeg een groezelige hoofddoek en om de mouw van haar overall een rode armband. Haar gezicht was zo glad als een blaar.

'Er is een vijandelijke ballon gevonden in het bos; de zak die eraan zat was verwijderd,' zei ze. 'De Bowibu waarschuwt ons die niet aan te raken. Er zitten giftige stoffen in.'

Mevrouw Moon boog. 'Als we er een zien, kameraad Pak, zullen we het melden.'

De harde ogen van de vrouw bewogen van mevrouw Moon naar de kamer achter haar en werden vol minachting half dichtgeknepen toen ze Tae-hyon op de grond zag zitten. 'Iedereen om acht uur in de hal,' zei ze, en ze draaide zich om. Het licht van haar lamp danste langs het pad. 'Thema van vanavond is de juiste revolutionaire attitude op de werkplek...'

Mevrouw Moon deed de deur dicht. 'Giftige stoffen, apekool,' mompelde ze.

Ze stak de kachel aan om het avondeten klaar te maken, terwijl Tae-hyon alle voorwerpen die de ballon had aangevoerd, vlak bij de lantaarn hield en bestudeerde.

Hij voelde aan de sokken en drukte de wol tegen zijn wang; hij draaide aan het slingertje van de opwindbare zaklantaarn en richtte hem op het plafond; hij streek met zijn vinger over de etiketten en merkjes van die geheimzinnige parallelle wereld in het zuiden. Toen viel zijn oog op de plastic zak.

Hij maakte hem open en zei: 'Er zit nog iets in.'

In haar haast om het bos te verlaten, had mevrouw Moon die morgen de bundel folders onder in de zak niet opgemerkt. Hij hield er een op in het licht en las: '*Aan onze broeders en zusters in het noorden, van jullie broeders in het zuiden! Jullie zijn altijd in onze gebeden. We missen jullie en voelen met jullie mee. We zien uit naar de dag waarop Noord en Zuid herenigd zullen worden door de liefde van Onze Heer Jezus Christus...*'

Tae-hyon tuurde naar de folder. Er kwam een extreme behoedzaamheid in zijn stem.

'*Zorg dat die dag sneller aanbreekt. Sta op tegen de bedrieger die jullie vertelt dat jullie welvarend en vrij zijn, terwijl jullie in werkelijkheid verarmd en geketend zijn. Broeders en zusters, Kim Jong-il is een tiran! Zijn wreedheid en machtswellust kennen geen grenzen. Terwijl jullie verhongeren en bevriezen, leeft hij in paleizen als een keiz...*'

Voordat hij verder nog een woord kon zeggen werd de folder uit zijn hand gerukt. Mevrouw Moon hoorde dat haar adem hees klonk. Met een ruk greep ze de andere folders van zijn schoot en liep in één beweging de kamer door, deed de kachel open en duwde ze in de vlammen.

Met open mond keek Tae-hyon nu naar de portretten aan de muur, en op hetzelfde moment viel de stroom uit. In de flakkerende vlam van de lantaarn leken de ogen van de Leiders te schitteren en er verscheen een schuldige blik op Tae-hyons gezicht. 'De Bowibu...' fluisterde hij. Nu begon hij zijn vingers door zijn haar te halen, een gewoontegebaar dat hij maakte als hij wilde dat er iets niet gebeurde. 'Ze komen erachter...' Zijn stem klonk hees. 'Ze komen erachter dat we die woorden hebben gelezen. Ze zien het aan onze gezichten. Ze zullen ons laten bekennen...' Hij keek met dierlijke angst in zijn ogen naar zijn vrouw. 'Breng die dingen terug naar waar je ze hebt gevonden...'

Maar mevrouw Moon keek in de vlammen achter het glazen roostertje van de kachel en zag hoe de folders zwart werden en omkrulden.

Iets in die woorden hadden haar teruggevoerd in de tijd. Er was een heel leven verstreken sinds ze die naam had gehoord, minstens vijftig jaar. '*Onze Heer Jezus Christus...*' Een naam die uit de geschiedenis was gewist. Ineens ging als een geheime la haar geheugen open: haar moeder en een groep volwassenen in een kamer met dichte deuren en ramen; er werd een vers gelezen uit een groot, zwaar boek, er werd een kaars aangestoken, en er werden eenstemmig woorden gereciteerd. En gezongen. Zacht, mild gezang.

Een lam loopt zonder klagen voort, het draagt ons aller schuld...

Ouder gewoonte drong ze de herinneringen terug naar het donker en borg ze weg bij alle andere. Ze keek naar haar man, die zijn handen voor zijn gezicht had geslagen.

'Niemand zal het weten,' zei ze.

Ze deed de voordeur open en stapte de kou in. Aan de hemel schitterden de sterren, en daar, laag boven de bergen in het westen, was de heldere komeet te zien, een komeet met twee staarten.

3

Annandale, Virginia

Han, Jenna's moeder, woonde nog steeds in het huis waar Jenna en haar zus waren opgegroeid. De rij vervallen bungalows met buitenmuren van overnaadse planken stond een stukje verwijderd van een weg met volgroeide paardenkastanjes erlangs. De voortuin was verwaarloosd en lag bezaaid met bladeren, maar aan de vlaggenmast hing de vlag, de trots van een Amerikaan van de eerste generatie.

Toen Jenna afsloeg naar de oprit zag ze de vrij mollige gestalte van Han bij de voordeur staan. Ze droeg haar schort, een souvenir van het eiland Jeju, en had een nieuwe fuchsiaroze lippenstift op. Door die lippenstift en haar kroespermanent leek ze op een potbloem. Toen Jenna zich bukte om haar te kussen ving ze een lichte geur van frangipani op.

'Je bent zo mager als een eetstokje,' zei Han, en ze legde haar handen om Jenna's gezicht. Ze keek haar dochter eventjes onderzoekend aan, alsof ze tekens zocht – een nieuwe outfit, meer aandacht voor haar kapsel, zowaar wat make-up – waaruit af te leiden viel of ze gelukkig was of, specifieker, een vriendje had.

Het huis was gevuld met de complexe geuren van gegrild vlees en iets gemberachtigs dat was gekaramelliseerd.

'Ruikt heerlijk, *omma*,' zei Jenna. Ze liep door naar de kleine eetkamer. 'Maar je had echt niet zoveel...'

Plotseling was ze een en al argwaan.

De tafel was gedekt voor drie. Het beste porselein en tafelkleed waren tevoorschijn gehaald, en een stuk of tien kleurrijke *banchan*-

schaaltjes met taugé, kimchi, gele augurken, geroosterd zeewier en kleine gebakken visjes stonden keurig gerangschikt. Toen ze de gekoelde fles *soju* op het dressoir zag – alcohol was zelden toegestaan in huis – wist ze dat ze in de val was gelopen.

'Liefje...?' Han had haar schort afgedaan; eronder droeg ze een elegante blouse en een te strakke rok. Ze had haar gastvrouwenglimlach voor de dag gehaald en keek over de schouder van haar dochter de woonkamer in. Jenna draaide zich om.

Er stond een man van een jaar of veertig achter in de kamer naast de kersenhouten tafel met de familiefoto's. Toen hij voor haar boog was er een kalende kruin te zien.

'Zeer aangenaam kennis te maken, Jee-min *yang*,' zei hij.

Jenna kromp ineen.

'Dit is Sung Chung-hee,' zei Han met een hoge, onechte stem. 'Hij heeft een makelaarskantoor in Fairfax.' Ze pakte Jenna's hand en leidde haar naar de man. 'Hij was zo vriendelijk vandaag het huis te willen taxeren.'

'Op zondag?'

'Ik heb dr. Sung gezegd dat hij van harte welkom was om tussen de middag te blijven eten.' Han sprak mensen aan als 'doctor' als ze iets van hen gedaan wilde krijgen. Fluisterend zei ze: 'Ik heb in Seoul de tante van Sung-*nim* gekend; zijn jongere broer is accountmanager bij Samsung Electronics.'

'Heel graag,' zei de man, 'als het Jee-min yang een goed idee lijkt.' Hij sprak het Koreaans van het thuisland, niet de slordige tweedegeneratietaal die Jenna thuis gewoonlijk bezigde, waar veel Engels en Bargoens in zit. Alleen haar moeder noemde haar Jee-min.

Uit de richting van de keuken kwam gesis van heet vet.

'Neem me niet kwalijk,' zei Han, terwijl ze haar gastvrouwenglimlach een hogere wattage gaf. 'Ik moet het eten in de gaten gaan houden. Jee-min, wil jij dr. Sung misschien het huis laten zien?'

Perfect getimed, dacht Jenna.

Er viel een stilte, en Jenna deed geen moeite die op te vullen; de vingers van de man waren constant in beweging, alsof ze dringend moesten roken. Hij gaf ze iets te doen door zijn bril af te zetten en met een zakdoek te poetsen.

'Volgens je moeder heb je een Engels appartement in een souterrain in Georgetown. Waarschijnlijk een kleine ruimte met een hoge huur.'

'Ik heb een mooie baan, meneer Sung, en mijn kat neemt geen ruimte in beslag.'

Ze had niet de vereiste aanspreekvorm gebruikt, maar hij leek het niet te merken. In plaats daarvan glimlachte hij, alsof hij iets had gehoord waaraan hij houvast had.

'Binnenkort hebt u misschien een huis met veel ruimte nodig. Kinderen hebben meer plaats nodig dan katten.'

Jenna voelde een pure bedruktheid toeslaan. 'Op dit moment concentreer ik me op de colleges die ik geef.'

De man kreeg een iets hardere blik in zijn ogen en er viel weer een stilte.

Als iemand haar vroeg wat haar type man was, kon ze dat nooit voor de geest halen of beschrijven, maar ze wist wel dat het geen 'meneer Sung' was, geen emigrant met het typische patriarchale gezin in zijn achterhoofd. Ze voelde zich tot heel weinig mannen aangetrokken, maar door een akelige wet die de verhoudingen omkeerde trok ze te veel mannen aan, huwelijkskandidaten die probeerden in te schatten hoeveel begeerlijks en schadelijks er schuilde in dat koele indo-meisje van nu al dertig.

Vanaf de tafel met ingelijste foto's keek haar zus haar aan, alsof ze haar een waarschuwende blik toewierp. Rond de hals van het meisje stak het zilveren kettinkje af tegen haar huid, die mooi gemberbruin was, de kleur had van wafels en siroop, veel donkerder dan het porseleinen gezicht van Han, haar moeder, die naast haar op de foto stond.

Meneer Sung volgde haar blik. 'Je diploma-uitreiking op school,' zei hij, voorovergebogen naar de foto.

Ze overwoog hem op zijn fout te wijzen, maar haar mond was haar voor. 'Kijk, meneer Sung, mijn moeder bedoelt het goed. Ze maakt zich zorgen om mij en ziet het als haar plicht me aan mannen voor te stellen... Ik wou maar zeggen... ik wil uw tijd niet verspillen.'

Even stond er verrassing op zijn gezicht te lezen, maar ze kon bijna zien hoe hij tegen zichzelf zei dat hij momenteel niet in Korea was. In plaats daarvan knikte hij, klaar om te onderhandelen.

'U spreekt klare taal. Dat waardeer ik. Ik heb geen geduld met dames die hun glimlach achter hun handen verbergen en alles slikken wat mannen zeggen. Maar, Jee-min yang, als ik eerlijk mag zijn...'

In de zak van haar spijkerbroek zoemde haar telefoon. Ze wist dat het erg onbeleefd zou zijn om die in het bijzijn van de gast op te nemen. Ze nam hem op.

Meteen herkende ze de stem van Charles Fisk. 'Zet Channel NewsAsia aan, nu meteen!' Hij hing op.

'Ik wil niet indiscreet zijn,' zei meneer Sung, 'maar vergeef me als ik zeg dat bepaalde factoren een rol spelen als u een partij zoekt uit een gerespecteerde familie...'

Ze pakte de afstandsbediening van de tv en zapte langs de kanalen tot ze het goede vond.

'U hebt geen zuiver Koreaans bloed...'

Op het scherm gaf een Aziatische dame met askleurig haar in een lichtblauw mantelpak een persconferentie. Rijen microfoons, flitsende camera's, geen glimlachje te bespeuren.

Een nieuwslezer zei: '*Mevrouw Ishido zal morgen getuigenis afleggen aan de Mensenrechtenraad van de Verenigde Naties hier in Genève. Verwacht wordt dat ze de onderzoekers zal vertellen dat er onder de slachtoffers honderden buitenlanders zijn uit ten minste twaalf landen, en ze zal er bij de Raad op aandringen meer druk uit te oefenen op het Kim-regime om de families van de slachtoffers informatie te verstrekken...*'

De dame hield de foto van een jongen in schooluniform omhoog en begon in het Japans een verklaring af te leggen. En nu sprak een tolk dwars door haar woorden heen in Engels met een Frans accent.

'*Mijn zoon was veertien toen hij van een strand in de buurt van de stad waar we wonen verdween... We weten nu dat hij is ontvoerd... en meegenomen naar Noord-Korea...*'

Mevrouw Ishido keek op van haar verklaring en richtte haar blik op de camera's.

'*...in een onderzeeër.*'

De lucht rond Jenna verdunde. Plotseling bestond er niets anders dan zij en de vrouw op het scherm, die moeite had haar tranen in te houden, wat weer een spervuur van flitsende camera's veroorzaakte.

Er filterden geluiden doorheen, schijnbaar van verre: getinkel van drie glaasjes nu haar moeder met een dienblad de kamer binnenkwam; de voordeur die dichtsloeg; een auto die startte.

'Omma...' fluisterde Jenna, zonder het scherm met haar ogen los te laten. De tolk ging door, met een vreemd onsamenhangende stem.

'*Ik geloof dat mijn zoon... in leven is... in Noord-Korea...*'

'Wat is er gebeurd?' vroeg Han. 'Waarom staat de tv aan?'

Ze keek door het raam en zag de auto van meneer Sung wegrijden.

Jenna hoorde hoe haar moeder het dienblad neerzette en zich op de bank liet vallen. Toen ze sprak klonk haar stem dof en vermoeid: 'Ik probeer alleen maar te helpen. Je hebt een leeftijd waarop de meeste Koreaanse meisjes getrouwd zijn. Ik wil gewoon dat je een man van niveau ontmoet... Ik wil je het soort bruiloft geven dat ik nooit heb gehad...'

Jenna stond nog steeds naar het scherm te kijken, te geschrokken om zich te verroeren. Het nieuwsitem was bijna afgelopen en even later verdween de vrouw, mevrouw Ishido.

'...een receptie in het Shilla Hotel, een banket in keizerlijke stijl, een limousine, een *chima jeogori*-jurk, een droogijsmachine, de hele santenkraam.'

'Omma...' Ze keek naar haar moeder. Alle kracht was uit haar stem verdwenen. 'Toen Soo-min verdween...'

Han keek op en voor het eerst zag Jenna hoe oud haar moeder was onder haar make-up.

'Soo-min wordt verborgen gehouden door God. Waarom maak je me nog meer van streek?'

Later, thuis, pakte Jenna het oude koekblik dat onder haar bed stond. Ze had het al jaren niet meer opengedaan. Ze haalde eruit wat erin zat en legde het op bed: de portemonnee van Soo-min, met daarin haar bibliotheekpas, Koreaans kleingeld, een retourkaartje voor de veerpont en een pasfoto van hen samen, toen ze zestien jaar oud waren en gezichten trokken in een fotocabine; Soo-mins camerahoes, waar een beetje wit zand in lag; en haar camera, waar de politie de twee foto's uit had gehaald.

De foto van Soo-min was een beetje wazig. Ze hield haar ogen dicht en lachte. Net zichtbaar boven de halslijn van haar T-shirt hing het zilveren kettinkje dat Jenna nu droeg. Op de achtergrond lagen de duinen in een roodgouden gloed en rechtsboven kwam de maan op. Op de tweede foto zat de jongen, die Jae-hoon heette, zoals Jenna later had gehoord, op zijn knieën in het zand, hij droeg alleen een zwembroek en keek op terwijl hij een vis kleinsneed. Zijn gezicht was half in de schaduw gehuld; de andere helft was goudkleurig door de schuine zonnestralen. Links op de foto was het uiteinde van een gitaarkoffer zichtbaar, die op het zand lag, en achter hem was de oceaan, kalm en donker.

Vlak nadat deze foto's waren gemaakt – hoelang? een uur? een halfuur? een paar minuten? – waren haar zus en deze jongen van de aardbodem verdwenen.

Jenna begroef haar gezicht in de beddensprei. *Mijn god.* Had ze het al die jaren bij het verkeerde eind gehad?

Ze had niet kunnen uitleggen waarom, maar wist heel zeker dat de keus die ze het volgende moment maakte misschien beslissend en definitief was en dat er geen weg terug zou zijn.

Fisk moest luid spreken vanwege het achtergrondgeluid van een cocktailparty. Ze hoorde een piano, geroezemoes en gelach. Ze wachtte even terwijl hij een rustiger plek opzocht.

'Hebt u het gezien?' vroeg hij.

'Die vrouw in Genève, mevrouw Ishido... Waarom hebt u...?'

'Van de honderden ontvoeringen door Noord-Korea die worden gemeld, komt alleen in haar verhaal een onderzeeër voor. Die zou verklaren waarom... Ik vond dat u het moest weten.'

Jenna voelde de telefoon naast haar oor branden.

Hij zei voorzichtig: 'Nadat ze morgen haar getuigenis voor de VN heeft afgelegd, kan ik u het dossier laten zien.'

'Nee,' zei Jenna afwezig. Haar gedachten waren ver weg, bij het eiland Baengnyeong, bij dat afgelegen strand op het westen tegenover de donderende branding. Na twaalf jaar was dit het eerste gefluisterde spoor dat leidde naar Soo-min, als een zeewind die door het sleutelgat waait van een deur die al heel lang op slot zit. Ze piekerde er niet over het voor haar te laten filteren en redigeren door een geheime dienst. 'Ik moet haar persoonlijk ontmoeten, mevrouw Ishido...' zei ze resoluut. 'Ik moet het met eigen oren horen.'

4

Kim Il-sungplein
Pyongyang, Noord-Korea
Vijfenzestigste verjaardag van de Arbeiderspartij
Zondag 10 oktober 2010

Er hing een Chinese smog over de stad, die het licht zo diffuus maakte dat de Juche-toren, die normaal aan de overkant van de rivier het uitzicht vanaf het plein bepaalt, alleen als een beige schim te zien was.

Cho Sang-ho bekeek het tafereel vanuit de stoelen die aan de zuidkant waren gereserveerd voor zijn gezin. Zijn rang op het ministerie van Buitenlandse Zaken stond gelijk aan die van een luitenant-kolonel, en hij zweette in zijn stugge, jeukende, zelden gedragen gala-uniform. Links van hem had hij een goed zicht op het Groot Studiehuis van het Volk; op het bordes van het studiehuis zou de landsregering de parade afnemen. Hij kon tot aan het eind van de Sungristraat kijken, waar de parade vandaan zou komen en waarlangs nu een dichte drom van zwijgende mensen stond. Aan de overkant van het grote plein zelf stonden duizenden soldaten van de land-, de zee- en de luchtmacht en van de Rode Garde in strakke formaties, als compagnieën op een stafkaart. Achter de soldaten stonden vijftigduizend burgers in rode en roze vlakken die zich uitstrekten tot aan de oever van de Taedong. Ze vormden perfect rechte lijnen, hielden takjes met papieren bloemen omhoog die kimilsungia's voorstelden, de bloem van de Grote Leider, wiens geest eeuwig bleef bestaan, en kimjongilia's, de bloem van zijn geliefde zoon.

Cho werd op zijn schouder getikt en toen hij zich omdraaide keek hij in het brede gezicht van generaal Kang, die een enorme glimlach liet zien met gouden tanden. Kang zat er met zijn twee tienerdochters. In Engels met een zwaar accent fluisterde hij: 'Goedemorgen, luitenant-kolonel Cho. Hoe gaat het met jou deze dag?'

De dochters barstten achter hun handen uit in giechelsalvo's. Kang, een van de veteranen onder de diplomaten van het ministerie, had samen met Cho Engels geleerd als voorbereiding op een missie op hoog niveau in het Westen.

'Ik ben goed gezond, kameraad generaal. Dank voor uw belangstelling.'

Cho's arm rustte op de smalle schouders van zijn negen jaar oude zoon, die na een of ander grapje dat Cho zich niet kon herinneren, bij iedereen bekendstond als Boekie. De jongen droeg de rode halsdoek van de jonge pioniers. Met bewegende lippen telde hij de formaties op het plein, totdat hij ineens luid hikte, waar Cho en zijn vrouw samen geluidloos om moesten grinniken. Cho vond zijn vrouw de mooiste van alle aanwezige vrouwen, die allemaal een kleurrijke chima jeogori droegen, de nationale dracht. Haar gepoederde gezicht vormde een volmaakte ovaal; ze had donkerrode lippenstift opgedaan, die haar glimlach iets minder zuinig maakte, en droeg in haar haar de parelmoeren speld die hij in Beijing voor haar had gekocht.

'Vierentwintig regimenten,' fluisterde Boekie en keek naar hem op, 'maar ik heb het orkest niet meegeteld. Waar is oom Yong-ho?'

Cho wierp een blik op de lege stoel rechts naast zich. Ja, waar was Yong-ho? Hij had een mooie gelegenheid uitgezocht om te laat te komen.

De stilte werd langzamerhand beklemmend. Een vlucht duiven vloog plotseling op, vleugelgeklapper echode tegen de gebouwen. Zes grote ballonnen, getooid met de ster van de nationale vlag en bevestigd op diverse punten rond het plein, wiegden boven hun hoofden zachtjes heen en weer. Op het dak van het hoofdkwartier van de Partij, vlak boven het portret van de Grote Leider, hielden agenten in burger van de Bowibu door verrekijkers de menigte in de gaten.

Cho hoorde een geluid rechts van zich, en daar was Yong-ho. Hij verontschuldigde zich bij een geüniformeerde, met medailles volgehangen grootmoeder van een uitgebreide familie, die het grootste deel van de rij in beslag nam en waarvan elk lid opstond om hem te laten passeren. Hij sloop naar Cho toe als een late bruiloftsgast en glimlachte naar iedereen afzonderlijk in de rij.

'Vergeef me, jongere broer,' zei hij, terwijl hij ging zitten. 'Je zult niet geloven wat ik je te vertellen heb...' Cho's broer zag bleek en zijn handen trilden, wat Cho misschien verontrust zou hebben als de lippen van zijn broer niet op een onbedwingbaar goed humeur hadden geduid. Hij leunde ver naar voren en Cho ving vaag een zoete geur van soju op. 'Ik krijg de hoogste baan.'

'Serieus? Eerste onderdirecteur?'

Yong-ho grinnikte. 'Nog beter.' Hij leunde voorover naar Cho's oor en liet zijn stem dalen tot een gefluister. 'Je kijkt naar het nieuwe hoofd...'

Op hetzelfde moment ging er een schok door de massa's. Midden op het plein had de dirigent zijn stokje geheven. Bij de rivieroever lichtten twee gigantische ledschermen op; het linker droeg de boodschap: LANG LEVE DE ARBEIDERSPARTIJ VAN KOREA! en het rechter: KIM JONG-IL IS DE LEID-STER VAN DE 21E EEUW! Hoorns werden in de lucht gestoken; het orkest speelde de openingsakkoorden van 'De generaal van Korea', die via luidsprekers vanaf alle gebouwen werden doorgegeven, en de toeschouwers in de rijen stonden op. Geleidelijk zwol er een applaus aan. Het was begonnen onder de dakrand van het Groot Studiehuis van het Volk en stroomde over het plein in een groeiende ovatie. Mannen, vrouwen en kinderen hieven hun handen boven hun hoofd, juichten en riepen op hun hardst: '*MAN-SAE! MAN-SAE! MAN-SAE!*' Het geluid was overweldigend.

'Ik zie hem!' riep Boekie, en hij greep Cho bij zijn mouw. 'Ik zie hem!'

De vijftigduizend burgers zwaaiden ritmisch met hun papieren bloemen en creëerden zo een glinsterende luchtspiegeling van rood en roze. Honderden witte duiven werden losgelaten en vlogen rondjes.

De gestalte van Kim Jong-il verscheen in de verte op het bordes, gevolgd door een entourage van politbureauleden, hoge partijfunctionarissen en generaals in zandkleurige tunieken met gouden galons. Het geluid zwol aan tot een bedwelmend gebrul. De grote man begroette de menigte met een mild handgebaar, alsof hij hen zegende, en Cho voelde zijn kracht als een pijl die van de zon kwam. *Geliefde leider, geliefde generaal.* Wat was die man bescheiden in zijn kleren van een eenvoudige arbeider! Wat was hij broos door de ontberingen die hij had doorstaan voor het geluk van het volk.

Cho voelde zijn ogen prikken, en bijna op hetzelfde moment begon iedereen om hem heen te huilen. Het gejuich vermengde zich met gejammer. Het grote gezicht van generaal Kang was verwrongen door het snikken terwijl hij in zijn handen klapte en zijn dochters hysterisch huilden.

Cho hurkte neer en Boekie klom op zijn schouders. Hem hoog boven de hoofden optillen kostte geen enkele moeite, hij was zo licht als een veertje. Met verstikte stem riep Cho: 'Wie bedank je voor je gelukkige jeugd?'

'De Grote Leider Kim Il-sung en zijn gezegende zoon Kim Jong-il, de Generaal van Korea!' riep hij.

Cho's vrouw klapte in haar handen, terwijl mascaratranen over haar wangen liepen. 'Man-sae!' riep ze.

De zon, die door de wazige lucht filterde, schitterde op de tunieken van de verre generaals en trok Cho's oog naar de donkere gestalte die ietwat apart op het bordes stond, een gezette jongeman in een zwart maojasje, de jongste zoon van de Geliefde Leider. De massa's hadden hem ook opgemerkt, want nu klonk er aan alle kanten gefluister, waardoor het applaus afnam. Mensen maakten opmerkingen over de jongeman, wiens gezicht zo mollig en sereen was als dat van de Boeddha's, alsof er een nieuwe god aan hen was verschenen.

'*Appa*, wie is dat?' vroeg Cho's zoon.

'Een groot man, een hemelse figuur,' zei Cho. 'Op een dag, als je ouder bent, zal hij je leermeester en gids zijn.'

Yong-ho boog zich weer voorover naar Cho's oor. 'Ik word stafchef van het privésecretariaat van de nieuwe jongen,' zei hij, knikkend naar de gezette jongeman op het bordes, de zoon van de Geliefde Leider, 'met de ererang van kolonel...'

Cho keek hem verbaasd aan. Hij zette Boekie neer.

'De benoeming zal over een paar weken worden bekendgemaakt,' zei Yong-ho.

Het orkest speelde 'Houd hoog de rode vlag' en de eerste formatie gehelmde troepen met regimentsvaandels – een artillerie-eenheid van het front – marcheerde met een hoge paradepas naar het Groot Studiehuis van het Volk. De grond dreunde door het gestamp van laarzen. Trommels gaven het tempo aan. Het applaus werd nu uitzinnig.

'Je maakt toch geen grapje, hè?' vroeg Cho boven het geluid uit. Hij lachte luid en schudde stevig de hand van zijn broer. 'Een grote eer voor ons allemaal. Heb je het appa verteld? Volgens mij zou hij het haast besterven van trots.' Maar voordat Cho naar zijn vrouw kon overbuigen en het nieuws doorgeven, greep Yong-ho zijn arm.

'Er is één maar, jongere broer, en ik vertel het je nu omdat ik niet wil dat je je zorgen maakt...' Zijn glimlach werd onzeker. 'Een aanstelling op dit niveau is afhankelijk van de vraag of ik een smetteloze sociale achtergrond heb... De Bowibu gaat alles onderzoeken.'

'Natuurlijk.' Cho was even in de war. 'Ze moeten met omma en appa spreken.'

En toen drong het tot hem door.

Het waren niet hun dierbare adoptieouders die zouden worden onderzocht door het ministerie van Staatsveiligheid, de Bowibu. De ouders met een voorbeeldige sociale achtergrond die twee ongelukkige jongetjes in huis hadden genomen en opgevoed als hun eigen kinderen. Zijn echte afkomst zou aan het licht komen. De ouders die Yong-ho en hij nooit hadden gekend. Een plas koude angst verzamelde zich in het putje van zijn maag.

Hij keek weer naar de parade. Een marineregiment van het Volk liep langs, met witte tunieken en petten. Ze presenteerden AK-74's met de bajonet erop, en brulden 'KIM-JONG-IL! KIM JONG-IL!' De massa deed mee.

'Rustig maar', zei Yong-ho. 'Het risico is klein.'

'We weten niets over onze echte ouders en grootouders. We weten niet wiens bloed we hebben.' Cho kon niet geloven dat hij dit zei. 'Oudere broer, dat onderzoek mag niet gebeuren. Je moet je terugtrekken van de benoeming.'

'Kom op. Zie ons hier nu zitten. Denk je eerlijk dat we het zaad zijn van kapitalisten, collaborateurs of verraders die hebben gevochten voor het Zuiden?'

'We weten het niet.'

'Onze Geliefde Leider zei zelf vorig jaar op de Mangyongdae dat onze gedachten en daden verantwoordelijk zijn voor de revolutie, niet onze familiale achtergrond. De tijden veranderen. Verder is de Partij verdomd dankbaar voor wat ik heb gedaan; ze weten dat ik dit heb verdiend...'

De stem van Yong-ho ebde weg, zijn gezicht betrok plotseling. Hij was een lange man met ondiepe putjes in zijn huid; harde, intelligente ogen; en tot op het leven afgebeten nagels. De snit van zijn Chinese pak verhulde dat hij een broodmager lichaam met een sterke stofwisseling had. Zijn vingers trilden en hadden een sigaret nodig. Cho wist dat zijn broer een belangrijke speler was in het complexe politieke landschap van Pyongyang, hoewel hij nooit over zijn werk sprak. Als iemand ernaar vroeg, omschreef hij zichzelf als fondsenwerver.

'Moet ik je vertellen wat er zou kunnen gebeuren als je het mis hebt?' vroeg Cho koel.

Yong-ho's goede humeur leek in het niets verdwenen en Cho bespeurde angst in zijn stem. 'Niemand zegt nu eenmaal nee als de Leider werk aanbiedt, jongere broer. Ik heb je gezegd je geen zorgen te maken. Ik ben beschermd.'

Cho dacht daarover na. Yong-ho hoorde inderdaad tot de vertrouwelingen, een elitegroep van beschermde kaderleden. Maar een begin van cynisme vertelde hem dat zelfs op dat niveau niemand veilig was voor de misdaad van slecht bloed in zijn lijf.

Het orkest speelde 'Tien miljoen burgers zullen kogels en bommen worden'. Een eenheid van de Vrouwenbrigade liep langs het bordes, waar werd gesalueerd; benen in nylons bewogen als één grote automaat. Vreemd, dacht Cho, dat vrouwenlichamen geschikter waren voor de paradepas dan mannen. Achter hen in de Sungristraat stonden diverse zware wapens – tanks, lanceerinrichtingen voor raketten en APC's – in formatie klaar om hun plaats in te nemen in de parade.

De vrouw van Cho merkte dat diens humeur was omgeslagen en hield op met juichen.

'Hier.' Yong-ho stak zijn hand in zijn jasje en gaf Cho een witkartonnen doosje van goede kwaliteit. 'Iets waarmee je de blanke duivels kunt imponeren. Op je buitenlandse reizen.'

Maar Cho was met zijn gedachten elders. Hij vergat zijn manieren en stak het doosje in zijn zak zonder zijn broer te bedanken.

Toen het evenement voorbij was, zat Cho's chauffeur vast in een lange rij wachtende dienstauto's, zodat Cho, zijn vrouw en Boekie in twintig minuten naar hun wooncomplex in Joonggu terugwandelden. De belangrijkste doorgaande wegen waren vol vertrekkende burgers en soldaten, de stad weergalmde nog steeds van het tumult van de parade. Vóór hen marcheerden midden over de Somunstraat honderden studenten in een wit overhemd terug naar de Kim Il-sung Universiteit. Ze droegen lange, wapperende vaandels en zongen.

Lang leve Noord-Korea!
Je ster schijnt helder en altijd,
De Grote Generaal gaat voor,
Hij leidt ons naar de strijd.

In het heiige herfstlicht leek elk gebouw in triomf te baden. Boekie babbelde met zijn moeder over kindhelden die tegen de Japanners hadden gevochten, maar Cho bleef zwijgen, zijn hoofd was vol gedachten aan Bowibu-functionarissen die een dossier openden, oude geboorteakten opgroeven en de namen en gezichten aan het licht brachten die hij zelf nooit had gekend, zijn echte familie. Hoeveel tijd zouden ze nodig hebben? Hij had geen idee. Er voer een angstige kramp door hem heen.

Thuis deed hij de deur van zijn werkkamer dicht, bracht zijn adem onder controle en zei zichzelf te kalmeren. Yong-ho was een van de vertrouwelingen! Niemand kon hem deren zonder de uitdrukkelijke toestemming van de Leider zelf, de staatsorganen niet, de geheim agenten van de Bowibu niet, de reguliere politie niet en ook het leger niet. En wat kon er zo zorgwekkend zijn aan het verleden van zijn echte familie? Zijn grootouders zouden straatarme boeren zijn geweest die in de varkenspoep scharrelden zoals twee generaties geleden iedereen deed. Hij schonk zichzelf een cognac in uit de karaf op zijn bureau en schoof een cassettebandje in de stereospeler. Daarna walste hij de cognac in zijn glas, leunde achterover in zijn fauteuil en neuriede het refrein mee van 'Hey Jude'. Er bestond een korte lijst met westerse popliedjes die als onschadelijk waren bestempeld. Hij had de beheerder van de afdeling muziek in het Groot Studiehuis van het Volk omgekocht om ze voor hem op te nemen. Hij voelde dat hij begon te ontspannen. De benoeming van Yong-ho zou de familie eer en veel prestige opleveren. Hij maakte zich zorgen om niets.

Plots herinnerde hij zich het cadeautje van Yong-ho. Hij haalde het uit de zak van zijn tuniek en maakte het open. In het doosje lag, gewikkeld in vloeipapier, een portefeuille van zacht, generfd leer, met een etiket in het Engels: MET DE HAND GESTIKT IN ITALIË. Het was een mooie portefeuille. Waar had zijn broer zo'n luxe artikel vandaan? Hij streek met zijn vinger over de opbergvakken voor bankpasjes – die overbodig waren: geen enkele Noord-Koreaan bezit een creditcard – en keek in de ruimte voor bankbiljetten. Daar vond hij drie Amerikaanse honderddollarbiljetten, zo knisperend dat ze die ochtend van de drukpers hadden kunnen komen. *Als nieuw*, dacht hij, en toen hij er een tegen het licht hield, ving hij een vleugje verse inkt op.

5

Hôtel du Lac
Rive Gauche
Genève, Zwitserland
Half oktober 2010

Toen Jenna bij haar hotel aankwam begon de ochtendspits. Het was aan de Rive Gauche, een paar straten verwijderd van de Promenade du Lac en het glinsterende oppervlak van het Meer van Genève, waarvan ze even een strook kon zien door een opening tussen de stevige, rijke flatgebouwen. Haar kamer had een balkonnetje met uitzicht op een winkelstraat en een tramhalte. Als ze haar hoofd naar voren stak, kon ze de Alpen zien, schitterend wit in de ochtendzon. Ze ging uitgeput op het bed liggen en luisterde naar de langsrijdende trams. Ze bedacht dat het te rumoerig was om een beetje uit te rusten en viel bijna meteen in een diepe slaap.

De hele week was Soo-min bij haar geweest, een djinn die uit een lamp was losgelaten. In de badkamerspiegel had ze Soo-min achter zich gezien, die naar haar keek door de stoom. Aan de piano meende ze één huiveringwekkend moment een tweede paar handen rechts van zich te hebben gezien, die haar begeleidden. Ze was in het holst van de nacht wakker geschrokken, ervan overtuigd dat ze Soo-min haar naam had horen fluisteren. Ze had veel dromen gehad over haar zus, die zich afspeelden in een rijke, verzadigde kleur, waardoor de droom werkelijker leek dan de verbleekte wereld waarin ze wakker werd. De dromen glipten onvermijdelijk omlaag, door een kier in de korst van de slaap, naar een donkerder niveau, de onderwaterhel van de nachtmerrie, maar daar was ze allang aan gewend.

Jee-min werd als eerste geboren. Soo-min kwam tweeëndertig minuten later uit de baarmoeder en noemde haar zus daarom, als ze Koreaans praatten, steevast 'oudere zus'. Jee-mins beste vriendin was haar exacte evenbeeld: Soo-min had dezelfde lach, dezelfde gedachten, was uit hetzelfde DNA gevormd. Hun tics en grillen waren niet van elkaar te onderscheiden. Beiden waren een verlengstuk van de ander. Ze hadden allebei de gewoonte hun zinnen niet af te maken. Beiden bogen hun hoofd en draaiden hun haar om hun vinger als er tegen hen werd gesproken. Ze hielden van lijstjes en droegen gekleurde haarbanden om hun pols als geheugensteuntje. Ze hadden geen richtinggevoel en verdwaalden makkelijk, zelfs in het winkelcentrum. Beiden weigerden gekookte groenten te eten en trokken een gezicht alsof ze moesten braken zodra iemand erover begon. Ze waren humeurig als ze geen negen uur slaap kregen.

De tweeling kreeg in Annandale een heel gewone opvoeding. Het inkomen van het gezin was ruim genoeg; hun vader verwende hen; hun moeder was streng. Ze studeerden harder dan de buurkinderen, hoewel niet zo hard als de Chinese kinderen, en blonken uit in sport en muziek; naar pianoles gingen ze samen. Op zondag bezochten ze met hun moeder de Koreaanse methodistengemeente. Ze volgden dezelfde mode en rages als alle andere meisjes die ze kenden.

En toch vielen Jee-min en Soo-min op alle manieren uit de toon. Niet alleen door hun opzienbarende intelligentie. Iets in de tevredenheid die ze uitstraalden, een tegelijk verlegen en extraverte natuur nam de mensen direct voor hen in. Op school waren ze beroemd, het eeneiige tweetal Jenna en Susie, zoals ze zichzelf noemden. Half Koreaans, half Afro-Amerikaans, met hun haar in een grote knot op hun achterhoofd, vrijpostige gezichten met sproeten en een ongedwongen, atletische houding – op hun dertiende waren ze de sterren van het hockeyveld en de langste meisjes van de school. Op hun zestiende waren ze finalisten bij de taekwondokampioenschappen van de scholen van Virginia. Bij het trainen waren ze elkaars sparringpartner. Jongens namen het niet graag tegen hen op. Ze hadden geen gebrek aan vriendinnen, maar wisten allebei dat ze maar één echte vriendin hadden, en als je zo'n vriendin had, kon er geen andere zijn. Ze hadden een exclusief clubje van twee, en haalden kattenkwaad uit als compensatie voor het strenge regime van Han.

Schoolrapporten werden op hun slaapkamerdeur geprikt, zodat ze aan het begin van elke dag eraan werden herinnerd dat ze hard moesten werken. Ergens tweede in worden was in de ogen van Han een mislukking, maar de tweeling werd zelden ergens tweede in.

Halverwege hun tienerjaren, toen ze samen spannende ontdekkingen deden aan hun uitbottende lichamen, maakten ze elkaars gezicht op en deden elkaars haar; de een was de spiegel voor de ander. Tijdens het avondeten spuugden ze stilletjes kimchi in hun zakdoek als hun moeder even niet keek – een knoflookadem was een obstakel voor kussen. Afspraakjes met jongens mochten absoluut niet van Han, maar de wet van hun moeder was makkelijk te omzeilen met vlotte smoesjes om het huis uit te komen – naar taekwondo, naar vrienden, naar de bibliotheek. Als het licht uit was klom Jee-min in bed bij Soo-min en fluisterden ze over jongens; ze vervlochten hun benen en hun vingers; ze hielden hun hoofden op het kussen naar de ander gericht en heel dicht bij elkaar; ze ademden elkaars adem in.

Hun ouders hadden hun altijd verteld dat ze gescheiden zouden worden, maar waarom dat onvermijdelijk of noodzakelijk was, werd de tweeling nooit echt duidelijk. Niet lang na hun achttiende verjaardag begonnen ze aan een tussenjaar voordat ze naar de universiteit zouden gaan. Soo-min werd ingeschreven voor een cursus muziektheorie aan Sangmyung University in Seoul. Jee-min liep stage op het kantoor van een senator in Capitol Hill.

Op vliegveld Dulles bij Washington omhelsden ze elkaar en huilden. Jee-min gaf haar zus als geluksamulet een zilveren kettinkje met een piepklein zilveren tijgertje als symbool voor Korea. Dat was het enige wat ze ooit alleen, zonder dat haar zus erbij was, had gekocht. Soo-min deed het meteen om haar nek. Haar vlucht werd omgeroepen en het afscheidsmoment was een marteling. De tweeling liet elkaars handen niet los en hun ouders raakten ook van streek. Hans gezicht sprak boekdelen over haar schuldgevoelens, alsof ze de gevolgen zag van een nodeloos, wreed experiment. Vanaf het moment dat Soo-min in de lift omhoog ging en uit het zicht verdween miste Jee-min haar.

Ze zat thuis in de achtertuin te lezen toen ze een trilling bespeurde in de genetische draad die haar met Soo-min verbond, altijd, ongeacht waar ze zich bevonden. Eerst trok haar maag zich samen. Het volgende moment voelde ze een overweldigend afgrijzen in haar binnenste opkomen en toen wegsterven, waarna er een plasje speeksel achterbleef in haar mond. Ze belde het studentenhuis van Soo-min in Seoul, maar vond haar niet, zelfs niet toen het tijd was voor het ontbijt. De hele dag en de dag daarna bevestigde de stilte van Soo-min wat Jee-min al wist. Vanaf dat moment voelde ze zich geagiteerd, ze ijsbeerde door het huis, trok aan haar haar en verloor alle eetlust. Haar ouders vroegen haar wat er aan de hand was, maar ze kon alleen maar zeggen dat Soo-min in gevaar verkeerde. Naarmate de dagen vorderden, zag ze hoe de onzekerheid van haar ouders rijpte tot bezorgdheid en uiteindelijk tot paniek omdat hun telefoontjes niet werden beantwoord.

Toen er nieuws kwam was dat per telefoon. Jee-min wist dat het om hét telefoontje ging omdat haar vader, Douglas, lang had staan luisteren naar de stem aan de andere kant en naar de hand van Han greep. Een inspecteur van de gemeentepolitie van Incheon in Zuid-Korea, Ko genaamd, vroeg of hij nieuws van zijn dochter had. Ze was al drie dagen niet teruggekeerd op haar kamer.

Inspecteur Ko zei dat een vrouw die op het eiland Baengnyeong woonde melding had gemaakt van de verdwijning van haar negentienjarige zoon, die niet was teruggekomen van het strand met een Koreaans-Amerikaans meisje. De vrouw was ervan overtuigd dat haar zoon was weggelopen met Soo-min. De inspecteur gaf toe dat dit een mogelijkheid was. Tienerstelletjes ontsnapten wel vaker aan de druk van hun families, zei hij, maar in bijna alle gevallen zochten ze binnen een dag of twee weer contact.

Een boulevardblad uit Seoul kreeg de beschikking over de paspoortfoto's van het tweetal, Soo-min en Jae-hoon, en publiceerde een verhaal onder de titel HEBT U ROMEO EN JULIA GEZIEN? met een nummer van een telefonische hulpdienst. De politie verspreidde een officieel opsporingsbericht in alle bus- en treinstations. Op Soo-mins foto was te zien dat ze het kettinkje droeg; Jee-min gaf er een beschrijving van. Het was het enige ding waarvan ze zeker wist dat Soo-min het altijd zou dragen. Binnen een week was het tweetal gezien in Busan, Incheon, Sokcho, Daegu en zelfs op het eiland Jeju. Inspecteur Ko waarschuwde Douglas en Han hun hoop niet op te geven. Geen van de waarnemingen bood enig houvast.

Han ging kapot. Soms had ze hysterische huilbuien, hield vol dat Soo-min elk moment kon bellen, en soms leed ze aan een vreemde lusteloosheid met een lege blik die Jee-min nog nooit eerder bij haar had gezien. Douglas nam de touwtjes in handen. Hij verbood Jee-min van huis te gaan, uit angst dat ze zichzelf zou willen verwonden of zou proberen naar Seoul te vertrekken. Dagenlang smeekte hij haar: had Soo-min een geheim dat hij moest kennen? Had ze last van iets wat ze voor haar ouders verborgen had gehouden? Wat was er zo verschrikkelijk in haar leven dat ze weg wilde lopen met een jongen die ze amper kende? Haar ouders klampten zich vast aan die hoop, dat Soo-min een romantische bevlieging had gehad en spoedig zou terugkeren.

Jee-min wist dat haar zus niet was weggelopen. Het was ondenkbaar dat ze zoiets zou hebben besloten zonder het haar te vertellen. Ze bedacht ook, en terecht, dat Soo-min deze jongen, Jae-hoon, nog maar net had ontmoet en haar nog niet had geschreven om over hem te vertellen, wat ze zou hebben gedaan in een lange, openhartige brief.

Douglas kreeg verlof van Fort Belvoir en maakte de macabere reis naar Zuid-Korea. Een maand lang informeerde en zocht hij. Hij kamde de stranden van Baengnyeong uit, liet de foto van zijn dochter zien aan iedereen die maar wilde kijken en ontlokte starre blikken, die lange zwarte man op zoek naar een verloren dochter. Hij ontmoette de moeder van Jae-hoon, die net zo weinig wist en even radeloos was als hij. Ze hielden elkaars hand vast, huilden en baden samen. 'Mijn zoon was een sterke jongen,' zei ze. Ze weigerde aan te nemen dat hij was verdronken. In de Itaewonwijk van Seoul deelden Douglas en zij folders uit waarop de foto's van het tweetal waren afgedrukt, en doorzochten de *galbi*-restaurants en *noraebang*-cafés, waar weglopers een baantje gingen zoeken. Ze spraken inspecteur Ko, die hun vriendelijk vertelde dat de simpelste verklaring meestal de juiste was. De achtergelaten bezittingen op het strand waren een sterke aanwijzing dat het tweetal in moeilijkheden was geraakt tijdens het zwemmen. Toen Douglas thuiskwam, was hij niet meer dezelfde.

De ouders van Jee-min voelden een diepe leegte over zich komen. Als er een lichaam was ontdekt, hadden ze kunnen rouwen om Soo-min en haar begraven. En misschien zou hun verdriet na verloop van tijd een beetje zijn afgenomen. Maar hun kind was spoorloos verdwenen en dat begon te knagen. Han veranderde van een vrouw die alles wist in een vrouw die niets wist. Ze had altijd zoveel energie gehad dat ze niet stil kon zitten; nu nam ze slaapmiddelen en sliep de hele middag door. Op een ochtend liep ze het huis uit en kwam pas de volgende dag voor het ontbijt terug, en tegen die tijd was de politie gebeld. Haar gezicht was opgezwollen en besmeurd, en ook haar kleren waren vies. Toen Jee-min haar vroeg waar ze was geweest, keek ze haar alleen maar glazig aan. Douglas begon te drinken. Zes maanden na de verdwijning van Soo-min werd hij ontslagen uit het leger.

Jee-min ervoer het missen van haar zus als een fysieke pijn. Zij en Soo-min hadden zich altijd in elkaars kielzog bewogen, in elkaars warmte en licht geleefd. Nu was Jee-min alleen, ze voelde een koude tegenwind en kon nergens schuilen. 'Leegte' beschrijft nauwelijks wat ze voelde. En toch... Jee-min kon niet echt rouwen om haar zus. Iets in haar, een waakvlammetje dat niet wilde doven, zei haar dat Soo-min nog leefde. Ze hadden elkaar zo vaak woordloos begrepen, wanhoop of vreugde op afstand overgedragen, niet per telefoon of brief maar door een soort genetische magnetische kracht, dat ze de aanwezigheid van haar tweelingzus wel moest voelen. Door haar omgeving werd Soo-min langzamerhand als dood beschouwd, maar Jee-min troostte zich met de levende kracht van hun beider band, hoewel ze wist dat feiten en logica ertegen pleitten. Als Soo-min niet dood was, waar was ze dan gebleven? Waarom was ze weggegaan?

Jee-min zat die vragen in haar hoofd achterna en ontwierp en verwierp eindeloze scenario's over wat er op dat strand was gebeurd, ze sliep amper, totdat de ochtend aanbrak waarop ze besefte dat ze gek zou worden als ze haar intuïtie niet volgde. Ze zou zelf naar Zuid-Korea gaan. Ze zei haar ouders niets over haar motief, omdat ze wilde voorkomen dat ze opnieuw alle pijn moesten verduren als ze ongelijk had, maar ze dacht niet dat ze ongelijk had. Soo-min leefde nog. Ze wist het zeker. In plaats daarvan zei ze dat het haar zou troosten als ze dat strand met haar eigen ogen zou zien, en Han was bereid met haar mee te reizen. Het lukte Jee-min wel om alleen op bezoek te gaan bij inspecteur Ko.

De vrouw van de inspecteur had opengedaan. Het huis lag in een lommerrijke woonstraat op een heuvel met uitzicht op de haven van Incheon, niet ver van de plek waar de veerboten naar Baengnyeong vertrokken. Jee-min werd naar een veranda gebracht, waar het rook naar jasmijn en tomatenplanten. Een hibiscus stak paars af tegen de azuurblauwe hemel. Inspecteur Ko zat op een rieten stoel. Jee-min boog voor hem.

Hij drukte zijn medeleven uit. Het was zijn laatste zaak voor zijn pensionering geweest, zei hij. 'Uw arme zus en die jongen, met de toekomst die voor hen lag...' Hij schonk een kopje jujubethee voor haar in. Hij had een onverzettelijk, melancholiek gezicht. Zijn dunne, witte, kortgeknipte haar leek op een grasveldje na een vroege nachtvorst. 'Zo verdrinken – hoewel...' Roerend in zijn kopje zweeg hij even. 'Ik geef toe dat zelfs ik destijds mijn twijfels had. De zee was kalm. Ze waren allebei fit en gezond.'

'Ze zijn niet verdronken,' zei Jee-min ferm. 'Volgens mij leven ze nog. Ik voel de aanwezigheid van mijn zus. Dat is geen inbeelding. Ik wil dat de zaak wordt heropend.'

Inspecteur Ko monsterde haar over de rand van zijn kopje.

'U... denkt dat ze ontvoerd kan zijn?'

Er gleed een schaduw over het gezicht van Jee-min. Over die mogelijkheid had ze geprobeerd niet na te denken.

Hij zweeg een poosje en keek hoe zijn thee afkoelde; hij dacht na over zijn antwoord. 'Helaas kan ik u zelfs die hoop niet bieden, hoe klein die ook zou zijn. Uw zus en die jongen zijn nooit teruggegaan met de veerboot naar Incheon. Ook met andere boten zijn ze niet vertrokken. Het eiland Baengnyeong ligt in kwetsbaar gebied, op amper twintig kilometer van de kust van Noord-Korea. Er is daar erg weinig scheepvaart toegestaan en de kustwacht meldde geen boten in het gebied op de avond dat uw zus verdween.' Hij nipte van zijn thee en keek met half dichtgeknepen ogen naar de horizon. De haven van Incheon lag te glinsteren in de middagzon; her en der zag hij containerschepen. 'Als iemand uw zus en de jongen heeft ontvoerd, zou dat vlak voor de neus van de kustwacht moeten zijn gedaan.' Hij keek Jee-min medelijdend aan. 'En dat lijkt mij onwaarschijnlijk. Het spijt me heel erg om het te zeggen, maar mijn conclusie is niet veranderd. Ze zijn verdronken.'

Voordat Jee-min iets kon zeggen, werd de verandadeur opengeschoven. De vrouw van inspecteur Ko gaf hem een envelop.

'O ja.' Hij gaf de envelop door aan Jee-min. Hij was verzegeld en droeg een nummer. 'De plaatselijke predikant van het eiland heeft dit vorige week op Condol Beach gevonden. Zijn oog viel erop, het lag in de bergen zeewier die zich daar verzamelen. Hij heeft het naar het politiebureau gebracht. Het kwam overeen met de beschrijving die u hebt gegeven.'

In de envelop zat een doorzichtige plastic bewijszak met daarin een dun zilveren kettinkje. Het tijgertje was door het zeewater aangetast, het zag groen. Het slotje was gebroken.

Toen Jee-min weer bijkwam, woei inspecteur Ko haar koelte toe met een krant. Ze voelde de harde houten verandavloer tegen haar oor en keek van opzij tegen een geglazuurde plantenpot aan. Langzaam draaide ze zich op haar rug, staarde naar Ko en voelde een geluid in haar borst ontstaan en als gehuil uit haar mond komen. Haar lichaam begon te beven en kon daar niet meer mee stoppen. Ze voelde een verlammende, martelende wond, alsof haar hart was gescheurd en voor de helft uit haar borst weggerukt. Niets had haar voorbereid op de pijn in de wereld waar ze nu verkeerde.

Haar tweelingzus was dood.

Terug in Amerika voelde Jee-min zich uitgehold en volkomen veranderd. Bij het zien van het kettinkje zonder de drager ervan was haar geloof met een grote klap uiteengespat. Ze moest accepteren dat ze zichzelf had misleid door het onmogelijke te geloven.

Los van haar tweelingzus had ze geen echte identiteit. Soo-min was de helft van Jee-mins wezen geweest. De 'wij' waarin ze bestond, was vernietigd. Er was geen echte 'ik'. Ze was nu een halve persoon die geen idee had hoe ze haar weg door de wereld moest vinden. Soo-min was dood, maar haar zus voelde haar nog steeds aanwezig in haar lichaam, in haar hart, in haar ziel. Ze zou voorgoed een geest in zich ronddragen.

In september van het jaar daarop schreef ze zich in voor haar eerste semester aan Johns Hopkins University in Baltimore, maar ze had inmiddels afstand genomen van haar eigen leven en van de mensen om haar heen. Ze werd overvallen door een hevige vermoeidheid en was niet in staat met iemand om te gaan of zich ergens druk om te maken. Ze bleef in haar studentenkamer en sloeg colleges en maaltijden over. Ze werd nooit gezien in de mensa en de gemeenschapsruimten. Mensen die met haar probeerden te praten zagen een jonge vrouw wier verre gedachten over de golvende oppervlakken van iets donkers, onpeilbaars streken. Ze kon niet aarden. Ze was gewichtloos, zweefde door een zwarte leegte. Weg was de open persoonlijkheid, die mensen direct een glimlach ontlokte als ze haar zagen. Haar nieuwsgierigheid, haar vriendelijke houding, haar positieve instelling was ze kwijtgeraakt. Ze trok zich diep in zichzelf terug. Haar vrienden verdwenen geleidelijk. Met hockey was ze gestopt. De klep van de piano had ze dichtgedaan en ze zou hem jarenlang niet meer opendoen. Zelfs haar eigen naam, Jee-min, leek te vervagen tot een verre herinnering, en uiteindelijk dacht ze niet meer aan zichzelf met die naam. Voor de buitenwereld en voor zichzelf was ze Jenna.

Aan het eind van haar eerste semester, tegen kerst, had haar mentor haar verwezen naar psychiatrische begeleiding.

Jenna verbleef twee maanden in een afgelegen instelling tussen de heuvels en eikenbossen van West Virginia. Volgens de psychiater leed ze aan een posttraumatische stressstoornis. Hij vertelde dat de gevoelloosheid, het ongeloof en het schuldgevoel van de overlevende essentiële onderdelen vormden van het rouwproces en stap voor stap moesten worden ervaren. 'Een gebeurtenis waarover je geen controle hebt steeds maar weer opnieuw beleven is een normale reactie. Daaraan merk je dat je geest een enorme verandering probeert te verwerken.'

Elke avond zat ze met Soo-min op dat strand. Ze hield haar hand vast en beleefde elk moment met haar tot in de kleinste details. Elke hartslag, elk knipperen met de ogen, elke stap in het zand tot aan de waterrand. Ze veranderde de dialoog, de tijdsindeling, de gezichtshoek, maar hoe vaak ze ook op REPLAY drukte en het allemaal opnieuw beleefde, het eind was altijd hetzelfde. Soo-min verdronk.

'Het kan vele jaren duren, maar de tijd zal het helen,' zei de psychiater. En terwijl hij dat zei, keek Jenna hem koel aan. Ze wist dat het een leugen was. De tijd was simpelweg een straf die ze zou uitdienen totdat ze doodging.

Haar supervisor was verbaasd toen hij haar voor het eind van het voorjaarssemester terugzag, maar Jenna had al besloten dat werk haar strategie zou zijn. Het vooruitzicht van een lange periode van geoorloofde afwezigheid waarin haar geest kon imploderen, maakte haar bang. Werk was haar toevlucht en haar redding. Ze begon afstand te nemen van haar pijn door te studeren en negeerde de wereld die niet met haar studies te maken had. Ze studeerde vanaf het moment dat ze ging zitten ontbijten totdat de boeken en papieren uit haar hand gleden als ze op bed in slaap viel. Door haar haar te ontkrullen en door af te vallen werd ze een heel andere Jee-min. Toen haar werd gezegd dat ze haar gezondheid verwaarloosde, ging ze joggen, waar geen team of gezelschap voor nodig was, en kocht een nieuwe, wijde, witte *dobok* voor taekwondo. Ze trainde alleen, 's ochtends vroeg, als de sportschool uitgestorven was, oefende haar stoten op de staande bokszak en werkte zich in het zweet met zijwaartse en draaiende trappen, terwijl ze tussen de verschillende vormen in stretchte en zich concentreerde. Ze hield van wat ze beschouwde als de 'tao' van taekwondo, waar de power uit snelheid en strategie kwam, niet uit energie en agressie.

Toen ze summa cum laude afstudeerde was ze al geaccepteerd voor postdoctoraal promotieonderzoek. Haar proefschrift was zo getimed dat ze al verschillende artikelen over Oost-Aziatische geopolitiek in wetenschappelijke tijdschriften had gepubliceerd, die goed werden ontvangen. Haar collega's kregen oog voor haar begaafdheid. Toen ze solliciteerde naar een aanstelling als docent in Georgetown, maakte de universiteit haar duidelijk, zonder het feitelijk te zeggen, dat ze geen echte concurrentie voor de functie had: ze kon die zo krijgen.

Dat jaar stierf Douglas aan leverkanker. Signalen om te stoppen met drinken had hij genegeerd; zijn gezondheid was hard achteruitgegaan, wat hem nauwelijks leek te deren.

'Alleen jij en ik nu,' zei Han tegen haar met de vreemde, meisjesachtige stem die ze inmiddels had aangenomen. Zij en Jenna hadden van rol gewisseld. Haar moeder was geïnfantiliseerd door het verliezen van haar naasten. Jenna moest haar nu in de gaten houden en haar elke week controleren. Han ontwikkelde een obsessie voor het vinden van een partij voor Jenna, alsof dat een laatste daad was die ze als moeder moest stellen voordat ook zij allengs weg zou vallen.

Die dag op de veranda van inspecteur Ko was een even duidelijke grens in het leven van Jenna als de overgang die de geologische tijd aanbrengt in rotslagen. Voordien hadden de gebeurtenissen een volgorde en duidelijkheid; daarna schoof alles op een vage manier in elkaar. Langzaam hakte ze een bestaan uit. Eens per week ging ze naar dr. Levy. Eens per week naar haar moeder. De seizoenen veranderden; de semesters en de studenten kwamen en gingen. Ze slikte prazosine om de nachtmerries minder erg te maken, maar meestal kwamen ze toch terug, droomde ze dezelfde droom telkens opnieuw, steeds weer van voren af aan. De jongen speelt gitaar voor haar zus. Het tweetal baadt in gouden licht. Het duister valt en ze lopen hand in hand naar de zee. De golven komen omhoog, zwart en stroperig, en dan is er één enorme, monsterlijke, verpletterende golf. Soo-min doet haar mond open om te gillen, maar het geluid dat eruit komt, is gerinkel. Het gerinkel klinkt opnieuw en als Jenna wakker wordt dringt het tot haar door dat de hoteltelefoon naast haar bed rinkelt.

Even heeft ze geen idee waar ze is. Versuft neemt ze op.

'Dr. Williams? Bel ik ongelegen?'

'Nee.'

'U spreekt met Akiko Ishido.' De stem is Japans en zo helder en dun als porselein. 'Kunt u mij over twintig minuten ontmoeten in Hôtel Beau-Rivage? Ik heb niet veel tijd en ik weet dat u ver hebt gereisd om me te spreken.'

6

Hyesan
Provincie Ryanggang, Noord-Korea

Het was nog donker toen mevrouw Moon het dorp verliet. De open vrachtwagen zat vol vrouwen, die stevig waren ingepakt tegen de kou. De chauffeur schakelde naar de eerste versnelling. De wagen was van Russische makelij en ouder dan mevrouw Moon. Ze klemde haar tanden op elkaar toen ze via doodenge haarspeldbochten omlaag reden en kneep haar ogen dicht als de laadbak uitstak boven afgronden vol dennen. Algauw slingerde de weg tussen lagere bergen door, waarop graven als puistjes omhoogstaken en in het vroege ochtendlicht lange schaduwen wierpen.

Na nog een bocht zag ze plotseling steil onder zich Hyesan liggen, dat zich als een enorme begraafplaats verspreidde over het dal. Tussen honderden lage huizen liepen vuile stegen en donkere straten. Rook uit dunne schoorstenen vermengde zich met de witte mist die boven het water van de Yalu hing. Mevrouw Moon huiverde. In het noorden zag ze de bronzen kolos van de Grote Leider, die met zijn rug naar China stond. Ze tuurde naar hem met spleetoogjes door de ochtendzon. *Hiervandaan gezien ben je maar zo groot als mijn duim.* Haar staar werd erger.

Hyesan was de enige stad die ze de laatste jaren had bezocht; toch was het zelfs in haar ogen het eind van de wereld. Wegen met diepe kuilen, een os voor een kar. Een paar haveloze flatgebouwen met gebarsten muren staken boven de huizen uit. Mannen zaten op de manier van boeren langs de weg en deden niets, wachtten op niets. Een stille, ooit beroemde fabriek.

Ze liep het laatste stuk straat naar het stadscentrum en stopte even om het stof van haar gezicht te wassen in een greppel langs de weg. Terwijl ze zich afdroogde met haar schort zag ze vanuit een ooghoek ineens iets bewegen. Vlak achter haar stonden twee kinderen, van wie de een een smerige legerjas droeg die vele maten te groot was. 'Weg jullie!' riep ze en ze greep haar mand beet voordat zij hem konden jatten. Ze zou goed moeten opletten. Op elke hoek verzamelden zich *kotchebi*, zwerfkinderen, als zwaluwen rond de zaaitijd; ze deden aan zakkenrollen en stalen tassen. Op zoek naar bescherming ging ze achter aan een rij fabrieksarbeiders lopen die naar het werk marcheerden.

Het stadscentrum was een breed plein, waaraan het station lag, de staatsbank, een schoonheidssalon, een apotheek, een wisselkantoor met harde valuta waar illegale geldwisselaars als vliegen rondhingen, en het Partijbureau van de stad, een imposant gebouw met een zuilengalerij en getooid met een slogan in massieve rode tekens, die het plein domineerden: KIM JONG-IL OMRINGT HET HELE VOLK, NET ALS DE HEMEL!

Ze liep het station binnen en stond meteen in een andere wereld. Op het goederenemplacement was veel activiteit. Roepend in het Mandarijn zeulden handelaren met enorme zakken vol koopwaar. Door de kou getekende *ajumma's* stonden her en der druk te gebaren over prijzen. Twee militairen van tienerleeftijd patrouilleerden met geweren op hun rug. Ongeveer vijftig kraampjes, sommige met luifels die waren vervaardigd van de blauwe zakken van yankeerijst, stonden in rijen opgesteld, en de kreten van neerduikende vogels vermengden zich met die van de honderden verkoopsters.

'*Sassayo*!' Kom kopen!

Mevrouw Moon sloeg haar hand voor haar neus en haar mond. Haar zware schoenen bleven plakken aan het beton. Ze kwam langs matten van zeildoek waarop glanzend hondenvlees, varkensvlees en pluimvee lagen. Bergen aardappelen die tot aan haar middel reikten. Alles wat geen eten was, was overdekt met Chinees schrift. Schoonmaakmiddelen, serviesgoed, elektrische apparaten waar ze de naam niet van wist. Overal waar ze keek wisselde geld van eigenaar. Gezichten lichtten op bij het zien van geld. Er hing ook spanning, het gevoel van dringende noodzaak, alsof al die ondernemingslust elk moment door een gril uit Pyongyang kon worden verboden. Een paar straatspionnen hingen rond, kijkend, afluisterend. Ze herkende hen op een kilometer afstand.

Aan het einde van een van de rijen kraampjes vond ze een lawaaierige kantine, een eetplek in de openlucht, waar klanten gebogen zaten over kommen hete rijstsoep. Gele stoom rees op uit pannen die stonden te pruttelen op draagbare gasbranders, en ineens besefte ze dat ze honger had. Ze zou eerst iets eten en daarna een koper voor de chocoladekoeken vinden.

Een stem achter haar vroeg: 'Iets tegen de rimpels, ajumma?'

Ze draaide zich om en zag een omaatje dat met een papieren waaier gebaarde naar een uitstalling van stopverfkleurige Koryo-middeltjes. Flessen met gedroogde paddenstoelen, hertenplacentapasta, allerlei nutteloze geitenkak. *Rimpels? Zeg dat wel.*

'Wat kost het om een kraampje te huren?' vroeg mevrouw Moon.

'Vijfduizend won, schat,' zei de vrouw, en ze wuifde de stoom van de kantine weg.

'Per maand?'

'Per week.' Ze grijnsde toen ze het geschrokken gezicht van mevrouw Moon zag. 'Er zijn goedkopere plekken, dichter bij de luidspreker.'

Terwijl ze op haar bonenstoofpotje wachtte, ging er veel om in het hoofd van mevrouw Moon. *Vijfduizend won!* Wie had zoveel geld? Tae-hyon verdiende meer dan zij, maar zijn loon was tweeduizend won per maand, en dan alleen als hij echt betaald kreeg. Hij had niet gewerkt sinds de kolenmijn was overstroomd, en de voedselbonnen die hij kreeg waren geen vogelscheet waard.

Een dampende kom werd met een klap op de tafel voor haar neergezet. Ze snoof eraan. Het rook pittig en vers. Ze nam een hap. Lekker. Voorbij de drukke kantine zag ze twee andere geïmproviseerde kantines zoals deze, die werden gedreven door concurrerende handelaren. *Goed eten op een dergelijke plek...* Een klein meisje gehuld in smerige vodden schoot onder de tafel, griste een kraakbeensnoer weg en rende ervandoor.

'Honderdvijftig won, ajumma,' zei een jonge vrouw met een geldriem, terwijl ze de lege kom van mevrouw Moon wegnam. Mevrouw Moon voelde in haar schortzak en verstijfde.

Haar geld was weg.

In paniek voelde ze in een andere zak. Leeg.

'Kotchebi,' zei de jonge vrouw meelevend. 'Die kinderen zitten overal...'

Mevrouw Moon groef in haar mand, trok met bonzend hart het kleedje opzij, maar ademde toen ruimer. Haar schat was er nog steeds.

'Ik kan hiermee betalen,' zei ze, terwijl ze een chocoladekoek ophield.

De jonge vrouw zette grote ogen op toen ze het rode papier om de koek zag. Ze duwde de hand van mevrouw Moon omlaag, uit het zicht.

'Weet u het zeker?' vroeg ze, terwijl ze de koek onopvallend aannam en in haar geldriem stopte. Ze liet haar stem dalen. 'Als u daar meer van hebt, ajumma, geef ik u twintig yuan per stuk.'

Harde valuta? Zonder met haar ogen te knipperen zei mevrouw Moon: 'Ik dacht aan dertig yuan per stuk.'

In werkelijkheid had ze amper een idee hoeveel een Chinese yuan waard was. Maar de jonge vrouw had een eerlijk gezicht en mevrouw Moon was goed in het beoordelen van gezichten.

'Hoeveel hebt u er?'

'Tien.'

De jonge vrouw zette de lege kommen neer, negeerde een man die een bestelling riep en rekende snel iets uit op een stukje krantenpapier. Ze was klein en slank, had grote, aantrekkelijke ogen maar loensde licht. Ze had een permanentje, met een zonnebloemgele hoofddoek erover. Haar voeten waren zo klein dat ze meisjesschoenen droeg.

'Ik heb een paar minuten nodig om het geld te krijgen. Wacht.' Ze liep naar de keuken en kwam terug met een portie in krantenpapier gewikkelde *soondae*. Ze glimlachte vriendelijk naar mevrouw Moon en boog even. 'Eet dit terwijl u wacht, ajumma. Mijn naam is Ong, maar iedereen noemt me Undine.'

Mevrouw Moon stond op van de bank en ging in de zon zitten tegen de stalen zuil van de brug. Ze kon zien dat dit het goedkope deel van de markt was: de handelaren hadden geen kraampjes. Ze stalden hun spullen uit op stromatten op de grond. Ze at langzaam de soondae op en genoot van de hete chilipeper, die het afval eetbaar maakte. Boven haar hoofd kwam een bevende stem uit de luidspreker, tegen een achtergrond van opzwepende muziek: '...*tegen duizenden vijanden vechten, sneeuw en honger trotseren, terwijl de rode vlag voor de manschappen wappert*...' Rechts zag ze hoe de mensen naar het perron stroomden voor een trein uit Kanggye, die luid rammelend binnen kwam rijden, met botsende koppelingen en een vonkende bovenleiding, dat alles vergezeld van een stank van latrines en verschroeid koper.

Undine kwam buiten adem terug en legde drie rode bankbiljetten in haar hand. De chocoladekoeken waren verkocht. 'Als u nog eens iets anders hebt uit *het dorp beneden*,' fluisterde ze, 'weet u waar u me kunt vinden.' Ze gaf een knipoog en vertrok. Mevrouw Moon staarde naar de bankbiljetten in haar hand.

Ze stak het plein over naar het wisselkantoor met harde valuta. Ze was niet van plan het geld te wisselen. Ze wilde weten wat ze had. Een van de geldwisselaars liep met haar naar een hoekje om zaken te doen, en toen kwam de grootste verrassing. In ruil voor haar driehonderd yuan bood hij haar meer dan vierduizend won in haveloze, wegrottende biljetten. Ze kon het niet geloven, hapte naar adem. Twee maanden werk van haar man stond gelijk aan tien chocoladekoeken uit Zuid-Korea? Ze wilde hard huilen en tegelijkertijd lachen. Met een gevoel van schaamte besefte ze dat ze dit voor Taehyon verborgen zou houden. Ze wilde hem niet zijn gezicht laten verliezen.

Ze liep weg van de geldwisselaar, met de yuans in haar vuist.

'Hé, ajumma! Oké, speciaal tarief voor u...'

Ze liep terug naar de markt en keek recht voor zich uit toen ze langs het omaatje liep dat Koryo-middelen verkocht.

Het leven geeft je drie kansen, dacht ze. *Dit is er een van.*

Binnen een uur had ze haar aankopen gedaan. Een zak rijst van vijf kilo en een zak gedroogde noedels, een liter spijsolie van goede kwaliteit, een zak rijstmeel, potjes siroop, mosterdsaus, visbouillon en sojabonenpasta, en haar grootste investering: een nieuwe stalen pan.

Sommige mensen verhongeren, sommigen bedelen, en sommigen drijven handel.

Ze was koopvrouw.

7

Hôtel Beau-Rivage
Quai de Mont-Blanc
Genève, Zwitserland

'Hij verdween aan het eind van onze straat, vlak bij het strand. Hij had net een vriend gedag gezegd na zijn voetbaltraining en was op weg naar huis om voor het eten zijn huiswerk af te maken. De straatlantaarns waren nog maar net aan. Hij was veertien. We waren kapot.'

Mevrouw Ishido roerde in haar kopje en nam een slok. Zij en Jenna waren de enige gasten in een salon uit de belle époque met een hoog plafond, vergulde stoelen en brocaten gordijnen; de salon werd heel bescheiden 'tearoom' genoemd. De openslaande deuren gaven een klassiek uitzicht op het meer en de *jet d'eau* die als een geiser omhoogspoot. De alpenhemel overspoelde de salon met kristalhelder licht, dat gebroken werd in de kroonluchters. Aan de andere kant zat een man die te groot was voor zijn kostuum en een kaalgeschoren hoofd had, naar de deur te kijken. De Zwitserse autoriteiten hadden haar een bodyguard opgedrongen, zei mevrouw Ishido, om haar te beschermen tegen Noord-Koreaanse huurmoordenaars als ze een getuigenis aflegde voor de Verenigde Naties. 'Ze hadden me allang vermoord als ze me tot zwijgen wilden brengen. Het maakt hun niet uit wat de wereld van ze denkt.'

Ze was een jaar of zestig, schatte Jenna, en droeg een elegant marineblauw mantelpak met een prachtige Japanse parelketting. Haar haar was aswit en haar gezicht was getekend door verdriet, maar er was iets frappants aan haar: sporen van een opmerkelijke schoonheid. Ze zat kaarsrecht, als een koningin, een houding waarin Jenna de vastberaden waardigheid zag van een moeder die het ergste had doorstaan dat haar kon overkomen: haar kind was gestolen. Ze sprak een beetje Koreaans, legde ze uit, dat ze had geleerd in de tijd dat ze werkte voor de directeur van Hyundai Heavy Industries in Tokio, maar ze vulde de leemten op met Engels. Op de tafel tussen hen in had ze de schoolfoto van haar zoon Shuzo gelegd. Jongensachtig, met een rond gezicht. Leuk joch.

'Mijn man gaf hem bijna onmiddellijk op als vermist. De politie van de prefectuur zocht dag en nacht. Na een week werd deze foto in alle lokale kranten geplaatst. Ze hebben geen enkele aanwijzing gevonden. Het was alsof de nacht hem had verzwolgen. Natuurlijk vroegen we ons af of hij was weggelopen, zoals tieners soms doen. We lieten de deur altijd open en de lichten aan voor het geval hij terugkwam als we weg waren. Eén jaar werd vijf jaar; vijf jaar werd tien jaar, en zonder het ooit te zeggen, namen we allebei aan dat hij dood was. Wonen in die stad aan zee werd ondraaglijk. Toen het bedrijf van mijn man hem een overplaatsing naar Osaka aanbood, was dat een geschenk uit de hemel. En toen, elf jaar na de verdwijning van Shuzo, kregen we het telefoontje dat ons leven op zijn kop zette. Het was een verslaggever van de *Tokyo Shimbun*. Hij vertelde me dat er tijdens een mislukte geheime missie naar Seoul een Noord-Koreaanse commando gevangen was genomen. Die commando werd ondervraagd door de Zuid-Koreaanse inlichtingendienst. Hij bekende deel uit te maken van een eenheid die in de loop der jaren tientallen mensen had ontvoerd en meegenomen naar Noord-Korea. Een van hen was een veertienjarige jongen uit onze stad.'

Ze schudde verdwaasd haar hoofd: 'Onze zoon in Noord-Korea? Zoiets hadden we nooit van ons leven voor mogelijk gehouden. Maar alles klopte. De tijd en de datum. Het was Shuzo. Deze commando had hem ontvoerd, op het trottoir...' Mevrouw Ishido zweeg even en slikte. '...hem op het strand vastgebonden en een prop in zijn mond gedaan, in een lijkzak geritst en hem meegenomen in een bootje... naar een wachtende onderzeeër.'

De haartjes in Jenna's nek gingen rechtovereind staan.

'Hij huilde en schreeuwde de hele reis naar Noord-Korea. Ze zetten hem meteen aan het werk. Stel je voor, als veertienjarige moest hij Noord-Koreaanse spionnen die werden opgeleid om in Japan te infiltreren, Japanse gewoonten en straattaal aanleren. Misschien dachten ze ook dat ze hem konden hersenspoelen en een spion van hem maken. Jonge mensen zijn kneedbaar. We eisten zijn onmiddellijke vrijlating. Na grote druk van onze regering gaf het Noord-Koreaanse regime eindelijk toe dat ze Shuzo hadden meegenomen. Daarna vertelden ze ons dat hij geestelijk in de war was geraakt en zich vier jaar geleden had verhangen, eenentwintig jaar oud.'

Haar stem brak bij de laatste lettergreep. Ze had waarschijnlijk enorm veel moeite moeten doen om haar zelfbeheersing te bewaren, en Jenna zag hoe broos het vernisje van de vrouw was. 'Ik geloof ze niet,' zei ze met onvaste stem. 'Waarom zou ik alles geloven wat ze zeggen? Ik geloof dat Shuzo nog in leven is...'

Ze pakte een zakdoek uit haar tasje en depte haar ogen. Jenna keek een andere kant op. Ze wilde haar hand vastnemen, maar mevrouw Ishido gaf geen aanleiding tot vertrouwdheid. Er brak een stilte tussen hen aan, waarin Jenna het verkeersgeluid van de Quai de Mont-Blanc en een scheepshoorn hoorde: de veerboot uit Lausanne die de steiger naderde. Jenna drong aan, met tegenzin, maar het was sterker dan zijzelf. 'U had het over... een onderzeeër.'

Mevrouw Ishido schraapte haar keel en toen ze sprak was haar stem weer effen, ze had haar emotie snel onder controle gekregen. 'Een onderzeeër van de marine met spionagetaken, een Sang-O-klasse, die een missie ondernam vanuit marinebasis Mayangdo in Noord-Korea. Een vrij groot schip, volgens de commando.' Ze keek Jenna met een droeve glimlach aan. 'Niemand verwachtte een onderzeeër. Waarschijnlijk is uw zus door hetzelfde vaartuig meegenomen. Dat zou verklaren waarom ze zo volledig en onopgemerkt verdwenen is.'

Er voer een elektrische stroom door Jenna, een gevoel van blijdschap gemengd met een misselijkmakende samentrekking in haar maag.

Dat was het dus. Eindelijk had iemand het gezegd.

'En mij is altijd verteld dat ontvoering onmogelijk was,' mompelde ze.

De lijfwacht stond op en wees op zijn horloge.

'Neem me niet kwalijk,' zei mevrouw Ishido terwijl ze opstond. 'Ik moet mijn vlucht terug naar Osaka halen.' Ze maakte een buiginkje en stak haar hand uit naar Jenna. 'Ik hoop dat u op een dag met uw zus herenigd wordt.' Toen liep ze naar de deur.

'Die gevangengenomen Noord-Koreaanse commando...' zei Jenna. 'Hoe heet hij?'

Zelfs van achteren kon Jenna de vrouw zien verstijven.

'Sin Gwang-su,' zei ze zacht en draaide zich om. 'Hij heet Sin Gwang-su en wordt vastgehouden in de Pohang-gevangenis, aan de oostkust van Zuid-Korea.' Haar gezicht betrok.

'Hebt u hem *opgezocht*?'

'Nee...' Ze aarzelde. 'Hij is een gevangene van de A-categorie en wordt vastgehouden in een zwaarbeveiligde eenheid. Hij mag geen bezoek ontvangen. Maar met toestemming van de Zuid-Koreaanse regering heb ik hem gesproken... Geen ervaring die ik u toewens. Of zelfs maar een ervaring die u kan helpen bij het verwerkingsproces. Hoewel het soms... mogelijk is enige waarheid te ontdekken in de leugens die het kwaad vertelt.'

Toen mevrouw Ishido vertrokken was, liep Jenna alleen door de tearoom. Ze was zo hevig geschokt, woedend en euforisch dat ze niet wist wat ze met zichzelf aan moest. Het aantal keren in haar leven dat ze voelde behoefte te hebben aan alcohol, was zo klein dat ze op één hand te tellen waren. Dit was er een van.

Tussen het Franse en Duitse gebrabbel in de bar van de lobby hoorde ze Amerikaanse stemmen. Met haar rug naar die stemmen koos ze een kruk aan de zinken bar. Ze zat niet ver van de piano, wierp een verbijsterde blik op de rijen Europese flessen likeur in tegenlicht en vroeg om een groot glas Jack Daniel's met cola. De pianist leek haar op te merken en moduleerde de melodie waarop hij improviseerde naar een bluesachtiger toonsoort. Haar drankje werd voor haar neergezet. Ze nam een royale slok. Haar hand trilde.

Meegenomen in een onderzeeër!

Ze schudde haar hoofd alsof dit simpelweg ongelooflijk was, alsof iemand haar had verteld: 'Je zus is een zeemeermin geworden en zo weggezwommen.' In geen van de doemscenario's die ze zich in de loop van de jaren had voorgespiegeld had zij, of iemand anders, rekening gehouden met de mogelijkheid van een onderzeeër.

Diep in haar binnenste kwam er een woedebui op. *Heb je de hoop zo makkelijk opgegeven? Heb je al die tijd niet naar je instinct geluisterd? Schaam je je niet?*

De barman stond glazen te drogen en tegelijk aandachtig naar haar te kijken. Ze nam nog een flinke slok van haar drankje, voelde dat het trillen begon te zakken en ademde langzaam uit.

Ze leeft. O god, ze leeft nog.

Jenna kreeg kippenvel en voelde dat iets donkers zijn vleugels in haar ontplooide. Als mevrouw Ishido toestemming had gekregen contact op te nemen met die Noord-Koreaanse ontvoerder in de gevangenis, dan zij ook. Ze zou met de duivel spreken die Soo-min en Jae-hoon had meegenomen. Ze zou...

'Weet je, er zijn goedkopere tenten om je te bedrinken in deze stad,' zei een lage, bekende stem achter haar.

Ze deed haar ogen dicht. *Het is niet waar.*

Jenna draaide zich opzij. 'Ga me alstublieft niet vertellen dat dit toeval is.'

Charles Fisk glimlachte vaderlijk. Hij droeg een pak, maar had zijn stropdas afgedaan, alsof hij net een lange vergadering achter de rug had. 'Mevrouw Ishido is niet mis, hè?' Hij nam de kruk naast haar. 'Een soort Japanse Meryl Streep.'

'Wat doet u hier?' vroeg ze, waarbij ze vergeefs probeerde haar ergernis te onderdrukken.

'Ik kwam even langs om gedag te zeggen, meer niet. Het Wereld Economisch Forum staat op het punt te beginnen.' Hij liet zijn stem dalen. 'Onder ons gezegd: dit is een prachtkans om onze gewaardeerde bondgenoten informatie te ontlokken. Wist u dat dit hotel in de oorlog "Beau-Espionage" werd genoemd? Het wemelde in de bar altijd van de Gestapo-spionnen en blonde dubbelagenten met een cyanidecapsule verstopt in hun jarretelgordel.'

Jenna zuchtte. 'Kijk, meneer, ik ben u dankbaar voor het leggen van contact met mevrouw Ishido, echt waar, maar nu zou ik eigenlijk even alleen willen zijn...'

‘Er is hier iemand die ik aan u wil voorstellen.’

Het viel haar op dat ze er in een ander leven misschien wel van had genoten dat ze een aantrekkelijke jonge vrouw was die in gezelschap van een charmante, erudiete man aan de bar zat van een uitstekend hotel aan het Meer van Genève, maar ze voelde zich gewoon geïrriteerd. Ze wilde die zich ontwikkelende relatie met Fisk niet aanmoedigen. Hij probeerde haar ongetwijfeld te manipuleren in de richting van zijn eigen doel. En toch, hij leek haar zo echt aardig te vinden en haar gezelschap zo op prijs te stellen dat ze onwillekeurig glimlachte. Ze stond stil bij zijn grote neus en golvende zilveren haar, zijn sterke, intelligente, lelijke gezicht. Zijn charme, dat overreden was een soort verleiden, vermoedde ze, en daarvoor was ze niet zo immuun als ze had gedacht.

Terwijl hij haar door de prachtige Habsburgzaal leidde, drong het tot haar door waarom ze zo onrustig was sinds ze dit hotel binnenging: er stonden overal beveiligers, mannen met een Oakley-zonnebril op, die in reversmicrofoons praatten, in hoeken stonden, observeerden. Op de vijfde verdieping kwamen ze in een zaal waar dik tapijt lag, en daar stonden nog twee mannen met oortjes. Fisk leidde haar door een gang met negentiende-eeuwse schilderijen onder een spotje en ze stopten voor een gelakte deur met een beveiligingssysteem. Hij drukte op een zoemer en er werd opengedaan door een wakker uitziende vrouw met een bureaukalender in haar hand. ‘Kom binnen,’ zei ze, ‘maar alsjeblieft niet meer dan vijf minuten.’

Ze stonden nu in een grote, weelderige suite vol boeketten bloemen. In elke hoek stonden twee empirefauteuils met klauwpoten en een zijden divan. Een hele muur werd in beslag genomen door een buitenmaatse napoleontische open haard, geflankeerd door hoge tafellampen met kwastjes rond de kap.

Achter een deur hoorde Jenna een vrouw praten. Ze meende de borststem te herkennen, maar was te veel afgeleid om hem te plaatsen. De deur ging open en een slanke zwarte jongeman in een driedelig pak wenkte hen naar binnen.

De vrouw zat met haar rug naar hen toe en had haar voeten op een bank gelegd; ze praatte in een mobiele telefoon. Haar volle stem was vrij laag en leek te luid en te scherp voor de kamer. Jenna wierp een blik op Fisk, die met zijn vinger aangaf dat ze niets moest zeggen. Er schoven lichtpatronen over het plafond, het zonlicht weerkaatste in het meer. Ze hoorde het tikken en zoemen van een faxapparaat. De vrouw had een massief, blond kapsel. Een jonge kapster in een roze uniform stond een haardroger en borstels op te bergen en liep de kamer uit. Ten slotte beëindigde de vrouw het telefoongesprek met de woorden 'Jezus christus allemachtig' en gooide de mobiele telefoon naar de zwarte jongeman in pak. Jenna rook haar parfum, dat citrusachtig en sterk was.

De vrouw stond op, keek hen aan, glimlachte hen monter en strijdvaardig toe, en het volgende moment stond Jenna de hand te schudden van de Amerikaanse minister van Buitenlandse Zaken.

8

Het ministerie van Buitenlandse Zaken
Kim Il-sungplein
Pyongyang, Noord-Korea

De dag van luitenant-kolonel Cho was heel routineus begonnen. Een paar saaie vergaderingen; rijstballen met inktvis als middagmaal in het kantoor van zijn superieur, generaal Kang, waar Kang hardnekkig zijn Engels was blijven oefenen met Cho. *I did hike of a mountain with my two daughters and afterward we eat some pruits in a lestaulant.* 's Middags een vergadering over logistieke zaken met afdeling 1 van het Gardecommando om het officiële bezoek van de Geliefde Leider aan China te plannen: een stoet van drie gepantserde treinen; een stuk of tien verbindingen geannuleerd om de lijn vrij te maken; in elk station dat hij passeerde gewapende detachementen van de KPA; verse vis en wild die naar hem moesten worden overgevlogen en het afval teruggevlogen. Geen wonder dat de grote man zelden het land verliet. (Het Gardecommando had ook gewild dat de urine en uitwerpselen van de Leider werden verzameld en teruggestuurd naar Pyongyang om te voorkomen dat buitenlandse mogendheden zijn DNA in handen zouden krijgen. Cho had voorzichtig voorgesteld dat ze daar zelf een oplossing voor moesten vinden, omdat die taak een te groot voorrecht was voor iemand van zijn rang.)

Tegen zessen woonde hij een werksessie van zijn politieke studiegroep bij; de lezing van die avond ging over de revolutionaire principes van Juche-poëzie. Hij concentreerde al zijn resterende energie op het voorkomen dat hij geeuwde. Cho was compleet uitgeput. Zijn hersenen voelden alsof ze in wol waren gewikkeld. Zijn ogen voelden alsof ze geschuurd en te klein waren voor hun kassen.

Sinds de dag van de parade, bijna een week geleden, had hij niet goed geslapen. Telkens als hij dacht aan de komende promotie van Yong-ho, dus ettelijke keren per uur, liet zijn humeur het afweten. Het ene moment voelde hij zo'n opwinding dat hij nauwelijks kon ademen. Het volgende moment was hij haast hysterisch van ongerustheid. Een onderzoek naar hun echte familie? *Hun echte familie.* Het risico was krankzinnig groot! Hoe kon Yong-ho dat doen?

Toen hij die ochtend wakker werd was het nog donker. Badend in het zweet luisterde hij of hij laarzen hoorde dreunen in het trappenhuis en gebonk op de deur. De verdwijningen vonden 's nachts plaats, altijd 's nachts. Hij stelde zich voor hoe Bowibu-agenten zijn slaapkamer binnenkwamen, met felle lichten in zijn ogen schenen en hem arresteerden omdat zijn familie, zijn *echte* familie, waarvan hij de namen en gezichten niet kende, verraders van zijn klasse waren geweest, saboteurs, vijanden van de revolutie, en dat Yong-ho en hij, twee broers wier genen die voorouderlijke misdadigheid droegen, het vertrouwen hadden beschaamd van de edelste Leider op aarde. Toen wreef hij over zijn gezicht, ademde in, ademde uit. Zijn echte voorzaten waren vast niets anders geweest dan rijstplanters en poepscheppers. Er was geen reden om zich zorgen te maken.

Nadat zijn studiegroep om halfacht was geëindigd, ging Cho naar huis; eerst at hij met zijn vrouw en Boekie, toen hielp hij Boekie een poosje met zijn huiswerk. Daarna lukte het hem een onrustig dutje van een halfuur te doen in zijn werkkamer voordat hij net als zijn collega's rond tienen terugkeerde naar het ministerie, voor het belangrijkste deel van de werkdag: het opstellen van rapporten en communiqués, het analyseren van informatie en het 's avonds laat *aanwezig zijn.* De donkere uren waren de productiefste van de Geliefde Leider en de man kon zelf zijn bureaucraten elk moment opbellen. Dat idee van Kim Jong-il was niet besteed aan de kapitalisten: angst was net zo stimulerend als hebzucht.

Toen Cho om tien uur weer binnenkwam via de hoofdingang van het ministerie, stond zijn afdelingschef hem op te wachten in een hoek van de grote hal. Op het moment dat hij Cho zag drukte de man zijn sigaret uit. 'Je wordt verwacht op de bovenste verdieping.'

'Wat?' Angst blies omlaag langs Cho's hals als een ijskoude tochtwind.

'Waarom?'

De ogen van zijn chef monsterden hem van top tot teen. 'Trek je das recht. Ik moet je meteen boven brengen.' Hij legde zijn hand onder op Cho's rug en begon hem door de hal te duwen. 'Snel. *Chollima*-tempo.'

Cho voelde dat hij haast stikte van paniek, alsof iemand een touw om zijn luchtpijp had geslagen. *Het is zover! Wat hebben ze ontdekt?*

De chef liep achter Cho de liftkooi in; de deur werd dichtgedrukt en onder geratel en gezoem van de motor gingen ze langzaam omhoog. De chef zei niets totdat ze goed en wel boven de hal waren uitgestegen en begon toen te fluisteren: 'Kang is gearresteerd. Vanavond, bij hem thuis.' De stem van de chef was hees van paniek. 'Beschuldigd van *spionage*. De hele afdeling staat op zijn kop...'

'Generaal Kang?' Cho staarde hem aan. 'Op welke gronden?'

De man schudde zijn hoofd. 'Wat doet dat ertoe? Hij is beschuldigd. Het is afgelopen met hem.'

Het zwakke peertje van de lift gloeide op en zwakte weer af door een golf in de elektriciteitstoevoer.

Het begon te malen in Cho's hoofd. Spioneren was een vage, nietspecifieke misdaad, maar erg besmettelijk. Het soort misdaad dat snel werd geconstateerd in kringen en facties en dat hele afdelingen kon besmetten.

Zou hij zo dadelijk worden beschuldigd van spionage, als medeplichtige van Kang? O *verdomd m'n lieve grootje nog aan toe*. Associatieve schuld, erfelijke schuld. Of hadden ze iets opgegraven in het verleden van zijn echte familie... en werd met dat iets het bewijs geleverd...?

De lift kwam schuddend tot stilstand op de bovenste verdieping. Nadat Cho was uitgestapt, sloeg de deur met gekrijs van ijzer achter hem dicht. Hij draaide zich om en zag de chef door de vloer zakken; zijn gezicht was verlicht als een kabuki-demon.

'Niets toegeven,' mimede de man.

De stille, witte gang leidde naar een wachtkamer. Hij was zelden op de directieafdeling van het ministerie van Buitenlandse Zaken geweest, en dan alleen nog in gezelschap van generaal Kang. Hij begon te lopen, traag, langs een reeks olieverfschilderijen aan de muren. Grote, klassieke werken uit de tijd van de drie revoluties. Boeren die elkaar begroetten op akkers met overvloedige oogsten. Een hoogovenarbeider die zijn voorhoofd afveegde. Zijn voetstappen galmden als geweerschoten op de verwarmde parketvloer en hij voelde hoe zijn paniek plaatsmaakte voor een vreemde kalmte, bijna een berusting, zoals de diepe gelatenheid die hij had gezien op de gezichten van veroordeelden bij openbare executies. Het gevoel werd diep en schrijnend nu hij aan zijn liefde voor zijn vrouw en zoon dacht. Wie zou er nu voor hen zorgen?

Toen hij dichterbij kwam zag hij een geüniformeerde secretaresse achter haar bureau staan. Ze glimlachte hem toe en hij voelde een pathetische dankbaarheid. Ze stak een vinger op om aan te geven dat hij even moest wachten, klopte voorzichtig op de paneeldeur en deed hem op een kier open. 'Luitenant-kolonel Cho Sang-ho is er voor u, meneer.'

Toen er binnen gebrom klonk deed ze allebei de deuren open en zag Cho een groot, helverlicht kantoor, dat rook naar houtlak. Een man van een jaar of vijftig stond achter een bureau en rommelde in zijn papieren.

'Kom binnen, kameraad Cho, kom binnen,' zei de eerste onderminister, zonder op te kijken. De rode vlag van de Arbeiderspartij stond als een toneelgordijn aan de ene kant van het bureau en de Vader-Zoonportretten keken vanaf de muur op hem neer. In een glazen kast aan de linkerkant stonden de heilige revolutionaire teksten in smetteloze boekdelen; rechts gaven drie hoge ramen met vitrage zicht op de spaarzame lichten van het Kim Il-sungplein.

Cho liep langzaam naar binnen, zich bewust van zijn blinde vlekken links en rechts.

De eerste onderminister knikte vaag in de richting van een bijzettafeltje waar een oude zilveren samowar en porseleinen kopjes op stonden. 'Schenk jezelf wat thee in.'

Er waren twee andere mannen in de kamer aanwezig, die in zware fauteuils met hun gezicht naar het bureau zaten. Geen van beiden keek op om hem te groeten, maar Cho herkende het sobere maopak van de secretaris-generaal, die met zijn benen over elkaar zat. Hij hield een sigaret vlak bij zijn gezicht in een hoek, als een Japanse kapitalist in de films. De andere man was de minister zelf, wiens hoofd als een verweerde, schildpadachtige uitwas tussen de epauletten op zijn schouders stond. Instinctief deed Cho een snelle schatting. Hij was er vrij zeker van dat hij de twee mannen in de fauteuils niet serieus hoefde te nemen, zelfs de minister niet, die alleen voor officiële gelegenheden werd opgetrommeld. De echte machthebber in de kamer was de eerste onderminister achter het bureau. Hij droeg een eenvoudige bruine tuniek zonder insignes en ademde het absolute gezag van Kim Jong-il.

Cho schonk wat thee in en voelde alle ogen in zijn rug. Er heerste een intense concentratie in de kamer. Hij voelde dat ze net over hem hadden gesproken.

'Neem een stoel.'

Toen Cho eenmaal was gaan zitten, liep de eerste onderminister om het bureau heen en ging vlak voor hem op de bureaurand zitten, trommelde met zijn vingers op het hout en keek hem aan met een harde, monsterende blik. Hij had het gezicht van een apparatsjik: dunner wordend haar, dikke zwarte wenkbrauwen en een bril met een stalen montuur waardoor hij grote ogen kreeg, als een slimme uil.

'Je superieur, generaal Kang, is niet langer bij ons,' zei hij op besliste toon. Cho voelde hoe het zweet uitbrak op zijn rug. 'Vandaar dat we besloten hebben zijn missie naar het Westen aan jou toe te vertrouwen.'

Waarschijnlijk zakte Cho's onderkaak van schrik omlaag, want de eerste onderminister fronste zijn wenkbrauwen. 'Het is geen missie die we makkelijk aan iemand toewijzen, dat kan ik je wel zeggen.' Er klonk een vleugje cynisme in de stem. 'Het betreft een kwestie van ernstig nationaal belang. Er is geen ruimte voor fouten. De vraag is: ben je klaar voor die taak?'

Cho zat kaarsrecht op het puntje van de stoel en hield zijn thee op zijn knie in evenwicht. Hij had liever willen staan. Hij hoorde zichzelf zeggen: 'Het is een eer en een plicht om mijn uiterste best te doen, meneer.'

De eerste onderminister wuifde de standaardopmerking weg. Hij ademde bedachtzaam uit en sloeg zijn armen over elkaar. 'Mijn collega's hier denken dat je te groen bent met je drieëndertig jaar, te jong. Je hebt nooit eerder met westerlingen te maken gehad.'

'Ik spreek behoorlijk Engels, meneer.'

'Ja ja,' zei de man. Hij draaide zich om en keek naar de papieren op het bureau; Cho zag een foto van zichzelf, ondersteboven. Dat was zijn dossier, besefte hij, dat uit het archief van de Partij was gehaald, waar van alle burgers geheime dossiers werden bijgehouden. Hun hele leven lag daar: namen van jeugdvrienden, neigingen tot drinken of gokken, ontrouw, elke opmerking die ze ooit hadden gemaakt die als gebrek aan trouw kon worden gezien. 'Met je Engels heb je een stapje voor bij die jakhalzen, die klootzakken. Ik kan je ook vertellen dat je familierelaties een belangrijke factor zijn geweest bij het beslissen over je kandidatuur...'

'Mijn familie?' Cho voelde zijn hart week worden.

De eerste onderminister liep terug naar zijn stoel, pakte een sigaret uit een notenhouten doos op het bureau en stak die met een enorme koperen tafelaansteker aan.

'We weten dat je broer is voorgedragen als chef-staf van de jongste zoon van onze Geliefde Leider,' zei hij, en hij zoog hard aan de sigaret. Zijn donkere ogen keken Cho strak aan. De rook kwam naar buiten met de woorden die hij nu zorgvuldig uitsprak: 'Mettertijd, al hopen we dat die dag nog ver verwijderd is, zal het voor ons nuttig zijn om een vertrouwd contact zo dicht bij de Opvolger te hebben...'

Er kroop een tinteling over Cho's hoofdhuid, alsof er een geheim was verteld. Hij had nog nooit iemand horen spreken over de opvolging. Die gedachte was gevaarlijk omdat er impliciet een erkenning uit sprak dat de Geliefde Leider sterfelijk was, terwijl de Partij leerde dat het leven van de Leider uit één lange reeks gezegende wonderen bestond, die de sterfelijke levens van al zijn onderdanen samen overtrof. Zelfs in de dood zou hij niet sterven.

De stilte leek aan te geven dat Cho toegang had gekregen tot een geheime kring.

Toen zei de eerste onderminister: 'We sturen je naar New York om onderhandelingen aan te knopen met de yankees.' Cho voelde ineens een pijnlijke hete plek op zijn knie, waarover hij gloeiend hete thee had gemorst. 'Het is je taak om ze zoveel geld en materiële hulp af te troggelen als je kunt.'

'Het leiderschap heeft harde valuta nodig,' zei de secretaris-generaal, en hij leunde voorover om zijn as in een dikke glazen asbak te tikken. 'Dringend.'

Uiteindelijk deed ook de minister zelf een duit in het zakje: er waren harde valuta nodig. Cho dacht dat hij de oude man verkeerd had verstaan. Hij had de grootste moeite om alles mentaal bij te houden. Astronomische hoeveelheden dollars. Onwerkelijke getallen. Hoe kon hij de Amerikanen er in vredesnaam toe overhalen om met zoiets akkoord te gaan?

'Nog vragen?' vroeg de oude minister.

Cho's geest was leeg. Uiteindelijk zei hij: 'Welk pressiemiddel krijg ik?'

De eerste onderminister wierp een blik op de andere twee en er gebeurde iets heimelijks tussen hen. 'Je zult iets hebben om mee te onderhandelen. Dat hoef je voorlopig nog niet te weten.'

De mannen drukten hun sigaretten uit. Alle vier stonden ze op. Cho schoot in de houding. De eerste onderminister liep weer om het bureau heen zodat ze alle drie op één lijn tegenover Cho stonden; toen tilde hij plechtig een papier in de lucht.

'De opdrachten van onze Geliefde Generaal zullen nu worden overgedragen...' Met een hoge, sonore stem werd de schriftelijke opdracht van Kim Jong-il om met de Amerikanen te onderhandelen formeel aan Cho gegeven. Het Hoge Woord was eruit en hij voelde dat zijn leven veranderde.

Ze riepen: 'Lang leve de Generaal!'

Daarna stuurden ze hem weg.

Toen hij de kamer uit liep zei de eerste onderminister: 'Overigens, Cho, je bent gepromoveerd tot kolonel. Gefeliciteerd.'

Achter in de auto op weg naar huis keek Cho door het raampje naar de langsglijdende onverlichte straten van de hoofdstad. Hij was ten prooi aan zoveel kolkende emoties dat hij zich amper op één gedachte kon concentreren. Hij voelde een mengeling van beklemming en opgetogenheid. Dat hij op een missie naar de yankees werd gestuurd, betekende dat men uitzonderlijk veel politiek vertrouwen in hem had. Zelfs zoveel dat hij even de hoop voelde dat hij niets te vrezen had van het onderzoek van de Bowibu naar de achtergrond van zijn familie.

Arme Kang. Al die inspannende Engelse conversatie voor niets. Hebben ze zijn dochters ook meegenomen?

De auto draaide een straat in achter de twee torens van het Koryo Hotel. Een paar meter verderop kwamen ze bij het gestreepte hek dat de hoofdingang van het wooncomplex vormde. Twee gehelmde politievrouwen van het ministerie van Volksveiligheid schenen met hun zaklantaarns op de kentekenplaat en in de auto en groetten vlot toen ze Cho's gezicht zagen. De poort schoof opzij en de auto zoefde over een bochtige weg die verlicht werd door piepkleine spotjes in de stenen trottoirband. Laatbloeiende witte reigerorchideeën lichtten soms even op in het schijnsel van de koplampen. De auto stopte op Binnenplaats 5 en Cho wenste zijn chauffeur welterusten. Op de tak van een ginkgoboom kwinkeleerde een nachtegaal. Zijn Nokia gaf aan dat het even na middernacht was.

De adrenaline joeg in zijn borst terwijl hij met sprongen de trap beklom. Zijn vrouw zou het niet erg vinden gewekt te worden en het nieuws te horen. Toen hij de deur van zijn appartement opendeed bevroor zijn bloed. In de vestibule stond een paar gepoetste laarzen op de vloer. Er klonk geroezemoes in de woonkamer. De paniek rees in hem op als gas door een vloeistof terwijl hij stilletjes zijn schoenen uittrok, de donkere gang in sloop en zich inspande om meer te horen. Toen gooide hij de deur open en zag in de helverlichte woonkamer Yong-ho staan. Zijn legerjas hing af van zijn schouders, hij grijnsde breed naar Cho en spreidde zijn armen om hem te omhelzen.

'Ik dacht dat je het meteen wel wilde weten, jongere broer...'

Hij hield een fles Hennessy Black cognac in zijn hand en had zojuist een boeket roze azalea's aangeboden aan de vrouw van Cho, wier ogen opgezwollen waren van de slaap. Ze hield de bloemen voor haar neus en probeerde blij te kijken. Hij haalde twee glazen uit de gelakte kast.

'De onderzoeksfunctionaris heeft me persoonlijk gebeld,' zei hij, terwijl hij de fles openmaakte en de cognac in de glazen liet klateren. 'Het is beter dan we hadden kunnen denken.'

'Wat bedoel je?'

'Onze echte achternaam is Hwang. Uit de documenten blijkt dat onze echte grootvader in september 1950 is gesneuveld tijdens de Slag bij Busan. Hij werd postuum gedecoreerd omdat hij tot de laatste kogel weerstand had geboden aan de yankees terwijl zijn kameraden ontsnapten...' Yong-ho stompte Cho tegen zijn borst en slaakte een luide kreet. 'Tot de laatste kogel! We zijn de kleinzonen van een martelaar! Daardoor worden we praktisch halfgoden, jongere broer. En het wordt nog beter. Onze echte vader was tot zijn dood tien jaar geleden een zeer gerespecteerde luchtmachtgeneraal.' Hij duwde Cho een glas in de hand en stootte ertegen met het zijne. Cho zag dat zijn broer al flink de hoogte had. 'Ik zei je toch dat dit geen probleem zou zijn?' Met een grimas sloeg hij het glas achterover.

Na de korte opgetogenheid die hij had gevoeld toen hij het nieuws hoorde, voelde Cho nu zijn glimlach aarzelen. Dit klopte niet.

'Oudere broer... als we in zo'n gezin zijn geboren, waarom werden we dan in een weeshuis geplaatst?'

Yong-ho haalde zijn schouders op. 'Onze vader heeft waarschijnlijk een bijslaap genomen. Zou niet ongewoon zijn geweest. En wij komen daaruit voort. Wie weet? Doet er niet toe. Ons bloed is schoon. En het komt van een oorlogsheld klasse A.'

Cho keek de kamer rond zonder iets te zien terwijl hij de tweede bom van die nacht verwerkte. Hij had een vaag, gefantaseerd beeld van zijn echte moeder bewaard, wier gezicht zijn geestesoog niet direct kon zien, maar ze was er, in de periferie, in de schaduw van een bamboebosje bij zonsopgang, een mythische figuur. Nu stelde hij zich voor hoe ze haar zoontjes huilend naar het staatsweeshuis bracht. Tot welke vreselijke keuzes was ze gedwongen?

Yong-ho nestelde zich in een leunstoel, waarbij hij de scherpe vouwen van zijn broekspijpen optilde. 'De onderzoekersfunctionaris wil dit afsluiten. De Partij wil graag mijn benoeming aankondigen. En moet je horen: ze bieden ons een feestje aan om ons kennis te laten maken met de broers en zussen die we nooit hebben ontmoet.'

'Hebben we broers en zussen?' vroeg Cho verdwaasd.

Plots voelde hij opluchting als warm bronwater over zich heen stromen. Hij keek op naar de Vader-Zoonportretten aan de muur, en de gezichten keken naar hem terug, vol kracht en raadselachtige kalmte. De opluchting die hij voelde maakte hem genereus. 'Heb je honger? We hebben Zwitserse kaas in de koelkast en er is een potje Iraanse kaviaar.' Zonder iets te zeggen draaide Cho's vrouw zich om en liep naar de keuken.

Yong-ho schonk voor allebei nog een cognac in. Hij bracht altijd een fles mee als hij bij hem op bezoek kwam en Cho vroeg zich niet voor het eerst af hoeveel geld zijn broer bezat. Eén zo'n fles ging op de zwarte markt van de hand voor honderd dollar.

'En nu heb ik nieuws voor *jou*,' zei Cho, die plotseling zijn oudere broer een genoegen wilde doen.

'Je gaat de Amerikaanse aap peper in zijn kont stoppen,' zei Yong-ho terwijl de alcohol met een boer zijn keel in zakte. 'Je bent een moediger man dan ik.'

'Weet je het al?' Cho zette zijn glas neer.

'Vanmiddag gehoord. Gefeliciteerd. Maar onder ons gezegd en gezwegen, jongere broer, jouw generaal Kang was al lang uit de gratie. Hij moest weg.'

Cho was stomverbaasd. Hij kon hij het niet echt bevatten en voelde zich dwaas en plaatsvervangend beledigd.

Yong-ho at gretig van de kaas en de koekjes, en hij had nauwelijks een bedankje over voor Cho's vrouw, die zei dat ze weer naar bed ging. Voor een broodmagere man had hij altijd een goede eetlust. Hij veegde de kruimels van zijn mond. Toen herinnerde hij zich iets, reikte naar zijn diplomatenkoffertje en haalde er een groot, dik pakket uit met breed plakband eromheen.

'Ik geef je dit nu om het te bewaren. Berg het ergens veilig weg totdat het tijd is voor je reis. Als je in New York aankomt, geef het dan persoonlijk aan ambassadeur Shin.'

Cho keek hem vragend aan.

'Louter papierwinkel.' Yong-ho schraapte zijn keel. 'En wat geld. Hij verwacht het.'

Cho nam het pakket aan. Het woog vreemd zwaar, als een zak rijst. Yong-ho vermeed behendig zijn blik. Er ging een verontrustende gedachte door Cho heen, maar opnieuw hing Yong-ho's geheime werk tussen hen in. Cho kon geen nieuwsgierige vragen stellen.

Toen Yong-ho afscheid nam en zijn broer een goede nacht toewenste, omhelsden ze elkaar stevig, maar onder de genegenheid voelde Cho, op een manier die hij niet had kunnen verklaren, dat er een kloof tussen hen was ontstaan.

Bij de deur zei Yong-ho, bijna en passant: 'Dat pakketje, jongere broer. Dat moet niet in je bagage hè, maar bij de diplomatieke post. Begrijp je wel?'

9

Hôtel Beau-Rivage
Quai de Mont-Blanc
Genève, Zwitserland

'Dag, dr. Williams.' De minister greep Jenna bij haar elleboog en keek haar strak en met grote blauwe ogen aan, alsof ze vriendelijk deed tegen een grote pony. 'Fisk geeft hoog op van uw deskundigheid. Geweldig dat u met ons meedoet.'

Jenna glimlachte onzeker. 'Volgens mij heb ik nog niet...'

'Koffie graag hierbinnen,' riep ze over Jenna's schouder. Ze had echt een luide stem. Amper minder luid zei ze: 'Ga zitten, allebei.'

Ze had haar voeten in een paar witte hotelslippers laten glijden, zag Jenna. Haar haar zat onberispelijk, maar ze was nog niet klaar met haar make-up en droeg een verbleekt sweatshirt van Wellesley College Athletics. Het beroemde gezicht kwam zowel onrustbarend vertrouwd als volkomen vreemd over, alsof Jenna haar nooit eerder had gezien. De beelden in de media hadden niets verteld over haar persoonlijke magnetische kracht en haar geringe postuur.

De kordaat ogende assistente droeg een dienblad met een zilveren koffiepot en drie kopjes naar binnen, dat de minister van Buitenlandse Zaken resoluut van haar overnam; ze wilde de koffie beslist zelf inschenken. Een truc van de zeer machtigen, wist Jenna, om met hun informele gedrag te koop te lopen. *Ik ben dan wel een hoger wezen*, leek dat gedrag te zeggen, *maar kijk, ik ben een van jullie.*

Fisks blik op Jenna verried een plagerige ondeugendheid.

'Geen mens heeft een flauw idee wat we aan moeten met Noord-

Korea,' zei de minister, terwijl ze de kopjes aanreikte, 'de president net zomin.' Ze had hun sterke zwarte koffie gegeven zonder melk of suiker aan te bieden. 'Sancties, isolatie, dreigementen, beloningen, contante steekpenningen: het heeft niets uitgehaald. We weten het niet meer. Die man in Pyongyang lacht ons uit. Eerlijk gezegd zou ik niets liever willen dan hem negeren, maar vorige week heeft hij weer een raket gelanceerd, en daar kan ik mijn ogen niet voor sluiten.' Ze nam een slokje van haar koffie en wierp Jenna een uitdagende blik toe.

Jenna keek Fisk aan voor hulp. Ze hield een slag om de arm: 'Ik... wist niet dat Kims technologie zich zo snel had ontwikkeld.'

'Ik weet het toch?' De minister schudde vaag haar hoofd, vol verbazing over wat er van de wereld was geworden. 'Een miniregerinkje van communistische criminelen die over nucleaire wapens beschikken, nog steeds die verdomde Koude Oorlog aan het uitvechten zijn en nu een directe bedreiging voor Los Angeles vormen.'

'Ik ben geen militair expert, mevrouw.'

De minister boog voorover naar Jenna en leek te aarzelen, alsof ze overwoog of ze haar in vertrouwen zou nemen. Nog een truc van de machtigen, dacht Jenna: je het gevoel geven dat je de belangrijkste persoon in de kamer bent.

'Ik moet weten hoe we een psychopaat aanpakken die alle rijkdommen van zijn land spendeert aan raketten en zijn volk laat creperen. Ik moet...' Ze spreidde haar handen in een betoon van hulpeloosheid. '...enig *inzicht* krijgen in zijn manier van denken. Een beetje psychologie. We hebben te maken met een irrationeel mens.'

'Niet waar,' zei Jenna. 'Op een paranoïde, verwrongen manier is Kim Jong-il zeer rationeel. Hij is een overlever en speelt heel vaardig dat hij slechte kaarten heeft. Zijn wapens houden hem veilig voor ons. Honger houdt hem thuis veilig. Zijn volk is alleen maar bezig met de vraag waar ze hun volgende maaltijd vandaan kunnen halen en denkt niet aan rebellie. En hij zal net zoveel mensen doden als nodig is om aan de macht te blijven.'

De minister zuchtte. 'Het komt hierop neer: zeer binnenkort moeten we de duimschroeven nog meer aandraaien of hem geven wat hij wil. Maar wat wil hij in vredesnaam?'

Jenna was de wrevel vergeten die ze in de bar had gevoeld. Er flitsten allerlei ideeën door haar hoofd. Ze dacht aan Kim Jong-il. Pafferig, cerebraal. Omdat hij een zachte stem had en licht stotterde hield hij nooit toespraken in het openbaar. Paranoïde en wispelturig. Koel en zonder empathie. De fysieke onhandigheid van iemand wiens zelfhaat veranderd was in macht.

'Wat wil die man eigenlijk...?' Ze keek naar het raam. Aan de schitterend witte, verre toppen van Chamonix bleef de mist hangen op plekken waar de zon niet scheen. 'In zijn hart... wil hij volgens mij dat de wereld zijn overleden vader Kim Il-sung vereert als een charismatische god en koning, en hemzelf als de zoon en messias. Ik denk dat hij Korea wil herenigen en wraak wil nemen voor een zuiver, onschuldig ras dat eeuwenlang is overvallen en onteerd, door China, door Japan, door Amerika. Een herenigingsoorlog zou zijn subliemste bijdrage aan de Revolutie zijn. Vooral ter ere van zijn vader. En als een geschenk aan zijn zoon. Hij weet dat het hem alleen zal lukken als hij immens sterk is. En hij wil wel met ons praten maar alleen om tijd te winnen waarin hij zijn arsenaal kan vergroten. Met hem onderhandelen is zinloos.'

De minister lachte honend. 'Denkt hij echt dat hij Zuid-Korea gewapenderhand zou kunnen innemen?'

'Met vlag en wimpel. En ik vermoed dat hij snel zal handelen ook. Hij is momenteel ziek en denkt aan zijn plaats in de geschiedenis. Die raket die hij op LA gaat richten moet ervoor zorgen dat wij ons erbuiten houden. Hij weet dat de doorsnee-Amerikaan geen nucleaire aanval riskeert voor een ver schiereiland.'

'Zou hij hem gebruiken?'

Tot haar verrassing besefte Jenna dat ze er nog nooit over had nagedacht of hij echt op de knop zou drukken, maar ze twijfelde er niet aan. 'Ja.'

De minister zweeg. Ze leek haar openbare rol te hebben losgelaten en Jenna vond dat ze er moe en verzwakt uitzag, dat ze het gewicht van de zorgen van de wereld op zich voelde wegen.

Ten slotte vroeg ze: 'Wat zijn onze opties?'

'Niets doen is misschien uw énige optie,' zei Jenna.

'Onmogelijk. Het Congres lust me rauw.'

Fisk zei: 'Een preventieve aanval is uitgesloten. Seoul ligt maar zestig kilometer ten zuiden van de grens met Noord-Korea. De wraak op onze bondgenoot zou afschuwelijk zijn.'

Met hun gezicht naar de ramen stond het drietal te denken. Door de mist boven de Alpen schoten nu lichtstralen.

'Er is maar één oplossing,' zei Jenna.

'Ik ben een en al oor, dokter Williams.' De stem van de minister klonk dof, cynisch.

Jenna keek haar aan. 'Kim Jong-il om zeep helpen.'

De minister grinnikte met een schuldig gezicht. 'We zouden nooit bij hem in de buurt kunnen komen.'

Toen Jenna zesendertig uur later terug was in Washington en niet kon slapen – haar lichaam was nog steeds ingesteld op de centraal Europese tijd – belde ze Fisk. Ze was bang dat ze misschien van gedachten zou veranderen als ze tot de ochtend wachtte.

Terwijl hij na de ontmoeting in het hotel met haar naar de lift liep, dacht ze nog steeds zo diep na over hun gesprek dat ze nauwelijks merkte dat hij haar ten afscheid de hand schudde.

'Ik hoop dat u nog eens wilt nadenken over mijn aanbod,' had hij gezegd. 'Ik zou uw hulp kunnen gebruiken. Dringend.'

Juist toen de liftdeuren dichtgingen had ze zich naar hem toe gekeerd.

Ze had geen duidelijke of overtuigende redenen voor haar beslissing, en veel redenen ertegen – ze zou haar academische carrière opgeven, haar aanstelling aan Georgetown University, en die nooit meer terugkrijgen. Maar ze had het gevoel dat er een deur voor haar werd geopend en een diep, onuitgesproken gevoel zei haar dat die naar Soo-min leidde.

De telefoon van Fisk ging over op de voicemail.

In de stilte van haar appartement klonk haar stem klein en kalm.

'Als u me wilt... doe ik mee.'

10

Hyesan
Provincie Ryanggang, Noord-Korea

Jaren geleden, in de tijd van de Grote Leider, was mevrouw Moon kokkin geweest. Ze draaide haar eigen noedels van zoete-aardappelzetmeel en maakte *naengmyon*, de pittige, ijskoude bouillon met gemarineerd varkensvlees en pikante mosterdsaus. Haar radijzenkimchi, die de hele zomer had gefermenteerd in aardewerken potten en op smaak was gebracht met gember, was zo lekker dat zelfs haar schoonmoeder, die aan haar matje gekluisterd bij hen inwoonde, zich geroepen had gevoeld er de lof van te zingen.

De Grote Leider zegende hen zoals de zon de tarwe rijp maakte. Hij was hun aller Vader, een profeet in wiens aanwezigheid bloemen bloeiden en sneeuw smolt. 'Rijst betekent socialisme,' vertelde hij hun, en in de loop van de jaren met rijke oogsten en velden vol wapperende rode vlaggen leken zijn woorden een vanzelfsprekende waarheid.

Maar de Vader stierf en de wereld veranderde. De macht ging over naar de Zoon, de Geliefde Leider, en mevrouw Moon ontdekte dat ook honger socialisme betekende. Het rantsoensysteem dat iedereen van levensmiddelen had voorzien – twee keer per maand, je kon de klok erop gelijk zetten – werd onregelmatig en bezweek uiteindelijk. De baas van de boerderij riep het leger te hulp om de graanschuren te bewaken en die werden prompt leeggeroofd door dezelfde soldaten die waren gestuurd om ze te bewaken. De kolenmijn van Tae-hyon stopte met het uitbetalen van loon. De productie ging achteruit naarmate de stroom vaker uitviel – en stokte toen volledig.

In de ergste weken was er geen korreltje maïs te vinden in het dorp en in Hyesan, waar de staal- en houtmolens geen rook meer uitbraakten en de straten overdag stil bleven, gevuld waren met de doden en de wandelende doden, die hallucineerden van de honger. Mevrouw Moon ondernam dagelijks een tocht naar het bos, hoewel het vel van haar armen loshing en haar gewrichten zoveel pijn deden dat ze uitgeput raakte als ze alleen al de ene voet voor de andere zette. Op die momenten werd ze verraden door haar geest en gemarteld met herinneringen aan gerechten die ze lang geleden had klaargemaakt. Een *bulgogi* van rundvlees die precies zo siste als het hoorde. Een dampende kalfsoester met verse gember. Als haar krachten het begaven ging ze op het mos tussen de dennen liggen en riep de geesten van haar moeder en vader op, en die verschenen aan haar. Het licht drong door hen heen en hun woorden kwamen niet overeen met hun mondbewegingen, maar hun stemmen waren zo helder als belletjes. Ze zeiden haar dat ze haar ogen niet dicht moest doen; ze zeiden haar dat ze niet in slaap moest vallen.

Ze leerde welke plantenwortels je kon eten en door welke wortels je tong opzwol. Ze deed brandnetels en frambozenblaadjes in bouillon om te doen alsof er groenten in zaten, en slakjes alsof er vlees in zat. Noedels kookte ze een heel uur om ze groter te laten lijken. Ze maakte een pasta van eikels, gezoet met sacharine en kneedde daar bitterkoekjes van.

De hongersnood werd heviger en ze vond niet genoeg voedsel. Op de dag dat ze kinderen uit het dorp in runderpoep zag zoeken naar onverteerde zaden om op te eten, veranderde er iets permanent in haar. Haar hele leven was ze fatsoenlijk en eerlijk geweest, maar nu begon ze gereedschap van de boerderij te stelen en te verkopen voor een paar kopjes maïs. Ze sloop 's nachts naar de tuin van de buren, groef hun potten met gistende kimchi op en nuttigde die samen met Tae-hyon. Ze bedelde om graan bij vrienden die zelf op sterven na dood waren. Ze zag hoe de dorpelingen gek werden van de honger. Verse graven werden opengemaakt en de lijken verdwenen. Ouders namen hun eigen kinderen het eten af. Ze was blij dat ze geen kinderen meer had om voor te zorgen. Het troostte haar om zichzelf dat te vertellen. Het verlichtte de pijn van de herinnering. Geen baby op haar rug, geen kind dat naast haar holde.

Je kent jezelf niet totdat je honger kent.

De Geliefde Leider voelde het lijden van zijn volk en huilde om hen. 'Ik ben bij jullie op deze zware mars,' vertelde hij hun. 'Ieder die deze beproevingen kan doorstaan, zal een ware revolutionair worden.' Op het tv-journaal was te zien dat hij aardappelen at, solidair was met het lijdende volk, maar voor mevrouw Moon zag de rijkdom van zijn buik er groter uit dan ooit. Bij het begin van het dorp verscheen een nieuwe slogan op een lang rood bord.

WIE DUIZEND KILOMETER LIJDEN OVERLEEFT,
ZAL TIENDUIZEND KILOMETER VREUGDE ONTVANGEN!

Mevrouw Moon las het en wist dat het geitenkak was. Ze keek omhoog naar het mozaïek in gekleurd glas waarop de Geliefde Leider afgebeeld stond midden in een goudgeel tarweveld, en beloofde zichzelf daar en toen: *Ik zal nooit meer op jou rekenen, nergens voor.* Als de hongersnood terugkeerde, zou ze er klaar voor zijn.

De dorpsbewoners bleven steeds meer weg van hun werk als ze iets hadden om hun superieur op de werkvloer om te kopen. Ze verbouwden aardappelen en pronkbonen op de schrale grond achter hun huizen, en zochten in het bos naar paddenstoelen en bessen. Mevrouw Moon liet pompoenranken over haar dak groeien en hamsterde linzen en rijst in potten. Achter haar huis verbouwde ze knoflook en uien. In de oogsttijd sliep ze onder de sterren om haar gewassen te bewaken. Haar vertrouwen in het systeem was verdwenen. Die vriendelijke zielen die anderen voorrang hadden gegeven, waren als eersten doodgegaan van de honger. De Geliefde Leider had niets gedaan om hen te helpen. Honderdduizenden stierven met gras in hun mond, en daarmee was het voedselprobleem vanzelf eenvoudig opgelost.

Ze besloot rijstkoeken te maken, iets eenvoudigs, om te zien hoe alles op haar eerste dag liep. Ze maakte ze zoet met stroop, kneedde er vochtige, geleiachtige bolletjes van en legde er een bosbes en een amandel bovenop. Toen schikte ze de koeken als bloemen in haar nikkelen kom en legde er een doek overheen. Ze werkte in stilte, bij het licht van de opwindbare zaklantaarn uit de ballon. Ze stond op het punt het huis te verlaten toen er een sleutel in het slot ratelde en haar deur openging. Op de drempel stonden twee ambtenaren met witte handschoenen aan. Ze waren vergezeld van kameraad Pak, die een grote ring vasthield, waaraan tientallen sleutels hingen.

Al lang geleden had mevrouw Moon de gewoonte aangenomen zich monter optimistisch te betonen. 'Maak mijn man niet wakker,' fluisterde ze.

De twee functionarissen liepen naar de Vader-Zoonportretten, namen ze van de muur, lieten hun handschoenen over het glas en de lijsten glijden en hielden ze vervolgens schuin tegen het licht, op zoek naar stofjes. Ze maakte ze elke dag schoon – zelfs in het regenseizoen, als er schimmelvlekjes onder het glas konden kruipen, blonken ze – maar ze keek altijd bezorgd toe bij deze inspectie. De mannen hingen ze uiterst zorgvuldig weer aan de muur en knikten naar haar. Tijdens het weglopen zag een van hen de opwindbare zaklantaarn op tafel liggen.

Geitenkak.

Hij stond er even naar te kijken en liep toen naar buiten. Tot haar grote schrik zei hij iets in het oor van kameraad Pak. Het gezicht van de vrouw verhardde en daarna kwam ze het huis binnen zonder haar laarzen uit te doen. Ze pakte de zaklantaarn met twee vingers op, alsof het iets bedorvens was. Nu herinnerde mevrouw Moon zich dat de woorden MADE IN SOUTH KOREA erop gedrukt stonden; prompt voelde ze hoe haar hart zich omdraaide in haar borstkas.

'Waar hejje dit vandaan, burger?' vroeg de vrouw met vlakke stem, maar in haar ogen was een spoortje ware boosaardigheid te bespeuren.

'In Hyesan,' loog ze. 'Laat hem alsjeblieft niet vallen. Ik heb hem geruild voor een pond champignons.'

De vrouw keek haar met koel wantrouwen aan en vertrok.

Vervloekt zij die vrouw en al haar voorouders!

Mevrouw Moon haastte zich om de vrachtwagen naar Hyesan te

halen. De wind van het Paektu-gebergte was koud genoeg om harten stil te laten staan, maar ze voelde dat ze hevig zweette. Waarom had ze die oude teef geen smeergeld geboden? Nee, te gevaarlijk. Ze kon zien wanneer mensen vatbaar waren voor een beetje aanmoediging en wanneer ze dat niet waren. Toen de vrachtwagen hobbelend en slingerend het dorp uit reed, voelde ze de angst als een tumor groeien in haar onderbuik.

De wijzers van de stationsklok stonden op negen uur. Het gezicht van de Grote Leider glimlachte vaderlijk de menigte toe die aan kwam lopen om de ochtendtreinen te halen. Een heleboel witte ruis kondigde het vertrek van een trein naar Musan aan.

De lucht was strakblauw en vinnig koud. Aan het goedkopere eind van de markt, net onder de ijzeren brug, zag mevrouw Moon hetzelfde tiental vrouwen gehurkt achter hun matten zitten. Een stuk of drie hielden eten warm boven rokende kacheltjes gemaakt van verfblikken. Er liepen al klanten rond om een warm hapje uit te zoeken als ontbijt. Uit de luidspreker schalde een legerkoor met op de achtergrond geknerp van marcherende voeten.

Mevrouw Moon keek rond op zoek naar de zonnebloemgele hoofddoek van de jonge vrouw die de chocoladekoeken had gekocht, Undine – dat was toch haar bijnaam? Tot haar verrassing zag de vrouw zelf haar het eerst en begroette haar hartelijk. 'Een heerlijke ochtend, ajumma.' Over haar jas droeg ze een schort met kleurige bloemen en ze had haar krullen weggestopt onder haar hoofddoek, die vastzat met een haarspeld. Ze leek warmte uit te stralen, innerlijke tevredenheid, waardoor ze anders was dan alle andere vrouwen, die veel ouder waren en slonzig, dik ingepakt tegen de kou.

'Wie moet ik betalen om een plek te huren?' vroeg mevrouw Moon.

Undine lachte. 'Hij vindt je wel, maak je geen zorgen.'

Maar toen mevrouw Moon haar kom neerzette en op haar knieën op het betonnen perron ging zitten, deed dat pijn. En ze voelde hoe de andere vrouwen haar weinig hartelijke blikken toewierpen. Toen ze zich zo gerieflijk mogelijk op haar stromat had geïnstalleerd, vulde ze haar longen en riep net als de andere vrouwen wat ze te koop had: '*Tteok sassayo!*' Kom rijstkoeken kopen!

Bijna meteen trok een soldaat in een lange groene jas zijn maat aan zijn mouw naar de mat van mevrouw Moon. 'Twee,' zei hij.

'Vijftig won per stuk,' zei ze, terwijl ze de koeken in een stuk krant wikkelde. De soldaten leken erg jong, het waren ruwe kerels met harde, bruine gezichten en op hun rug een geweer. Ze duwden wat groezelige bankbiljetten in haar hand en liepen weg.

'Heel lekker, ajumma,' riep een van de twee achterom, met zijn mond vol.

Mevrouw Moon telde de bankbiljetten in haar hand. Ze hadden haar niet genoeg gegeven. De vrouwen keken nog steeds naar haar.

'Zoek morgen een andere plek,' zei een stem naast haar. 'We willen niet dat ze denken dat ze ons dat hier kunnen lappen.' Haar buurvrouw op het trottoir was een omaatje dat zoveel lagen om zich heen had gewikkeld dat er alleen een geelachtige neus te zien was. Op haar mat lag een reeks flessen Chinese whisky en een piramide van zelfgemaakte sigaretten.

Wat een treurig stelletje vrouwen. Ze verkochten gedroogde kruiden, zakken gefrituurde visjes, batterijen en plastic speelgoed, of zilveren schijven waarvan ze wist dat ze illegaal waren door de manier waarop ze schielijk onder de mat vandaan werden gehaald. Maar zelfs bij deze onverzettelijke oude tantes brak een glimlach door als Undine met hen sprak. Die vrouw was een straaltje pure zonneschijn. Als ze niet in de kantine hielp, had ze haar eigen mat, waarop ze noedels verkocht. Haar dochter, een meisje van een jaar of twaalf, zat bij haar en waakte over de opbrengst.

Tijdens de lunch werd mevrouw Moon voor het eerst echt op de proef gesteld. De klanten verzamelden zich als bijen rond de matten en ze was langzaam in het uittellen van het wisselgeld ('Kom op, ajumma, zien we eruit alsof we aan zee zitten?') maar al snel deed ze een interessante ontdekking: ze kon verkopen.

'Tteok sassayo!'

Klanten leken haar te mogen en stopten om een babbeltje te maken. *Waarschijnlijk heb ik een eerlijk gezicht*, dacht ze. Maar tot haar ontzetting leek ze er alleen maar meer geïsoleerd door te raken tussen de vrouwen. Halverwege de middag had ze verschillende keren geprobeerd het ijs te breken door aan te bieden hun koopwaar te bewaken als ze boodschappen deden, of om voor wisselgeld te zorgen als dat opraakte, maar toch dempten ze hun stemmen bij haar in de buurt. Er hing een sfeer van wantrouwen rond haar en ze kon wel raden waarom. Ze nam het hun niet kwalijk. Zelfs de vriendelijkste nabuur kon een informant van de Bowibu blijken te zijn.

De menigte groeide weer aan toen er – met vier dagen vertraging – een trein uit Hamhung arriveerde. Er hing een geur van olie en soldeer in de lucht. Mevrouw Moon keek naar een rij pioniertjes met een rode das om, die achter hun leraar aan liepen. Af en toe zag ze vrouwen die uit het niets opdoken als het druk was in het station en die zich vreemd gedroegen, door de menigte zigzagden of in hoeken rondhingen en mannen-alleen een snel glimlachje toewierpen. Mevrouw Moon keek een andere kant op en oordeelde niet. Tijdens de hongersnood hadden zelfs dorpsmeisjes dat gedaan. Echt bang was ze voor de opgeschoten tienerjongens. Soms waren dat pure criminelen, die in stuurse groepjes rondhingen op de markt, maar anderen wankelden lusteloos en met hun uitgemergelde gezicht rond, botsten tegen mensen op of staarden naar dingen die er niet waren. Of ze lagen met hun rug tegen een muur en mompelden, met een gezicht dat half extase, half wanhoop uitdrukte.

Laat in de middag kwam de politie haar opzoeken.

Ze waren met z'n tweeën en droegen een pet van het ministerie van Volksveiligheid. Toen ze voor haar mat bleven staan boog ze haar hoofd tot bijna op de grond. Alweer keken de vrouwen toe.

De jongste van de twee had een olijke grijns en een alledaags gezicht, zo plat als een spade; de ander, van wie ze later hoorde dat hij sergeant Jang heette, was de oudste en leek alle vrouwen bij naam te kennen. Hij had er misschien ooit knap uitgezien en dacht dat dat nog steeds zo was.

'Ben je een inwoner van Hyesan?' vroeg hij.

'Baekam, meneer,' zei ze, zachtjes pratend.

Ze voelde dat iedereen om haar heen rechtop ging zitten. De jongere agent stopte met grijnzen.

'Heb je een vergunning om Baekam te verlaten?' vroeg de oudste agent.

'Ja, meneer.'

Ze gaf hem haar paspoort. De door de baas van de boerderij goedgekeurde reisvergunning had haar een fles maïslikeur gekost, waarbij diens boze blik haar duidelijk had gemaakt dat ze de volgende keer iets beters moest hebben om hem mee om te kopen.

De sergeant bekeek het paspoort, sloeg bladzij na bladzij om, en mevrouw Moon voelde haar maag zinken. *Vraag me niet waar deze vrouwen bij zijn waarom ik werk op...*

'De collectieve boerderij 18 oktober!' zei hij, met zijn wenkbrauwen opgetrokken.

Ze voelde haar gezicht gloeien.

Hij ging zo diep op zijn hurken zitten dat hun ogen op gelijke hoogte waren en keek haar aan, maar meer nieuwsgierig dan dreigend. 'Wat voor misdaad heb je begaan, zeg?'

Mevrouw Moon keek strak naar haar mat.

'Oké, ajumma,' zei hij, en hij stond op. Het paspoort gooide hij in haar schoot. 'Tweeduizend won per week voor je plekje. Aan het eind van de dag betalen.'

Toen ze weg waren, merkte ze dat de vrouwen om haar heen heel lichtjes ontspanden. Iets van wat net had plaatsgevonden leek de angst voor haar bij hen enigszins te hebben weggenomen. Ze meden haar blik niet meer als ze hen aankeek.

Tegen het eind van de dag kleurde de lucht diep oranje en begon er een vlijmende noordenwind uit Mantsjoerije te gieren, die in de hoeken van het station kleine tornado's van kolenstof opwierp. Toch bleven er nog steeds her en der in het schemerduister van de onverlichte perrons mensenmassa's wachten op vertraagde treinen. Op de klokkentoren ging elektrisch licht branden boven het gezicht van de Grote Leider.

Overal op de markt dansten de blauwe stralen van penzaklampen over goederen en geld. Mevrouw Moon had op drie na alle rijstkoeken verkocht en haar mat opgerold. Ze had dode vingers van de kou en haar opgezwollen knieën deden pijn. In haar schort had ze een opbrengst van in totaal meer dan tweeduizend won. Ze wilde zich optimistisch voelen door het succes van haar eerste dag, maar het feit dat ze geen vrienden had gemaakt verontrustte haar. Undine was de enige die met haar had gepraat.

Ze wilde even kijken naar het geld, ze kon het niet laten, deed haar schortzak een stukje open en begon met haar vingertoppen de bankbiljetten te tellen.

Ineens viel er een schaduw over haar.

Een van de opgeschoten jongens stond recht boven haar en nam haar licht weg. Ze deinsde terug alsof hij een wild varken was en trok haar jas over haar schortzak.

'Ze zeiden dat u de lekkerste rijstkoeken hebt,' zei hij zacht. Zijn gezicht werd een moment verlicht door een passerende lamp. Zijn ogen stonden op oneindig en hij had gaten in zijn gebit. Ook was hij zo dun als een insect en zijn bleke vingers leken van koraal te zijn.

Hij zag er zo verloren en verlaten uit dat het hart van mevrouw Moon smolt. 'Hier,' zei ze, en ze wikkelde haar laatste rijstkoeken in een stuk krant en gaf ze aan hem.

Hij glimlachte en ze zag hoe jong hij was. 'Ik kan hiermee betalen,' zei hij en hij liet op zijn open hand een vierkant opgevouwen papiertje zien, zo groot als een postzegel.

'Wat is dat voor iets?'

'*Bingdu*,' zei hij eenvoudig.

Mevrouw Moon staarde hem aan zonder het te begrijpen. 'Wegwezen,' zei ze.

De jongen nam het eten en rende weg.

Naast haar barstte een raspend geluid los. Het duurde even voordat ze besefte dat Oma Whiskey, op de mat naast haar, in de lach was geschoten.

'Mafkees,' zei ze door een slijmachtig giechellachje heen. 'Die jongen is zijn verstand kwijtgeraakt door dat spul. Voor één pakje bingdu koop je een zak van twintig kilo rijst.' De lach veroorzaakte een natte hoestbui. Mevrouw Moon deed haar ogen dicht toen de vrouw een fluim ophoestte en op het beton spuwde.

'Wat is bingdu?' vroeg ze, zonder haar afkeer te verhelen.

'Daar kom je nog wel achter.'

Op dat moment klonk er een hoog, schril fluitsignaal en werd het stil op de markt. Mevrouw Moon dacht dat er een trein was aangekondigd, totdat ze zag dat de laatst overgebleven klanten als konijnen alle kanten op begonnen te schieten. Plotseling klonk overal druk gesis van vloekende en kreunende vrouwen.

'Ik zou blijven zitten waar je zit als ik jou was,' zei Oma Whiskey.

'Alle marktlui: blijven waar je bent!' klonk de metalen stem uit de luidsprekers. 'Blijf waar we je kunnen zien!'

Meer dan tien geüniformeerde mannen verspreidden zich met krachtige zaklampen over de markt.

Goederen en geld werden in razend tempo weggestopt. Bankbiljetten werden weggesluisd naar medeplichtigen en helpers, die wegvlogen naar het halfduister onder de brug en langs de sporen.

De politiemannen liepen over de markt en beschenen met hun lampen de gezichten van de verkopers. De twee die ze eerder had ontmoet – sergeant Jang en Spadekop – waren er ook bij. Ze leken bij het gevolg van een ambtenaar te horen, een kale man met wangen zo benig dat de helft van zijn gezicht in de schaduw bleef. Hij droeg de bruine tuniek van de Partij. Een van de agenten hielp hem op een houten kist klimmen. Zijn ogen gleden over de rijen kramen. De gezichten van alle verkoopsters waren op hem gericht.

'Op bevel van het Centraal Comité van de Arbeiderspartij,' schreeuwde hij, 'mogen vrouwen jonger dan vijftig jaar op geen enkele markt handeldrijven. Deze regel geldt met onmiddellijke ingang.'

De vrouwen keken elkaar aan.

'Veranderen de regels alweer?' bromde Oma Whiskey.

'Wat is de idiote reden dit keer?' vroeg een ander.

Mevrouw Moon tilde haar hand op om haar ogen af te schermen tegen de schijnwerpers. Ze hoorde sergeant Jang tegen de ambtenaar mompelen dat de nieuwe regel op deze markt op niemand van toepassing was, totdat de ambtenaar Undine ontdekte. Hij stak zijn arm uit en wees naar haar. Alle agenten richtten hun zaklantaarn in één heldere straal op Undine. In die schittering leek ze erg klein en broos, een hinde gevangen in de strik van een jager.

'Burgeres, sta op.'

Een van de politieagenten liep naar haar toe en pakte haar paspoort aan.

'Naam: Ong Sol-joo,' zei hij. 'Leeftijd: achtentwintig.'

'Waar werk je officieel, Ong Sol-joo?' vroeg de ambtenaar.

De lieve glimlach van Undine was gesneuveld. Ze zocht naar het gezicht van de ambtenaar, alsof ze hoopte met hem te overleggen, maar de lichten verblindden haar.

Met een zwakke stem zei ze: 'De Vinylon-fabriek 15 april.'

'Ben je een textielarbeidster?'

'Ja, meneer.'

'En waarom verkoopt een textielarbeidster van de staat voedsel voor privégewin op een perron?'

Achter haar keek Undines dochter met glazige, verschrikte ogen naar haar moeder. Undine was erg bleek geworden en hield haar hoofd scheef de ene kant op, alsof ze een klap had gekregen.

'Ik heb je een eenvoudige vraag gesteld,' zei hij.

Er ontstond een gespannen sfeer. Niemand bewoog.

Mevrouw Moon voelde haar bloed naar haar wangen stijgen. Ze had dit op de boerderij zien gebeuren. Een arme vrouw werd beschuldigd van het loslaten van het socialisme, terwijl ze alleen maar eten op tafel probeerde te krijgen; en voordat ze het wist, stond ze in een volkstribunaal met een strop om haar hals.

'Burgeres, als je geen antwoord geeft...'

De ambtenaar raakte nu de kluts kwijt, want hij zag dat er een oude dame langzaam opstond en haar benen pijnlijk strekte na een dag geknield op het beton te hebben gezeten. Alle ogen waren op haar gericht. Op de gezichten van de vrouwen stonden angst en paniek te lezen.

'Ik wil de gerespecteerde kameraad kostbare tijd besparen,' zei mevrouw Moon. 'Mevrouw Ong is een familievriend die zonder enig eigenbelang haar tijd heeft opgeofferd om mij te helpen, ik ben een oude vrouw die niet kan tillen en dragen en die zich in haar eentje niet veilig voelt. Ze helpt mij bij mijn handel, meneer. Mevrouw Ong verkoopt niets.'

Met al die felle lichten op haar kon ze alleen maar uit een ooghoek een blik werpen op de ambtenaar. Zijn hoofd was zo kaal als een blote bil. Voordat hij iets kon zeggen, zei sergeant Jang: 'Kameraad secretaris, we moeten met u naar de andere markten voordat ze sluiten...'

Een paar seconden lang maakte niemand een geluid. Toen stapte de ambtenaar boos kreunend van de kist en waren de vrouwen weer in het donker gehuld omdat de agenten hun zaklantaarns lieten zakken en vertrokken. Even later haalde iedereen eenstemmig en opgelucht adem.

De stilte werd verbroken door twee handen die op elkaar klapten. Mevrouw Moon keek om zich heen. Het geluid klonk weer. Een van de vrouwen achteraan was begonnen te applaudisseren. Eerst langzaam. Toen ging een ander meedoen. Toen ook Oma Whiskey. Plots applaudisseerden alle vrouwen; ze gaven mevrouw Moon een ovatie. Iemand riep: 'Man-sae!' En de vrouwen juichten. Undine kwam naar haar toe en greep haar handen, maar haar gezicht stond ernstig. 'O, wat een mooie woorden, ajumma,' zei ze. 'Hoe kan ik je bedanken?'

Nu stonden ze allemaal rondom mevrouw Moon, ze bogen herhaaldelijk naar haar en stelden zich voor. 'Ik ben mevrouw Yi, ajumma. Als je suiker of rijstmeel nodig hebt, weet je wie je het moet vragen...' 'Mevrouw Lee, ajumma. Ik kan die oude jas voor je verstellen wanneer je maar wilt...' 'Mevrouw Kim, ajumma...' 'Mevrouw Kwon...' 'Mevrouw Park...' 'Ik ben mevrouw Oh,' zei Oma Whiskey. 'Ik heb goede Chinese contacten aan de andere kant van de rivier...'

Het leek of er een knop was omgezet; hun gezichten straalden plotseling warm en vriendelijk. Alleen Undine keek haar vreemd aan, met een blik die recht door haar heen leek te prikken, alsof ze het hart van mevrouw Moon ergens voor zocht. Ze werd er erg ongemakkelijk van.

Een van de vrouwen schonk bier voor haar uit een fles in een plastic beker, maar mevrouw Moon glimlachte, weigerde en zei dat hun vriendschap het enige was dat waarde voor haar had; een ander bood haar een paar nieuwe handschoenen aan. Mevrouw Moon weigerde die eerst ook, maar nam ze toen toch aan. Ze waren van Chinese makelij en van het grofste nylon. Ze had een idee gekregen. 'Wie verkoopt deze?' vroeg ze.

Toen ze uitgeput in het dorp terugkeerde, stond de komeet nog steeds in het westen; de blauwgroene gloed was sterk genoeg om het pad te kunnen zien. Boven haar werd de lucht doorboord door miljoenen sterretjes. De stijfheid in haar gewrichten vlamde pijnlijk op want ze sleepte twee enorme reistassen die ze had gekocht met zich mee. Haar huisdeur was in diepe duisternis gehuld toen ze dichterbij kwam. Ze stak haar hand uit naar de deurknop toen er iets in beweging kwam op het stoepje. Ze slaakte een kreet. De schim van een kleine jongen sprong op en schoot weg tussen de huizen.

Toen ze Tae-hyons gezicht zag, werden al haar angsten met een schok wakker. Hij zat rokend aan tafel op haar te wachten. Zijn gezicht vertoonde lijkachtige holten in het licht van de lantaarn naast hem.

'Kameraad Pak is geweest,' zei hij. De gerolde sigaret trilde in zijn vingers. 'Wat zit er in die tassen?'

'Een van Paks verklikkers zat voor de deur,' zei ze.

Ze liet de tassen op de vloer vallen en begon ze open te ritsen. Ze moest haar plan aan Tae-hyon uitleggen voordat...

Ze keken naar het raam. Er naderden voetstappen door de steeg tussen de rijen huizen en door het glas zag ze de bewegende gele gloed van het lamplicht op de muur aan de overkant.

Er werd zo hevig op de deur gebonsd dat ze dacht dat die in tweeën zou breken.

Ze stond snel op en deed open.

'Kom binnen, alsjeblieft,' zei ze, alsof ze gasten verwachtte voor de thee, en ze maakte een diepe buiging van negentig graden. Drie mannen in uniform stapten zwaar de kamer binnen zonder hun laarzen uit te doen en hun pet af te zetten. Kameraad Pak glipte achter hen aan naar binnen en bleef bij de deur hangen. Een van de mannen controleerde een lijst in zijn hand.

'Moon Song-ae, jij komt met ons mee. Echtgenoot ook.'

'Zijn we gearresteerd?' vroeg mevrouw Moon.

De man zei niets, maar kameraad Pak, wier mond zijn uiterste best deed een gerechtvaardigde vrolijkheid in te houden, kon niet zwijgen. 'Natuurlijk ben je gearresteerd, ouwe teef. Je hebt een vijandelijke ballon gevonden en dat niet gemeld. Je hebt de boerderij verlaten in strijd met je vonnis.'

Toen zag ze de twee enorm grote tassen bij de muur staan en werden haar ogen groter.

De stem van mevrouw Moon was kalm toen ze de mannen aansprak. ‘Ik heb me inderdaad vandaag niet gemeld voor het werk op de boerderij. Ik heb op de markt gezeten in Hyesan...’

Kameraad Pak knipte in haar vingers en zei: ‘Ho.’ Het viel haar tegen dat de bekentenis zo snel kwam.

‘...en de winst die ik heb gemaakt zit in deze tassen voor je bevelvoerende officier.’

Mevrouw Moon maakte nog een diepe buiging.

De mannen keken verbaasd en geërgerd naar de tassen, maar hun belangstelling was gewekt. De glimlach bestierf op het gezicht van kameraad Pak.

Mevrouw Moon bukte zich om de tassen verder open te ritsen en trok ze wijd open. De ene bevatte honderden paar nylon handschoenen die waren gemaakt in China; de andere evenveel paren nylon sokken.

‘Bied deze alstublieft uw superieur aan, zodat hij ze gratis kan uitdelen aan de bevolking van Baekam, als geschenk van onze Geliefde Leider.’

Uit haar ooghoek zag ze de verbazing op Tae-hyons gezicht.

11

Camp Peary
Trainingsbasis CIA
Williamsburg, Virginia
Derde week van oktober 2010

Een paar dagen na haar terugkeer uit Genève stopte Jenna met haar auto voor het hek rond het CIA-hoofdkwartier in Langley. Georgetown University, had Fisk haar verteld, was akkoord gegaan en had haar ontslagen van haar werk, maar niet zonder voorzichtig te protesteren omdat het midden in het semester gebeurde en zich verbaasd te tonen dat zo'n jong personeelslid verstand kon hebben van de staatsveiligheid. Typisch professor Runyon. Het sterkte haar in haar gevoel dat ze de juiste beslissing had genomen.

Op haar eerste ochtend werd ze verbonden met een leugendetector in een raamloze, geluiddichte kamer en antwoordde met ja en nee op vragen over haar verleden; 's middags onderging ze een psychometrische evaluatie waarbij vreemde meerkeuzevragen werden gesteld over thema's die met persoonlijke integriteit en eerlijkheid te maken hadden, en ze punten kreeg volgens een geheim scoresysteem. De dagen daarna werden foto's en vingerafdrukken van haar genomen, haar irissen werden gescand, haar DNA werd uit haar speeksel afgeleid en haar urine werd op vreemde stoffen getest. Ze hoorde dat de achtergrondcontroles al waren uitgevoerd. Alles gebeurde snel en zonder uitstel, haar aanloopperiode verliep pijlsnel. Fisk had de regels naar zijn hand gezet zodat ze de voorbereidende werkstages op het hoofdkantoor kon overslaan. Tien dagen na haar eerste bezoek aan Langley legde ze de eed af om de grondwet van de Verenigde Staten te beschermen en te verdedigen en kreeg ze een korte lijst met de kleding en toiletartikelen die ze mocht meenemen naar Camp Peary, dat bij insiders bekendstond als 'the Farm', de geheime trainingsbasis van de CIA in Williamsburg.

Pas toen ze instapte in de bus met getinte ramen en de elf andere aspiranten van de geheime dienst zag – drie vrouwen en acht mannen – werd ze nerveus. Ze leken allemaal eenzelfde indruk te maken: zelfvertrouwen, alertheid, een sterke conditie. Enkele ogen keken argwanend naar haar, die nieuweling die direct in de geheime training werd gedropt, en ze voelde hoe haar bezorgdheid werd aangewakkerd door een onderstroom van angst. Alleen de man die aan de andere kant van het gangpad zat, wierp een geïnteresseerde blik op haar. Hij was lang en had een olijfkleurige huid, volle lippen en zware, gespierde armen. Latino of Midden-Oosten. Ze wendde haar blik af.

Boven de York hing een lage herfstnevel toen het gezelschap uitstapte voor een oude houten boerderij. Op het uitgestrekte landgoed eromheen werden de silo's en schuren, waarachter uitgebreide faciliteiten verborgen lagen, langzaam grijs in de vallende schemer. De rekruten waren aan de buitenrand twee beveiligingsniveaus gepasseerd. Fisk stond hen op de stoep van de boerderij op te wachten. Telefoons en persoonlijke bezittingen waren ingeleverd, wat een gevoel gaf alsof ze een gesloten kloosterorde betraden en alle wereldse banden hadden afgelegd. Fisks grote, ruige gezicht bleef gedeeltelijk in de schaduw verborgen. Hij stak zijn hand op ter begroeting – of misschien was het een soort zegening.

Ze keken omhoog toen er ineens schroefmotoren gierden. De hoekige staartvinnen van een Reaper-drone kwamen uit de wolken zetten. Het toestel daalde naar een niet zichtbare landingsbaan.

Fisk nam hen mee naar binnen, weg van het lawaai. De boerderij leek amper meer dan een decorstuk, een wachthuisje ter camouflage van wat eronder lag. Met een grote goederenlift daalden ze af naar een lager niveau, waar een sensor Fisks hand aftastte en een laser zijn oog scande. Sissend ging er een deur open, waarna ze door een ondergrondse gang liepen met zoemende databanken, gezuiverde lucht en massieve veiligheidsschuifdeuren van wolfraam, die geruisloos opengingen.

De rekruten volgden hem zwijgend. Jenna's ogen waren overal en registreerden alles. Ze kwamen in een soort Situation Room. Zes andere rekruten zaten met koptelefoons op voor schermen met schijnbaar grofkorrelige beelden van bewakingscamera's, totdat Jenna besefte dat het bewegende nachtzichtbeelden vanuit drones waren.

Fisk ging met zijn armen over elkaar op de rand van een bureau zitten en monsterde hen even. Hij droeg een casual zwart jasje en een spijkerbroek, waarin hij ouder leek, een grootvader op weg naar de bowlingbaan. Zijn gezicht stond kalm en hij had een zorgzame blik in zijn ogen.

'Waarom deden jullie mee?' Hij sprak zacht, maar elk woord was duidelijk hoorbaar, alsof hij met ieder afzonderlijk sprak. Zijn ogen gleden over alle deelnemers. 'Jullie deden mee omdat jullie geloven in vrijheid. Jullie geloven in de idealen waar ons land op is gebaseerd; idealen die zich een tijdlang als de dageraad over de wereld leken te verspreiden. Vandaag de dag zijn die idealen overal op hun retour. Jullie denken misschien dat onze vrijheid ons sterk maakt. Dat is naïef. Alleen onze waakzaamheid maakt ons sterk. In vijfduizend jaar beschaving is vooral tirannie en niet democratie het lot van de mensheid geweest. In die korte perioden waarin de democratie bloeide, was het een zeldzaam dier dat werd beslopen door allerlei roofdieren, een dier dat kort leefde en een gewelddadige dood stierf. Nogmaals, de krachten van de onverdraagzaamheid hebben zich verzameld en beramen plannen tegen ons. Ze worden aangemoedigd door het idee dat onze vrijheid ons decadent maakt, vol tegenstrijdigheden, kwetsbaar. Wij zijn bevoorrecht, en als zodanig zijn wij de hoeders van de vrijheid. Wij zijn de goeden. Wij staan in de frontlinie. Daarom deden jullie mee. Jullie hadden liever licht dan duisternis.' Zijn ogen glansden alsof hij een diepe, tragische waarheid uitsprak. 'Maar deze strijd wordt in de duisternis uitgevochten, vaak meedogenloos en gewetenloos. Als onze vijanden winnen, wordt hun tirannie sterker en verschrikkelijker door de technologie. Maar als wij winnen, zal onze prestatie nooit worden bezongen, onze overwinning nooit worden beschreven. We hopen alleen op erkenning, niet op roem.'

Hij knikte hun toe en stond op.

'De komende tien maanden zullen jullie getest worden, waarbij we tot op de bodem gaan. Sommige tests zullen jullie als zodanig herkennen; andere niet, behalve als je er niet voor slaagt en constateert dat je wordt afgevoerd. Niet iedereen zal operationeel agent worden. Degenen die het wel worden, zullen de elite van de Dienst vormen. Welkom op de Farm. En succes.'

Jenna en de drie andere vrouwen van haar groep werden naar een barak met een krappe slaapzaal gebracht; er stond een rij bedden. Een van de vrouwen, een Amerikaanse van Iraanse origine met gemillimeterd soldatenhaar, stak haar kin naar voren en zei: 'Hoi, ik ben Aisha.'

Jenna wist dat het niet haar echte naam was, want de dag tevoren had zij ook een nieuwe identiteit gekregen om uit het hoofd te leren, samen met een rijbewijs. Ze was Marianne Lee, een freelancejournaliste uit de wijk Mission Hill in Boston. Er zat een getypte biografie van tien pagina's bij, waarin werd gespecificeerd wat voor onderwijs ze had genoten, de namen en geboortedata van haar ouders, haar burgerservicenummer en een samenvatting van haar werk, compleet met links naar artikelen die ze had geschreven voor de *Boston Globe*.

Jenna glimlachte en stak haar hand uit. 'Ik ben Marianne.'

De volgende dag bij zonsopgang verzamelden de vrouwen zich voor een duurloop van tien kilometer en stelden zich voor aan de mannen.

'Menendez,' zei de lange latino die haar had gemonsterd in de bus. Hij grijnsde.

Hun ochtenden begonnen om zes uur. Gevechtstraining en veldoefeningen namen het grootste deel van de dag in beslag. 's Avonds kwamen groepsgewijs de basisprincipes van het spionagevak aan de orde, te beginnen met coderen. Het spionagevak appelleerde aan Jenna's gevoel voor discipline en systeem, ook al maakte het hoofddoel van het spioneren haar ongerust. De belangrijkste rol van een operationeel agent was het heimelijk ronselen van informanten – geregistreerde individuen die konden worden gechanteerd, omgekocht of overgehaald om de geheimen van hun land te verraden aan de CIA. Een groot deel van haar eerste week dacht ze daarover na en probeerde zich voor te stellen dat ze dat deed, op een hotelkamer misschien, dat ze keek hoe het gezicht van een onfortuinlijke buitenlandse diplomaat grauw werd als ze hem confronteerde met bewijzen van zijn corrupte omkooppraktijken, zijn gokschulden, zijn zwak voor mannelijke hoeren, waar zijn ambassade niets van wist. Ze zou wachten tot hij er goed van doordrongen was hoe verschrikkelijk hij ervoor stond, en als de tijd rijp was, zou ze hem proberen te paaien met de lokroep van geld – heel veel geld – of het aanbod van asiel in de Verenigde Staten, of een door de CIA betaalde dure behandeling voor zijn zieke kind. Ze zou hem misschien nooit meer zien, maar ze had hem in de tang. Ze zou hem aan het lijntje houden en zijn informatie verzamelen via een afgesproken systeem van tekens en geheime plaatsen.

Het voelde smerig; het druiste tegen haar aard in, maar haar scrupules verdwenen zodra ze aan Soo-min dacht. Ze werd getraind om de strijd aan te gaan met een criminele schurkenstaat die haar zus gevangenhield. Met dat doel wilde ze elke vorm van zwarte kunst kennen die de Farm haar kon leren. En dat betekende ook dat ze de veldtraining extra serieus nam, hoewel ze het een straf vond, een pure hel.

Elke keer dwongen haar instructeurs haar tot de grenzen van haar uithoudingsvermogen te gaan: ze dropten haar in een afgelegen moeras met alleen een kompas, ze lieten haar push-ups doen telkens als ze op de schietbaan de schijf miste, ongeacht waarmee ze schoot, een Beretta, een Glock of een AK-47; toen scherpten ze de eisen nog meer aan en werd de oude grens de norm. Tegen de middag was ze beurs, uitgeput en vernederd. Ze dacht dat ze door haar prestaties een van de laatsten van de groep zou zijn – er waren ex-mariniers bij – behalve als het ging om die ene vaardigheid waarin ze iedereen de baas was. Tijdens de lessen 'ontwapeningsmethoden mes en geweer' wist ze hoe ze de kracht van het op haar gerichte wapen kon afwenden, de pols van de aanvaller zo kon omdraaien dat het wapen op de ander was gericht, en hem zelfs over haar schouder gooien. Klas H keek met verbazing toe. 'Waar heb je dat in godsnaam geleerd?' vroeg Aisha. Jenna haalde haar schouders op. Ze zei niets over haar taekwondo. Haar verleden was haar eigen zaak.

Socializen werd door de instructeurs niet ontmoedigd – de rekruten waren vrij om elkaar te ontmoeten voor bier en poolbiljart in de bar van de Farm – maar ze voelden allemaal de drang niemand te vertrouwen en weinig los te laten. Alles kon een test zijn. Op een avond zat ze alleen te lezen in de kantine – een verhaal van Tsjechov dat ze al vele malen mooi had gevonden – toen Menendez zijn dienblad voor haar neerzette en ging zitten.

'Waar ben je geweest, Marianne Lee?'

Haar hele lichaamstaal zei: *ga weg*. 'Rusland in de negentiende eeuw.'

'Hoopte je in de bar te vinden.'

Ze deed haar boek dicht. Hij leek licht geamuseerd door de beperkingen die hun waren opgelegd. Omdat ze niet openlijk konden praten, verviel hun gesprek tot een stilte waarin zijn fysieke kwaliteiten onmogelijk door haar konden worden genegeerd. Dik, glanzend zwart haar, een rechte neus met een mooie punt. Enorme handen.

Ze wou dat hij niet bij haar was komen zitten. Daarna kon ze alleen maar aan seks denken.

Langzamerhand, geleidelijk, deed ze 's ochtends alles op de automatische piloot, en hield haar frustratie meer onder controle. Ze dwong zichzelf het hoofd koel te houden en concentreerde zich. En in de loop van de maand kwam ze op dreef. Haar schieten werd beter totdat ze verschillende bewegende doelen kon raken en de slede van haar Beretta met één hand kon spannen. Ze oogstte het respect van de groep toen ze als enige aspirant werd geprezen na de tests waarbij ze in een auto op hoge snelheid moest ontsnappen. Er ontstond een losse kameraadschap tussen haar en haar groepsgenoten en het verbaasde haar hoe weinig ze Georgetown en de wereld buiten de Farm miste. Maar net toen ze het gevoel kreeg dat ze gewend was, kreeg de realiteit haar weer te pakken.

Tijdens een surveillanceoefening in Williamsburg werd klas H opgesplitst in twee teams. Ze kregen opdracht een persoon koste wat kost te schaduwen, waarbij de volger met tussenpozen werd afgelost, zodat de prooi hen niet kon betrappen of verjagen.

De schemer was al gevallen toen Jenna aan de beurt kwam. De volger die ze moest aflossen was Menendez. Hij zat op een bankje in het park te kijken naar de persoon die ze moesten schaduwen – een man met een prominente Saddam-snor – die koffie was gaan drinken in een Starbucks, zo'n honderd meter verderop aan de overkant van de straat.

'Die gast is daar al een halfuur,' zei hij.

Tot verbazing van Jenna haalde Menendez een flesje whisky uit zijn zak, draaide de dop eraf en nam een slok. Toen liet hij zijn gezicht in zijn handen zakken. 'Ik word gek daar op de Farm,' zei hij. 'Ik voel me godverdomme alsof ik in een bionisch mens verander.' Hij wierp haar een wazige blik toe en glimlachte. 'Ik moet gewoon iets menselijks doen, weet je wel?'

Ze had niet kunnen uitleggen hoe het gebeurde, maar opeens waren ze aan het zoenen, hun tongen verstrengelden zich, terwijl zijn hete whiskyadem in haar gezicht blies en zijn stoppels zich in haar huid brandden. Haar hand was omhoog gekropen in zijn overhemd. Ze maakte zich van hem los, kwam weer op adem en zag dat zijn ogen niet meer vaag waren, maar haar scherp aankeken.

In een ingeving draaide ze haar hoofd naar de Starbucks. De Saddam-snor was verdwenen.

Menendez glimlachte niet. 'Ik had de opdracht te voorkomen dat jij die van jou kon vervullen.'

Hij liep weg en gaf met zijn hand een teken aan iemand die ze niet zag.

Jenna trok haar knieën op naar haar kin, bleef een hele tijd op de bank zitten en koesterde haar vertrouwde eenzaamheid.

Ben ik hier echt voor in de wieg gelegd?

Drie weken na aankomst op de Farm kregen de aspiranten van klas H te horen dat ze in het weekend naar huis mochten. Jenna wilde haar moeder opzoeken. Er werd een bus georganiseerd om hen naar Washington te brengen. Ze waren nog maar twee minuten voorbij het hek rond het terrein toen een witte minibus met grote snelheid de bus inhaalde, remde, tot stilstand kwam en de smalle weg blokkeerde. Nog voordat hij stilstond gleed de deur open en sprongen er schreeuwend drie gemaskerde, zwartgeklede mannen uit. Achter de bus waren piepende banden te horen; de aspiranten keken geschrokken om en zagen dat daar net zo'n voertuig was gestopt, zodat de bus klem stond. Een van de gemaskerde mannen klom aan boord, zwaaiend met een Glock. 'Handen achter je hoofd. Iedereen naar buiten!'

Ze stapten in een rij als gijzelaars uit de bus.

Jenna werd samen met vier anderen ruw in een van de twee minibussen getrokken. Binnen een paar seconden waren hun handen geboeid achter hun rug, hadden ze een kap over hun hoofd en werden ze snel weggereden, liggend op de harde, geribbelde bodem van het voertuig en bewaakt door een van de mannen. 'Niet praten!' riep hij, toen een van hen het waagde een vraag te stellen.

Ze kon wel raden wat er zou komen. Klas H had net les gehad in ondervraging en technieken om zich tegen ondervraging te verzetten. Dit paardenmiddel diende om het weerstandsvermogen te testen.

Toen de kap werd weggenomen, was ze alleen in een donkere kelder met schimmel op de wanden en een geur van oude rioleringen. Haar handen waren nog steeds geboeid achter haar rug; de stoel was aan de vloer vastgeschroefd. Naast haar stond een grote, kale houten tafel.

Er ging een deur open en een bleke man met dunner wordend blond haar kwam binnen. Het bovenste knoopje van zijn overhemd was los. 'Jij bent spion van CIA.' Het accent was Centraal-Europees of Russisch. 'Dit is geen test.'

Goed zo, dacht ze. 'Ik ben journaliste.'

'Wat is jouw naam?'

'Marianne Lee.'

'Dat staat op jouw rijbewijs. Jij bent Amerikaanse spion. Wat is echte naam?'

Jenna keek hem strak aan. 'Ik zei dat mijn naam Marianne Lee is. Ik ben freelanceverslaggever in Boston.'

Hij hield zijn hoofd een beetje schuin en zei met een neutrale stem: 'Jouw keus.'

De deur ging weer open en er kwamen twee mannen in zwarte

T-shirts binnen. Ze maakten haar handen los en tilden haar op de houten tafel. Toen klommen ze zelf ook op de tafel. Een van de twee klemde haar hoofd tussen zijn knieën; de ander ging op haar benen zitten en hield haar armen omlaag, zodat ze zich niet kon bewegen. Er werd een handdoek over haar gezicht gegooid. Dat had ze niet verwacht. Plotseling raakte ze compleet in paniek. Ze hoorde het geluid van water dat in een metalen emmer werd gegoten.

'Beginnen maar.' De blonde man vroeg: 'Wat is echte naam?'

Ze worstelde en schreeuwde, maar kon zich onmogelijk verroeren. Het water begon op haar gezicht te klateren. Een paar seconden later sloeg haar kokhalsreflex toe; ze stopten. Haar longen hoestten, hijgden toen ze weer op adem kwam. *Dus geen echte waterboarding, maar... Jezus christus!* Nog even en ze zou begonnen zijn te verdrinken. Toen ze de handdoek weghaalden, beefde ze. Het gezicht van de bleke man keek haar vragend aan, hij wachtte.

Jenna keek strak terug, met zwoegende longen. 'Marianne Lee.'

De volgende dag werd ze opgesloten in een isolatiecel met felle verlichting. De dag daarna verhuisde ze naar een piepklein kamertje waar het pikdonker en koud was, de lucht leek gekoeld en ze kreeg alleen water en brood. Dag en nacht werd ze in de gaten gehouden door camera's. Jenna reageerde op de enige manier die ze kende. Ze trok zich terug in het eenzame rijk diep in haar binnenste, en begon daar lange fantasiegesprekken met Soo-min, waar ze troost uit putte. En kracht. Hoewel ze allang onafhankelijk en op zichzelf woonde, kon ze die levende band met haar tweelingzus nog steeds koesteren. Af en toe hoorde ze iemand schreeuwen; ze vermoedde dat haar groepsgenoten allemaal in aparte cellen in hetzelfde gebouw zaten.

Bij elke ondervraging werden er stelselmatig lagen van Marianne Lees valse identiteit verwijderd, als rokken van een ui, totdat alleen de naam nog over was. Naarmate de tijd verstreek, vervaagde de grens tussen werkelijkheid en simulatie, totdat ze niet zeker meer wist of het wel een test was.

Op de vierde of vijfde dag zat ze in de verhoorkamer met haar handen geboeid voor zich toen de blonde man haar een hoer noemde en haar een klap in het gezicht gaf. De twee malloten in zwart T-shirt stonden achter haar te kijken, naar ze vermoedde om geen andere reden dan om de sfeer van dreiging en vernedering te vergroten. Het was geen harde klap, maar ze was ten einde raad en voelde zich diep in haar wezen en hevig geraakt. De uitwerking liet niet op zich wachten. Ze dacht zelfs niet na. Ze sprong op van haar stoel, draaide op één voet negentig graden om haar as en strekte haar rechterbeen voor een massieve trap tegen de borst van de blonde man. Hij vloog achterover van zijn stoel, met zijn benen in de lucht, en sloeg met zijn hoofd tegen de radiator. In één sprong was ze bij de man rechts achter haar en verkocht hem impulsief een trap onder zijn kin. En met een bliksemsnelle draai gaf ze de linkerman een spinkick, waarbij ze hem als een muilezel tegen zijn plexus solaris trapte, die gevoelige strook van de romp die niet helemaal wordt afgedekt door de buikspieren. Drie elementaire taekwondotechnieken.

Een van de malloten greep naar zijn kaken; de andere stond dubbelgeklapt te kreunen. Jenna liep naar de liggende blonde man en stak haar handen uit. 'Maak die boeien los.'

'Stomme trut.' De man hield zijn ogen dichtgeknepen, voelde aan zijn achterhoofd. 'Het was de bedoeling te zien hoelang je het uithield, niet om ons godverdomme het ziekenhuis in te slaan.' Zijn Russisch accent was verdwenen. 'We zijn hier klaar,' riep hij naar de camera.

Even later kwam Fisk de kamer binnen. Hij keek fronsend, bedachtzaam. Jenna liet haar schouders hangen toen ze hem zag.

'Breng me alstublieft naar huis,' zei ze. 'Ik kap ermee.'

'We gaan terug naar de Farm.'

'Waarom?' Ze kreeg een dikke keel en voelde tranen opkomen. 'Ik heb het weer verknald. Ik ben hier weg.'

Fisk stak zijn handen in zijn zakken en keek haar met een vreemde glimlach aan. 'Iedereen noemt uiteindelijk zijn eigen naam. Jij niet. Ik heb... zelfs nog nooit een aspirant meegemaakt die zich uit het verhoor vocht.'

Ze hield op met huilen.

'Je hebt zojuist de handleiding herschreven,' zei hij. Plots werd zijn gezicht rood en kreeg hij de slappe lach. 'Ik moet die video te pakken zien te krijgen.'

'Vergeet het maar,' zei de blonde man. 'Ik sta hem net te wissen.'

Die nacht lag ze in haar bed. Ze was óp van vermoeidheid, maar het gonsde, spookte in haar hoofd. Om de een of andere reden dacht ze aan haar vader. *De hoogst geplaatste Afro-Amerikaan van het garnizoen*. Door die legende was de rest van zijn biografie in de schaduw gebleven; ze had er eigenlijk nooit goed naar gekeken. Haar vader, de gesloten, zachtaardige kapitein Douglas Williams, had ze nooit echt leren kennen. En toch hadden hij, Han, Soo-min en Jee-min een hecht, liefhebbend gezin gevormd zolang ze samen waren – het kostbaarste wat ze in haar leven had gekend. Niets kon dat terughalen.

Niet alleen Soo-min was de reden van haar aanwezigheid daar, besefte ze. Wat was het precies? Wraak?

Er ging een klep in haar hart open en ze voelde een ijzige kou door haar aderen naar haar vingertoppen en haar tenen stromen, waardoor ze kippenvel en een trage ademhaling kreeg. Haar ogen werden groter in het donker. Ja, dit was inderdaad wraak. Ze was klaar om degenen die haar familie kapotgemaakt hadden, genadeloos aan te pakken. Ze was klaar om alle gewetensbezwaren opzij te zetten en degenen die verantwoordelijk waren voor Soo-mins verdwijning dat in te peperen.

Ze was aan het veranderen; ze voelde het. Na twaalf verloren jaren stond ze nu met beide benen op de grond. Ze was gefocust en voelde zich gesterkt doordat ze een duidelijk, koud, speciaal doel had. Ze huiverde, trok de beddensprei over haar schouders en draaide zich op haar zij, starend naar de muur in het donker.

Fisk had gelijk gehad. Ze had een krachtige motivatie om zich in te zetten.

Het meisje bestudeerde een scherm met nieuwsbeelden. Af en toe zette ze een vinkje naast een naam op een lijst. Jenna keek over haar schouder en herkende de massale parade van vorige maand op het Kim Il-sungplein. De nieuwscamera bleef hangen bij de mollige jonge zoon van Kim Jong-il, de gezalfde erfgenaam, die opgetogen applaudisseerde toen er een raketwerper langs werd gereden. Het haar van het meisje was opgebonden in vlechten van een manga-schoolmeisje, waardoor ze een jaar of veertien leek. 'Ik probeer uit te zoeken wie er in de gunst is, en wie niet meer...' zei ze, opkijkend naar Jenna. 'Dat bepaalt hoe dicht ze bij Kim staan. Na een tijdje krijg je wel een soort idee wie belangrijk is.'

De Noord-Koreaanse analytici in Langley – allemaal jonge Amerikanen van Aziatische origine en afkomstig van Ivy League-universiteiten – bezetten één vak in een enorme kantoortuin, een lichte, ronde ruimte die ze deelden met honderden andere analytici. Jenna en haar groep waren een dag op bezoek om kennis te maken. Klas H was begonnen aan de lessen analytische spionage. Aan de andere kant van de enorme ruimte zag ze Aisha, die zich voorstelde aan het team dat Iran behandelde, en de massieve gestalte van Menendez, die praatte met de Cuba-analytici.

In het volgende vak zat een jonge kerel met piekhaar te bladerden door nummers van de *Rodong Sinmun*, de nationale krant van Noord-Korea.

'Ik ben op zoek naar verschuivingen in Partijretoriek,' zei hij, terwijl hij zijn lippen op elkaar perste om een geeuw te onderdrukken. 'Veranderingen in de thema's van de propaganda, dat soort dingen...'

Jenna was verbaasd. *Is dat informatieanalyse?*

Hun chef was de enige niet-Aziaat in het team, een kleurloze man met een dikke kont. Hij heette Simms en gaf Jenna een klamme handdruk, terwijl hij haar op de manier van een bijziende bekeek door een montuurloze bril. Zijn stropdas had dezelfde kleur als zijn ogen: grachtwater.

Hij bracht haar naar een van de veilige, bacterievrije vergaderruimten van Langley en sprak tot haar verrassing vloeiend Koreaans. Hij kwam met zijn opzienbarende mededeling toen ze gingen zitten: 'De Dienst heeft geen informanten ter plaatse in Noord-Korea.'

Zijn stem klonk monotoon en geduldig.

'Echt waar? Het... eh...' Jenna schoof een haarlok achter haar oor, '...verbaast me, geloof ik, dat 's werelds grootste inlichtingendienst niemand heeft...'

'Misschien heb je te veel thrillers gezien,' zei hij met een ongelukkig lachje. 'We hebben daar geen bronnen. Geen hooggeplaatste officier in het Koreaanse volksleger. Geen gedesillusioneerde wetenschapper die nucleaire geheimen doorspeelt. Geen knappe dame in de schatjesbrigade van Kim Jong-il. Niets.' Hij zette zijn bril af, poetste hem en hield hem tegen het licht. Zonder die bril had zijn gezicht geen enkel interessant topografisch detail meer. 'Dat wil niet zeggen dat we niet hebben geprobeerd ze te werven. Maar ik hoef je niet te vertellen dat het regime het eigen volk rigoureus in de gaten houdt. Telefoontjes en brieven worden gecontroleerd. Radio's en televisies zijn zo ingesteld dat ze alleen overheidskanalen ontvangen, reizen wordt streng in de hand gehouden, het denken van de mensen wordt gemodelleerd en gecontroleerd. Eén stap uit de rij en je bent verdacht. Netwerken van informanten dringen binnen op elk niveau van de samenleving, van het politbureau tot het strafkamp.'

Jenna leunde achterover. 'Overlopers komen met informatie...'

'Natuurlijk wel, maar hun vluchtroutes zijn vaak lang. Tegen de tijd dat hun inlichtingen ons bereiken zijn ze... tja, maanden, jaren achterhaald.'

'U laat daar een paar van de slimste kids van Amerika gissen naar de feiten zoals tijdens de Koude Oorlog gebeurde,' zei ze. 'Rangordes tijdens parades bestuderen? *Kremlinologie*? Is dat momenteel niet net zo nutteloos als toen we de Sovjet-Unie nog hadden?'

Simms zuchtte. 'Noord-Korea is afgesloten van de wereld. Afluisteren levert weinig op. Het volk maakt geen geluid. Er is geen verkeer op internet; heel weinig mobiel telefoonverkeer; weinig radiosignalen, geen gebabbel. Het land is stil. En het is donker.' Hij leunde achterover in zijn stoel en vouwde zijn handen achter zijn hoofd, waardoor de vochtplekken onder zijn armen te zien waren. 'Ze hebben jou een onmogelijke missie gegeven, Marianne Lee. Volgens mij zijn je kansen om met succes je eigen informant in het Noorden te exploiteren... minder dan nihil.' Hij trok een onaangename glimlach. 'Het enige wat je kunt doen is signalen interpreteren... en van bovenaf kijken.'

'Van bovenaf? U bedoelt Google Earth en zo?'

'Nee, miss Lee. Niet zoiets als Google Earth.'

In een felverlichte controlekamer ver onder het nieuwe hoofdkwartier stroomden op enorme computerschermen satellietbeelden langs, het ene na het andere. 'We hebben een heleboel hardware daarboven hangen,' zei Simms met een omhoogzwaaiende hand. 'Op de aarde gerichte ruimtetelescopen... U-2's van Lockheed die op zeventigduizend voet vliegen... spionagesatellieten die radarbeelden doorseinen, de zogeheten 'spysats' – dat tuig kan door wolken heen kijken...'

Voor de schermen zaten de spotters, de analytici van spysats, een stuk of twintig, allemaal mannen. Over de schouder van een van hen zag Jenna een satellietpanorama van een bepaalde plek in Azië – bruine bergketens bezaaid met wolkjes die op wattenbolletjes leken; een lappendeken van limoengroene rijstvelden. Simms vroeg de man: 'Mag ik?' Hij leunde voorover en legde zijn vinger op een touchpad. Langzaam zwol het beeld op. Met stijgende verbazing keek Jenna toe terwijl veld en berg oplosten in groepjes losse acacia's en een lange, onverharde weg, en ten slotte in een legerjeep met een officier achterin. Ze kon de sterren op zijn epauletten zien, de telefoon in zijn hand. Simms stapte achteruit en sloeg zijn armen over elkaar. 'Zojuist opgenomen vanuit een lage baan om de aarde. Ongeveer tweehonderd kilometer hoog. De lens corrigeert vervormingen door hitte en luchtstromingen.' Hij keek haar met een flauwe glimlach aan. 'Geclassificeerde militaire technologie.'

Jenna liet het scherm niet los met haar ogen. Noord-Korea was een ommuurde vesting... *maar het dak stond open.*

Die avond in de Farm diende Jenna een verzoek in om de lessen analytische spionage te mogen concentreren op GEOINT, geospatiale informatie per satelliet, aangezien dat terrein het relevantst was voor haar training. De volgende dag kreeg ze een gecodeerde link voor toegang tot de beveiligde server van de spotters van Langley.

Zoveel details had ze nog nooit eerder gezien. Het leek alsof ze een enorme macht had gekregen; ze speelde er een tijdje mee en leerde ermee omgaan. De spectrale resolutie was geweldig. Bij het inzoomen bleef de afbeelding tot binnen de vierkante meter haarscherp. Bij een raketsilo in aanbouw, waarnaast de spotters pijlen en onderschriften hadden geplaatst, zag ze de lassers tijdens hun rookpauze. Ze kon een slogan in rode letters lezen die op de helling van de Tonghung was uitgehakt: WIJ DOEN WAT DE PARTIJ BEVEELT! Een vos rende over een pad met stippeltjes van dennenappels. Op het perron van een station schepte een oude vrouw kommen vol met stoofschotel uit een pan. Omlaag scrollend naar de Gedemilitariseerde Zone in het zuiden, de met wapens volgestouwde woestenij die de grens vormt met Zuid-Korea, zag Jenna de tentenkampen van enorme aantallen militairen. Toen ze oostwaarts ging, dichter naar de kust, vond ze een spookstad, een en al roest en dof van het roet, en inzoomend zag ze kinderen in vodden door de straten zwerven.

Ze voelde zich alwetend, alziend, een wraakengel die over dat donkere land vloog. In een opname die was gemaakt op een koude, zonnige ochtend stonden duizenden gevangenen in rijen opgesteld voor het appèl; hun uitgemergelde lichamen wierpen lange schaduwen op de grond. Dat was Kamp 15, het concentratiekamp Yodok, waar de veroordeelden met drie generaties familieleden heen werden gestuurd om te zwoegen in steengroeven en op korenvelden. *Ik zie jullie*, dacht ze, turend naar de miergrote figuurtjes die karren met stenen voorttrokken. *Jullie zijn niet vergeten.* Ze keek naar Kamp 22 bij Chongjin, maar het beeld was niet compleet. Dat uitgestrekte kamp omvatte boerderijen, kolenmijnen en fabrieken, er werd gewerkt door slaven en de kinderen van slaven, die daar geboren waren en voor wie het kamp hun hele wereld omvatte.

De spotters analyseerden dat bewijsmateriaal van de misdaden van het regime bijna nooit en zetten er nooit commentaar bij, stelde ze vast. 'Militaire doelen zijn hun prioriteit,' had Simms tegen haar gezegd.

Daardoor kreeg ze een idee.

Ze e-mailde een verzoek om een spysat-analyse van de marinebasis Mayangdo aan de noordoostkust te mogen doen. Binnen een paar minuten kreeg ze een beveiligde link naar geannoteerde afbeeldingen met een hoge resolutie, pijlen naar droogdokken, onderhoudsloodsen en ruimten voor onderzeeërs onder bombestendig beton. Er waren zelfs een paar schepen zichtbaar op het water bij het in- en uitvaren. 'Onderzeeër klasse Romeo (1800 ton)'; 'dwergonderzeeër Yono-klasse (130 ton)' – en de boot waar ze een koude rilling van kreeg: 'Onderzeeër Sang-O-klasse (180 ton)'.

Hij leek op een roofvis die terugkeerde naar zijn hol. Een onderzeeër van de Sang-O-klasse, had mevrouw Ishido gezegd. Op een missie vanuit de marinebasis Mayangdo. Zonder de witte boeggolven zou de zwartgroene romp haast onzichtbaar zijn.

Waar zouden ze Soo-min heen hebben gebracht vanuit Mayangdo? Maar elke keer dat haar ogen zochten naar andere streken die via weg en spoor verbonden waren met de noordoostkust, werd ze afgeleid door weer iets heel anders.

Waar haar oog voortdurend naartoe wilde, haast tegen haar zin, als waren het de neusjes van de zalm in een roddelblad, waren beelden die getuigden van de levensstijl van Kim Jong-il. Kinderen bedelden om graankorreltjes in de straten van zijn land, maar de Leid-ster van de Eenentwintigste Eeuw onderhield zeventien verspreide paleisachtige huizen. Naast ovale privéracebanen zag Jenna paddocks liggen; basketbalvelden en landschapszwembaden in de beschutting van bloemrijke terrassen, omheind en afgesloten van de massa. Er waren keizerlijke zomerpaleizen met daken van jadegroene tegels, andere waren omringd door siertuinen met fonteinen, en jachtparken vol kamferbomen. Er was een moderne strandvilla bij met een vloot aan sportwagens en motoren. In zijn hoofdverblijfplaats ten noorden van Pyongyang, die werd beschermd door vier luchtdoelraketlanceerinstallaties (waar de spotters een pijl bij hadden gezet), kon hij genieten van een zwembad met glijbanen, een schietbaan en een steiger in de rivier waar hij een Princess-jacht had afgemeerd. Golfkarretjes doorkruisten zijn landgoederen; ze zoomde in vanaf tweehonderd kilometer en zag de voren die ze door de dauw trokken, en de sprinklers op de gazons. In een privétreinstation stond Kims luxueuze pantsertrein. En 's nachts, als het land onder een pijlinktviszwarte verduistering lag door gebrek aan energie, waren alle paleizen van Kim bemand en verlicht; ze vormden een constellatie in de duisternis, zodat ze de scrollende spysats beter konden misleiden over zijn verblijfplaats.

Maar het was zijn landhuis bij de stranden van Wonsan dat tot haar verbeelding sprak. Het terrein omvatte kassen, weiden voor vee en stukken ongerepte natuur waar kippen hun eten opscharrelden naast bergbeken. Kakibomen droegen knaloranje vruchten. Ze zag de beroemde boomgaarden, waarvan bekend was dat ze werden bemest met geraffineerde suiker, zodat de appels enorm groot en zoet werden. Ze stelde zich voor dat die appels op schalen werden geserveerd op zijn epicurische feesten, waar meisjes dansten en stripten voor het vermaak van zijn trawanten, terwijl hijzelf, altijd waakzaam, speurde naar tekenen van misdenken op die gezichten die rood zagen van de drank.

Jenna kon het hele land bekijken. Alle contouren, structuren, terreinen en netwerken lagen voor haar open. Berg en bos; gevangenis en paleis.

De keizer – de soldaten – de burgers – de slaven.

Waar ben je, Soo-min?

12

Luchtruim boven New York City
Derde week van november 2010

Drie figuren zweefden in zijn richting. Generaal Kang en zijn twee dochters. 'Hij mijn reraar Engers,' zei Kang wijzend naar Cho; het gelach van zijn dochters weerkaatste tegen de marmeren muren. Kangs borst was een poel van kogelgaten en zijn lichaam was half weggerot. Zijn grote wangen kwamen los van zijn gezicht, als halve avocado's. Hij zeilde weg over Cho's hoofd heen. Cho stond op een vliegveldloopband, die door een eindeloze gang gleed. Boekie stond naast hem en hield zijn hand vast. In de verte zagen ze een blauwwitte gloed, schijnbaar het licht van een ster, dat helderder werd naarmate ze dichterbij kwamen, helderder en helderder totdat het de hele gang vulde met zijn stralen. Hij greep het handje van de jongen stevig en liefdevol vast, maar zijn zoon worstelde om los te komen. 'Appa,' riep hij. 'We moeten vertrekken.'

'Als we te ver weg zijn, bevriezen we,' zei Cho tegen hem.

'Als we te dichtbij zijn, verbranden we!'

Cho werd wakker. De geluiden werden overstemd door geplop in zijn oren vanwege de luchtdrukveranderingen. Hij wreef zijn ogen uit en hoorde maar de helft van de zangerige stem die in het Mandarijn aankondigde dat de daling van het toestel naar vliegveld John F. Kennedy was ingezet. In de rijen voor hem drukten de leden van zijn gezantschap hun gezicht tegen de raampjes. Hij duwde het zonneschermpje omhoog en knipperde verdwaasd met zijn ogen in het roze licht. Dotten suikerspin gleden over de vleugel, toen klonk er een hydraulisch gegier en daalde het vliegtuig naar een grijze wereld. De cabine schudde door de turbulentie, maar ineens gingen de wolken uiteen en zag hij recht onder zich voorsteden met huizen die leken op luciferdoosjes waartussendoor autootjes reden. Cho keek verbaasd toe. Hij had nooit in zijn leven gedacht dat hij binnen zou dringen in de buik van het imperialistische yankeebeest.

In de aankomsthal voor diplomatieke gezantschappen werden ze opgewacht door ambassadeur Shin, de permanente vertegenwoordiger van Noord-Korea bij de Verenigde Naties, en zijn assistent, eerste secretaris Ma. Nadat ze hadden gebogen en socialistische begroetingen hadden uitgewisseld, werden ze naar de uitgang begeleid. Shin was een stugge, gedrongen man met een rechte spleet als mond en strak achterovergekamd grijs haar. Uit zijn norse, grove, onbeschaamde manier van doen werd direct duidelijk dat hij de leiding van de groep op zich nam. Cho had meteen een hekel aan hem. Eerste secretaris Ma was een magere, waakzame man met een merkwaardig uitgroeisel op zijn linkerwang, dat op een kleine zwarte bloedzuiger leek. Cho wisselde een blik met hem en stelde voorzichtig vast dat de man niet verstoken was van intelligentie.

Cho's groep telde verder nog vier leden: twee lagere diplomaten die iets jonger waren dan Cho, beiden geprotegeerde zoons van leden van het Centraal Comité. Ze zouden allebei een tweepersoons hotelkamer delen en overal vergezeld worden door de andere twee leden, functionarissen van het Partijbureau voor politieke veiligheid, kleurloze, argwanende mannen van weinig woorden. Net als Cho had geen van vieren eerder het Westen bezocht.

Regen viel in oranje vonken onder de natriumschijnwerpers. Hun chauffeur, een norse Koreaan, stond in een zwart Toyota-busje op hen te wachten. Toen de man de deur openschoof zag Cho miniversies van de Vader-Zoonportretten, die in zo'n hoek op het dashboard waren bevestigd dat ze de passagiers aankeken. De chauffeur laadde hun bagage in de kofferbak en terwijl de anderen instapten, vroeg ambassadeur Shin: 'Klopt het dat u een pakje voor mij hebt?' Direct na het verlaten van het luchthavengebouw had de man een sigaret opgestoken.

‘In de diplomatieke postzak,’ zei Cho en hij zag hoe Shin een mengeling van nervositeit, opluchting en rook uitademde.

Nadat ze hun autogordels hadden vastgemaakt, begon de reis naar de stad. Cho was opgeknapt na het slapen in het vliegtuig, keek gretig naar de rijen gele taxi’s en stadsbussen; hij voelde de adrenaline pompen in zijn borst terwijl zijn ogen elk detail indronken. Zoveel verschillende modellen en kleuren voertuigen.

Besef je wel waar je bent...?

Ambassadeur Shin draaide zich om op zijn stoel en begon over de details van hun reisplan en over hoe ze zich moesten gedragen tegenover de yankees, die hoogstwaarschijnlijk zouden proberen hen mee te tronen naar een of andere compromisloze, onaangename sociale gebeurtenis, die ten koste van alles moest worden vermeden. Hij had de priemende ogen van een argwanende, humeurige man. De groep luisterde eerbiedig, maar hun blik werd herhaaldelijk naar de raampjes getrokken. Een paar minuten later reden ze op een snelweg zonder bebouwing erlangs. De zwarte wolken aan de westelijke horizon trokken op en toen de wolkenkrabbers van New York City in zicht kwamen, waarvan de bovenkant roodgoud opgloeide in de laatste zonnestralen, ontwaarde Cho een fabelachtige stad. *Pure magie*, dacht hij. Die wereld had hij nog nooit gezien, zelfs niet in zijn verbeelding. Sommige wolkenkrabbers waren statig en oud, alsof ze er al een eeuw of langer stonden. Hij had zich een stad voorgesteld met futuristisch spiegelglas, zoals Shanghai. Hij overdacht hoe hij zijn vrouw en Boekie deze aanblik zou beschrijven.

De rijstroken begonnen een brede, traag stromende rivier van staal te vormen. Algauw was de minibus de East River overgestoken en reed tussen de als mieren voortkruipende achterlichten. *Dit is Manhattan*. Op de trottoirs deinden de hoofden in de stroom kantoorpersoneel op en neer, ze verdwenen massaal in de metro-ingangen. Even verder kwam een menigte mensen een theater uit stromen; hun gebabbel en gelach rees als damp de gure buitenlucht in. De naam van de voorstelling was weergegeven met duizenden piepkleine, fonkelende witte lichtjes. Ambassadeur Shin bleef praten, alsof hij hen wilde afleiden van de emotionele schok die ze ervoeren. Het busje kwam met moeite vooruit op het stratennet van de binnenstad. Ze reden achter een witte verlengde limousine. Uit gaten in de weg ontsnapte stoom. Shin besprak de mediaberichtgeving van de yankees over de raketlancering, maar Cho deed niet eens alsof hij luisterde. Zijn raampje raakte beslagen. Hij drukte op de knop om de ruit omlaag te laten schuiven en zag een man die geld haalde uit een machine in een muur, en arbeiders met fluorescerende vesten aan. Over de zijkant van een torengebouw schoven digitale getallen en cijfers. Hij ademde in. Er hingen etensgeuren in de lucht – gebraden varkensvlees en ui. Een dreunende diepe bas bonkte in een auto die langsreed, en drie zwarte gezichten onder honkbalpetten keurden Cho bij het passeren amper een blik waardig. Hij keek omhoog en zag een reclamebord van een model in ondergoed.

Na Pyongyang, waar de straten 's nachts donker en verlaten waren, kwam de schok van deze beelden des te heviger aan. In zijn land werden buitenlandse bezoekers rechtstreeks van het vliegveld naar de Mansu gebracht om bloemen te leggen aan de voeten van de Grote Leider. Maar waar waren hier de standbeelden? Waar waren de monumenten? New York City mocht van de yankees zichzelf vertegenwoordigen.

Door het fileverkeer kwam de minibus op een gegeven moment tot stilstand op een zebrapad net toen de lichten op rood sprongen. Voetgangers stroomden van beide kanten langs het voertuig. Cho's ogen sprongen gefascineerd van het ene gezicht naar het andere. Niemand droeg een legeruniform. De zwarten en Aziaten waren niet gekleed als personeel. Hij voelde een intens verlangen om met een van hen te praten. Hij sprak hun taal! Maar bijna op hetzelfde moment wist hij dat het niet zou gebeuren. Hij zou niet met iemand alleen zijn, geen minuut. Hij zou te allen tijde een gezicht trekken waaruit een koele, revolutionaire deugdzaamheid sprak. Hij zou hier nooit vrienden maken.

De verkeerslichten sprongen op groen en het busje reed stapvoets verder. Op de stoep zat een man die een hoed met oorkleppen droeg en een plastic bekertje ophield, en Cho herinnerde zich dat hij had verwacht in elke straat drugsdealers, prostituees en rijen werklozen te zien.

Bij het Roosevelt Hotel wapperde een enorme Amerikaanse vlag aan een mast boven de gouden porticus. Het busje stopte en het gezelschap stapte in trance uit. Cho zag op alle gezichten in zijn groep dezelfde blik op oneindig. De hal was te enorm voor zijn ogen, het voelde of hij dronken was. De eerste secretaris, Ma, checkte hen in bij de receptie en ambassadeur Shin bleef praten – uit zijn mondspleet kwamen eentonige, platte babbelgeluiden –, terwijl Cho goedgeklede, weldoorvoede mensen zag rondlopen, Indo-Europese gezichten die een blik wierpen op zijn vreemde gezelschap alsof ze gezanten van een buitenaardse beschaving waren. Hij keek naar zijn landgenoten en zag hen nu door de ogen van buitenstaanders; plotseling schaamde hij zich voor hen, die twee mallotige politiek functionarissen met hun glanzende Vinylon-pakken en door de staat verstrekte rubberen schoenen, en het speldje dat ze allemaal op hun revers droegen met het glimlachende gezicht van de Grote Leider.

Ambassadeur Shin stelde voor dat ze zich in een uurtje op hun kamer zouden opfrissen voor het diner. De politiek functionarissen gingen als eerste naar boven om de afstandsbedieningen van de tv en de Gideon Bibles van de nachtkastjes te verwijderen, en Cho en de twee lagere diplomaten volgden. In de lift zei Cho tegen hen: 'Zolang we in dit hotel zijn... mogen jullie de speldjes van je revers afdoen.' De twee diplomaten reageerden niet en hielden hun ogen neergeslagen. 'Dan hoeven we de strakke blikken van de yankees niet te verdragen,' voegde hij eraan toe, met het weeë gevoel dat hij iets onherstelbaars had gezegd.

Zijn kamer was ruim en had een gerieflijk tweepersoonsbed en een eigen badkamer, met marmer op de muren en een ruime voorraad rulle witte handdoeken, die alleen voor hem bestemd leken. Hij liep naar het raam. De lucht was een soort oranje bouillon die de sterren verduisterde. Ver onder zich, op Madison Avenue, zag hij een brandweerwagen met een felrood-knalblauw zwaailicht en hoorde een sirene met een glissando op en neer: een galmende curve beneden in een verlichte kloof.

Er klonken twee klopjes op de deur achter hem.

Hij deed open en zag eerste secretaris Ma staan met een opgeschoten zwarte jongen die een trommelvormige hoed droeg. Hij trok een bagagekar achter zich aan, boordevol bagage. De bagage... die was Cho in de consternatie helemaal vergeten. Zijn hart sloeg een versnelling over.

De diplomatieke postzak!

Hij zag zijn koffer en de jongen haalde hem van de stapel, maar de postzak was nergens te bekennen. Proberend niet paniekerig te klinken zei hij zeker te weten dat er nog iets moest zijn, en met hulp van eerste secretaris Ma laadde de jongen de hele kar af totdat ze hem zagen liggen, een grijze, verzegelde tas van een soort duffel, helemaal onder op de hoop en geplet. Eerste secretaris Ma keek Cho fronsend aan. Cho bedankte de jongen in het Engels. Omdat hij had gehoord dat fooien geven een vernederende kapitalistische gewoonte was, bood hij hem een Engelse uitgave aan van *Anekdotes uit het leven van Kim Il-sung*, waarvan hij een stuk of tien exemplaren had meegenomen.

Hij deed de deur dicht en leunde er met zijn rug tegen. Hoe kon hij zo stom zijn geweest? Hij liet de zak op bed vallen en verbrak het zegel. Hij zou het pak onmiddellijk naar ambassadeur Shin brengen. Maar toen hij het uit de postzak haalde, trok zijn maag weer samen. Onder een scheur in het papier aan de zijkant was noppenfolie te zien. Hij streek met zijn vinger over de opening. Er was niet in het papier gesneden. Het was kapotgegaan onder de druk van die verdomde bagage. Hij knipte zijn bedlamp aan en voelde voorzichtig in de scheur. Zijn vinger raakte cellofaan aan. Hij voelde... een soort blok... een aantal blokken... in cellofaan...

De deur ging open en Cho sprong op, waarbij hij de lamp omstootte, zodat ambassadeur Shin door de gloeilamp van onderaf werd verlicht en een grote schaduw op de muur wierp. Cho had de deur waarschijnlijk niet op slot gedaan.

'Het pakketje alstublieft, kolonel.' Shin stak zijn hand uit.

Even keken de twee elkaar met openlijke vijandigheid aan.

'Ik zou graag willen weten wat erin zit,' zei Cho.

'Paperassen, cashgeld...' zei Shin vaag. De stem klonk kalm, maar de ogen waarschuwden hem. Hij pakte het pakketje van Cho aan.

'We rijden naar een traditioneel Koreaans restaurant,' kondigde ambassadeur Shin aan toen iedereen weer in de lobby stond. 'Het personeel en de eigenaar zijn... ons goed gezind,' voegde hij er voor Cho vertrouwelijk aan toe, alsof ze in oorlogsgebied waren en naar een onderduikadres werden gebracht. 'We kunnen er praten.'

Het busje sloeg op 45th Street links af en zat meteen vast in een volgende verkeersopstopping. Even later stond het voertuig stil in de uitlaatgassen en een rij rode achterlichten; het leek een stollende lavastroom. Eén taxichauffeur claxonneerde; zijn voorbeeld werd door een stuk of honderd andere claxons gevolgd. Ambassadeur Shin begon te fluisteren tegen eerste secretaris Ma.

Cho was van slag door het gedoe met het pakket. Gevangen in het busje, bestookt door die claxonkakofonie, vechtend tegen zijn jetlag en gedesoriënteerd, voelde hij een groeiende frustratie omdat hij aan Shin overgeleverd was. Hij vertrouwde hem niet. Uiteindelijk stelde hij voor: 'Kunnen we niet uitstappen en gaan lopen?'

Ambassadeur Shin aarzelde. 'We moeten in het voertuig blijven totdat we de beoogde bestemming bereiken.'

Ze zaten nog een halfuur zwijgend te kijken naar een enorme wolkenkrabber met een mast bovenop die van kleur veranderde. Rood... wit... blauw. Cho leunde voorover. 'We kunnen hier niet de hele nacht blijven zitten, kameraden. Ik stel voor, met alle respect, om de auto aan de chauffeur over te laten en daar te gaan eten...'

Over de auto's heen zagen ze een restaurant waarvan de gevel geheel bekleed was met roestvrij staal. Op een bord flitste de tekst 24 UUR OPEN in rode neonletters aan en uit. Achter een lang raam met uitzicht op de straat stonden tafels in aparte nissen, als in een restauratiewagon van een trein. Er hing een uitnodigende gloed over het interieur. Serveersters in gestreken roze uniformen liepen heen en weer met enorme dienbladen vol gerechten.

'Het Koreaanse restaurant verwacht u...' zei ambassadeur Shin.

'Nou, hier staat alles stil,' zei Cho.

De groepsleden keken elkaar aan. Een van de lagere diplomaten haalde zijn schouders op naar de ander, die niet tegen het idee gekant leek te zijn, maar Shin, eerste secretaris Ma en de twee politiek functionarissen zwegen, ze dachten na over de gevolgen.

Cho deed zijn portier open.

'Wacht!' zei Shin met een strakke, gealarmeerde stem. 'U bent vergeten waar u bent, kolonel.'

Cho keek naar de klanten in de nissen van het restaurant. Vier jongelui, twee jongens en twee meisjes, schijnbaar middelbare scholieren, dronken Coca-Cola door een rietje. Een jongetje trok een opgetogen gezicht als in een stripverhaal toen een coupe met bollen ijs in verschillende kleuren voor hem werd neergezet. *Kleine kinderen reageren overal hetzelfde*, dacht hij. Een vermoeid uitziende man in het uniform van een beveiliger zat in z'n eentje achter een glas bier te eten en maakte grapjes met de serveerster. Niemand leek op de yankeetypen die je zo makkelijk herkende in de film, broodmagere schurken met haakneuzen en blond haar.

'Er is niets om bang voor te zijn,' zei Cho. 'Tenzij u zegt dat de ideologie van onze geweldige Partij ons niet kan behoeden tegen gulzige kinderen en flauw voedsel...'

Binnen stond een lange counter van gepolijst chroom waar serveersters de bestellingen riepen; er bleken zwart-witte tegels op de vloer te liggen. De keuken lag achter een paar klapdeuren met patrijspoorten. Boven de counter waren kristallen glazen en flessen uitgestald en hing een schuimende milkshake van geel en roze neon. Op ronddraaiende plateaus in een vitrinekast stonden taarten en gebak met geglazuurd fruit.

Een serveerster bracht hen naar een nis en deelde geplastificeerde menu's uit. 'Zo, waar komen jullie vandaan, jongens?' vroeg ze terwijl ze de tafel schoonveegde. Op haar naambordje stond PAM.

'Uit de Democratische Volksrepubliek Korea,' zei ambassadeur Shin monotoon.

'Oké!' Ze trok een stralende glimlach en liep weg.

Toen ze eenmaal waren gaan zitten, kwam er een andere serveerster langs met twee grote bladen vol warme gerechten en bracht die naar het gezin dat in de volgende nis zat. Ze trok een spoor van complexe aroma's van gesmolten kazen en gegrild rundvlees.

Een van de politiek functionarissen probeerde te protesteren, misschien uit angst voor ondermijning van zijn revolutionaire standvastigheid. De man oogde groot en sloom, maar Cho wist dat hij venijnig orthodox was.

'Kolonel, ik weet niet zeker of het eten hier geschikt is. Als onze Grote...'

'Uw bezwaar is opgemerkt, politiek functionaris Yi.' Cho had honger en was niet in de stemming voor citaten, maar er viel hem een malicieuze gedachte in. 'Zagen jullie de gerechten op dat dienblad? Kameraad Kim Jong-il heeft zelf het "dubbele-broodje-met-vlees" bedacht als oplossing voor het voeden van onze universiteitsstudenten. In de *Minju Choson* stond een foto waarop hij ter plaatse aanwijzingen gaf aan de fabrieksarbeiders die de hamburgers maakten. De yankees kunnen de boel grof belazeren. Het is heel goed mogelijk dat ze het idee van ons hebben gestolen, dat moeten jullie toegeven.'

Politiek functionaris Yi kneep zijn lippen op elkaar en maakte een mentale notitie.

Cho en ambassadeur Shin deden hun best het menu zo goed mogelijk voor de anderen in het Koreaans te vertalen, en ontdekten daarbij dat het dubbele-broodje-met-vlees in een verbijsterende hoeveelheid varianten besteld kon worden: met diverse sauzen en soorten kaas, met kip of pittige bonen in plaats van rundvlees. Hoe meer Cho voorlas, hoe meer het gezelschap om hem heen instemmend knikte, omdat de overtuiging groeide dat het gerecht was ontstaan in de geest van het Genie der Genieën zelf. Als eerbetoon aan hem koos ieder een andere variant, met friet en salade, en besloten ze tot Budweiser-bier, aangezien hun eigen Taedonggang-bier, waarvan ze hadden begrepen dat het in veel landen werd gewaardeerd als een van 's werelds beste bieren, niet op het menu stond.

Tijdens de maaltijd merkte Cho dat hijzelf net als alle anderen praatte over de banale, praktische kanten van het bezoek; dat deden ze allemaal omdat ze tevreden waren over het eten, want het was vers en de porties waren groot. Tegen de tijd dat hun lege borden waren afgeruimd en Pams aanbeveling van de cheesecake met aardbeien ter harte was genomen, gevolgd door koffie, leek zelfs ambassadeur Shin vrede te hebben met de wereld. Toen de rekening kwam, pakte hij die om te betalen, maar Cho nam haar met een zelfverzekerde glimlach van hem over. Het gaf hem een trots, feestelijk gevoel. Hij klapte de Italiaanse handgestikte portefeuille met de knisperende honderddollarbiljetten open, het cadeau dat Yong-ho hem op de dag van de parade had gegeven, en betaalde. Hij dacht er even over om Pam de *Anekdotes uit het leven van Kim Il-sung* aan te bieden, maar veranderde van gedachten en gaf haar een ruime fooi.

Toen ze het trottoir op stapten was het buiten donker, koud en helder. Niets wees erop dat de stad tot rust kwam. De straten gonsden van het verkeer en van de voetgangers. En lichtjes... overal brandden lichtjes, in de etalages van de winkels, hoewel ze gesloten waren; en ook op elke verdieping van de kantoortoren aan de overkant, zoals Cho zag toen hij omhoogkeek, al waren de mensen die er werkten inmiddels naar huis. Hij wreef zich in zijn handen en stond uit te kijken naar het avontuur van de wandeling terug naar het hotel toen er een man van middelbare leeftijd met een dun snorretje uit het restaurant kwam gehold. Op zijn naambordje stond GONZALO. Hij had Cho's geld in zijn ene hand en iets wat leek op een scanapparaat met blauw licht in de andere.

'Eh, meneer? Ik ben de manager. Kunt u op een andere manier betalen alstublieft? Volgens ons zijn deze biljetten vals.'

13

Station van Hyesan
Provincie Ryanggang, Noord-Korea

Die dag was het zo koud dat de rijstbrandewijn kon bevriezen, maar mevrouw Moon had de markt nog nooit zo druk gezien. Door een stroomstoring lagen beide lijnen in Hyesan stil. Twee treinen waren gestrand in het station en gestrande treinen betekenden gestrande klanten.

Haar banken zaten tjokvol klanten en er stond een rij mensen te wachten om te kunnen zitten. De stoom rees omhoog, de rook zweefde rond, de eetstokjes tikten. Er werd weinig gesproken. Hete soep werd zo uit de kom geslurpt. Het was te koud om stil te zitten. De lucht was een laag platina en er dreigde sneeuw.

Mevrouw Moon had met de minuut meer groezelige, gehavende wons in haar geldriem. Haar gasbrander brandde op volle kracht; de vier grootste pannen stonden te sudderen op de brander en ze was aan haar laatste zak houtskool toe. Undine en haar dochter dienden het eten op en Oma Whiskey, die ze had ingehuurd om te helpen koken, roerde in een aromatische visstoofpot die driehonderd won per kom kostte. Het enige lid van haar team dat ontbrak was Kyu.

'Eerst het eten voor de politie,' mompelde ze tegen Undine. Ze was bang dat er niet genoeg zou zijn.

Er werd bescheiden gejuicht in het stationsgebouw, gevolgd door een pieptoon uit de luidspreker waarbij iedereen de handen over de oren sloeg. Er was weer elektriciteit.

Eindelijk zag ze Kyu. De jongen zocht zijn weg tussen de matten en de rij klanten, stil en stoïcijns als een kat. Hij nam een laatste trekje bingdu uit zijn pijp, inhaleerde tot diep in zijn longen en blies een witte rookpluim in de richting van China.

'Niet waar de klanten bij zijn,' zei ze.

'We hebben binnenkort een tweede tafel nodig,' zei hij, terwijl hij zijn positie innam boven op de rijstzakken.

Er werd getoeterd, waardoor er lichte commotie ontstond aan het andere eind van het perron. Een open politiejeep kwam moeizaam naar de kantine rijden en dwong de marktkooplui hun matten weg te trekken. De rij klanten van mevrouw Moon splitste om hem te laten passeren. Sergeant Jang stapte uit en kwam met een bezitterig gezicht naar haar keuken lopen; hij knikte naar de klanten en wreef in zijn handen. Spadekop begon de rijst te lossen die achter in de jeep stond. Het waren lichtblauwe jutezakken met daarop de woorden WERELDVOEDSELPROGRAMMA VERENIGDE NATIES.

'Ajumma,' grijnsde sergeant Jang en zijn goede, gele tanden kwamen bloot. 'Je gezicht geeft meer warmte dan een kom hete *mandu guk*.'

'Wat wou je?'

'Ik vraag me af of je me vandaag in yuan wil betalen...'

'Geef me vijf procent korting voor harde valuta. De geldwisselaars kosten geld.'

Ze had niet de beleefdheidsfrasen gebruikt die bij zijn rang hoorden, maar ze was ouder dan hij en wist dat de rijst die hij haar verkocht, een gestolen gift van de yankees was.

'Als jij het zegt.'

Hij fronste plotseling toen hij Kyu zag, die zijn pijp weer had aangestoken, en trok diens aandacht door in zijn vingers te knippen. Kyu gaf hem de pijp, Jang veegde hem af, bracht hem naar zijn mond en inhaleerde diep. Toen hij uitademde, zag mevrouw Moon een onplezierige glans in zijn ogen komen.

'En, eh, nog iets...' Hij boog zich voorover naar haar oor en ze voelde dat er problemen kwamen. 'De Bowibu heeft vanochtend vier mensen gearresteerd in een trein op station Wiyeon...' Hij fluisterde nu '...voor het bezit van *bijbels. Verdomd kleine zakbijbels, ajumma.*' Zijn adem rook vaag zoetig naar alcohol. 'Ik wil net zomin als jij dat de Bowibu op dit station komt rondsnuffelen en iedereen bang maakt.' Hij keek haar veelbetekenend aan. 'Iemand deelt ze uit aan instappende passagiers. Laten we ervoor zorgen dat het hier niet gebeurt.'

Mevrouw Moon zuchtte. Hij maakte haar verantwoordelijk. 'Ik zal de vrouwen waarschuwen. Als ze iets zien, weet jij het als eerste.'

'Dat is alles wat ik wou horen,' zei hij, en ging weer rechtop staan. 'De Bowibu wordt hier héél zenuwachtig van.' Hij maakte een griezelige kronkelbeweging met zijn vingers. 'Overal waar ze kijken zien ze spionnen en saboteurs...'

Mevrouw Moon zag hem weglopen.

'Wat een klootzak,' zei Kyu.

Er waren amper zes weken verstreken sinds de dag dat mevrouw Moon, een onbekende plattelandsvrouw die de regels niet kende, haar mat op het perron had uitgestrekt en haar rijstkoeken had verkocht.

Dankzij het omkopen met de honderden paren handschoenen en sokken was de zaak met de politie van het district beklonken. Niet alleen was het geen probleem meer dat ze haar werkploeg op de boerderij in de steek had gelaten, maar ze had van de politiemannen bondgenoten gemaakt. Ze hadden gedaan wat ze had voorgesteld en de handschoenen en sokken uitgedeeld als cadeautjes aan de bewoners van Baekam. Precies zoals ze had voorspeld had het initiatief hun de lof van de plaatselijke Partijafdeling en promotie opgeleverd.

Wat er was gebeurd toen ze de volgende dag weer op de markt kwam, overtuigde haar ervan dat haar lot een erg goede wending nam.

De vrouwen waren in een kring rond haar mat komen staan. Een van hen was Undine, die de glimlach op haar gezicht verborg achter haar hand. Wat er ook zou komen, mevrouw Moon voelde dat het haar idee was.

'We nodigen u uit om lid te worden van onze coöperatie,' zei mevrouw Yang, die gedroogde vis en batterijen verkocht.

Mevrouw Moon stond moeizaam op en boog voor mevrouw Yang.

Ze wist dat ze haar zo bedankten omdat ze Undine de vorige avond tijdens de controleactie op de markt had gered uit de handen van die functionaris, maar ze begreep niet wat er werd bedoeld met die coöperatie, totdat mevrouw Kwon, die plastic speelgoed en snoepjes zonder uiterste houdbaarheidsdatum verkocht, uitlegde dat het een informeel clubje was dat door de vrouwen was opgericht om geld te lenen als een van hen een investering moest doen of smeergeld moest betalen. Toen bogen ze diep voor haar en liepen terug naar hun matten.

'Het aanbod ligt er, ajumma,' zei Undine. 'Neem het aan.'

'Waarin zou ik investeren?' vroeg mevrouw Moon. 'Ik weet niet veel van handel.'

'U zei dat u kon koken.'

Dat zette mevrouw Moon aan het denken. 'Dat klopt... Maar de ingrediënten die ik zou willen gebruiken, vind je niet in Hyesan. Ik zou dezelfde noedelsoep en bonenpasta maken als iedereen.'

Weer keek Undine haar met die levendige concentratie aan. De blik in haar wijd open ogen was helder en het lichte loensen maakte haar op een aantrekkelijke manier kwetsbaar. Haar lippen hadden de kleur van rozenkwarts, hingen lichtjes open en leken steeds iets vertrouwelijks te willen zeggen. Wat de bron van haar tevredenheid ook was, ze droeg die in haar hart, zoals de aarde warmte. De zonnebloemgele hoofddoek die ze droeg paste bij haar. *Je straalt licht uit*, dacht mevrouw Moon.

'Welke ingrediënten hebt u nodig, ajumma? Ik zal ervoor zorgen.'

Mevrouw Moon glimlachte en kneep de jonge vrouw in haar wang. 'Waar zou je vers rundvlees en varkensvlees van goede kwaliteit vandaan halen? Er is hier niets.'

Undine dempte haar stem: 'Uit China.'

De glimlach van mevrouw Moon verdween.

Vervolgens hoorde ze dat Undine meer dan eens naar Changbai was geweest, aan de Chinese kant van de Yalu. Ze was 's nachts overgestoken, had grenswachten omgekocht die ze kende op een bepaald smal, bebost punt van de rivieroever vlak bij haar huis, en was over het ijs geslopen.

Mevrouw Moon zette grote ogen op. 'Wat deed je dan in China?'

Maar op die vraag zei Undine iets vaags en ontwijkends over zaken met Chinese handelaren.

'En als je betrapt wordt?'

'Ik heb een beschermengel,' zei ze luchtig en sloeg haar ogen neer.

De volgende dag heel vroeg strooide mevrouw Moon een zoutoffer uit voor de berggeesten en dankte haar voorouders omdat ze haar lot hadden gezegend. Er waren nog steeds een paar sterren met een heldere, ijskoude glans, maar de komeet in het westen was verdwenen. De loop der gebeurtenissen die erdoor was voorspeld, was nu in gang gezet. Daar was ze zeker van. Ze had haar ouders in dromen gevraagd wat de komeet had betekend, maar ze hadden geantwoord in raadsels en verzen, die ze niet had begrepen.

Een lam loopt zonder klagen voort...

'*...het draagt ons aller schuld*,' mompelde ze terwijl ze weer naar binnen liep.

'Mm?' Tae-hyon bewoog onder de deken en zijn been trok. 'Wat vertellen je verdomde voorouders je nu weer?'

Later die dag gebruikte ze een lening van de vrouwencoöperatie om een nieuwe, in China gefabriceerde gasbrander en twee extra grote stalen pannen te kopen, een lange, gietijzeren plaat voor houtskool en een grillrooster. Undine wilde beslist zelf de reis maken om de benodigdheden te halen en weigerde het aanbod van mevrouw Moon om smokkelaars in te huren. Die avond sloop ze naar Changbai in China en de volgende dag kwam ze terug met alles wat er op de lijst van mevrouw Moon stond. Witvis en sint-jakobsschelpen. Vers varkensvlees van goede kwaliteit en ossenhaas die gemarineerd en in dunne reepjes gesneden kon worden. Ossenbot. Een stuk of tien verschillende kruiden. Geraffineerde suiker. Gemberwortel, ginseng, chilisaus en – wat in november onmogelijk te krijgen was in Hyesan – zoete, knapperige kropsla. Al het andere, de sojapasta, knoflook, kimchi en gedroogde noedels, kocht mevrouw Moon op de markt zelf. Rijst moest ze halen bij de plaatselijke onderwereld, die werd gecontroleerd door de politie. En ten slotte vond ze een timmerman die voor haar uit pakkisten een goedkope grenen tafel en twee banken maakte.

De dag erna keek ze zo gespannen toe terwijl de tafel in elkaar werd gezet, dat ze om de tien minuten naar het toilet moest.

De groenten waren geschild en gehakt, de rijst was gewassen en het vlees gemarineerd. Ze had een ruime voorraad houtskool. Undine en haar dochter stonden klaar; Oma Whiskey had haar schoonste schort omgedaan – wat op zich niet veel zei. Om acht uur draaide ze de gasbranders open en stak de houtskool aan. Een uur later ging Moons Koreaanse Barbecue open voor klanten.

De dag kwam langzaam op gang, met halverwege de ochtend bescheiden handel en tegen de middag zorgwekkend weinig klanten. Maar daarna gebeurde er iets vreemds. Via mond-tot-mondreclame verspreidde zich het gerucht van het station naar het stadsplein erbuiten, net als de geuren van gegrild rundvlees, zoete houtskoolrook en damp uit twee sudderende pannen met visstoofpot en ossenstaartsoep, en in het begin van de middag zaten haar banken bijna vol.

De volgende dag waren haar banken tussen de middag helemaal vol en stond er een kleine rij klanten te wachten, een rij die in de loop van de dag langer werd, zelfs toen er schaarse sneeuwvlokken als ganzendons door de lucht begonnen te zweven.

Tegen het eind van haar eerste week was Moons Koreaanse Barbecue hét onderwerp van gesprek in Hyesan. Er stond permanent een rij wachtenden, onder wie gemeenteambtenaren en hun gezinnen. Klanten betaalden hun maaltijden met wons, yuans, euro's en Amerikaanse dollars – de koning van de zwartemarktvaluta's, die mevrouw Moon nog niet eerder had gezien – en af en toe met chocoladekoeken. Al snel had ze verschillende wisselkoersen binnen handbereik. Bingdu weigerde ze te accepteren als betaling, hoewel bingdu overal was, besefte ze. Een drug die een valuta was geworden.

Binnen twee weken had ze al het van de coöperatie geleende geld terugbetaald. Ze had extra smokkelaars ingehuurd om haar voorraden in Changbai te halen en vroeg de politie de voorraad rijst te vergroten. Vanaf dat moment had ze onofficieel de leiding van de markt.

Maar succes bracht nieuwe zorgen met zich mee. Partijfunctionarissen keken haar op de vingers vanwege handelsregels die even vaak veranderden als de wind. En overal waar ze keek zag ze glurende, groezelige gezichten: kotchebi, kinderen die zo hongerig waren dat ze rauwe maïs van de grond aten. Ze had ze een keer eten gegeven. Nu vormden ze dagelijks een bedreiging, gapten voedsel en deden aan zakkenrollen. Ze had bescherming nodig.

Op dat moment herinnerde ze zich de tiener die verdwaald in de wereld leek toen hij al die weken geleden op haar eerste dag als handelaarster had geprobeerd rijstkoeken te betalen met een pakje bingdu. Ze beschreef hem aan de kinderen: een insectachtige jongen met de ogen van een sjamaan. Ze wisten wie ze bedoelde. Hij sliep in een dichtgetimmerde bottelarij aan de rand van de stad en heette Kyu.

In de bouwvallige fabriek vond ze hem, rokend, met een bende kinderen die stonken naar rotte bessen.

'Niet veilig hier, ajumma,' zei hij, kijkend naar haar vanachter een sluier van witte mist.

'Ik bied je een baan aan.' Ze hield haar zakdoek voor haar mond en haar neus. 'En een bad.'

Kyu was veertien jaar oud, klein van stuk en was onvolgroeid gebleven. Op vijfjarige leeftijd was hij op de markt achtergelaten door zijn moeder, die naar China was gegaan op zoek naar voedsel. Hij was een straatvechter met de intuïtie van een kat voor gevaar, een echte kotchebi. Op momenten dat hij niet high was van de bingdu, voelde mevrouw Moon dat hij diep verbitterd was over het leven. Als hij zijn moeder ooit weer zou zien, zei hij, zou hij haar dwingen hem witte rijst te zien eten. Maar hij wist niet goed meer hoe ze eruitzag. Mevrouw Moon begreep zijn verdriet. Ze wist hoe het voelde om haar hand in de leegte uit te steken naar degenen die ze was kwijtgeraakt. De herinnering aan hen was voor haar te pijnlijk om te verdragen, hoewel ze haar in haar dromen bezochten. Kyu, die ze onder haar vleugels had genomen alsof ze hem al haar hele leven kende, had qua leeftijd een kleinzoon kunnen zijn.

Mevrouw Moon gaf Kyu alles te eten wat hij kon eten, maar ze vermoedde dat hij ook had kunnen leven op liefde en genegenheid. Hij werd haar beschermer, haar uitkijkpost, haar nieuwsbron. Er gebeurde niets op de markt zonder dat Kyu het wist. In de weken daarna vulde zijn lichaampje zich totdat hij sterk genoeg was om de kotchebi de baas te kunnen. Alle kinderen die wilden stelen of zakkenrollen op het station van Hyesan, hadden Kyu's toestemming nodig. Zonder toestemming konden ze alleen maar bedelen.

Toen sergeant Jang achteruit was weggereden over het perron, bedacht mevrouw Moon dat als iemand wist wie er illegale bijbels uitdeelde, dat Kyu zou zijn. Net wilde ze het hem vragen toen er een golf klanten arriveerde, legercadetten die op het aroma van de sissende bulgogi afkwamen. De gestrande treinreizigers aten ondanks de kou ontbijt, middag- en avondeten in haar kantine. Dat was haar drukste, lucratiefste dag geweest. Maar tegen de avond was de temperatuur verder gedaald en werd het minder druk op de markt. Ze zette de gasbrander uit en gaf de nog warme houtskool aan de kotchebi.

De maan hing flets en zijdeachtig als een spinnenei. Maar weinig zwakke lampen waren aangegaan achter de ramen van de huizen van Hyesan, maar de lucht boven Changbai, aan de Chinese kant van de rivier, had een oranje gloed door de talloze straatlantaarns en neonlampen. Ze had gehoord dat er in China steden waren die een jaar geleden nog niet bestonden. Glazen torens die tot in de wolken reikten, zei men.

De vrouwen waren aan het inpakken. Mevrouw Moon zat met Kyu voor het komfoor en warmde zich voor de terugreis. Ze keek naar Kyu's jonge oudemannengezicht terwijl hij wit poeder uit een papieren pakje in zijn pijp tikte.

'Kun je niet zonder dat spul?'

In het komfoor knetterden vlammentongen die in zijn ogen van rookglas weerspiegelden. Hij knipte zijn plastic aansteker aan, hield hem onder de pijpenkop en inhaleerde diep. 'Bingdu is goed tegen pijn... Is goed tegen honger en kou.' Hij bood haar de pijp aan.

Ze wuifde hem weg.

Op dat moment floot een trein zo hard dat de lucht werd doorkliefd en het geluid tegen de bergen echode. Meteen ontstond er een nerveuze spanning in het station: mensen grepen hun bagage en hun kleine kinderen en haastten zich roepend door het donker naar het perron. De trein naar Hamhung, die de hele dag in het station had gestaan, ging vertrekken en mevrouw Moon herinnerde zich plotseling wat ze wilde vragen: 'Wie deelt er bijbels uit?'

Treindeuren sloegen dicht en er klonk een aankondiging door de knetterende luidspreker. In de spaarzame lichten van het station zag ze families die zich verzamelden langs de rand van het perron en ten afscheid wuifden.

Door dat schouwspel was ze Kyu even vergeten en toen ze hem weer aankeek, meed hij haar blik.

'Als u het echt wilt weten, ajumma...'

Passagiers met smokkelwaar werden het dak op geholpen, waar ze niet zouden worden gecontroleerd. Er klonk een fluitje, schril en helder in de koude lucht, gevolgd door de geschreeuwde groeten, en toen begon de trein heel langzaam te bewegen en knarsend het station uit te rijden. Handen en armen in de menigte op het perron gaven nog steeds pakketten met voedsel en andere goederen door aan de mensen in de open ramen.

'...Kijk maar recht voor u.'

Mevrouw Moon voelde de kou diep in haar botten en stond roerloos. Een fractie van een seconde werd het hele tafereel door een vonkengloed aan de stroomkabels van de trein zo duidelijk verlicht als bij een flitsfoto. Zonder na te denken keek ze in de richting van het perron, dat nu weer in het donker was gehuld. Ze had niet kunnen zeggen hoe, maar op de een of andere manier reageerde ze op iets wat ze zojuist had gezien. Het door die vonkenflits verlichte tafereel bleef op haar netvlies hangen, en had zo sterk op haar ingewerkt dat het niet een-twee-drie verdwenen was.

Eén kleur te midden van al dat kaki en grijs was haar opgevallen.

Zonnebloemgeel... In de menigte op het perron had ze een knalgele hoofddoek gezien. Een jonge vrouw die een pakje omhooghield voor iemand in de trein... die al was begonnen te rijden.

Haar hart draaide om in haar borst.

Het huis lag aan het eind van een onverharde weg met lage hutten achter golfplaten. Bij elke poort waar mevrouw Moon langsliep blaften honden. In het maanlicht glinsterde een open riool in de richting van de rivier, die ze aan het eind van de straat, ongeveer honderd meter verderop, onder het ijs kon horen murmelen. Ze klopte op de poort en luisterde. Rechts van haar was het pad dat langs de rivier liep, de landsgrens, waarover grenswachten in tweetallen patrouilleerden. Op de andere oever hingen donkere bomen over het water. De rivier was hier zo smal dat als ze een steentje gooide het in China terecht zou komen.

De huisdeur ging krakend open en toen rammelde er een sleutel in de poort, die op een kiertje en toen wijd open werd gedaan. 'Ajumma,' zei Undine verbaasd. Ze hield een olielamp omhoog waaruit een bleek schijnsel viel. De gele hoofddoek was nog steeds om haar hoofd gebonden en bedekte haar krullen. Voordat ze meer kon zeggen veranderde de gelaatsuitdrukking van de jonge vrouw door de manier waarop mevrouw Moon haar aankeek. Het was geen uitdrukking van verbijstering of schuld die verscheen, maar eerder van erkenning, het accepteren van een langverwacht moment. Die gelaatsuitdrukking bevestigde alle angsten van mevrouw Moon.

Undine stapte opzij om haar binnen te laten.

Het avondeten stond te borrelen op de kookplaat. De kamer was keurig maar sober: een paar meubeltjes en de Vader-Zoonportretten aan de muur. Undines dochter Sun-i zat op een mat op de grond en pakte bij het licht van een kaars iets uit. Achter een scheur in het bruine papier was de rug van een pocketboek te zien.

'Bijbels,' mompelde mevrouw Moon.

Undine deed de deur dicht en leunde ertegen, met hangend hoofd.

Nog steeds fluisterend vroeg mevrouw Moon: 'Waar ben je in verwikkeld?'

Undine keek op en sprak met stille trots: 'We lezen verzen van het boek hardop... in onze kerk.'

Mevrouw Moon voelde iets tintelen op haar hoofdhuid. Dat laatste woord had ze al een hele tijd niet meer gehoord.

Undine ademde nu gehaast. 'We zijn met z'n achten. We komen in verschillende huizen samen, elke keer op een andere plek, maar er zijn er meer die in het geheim hun godsdienstplicht vervullen, ajumma, in Hamhung, Chongjin, zelfs in Pyongyang. Ze lezen verzen die met de hand zijn overgeschreven op kleine papiertjes. Dankzij Gods genade weet ik dat sommige bijbels hen zullen bereiken.'

Er ging een rilling door mevrouw Moon heen. Zelfs voor het horen van die informatie zou ze kunnen worden geëxecuteerd.

'Waar komen ze vandaan... die bijbels?'

Undine bleef haar aankijken. Haar ogen glansden licht, hielden de emoties erachter in toom. 'Van zendelingen aan de overkant van de rivier... Ik ontmoet ze in Changbai... Elke keer als ik ze bezoek, krijg ik er een paar.'

Mevrouw Moon voelde de bal van angst eindelijk in haar binnenste openbreken en zich door haar onderbuik verspreiden. Ze zei zacht: 'Die zendelingen brengen je in enorm groot gevaar. Weet je wat de Bowibu doet met iemand die christenen in China heeft ontmoet?'

'God beschermt Koreanen in China. Hij zal me hier beschermen.'

In het hoofd van mevrouw Moon ontstond een kier in de tijd. De stemmen van haar ouders, die lang geleden voorlazen uit een boek en zacht zongen in een kamer achter gesloten luiken.

Ze zei nu nog nadrukkelijker: 'De Bowibu zit je op de hielen. Sergeant Jang heeft me vanmorgen verteld dat ze mensen hebben gearresteerd bij wie die boeken zijn gevonden. Ze zien alles. Ze zullen je vinden.'

Undines gelijkmoedigheid verdween, alsof er een masker was afgetrokken. Een blik van verstandsverbijstering en doodsangst kronkelde over haar gezicht, en even dacht mevrouw Moon dat ze gek werd.

'Als ik gepakt word, zal ik sterven; ik ben bereid dood te gaan...' Haar stem beefde. 'Alleen al door de gedachte eraan vind ik troost en de kracht om het juk te dragen, zoals Hij het heeft gedragen. Hij heeft geleden om ons te laten leven...'

De geest van mevrouw Moon was één heksenketel van flarden herinnering en verwarring.

'De Grote Leider?'

'Nee, ajumma.' Undine glimlachte bitter, waarbij haar tanden bloot kwamen. Haar stem werd luider en verloor zijn beheersing. 'Niet hij. Hij heeft geprobeerd in ons hart de plaats van God in te nemen. Hij heeft geprobeerd ons van hem te laten houden en niet van Christus...'

Mevrouw Moon hief een hand op naar Undines gezicht om haar tot zwijgen te brengen, denkend aan de oren van buren, die alert waren en goed luisterden in de donkere, stille huizen. In de stilte klonk haar eigen adem moeizaam.

'En Sun-i?' fluisterde ze, wijzend naar het meisje dat op de grond zat. 'Wil je dat zij ook sterft, in een werkkamp? Want dat is wat er zal gebeuren als je wordt betrapt.'

De bezieling stroomde weg uit Undines gezicht. Haar trots was opgebrand en ze zag er nu droevig en bekaf uit. Ze begon te huilen.

'Nee,' zei ze door haar tranen heen. 'Natuurlijk wil ik dat niet.'

Het meisje stond op van de vloer en omhelsde haar moeder.

Mevrouw Moon zei: 'Luister naar mij. Jullie moeten vanavond allebei oversteken naar China. Zoek hulp bij je zendelingen en kom nooit meer terug.'

Moeder en dochter draaiden zich om en keken elkaar aan, met een vreemde noodlottigheid in hun ogen.

'Je hebt geen tijd om erover na te denken,' drong mevrouw Moon aan. Ze deed het luik op een kier open en tuurde naar buiten, maar zag niets achter de golfplaten omheining en de donkere tuin. Op straat was het stil.

Inpakken kostte amper tijd. Ze hoefden erg weinig mee te nemen. Undine had een paar minuten nodig om in de harde grond van haar tuin een pot op te graven waarin ze Chinese yuans had verborgen, en ze waren bijna klaar om te vertrekken.

'Laat de bijbels achter,' zei mevrouw Moon, 'ik zal ze vernietigen...' Ze verbeterde zichzelf. 'Ik zal ze uitdelen.'

Undine beefde nu en Sun-i bleef bang naar haar moeder kijken. De gevolgen van wat ze gingen doen begonnen tot hen door te dringen.

'Neem dit,' zei mevrouw Moon, en ze gaf Undine een dikke prop geld in gemengde valuta uit haar geldriem. 'Voor als je een grenswachter moet omkopen, je weet nooit.'

Verstrooid nam Undine het geld aan.

'Het is het beste als we apart vertrekken,' zei mevrouw Moon. 'Een groepje ziet er verdacht uit.'

Undine doofde de kachel, de olielamp en de kaars. Ze deed de voordeur op een kier open en luisterde. De ijskoude nacht sloop het huis binnen. Het enige geluid kwam van de snelstromende rivier onder het ijs. Geen briesje beroerde de bomen. Boven de daken van de huizen blonken de sterren als ijskristallen. De lucht was zo koud dat hun keel erdoor verbrandde, reden voor moeder en dochter om sjaals voor hun gezicht te slaan.

Sun-i ging als eerste, ze sloop door de tuin naar de houten poort in de golfplaten omheining. De sterren gaven net genoeg licht om haar te zien. Ze deed de poort langzaam van het slot, glipte erdoorheen en deed hem achter zich dicht.

Ze wachtten twee minuten en toen was het de beurt aan Undine. Ze boog naar mevrouw Moon en gaf haar de huissleutels. 'Als ik de zendelingen heb bereikt, zal ik je een bericht sturen via een van de smokkelaars.'

Mevrouw Moon hoorde zichzelf zeggen: 'God zij met je.'

Ze hield de huisdeur op een kier terwijl ze Undine nakeek, die door de tuin liep en nu langzaam de poort wilde opentrekken.

Maar de poort vloog wijd open, een grote hond blafte en fel licht scheen vanaf de straat de voortuin in.

Een mannenstem brulde. Een onduidelijke gewelddadige beweging en Undine gilde het uit.

Mevrouw Moon sprong terug het huis in en sloeg de deur dicht.

Ze had maar een glimp opgevangen van het tafereel op straat, maar het was genoeg om te weten dat de ramp compleet was: Bowibu, een stuk of vijf man sterk, in lange donkere jassen. Een politiehond. Gehandschoende handen die Sun-i vasthielden en haar de mond snoerden om te voorkomen dat ze een geluid maakte.

14

Hoofdkantoor van de CIA
1000 Colonial Farm Road
Langley, Virginia

Opgetogen namen de rekruten van klas H de bus naar Washington, het begin van een hele week geoorloofde afwezigheid van de Farm vanwege Thanksgiving, hun eerste vrije tijd sinds de training een maand geleden was begonnen. Jenna zwaaide ze uit en zei dat ze boodschappen moest doen in Williamsburg. Maar eigenlijk had Fisk haar opdracht gegeven een uiterst geheime briefing bij te wonen in Langley, waar een hoge functionaris van de Zuid-Koreaanse geheime dienst uit Seoul op bezoek was.

Het was een keurige veertiger in een Dior-pak, die Engels sprak met een Californisch accent. 'Noem me maar Mike,' zei hij, als een beroemdheid glimlachend naar zijn gastheren. In de zaal waren verschillende hogere analytici aanwezig, onder wie Simms, en vijf geüniformeerde militaire figuren van het Pentagon, ruim behangen met lintjes. Jenna zat rechts van Fisk.

Ze keken naar een afbeelding op een scherm aan de muur. Er was een deel van de Unha-3-raket op te zien, die door de Amerikaanse marine uit de Filipijnse Zee was opgevist.

'We zien hier de neuskegel en de derde trap,' zei een jonge analyticus, wijzend met een cursor, 'groot genoeg om een springlading van tweehonderd kilo te dragen, precies het gewicht van een tactische nucleaire kernkop. De hoogte die hij bereikte wijst erop dat de raket een actieradius heeft van vijfduizend kilometer. Het hitteschild is intact in de atmosfeer teruggekomen. Dit was een zeer succesvolle test, heren – en dame. De Noord-Koreanen weten dat natuurlijk niet, omdat wij het bewijsmateriaal uit de zee hebben gehaald voordat zij het deden, maar de klok tikt. We weten dat ze er nog twee aan het bouwen zijn, en het lijdt geen twijfel: het doelwit zijn wij.'

Hij ging zitten en de Zuid-Koreaanse speciaal agent Mike Chang nam het over.

'Ze hebben de raketwetenschap,' zei hij met een stralende glimlach en een knipoog naar Jenna. 'Wat ze niet hebben uitgepuzzeld, is de kernkop – en dit is het waardevolste stukje informatie dat we bezitten. De CIA heeft misschien geen informanten ter plaatse in het Noorden, maar mijn geheime dienst wel. Mijn bronnen rapporteren allemaal hetzelfde: het regime zit vast op het tweede honk als het gaat om het bouwen van een kernbom die klein genoeg is om een raket te bewapenen. Het kan twee, vijf, tien jaar duren voordat ze over die technologie beschikken.'

'Ik snap het niet,' zei een van de generaals, een man met een onderkin en een barse stem. 'Waarom geven ze miljoenen dollars uit aan het testen van raketten als ze niets hebben om ze mee te bewapenen?'

'Bluf,' zei Simms, terwijl hij zijn armen over elkaar sloeg. 'De timing van de lancering was geen toeval: amper een paar weken voordat die Noord-Koreaanse delegatie gisteren in New York aankwam? Je kunt er vergif op innemen dat ze dit gebruiken om ons te chanteren voor een berg hulp...'

Jenna keek naar de ramen en dacht na. Hectares parkeerplaatsen en daarachter kastanjebossen en beukenbossen zo ver het oog reikte, de heuvels van Virginia, die oranje, rood en goud werden.

We zien iets over het hoofd.

Ze dacht aan alle spysat-beelden die ze de afgelopen dagen voor haar ogen had laten langstrekken. De meeste waren door de spotters opzij geschoven omdat er niets van militair belang op te zien was. Maar de Noord-Koreanen waren meesters in het simuleren en het verhullen... Sommige huizen van Kim bevonden zich volgens de geruchten volledig ondergronds, met ingangen langs kilometerslange tunnels. Als ze een verstopplek hadden waarover geen enkele spion ter plaatse iets te weten kon komen en waar geen enkele spotter zou zoeken, misschien hadden ze dan wél iets om hun raketten mee uit te rusten. Maar waar...?

Ze probeerde de gedachtegang van het regime te volgen. *Een wapen kan alleen echt worden verborgen... op een plek waar geen informatie in en uit kan.*

En ineens wist ze het. Het voelde alsof er een ijsblokje langs haar ruggengraat was gegleden.

'Mijn bronnen zijn nog één ander opmerkelijk detail te weten gekomen,' zei speciaal agent Mike Chang. 'Kim Jong-il was zelf aanwezig op de Tonghaebasis om de lancering bij te wonen, in gezelschap van zijn jongste zoon en opvolger. Geen camera's, geen propaganda. Een geheim bezoek...' Jenna sperde haar ogen open.

Toen de briefing kort werd geschorst, pakte ze Fisk bij zijn elleboog en liep met hem naar de ramen, weg van de anderen, die her en der in groepjes met koppen koffie stonden te praten.

Met haar rug naar de kamer zei ze zacht: 'Ze hebben wel wapens voor hun raketten. Volgens mij klopt de informatie van Mike Chang niet.'

Fisk draaide zich naar het raam en keek naar de horizon, met een verontrust voorhoofd, alsof ze een angst verwoordde die hem al lang kwelde.

Ze fluisterde opgewonden: 'Een geavanceerde rakettest van miljoenen dollars? Kim en zijn erfgenaam allebei aanwezig? Ze móeten iets hebben... Een kernkop die in het geheim ontwikkeld is, ergens waar Mike Changs spionnen hem niet vinden.'

'Waar?' Fisk draaide zich terug. 'Alle ogen die we in de lucht hebben zijn gericht op die verdomde plek.'

'Een zwart gat. Een van de plaatsen waar de spotters nooit naar kijken... Charles, ik wil graag toestemming om spysat-beelden van bepaalde coördinaten te mogen oproepen.'

Hij trok een verbijsterde grimas en keek weer naar het raam. 'Dat is een verzoek ver buiten de salarisschaal van een aspirant...'

Ze keek de zaal door. Simms stond op zijn monotone manier te praten tegen de generaal met de onderkin. 'Daarvoor moet ik toegang krijgen tot de controlekamer voor spysat-informatie hierbeneden...'

'Voor alle duidelijkheid...' Simms had een vrij klein hoofd, vond Jenna, en in combinatie met de omtrek van zijn middenrif deed hij haar aan een bowlingkegel denken. Ze kon zijn gelaatsuitdrukking niet peilen: het licht van de schermen weerspiegelde in zijn bril en vormde twee blanke ovalen op zijn gezicht – maar in zijn stem klonk een zwak, onmiskenbaar sarcasme door. 'Je wilt de baan van een spectrale spysat bijstellen om beter te kunnen kijken naar... een gevangenis?'

Alle spotters keken op en luisterden.

Ze zei koeltjes: 'Kamp 22 is vijftig kilometer lang en veertig kilometer breed, ongeveer een gebied zo groot als Los Angeles. Meer dan genoeg ruimte om een wapenprogramma te verbergen.'

'Er is daar niets. Het is een kamp voor mijnbouw.'

'Daardoor kun je er niet binnendringen, behalve per satelliet. En de beelden zijn onvolledig.'

Hij zette zijn bril af en wreef in zijn ogen. 'Waarom dat kamp, Marianne Lee? Waarom niet alle kampen?'

Jenna wist dat het louter een vaag idee was, maar het werd gesteund door de sterke invloed van haar kennis. Overlopers, voormalige gevangenen, hadden gedetailleerde informatie gegeven over het functioneren van elk van die inferno's – op één na: Kamp 22, in het verre noordoosten van het land. Daarvandaan was nog nooit een gevangene bevrijd. Geen enkele gevangene was er ooit ontsnapt.

Om 06.51 uur Koreaanse tijd werd de geostationaire baan van de spectrale spysat KX-4B boven de Japanse Zee aangepast. Het beeld vanaf tweehonderd kilometer hoogte onthulde een blauw-oranje dageraad die naar het westen rimpelde en de stranden van Won-san in een gouden schil veranderde. Even was Jenna betoverd door het fraaie beeld. Toen haar geprogrammeerde coördinaten werden gevonden en gevolgd, kwamen de overgestuurde foto's in haar map binnen. Ze haalde diep adem.

Haar maag werd koud bij de eerste aanblik: een uitgestrekt gebied met as en schaduw, ingesloten door hoge, beboste bergen en donkere zijdalen. In de wereld van de goelags was Kamp 22 een zwart gat, verboden terrein voor alle buitenstaanders. Het weinige wat erover bekend was, kwam uit de getuigenis van twee voormalige bewakers, die tien jaar geleden waren overgelopen. Wat zij hadden beschreven was bijna een zelfstandig land. Twee klassen van burgers: bewakers en slaven. Vijftigduizend uitgehongerde gevangenen die zwoegden in mijnen en op boerderijen. Wachters die permanent een oorlogstoestand handhaafden, die naar believen mochten slaan en doden. Een hermetisch afgesloten kamp. Een kamp waar je nooit meer wegkwam.

Ze deed haar ogen even dicht en hield zich opnieuw voor dat ze een academicus was. *Systematisch, objectief. Gebruik je verstand... en kalm blijven.* Maar toen ze inzoomde voelde ze zich niet erg kalm.

Ze begon net buiten de zuidelijkste poorten en zag de spoorweg waarover steenkool het kamp uit werd getransporteerd. Beveiligd met een lange loopgraaf waaruit metalen pinnen omhoogstaken. Daarlangs een hek dat onder stroom stond en een niemandsland dat bezaaid lag met geëlektrocuteerde ratten. Ze bewoog haar vinger over de touchpad en haar blik schoof over het hek het kamp in. *Wachttoren, mitrailleurnest, kantoor.* De zon was nog nauwelijks op. Alles lag in de diepe schaduw van de bergen. Een patrouille met honden. Geen teken van gevangenen. Een enorm terrein voor het appèl, ter grootte van tien voetbalvelden, leeg. Overal ontsnapte rook uit spleten en holen – steenkoolvuren diep onder de grond. Ze bleef bewegen. *Beerput, station, kolenwagens, crematoria.* De feloranje chrysant van een vuurbal. *Smelterij, fabriek, gevangenendorpen...* Hutjes, gerangschikt in nette rasters, als in steden. Ze zoomde uit. Kilometers hutjes op een zwart terrein, duizenden. *Blijven bewegen... interne gevangenis, vuilnisbelt, executieplaats, graven, graven, graven... gevangenen.* Enorme colonnes, die onder gewapende escorte als legers naar het werk marcheerden, sommige op weg naar de zwarte velden, andere tussen kegelvormige bergen kolenslakken slingerend naar de mijningangen. Eén colonne was half verdwenen achter rondzwevende rook. Een visioen uit de hel, een put van verdoemenis geschilderd door Jeroen Bosch. Inmiddels was ze vergeten wat ze zocht.

Ze hoorde een beweging achter zich. De laatste spotter in de zaal ritste zijn gewatteerde jas dicht. De werkdag was voorbij.

Ze vroeg hem: 'Kan ik dit configureren naar een live-verbinding?'

Hij kwam naar haar scherm. 'Natuurlijk, maar het beeld zal niet scherp zijn.' Hij leunde voorover en tikte iets in. 'Jezus... waar zit jij naar te kijken?'

Nu bewogen de colonnes in real time. Het was meer schuifelen dan marcheren, een legioen van levende doden, gekleed in vuile grijze vodden. De bewakers ernaast zwaaiden al lopend met lange stokken. Het beeld was nu veel waziger. Tussen de volwassenen zag ze ook kinderen, met grote hoofden, die lusteloos voortstrompelden; andere gevangenen hadden wit haar. Ze sloften of hinkten allemaal. Een bewaker stormde de colonne in, met zijn stok geheven, en de gevangenen stroomden om de gevallen gevangene heen, als een rivier rond een rots. Toen de colonne eindelijk voorbij was, zag Jenna een soort kleine stoffen baal op de asfaltweg liggen. Ze keerde terug naar fotografische beelden en kreeg een close-up in high-definition. De baal vodden en botten was het uitgemergelde lichaam van een jong meisje, half opgekruld op haar zij liggend. Haar porseleinwitte gezicht was gedeeltelijk zwart geworden, haar haren lagen los achter haar. Jenna voelde dat het dunne vlies dat haar objectiviteit van afgrijzen scheidde, eindelijk brak. Ze sloeg haar hand voor haar mond.

De spotter achter haar leek zijn adem in te houden en Jenna begreep nu waarom deze plaatsen zelden werden bestudeerd door zijn collega's; dan stelden ze zich bloot aan de stress van de getuige. Ze liepen gevaar dingen te zien die ze nooit meer zouden kunnen vergeten.

Sinds ze terug was uit Genève en wist dat Soo-min niet was verdronken, had ze zichzelf er vaak op betrapt dat ze zich haar tweelingzus probeerde voor te stellen in het hier en nu, in het heden. Maar als ze dat deed, was het steeds de achttienjarige Soo-min die ze zag. Ze stelde zich voor dat ze de aanwezigheid van Soo-min weer voelde, de genetische band die hen verbond, maar die was dun en zwak, als het licht van een oude ster. Zodra haar geest op zoek ging naar de huidige, levende Soo-min, zag ze het gezicht van haar zus wazig, omfloerst voor zich, als achter matglas... of achter rook. De schrik sloeg Jenna nu om het hart. Was dit het lot van Soo-min? Een plek als deze?

Het liep tegen middernacht op haar horloge toen ze het eindelijk vond, in een donker, smal zijdal in het uiterste noorden van het kamp. Daar had ze naar gezocht, wist ze. Het viel op, leek een ruimteschip en ze vermoedde dat ze nog geen kans hadden gehad het te camoufleren of te bedekken. Een spoorlijn voerde bouwmaterialen aan naar de ingang, en voor de ingang zag ze... een boomgaard? Het leken rijen fruitbomen, hoewel daar zeker geen fruit groeide. Intussen was ze zo uitgeput en afgestompt door de gruwelen van het kamp dat haar gedenkwaardige ontdekking maar een kleinigheid leek.

Simms nam zijn telefoon pas op nadat hij vele malen was overgegaan. Ze hoorde hem hoesten en het geluid van een doorgetrokken wc. 'Het is erg laat, Marianne Lee. Hopelijk is het dat waard.'

'Het is in Kamp 22.'

'Wat is daar?'

'Een groot, modern complex met geavanceerde airco-units op het dak, roestvrijstalen koelkanalen, een satellietschotel en een bijgebouw waar een onafhankelijke generator kan staan. Dat alles omringd door een dubbele omheining die onder stroom staat.'

'Ik weet zeker dat dit kan wachten tot mor...'

'Noord-Korea besteedt zijn schaarse middelen aan het bouwen van een hightechvoorziening in een afgelegen vallei diep in een gigantisch concentratiekamp, op een luttele twintig kilometer van het lanceerplatform van de Tonghae-raket. Het zal goddomme heus geen overdekt verwarmd zwembad zijn. U kunt maar beter alle spotters van de Dienst hier morgenochtend op zetten voordat ik de CIA-directeur vertel dat het al die tijd vlak onder uw neus te vinden was.'

Hoe kon ze zelfs maar denken aan boodschappen doen? De rustige ochtend aan O Street trof haar met de schok van het surreële. Pastelkleurige huisjes tussen kapitale herenhuizen. Een universitair hockeyteam met sticks en bijbehoren. Hoog in de lucht een zilveren vliegtuig dat een condensstreep over het blauw trok. Slapen was onmogelijk gebleken. Zelfs als ze in haar ogen wreef, bleef het beeld van het kamp in het negatief hangen. Het voelde goed om voor het eerst na een maand weer thuis te zijn, en herenigd met Cat, die door een van haar buren was verzorgd, maar er was iets veranderd in de manier waarop ze 'thuis' ervoer. De stoffige woonkamer was haar vorige leven, bevroren in de tijd. Haar leven van voor de Farm. De aktetas die ze elke dag naar Georgetown had gedragen, zag eruit alsof hij door een vreemde naast de piano was achtergelaten.

Het was de week van Thanksgiving. Ze dwong zichzelf zich te concentreren en te bedenken wat ze moest kopen. Behalve haar moeder had ze haar vaders broer Cedric en zijn gezin uitgenodigd.

'Je hebt nooit eerder voor ons gekookt,' had Han aan de telefoon gezegd. En toen, op die samenzweerderige toon waardoor Jenna zin kreeg potloden in haar eigen ogen te steken: 'Heb je iemand ontmoet?' Een van Jenna's redenen om gastvrouw te spelen was dat ze ieder plan van haar moeder wilde verijdelen om in Annandale een hinderlaag voor haar te leggen met een andere huwelijkskandidaat.

Ze had zich nog nooit zo slecht op haar plaats gevoeld, besefte ze toen ze haar winkelwagen door het gangpad met melkproducten duwde. Een doordeweekse ochtend in de supermarkt, omringd door moeders met winkelwagens voor zich en peuters achter zich, een ochtend waarop gek genoeg niemand zich bewust was van de gevaren die de wereld bedreigden, de broze veiligheid waar zij zich voor inzette. Wat altijd routine en alledaags was geweest, leek nu triviaal en bizar.

Toen ze thuiskwam, liep Cat hongerrondjes heen en weer over de pianotoetsen.

Ze duwde de kalkoen in de koelkast toen haar telefoon zoemde.

Nummer onbekend: de truc van haar moeder.

'Omma, Thanksgiving is je enige Amerikaanse maaltijd van dit jaar. Ik maak géén Koreaans eten.'

'Eh, je staat op de speakerphone, miss Lee,' zei Simms koeltjes. 'De spotters in de vergaderruimte luisteren mee...' Ze voelde haar gezicht rood worden. 'We zijn voor negentig procent zeker dat het object waar je belang in stelt een laboratorium is.'

'Wat voor lab?'

'Waarschijnlijk chemisch. Het betrekt water uit een bergmeer en gebruikt tanks om gassen op te slaan. Kunnen narcotica zijn. Harddrugs zijn een belangrijk exportproduct...'

'Waarom juist dáár een drugslaboratorium bouwen?' vroeg ze, en keek naar het raam. De condens maakte diamanten in het middaglicht. 'Als ze in het geheim aan een wapen werken, is het zinvol om het lab in een hermetisch afgesloten kamp onder te brengen. Er zou niets over uitlekken.'

'We zetten er meer ogen op en we informeren Mike Chang...' Na een pauze waarin ze dacht dat hun gesprek zou eindigen, zei een van de spotters: 'Goed werk, Marianne Lee,' gevolgd door instemmend gemompel van de anderen.

Het voelde vreemd, de ochtend na een nacht zonder slaap. En niet altijd vervelend. Soms brandde haar geest de volgende dag helderder, als een kaarsenpit die tegen het einde opvlamt, en kwamen er nieuwe, ongewone samenhangen uit voort. Ze bond haar haar samen en koos muziek om te joggen. Dvořák. Negende symfonie, laatste deel.

Ze jogde langs de oude ijzeren tramrails naar de campus van de universiteit; haar hoofd werd helder door de koude lucht. Ze zette de symfonie luider, verhoogde haar tempo en begon warm te worden.

Noord-Korea bouwt een nieuw, hoogtechnologisch chemisch laboratorium in een concentratiekamp. Ze liep een rondje rond het hockeyveld en koos toen een pad de heuvel op naar de speelvelden en het observatorium.

Laboratoria voeren experimenten uit. Het kamp waarborgt geheimhouding. Of...

Ze ging trager lopen... en stopte. In de verte lag het woelige water van de Potomac olijfgroen in de lage novemberzon.

Of er zijn menselijke gevangenen nodig voor de experimenten.

15

Secretariaat van de Verenigde Naties
East 42nd Street en 1st Avenue
New York City
Maandag 22 november 2010

'Klaar om de vijand tegemoet te treden?'

Ambassadeur Shin, die naast Cho op de achterbank zat, kneep even in zijn schouder om vertrouwen in hem te tonen, veronderstelde Cho. Of om hem te waarschuwen niets te verknoeien. Sinds het gênante moment voor het restaurant had Shin een houding van geamuseerde gemeenzaamheid tegenover hem aangenomen, wat Cho vreselijk irritant vond.

Yong-ho moest hebben geweten dat die honderddollarbiljetten vals waren. Het besef dat hij ze cadeau had gegeven zonder dat erbij te zeggen, had Cho geschokt. Hij dacht nu anders over Yong-ho, alsof hij opeens iemand was geworden die volledig losstond van de broer van wie hij hield. Maar hij hield zichzelf voor: het verspreiden van dat valse geld was een van de waarachtige tegenmaatregelen om de macht van de yankees te fnuiken. Cho probeerde het als een vaderlandslievende daad te zien en zijn broer er niet om te veroordelen.

De Amerikanen hadden een zwarte Lincoln Navigator en als diplomatiek beveiligingsescorte twee motoren van het ministerie van Buitenlandse Zaken gestuurd om hem af te halen bij het Roosevelt Hotel. Hij interpreteerde dat als een eervol gebaar, maar de aanblik van de stoet die voor de porticus op de openbare weg stond te wachten, en van de blauwe zwaailichten op de motoren, die een kleine menigte toeschouwers aantrokken, had hem een angstig gevoel gegeven, dat op zijn darmen inwerkte.

Cho's knie trilde. Hij sprak geen woord tegen de twee lagere diplomaten op de stoelen voor hem. Hij was vooral bang dat zijn Engels hem in de steek zou laten.

Het was een grijze, bewolkte dag, het motregende licht. De stoet draaide 1st Avenue op en hij zag de omtrek van de VN-toren verder omhoog verdwijnen in de laaghangende bewolking, als een onafgemaakte schets. Vlaggen langs het plein hingen slap. Eerste secretaris Ma stond bij de hoofdingang de limousine op te wachten en begeleidde hen door de enorme voorhal naar de liften. Op de achttiende verdieping sloegen ze een gang in en werden recht naar een vergaderzaal geleid. Vier Amerikanen stonden op van hun stoel aan de ene kant van een glanzende houten tafel met daarop glazen, flessen water, notitieblokken en verse bloemen.

Chris O'Brien, de Amerikaanse gezant bij de VN, was de langste man van het gezelschap. Hij kwam met een vriendelijke glimlach naar hen toe lopen en stak zijn hand uit alsof hij nieuwe leden van een atletiekclub verwelkomde. 'Kolonel, geweldig om u hier te ontmoeten,' zei hij, terwijl hij Cho's hand stevig op en neer pompte. Zijn hoofd was paarsbruin, roze en zandkleurig, en zijn schouders waren te breed voor een intellectueel.

Hij herinnerde zich het gezegde *Zoals een jakhals nooit een lam kan worden...*

'De Geliefde Leider Kim Jong-il spreekt de oprechte hoop uit dat onze besprekingen vruchtbaar zullen zijn,' zei Cho zonder te glimlachen.

Ze gingen zitten. Achter het raam was een lege wereld te zien van wervelende wolken, een lege dimensie. O'Brien opende de bijeenkomst met een onsamenhangende toespraak waarin het standpunt van de Verenigde Staten werd uiteengezet. Zijn spreekstem was pover, vond Cho. Geknepen en nasaal. Geen van zijn woorden bevatte verrassingen, behalve dat O'Brien sprak alsof dit niet de woorden van een geautoriseerde tekst waren maar de gedachten en meningen van hem en zijn collega's. De gebruikelijke arrogantie gehuld in redelijkheid en minzaamheid. *De raketlancering van vorige maand een reden tot grote bezorgdheid... Schending van meerdere resoluties van de VN-Veiligheidsraad... Schendingen van de mensenrechten...* Hetzelfde gebrek aan respect voor de soevereine wens van Korea om zijn eigen vorm van socialisme te beleven. De pretentie dat Korea niet het recht had zich te wapenen tegen de vijanden aan de poort. Cho observeerde de collega's van O'Brien tijdens zijn toespraak. Die was zo saai dat ze amper leken te luisteren, en Cho herkende in hun aanblik een bazige zelfgenoegzaamheid, onechte ernst. Een van hen depte een koffievlek op zijn stropdas. De zenuwen die hij had gevoeld toen hij de kamer binnenkwam, verdampten net als de wolk buiten het raam, die nu wegbrandde in de ochtendzon. Hij dacht aan het aanplakbiljet dat deze week overal in Pyongyang te zien was, waarop een enorme Koreaanse vuist op het Amerikaanse Capitool terechtkwam.

Hij had genoeg van O'Briens stem. Hij stond op en leunde met zijn vuisten op de tafel. O'Brien keek op van zijn aantekeningen. Zijn toespraak stierf weg in zijn neusholte. De Amerikanen staarden hem aan.

'Denkt u dat wij Koreanen onverschillig staan tegenover de waardigheid van ons land?' vroeg Cho kalm.

'Nee, meneer, we zijn alleen maar...'

'Zegt u ons dat we niet volgens onze eigen regels mogen leven?'

O'Brien vouwde zijn handen open, weer dat gebaar van redelijkheid, terwijl er op zijn lippen een tegenwerping tot stand kwam. Cho was niet aan de beurt om te spreken, maar hij veegde het protocol van tafel. Een revolutionair had dat niet nodig. Met heldere, beheerste stem zette hij zijn positie krachtig uiteen. Hij herinnerde hen eraan dat zijn land nog steeds moest afrekenen met de Verenigde Staten. Hij zwaaide met zijn vinger bij de voorspelling dat de Amerikaanse marionetten in Seoul zouden worden overspoeld door een zee van vuur als hun inmenging in de zaken van zijn land niet ophield.

Op het voorhoofd van O'Brien lag een rimpel van begrip. Aan het eind van Cho's betoog glimlachte hij onzeker en streek zijn zandkleurige haar glad met zijn vingertoppen. 'Laten we een korte pauze inlassen,' zei hij. Terwijl de Amerikanen de kamer verlieten, zag Cho twee van hen een blik van verbazing en vermaak uitwisselen, alsof ze hadden geluisterd naar een dronkaard die een toespraak hield op een bruiloft.

De Amerikaan met de koffievlek op zijn stropdas bleef aan tafel zitten. Hij had een lange neus en dik, blond haar met een zijscheiding. 'Met het grootste respect, kolonel Cho...' Hij sprak Koreaans in een uitgesproken Amerikaans ritme, wat Cho om een of andere atavistische reden zeer dreigend vond. 'We weten wat hier aan de hand is en we zijn het beu. Jullie schieten een raket af. Jullie spuien dreigende taal. Jullie voeren de spanningen op tot een crisispunt. Jullie wachten totdat jullie krantenkoppen zien verschijnen in de trant van "Noord-Korea op de rand van oorlog!". Dan bieden jullie ineens aan om te praten. De wereld slaakt een diepe zucht van opluchting, en overspoelt jullie met hulp en concessies. Jullie chantage heeft tot nu toe gewerkt. Maar deze keer niet. Niet meer.' Hij stond op en voegde er in het Engels aan toe: 'Geen sprake van.'

Aan het eind van de dag vroeg Cho naar het herentoilet. Hij liep naar binnen en controleerde of hij alleen was voordat hij water in zijn gezicht plensde en naar zijn spiegelbeeld keek. Hij zag de koele trek om zijn mond, de leegheid in zijn ogen. Soms herkende hij zichzelf niet, of wist hij niet zeker wie hij echt was. Hij voelde de knopen van spanning in zijn rug en nek en de vertrouwde bal van angst in zijn maag. De Amerikanen hadden geen concessie gedaan. Nu zou hij Pyongyang moeten melden dat hij niets had bereikt.

Toen hij op de veertiende verdieping het Noord-Koreaanse VN-kantoor binnenging, zaten ambassadeur Shin, eerste secretaris Ma en de twee lagere diplomaten rond de speakerphone op het bureau. Een van de diplomaten sprak opgewonden in de speaker en verheerlijkte de hoogtepunten in de toespraak van Cho en de verbazing op de gezichten van de yankees. Cho kon horen hoe de eerste onderminister aan de andere kant goedkeurend bromde. Hij stapte naar het bureau en pakte de telefoon op om de stem van de man persoonlijk te horen. Hij haalde adem. Dit kon niet met de mantel der liefde worden bedekt.

'Kameraad eerste onderminister, de yankees happen niet.'

‘Rustig maar, Cho Sang-ho. Uit wat ik net heb gehoord doe je het uitstekend...’ Achter het gesis en gekraak op de lijn hoorde Cho hem een trek nemen van een sigaret. ‘Er is nog een dag te gaan. Morgen zou al het verschil kunnen maken...’ Iemand mompelde iets op de achtergrond. Er luisterden anderen mee. ‘Je weet wat je te doen staat.’

Cho legde met een onheilspellend gevoel de telefoon neer. De eerste onderminister had hem niet gevraagd naar de procedure. Had geen opdrachten gegeven voor de tactiek tijdens de bijeenkomst van morgen. Hij had gedaan alsof deze cruciale gesprekken, die het ministerie maandenlange voorbereidingen hadden gekost, geen enkel belang hadden. Die vreemde nadruk op *morgen*. Ineens stak Cho’s intuïtie voor boerenbedrog nadrukkelijk de kop op.

Eenmaal terug in het hotel voelde hij zich uitgeput en nerveus. Hij was in een onmogelijke situatie gemanoeuvreerd, wist hij. Het doel van zijn reis naar New York was om giften en herstelbetalingen in ontvangst te nemen uit handen van een vijand die geïntimideerd had moeten zijn door de kracht en het bereik van de raket, maar de Amerikanen leken niet bang. Er kwam een beschuldigende, ketterse gedachte bij hem op, namelijk dat een subtieler, vriendelijker aanpak, met het aanbod van compromissen, vruchtbaarder zou zijn geweest en bij de Amerikanen een positieve houding tegenover zijn land had kunnen bewerkstelligen. Maar die gedachte bracht het besef van een duisterder waarheid met zich mee, namelijk dat er nooit iets in de houding van de Amerikanen zou veranderen. De Geliefde Leider had geschreven

DE YANKEES ZIJN DE EEUWIGE VIJANDEN VAN ONZE MASSA’S. WE KUNNEN NIET ONDER DEZELFDE HEMEL LEVEN ALS ZIJ.

Hij ging op bed zitten en maakte zijn das los, trok hem even omhoog met het idee dat het een strop was. Hij wilde dolgraag met een menselijk iemand spreken, met zijn vrouw, met Boekie, die zo zachtaardig was dat hij volgens Cho geen gemene gedachte kon koesteren. Op school hielp hij bij het grootbrengen van konijnen om bont te leveren voor soldatenmutsen, en hij luisterde vol bewondering naar legenden uit de jongensjaren van Kim Il-sung.

Hij deed de ketting op de deur en tastte langs de randen van de televisie naar de aan-knop. Hij kon toch zeker wel zonder afstandsbediening worden aangezet? Hij vond de volumeknop en draaide die laag. Een dikke, baksteenkleurige man met een afbeelding van het Witte Huis achter zich wees met een vinger naar de camera en schreeuwde over 'verborgen socialisme'. Cho veranderde van kanaal. Een opgewonden stem stelde de Chevrolet Silverado voor, verkrijgbaar tegen nul procent rente over een periode van achtenveertig maanden, geïnteresseerden ondergaan wel een kredietcontrole. Hij zapte verder. Veelkleurige donzige wezens die niet op dieren leken en die Cho herkende, zongen een liedje over het belang van tandenpoetsen. Hij zette het toestel uit en lag een tijdje op bed, met zijn kleren nog steeds aan, zijn handen gevouwen onder zijn hoofd, en luisterde naar de geluiden van de stad. Algauw zakte hij op vleugels van neerslachtigheid in slaap.

Een paar uur later werd hij zwetend wakker, van slag door de onbekende kamer. Hij had geen idee hoelang hij had geslapen. Een vreemde stadse gloed filterde door een kier in de gordijnen en de contouren van de kamer begonnen rondom hem tevoorschijn te komen.

Het gebonk klonk opnieuw.

Cho sprong van het bed en deed de deur open. In de gang stond een van de lagere diplomaten, hevig opgewonden. Hij vloog langs Cho de kamer in, recht naar de televisie, en praatte opgewonden. Cho, nog niet goed wakker, begreep niet wat hij zei. Op het scherm waren beelden te zien van huizen in brand en een ontploffend benzinestation, met bovenin de melding HET LAATSTE NIEUWS. De borden van het benzinestation droegen Koreaanse woorden. Schreeuwende, panische mensen. Een vrouw probeerde weg te hollen met twee kinderen in haar armen. Op een militaire brandweerwagen pulseerden lampen. Zijn land viel Yeonpyeong aan, een Zuid-Koreaans eiland in de Gele Zee, met artillerievuur en MiG-straaljagers. Er waren Zuid-Koreaanse mariniers en burgers gedood.

Cho was meteen klaarwakker en greep de telefoon.

16

Station van Hyesan
Provincie Ryanggang, Noord-Korea

Mevrouw Moon kon zichzelf niet horen denken. De luidspreker stond op zijn hardst. De stem van een Partijwoordvoerder kraakte van verontwaardiging, een massa scandeerde leuzen. Om de paar minuten werd de uitzending onderbroken voor een bericht van het front, waar dat ook was.

In zekere zin was het lawaai een welkome afleiding. Als haar gedachten even bij Undine en Sun-i bleven hangen en ze zich afvroeg waar ze werden vastgehouden en hoe het ze momenteel verging, voelde ze de ongerustheid zo knagen in haar buik dat ze de grootste moeite had niet van haar stokje te gaan. Ze had niet geslapen en was die ochtend als eerste op de markt verschenen. Ze had alle vrouwen apart het nieuws verteld. Allen waren angstig en ervoeren een soort rouwgevoel.

Juist toen de Bowibu de deur intrapten om het huis te doorzoeken was ze door de keukendeur uit Undines huis weggeglipt. Ze kwam in een moestuintje terecht, waarna ze zich door een opening in het kippengaas wrong en zich verstopte in een varkensstal in de achtertuin van een buurman. Gehurkt in de bevroren smurrie bleef ze daar urenlang zitten luisteren naar de mannen die het huis van Undine doorzochten, het plafond lostrokken, de vloer openbraken. Ze gingen georganiseerd, methodisch te werk, ook al hadden ze waarschijnlijk meteen gevonden wat ze zochten: de vier zakbijbels lagen op de mat. Tegen de tijd dat ze weg waren, verdwenen de sterren een voor een achter een wolkenbank. De duisternis was nu totaal en ze moest op de tast haar weg zoeken uit de tuin van de buren. Voor de vrachtwagen terug naar het dorp was ze veel te laat. Vandaar dat ze terugsloop naar Undines huis, de achterdeur opentrok en tot de ochtend tussen de kapotgeslagen vloerplanken zat. Rusten bleek onmogelijk.

Voor de twintigste keer zei ze tegen zichzelf dat ze tot rust moest komen. Ze probeerde haar gebruikelijke optimistische gezicht te zetten. Paniek wekte achterdocht. In feite had het absoluut geen zin om in paniek te raken voordat ze informatie had en als ze die eenmaal had, zou er misschien een oplossing zijn. Nee, er was altijd een oplossing.

Nu Undine en Sun-i er niet waren om het eten te serveren, was Kyu te hulp geschoten, maar de klanten vonden het niet prettig om door een kotchebi te worden bediend en keken hem boos en hooghartig aan, zonder hem te bedanken.

Ze bleef het perron afturen naar sergeant Jang. Hij zou de eerste zijn die ze om hulp vroeg.

Ze kon niet stilzitten, realiseerde zich dat ze geestelijk nog steeds in shock verkeerde, wat misschien de reden was waarom het visioen dat voor haar ogen verscheen haar niet echt verbaasde: over het pad tussen de stalletjes door kwam de geest van een jong meisje naar haar toe lopen. Mevrouw Moon knipperde twee keer met haar ogen.

Ze was een jaar of twaalf oud, liep langzaam en lichtjes strompelend, alsof ze blind was. Haar gezicht was lijkbleek en besmeurd met vuil, haar ogen stonden glazig en waren half bedekt door een gordijntje van haren vol klitten. De kleren die ze droeg waren gescheurd en hingen in flarden aan haar lichaam – en ze was op blote voeten. Dat detail sloeg alles voor mevrouw Moon.

Wat voor slecht voorteken was dat? Angst overviel haar als een vleugje nachtwind.

Anderen zagen het meisje ook. Ze keken naar haar en gingen voor haar opzij. Mevrouw Moon vermande zich.

Ze hallucineerde niet.

Plotseling slaakte mevrouw Kwon een kreet en holde op het meisje toe, nam haar in haar armen en mevrouw Moon kwam met een ruk tot zichzelf. Het spook was Sun-i.

De vrouwen stuurden hun klanten weg. Ze lieten hun matten in de steek en vormden een dichte kluwen rond het meisje, alsof ze een gewond reekalf beschermden. Toen brachten ze haar onder de brug, weg van de ogen van klanten en het gemekker van de luidspreker.

Het meisje begon hevig te rillen. Ze kreeg een deken omgeslagen en er werd om hete thee geroepen. Ze had grote ogen maar keek niet en zag niets. Mevrouw Lee probeerde haar wangen schoon te maken met een vochtige doek en zei 'stil maar', hoewel het meisje geen geluid had gemaakt. Toen mevrouw Moon haar handen om de wangen van het meisje legde kwam er een sprankje werkelijkheid terug in haar ogen.

'Ajumma...'

Ze had mooie gewelfde lippen, net als haar moeder. Haar stem was puur lucht en vreemd onsamenhangend, alsof ze in haar slaap sprak. 'Waar is mijn moeder?'

Mevrouw Moon wierp een blik op de vrouwen. Hun gezichten stonden ontzet.

Ze hield het hoofd van het meisje tegen haar borst en voelde de schaduw van de dood op hen beiden rusten.

Een klein hoofd drong door de schorten van de vrouwen heen en daar was Kyu. Mevrouw Moon zei: 'Zoek sergeant Jang en zeg dat hij meteen hierheen moet komen. Haast je.'

Pas later konden de vrouwen uit de flarden die Sun-i hun vertelde reconstrueren wat er was gebeurd. Voor het huis was ze ontsnapt uit de handen van de Bowibu-agent die haar vasthield en naar de rivier gerend. Ze stuurden de hond achter haar aan over het ijs. Die viel haar aan en trok haar kleren kapot. Twee Chinese mannen die in de duisternis aan de andere kant stonden te wachten, misschien smokkelaars of mensenhandelaren, sloegen de hond weg en hielpen haar de oever op, maar uiteindelijk rende ze ook bij die mannen vandaan. Ze kon niet uitleggen hoe ze haar schoenen was verloren. Bij het eerste licht sloop ze op blote voeten terug over de bevroren rivier.

Sergeant Jang zag dat hij was omgeven door een muur van gevoelloze gezichten.

'Undine... verspreidde zij de bijbels? Ajumma... Alsjeblieft.' Zijn glimlach was bevroren en zijn ogen schoten heen en weer, op zoek naar een uitweg. 'Dat is een politiek misdrijf. Heel ernstig. Daarvoor moet je niet bij mij zijn.' De gezichten van de vrouwen veranderden niet. 'Je moet het begrijpen. De Bowibu vertelt ons niks over die misdaden. Het ligt buiten mijn bemoeienis...'

Mevrouw Lee sloeg haar armen over elkaar. 'Ik zou zeggen dat je een muis was als je niet zo'n grote *bloedzuiger* was.' Ze spuugde een fluim op de grond. 'Altijd je hand ophouden voor meer, maar als we je om een gunst vragen...'

'Met hoeveel is de Bowibu om te kopen?' vroeg mevrouw Moon. 'Om haar vrij te krijgen.'

Sergeant Jang trok een grimas alsof ze in zijn oor had gegild. Hij keek om zich heen, maar er waren geen klanten binnen gehoorsafstand. De luidspreker zond een overwinningsconcert uit. Een massaal koor zong 'Wij wonen in een krachtig land'.

Hij lachte nerveus. 'Zij zijn niet om te kopen.'

'Iedereen heeft zijn prijs in deze stad. Hoeveel?'

De ogen van sergeant Jang schoten wijd open en hij schudde zijn hoofd. Toen hij sprak bleek hij te stotteren. 'Ze kunnen m-misschien naar je luisteren voor tienduizend y-yuan... Maar zoveel g-geld hebben jullie niet... en wat gebeurt er als ze boos worden? Nee, nee, nee, nee...'

Mevrouw Kwon keek ontzet naar mevrouw Moon. 'Tienduizend yuan...'

Kyu ving een blik op van mevrouw Moon en gaf een idee door. Daarna haalde hij zijn schouders op bij wijze van vraagteken.

Het komfoor wierp oranje licht op de ijzeren balken van de brug. De vrouwen zaten er in een cirkel omheen. Mevrouw Moon stond op. 'Als we de coöperatie gebruiken om onder ons de helft van het geld te verzamelen, zal Kyu de andere helft in bingdu vinden.'

Mevrouw Yang vroeg: 'Komen we hiermee in de problemen?'

'Ik zal jullie er allemaal buiten houden,' zei mevrouw Moon simpel. 'Het heeft geen zin iedereen in gevaar te brengen. Ik zal de verantwoordelijkheid voor het aanbieden op me nemen.'

Een gemompeld protest verspreidde zich door de groep.

'In het belang van Undine moeten we snel handelen voordat...' Ze wierp een blik op Sun-i en riep zichzelf tot de orde. '...voordat de autoriteiten een beslissing nemen. Sun-i,' zei mevrouw Moon zacht, 'het is hier niet veilig voor jou. Ga vanavond met Kyu mee. Hij zal je verstoppen totdat dit is overgewaaid.'

'Maar wie zal de Bowibu benaderen?' vroeg Oma Whiskey. Haar gele schildpaddengezicht kwam tevoorschijn uit verschillende lagen sjaals.

'Sergeant Jang zal moed moeten verzamelen,' zei mevrouw Moon, 'of ik zal hem vernederen en zelf gaan.'

17

Secretariaat van de Verenigde Naties
East 42nd Street en 1st Avenue
New York City

Een ploeg van Fox News filmde de stoet toen die aankwam bij het VN-gebouw. Cho deed het portier open en ontketende daarmee een spervuur van flitslicht. Verbaasd dat er geen yankeepolitie was die hem ervan weerhield te spreken, herhaalde hij de frase van Pyongyang voor de camera's: 'Mijn land tolereert geen illegale aanwezigheid in zijn territoriale wateren en heeft zich krachtdadig opgesteld.' Daarna liep hij de hal in. Hij was in een prima humeur, de lagere diplomaten liepen rechts en links van hem en ambassadeur Shin kwam achter hem aan. Eerste secretaris Ma was om de een of andere reden afwezig, maar Cho had het nauwelijks opgemerkt. De ogen van de Geliefde Leider beschenen hem vanuit het oosten en hadden dit laten gebeuren, louter om hem te helpen.

Geen geamuseerde gezichten tegenover hem aan de andere kant van de tafel tijdens de gesprekken van die dag. Elk woord van hem droeg nu het gewicht van een tankgranaat. Tussen de middag (New Yorkse tijd) had Pyongyang hem de koppen van de avondkranten gefaxt – YANKEEJAKHALZEN GEÏNTIMIDEERD DOOR 'AANVALLENDE DIPLOMATIE'! – samen met het internationale persbericht van het Central News Agency, dat hem, Cho, beschreef als een 'krijgsman-diplomaat' en meldde dat de yankees waren 'teruggekropen naar de tafel, doodsbang dat kameraad Kim Jong-il het gekoesterde zwaard van de revolutie zou trekken!'. Cho liet zich zijn nieuwe autoriteit welgevallen. Hij poneerde zijn eisen. Binnen enkele uren begon het team van O'Brien te zinspelen op concessies die konden worden aangeboden om de crisis te bezweren. Om hen verder aan te moedigen, sloeg Cho een minder hoge toon aan. Hij was een genereuze overwinnaar.

Er lag één schaduw over zijn dag. Waar was eerste secretaris Ma?

'Hij is in beslag genomen door belangrijke consulaire zaken,' had ambassadeur Shin gezegd, toen Cho hem ernaar vroeg. *Welke zaken waren belangrijker dan deze?* Opnieuw was Cho's instinct voor intriges gewekt. Toen het aanbod van de Amerikanen tegen het einde van de dag vastere vorm begon aan te nemen en de omvang van zijn triomf duidelijk werd, was eerste secretaris Ma nog steeds nergens te bekennen.

Cho meldde Pyongyang het goede nieuws tijdens een lang telefoongesprek in het kantoor van ambassadeur Shin. De Amerikanen boden nog meer aan dan de eerste onderminister had gehoopt: duizenden tonnen voedselhulp en honderden miljoenen dollars in contanten. Toen hij het kantoor verliet, controleerde hij of hij alleen was en stompte daarna tegen de hemel. Hij was uitgelaten van opwinding en opluchting en grijnsde als een kind. Tijd om naar huis te gaan. Hij drukte op de liftknop, maakte een rondedansje, de deuren gingen open en hij stond oog in oog met O'Brien.

'Kolonel Cho, ik kwam u juist halen.'

Cho stapte de lift in en O'Brien drukte op de knop voor de hal. Cho keek omlaag en deed alsof hij zijn manchetten rechttrok. Hij had niets te babbelen met deze man en dacht dat stilte volkomen passend zou zijn, maar O'Brien keek hem aan en greep hem heel familiair bij zijn elleboog.

'We hebben een kleine bijeenkomst geregeld met cocktails en een diner in een... eh... etablissement in Manhattan dat jullie vermoedelijk wel zal bevallen, het heet de 21 Club...'

Hij glimlachte breed, alsof de diepe vijandschap die Cho in twee dagen van gesprekken aan de dag had gelegd, geen enkele uitwerking had op de persoonlijke verhoudingen.

'Een ontspannen samenzijn, om jullie wat New Yorkse gastvrijheid aan te bieden...'

De houding van die man is één groteske burgerlijke schijnvertoning! Cho trok voorzichtig zijn elleboog los. De instructies van Pyongyang konden niet duidelijker zijn: het gezantschap mocht in geen geval met de vijand socializen.

'De delegatie van de DPRK moet met spijt uw uitnodiging afslaan,' zei Cho en hij boog zijn hoofd. 'Een andere keer, hoop ik.'

O'Brien knipperde twee keer met zijn ogen. Met een gezicht dat roder werd bij elke verdieping die ze passeerden, zei hij dat het hem erg speet dat te horen en gaf toe dat hij dat niet had verwacht, omdat het helaas te laat was om te weigeren. De twee lagere diplomaten van Cho's gezantschap, die in de hal op hem hadden gewacht, waren al naar een auto voor de hoofdingang gebracht en waren op dat moment al onderweg. Hun was verteld dat hij, kolonel Cho, hen spoedig zou volgen.

Cho stond paf. 'En u hebt er niet aan gedacht het eerst aan mij te vragen?'

Plots kwam de opgekropte frustratie van twee dagen uit de mond van O'Brien: 'Jezus christus, het is een kwestie van gastvrijheid, niet van beledigen!'

Cho keek boos naar de dalende nummers van de verdiepingen, wat hem niet snel genoeg leek te gaan, want hij was bang dat hij elk moment iets kon roepen waarmee hij de waardigheid van zijn land te grabbel gooide.

'Sorry,' mompelde O'Brien. Hij streek over zijn zandkleurige haar, eenmaal, tweemaal. 'Mijn excuses.'

Op de verdieping van de hal waren de liftdeuren nog niet helemaal open of Cho was al naar de overkant van de enorme marmeren hal gehold, waarmee hij de aandacht van de bewaking trok. Een paar seconden later bereikte hij de hoofduitgang, liep naar het door schijnwerpers verlichte plein, keek uitzinnig links en rechts langs de lanen met vlaggen erlangs; zijn adem vormde witte golven in de nachtlucht. Een kronkelende rij auto's met chauffeur wachtte op hoofden van diplomatieke missies, ambassadeurs en attachés. Maar van zijn staf geen teken. Ze waren weg.

Zijn overhemd plakte ijskoud aan de huid van zijn rug. Was dit een dodelijke practical joke van de Amerikanen? Hij keek omhoog naar het hoge VN-gebouw, waarin de felle lampen van alle landen brandden, en vervloekte de yankees in de grofste soldatentaal. O'Brien kwam hijgend bij hem op het trottoir staan. Zijn overhemd hing half uit zijn broek en zijn das zat scheef.

'Deze auto zal u erheen brengen,' was alles wat hij zei, wijzend naar een wachtende Lexus. Een chauffeur hield het achterportier open. Cho keek naar O'Brien als naar een vijand die hem had overbluft. Hij had geen keus. Hij stapte in de auto.

Even later liet hij zijn hoofd tegen het koude achterraampje steunen en keek naar het gekrioel op de kruispunten van Lexington Avenue en Park Avenue; hij verbaasde zich over de wendingen die het leven kon nemen. Vandaag werd hij in Pyongyang de hemel in geprezen. Morgen kreeg hij zijn ontslag, of erger. Een verijdelde triomf. Hij voelde woede opkomen jegens O'Brien, die niets begreep van het regime dat Cho diende. Een regime dat geen misstappen tolereerde. Geen fouten.

Toen de auto West 52nd Street insloeg, begon het te miezeren, de bruine steen van de gebouwen werd donker en glansde. Onder het afdak van de 21 Club stond een portier met een hoge hoed op zijn hoofd, die een paraplu opendeed terwijl politieagenten een samenscholing op afstand hielden. Snel zocht Cho in zijn zak het speldje met het gezicht van de Grote Leider en stak het in zijn knoopsgat: zijn talisman tegen het Amerikaanse sjamanisme. Als dit vertoon van gastvrijheid bedoeld was om hem mild te stemmen, zou hij hun laten zien hoe onbuigzaam hij kon zijn.

De Lexus hield halt, zijn portier werd opengedaan. Camera's flitsten en stemmen riepen in de regen: 'WEG MET KIM JONG-IL!' Er was iemand hard aan het duwen in de menigte. 'WEG MET KIM JONG-IL!'

Terwijl Cho het trapje afliep en de club binnenging, zag hij nog steeds oranje sterretjes van de flitsende camera's; hij werd door een receptie geleid, waar vier stevig gebouwde mannen in pak en met oortjes stonden, van wie hij absoluut zeker wist dat ze van de Amerikaanse geheime politie waren. Daarna kwam hij via een smalle gang bij een besloten eetzaal. Nadat de deur zachtjes achter hem was dichtgedaan bleek hij te zijn beland in een wereld waar hij nooit eerder echt toegang toe had gekregen, zelfs niet tijdens zijn missies naar Beijing.

Zachte roze verlichting weerkaatste in de donkere lambrisering aan de wanden, waaraan onder spotjes schilderijen hingen van opgetuigde schoeners en klippers. Uit verzonken aangebrachte luidsprekers klonk zacht een jazztrompetsolo. Naast een stenen open haard aan de andere kant van de ruimte, achter een lange eettafel met een wit tafelkleed, wijnglazen en tafelzilver erop, stond een groep lange, grijze heren te praten met nadrukkelijke accenten en brede handgebaren. De nonchalante ongedwongenheid van de macht. Ietwat apart stond zijn Koreaanse staf – de twee lagere diplomaten en de politiek functionarissen –, die eruitzagen als een groep vluchtelingen doordat ze de stelen van hun glazen martini in hun vuist klemden alsof het troffels waren. Beide groepen keerden zich naar hem toe en de gesprekken vielen stil. Een van de lange Amerikanen maakte een opmerking waarover werd gegrinnikt in zijn directe gezelschap. Cho voelde zijn gezicht gloeien.

Achter hem ging de deur weer open en kwam de brede gestalte van O'Brien binnen, die zijn vochtige, zandkleurige haar uit zijn gezicht veegde en overvloedig transpireerde. Hij leek verveeld en geïrriteerd, maar zette snel een vriendelijker gezicht. Terwijl hij Cho naar de lange mannen loodste en ze een voor een aan hem voorstelde, waarbij veel handen werden geschud en zeer nieuwsgierig werd gestaard, begreep Cho waarom O'Brien zo gespannen was.

Het gezelschap bestond uit een wereldberoemde oud-minister van Buitenlandse Zaken, die nu een slappe mond en een kromme rug had; een hoge legergeneraal in een donkergroen gala-uniform; een CEO van Wall Street; ...en een oud-president van de Verenigde Staten. Allemaal die avond daar verzameld om hem te ontmoeten, Cho Sang-ho, een kolonel van het Koreaanse volksleger. Hij perste zijn lippen op elkaar om een lach te onderdrukken. *Wat een idioten, die yankees!* Hij leefde in een magische wereld. Voor de tweede keer op één dag sloeg zijn hachelijke toestand om. Dit was de honing op de taart van zijn triomf. Wat de bedoeling ook was van de Amerikanen met die parade van beroemdheden – machtsvertoon, intimidatie, betoon van vastberadenheid om zijn land een andere kant op te sturen – ze hadden volkomen verkeerd ingeschat hoe zo'n bijeenkomst zou overkomen op een massaal Noord-Koreaans thuispubliek. Door hem te ontmoeten, vernederden deze mannen zich eenvoudigweg tegenover de Geliefde Leider. Uiterlijk was het een en al eerbetoon. De propagandamachine van Pyongyang zou overuren maken.

'Hoe maakt u het, meneer,' zei de oud-president met hese, lijzige stem, terwijl hij naar het speldje op Cho's revers gluurde alsof het een tweede hoofd was. Een fotograaf bracht zijn camera in stelling om de handdruk vast te leggen. Cho trok een koel gezicht. De oud-president glimlachte vriendelijk; bolle neus en rozerode huid, wat hem licht verdorven maakte. Zijn haar was aswit in het flitslicht.

'Vertel eens, meneer Cho, wat is er in hemelsnaam vandaag gebeurd op Yeonpyeong?'

Cho herinnerde zich dat de oud-president de Geliefde Leider had ontmoet en tijd met hem had doorgebracht, en gaf een antwoord dat van respect getuigde.

'Zeg namens mij tegen voorzitter Kim dat hij die hele verdomde regio uit evenwicht brengt...'

Ze kregen gezelschap van de CEO van Wall Street, een man met een puntneus, die Cho deed denken aan een kale zeearend met een bril, en die vroeg waarom Noord-Korea zijn economie niet opengooide, zoals het nieuwe China met zoveel succes had gedaan.

'De DPRK blijft vasthouden aan het pad van het socialisme,' zei Cho, terwijl hij een martini van een dienblad nam. 'Het geluk van ons volk hangt niet af van hebzuchtig streven naar winst.'

'Natuurlijk, maar door winst te maken krijgen ze te eten.'

Alleen in het gezelschap van de legergeneraal, wiens ogen hem met koele intelligentie bezagen, was Cho op zijn hoede. Hij was aan hem voorgesteld als Charles Fisk.

'Kolonel Cho, ik ben hier om u ervan te overtuigen dat kernwapens niet de juiste weg voor uw land zijn.'

'Generaal,' zei Cho, roerend in zijn martini met de olijf op een stokje, 'hoe zou een klein land als het mijne kunnen worden uitgenodigd om vanavond op een dergelijke plek een drankje met u te nuttigen als het geen nucleaire wapens had?'

Fisk gooide zijn hoofd in de nek en lachte. Een eerlijke, aardse lach. 'Daar hebt u gelijk in.'

Op dat moment werd Cho afgeleid door de luidruchtige stem van een van de lagere diplomaten, die in gesprek was met O'Brien. Hij had net op tijd oogcontact met de diplomaat om hem te waarschuwen geen tweede martini te accepteren.

'Vertel eens,' zei Fisk, en stapte dichter naar Cho toe. 'Die langeafstandsraketten die jullie optuigden en vermomden als satellietraketten...'

Cho voelde dat de haartjes in zijn nek overeind gingen staan.

'...Waarmee hopen jullie die te bewapenen?'

Was deze man hem aan het uitdagen?

'Sorry dat ik het vraag,' zei Fisk. 'Pure nieuwsgierigheid.' Hij glimlachte verontschuldigend, maar zijn ogen waren koud en er klonk een spoortje minachting door in zijn stem.

Cho zette een hoge borst. 'We komen op voor ons absolute recht op een vreedzaam ruimteprogramma.'

'Nou.' Fisk nam een slok van zijn drankje en draaide zich om naar de kamer. 'Misschien maak ik me zorgen om niets. Misschien is het iets volkomen onschuldigs dat jullie aan het uitdokteren zijn in dat brandnieuwe laboratorium...'

Cho staarde Fisk aan. Dit was een ongemanierde behandeling. En hij had geen idee waar deze man het over had.

'Aha!' Fisks ogen glimlachten over Cho's schouder heen. 'Eindelijk.'

Een slanke vrouw in een donkerfluwelen cocktailjurk kwam bij hen staan. Haar huid leek Cho bijna Afro-Amerikaans, en ook mooi, maar haar haren en ogen waren Aziatisch. De strakke jurk flatteerde haar, hoewel Koreaanse vrouwen hun schouders niet zo indecent zouden ontbloten.

Fisk begon haar voor te stellen, maar ze had al een koele hand in die van Cho laten vallen en in vlekkeloos Noord-Koreaans dialect uitgelegd dat ze als speciaal adviseur voor generaal Fisk werkte.

'Ik ben Marianne Lee.'

18

De 21 Club
West 52nd Street
New York City

Terwijl de gasten aan weerszijden van de eettafel hun plaatsen vonden, zag Jenna een kortstondige teleurstelling over het gezicht van kolonel Cho glijden. Hij zat niet naast de oud-president of de oud-minister van Buitenlandse Zaken, maar aan het eind van de tafel, tegenover Jenna en ver van zijn staf. Ze liet haar tasje van haar schouder glijden, wierp hem een stralende glimlach toe, die hij beantwoordde met een verwarde blik, omdat hij niet wist of het vleiend bedoeld was of vernederend.

Op de achtergrond klonk een pianoarrangement van 'Round Midnight'. Het half gedoofde licht wierp een luxe gloed op het tafelkleed en zilverwerk. Een hofmeester met een oortje in werd gevolgd door serveersters in zwarte broekpakken die de glazen op tafel begonnen te vullen met wijn, waarbij ze met een balletachtige gratie tussen de gasten balanceerden.

Fisk ging uit van de verwachting dat hoe gemoedelijker de sfeer, hoe groter de kans dat de Noord-Koreanen hun waakzaamheid lieten varen en meer zouden vertellen over de intenties van de man in Pyongyang die met een brutale, briljante timing honderden miljoenen dollars had weten los te peuteren bij de Amerikaanse regering in ruil voor het afblazen van een korte, van tevoren bekokstoofde crisis, en die demonstratief had willen choqueren door toe te slaan zonder te zijn uitgedaagd. Na de verrassingsaanval op Yeonpyeong waren van Tokio tot Washington alarmbellen gaan rinkelen. Het nieuws was nog geen veertig minuten bekend, of Fisk had zich op een martelende bijeenkomst in de Situation Room in het Witte Huis genoodzaakt gezien het falen van de geheime dienst van de CIA toe te geven tegenover de opperbevelhebber persoonlijk, die van een receptie kwam en in avondkleding, met een glas in zijn hand, uitgesproken koeltjes Fisk had aangehoord.

Die gastvrije avond in de 21 Club was wel maanden tevoren geregeld, maar werd nu met beide handen aangegrepen. 'Desnoods doen we verdomme extra alcohol in hun drankjes!' had Fisk geroepen. 'We hebben ze twee uur lang voor onszelf. In die tijd moet het gebeuren. We nemen ze onder handen, praten ze omver en komen zo veel mogelijk te weten.' De noodsituatie had er ook voor gezorgd dat de andere, even alarmerende zaak hoog op de crisislijst van Langley kwam te staan: het geheime laboratorium in Kamp 22, dat Jenna twee nachten geleden had ontdekt. De spotters waren het eens met haar vermoeden dat dit het dodelijke deel van het raketprogramma was. Ze had er zelf een rapport over ingediend bij de directeur van de CIA zelf en de coördinaten werden nu dagelijks vanuit een baan om de aarde in de gaten gehouden.

Met al zijn tact had Fisk geprobeerd een paar kopstukken weg te houden van die avond; het waren nauwelijks persoonlijkheden waarbij de Noord-Koreanen makkelijk hun verdediging zouden laten zakken. Maar nu ze naar de gezichten rond de tafel keek, zag Jenna dat hij ongelijk had gehad. De Noord-Koreanen glommen van genoegen nu ze de oud-president ontmoetten en tijdens de cocktails was zelfs die klootzak van een Cho open en aanspreekbaar geworden. De tafelschikking was zorgvuldig vastgesteld. 'We komen verder als een vrouw met hem praat,' had Fisk haar gezegd. 'Hij zal niet op zijn hoede zijn. Doe al wat nodig is. Betover hem, vlei hem, doe een beroep op zijn aardige kant.'

'Heeft geteisem een aardige kant?'

Vlak nadat iedereen zijn plaats had ingenomen kwam de gedrongen, gangsterachtige VN-ambassadeur van Noord-Korea het zaaltje binnen. Jenna wist dat hij Shin heette en leidde uit een lichte verharding in Cho's blik af dat hij een hekel aan deze man had. Terwijl de wijn werd ingeschonken bleef ze naar zijn gezicht kijken. Jenna had veel Noord-Koreaanse overlopers ontmoet, maar dit was de eerste keer dat ze te maken kreeg met een onderdaan van de Kim-dictatuur die zich er niet van distantieerde. Als een zoöloog die een diersoort observeert waarvan hij jarenlang het spoor heeft gevolgd, kon ze haar ogen niet van hem afhouden.

In de steel van zijn glas verzamelde zich licht, dat op zijn gezicht afstraalde. Hoge jukbeenderen en een volle haardos, plat achterovergekamd op een regelmatig gevormd hoofd. Hij deed denken aan een propagandaposter, vond ze. Ze wist niet zeker of ze hem knap vond. De ogen hadden een arrogantie die een zweempje brutaliteit op zijn gezicht bracht. Maar op zijn kleding was niets aan te merken. Zijn pak was op maat gesneden, en zijn das en manchetknopen waren met zorg gekozen. Iemand die niets van hem wist had hem kunnen aanzien voor een directeur van een Zuid-Koreaans concern, Hyundai of Samsung, maar het bizarre glanzende gezichtje op zijn revers ondergroef dat vermoeden, herinnerde eraan dat Korea twee parallelle werelden omvatte.

Ze keek op van het speldje en zag dat hij ook naar haar keek. Hij knipperde met zijn ogen, alsof hij besefte onbeleefd te zijn. Het voelde als een ongemakkelijk eerste afspraakje. Er zou iets gebeuren, maar geen van beiden wist wat.

'Het spijt me,' zei hij in het Engels en nam een slokje wijn. 'Ik heb nog nooit iemand van uw ras ontmoet die het dialect van het Noorden spreekt.'

'Mijn ras?'

Er werd met een lepel tegen een glas getikt.

'Meneer de president, geachte gasten, dames en heren...'

O'Brien was opgestaan en verwelkomde de bezoekers uit de Democratische Volksrepubliek Korea. Jenna streek haar servet glad op haar schoot om haar plots opspelende zenuwen te verhullen. Ze had klamme handen. Met zijn zachte, nasale zeurstem bagatelliseerde O'Brien de gesprekken van twee dagen. Hij glimlachte en gebaarde naar kolonel Cho, wiens gezicht uitdrukkingsloos bleef.

'Nooit eerder in mijn loopbaan als diplomaat ben ik beschreven als een "antisocialistische politieke dwerg die verpletterd zou worden door het wapen van eensgezinde volharding..."' De toehoorders grinnikten besmuikt, niet zeker wetend of O'Brien de juiste toon aansloeg, maar de volgende opmerking was goed getimed: '...althans, nooit in mijn gezicht.' Ze lachten, en de spanning die vanaf het begin in het zaaltje hing, was gebroken. Zelfs Cho oogde geamuseerd. 'Wat onze meningsverschillen ook zijn...' zei O'Brien door het lachen heen, '...en dat zijn er veel, ik geloof dat er aan beide kanten een verlangen bestaat naar meer vertrouwen en begrip in naam van de veiligheid en, uiteindelijk, vrede...'

De oud-minister van Buitenlandse Zaken liet een flegmatiek gemompeld 'Bravo, bravo' horen.

'...die naar ik hoop door de gastvrijheid van deze avond zal worden bevorderd.' O'Brien hief zijn glas. 'Op de vrede.'

'Op de vrede,' zei iedereen, door elkaar heen.

Er werd geklonken en er verspreidde zich een milde stemming rond de tafel nu het gewicht van dat prullige akkoord in naam van de vrede even niet meer woog op de schouders van de Amerikanen.

De serveersters begonnen manden met broodjes op tafel te zetten.

'Voedsel is een taal die we allemaal verstaan,' zei de oud-president luid, en hij stopte een servet in zijn overhemdkraag.

Jenna vroeg: 'Wat vindt u van New York, kolonel?'

Cho brak wat brood af, kauwde en dacht fronsend na. 'Ik heb niets gemerkt van de verdorvenheden waarvan mij was verteld dat ze gemeengoed zijn in een kapitalistische stad. Drugshandel, prostitutie, gaarkeukens, enzovoort, enzovoort.'

Schattig.

De eerste gang werd geserveerd. Een New-Englandse vissoep.

'Ik neem aan dat Pyongyang vrij van verdorvenheid is?' vroeg ze.

'Over het algemeen, ja,' knikte hij, zich niet bewust van haar lichte ironie, 'hoewel er net als in elke andere stad misdaad voorkomt.'

Het gesprek stokte. Hier had haar training haar niet genoeg op voorbereid. Ze kon waarschijnlijk alleen maar een paar snedige opmerkingen plaatsen aan zijn adres voordat zijn aandacht zou worden getrokken door iemand anders, en dat was onvoldoende tijd om hem voor zich in te nemen, te graven naar twijfels, erachter te komen wat hij dacht. Als ze iets uit hem zou krijgen, zou het moeten gebeuren door hem in te palmen of te provoceren, en iets zei haar dat hij zich niet makkelijk liet inpalmen.

Hem aankijkend over de rand van het glas in haar hand vroeg ze: 'Wat zijn de typische misdaden in een Noord-Koreaanse stad? vraag ik me af. Spionage, sabotage, antirevolutionaire complotten, kritiek op de Geliefde Leider... enzovoort, enzovoort?'

Cho's ogen vernauwden zich, op zijn hoede voor ironie. 'Het socialisme wordt geconfronteerd met veel gevaren,' zei hij. 'Zo hebben de Verenigde Staten ook vijanden die jullie manier van leven bedreigen.' Hij leunde naar voren, met op zijn gezicht een uitdrukking van cynische wellevendheid. 'Ze worden hier ongeveer op dezelfde manier behandeld, volgens mij.'

'Wij hebben geen Kamp 22, als dat het soort behandeling is dat u bedoelt.'

Hoewel Jenna zacht had gesproken, leek er net een stilte te zijn gevallen aan tafel, de wijn had de tongen nog niet losgemaakt. Aan de rand van haar gezichtsveld zag ze dat er in haar richting werd gekeken.

'Ik ken geen plek met die naam.' Er klonk iets scherps door in zijn stem. 'We rekenen op onze eigen manier met misdadigers af. Vindt u dat hun rechten belangrijker zijn dan het welzijn van een hele samenleving? Imperialisten hebben niet het recht om over mensenrechten te spreken.'

'Ik had het niet over mensenrechten,' zei ze en nam een slokje van haar wijn. 'Maar het is interessant dat u daarover begint.'

Hij at verder, maar ze voelde zich te gespannen om te eten. Ze had bijna direct zijn vijandigheid uitgelokt. Er leek een gewapende wapenstilstand tussen hen te zijn begonnen. Ze was zich bewust van de gemompelde gesprekken die werden gevoerd rond de tafel, het tikken en schrapen van bestek op porselein. Even wisselde ze een blik over de tafel met Fisk, die haar vragend aankeek. Ze keerde terug naar kolonel Cho en gooide het over een andere boeg.

Een neutraal onderwerp. Ze glimlachte. 'Hebt u kinderen?'

Hij fleurde meteen op. 'Een zoon van negen, bij de pioniertjes. En u? U bent half Koreaans, vermoed ik. Hebt u familie in Korea?'

'Een tweelingzus.' Haar hart stond even stil. De woorden waren eruit voordat ze zich kon inhouden.

Ze knipperde met haar ogen en voelde haar gezicht rood worden.

'Echt waar?' Hij werd afgeleid door de aanblik van ambassadeur Shin, die in een levendig gesprek was gewikkeld met de oud-minister van Buitenlandse Zaken. 'In Seoul?'

'Niet in Seoul...' Ze keek hem nu strak aan. Vaag besefte ze dat ze afdwaalde. Diep in haar was plotseling een golf van wrok opgekomen; een bom met struikeldraad. Ze was geschokt door haar behoefte daarvan te getuigen tegenover die klootzak. 'Ik hoop met haar herenigd te worden...' Ze ging nu ver buiten haar boekje, maar al haar voorzichtigheid, al haar training legde het af tegen een emotie die zich niet liet beheersen. Misschien kreeg ze nooit meer de kans dit nogmaals te zeggen. '...als uw regering haar zou toestaan te vertrekken.'

De lepel bleef halverwege Cho's mond hangen. Hij legde hem neer en keek haar strak aan.

'Bevindt uw zus zich in mijn land?'

Er begon een sirene te loeien in haar hoofd, maar veel te laat.

'Ze werd... daarheen meegenomen. Twaalf jaar geleden. Vanaf een strand in Zuid-Korea. Haar naam is Soo-min.'

Schijnbaar een volle minuut keek hij haar aan. Toen hij eindelijk iets zei, viel hij terug op het Koreaans. 'U vergist zich. Als u doelt op de ongelukkige kwestie van de ontvoerde mensen, mijn regering heeft publiekelijk verantwoording afgelegd over hen allemaal, zowel de levenden als de doden, en heeft zich verontschuldigd. Die kwestie is opgelost en is verleden tijd.' Hij sprak alsof hij haar corrigeerde op een juridisch punt. 'Maar afgezien daarvan hebt u ook om een andere reden ongelijk.'

'Ik weet zeker dat u me die gaat vertellen.'

'De mensen in mijn land zijn qua ras...' Hij zocht naarstig naar een subtiel woord. '...*homogeen*. Een tweelingzus van u zou niet onopgemerkt blijven. Ik zou weet hebben van haar bestaan.'

Jenna kreeg een wee gevoel, alsof haar knieën zouden knikken als ze probeerde op te staan.

'Er is zoveel over gelogen in het Westen,' vervolgde hij, en hij nam zijn laatste lepel soep. 'U moet begrijpen dat de meeste van die zogenaamd ontvoerde mensen vrijwillig naar mijn land zijn overgelopen, om een eerlijker leven te vinden.'

'Inderdaad,' zei ze, pogend het beven van haar stem te overwinnen. 'Ik kan me niet voorstellen waarom iemand zou denken dat ze daar tegen hun zin naartoe waren gebracht...'

'Waarom denkt u dat ze daar is?'

Ze duwde haar stoel naar achteren. 'Wilt u me excuseren?'

O *god.* In de spiegel van het damestoilet keek Jenna haar spiegelbeeld aan. *Wat heb ik gezegd?* Ze had het gevoel dat haar borst was gevuld met hete rijst, die haar hart samendrukte en haar ademhaling bemoeilijkte. *Ik verknal de boel.* Fisk had haar aangeworven in de overtuiging dat deze kwestie – deze zelfde kwestie – haar competentie zou vergroten, en niet ondermijnen. Ze deed nieuwe lippenstift op en wierp een harde, inschattende blik op zichzelf.

Doe je werk... voor Fisk, voor Soo-min.

Toen ze terugkwam, was het hoofdgerecht opgediend. Hamburgers, patates frites, *grits*, ribbetjes en kippenvleugels, de softe culturele propaganda van de Amerikaanse dagelijkse kost, ook al was er over de frites, merkte ze op, rozemarijn en zeezout gestrooid, en de broodjes zagen er zonder meer ambachtelijk uit.

'Meneer Cho,' riep de oud-president met volle mond, 'dit soort voedsel smeert de raderen van de Amerikaanse diplomatie.'

Cho zei: 'Het "dubbele-broodje-met-vlees" is overigens uitgevonden door onze Geliefde Leider Kim Jong-il...'

De Amerikanen lachten luidkeels en joelden. De oud-president legde zijn bestek neer en klapte genereus in zijn handen.

Jenna wist als enige dat Cho geen grapje maakte.

Het gesprek werd nu gedomineerd door individuen die zich tot de hele tafel richtten en Jenna zag dat ze geen nieuwe gelegenheid zou krijgen om Cho voor zich in te nemen. Allemaal vermoeiend *mannelijk*, dacht ze, al hield iedereen respectvol zijn mond als de bejaarde oud-minister van Buitenlandse Zaken aan het hoofd van de tafel met schorre stem zijn orakelachtige uitspraken deed.

Bij het dessert en de koffie wisselden de gasten van plaats. De CEO van Wall Street klaagde voor een rijtje uitdrukkingsloze Koreaanse gezichten over federale restricties op vermogensbeheer. Fisk en de oud-minister van Buitenlandse Zaken voerden een diep gesprek met Cho. Jenna kwam te zitten bij de lange, slungelige Chris O'Brien, die ze veel te zachtaardig en beminnelijk vond om een sissende, blazende zwerfkat als Noord-Korea aan te pakken.

'Merkwaardige man, hè?' vroeg O'Brien met een voorzichtige blik op Cho.

Ze keken hoe Cho tegen zijn toehoorders oreerde, met rechte rug en de vuist dwingend op tafel. Aan de slecht verholen ergernis op het gezicht van Fisk meende ze af te leiden dat hij ongeveer net zoveel vooruitgang boekte als zij. Ze merkte dat Cho steeds in haar richting bleef kijken, en niet heel subtiel, alsof hij niet kon geloven hoe beledigd hij was geweest door aan tafel tegenover haar te zijn geplaatst.

'Slimme vent, dat moet ik hem nageven,' zei O'Brien achter zijn kop koffie. 'Maar het masker glijdt niet weg. Gedraagt zich als een echte gelovige. Als ik lid was van de elite zoals kolonel Cho Sang-ho... en toegang had tot harde valuta en buitenlandse reizen... zou ik de strategie voor mijn vertrek op touw zetten.'

De oud-president stond op om afscheid te nemen en de gesprekken rond de tafel verstomden. De avond was voorbij.

De gasten liepen bij de deur een paar minuten dooreen terwijl er afscheid werd genomen en handen werden geschud. Kolonel Cho kwam naar Jenna toe. Tot haar verbazing zei hij: 'Als uw verplichtingen u ooit naar Pyongyang brengen, miss Lee, zou ik graag uw gids zijn.'

Hij keek haar vreemd ernstig aan. Ze vermoedde dat dit een van de beleefdheden was die in dergelijke situaties werden gezegd, maar de opmerking klonk een beetje vrijpostig, bestudeerd. Hij gaf haar met beide handen een visitekaartje en maakte een buiging.

Jenna nam het kaartje aan, ook met beide handen, en forceerde een glimlach. 'Misschien zou ik iets kunnen bezoeken wat buiten de officiële paden ligt, of praten met mensen zonder dat de Bowibu erbij is.'

Cho trok een gekwetst glimlachje dat zei: *laten we de sfeer niet bederven.*

Ze gaf hem haar eigen kaartje, waar alleen de naam Marianne Lee op stond en een telefoonnummer. Hij boog weer en vertrok.

'Waar ging dat over?' Fisk stond naast haar en trok zijn das los. Hij zag er even verslagen uit als zij zich voelde. Ze keek op haar horloge. Het was kwart voor tien. Ze hadden de wijn nauwelijks aangeraakt tijdens de maaltijd.

'Een stevige borrel in de bar?' vroeg ze.

Hij glimlachte. 'Dat is het aardigste wat iemand vanavond tegen me heeft gezegd.'

Op dat moment kwam een van de mannen van de geheime dienst naar hen toe. 'Telefoon voor u, meneer.' Hij gaf Fisk een telefoon.

Fisk glimlachte nog steeds toen hij de telefoon tegen zijn oor legde. Maar de glimlach stierf langzaam weg en zijn mond zakte open.

'Jézus... Hou hem daar... We komen eraan.' Hij verbrak de verbinding. Even keek hij verbijsterd. Toen verscheen er een spoortje plezier op zijn lippen. 'Haal je jas. We gaan naar Brooklyn, politiebureau van het 71e district.' Hij keek haar aan met een glinstering van opwinding in zijn ogen. 'Zin om te proberen je eerste informant te ronselen?'

Op het moment dat Jenna en Fisk de kamer binnenkwamen sprong de man op.

'Jullie kunnen me niet aanhouden! Ik ben een diplomaat van de Verenigde Naties.'

Hij was een jaar of veertig en lang van stuk, had een uitgemergeld gezicht en inktzwarte, intelligente ogen. Op zijn linkerwang had hij een vreemd uitwas dat op een kevertje leek.

'Goedenavond, eerste secretaris Ma,' zei Jenna. 'U bent vrij om te gaan en staan waar u wilt, maar eerst moeten we even praten, dat is belangrijk voor u. Ga alstublieft even zitten. Dit hoeft niet lang te duren.'

Fisk had haar in de auto instructies gegeven en de FBI-agent had hun zojuist de zakken met het bewijsmateriaal laten zien. Ze ging aan de andere kant van het bureau zitten, tegenover Ma. Fisk bleef op de achtergrond en leunde tegen de muur om te laten zien dat hij niet meedeed. Ondanks de ijskoude nacht was het ondraaglijk benauwd in het kantoor van de commissaris. Een ventilator woei Ma's haar door elkaar. Een tl-buis knipperde. Jenna schoot haar jas uit en zag hoe hij boos naar haar cocktailjurk en sieraden keek, alsof het allemaal een kwaadaardige grap was.

'Wie bent u? CIA?'

'Ik dien de federale overheid bij een inlichtingendienst.'

'Dit gesprek is voorbij.' Hij wilde opstaan.

Jenna stapte over op Noord-Koreaans dialect, zonder enige beleefdheid: 'Zitten, godverdomme.'

Ma verstijfde van verbazing, alsof hij een klap had gekregen. Zijn ogen schoven langzaam van Jenna naar Fisk en terug naar haar. Hij ging zitten.

Ze ging kalm door in het Engels. 'U gaat hier weg met uw geld. U kunt Pyongyang melden dat uw transactie vandaag soepel is verlopen...' Ze dacht aan de man in regenjas die ze zojuist bij de receptie van het bureau hadden gezien, waar hij de agent van dienst ondervroeg. Een bekende misdaadverslaggever van een van de tabloids. 'Er komt geen woord hierover naar buiten. Zolang één ding duidelijk is...' Ze bracht haar gezicht dichter bij hem boven het bureau. 'U werkt nu voor ons.'

Ze keek aandachtig hoe hij reageerde, hoe hij bezweek. Hij liet zijn schouders hangen; ze zag geen bedachtzaamheid in zijn ogen, geen afweging van de risico's, maar eerder een somber, boos accepteren, berusten, als een man in de kracht van zijn leven die van de dokter heeft gehoord dat hij aan een terminale ziekte lijdt.

Ze zei behoedzaam: 'Natuurlijk staat er een vergoeding tegenover. We zetten een geheime escrow-rekening op...'

Hij schudde zijn hoofd en begon te hoesten. Even later realiseerde ze zich dat het droog, vreugdeloos lachen was.

'Je weet er niks van, hè?' zei hij en hij keek haar aan. 'Waar ik vandaan kom, wordt iedereen in de gaten gehouden. Iedereen. Pyongyang had op die parkeerplaats op zijn minst één paar ogen die me observeerden.' Alsof hij haar spottend wilde na-apen, stak ook hij zijn hoofd naar voren. 'Ze weten al dat ik hier ben. En ze zullen weten dat de CIA de gelegenheid heeft aangegrepen.' De donkere ogen fonkelden. 'Weet je wat dat betekent... stomme trut?' Zijn stem klonk luider. 'Het betekent dat ik er geweest ben. Dood.'

Hij greep zijn parka, die over de rug van zijn stoel hing, liep weg en sloeg de deur achter zich dicht.

Jenna bewoog niet. Ze voelde haar handen heel licht beven.

Een paar seconden was het stil in de kamer op het gezoem van de ventilator na, en toen zei Fisk: 'Hij denkt dat het maar bluf is.'

Met een ruk stond ze op en deed de deur open. De twee FBI-agenten stonden daar met de dienstdoende sergeant te wachten.

'Jullie mogen het afhandelen,' zei ze.

'En die andere man?'

'Stel hem in staat van beschuldiging.' Ze pakte haar jas.

'En de media?'

'Volgens mij staat er een verslaggever bij de receptie.'

19

The Roosevelt Hotel
45 East 45th Street
New York City

Tijdens het ontbijt hing er een feestelijke stemming. Zelfs politiek functionaris Yi leek zijn waakzaamheid te hebben afgelegd en snuffelde niet meer naar sporen van onorthodoxe zaken. Allemaal hadden ze de avond tevoren Cho gefeliciteerd, nu ze vol vertrouwen waren in hun samenwerking en blij dat de glans van zijn glorieuze prestatie op hen afstraalde. Een van de diplomaten sprak over de decoratie die hem zeker wachtte – de Kim Jong-il-medaille, of op zijn minst de Orde van de Bewezen Helden – waarna Cho, met zijn handen gespreid en lachend, bescheidenheid had geveinsd. Ambassadeur Shin had bij de receptie een bericht achtergelaten om te zeggen dat hij en eerste secretaris Ma hen vandaag niet naar het vliegveld konden begeleiden. Hij hoopte dat ze die smet op het protocol zouden vergeven en wenste hun een veilige reis naar huis.

Ze kunnen barsten, dacht Cho. Hij was op weg terug naar een bewierookte thuiskomst.

Ze hadden hun koffie bijna op toen ze bericht kregen dat hun chauffeur was gearriveerd en dat een piccolo hun bagage in de Toyota-minibus laadde.

In de souvenirwinkel bij de receptie had Cho als cadeaus voor Boekie een thermometertje gekocht in de vorm van een wolkenkrabber met de woorden EMPIRE STATE BUILDING op de sokkel, een doosje met diverse harde snoepjes en een basketbalshirt van de New York

Knicks in een kleine maat. Op het vliegveld zou hij parfum kopen voor zijn vrouw, of misschien een armband, die ze discreet aan haar vriendinnen kon laten zien. Volgens hem zouden de politiek functionarissen er onder die omstandigheden geen bezwaar tegen hebben dat hij zulke voorwerpen meenam naar Pyongyang.

De minibus vertrok en Cho liet het raam een stukje zakken. Claxonnerende taxi's, uitlaatgassen, koffie, verse bagels. Wat was hij makkelijk gewend geraakt aan de geluiden en geuren van een ochtend in New York. Dat zou hij missen als hij thuiskwam. Het had 's nachts geregend, waardoor het leek of de straten glanzend gelakt waren. Flarden van snel overdrijvende wolken zorgden voor een toneeleffect, waarbij de enorme gebouwen werden geaccentueerd door de verschuivende licht- en schaduwvlakken. Alles en iedereen was doortrokken van een soort hyperrealiteit. Het was een magische illusie, die werd versterkt door de versiering en de lichtjes die overal waren verschenen, in alle etalages, restaurants en portalen, alsof er plotseling opdracht voor was gegeven. Hij had nog nooit een kerstboom gezien.

Amerika.

Wat een verkeerd beeld had hij gehad. In feite was alles tegengesteld aan wat hij had gedacht. Hij had gedacht dat hij te intelligent was om de propaganda te geloven. Nu zag hij hoe diep die zich in zijn psyche had ingegraven, van de anti-imperialistische cartoons die hij als jongen had gezien tot aan zijn Engelse grammaticalessen aan de Kim Il-sung Universiteit.

Wij hebben Amerikanen gedood. Wij doden Amerikanen. Wij zullen Amerikanen doden.

Zijn kennis van Amerika was afkomstig uit verhaaltjes uit de koker van de Partij. Geen ervan paste bij de manier waarop hij de opwindende, levendige, ongeordende werkelijkheid van een Amerikaanse stad had ervaren.

Hij dacht aan de vrouw die gisteravond tegenover hem had gezeten, Marianne Lee. Weer voelde hij iets ongemakkelijks aan haar dat hij niet kon thuisbrengen. Haar lippen bij de rand van het wijnglas; de manier waarop ze naar hem had gekeken, schijnbaar spottend, nieuwsgierig en kwetsbaar tegelijk. Haar blote schouders. Ze was onmiskenbaar mooi. Is dat wat hem dwarszat? Begeerde hij haar? Als hij dat dacht was hij zijn vrouw ontrouw, maar niet alleen zijn vrouw. De Leider was uiterst fier op de zuiverheid van het ras. Vreemd bloed, gemengd bloed was een schandvlek. En toch... kreeg hij daarvan niet het schuldgevoel dat hij had verwacht. Had ze hem haar Koreaanse naam verteld? Hij wist het niet zeker. Soo-min? Nee. Dat was haar zus. Cho schudde verstrooid zijn hoofd. Gek dat ze dacht dat haar zus in zijn land woonde. Ze leek het echt te geloven. Half Koreaans, half Afro-Amerikaans... Ongewoon.

De avond had ook andere vreemde wendingen gekend. Zijn gezicht betrok. Hij had nog nooit van Kamp 22 gehoord, hoewel hij grif aannam dat het bestond. Hij wist dat het beter was het niet te weten. Maar waar was ze in hemelsnaam op uit? En generaal Fisk, die in zijn oor fluisterde: 'Waarmee hopen jullie die te bewapenen?', doelend op de raket. Dat ze een satelliet in een baan om de aarde kunnen brengen, moet ze inderdaad aan het schrikken hebben gemaakt. Het bewees dat zijn land tot de klasse van technisch geavanceerde landen was gaan behoren.

Hij neuriede in zichzelf en trommelde met zijn vingers op de armleuning van zijn stoel terwijl de twee lagere diplomaten en de politiek functionarissen op de voorste stoelen onderling spraken. Op een groot kruispunt ging het stoplicht op rood, waarna de minibus stopte naast een taxi met het raam aan de bestuurderskant omlaag. Het geel van de taxi's leek vandaag extra fel, het geel van koolzaad. De taxichauffeur verstelde zijn met kralen beklede stoel, krabde in zijn nek en vouwde de *New York Daily News* open op het stuur. Cho hield zijn hoofd schuin om de kop te lezen.

FBI ARRESTEERT NOORD-KOREAANSE DIPLOMAAT BIJ DRUGSVANGST

Van de reis naar JFK herinnerde hij zich later niets meer. Op het moment dat de minibus de vertrekhal bereikte, holde hij naar een krantenwinkel, kocht de *New York Daily News*, liep weg zonder te wachten op zijn wisselgeld en liet de pagina's vallen totdat hij het had gevonden.

NOORD-KOREAANSE DIPLOMAAT BIJ DE VN HANDELDE VOLGENS DE AUTORITEITEN IN VERDOVENDE MIDDELEN.

Eerste secretaris Ma Jae-kwon, 41 jaar, werd gearresteerd door FBI*-agenten nadat hij in Brooklyn was betrapt bij het overdragen van drugs met een geschatte straatwaarde van twee miljoen dollar aan een bekende criminele bende. Tot verrassing van de* FBI*, die de bende observeerde, bleek de leverancier een diplomaat.*

Ma heeft diplomatieke onschendbaarheid geëist en geweigerd mee te werken, maar zijn contactpersoon bij de bende, Omar Calixto Fernandez, 32 jaar, heeft bekend een pak crystal methamfetamine te hebben ontvangen. Deze drug, ook bekend als 'speed' en 'ice', is vermoedelijk door de douane gesmokkeld in een Noord-Koreaanse diplomatieke postzak...

Stukken krant gleden uit Cho's handen. Hij keek om zich heen, probeerde te ademen en op zijn benen te blijven staan, maar zijn voeten waren gewichtloos en de lichten in de vertrekhal waren verre stroboscooplampen die pijn deden aan zijn ogen. De ruimte om hem heen was één vage massa, en begon te draaien.

'Kolonel?' Een van de lagere diplomaten stond naast zijn elleboog en keek hem verontrust aan. 'U ziet helemaal bleek.'

20

Regionaal bureau van het ministerie van Staatsveiligheid (Bowibu)
Hyesan
Provincie Ryanggang, Noord-Korea

De lichten aan het plafond zwollen zoemend aan tot heldergeel voordat ze weer zwakker werden. In de nek van de man voor mevrouw Moon, tussen het hoofddeksel en de kraag, knipoogde een boze steenpuist. De man werd naar het bureau geroepen. Zij was de volgende in de rij.

Ze was drie keer langs het gebouw gelopen. Het was een plomp, grijs, modern bouwwerk, drie verdiepingen hoog, zonder naamborden aan de buitenkant; niets gaf aan welke instelling er was gevestigd, maar ze wist zeker dat iedereen in Hyesan wist wat voor gebouw het was. Sergeant Jang was net moedig genoeg geweest om de naam van de arresterende agent te achterhalen. Juist wilde ze een vierde keer langslopen toen ze voelde dat ze werd gevolgd door de ogen van de schildwachten. Ze haalde diep adem en ging naar binnen voordat haar angst de overhand kreeg.

De twee luitenants achter het grootste bureau negeerden haar minstens tien minuten. Ze probeerde kalm te blijven door haar ogen op het enige zweempje kleur in de ruimte te laten rusten: een portret van de Grote Leider boven op de Paektu, met wapperende jaspanden achter zich, een arm wijzend naar de ochtendschemering – en door aan Tae-hyon te denken, die ze vanochtend had laten doorslapen. Als hij wist waar ze nu was zou hij een beroerte krijgen. Wat jammer toch dat hij tegenwoordig amper een rol speelde bij haar beslissingen. Een echtgenoot zonder werk was net zo nuttig als een straatlantaarn bij daglicht. Ze betreurde dat ze bij haar ontbijt een tweede kop thee had gedronken toen een van de mannen haar met een ongeduldige vingerbeweging naar voren wenkte.

Mevrouw Moon kwam dichterbij en voelde haar maag veranderen in water. 'Ik wil graag inspecteur Kim spreken.'

'Er zijn vijf inspecteurs die Kim heten,' zei hij zonder op te kijken. Hij was bezig iets schoon te maken met een vochtige doek: de gestolde inkt op een rubberstempel.

'De inspecteur Kim die deze week de arrestaties vanwege bijbels heeft verricht.'

Het hoofd van de man ging met een ruk omhoog. 'Heb je een afspraak?'

'Ik heb informatie.'

Zijn ogen lieten haar gezicht niet los toen hij een telefoon pakte. Hij draaide een nummer van drie cijfers en sprak tegen iemand, met zijn hoofd omlaag, zodat ze het niet kon horen.

'Kom maar mee,' zei hij.

Inspecteur Kim bladerde ongeïnteresseerd door het paspoort van mevrouw Moon. De helft van zijn smalle kantoortje werd ingenomen door een rij glanzende archiefkasten. Op zijn bureau stond een telefoon met druktoetsen en zonder draaischijf, en een televisie met een soort toetsenbord. Het enige andere meubilair in de kamer was een metalen stoel, die haar niet werd aangeboden, en de Vader-Zoonportretten.

'Wat weet jij van die bijbels, oma?' zei hij en gooide haar paspoort op het bureau. Hij was een korte, grove man van in de veertig, met donkere oogjes en een huid in de roomkleur van een made. Het bruine uniform was nieuw en paste goed. Zijn revolverriem rook naar vers leer.

'Niets, inspecteur. Alleen dat u Undine hebt gearresteerd. Mevrouw Ong, bedoel ik. Ze is verkoopster op onze stationsmarkt. Het was een vreselijke schok voor ons – voor mij en alle andere vrouwen – toen we hoorden dat ze verwikkeld was in iets dergelijks. De straatkinderen vertelden ons wat er gebeurd was...'

Inspecteur Kim bracht haar met een opgeheven hand tot zwijgen. Hij zag er moe uit. 'Kotchebi...' zei hij, terwijl hij opstond. 'Die kinderen zijn de ogen en oren. Werkten ze allemaal maar voor mij...'

Hij trok een la van een van de archiefkasten open, haalde er een dossier uit en bestudeerde het.

'Ong Sol-joo...' zei hij. Ondersteboven gezien had het voor mevrouw Moon iets weg van een aanklacht met Undines portretfoto van opzij en van voren. Ze droeg haar hoofddoek. 'Ook bekend als *Undine*. Christin. Actief lid van een subversieve, criminele toestand, een huiskerk. Beschuldigd van het verspreiden van opruiende literatuur. Eén dochter, Sun-i, twaalf jaar oud. Ontsnapt aan arrestatie. Nog niet gepakt...' Hij ging weer zitten en sloeg zijn aantekenboek open.

Hij hield zijn pen klaar. Hij keek naar mevrouw Moon. 'Zeg het maar.'

Ze zag een doodsheid in zijn ogen waar ze bang van werd, alsof ze naar haar keken door een aquarium met stilstaand water. Geen spoor van vriendelijkheid te zien.

'Ik ben gekomen om...' De kamer voelde plotseling warm. De woorden die ze had voorbereid, veranderden in haar mond in stenen.

Inspecteur Kim liet zijn pen vallen en masseerde zijn ogen met zijn knokkels. 'Kijk, oma, ik had eigenlijk gedacht dat ik vandaag de berglucht zou inademen en dat mijn rug zou worden gemasseerd door een van die schoonheden bij de warmwaterbronnen. In de praktijk heb ik de hele nacht dienst gehad en momenteel ben ik bezig met een andere oude boer, die zich afvraagt wie hij kan aanklagen voor een paar extra voedselbonnen.' Zijn stem zwol aan. 'Weet jij waar die teef van een dochter is, of niet?'

Mevrouw Moon wierp hem een boze blik toe. In een kamer verderop in de gang gingen telefoons en schakelden telefonisten gesprekken door.

O ja, ze kon zich voorstellen hoe hij Undine in een cel ondervroeg en haar in het gezicht sloeg, die meedogenloze kouwe klootzak met wurgershanden.

Mevrouw Moon hield haar hoofd lichtjes achterover. Haar stem klonk koel.

'Ik kom verzoeken om de vrijlating van Ong Sol-joo.'

Er kwam even wat leven in de dode ogen. Er viel een stilte en daarna sloeg hij zijn aantekenboek dicht. 'Wat is ze van jou?'

'Een goede vriendin en een goed socialiste.'

'Meer niet?' Hij leunde achterover in zijn stoel. Zijn leren riem kraakte. 'Of lijd jij ook aan die godsdienst?'

'Nee, meneer, ik wil instaan voor haar uitstekende karakter en u vragen haar vrij te laten.'

Er lag nu een verveelde geamuseerdheid op zijn lippen. 'En je hebt een vrijlatingsbevel meegebracht dat is ondertekend door kameraad Kim Jong-il zelf, hè? Of je gaat me vertellen dat ze onschuldig is en dat het allemaal een vreselijk misverstand was. Je bent een beetje laat.' Hij legde zijn hand plat op het dossier en lachte met veel geruis. 'Ze heeft bekend. We hoefden haar niet eens de instrumenten te laten zien.'

'Ze zal haar fout goedmaken.'

'Ga toch weg, oud wijf.' Hij pakte het paspoort van mevrouw Moon en gooide het haar toe; het vloog tegen haar borst en viel op de grond. 'Je boft: ik wil erg graag naar huis.'

Haar gewrichten kraakten toen ze bukte om het paspoort op te rapen. Ze zag ineens het portret in de entree voor zich.

'Hebt u ooit de Grote Leider ontmoet, inspecteur?' vroeg ze terwijl ze stijf weer omhoogkwam. 'Ik heb hem ooit meegemaakt. Het was alsof je naar de zon keek.' Inspecteur Kim keek haar onzeker aan. Zonder hem met haar ogen los te laten, zei ze: 'De ochtend dat hij onze boerderij bezocht, kwamen arbeiders van kilometers ver om hem te zien. We zaten als kinderen in het veld, met z'n honderden. En toen hij sprak, voelde ik dat hij alleen tegen mij sprak, alsof hij alles over me wist. Hij had een aura van een enorme...' Ze ademde in toen ze het woord koos. '...waardigheid.' Haar stem klonk vaster. 'Dus verlies niet uit het oog wie u vertegenwoordigt.'

Er glinsterde iets waakzaams in zijn ogen voordat ze weer dood werden. Het was niet verstandig een lofzang op Kim Il-sung te onderbreken.

'Weet u wat mijn leraren op school altijd zeiden?' Mevrouw Moon glimlachte, waar haar hele gezicht rimpels van kreeg. 'Niemand in de geschiedenis overtreft Kim Il-sung. Boeddha niet in vriendelijkheid, Christus niet in liefde, Confucius niet in deugdzaamheid...' Terwijl ze dat zei, bewogen haar handen langzaam in de richting van de geldriem aan de voorkant van haar schort. Maar haar ogen lieten inspecteur Kim niet los. 'Inspecteur, denkt u niet dat een hart zo groot als dat van hem een jonge vrouw haar dwaasheid zou kunnen vergeven?' Ze begon voorzichtig de geldriem open te ritsen. Zijn ogen leken geobsedeerd door de beweging van haar hand. 'U zegt niet dat haar zielige waanideeën onze Revolutie zouden kunnen schaden...'

'Wat ben je aan het doen, oma?'

'Ik laat u zien hoeveel spijt Undine heeft van haar fout. We worden er elke dag aan herinnerd dat de Grote Leider altijd bij ons is. Zou hij met zijn barmhartigheid... haar niet vergeven?'

Ze strekte haar arm uit naar het bureau en opende haar vuist. Zijn ogen gingen wijd open toen de rol bankbiljetten uit haar hand viel. Rode biljetten van honderd yuan met een strak stuk elastiek eromheen. Mao's rode oog en de wrat op zijn kin wiebelden heen en weer voordat de rol tot stilstand kwam. Het was alsof er een licht in het gezicht van inspecteur Kim had geschenen, zijn gelaatstrekken waren plots helder en alert. Hij stond op, stootte zijn stoel bijna omver, liep vijf passen voorbij mevrouw Moon naar de deur en riep de gang in: 'Haal de dienstdoende sergeant voor mij!' Hij keek om naar haar. 'Je had motte komme zolang je de kans had, oud wijf. Nou hejje...'

Met de uitdrukking die hij op zijn gezicht had oogde hij onnozel; simpel zelfs. Uiteindelijk had ze met een mens te maken.

Op het bureau lag een tweede, eendere rol rode yuanbiljetten, waaraan ze een derde had toegevoegd, en nu volgde een vierde. Tot besluit pakte ze een flinke doorzichtige plastic zak met kristalwit poeder – honderden gram bingdu, evenveel waard als al het geld – en legde die ernaast. Zijn ogen schoten van het een naar het ander. Zijn gezicht verslapte, alsof hij niet kon bevatten wat er gebeurde of wie ze was. Langzaam deed hij de deur dicht en op slot, liep terug naar zijn stoel en ging zitten, vlocht zijn dikke vingers op zijn bureau in elkaar, met zijn blik strak op het lokaas van mevrouw Moon. Het leek een hele minuut te duren voordat hij haar aankeek.

21

O Street
Georgetown
Washington DC

De dag voor Thanksgiving stond Jenna vroeg op om te joggen, hoewel ze de avond tevoren laat was thuisgekomen uit New York. Tijdens de warming-up op het jaagpad langs het kanaal in de vroege ochtendschemer was ze vastbesloten kolonel Cho Sang-ho uit haar hoofd te zetten, net als eerste secretaris Ma en die hele verdomde avond.

Als ze op haar instinct afging, zei ze tegen zichzelf, dan wist ze dat het verhaal van mevrouw Ishido waar was; wat Cho haar had verteld, was niet waar. Cho was een functionaris, een gezicht van een propagandaposter, een hielenlikker die het scenario van het regime volgde. Tergend arrogant, hoewel hij waarschijnlijk niet in de positie verkeerde om iets over Soo-min te weten. Ze was er zo op gebrand hem te vergeten, besefte ze, dat ze niet kon stoppen met aan hem te denken. Ze ontwikkelde een echte sprint door langere passen te maken, en putte voldoening uit haar kracht, de puur fysieke kracht die haar training haar bezorgde. Ze had zich nog nooit zo fit gevoeld. Nu wilde ze op volle kracht vooruit, ze zette haar lichaam aan tot topsnelheid – maar haar telefoon ging. Ze vertraagde en kwam tot stilstand. Hevig hijgend maakte ze hem los van haar arm, fronste naar het schermpje en had ineens een noodlottig voorgevoel. Het nummer begon met 0082. Zuid-Korea.

Het duurde even voordat ze begreep waar de verre stem aan de andere kant over sprak. Hij belde namens de Zuid-Koreaanse Nationale Inlichtingendienst in Seoul, zei hij. Hij belde over haar verzoek aan het ministerie van Justitie om te mogen spreken met één specifieke gedetineerde van categorie A, genaamd Sin Gwang-su, die gevangen werd gehouden in de zwaarbewaakte Pohanggevangenis.

Jenna stond roerloos. In de vijf weken na het begin van haar training was dat verzoek rechtstreeks naar haar achterhoofd verdwenen. Ze had het meer dan een maand geleden verstuurd, kort nadat ze mevrouw Ishido in Genève had ontmoet.

Hij vroeg: 'Weet u wie deze gevangene is?'

Een gevangen Noord-Koreaanse commando die in eenzame opsluiting zit. 'Ja, dat weet ik.'

Een lange stilte aan de andere kant. Ze probeerde te bedenken hoe laat het daar was. Laat in de avond. 'Ik vrees dat we dit verzoek niet kunnen inwilligen tenzij er een zeer dwingende reden is... Mag ik u vragen waar uw belangstelling voor deze gevangene op berust?'

Jenna keek naar het trage zwarte kanaalwater en zag de reflectie van Soo-min.

'Ik meen te weten dat hij mijn zus heeft ontvoerd.'

Het telefoongesprek eindigde ermee dat hij beloofde de zaak hogerop aan te kaarten. Hij klonk aarzelend en vrijblijvend. Ze ging op een bankje zitten en liet haar gezicht in haar handen vallen. Die klap had ze vandaag kunnen missen.

's Avonds was het zacht, helder herfstweer. Jenna ging naar bed, en toen ze op de ochtend van Thanksgiving wakker werd, was het winter. Er lag rijp op de bladeren van haar esdoorn; de grond was keihard en glinsterde. Achter het keukenraam zat Cat op de tuinmuur naar haar te kijken en geeuwde met een bek vol naalden. Stemmen op de radio snaterden en schaterden over het koufront dat over Virginia trok. Er was sneeuw op komst.

Ze maakte koffie, zette haar laptop aan en zag boven in haar inbox een e-mail van de Zuid-Koreaanse Penitentiaire Dienst. Haar hart begon snel te kloppen.

Haar telefoontje met de zwaarbewaakte Pohanggevangenis was geregeld voor de volgende dag één uur 's middags. Het zou automatisch na vijftien minuten worden beëindigd, of onmiddellijk als een van de onderstaande regels werd overtreden. Toen volgde er een lijst met onderwerpen die ze niet mocht bespreken met een gevangene van categorie A, waaronder explosieven en alles van onzedelijke en seksueel expliciete aard.

Morgen één uur 's middags in Zuid-Korea... *dat was in Washington vanavond twaalf uur.*

Plotseling werd ze overvallen door een vreselijke angst bij de gedachte met wie ze zou spreken. Er spoelden zulke golven van duizeligheid over haar heen dat ze roerloos bleef zitten en een paar minuten langzaam ademde totdat het voorbij was.

Ze had al tegen Thanksgiving opgezien. Na weken in de gesloten wereld van de Farm zag ze uitermate op tegen de spanning van een familiefeestje. Nu voelde het als een zware beproeving. Ze keek naar Cat, die haar nog steeds vanaf de tuinmuur observeerde. Hoe moest ze de dag doorkomen?

Het flatje was gevuld met de geur van gebraden kalkoen. In de kamer ernaast klonk het gejuich en het gehoempapa van de parade op tv, met daarbovenuit haar moeders korte lachjes, gevolgd door de fluwelen bas van haar oom en klinkende glazen.

Uit de oven kwam zacht gesis. Jenna droogde haar handen af en herlas de instructies voor de jus. De praktische bezigheden hadden haar in de praktijk gekalmeerd, haar methodische geest genezen, haar denkruimte gegeven, en ze besefte dat ze uiteindelijk blij was met de afleiding van gezelschap. Naarmate de ochtend vorderde lukte het haar al bedruipend, vullend, hakkend en stampend afstand te nemen van gedachten over het telefoontje van later die avond, en van de paniek die haar had overvallen was nu niet meer dan een dun laagje bezorgdheid over.

De vrolijke conversatie van verse jongemannenstemmen klonk in de tuin: haar neven die terugkwamen van hun kalkoenenloop. Hun zwarte kroeshaar dampte. De twee tienerzoons van Cedric en Maya kwamen binnen met in hun kielzog ijskoude lucht en een vleugje mannenzweet. 'Hoi, tante Han.' Hete borden werden op tafel gezet. Oom Cedric ontkurkte de wijn en de jongens gingen op hun plaats zitten en praatten door elkaar en door het zoemen van het vleesmes heen. 'Er liep één kerel die was verkleed als kolonel Sanders. Hij had een rubberen kip onder zijn arm...'

'Zijn we er allemaal?' vroeg Han in het Koreaans, en ze gluurde door het raam. 'Ik dacht dat ik een auto hoorde.' Ze was naar de kapper geweest, zag Jenna, en droeg behalve een nieuwe, knalrode blouse met bijpassende lippenstift een dosis goud en parelmoer waarmee ze op een uitbundige kerstversiering leek. Het was op een pathetische manier duidelijk dat ze had gehoopt dat Jenna optrad als gastvrouw om hen te kunnen verrassen met een man die ze aan hen wilde voorstellen.

'We zijn er allemaal, omma, en we spreken vandaag Engels.'

Nadat Han hun was voorgegaan in gebed, wensten ze elkaar een gelukkige Thanksgiving. Oom Cedric vroeg Jenna naar nieuws in haar leven; een verkapte manier, vermoedde ze, om te vragen naar een vriend. Tante Maya vroeg naar haar nieuwe baan.

'Ik eh... werk voor de overheid.'

'Klinkt geheimzinnig en spannend.'

Het is ook spannend. Even glimlachte Jenna. Haar rapport over het geheime laboratorium had zelfs het dagelijkse nieuwsresumé van de president bereikt, het eerste wat hij 's morgens bij zijn koffie had gelezen. Toen dacht ze terug aan haar ontmoeting met eerste secretaris Ma, wiens lot ze bijna zeker had bezegeld, en de keiharde wereld van de Farm, en haar glimlach trok weg.

De jongens aten hun taart kijkend naar de sportwedstrijd op televisie en Jenna drong er bij iedereen op aan om te ontspannen terwijl zij de boel opruimde. Ze was bezig de vaatwasser te vullen toen ze achter zich de keukendeur hoorde dichtklikken. Leunend tegen de dichte deur keek Han haar aan.

Onheilspellend kalm vroeg ze: 'Wat is er mis?'

Met haar blikkerende sieraden en haar gezicht gedeeltelijk in de schaduw zag ze er melodramatisch uit.

'Er is niets mis.' Jenna begon de gootsteen schoon te vegen. 'Het is een prachtige dag geweest.'

'Je hebt flink wat wijn gedronken, dat is niks voor jou, en je bent ver weg. Het lijkt of we praten met iemand die er niet is.'

‘Gewoon een beetje moe,’ zei ze geïrriteerd. Haar moeders zesde zintuig werd met de jaren scherper.

Han schudde ruw en kort haar hoofd. ‘Dit heeft iets te maken met Soo-min.’

‘Nee hoor.’ Jenna probeerde niet weg te kijken, maar haar gezicht sprak boekdelen en ze zag aan haar moeders uitdrukking wat zij zag.

‘Ik heb gelijk.’ Han bleef roerloos staan. Haar stem was een onweer ver boven de oceaan. ‘Waarom kun je de ziel van je zus niet in vrede laten rusten?’

‘Omma,’ zei Jenna, wetend dat ze een gemene opmerking maakte. ‘We hebben allemaal dat verdrinkingsverhaal geloofd, maar ik kom momenteel steeds dichter bij de waarheid.’

Eventjes vlamden Hans ogen boos op, toen werden ze groot door tranen.

‘Wacht, hier.’ Jenna scheurde een stuk keukenpapier af, droogde de ogen van haar moeder en hield haar kleine, mollige gestalte vast, haar moeder, wier tranen roken naar fresia’s en gemberlelies. ‘Het spijt me.’ En toen begon ze zelf te huilen.

Later, toen er grote, stille sneeuwvlokken begonnen te vallen, Cat ergens door het donker sloop en het stil en schemerig was in het appartement, zat Jenna roerloos op de bank en keek naar de telefoon, die op de salontafel lag.

De klok in de woonkamer tikte meedogenloos naar middernacht. Middernacht in Washington. Eén uur morgenmiddag in Zuid-Korea. Nog een minuut te gaan. De lichten in haar appartement waren uit, maar in de woonkamer hing een diffuse gloed van sneeuw weerkaatst in straatlantaarnlicht. De vlokken dwarrelden en wervelden, vormden een bergje in haar tuin, dat haar angst leek te temperen en te verzachten, waarna ze koel en bijna met haatgevoelens afwachtte.

De minutenwijzer bereikte middernacht. Haast als een robot pakte ze de telefoon en belde. Het briefje waar ze het nummer op had geschreven lag naast haar en net wilde ze het intoetsen toen ze opsprong vanwege een lang piepgeluid. Het kwam uit haar laptop achter haar. Ze stond op en keek ernaar alsof er op haar bureau iets bovennatuurlijks gebeurde.

Bellen met Skype?

Toen herinnerde ze zich dat ze weken geleden op het aanvraagverzoek aan de Zuid-Koreanen haar Skype-adres had ingevoerd.

Het signaal klonk twee keer, drie keer. Ze ging aan het bureau zitten en maakte contact.

Een kakofonie van ruis en ander geluid, van pratende mannenstemmen, toen verscheen er een gezicht, te dicht bij het scherm. Het kaalgeschoren hoofd zag er onbehouwen uit in het grijsgele licht. Een tel later maakte haar eigen camera verbinding en zagen ze elkaar. Ogen met een primitieve directheid. De mond grijnsde, waarbij hoektanden bloot kwamen. Achter hem zag ze een cipier, in gesprek met een andere, die buiten beeld bleef.

'Wie ben je?' vroeg het gezicht heel dichtbij, zijn mond vulde het hele scherm. Geweld vonkte van hem af als statische elektriciteit. 'Wat wil je van me?' Hij sprak met het sterke accent van het Noorden.

Jenna had een droge keel gekregen. Ze deed haar mond open, maar haar woorden waren ervandoor.

'Je hoeft je niet in het donker te verstoppen,' zei hij. 'Doe een lampje aan daar.'

Langzaam stak Jenna haar hand uit, draaide haar bureaulamp aan en hield hem schuin zodat haar gezicht duidelijk werd verlicht.

Ze zag hoe hij even naar haar tuurde en toen ten prooi viel aan verwarring, alsof er een bizarre vergissing had plaatsgevonden; in zijn ogen flitste de herkenning.

Jenna knikte en voelde hoe haar nagels diep in de stoelzitting groeven.

'Zie je me nu?'

22

Station van Hyesan
Provincie Ryanggang, Noord-Korea

Een van Kyu's kotchebi's kwam aanlopen met de anemonen die mevrouw Moon had besteld. Ze schikte ze in een bierflesje en zette ze midden op een tafeltje waar de klanten omheen zaten, en deed toen een stap achteruit om ze te bewonderen. De felroze bloemen met knaloranje meeldraden zorgden voor een explosie van kleur.

Kyu, die boven op de rijstzakken zat toe te kijken, hield zijn hoofd achterover om een ontspannen wolkje witte rook uit te blazen. In een ver dal floot een trein, het geluid van een begrafenisboot. Halfweg de middag, en het werd alweer donker.

Door het omkopen van de Bowibu was de coöperatie blut. De vrouwen hadden nog weinig geld over, wat het leven een tijdje onzeker zou maken, en toch hing er een warme, luimige sfeer op de markt. De verkoopsters vertelden verhalen waarmee ze elkaar de slappe lach bezorgden. Ze maakten grappen over hun man zoals alleen vrouwen samen dat konden doen. Later zou Kyu Sun-i uit haar schuilplaats in de bottelarij halen. Ze zouden Undine die avond terugkrijgen. De bloemen waren voor haar.

Undine werd gevangengehouden in een Bowibu-gevangenenkamp buiten Hyesan. Kyu's gezicht was betrokken toen mevrouw Moon hem dat vertelde.

'Daar droppen ze gesnapte vluchtelingen naar China,' zei hij. 'Een week in dat kamp... en niemand kan meer vluchten.'

Toen het nieuws over Undines naderende vrijlating zich verspreidde, waren mensen begonnen mevrouw Moon duidelijk met respect te groeten. Overal waren geruchten. Eén ervan meldde dat een marktkoopvrouw gunsten had ingeroepen van machtige mannen in Pyongyang; een ander dat die vrouw verwanten had in Japan die miljonair waren, of banden met Chinese triades waar zelfs de Bowibu beducht voor was. Tot haar grote verbazing besefte ze dat zij die geruchten in gang had gezet.

De rest van de dag was het zo waanzinnig druk bij Moons Koreaanse Barbecue dat ze geen tijd had aan iets anders te denken dan koken en opdienen. Door het werk kon ze niet elke minuut op de stationsklok kijken en een blik in het rond werpen op zoek naar Undines gezicht. Er kwam een vlijmende oostenwind op uit de bergen bij Changbai. Haar kniegewrichten waren ontstoken en haar vingers werden stijf, maar zoals altijd sloeg ze Kyu's aanbod van de bingdupijp af.

Toen Oma Whiskey, wier gezicht een gele knop met sjaals eromheen was, meldde dat ze bijna geen gas meer hadden voor de brander, zei mevrouw Moon tegen Kyu dat ze aan de andere kant van de stad een gasfles ging kopen; ze bond haar draagstel op haar rug.

'Als Undine komt, zet je haar maar naast het komfoor en geef haar te eten.'

Toen ze de markt verliet, wierp mevrouw Moon weer een blik op de stationsklok.

23

O Street
Georgetown
Washington DC

Jenna zag hoe de verwarring op het gezicht van de man omsloeg in ongeloof. Hij keek schielijk over zijn schouder naar de twee bewakers die achter hem zaten te praten, zette toen haastig een koptelefoon op en plugde hem in.

Hij zei: 'Maar... je belt vanuit Amerika.'

'Ja.'

'Hoe?'

Ze deed haar uiterste best om er rustig uit te zien. Haar hart klopte in haar keel.

'Daar kan ik niet over praten. Dat begrijp je.'

Hij deed zijn ogen dicht en knikte. 'Ik begrijp het.'

Zijn arrogantie was verdwenen en Jenna zag dat hij ouder was dan hij eerst had geleken. Door zijn agressieve gelaatstrekken had het enkele ogenblikken geduurd voordat het besef doordrong dat hij minstens zestig was.

Er viel een stilte. Ze voelde opnieuw paniek, haar geest tastte rond op zoek naar iets om te zeggen zonder zich te verraden. Terwijl zijn kleine ogen haar aankeken, herinnerde ze zich een truc van een journalist. *Zeg niks. Laat hem de stiltes opvullen.*

'Vergeef me,' zei hij, en hij dwong zichzelf tot een nerveuze glimlach, 'ik ben een ruwe bonk. Ik dacht dat je weer zo'n journalist was die kwam rondneuzen...' De Skype-verbinding viel een paar seconden uit. '...als ik had geweten dat jij het was...' Hij boog zijn hoofd, zodat ze de bovenkant van zijn kabouterschedel zag. Jenna's gedachten waren aan het malen, maar ze bleef zwijgen. Ze had geen idee waar het gesprek heen ging. Hij legde zijn vuist op zijn borst. 'Ik ben trouw tot in de dood...' De verbinding viel weer uit en zijn gezicht bevroor op het scherm in een uitdagende grimas. '...wil dat je dat weet. Die klootzakken hier wilden een deal met me sluiten,' zei hij luid en met zijn hoofd achterover zodat de bewakers achter hem het konden horen. 'Ik heb ze níks verteld.'

Jenna schudde haar hoofd, begon in haar rol te komen. Het verbaasde haar hoeveel kracht ze putte uit de truc die ze uithaalde. 'Als je iets hebt verraden... Denk maar niet dat je in de gevangenis onbereikbaar bent.' Zijn ogen keken boos en met gefnuikte trots. Deze man was niet bang voor de dood, zag ze. Ze sloeg nu onbeheerst aan het improviseren. 'Ik ben al heel lang benieuwd naar je, Sin Gwangsu.'

'Naar mij?'

De verbinding viel weg. Weer verstarde zijn gezicht, ditmaal in een verbaasde blik. Het duurde nu langer voordat de verbinding terug was, een seconde of vijf, en Jenna's hart begon sneller te bonken.

Ze zei: 'Ik ben je dank verschuldigd. Voor wat je deed toen je me van dat strand plukte. Dankzij jou heb ik een doel, ben ik trots.' Ze benadrukte de woorden in de hoop ze een betekenis te geven die ze niet hadden. 'Je lijkt verrast.'

Hij schudde vol bewondering zijn hoofd. 'Je... verzette je zo hevig tegen onze lessen. Je wilde geen bevelen opvolgen. Ik... vergeef me. Vergeef me alsjeblieft. Ik weet dat er verschillen tussen ons waren.' Hij liet opnieuw vol respect zijn hoofd hangen. 'Ik ben alleen erg onder de indruk. Het is niet altijd makkelijk om iemand met de Waarheid te veranderen.'

Jenna voelde adrenaline door zich heen stromen. Ze zag ineens hoe het verder moest. 'Dus... je wist niet dat ik weg was uit die... afdeling?'

'Ik wist dat je was overgebracht naar Afdeling 915.'

De receptoren in haar hersenen vonkten. Het kostte enorm veel moeite om haar opwinding te verbergen. Ze slaagde erin haar hoofd zachtjes te schudden, alsof ze terugdacht. 'Afdeling 915...'

Hij lachte zenuwachtig. '...het Zaaddrachtprogramma was geen project dat een kerel als ik ooit te zien kreeg, dat begrijp je.'

'Wij meisjes van 915 zijn een exclusieve groep...'

'Jullie verdienen je voorrechten.'

De verbinding viel opnieuw weg; het beeld bevroor weer een paar seconden; er stond nu ontzag op het gezicht van Sin Gwang-su te lezen. De verbinding kwam terug. '...heeft hij veel goeds voor je gedaan,' prevelde hij plechtig. Ze voelde nu dat ze begon te beven en wist dat ze zich geen seconde langer kon beheersen. Hij zei: 'Hij maakte van jou een van de...'

De verbinding verdween en het scherm werd donker. Ze wachtte even en voelde hoe ze transpireerde alsof ze een eind had gerend, maar de verbinding kwam niet terug.

Ze klapte de laptop dicht. Plots vloog ze van haar stoel en greep naar haar hoofd.

Al haar gedachten schoten door en uit elkaar, als een in de lucht geworpen kaartspel. Ze gooide de tuindeuren open en holde naar buiten, ze snakte ernaar haar gloeiende brein te laten afkoelen in ijskoude lucht. Ze draaide haar gezicht omhoog en ademde in. Sneeuwvlokken smolten ijskoud op haar gezicht. Hoe kon een mens zulke extreem verschillende emoties tegelijk ervaren? Ze had nog nooit zoveel afschuw en opwinding gevoeld, zoveel hoop en wanhoop.

Wat is in godsnaam het Zaaddrachtprogramma?

In de verte, in huis, rinkelde haar telefoon. Ze reageerde niet. Maar toen ze hem even later weer hoorde, holde ze erheen.

Fisk zei: 'Ik kom je morgen om zeven uur halen.'

'Waar ga ik naartoe?'

'De directeur van de CIA wil ons spreken.'

24

Vliegveld Hyesan
Provincie Ryanggang, Noord-Korea

Laat in de middag kwam mevrouw Moon aan bij het depot aan de andere kant van de stad. Haar contactpersoon rolde meestal de gasfles naar buiten als zijn baas niet keek en dan liet ze het geld in zijn zak glijden, maar om de een of andere reden was er nu niemand. Toen viel haar oog op een lichtstraal uit een schijnwerper, die over de wolken streek van ergens achter het depot – het vliegveld.

Het verre, ruisende geluid dat ze hoorde leek dat van de rivier nadat het in de bergen heeft geregend, totdat ze zich herinnerde dat de rivier vrij ver weg was. Ze draaide zich om en tuurde de weg af die door het donker terugleidde naar de stad en besefte toen dat het geluid het gemompel en gefluister van een grote menigte was. Het ebde weg en zwol weer aan – en toen zag ze het: er naderde een schimmige massa mensen, geëscorteerd door soldaten. Toen ze dichterbij kwamen, kon ze verschillende groepen onderscheiden: fabrieksarbeiders in indigoblauwe overalls, bouwploegen met helmen op, stadsambtenaren in maopak en geüniformeerde socialistische jeugd. Piepkleine zwarte kotchebi's schoten vooruit en renden alle kanten op. Ze trok haar geldriem strak aan en zorgde ervoor dat hij dichtgeritst en onzichtbaar was.

Wat was er aan de hand? Minutenlang liep de enorme menigte voor haar langs. Moeders met kinderen, marktkooplui, spoorwegarbeiders. Toen ontdekte ze mevrouw Lee in de menigte, en Oma Whiskey – en Kyu! Wie lette er op de kantine?

Een groep elegante vrouwen gleed langs, in hun lange chima jeogori-jurken, gastvrouwen uit het restaurant van een partijkader, die over de weg werden voortgeduwd, met bepoederde gezichten zo stijf als maskers.

Voor ze het wist richtte een soldaat een zaklantaarn op haar en gebaarde ongeduldig dat ze zich bij de menigte moest voegen. Daarna werd ze met alle anderen voortgedreven in een gedrang van lichamen dat elke minuut dichter werd. Het ging richting vliegveld. Ze hoorde mompelen, vloeken, schelden. Het leek of de soldaten iedereen die ze op straat hadden aangetroffen, bij elkaar hadden gejaagd en al het personeel uit fabrieken, winkels en kantoren hadden meegenomen.

Een jonge soldaat gebaarde zwaaiend met zijn geweerkolf om door te lopen. 'Wat gebeurt er?' vroeg ze.

'Een volkstribunaal.'

Een paar honderd meter verderop zag ze tussen de hoofden van de mensenmassa door het luchthavengebouw, één verdieping hoog, met een stompe toren en een lachend portret van de Grote Leider, en de landingsbaan met oude propellervliegtuigen erlangs. Midden op de landingsbaan stond een donkergroene legerjeep, waarop twee enorme schijnwerpers waren gemonteerd. De massa ging langzamer lopen en veranderde in een onbeweeglijke meute want een politiekordon wenkte dat iedereen zich langs de landingsbaan moest verspreiden. De mensenstroom hield aan, ze waren met duizenden, zodat de drom toeschouwers langs de landingsbaan tientallen rijen dik was. Heel Hyesan was opgetrommeld. De kleinste kinderen – jonge pioniers met rode halsdoeken en haveloze kotchebi – wurmden zich naar voren om een mooi plekje te vinden.

De nacht viel als een aswolk. Het enige licht kwam van de schijnwerpers op de jeep en een kleine elektrische lamp boven het portret van de Grote Leider. Er heerste een vreemde, lugubere opwinding in de menigte: nervositeit en angst in combinatie met gespannen verwachtingen over iets gruwelijks, alsof er elk moment een optreden van start kon gaan. Toen begonnen er in het donker aan de rechterkant, aan het eind van de landingsbaan, twee oranje koplampen te branden. De truck moest daar al hebben staan wachten, want nu naderde hij langzaam, in een lage versnelling. Toen hij dichter bij het licht kwam, waren achterin gehelmde bewakers met machinepistolen te zien, maar om door de houten latten een glimp op te vangen van de gevangenen was het te donker. Toen de wielen door een gleuf in het beton stuiterden, klonk er in de laadbak gerinkel van kettingen. De truck kwam tot stilstand in de geconcentreerde lichtstraal van de twee schijnwerpers.

De achterklep viel open en de bewakers sprongen eruit. Ze spurtten naar het luchthavengebouw en kwamen erachter vandaan met een lang, zwaar houten platform. Geschrokken hield de hele menigte als één man de adem in, wat klonk als de adem van een sterk beest. Op het platform waren acht staken gemonteerd, ongeveer manshoog en op gelijke afstand van elkaar. De bewakers plaatsten het loodrecht op de landingsbaan, links van de menigte en tegenover de vrachtwagen.

De eerste gevangene werd uit de truck gehaald; het was een jongen van onder de twintig, die zichzelf had bevuild. Hij had kettingen om zijn enkels en een vieze blinddoek voor. Hij kermde zachtjes. Een paar mensen joelden, maar de meeste aanwezigen bleven zwijgen en velen keken een andere kant op, zag mevrouw Moon. Hij werd gevolgd door een vrouw van ongeveer haar leeftijd, misschien een fabrieksarbeidster, en een jonge man en vrouw in kleren van goede kwaliteit; mevrouw Moon vermoedde dat ze een echtpaar vormden. Op de wangen van de echtgenoot lagen tranensporen, maar het gezicht van de vrouw was blauw van de angst, voor zover mevrouw Moon kon zien. Om de een of andere reden vond ze het schokkend dat ze hun eigen kleding droegen en geen gevangenisuniformen. Na hen kwam een slanke jonge vrouw met een hoofddoek om en een jonge soldaat bij wie de onderscheidingstekens en strepen van zijn uniform waren gescheurd.

Ze werden in een rij naar het houten platform geleid, waarbij hun kettingen over het beton sleepten. De laatste twee gevangenen waren jongemannen met gescheurde kleren; zelfs ondanks de blinddoeken was te zien dat hun gezichten zwart en opgezwollen waren door mishandeling. Een van hen struikelde en viel; hij werd opgetild en gedragen door twee bewakers. De kettingen en zijn tenen sleepten over het beton.

Op het platform werden het hoofd, de borst en het middel van alle gevangenen aan een staak vastgebonden en daarna hun handen achter hun rug geboeid. De hele operatie werd snel bij alle acht tegelijk uitgevoerd. Vervolgens gingen de bewakers voor de gevangenen staan en duwden iets in hun gezicht: een soort metalen beugel, die de mond wijd openhield, waardoor het spreken volledig werd belet. De stralen van de schijnwerpers zwaaiden nu volop naar het platform en overgoten een gruwelijk tafereel met verblindend licht. Acht veroordeelden, als karkassen aan houten staken vastgebonden, met hun mond als een grotesk gat in hun gezicht.

In de felle lampen stak het geel van de hoofddoek van de jonge vrouw af als een stralende zonnebloem, en mevrouw Moon voelde haar ingewanden bevriezen.

Zonder te denken bij wat ze deed, drong ze door de menigte heen, zocht zich duwend, stotend en knijpend een weg naar voren. Ze had maar één gedachte: er was een vreselijke vergissing gemaakt en die moest ze rechtzetten voordat het te laat was. Algauw stond ze op een armlengte van de voorkant van de menigte en werd haar de weg versperd door twee soldaten die met hun ruggen een ondoordringbare muur van kaki en leer vormden. Ze stootte haar schouder tussen hen in, waardoor ze tegen de mensen aan weerskanten botsten. Om haar heen werd geschreeuwd. 'Kijk uit, stom mens.' Iemand greep haar elleboog vast, maar ze worstelde zich vrij. Eindelijk stond ze aan de rand van de landingsbaan, waar de pioniertjes en de kotchebi in kleermakerszit zaten. Die keken om en wilden zien wat er aan de hand was; vlak voor haar stond een van hen op en hield haar tegen met zijn hand. Het was Kyu. Zijn sjamaanogen brandden in de hare. 'We kunnen niets doen,' fluisterde hij.

Mevrouw Moon keek vol afschuw van Kyu naar het platform. 'Och, Sun-i...' fluisterde ze.

Undines gezicht stond uitdrukkingsloos; haar huid was roomkleurig, met één paarsrode vlek op haar wang. Precies tegelijk trokken bewakers die achter de gevangenen stonden bij ieder de blinddoek af, alsof ze het hadden gerepeteerd. Verblind door het felle licht knipperden de gevangenen met hun ogen. Wat er toen gebeurde was doelbewust theatraal, wist mevrouw Moon: de kleine elektrische lamp die het portret van de Grote Leider verlichtte ging uit, waarna de hele menigte geschrokken de adem inhield. Gods gezicht was versluierd en de duisternis achter de schijnwerpers was totaal.

Ze was zo afgeleid door het platform dat ze niet had gezien dat er een aantal rechters in zwarte toga's op een rij tegenover de menigte stonden. Vóór hen werd een microfoon neergezet en een woordvoerder van de Partij in een effen bruine tuniek stapte erheen. Hij bleef roerloos wachten totdat de menigte stilstond en zweeg. Langzaam begon hij de namen van de veroordeelden op te lezen; zijn stem kwam metalig uit het geluidssysteem dat op de jeep was gemonteerd.

'...Deze mannen en vrouwen hier voor u zijn beschuldigd van het smeden van een antisocialistische, criminele groepering; van het verspreiden van opruiende literatuur; en van verraad van de eerste categorie. Ze hebben een volledige bekentenis afgelegd van hun misdaden...'

Hij wees naar het platform, maar zijn blik bleef op de menigte gericht. Hij was een kleine man, die er hardvochtig uitzag, en had een brede, dunne mondspleet en een raspende stem.

'Deze beklaagden, deze misdadigers, zijn corrupt en ziek van geest; ze hebben samengezworen om onze Revolutie te ondermijnen met hun verderfelijke godsdienstoefeningen...'

Er klonken een paar woedende kreten in de menigte.

'Ze hebben alleen aan zichzelf gedacht en samengespannen om onnoemelijk veel gif te verspreiden onder jullie, het glorieuze, pure volk van Kim Il-sung...'

Op het platform begonnen de ogen van de tienerjongen door hun kassen te rollen. Er kwam kwijl uit zijn wijd open mond, alsof hij een aanval kreeg.

'Ze hebben zijn wijze lessen en zijn liefde de rug toegekeerd...' De spreker schudde bedroefd zijn hoofd. 'Ze hebben gezwolgen in hun egoïsme, hun ondankbaarheid!'

De menigte reageerde op de rauwe energie in de stem, leek als één organisme in beweging te komen. Mevrouw Moon voelde hoe de stemming omsloeg, alsof de lucht betrok.

'Ze zijn besmet door de buitenlandse ziekte van hun geloof...' De stem van de redenaar ging langzamerhand omhoog. '...een geloof dat zo weinig past bij onze manier van leven dat niet één van hen – niet één, burgers! – het gezwel van hun religie heeft afgezworen toen hun de welwillende genade van Kim Il-sung werd aangeboden!'

Er klonk een golf van onheilspellend gemurmel, de woede in de menigte groeide. Achterin riep iemand: 'Schiet ze dood als honden!'

'Deze mannen en vrouwen kunnen niet heropgevoed worden. Ze zijn niet te redden.' Hij spreidde zijn armen uit. 'Kameraden! Broeders en zusters! Als we een gezwel in een lichaam vinden, snijden we het dan niet weg?'

Het gemompel werd luider, en de kinderen vooraan begonnen fanatiek te klappen.

'Grijpen we niet resoluut in, zonder aarzeling, voordat het zich verspreidt?'

'Ja, ja, ja!' klonken de spreekkoren.

'Grijpen we niet in op de enige manier die we kennen, de Koreaanse manier, met Koreaanse snelheid?'

'Doodschieten! Doodschieten!'

De spreker hief zijn handen, met het gezicht van iemand die in ernst zijn plicht doet.

'Jullie zijn het volk, jullie eisen gerechtigheid, hoor ik. De Partij voert de wil uit van de massa's omdat de Partij en de massa's één zijn.'

Van alle kanten zwol het applaus aan.

'In de naam van de Partij luidt het vonnis: executie door het vuurpeloton!'

Er werd oorverdovend gejuicht en mevrouw Moon voelde zich misselijk worden. De menigte was ten prooi aan extatische wraakzucht. En daarna, wist mevrouw Moon, zou niemand de blaffende beesten herkennen die ze voor korte tijd waren geworden.

Een vuurpeloton van drie soldaten stelde zich routineus op voor de eerste gevangene, de tienerjongen; de geweren werden geheven. Er kwam een gegorgel uit de opening in zijn gezicht. Hij speurde de mensenmassa af met in zijn ogen een naakte, dierlijke angst.

Het stotteren van schoten – *pang-pang-pang* – echode tegen het luchthavengebouw, en ontlokte weer luid applaus. Er voeren schokken door het lichaam van de jongen heen.

Ergens huilde een kind. Kinderen verstopten zich in de plooien van de kleren van hun ouders. Maar de gezichten van de kotchebi, die op het beton zaten, waren gretig, gefascineerd; ze dronken elk detail in.

Kyu zei: 'Kom, ajumma, ik zal u wegbrengen.'

Maar mevrouw Moon zou niet van haar plaats komen. Ze zou niet naar de volgende executie kijken, en ook niet naar de daaropvolgende. Aan de rand van haar gezichtsveld was ze zich bewust van de krachtige lichtstraal die van de ene gevangene naar de andere schoof naarmate het vuurpeloton vorderde. Maar ze dwong haar ogen open te blijven om Undine te zien, keek moedig naar haar en zond een straal liefde naar haar uit. En tot haar verbazing stonden Undines ogen in de felle lichtstraal kalm, ze gaven geen blijk van angst, zelfs niet met dat obscene apparaat in haar mond. Haar ademhaling, witte damp in de koude lucht, was regelmatig.

Naderhand wist mevrouw Moon dat ze het zich had ingebeeld, maar als het mogelijk was woorden in iemands ogen te lezen, dacht ze dat ze Undine begreep. En hoewel ze tientallen jaren niet aan die woorden had gedacht, kende ze die nog steeds.

Zelfs al ga ik door een dal van diepe duisternis, ik vrees geen kwaad...

Het vuurpeloton liep naar Undine, stelde zich op en er kwam een diepe vrede in de ogen van de jonge vrouw.

...U nodigt mij aan tafel voor het oog van de vijand, u zalft mijn hoofd met olie, mijn beker vloeit over.

Ze keek terug naar de soldaten, beantwoordde hun blik.

Geluk en genade volgen mij alle dagen van mijn leven...

Er klonk een bevel; de geweren werden gericht.

...en ik keer terug naar het huis van de HEER, tot in lengte van da...

Schoten klonken in de heldere nachtlucht, en de knieën van mevrouw Moon begaven het.

25

De 'Verboden Stad', wooncomplex van de Arbeiderspartij-elite Joong-gu-wijk Pyongyang, Noord-Korea

Op 25 november, vroeg in de avond, kwam Cho thuis. Hij was maar vijf dagen weg geweest, maar het voelde veel langer. Toen hij de deur van het slot deed bleek het in zijn appartement stil en donker. *Vreemd*, dacht hij; hij deed zijn schoenen uit en droeg zijn bagage de gang in. In zijn oren klonk nog steeds het 'Lied van Generaal Kim Jong-il' na, zoals het gespeeld was door de kapel onder aan de vliegtuigtrap. Toen hij door het welkomstcomité werd gevraagd enkele woorden te spreken, verheerlijkte hij de inspirerende leiding van de Voorman van alle socialistische volken en liet zich fotograferen. Ondanks de heldenontvangst kon hij de oude angst niet van zich afzetten dat hij zijn appartement leeg zou aantreffen; dat voelde hij altijd als hij thuiskwam. Onderweg naar de woonkamer rook hij een mengeling van kookgeuren. Toen hoorde hij in het donker geruis en drukte op de lichtschakelaar aan de muur.

De lichten gingen aan en er werd hard geklapt.

Zijn vrouw, zoon en ouders stonden samen voor de gelakte kast. Ook waren er een paar buren die aan dezelfde binnenplaats woonden – twee leden van het Centraal Comité en hun echtgenotes. Allemaal lachten ze als kinderen om de grap en klapten in hun handen. Op een spandoek dat aan de kast was bevestigd, stond: WELKOM THUIS APPA! in het kinderlijke handschrift van zijn zoon. Boekie stapte pedant naar voren en bracht de pioniersgroet. Cho knielde neer voor een knuffel en kon zijn gezicht eventjes begraven in de omhelzing van zijn zoon, de warme deeggeur van zijn huid inademen. Zo hoefde hij de kamer nog niet in te kijken. Cho's vrouw en zijn moeder stonden aan weerszijden van hem, met gezichten die straalden van trots, ze probeerden hem te omhelzen en meteen vragen te stellen.

'Appa, hoe zagen ze eruit?' vroeg Boekie.

'De yankees?' Cho nam zijn officierspet af en zette hem op het hoofd van de jongen. 'Net als in de films.'

'Stonken ze ook?'

Cho's vader met zijn witte haar kwam op hem toe geschuifeld. 'Hoe kon je je veilig voelen op zo'n plek? We waren bezorgd, reken maar.'

In Cho's hart krioelden de emoties dooreen. Tijdens de lange vlucht vanuit New York was het onmogelijk geweest te slapen, hoe kort ook. Dertien uur lang was de ene sombere gedachte op de andere gevolgd. Tijdens de laatste etappe, van Beijing naar Pyongyang, in de verroeste Toepolev waarin het naar latrines en kerosine stonk, gingen de lagere diplomaten en de politiek functionarissen zich opfrissen en hun haar kammen ter voorbereiding van het onthaal, terwijl hij met zijn hoofd tegen het vliegtuigraampje had geleund, starend naar de witte bergketens, scherp als tanden, en naar ravijnen vol grondeloze duisternis. Hij had hun niets gezegd over het verslag in de *New York Daily News*. Eerste secretaris Ma zou worden teruggeroepen naar Pyongyang en dan zijn lot tegemoet gaan, waarschijnlijk morgen al. Hij was nu al een nonpersoon.

Hij greep de broze handen van zijn ouders vast, glimlachte verstrooid naar hen en boog voor zijn vrouw. Zijn vader droeg zijn veteranenmedailles. De gezichten van de vrouwen waren gepoederd en opgemaakt; ze droegen de lange, fleurige chima jeogori-jurken die normaal gereserveerd waren voor de verjaardag van de Leider. Zijn vrouw leek iets in zijn ogen te lezen en haar glimlach werd onzeker. 'Sang-ho,' zei ze zacht, en ze pakte hem bij de arm. 'Kom de cadeaus bekijken.' Ze liep met hem weg van het gezelschap en naar de volgende kamer.

Op de eetkamertafel stonden een stuk of zeven boeketten, een fruitmand, met onder meer een ananas en bananen, een doos met vlees in blik, een Chinese flatscreentelevisie in een doos en twee houten kisten, een met Franse bordeauxwijnen en een met Hennessy Black cognac, zijn favoriete drankje. Het opvallendste boeket bestond volledig uit bloedrode kimjongilia's. Cho deed het kaartje open.

VOOR DE GERESPECTEERDE KAMERAAD CHO SANG-HO, WOORDVOERDER VOOR ONS LAND IN DE WARE GEEST VAN SOCIALISME EN REVOLUTIE.
VAN ZIJN DANKBARE COLLEGA'S OP HET MINISTERIE VAN BUITENLANDSE ZAKEN.

Zijn vrouw zei: 'De wijnen komen van het Centraal Comité van de Partij...'

'En de tv komt van het politbureau,' riep Boekie, en hij trok aan Cho's mouw. 'Mogen we hem openmaken?'

'Wacht, het beste moet nog komen,' zei een dreunende stem vanuit de gang. Yong-ho kwam de kamer binnen, getooid met pet en overjas; de anderen juichten. Op zijn gezicht verscheen een enorme glimlach toen hij zijn broer zag. Hij stapte naar voren om hem te omhelzen, terwijl Cho zijn armen slap liet hangen, als een ledenpop. 'Jongere broer, bereid je maar voor,' zei hij, knijpend in Cho's schouders.

Cho wilde hem niet aankijken, maar Yong-ho leek het niet te merken. Hij draaide Cho naar het raam, deed de gordijnen open en gaf iemand met een zwaaiende hand een seintje.

Beneden gingen lichten aan. Midden op de binnenplaats, tussen de ginkgo's, stond een zilveren Mercedes-Benz sedan met getinte ruiten. De bekleding was nog met plastic overdekt. Een chauffeur in uniform richtte de straal van een zaklantaarn op de kentekenplaat, waarop drie cijfers stonden: 2★16.

Cho bewoog zijn hoofd naar voren. Er waren weinig auto's met die specifieke datum op de nummerplaat. 16 februari, de Dag van de Heldere Ster, de verjaardag van de Geliefde Leider.

'Van...'

'...de grote man zelf!' riep Yong-ho en kneep Cho nog eens hard in zijn schouder. 'Geen controlepost zal die auto durven tegenhouden! De verkeersmeisjes zullen straten afsluiten om je te laten passeren.'

De familie en buren waren achter Yong-ho aan naar de eetkamer gelopen en begonnen weer te klappen en te lachen; ze straalden pure blijdschap uit. Cho glimlachte onnozel en krabde in zijn nek nu hij voelde hoe het gewicht van nieuwe verwachtingen op hem begon te wegen als een loden juk.

De vrouwen haalden de cadeaus van tafel en begonnen de banchanschalen en de glazen voor het avondeten neer te zetten, terwijl Yongho pakjes Amerikaanse Marlboro's uitdeelde aan de mannen. Behalve Cho's broer en zijn vader waren er de twee buren die ook aan de binnenplaats woonden, beiden middelbare mannen uit het Centraal Comité in bruine uniforme jasjes, en één andere man, die Cho nog maar net had opgemerkt, een buitenlander die in z'n eentje in de hoek stond, een vrij kleine figuur in een linnen tropenpak. Hij had rondere ogen en een harskleurige huid. Zijn haar was wit en heel kort geknipt, waardoor een bobbelige schedel vol levervlekken zichtbaar werd. De man boog met een glimlach toen Cho zijn blik opving.

Yong-ho sloeg tegen zijn voorhoofd. 'Waar zijn mijn manieren gebleven? Jongere broer, ik hoop dat je het niet erg vindt dat ik een zakenrelatie heb uitgenodigd. Meneer Thein is een industrieel adviseur uit Birma. Hij zal een paar maanden onze buurman aan de binnenplaats zijn.'

Een buitenlander in de Verboden Stad?

De man schudde Cho de hand en in een fractie van een seconde ving Cho een glimp op van een tatoeage rond zijn pols: een slang met een blauwe kop die vanonder een manchet gluurde. 'Gefeliciteerd met uw succes,' zei de man in Engels met een accent.

Yong-ho schonk voor alle mannen soju in. 'Mijn bloedeigen broertje een held van de Revolutie,' zei hij, terwijl hij zijn glas hief. 'Mansae!'

'Man-sae!' riepen ze; iedereen proostte op hem.

Cho sloeg zijn borrel achterover en stak zijn glas uit voor een volgende. Ze grijnsden nu naar hem, zagen uit naar zijn verhalen. Hij goot de tweede ook naar binnen en probeerde een uitbundig gevoel op te roepen, maar zijn geest bleef meedogenloos nuchter. Hij dwong zijn gezicht tot een glimlach en riep de vrouwen terug de kamer in.

Het volgende halfuur vertelde hij, ter vermaak van de gasten, over zijn avondje uit in Manhattan en de truc van de yankees om hem naar de 21 Club te brengen. Hij gaf een overdreven groteske voorstelling van de ongepaste kleding en hondse eetgewoonten van zijn gastheren, het onwaardige optreden van de oud-president, en het kruiperige, laffe capituleren van Chris O'Brien. Hij beschreef de rozeachtige zandkleur van O'Briens haar en imiteerde hoe hij in de war raakte en keer op keer zenuwachtig zijn haar gladstreek en intussen met verstikte stem protesteerde. De kamer moest er steeds hard om lachen.

'Zandkleurig haar!' riep Boekie lachend.

'Maar het was allemaal de verdienste van onze weergaloze Leider,' zei Cho, waarop overal om hem heen bewonderend werd geknikt. 'Hij wist hoe je die yankees moet aanpakken. Ik was alleen zijn boodschapper maar.'

Terwijl hij sprak, zag hij dat de kleine man uit Birma, meneer Thein, rondkeek in de kamer; zijn gele glimlach straalde en verdween als vuurtorenlicht terwijl de gasten kreten slaakten en lachten om het verhaal van Cho.

Toen hij klaar was, proostten ze opnieuw op Cho, die zich realiseerde dat er één Amerikaan was die hij uit zijn verhaal had weggehouden. De vrouw wier gezicht in de paarse schemer door het vliegtuigraampje naar hem bleef terugkeren. *Wat vindt u van New York, kolonel?*

Aan tafel dienden de vrouwen forelsoep en kruidige hete mandu op. De opgemaakte echtgenotes van de twee mannen van het Centraal Comité glimlachten bescheiden, zeiden weinig en aten weinig, als *kisaeng*-vrouwen aan het keizerlijke hof, dacht Cho, die last had van het geklets van de met soju volgegoten mannen en van de ongezonde sluiers sigarettenrook die boven tafel hingen. Zijn vrouw liep met Boekie rond de tafel, liet hem voor iedereen een buiging maken en welterusten zeggen. Toen de jongen voor zijn grootvader boog, was de oude man net geheel verdiept in een vraag die hij Yong-ho stelde; Cho merkte meteen dat er iets mis was.

Onder de borstelige witte wenkbrauwen van zijn vader zag Cho angst.

Yong-ho's kraag hing open; zijn gezicht zag roze en glansde van het zweet. Hij was zo ongeveer voor tweederde dronken.

'Nee hoor,' zei hij luid, terwijl hij zijn as aftikte in een banchanschaal waar nog augurken op lagen. 'Maar ik verwacht elke dag de aankondiging. Er moeten meer van die verdomde formaliteiten worden geregeld. De zaak is doorgespeeld naar die engerds in het OGD...'

Cho staarde hem verbijsterd aan. De overdaad aan onuitgesproken wrokgevoelens jegens zijn broer versmolt plotseling tot één schrikbeeld. Was de benoeming van Yong-ho nog niet aangekondigd? *Was het onderzoek naar zijn echte familieachtergrond nog niet afgerond?* Hij was het bijna vergeten. En waarom waren de zaken doorgespeeld aan het OGD, het Organisatie- en Gidsdepartement? Een druppel koud zweet biggelde van zijn oksel naar zijn riem. De Bowibu legde net als elk ander staatsorgaan, zelfs het leger, verantwoording af aan het Organisatie- en Gidsdepartement, het schimmige orgaan dat de Geliefde Leider hielp bij het uitoefenen van de macht. Als hun zaak naar dat niveau was getild, moest er een probleem gerezen zijn dat de Bowibu niet aankon... Hij zag Yong-ho samenzweerderig giechelen om een onbetamelijke opmerking die een van de Centraal-Comitéleden in zijn oor fluisterde.

Dat besef trof Cho als een slag in de nek.

Er is inderdaad een probleem met onze familieachtergrond.

Hij voelde het bloed uit zijn gezicht wegvloeien. *De zaak is naar het Organisatie- en Gidsdepartement gegaan omdat Yong-ho een van de Vertrouwelingen is en niet kan worden behandeld zonder toestemming van de absolute top.*

Cho keek omlaag naar zijn handen. Ze waren klam geworden, hadden hun kracht verloren, alsof de pezen waren doorgesneden. Hij kon zijn eetstokjes niet vasthouden. Hij had het ondermijnende gevoel van een man die louter met indigestie naar de dokter is gegaan en te horen krijgt dat hij maagkanker heeft. De Vertrouwelingen waren de hoogste elite; iemand moest door de Leider uitgenodigd zijn hem persoonlijk te ontmoeten en meer dan twintig minuten achter gesloten deuren met hem hebben gesproken, voordat die persoon gezalfd kon worden tot een van de Vertrouwelingen. De Bowibu zou de zaak nooit hebben voorgelegd aan de Leider zelf als ze niet op een uiterst ernstig probleem waren gestuit en heel, heel zeker waren van hun zaak...

Er ging een mond open en dicht met klodders vette vis op de tong. Hij had even tijd nodig om te beseffen dat een van de Centraal-Comitéleden tegen hem praatte. Met intens veel inspanning dwong Cho zich ertoe interesse te veinzen en te luisteren. Maar hij spitste al snel zijn oren. De man vertelde hem nuchter dat het appartement onder dat van Cho's was ontruimd; het kaderlid dat er woonde was veroordeeld tot zes maanden heropvoeding door arbeid in de bergen, samen met zijn gezin. Meneer Thein woonde daar tijdelijk – een idee van Yong-ho. Het Comitélid veegde zijn mond af met de rug van zijn hand en liet een grommende boer.

De rest van het diner zei Cho weinig, hij roerde vlokken vis en kimchi door zijn kom. Hij was verlamd door de zenuwen en de angst, terwijl hij permanent moest glimlachen en doen alsof hij genoot van zijn triomf. Alleen zijn vrouw zag dat er iets mis was. Toen niemand meer honger had, kondigde ze aan dat haar man uitgeput was na de lange vlucht en moest rusten voor de debriefing van morgen. Alleen of in tweetallen namen de gasten afscheid en vertrokken. Zijn ouders wensten hem welterusten, omhelsden hem en feliciteerden hem opnieuw, gevolgd door de Centraal-Comitéleden en hun vrouwen.

Maar voordat Yong-ho's speciale gast afscheid kon nemen, vroeg Cho in het Engels: 'Ik zou graag weten in welke branche u zit, meneer Thein.'

De glimlach klikte weer aan. Hij trok een gezicht alsof hem een intrigerende vraag was gesteld. 'Ik adviseer uw regering over synthetische consumptiegoederen, zou je kunnen zeggen.'

'Zou een van die consumptiegoederen toevallig methamfetamine kunnen zijn?' Hij keek naar Yong-ho. 'Bingdu heet het hier, hè?'

Alle warmte verdween uit het gezicht van Thein. Zijn uitdrukking veranderde in iets kouders. Alle huichelarij was verdwenen.

Yong-ho stapte naar voren en zei zacht en woedend: 'Wat is er verdomme met jou aan de hand?'

'Weg met die man,' zei Cho kalm. 'Jij en ik moeten praten.'

26

Hoofdkwartier van de CIA
Colonial Farm Road 1000
Langley, Virginia

De zon was nog niet op toen Fisk Jenna afhaalde en haar door stille straten naar Langley reed. Voor een achteloze toeschouwer had hij misschien de gewone kalme, gelijkmoedige Fisk kunnen lijken, maar Jenna kende hem inmiddels goed genoeg om tekenen van nervositeit te ontdekken. Een lichte gespannenheid in zijn bewegingen. Een sneetje in zijn wang door te haastig scheren. De directeur had Fisk op de dag na Thanksgiving om acht uur 's ochtends ontboden omdat Fisk in de problemen zat.

In de ondergrondse parkeergarage van het Oorspronkelijke Hoofdkwartier stond een lid van het beveiligingsteam van de directeur hen op te wachten naast de privélift. De man bracht hen zwijgend naar de zevende verdieping en begeleidde hen door een verlaten kantoortuin met weinig tussenschotten. De zon kwam net boven de boomtoppen uit en legde gouden lichtbanen over het vloertapijt.

In het glazen kantoor achterin zat de directeur in hemdsmouwen te werken.

Toen hij hen zag naderen, stond hij op, liep om zijn bureau heen en riep: 'Hoe ga ik dit uitleggen aan het Congres, Charles?' Hij keek boos naar Fisk vanachter overhangende wenkbrauwen en een grote neus. 'Die mesjokke Kim onderneemt een aanval op Zuid-Korea, een trouwe bondgenoot van de VS; een doorzichtige truc om ons te naaien en hulp af te troggelen...' Zijn spreken ging over in schreeuwen. '...en het *werkt* nog ook?' Hij gooide zijn armen in de lucht en begon rond het bureau te lopen, waarbij hij in de ogen van Jenna steeds Italiaanser werd naarmate hij zich meer opwond. Ze mocht hem wel. 'En dat komt luttele weken na een proeflancering waar we ook niks van wisten.' Hij gaf een klap op een papieren rapport in zijn hand. 'Was er vóór deze aanval geen woord over gezegd?'

'Nee, meneer,' zei Fisk, 'niets.'

'Zelfs geen kleinigheidje? Gefluister?'

Fisk keek naar zijn voeten, als een schooljongen.

'"Die zaten weer te dutten," zullen ze zeggen, en toch hebben we het lef een groter budget te rechtvaardigen dan de NASA.'

De directeur bleef even met zijn rug naar hen toe staan en tuurde door het onbreekbare glas naar de blauw-gouden hemel. 'De president zet als machtsvertoon de USS George Washington in om naar de Gele Zee te varen, maar hij wil het combineren met een soort vredesmissie. Zacht praten met een grote stok in je handen. Hij wenst ook frisse ideeën om Kim aan te pakken, en dat vraagt hij niet aan het ministerie van Buitenlandse Zaken.' De directeur draaide zich om en gooide de papieren op zijn bureau. 'Hij vraagt het aan ons.'

Fisk begon te praten. 'Meneer, we gaan ernaar...'

'Hij vraagt het specifiek aan u, dokter Williams.'

'Aan mij?'

'Onze president is een bedachtzaam man en een gretig lezer. Uw verslag over het geheime laboratorium in Noord-Korea lijkt indruk op hem te hebben gemaakt. Gefeliciteerd. Ik zie graag uw conceptaanbevelingen aan het eind van de dag tegemoet.'

Simms liet Jenna zijn kantoor gebruiken; een van de muren was een enorm wit bord, bedekt met foto's en schermafbeeldingen die onderling allemaal verbonden waren met gekleurde lijnen van markeerstiften.

Haar vingers hingen boven het toetsenbord. Ze voelde zich wakker en helder. En ze voelde een roes van koelbloedigheid en opwinding.

Frisse ideeën, zei hij...

Ze wist dat wat ze wilde zeggen radicaal was. Het beleid van decennia zou erdoor onderuit worden gehaald. In een plotselinge vlaag van inspiratie schreef ze:

Net zoals veel diëten om af te vallen op de lange termijn het tegengestelde effect kunnen sorteren, zo kan het gedrag van een tiran verergeren door hem te isoleren en te straffen voor zijn agressie. Er is geen hoop dat we een regime kunnen omturnen door het af te sluiten van verandering...

Ze lichtte haar redenering toe in helder, eenvoudig proza, op basis van haar jarenlange denken over Noord-Korea. Ze werkte de hele dag door en stopte alleen om iets te eten uit de automaat. Ze was er zo in verdiept dat het haar zelfs lukte het Skype-telefoontje van afgelopen nacht met de ontvoerder van haar zus uit haar gedachten te bannen, hoewel het ook haar gedrevenheid stimuleerde.

Ze besloot met een serie aanbevelingen waarvan ze wist dat er menige wenkbrauw over zou worden opgetrokken. Met behulp van de CIA-coderingssoftware die uitsluitend toegankelijk was voor Strikt Geheime Bestanden, stuurde ze het rapport naar de directeur en verder naar niemand. Hij zou het waarschijnlijk rechtstreeks in de versnipperaar gooien.

Er zeurde de hele dag ook nog iets anders in haar achterhoofd. Toen ze die avond het lege gebouw uit liep, herinnerde ze zich wat het was: de directeur had het over een vredesmissie gehad.

27

**De 'Verboden Stad', wooncomplex van de Arbeiderspartij-elite
Joong-gu-wijk
Pyongyang, Noord-Korea**

Cho deed de deur achter de laatste gast dicht en draaide zich om naar zijn broer. Yong-ho zag knalrood van woede, zijn voorhoofd droop alsof hij pure alcohol zweette.

'Meneer Thein was onze gást,' siste Yong-ho. Hij had zijn stem slecht onder controle, moest zich inhouden om niet te schreeuwen. 'Heb je de manieren van de yankees overgenomen? Praat je zo tegen...'

'Het is voorbij voor ons. Nietwaar?'

Yong-ho zweeg. Zijn mond ging open en dicht als bij een vis op het droge. Cho's stem was dodelijk kalm, en dat leek absoluut te veel voor hem. De woede verdampte uit zijn gezicht en maakte plaats voor een doffe vermoeidheid. Na een lange stilte vroeg hij: 'Waar heb je het over?'

Cho schonk voor beiden een glaasje soju in. Hij begon zich geëxalteerd en wakker te voelen, ook al was het bijna middernacht. Zijn lijf leefde nog in de New Yorkse tijd. Het was stil in het appartement, op de vloer na, die tikkend begon af te koelen, en hoewel hij heel zacht bleef praten, was elk woord onthutsend helder.

'Welke misdaad ze ook hebben opgegraven uit het verleden van onze echte familie, ons bloed draagt schuld. Het is louter een kwestie van tijd voordat ze ingrijpen. Onze rang zal ons niet beschermen. Dat weet je.'

In de ogen van zijn broer vlamde angst op en doofde toen uit, waardoor ze leeg en donker achterbleven.

'Je loopt te hard van stapel.'

Cho schudde langzaam zijn hoofd en gaf hem het glas.

'Waarschijnlijk komt er geen rechtszaak. Ze laten ons gewoon verdwijnen.'

Hij doorbrak een taboe en dat gaf hem een vreemd sereen gevoel. Niemand sprak over de realiteit achter de façades van de staat. Om te vermijden er zelfs maar aan te denken, was het nodig er twee denkmanieren op na te houden, één openbare en één geheime – het vermogen om te weten en tegelijk niet te weten. Cho had dat zijn hele leven al gedaan. Het was de enige manier om de dagelijkse tegenstrijdigheden te verzoenen tussen propaganda en wat je met eigen ogen zag, tussen orthodoxie en de soorten gedachten die je in de goelag zouden kunnen doen belanden als ze ooit hardop werden uitgesproken. De geheime denkmanier werd nooit erkend omdat de staat de baas was over elke emotie en idee, elk aspect van het leven, privé of openbaar. Eén enkele onbetrouwbare opmerking was voor de Bowibu genoeg voor arrestatie. Soms was alleen een blik genoeg.

Hij draaide zich naar het raam en keek naar de zilveren Mercedes-Benz sedan, beneden op de binnenplaats, zijn cadeau van Kim Jong-il, dat nu in een zwart-witte duisternis stond.

'Ik denk niet dat ze mijn vrouw zullen arresteren. Als dochter van een Heldhaftige Familie wordt haar de hand boven het hoofd gehouden. Omma en appa zijn veilig, omdat ze niet onze echte ouders zijn.' Hij sloeg de soju achterover en huiverde. 'Maar jij en ik, oudere broer...' Hij voelde zijn borst samentrekken. '...en mijn zoon... wij zijn echt in gevaar.'

'Je vergeet iets.' Yong-ho wiste het overvloedige zweet van zijn voorhoofd met een papieren servet. 'Betrouwbaarheid. De Leider heeft mij persoonlijk bedankt voor mijn werk. Hij heeft me omhelsd.' Hij legde zijn hand op zijn hart. 'Weet je wat dat voor mij betekent?' Zijn stem trilde nu, maar of dat van gekrenkte trots of van angst kwam kon Cho niet zien. 'Een van zijn meest vertrouwde mensen, een van zijn meest betrouwbare mensen. Hij stelt betrouwbaarheid boven alles. Hij zal ons niet in de steek laten vanwege een of andere fout die... de hel mag weten hoeveel *generaties* geleden werd begaan.' Hij zwaaide naar een verre verte.

Yong-ho zakte tegen de muur.

Cho ging met zijn armen over elkaar op de lage vensterbank zitten. Achter hem trok een halvemaan een zilveren sluier over de stad. 'Hoe dichter een kaderlid bij de top komt, hoe gewelddadiger zijn einde is als het komt. Zo werkt het. En wat betreft het werk dat je voor hem hebt gedaan...' Cho schudde vaag zijn hoofd. Grappig dat hij zijn wrok jegens Yong-ho bijna vergeten was. De valse bankbiljetten. De drugs in de diplomatieke postzak. Niets daarvan leek nu nog een rol te spelen. '...dat kan betekenen dat we in nog ernstiger gevaar verkeren dan we ons zelfs maar kunnen voorstellen. Je weet wat appa zegt over onze Geliefde Leider. Ga te ver van hem af en je bevriest; kom te dichtbij en je verbrandt. Ik denk dat jij veel te dichtbij bent geweest, oudere broer.'

Er viel weer een stilte tussen hen, maar ineens sprong Yong-ho's glas kapot, tuimelde omlaag, terwijl de drank van zijn hand sijpelde. Zijn lichaam leek vanaf zijn middel te bezwijken, zodat hij langs de muur omlaag gleed. In een zigzagvorm op de vloer liggend en met zijn scherpe knieën tegen zijn gezicht zag hij er kwetsbaar uit, een verslagen dier; er was niet veel over van zijn rijzige, aanmatigende gestalte. Op het parket om hem heen lagen kristalscherven en Cho hoorde een geluid dat leek op het loeien van een gewonde os. Voor het eerst in zijn leven zag hij zijn grote broer huilen. Hij hurkte op de grond naast hem neer en probeerde een arm om hem heen te slaan, hem tot bedaren te brengen, maar het huilen werd klaaglijk snikken, onderbroken door happen naar lucht. Een levenslange verdedigingsmuur in Yong-ho begaf het en viel om. Cho klemde het hoofd van zijn broer tegen het zijne. Naar soju geurende tranen stroomden over Yong-ho's wangen. 'Ik ben altijd loyaal geweest,' zei hij. Zijn schouders gingen weer op en neer, en hij snikte nu zo luid dat hij alle buren dreigde te wekken.

Cho legde Yong-ho's arm om zijn nek en tilde het zware lijf op zijn voeten. 'Laten we een luchtje gaan scheppen.'

Ze zaten in de Mercedes onder de dennen van het Moranpark. Elk kwartier kwamen er militaire politiepatrouilles langs, maar de nummerplaat 2★16 van de auto was een machtige talisman. Niemand viel hen lastig. De lucht was helder en vol kou uit Mantsjoerije. In het licht van de halvemaan lag Pyongyang onder hen uitgestrekt als een dodenstad, zonder elektriciteit behalve de roodglazen vlam van de Juche-toren aan de overkant van de rivier, en de met schijnwerpers verlichte kolos van Kim Il-sung op de helling van de Mansu, waarvan de bronzen arm naar de bestemming van de natie wees, in de duisternis. De sterrenhemel reikte van horizon tot horizon. Yong-ho deed het schuifdak een paar centimeter open om te roken en Cho keek omhoog. De Melkweg liep helder naar de Gele Zee in het westen en de takken van de dennen tekenden zich er zwart en scherp tegen af.

'Weet je nog dat we hier kwamen om meisjes te zoeken?' vroeg Cho, terwijl hij een slok nam uit de soju-fles, die hij op zijn schoot koesterde. Hij gaf hem door aan Yong-ho.

Jaren geleden, in de dagen van hun socialistische jeugd, kwamen ze daar 's zomers met een cassettespeler en mengden zich onder de picknickende families.

Er verscheen een glimlach op Yong-ho's gezicht. 'Dan danste jij met het mooiste meisje en ik moest om beurten met haar moeder en haar grootmoeder.'

Ze staken sigaretten aan, hoewel Cho zelden rookte. Hij greep de hand van zijn broer. Het was alsof ze elkaar voor het eerst sinds die verre dagen ontmoetten.

Cho staarde naar de gloeiende punt van zijn sigaret. Het was zo stil dat hij het opbrandende papier kon horen knisperen.

'Waarom heb je me naar New York laten reizen met nepdollars en een diplomatieke zak vol drugs?'

Yong-ho bracht zijn handen naar zijn gezicht. 'Jongere broer...' Zijn schaamte uitte zich in zacht gekreun. En daarna begon zijn bekentenis, die hem leek te troosten en niet meer te stuiten was toen ze eenmaal begon. Sneller dan Cho het hele verhaal kon verwerken, kwamen de geheimen van Yong-ho's activiteiten uit hem naar buiten rollen, waarbij elke onthulling de vorige overtrof, zoals bij een groot vuurwerk.

De eerste schok voor Cho was te horen dat zijn broer onderdirecteur van Bureau 39 van de Partij was, dus in feite de baas van de geheimste organisatie in het land en een van de hoogste kaderleden. Hij bekleedde die functie al vier jaar en was alleen rekenschap verschuldigd aan Kim Jong-il. Yong-ho wierp een blik op Cho, wachtte tot hij iets zei, maar Cho's mond hing open.

Bureau 39, legde Yong-ho uit, was in de jaren zeventig opgericht om het persoonlijke vermogen van Kim Jong-il te beheren en hem los van zijn vader een geheime machtsbasis te bieden. Zijn vader, de Grote Leider, bevond zich toen in de bloei van zijn leven, genoot van de milde giften van zijn beschermheren, de Sovjet-Unie en maoïstisch China, en koesterde zich in de groeiende persoonlijkheidscultus die zijn ambitieuze zoon voor hem opbouwde. Bureau 39 was belast met het werven van fondsen om de verkwistende projecten van die cultus te betalen – de beelden van brons en goud, de talloze portretten, de in graniet en marmer uitgehouwen uitspraken. Maar het Bureau financierde ook de bouw van privépaleizen voor Kim Jong-il en de luxe auto's en horloges die hij cadeau gaf om zijn kring van vertrouwelingen loyaal te houden.

Yong-ho hield zijn hoofd achterover om rook door het schuifdak te blazen.

'Toen de Grote Leider stierf, in '94, dacht de wereld dat we de weg zouden volgen van het oude communistische blok, de weg van de geschiedenis – liberaliseren, moderniseren, verwesteren – maar de Zoon was dat niet van plan. Hij nam de titel "Geliefde Leider" aan en toen begon de waanzin pas echt. De vergoddelijking van zijn vader nam grotere vormen aan dan de orthodoxe kerk, en de schaarse middelen van ons land gingen allemaal naar het leger.' Yong-ho schudde zijn hoofd en er kwam een nieuwe bitterheid in zijn stem. 'Onze boeren ploegden velden met ossen en kinderen stierven op straat van de honger, maar dat was onbelangrijk. We hadden kernwapens en een ruimteprogramma.' Hij wreef in zijn ogen. 'De wereld praatte niet meer met ons. Ons land bevroor in de tijd. We werden het land met de meeste embargo's op aarde. We konden geen geld krijgen via normale handel. Maar het moest ergens vandaan komen om een leger van één miljoen man en de onderdelen voor geavanceerde wapens te betalen. Dus de operaties van Bureau 39 kregen een indrukwekkende omvang. We begonnen misdaadorganisaties naar Pyongyang uit te nodigen – de yakuza uit Tokio, de maffia uit Taiwan en Thaise heroïnespecialisten, vanwege hun expertise op het gebied van verdovende middelen en vervalsingen. We lieten ze hier fabrieken en laboratoria opzetten. Stel je voor. Ik organiseerde banketten voor die schoften in de Grote Hal van het Volk. In de beginperiode draaiden we vooral op heroïne, maar de papaveroogsten mislukten keer op keer in het regenseizoen. Een synthetische drug als methamfetamine – bingdu – bleek veel geschikter en lucratiever. Wij leverden de investering en de bescherming; de bendes produceerden het in een zeer zuivere vorm. Zij deelden hun winst met ons; wij bemoeiden ons niet met hun territoriumgevechten. Al snel werden bingdu-verslaafden in heel Azië high van de stuff die wij hier maakten; Bureau 39 beheerde de grootste industrie van het land, die elk jaar miljarden dollars opleverde.'

Cho wist niet wat hij hoorde. Was misdaad de belangrijkste industrie van zijn land?

Het interieur van de auto werd plotseling volop verlicht. De koplampen van een patrouillejeep naderden over de rijbaan achter hen. Cho's hoofd liep hem om en hij merkte het nauwelijks, maar Yong-ho keek heel alert in de zijspiegel. De jeep dimde zijn lichten, schijnbaar ter verontschuldiging, keerde en reed weg.

Yong-ho drukte zijn sigaret uit in de asbak van de auto.

'Natuurlijk leerden we van de bendes en begonnen we de producten zelf te maken, en niet alleen drugs. We exporteerden onechte merksigaretten, onechte geneesmiddelen, Viagra, noem maar op. We gingen ook geld witwassen met behulp van schijnondernemingen in tientallen landen...' Er klonk een zekere voldoening in zijn stem. 'Onze Leider was trots op ons. "Waarom moest een zuiver ras zich houden aan de voorschriften van een onzuivere wereld?" Dat waren zijn woorden. "Al wat onze vijanden benadeelt is gerechtvaardigd." Maar het was niet eenvoudig om de producten ongemerkt te transporteren. Dus onze diplomaten kregen een hoofdrol. Zij konden de goederen smokkelen in tassen die toch niet zouden worden doorzocht... en daarvoor streefde onze Leider naar een nieuw diplomatenras, meedogenloos, “als partizanen in de bergen”, zei hij. Onze ambassades veranderden in bedrijven, kregen opdracht geld te verdienen door narcotica en valse merkproducten te verkopen aan plaatselijke maffia’s... en natuurlijk door de magistrale honderddollarbiljetten uit te geven. O ja...’ Yong-ho slaakte een weemoedige zucht en nam nog een slok soju. ‘Daar ben ik eigenlijk wel trots op. We hebben ze gebruikt om van alles te betalen, van hoeren tot raketonderdelen.’

Zijn lach bestond uit een soju-nevel, die de auto vulde, en Cho begon ook te lachen, om de absurditeit van het idee. Zijn opgelatenheid over het voorval buiten het restaurant in Manhattan vond hij nu kolderiek.

‘Weet je hoe ik begon in Bureau 39?’ Yong-ho was inmiddels op dreef. ‘Ik zette een operatie op vanuit een blits kantoor in Macao en kocht polissen van de grootste verzekeringsmaatschappijen in Londen, New York en Tokio; ik bood ze zulke hoge premies dat die hebzuchtige klootzakken geen nee konden zeggen. Al snel inde ik miljoenen dollars met claims voor zogenaamde bedrijfsongelukken, neergestorte helikopters, gezonken veerboten, mijnontploffingen, die allemaal onmogelijk te verifiëren waren omdat we hun onderzoekers het land niet in lieten.’ Hij glimlachte bedroefd. ‘Ze kregen het natuurlijk in de smiezen. Maar vijf jaar geleden ging alles nog goed... ik was toen op dat kantoor laat op een avond bezig om vijfentwintig miljoen dollar in contanten in plunjezakken te stoppen. De volgende ochtend werd het als verjaarscadeau voor onze Leider naar Pyongyang gevlogen.’

Cho herinnerde het zich: ‘Hij heeft je een eigenhandig ondertekende bedankbrief gestuurd.’ De hele familie was eromheen komen staan om hem te lezen; glimmend van trots stonden ze de schouder van Yong-ho te schudden. ‘Die brief werd afgeleverd met een kist sinaasappelen...’

‘...een dvd-speler en een warme deken.’

Cho zette grote ogen op. Toen begon hij zachtjes te lachen. ‘Heb je dat gekregen omdat je hem *vijfentwintig miljoen dollar* had bezorgd?’

Yong-ho knikte.

'In contanten?'

Yong-ho begon ook te grinniken. Plotseling zaten ze allebei zo hard te lachen dat de auto heen en weer schudde. Ze lachten totdat de tranen over hun wangen liepen en ze buikpijn hadden.

Daarna verzonken ze in gedachten, terwijl er beweging kwam in de stad. De lucht begon dieppaars te gloren en aan de horizon vatten wolkenmassa's vlam. Een heldere, koude dag lonkte.

Cho was duizelig van verbazing en afkeer. Hij besefte dat hij glimlachte, een glimlach die zei: welke idioot gelooft dat nou? Alsof hem via een heel bijzondere oplichterstruc een oor was aangenaaid. Dus Kim Jong-il runde een maffiaorganisatie en gebruikte het raketprogramma om de wereld uit te zuigen. Hij, Cho, hoorde bij een kleine elite die werd afgekocht met snuisterijen, terwijl de rest van de bevolking, die hij zich bij nader inzien maar heel vaag kon voorstellen, in het duister ploeterde... Wie waren de massa's? Niet de blozende arbeiders en boeren die je op de staatstelevisie zag. Plotseling had hij de sensatie alsof een reusachtig doek waarop natuurschoon was geschilderd, begon te splijten en te scheuren; erachter kronkelden miljoenen zielen die ondraaglijke pijnen leden. Hij had ze gezien door zijn portierraampje als hij bij gelegenheid buiten Pyongyang moest zijn. Stokfiguren, die in de verte op het veld rotsblokken verbrijzelden of dubbelgevouwen rijstplantjes plantten. Oude ajumma's op smerige markten langs de weg. Kinderen met grote hoofden en gezwollen buiken.

Hij voelde hoe zijn mond zich vulde met speeksel.

Yong-ho keek hem aan en keerde zijn hoofd af, alsof hij zijn gedachten had gelezen. Hij leek ergens over te piekeren, te aarzelen. 'Wat ik je nu ga vertellen, jongere broer, weet bijna niemand...'

Ineens kreeg Cho een voorgevoel. *De ontvoeringen.*

Yong-ho knipte zijn sigaret uit het raampje en volgde het spoor van oranje vonken. 'Als we onze vijanden wilden leren kennen, zei onze Leider, moesten we weten wat ze dachten. Dat noemde hij "Lokaliseren". De meeste slachtoffers kwamen uit Japan en Zuid-Korea, zoals je weet. Nou, dat programma was een flop. We kregen wel wat nuttige informatie uit ze – hoe onze vijanden spraken, hun platte spreektaal, hun kapitalistische gewoonten en zo, maar het was de moeite niet waard. En van de honderden die we hierheen haalden, zijn er maar een paar met succes geactualiseerd.'

'Met succes gewat?'

'Omgevormd tot spionnen en teruggestuurd naar hun thuisland. Zelfs de jongsten hadden zulke sterke herinneringen aan hun leven thuis dat ze zich bijna allemaal verzetten tegen onze lessen. Daardoor zaten we opgezadeld met het probleem wat we met hen aan moesten. We konden ze niet zomaar laten gaan. Dus de beslissing werd genomen ze te laten verdwijnen – sommigen bij ongelukken, anderen naar de kampen.'

'Maar...' Cho's gezicht betrok van afschuw. 'De Leider heeft de ontvoeringen toegegeven. Ik was erbij toen hij de Japanse premier verontschuldigingen aanbood. De slachtoffers zijn terug naar hun vaderland gebracht.'

'Vijf van hen.' Yong-ho keek Cho veelbetekenend aan. 'Vijf. De Japanners zijn er nooit achter gekomen hoeveel we er hierheen hadden gehaald. De families van de meesten dachten dat ze dood of verdwenen waren, en hebben nooit vermoed dat ze hierheen waren gebracht.'

Het speeksel in Cho's mond smaakte naar gal, zijn tong leek opgeblazen en weggerot. Hij wilde van onderwerp veranderen. 'Het programma is voorbij.'

Yong-ho schudde zijn hoofd. 'De ontvoeringen stopten... maar het Lokalisatieprogramma niet. Het werd zelfs nog ambitieuzer.' Hij keek Cho aan met een aarzelende blik die vroeg: *Wil je het echt weten?* 'We begonnen vrouwelijke spionnen naar het buitenland te sturen om mannen van andere, niet-Koreaanse rassen te strikken.'

Cho begreep het niet. 'Strikken?'

'Zwanger van hen te worden, en hier in Pyongyang te bevallen van hun baby. Tegelijkertijd spoorden we hier niet-Koreaanse mannen met een witte, zwarte of bruine huid aan om bepaalde Koreaanse vrouwen zwanger te maken.'

'Wát?'

'Dat was de oplossing van onze Leider toen het misging met het Lokaliseren; hij bedacht er de naam "Zaaddrachtprogramma" voor. We vormen spionnen en moordenaars die er buitenlands uitzien –

sommigen hebben blond haar en blauwe ogen – maar die tijdens hun opvoeding niets anders leren dan de Juche-lessen van de Grote Leider Kim Il-sung en de Geliefde Leider Kim Jong-il.'

Cho's adem stokte, het was half lachen, alsof iemand hem probeerde te vertellen dat de zon om de aarde draait en niet andersom, of dat de werkelijkheid een verzinsel in de droom van een chimpansee was.

'Maar ik heb nog nooit iemand van een ander ras gezien die hier leefde als Kor...'

Cho zweeg abrupt. Twee zenuwcellen in zijn hoofd maakten contact, waardoor een verband ontstond tussen het verhaal van Yong-ho en...

De gal kwam omhoog in zijn maag.

'Je zult ze niet zien,' zei Yong-ho eenvoudig. 'Ze leven op een geheim, afgesloten complex, waar ze nooit vandaan komen, even benoorden Pyongyang. In hun training en al hun behoeften wordt voorzien door afdeling 915 van het Organisatie- en Gidsdepartement. De oudsten van hen zijn nu tegen de twintig en bijna klaar voor actieve dienst in het buitenland. De Leider is er erg vaak op bezoek geweest. Ze werden aangemoedigd hem als hun vader te beschouwen. Hij trakteert ze, geeft ze cadeautjes...'

De druk in zijn maag kreeg een scherpe punt. Cho deed het raampje omlaag en slokte de vrieslucht in.

'Je ziet bleek, jongere broer...'

Hij gooide het portier open, struikelde, bereikte half hollend, half springend de dichtstbijzijnde den en gaf over in pijnlijke vlagen.

Even later ging hij rechtop staan en leunde met zijn voorhoofd tegen de ruwe bast, keek naar een slijmdraad die aan zijn mond hing, glinsterend in het maanlicht, en vroeg zich af of die voor zijn ogen zou bevriezen. De lucht rook naar dennennaalden en zijn hoofd was nu vreemd helder. Hij keek om naar de auto en zag oranje licht opvlammen toen Yong-ho weer een sigaret opstak en de zenuwcellen in Cho's geheugen maakten contact.

Ze werd daarheen meegenomen. Twaalf jaar geleden. Vanaf een strand in Zuid-Korea.

De stem van zijn broer klonk dof: 'Kom terug voordat je bevriest.'

Cho stapte in en deed het portier dicht. 'Hoe zit het met vrouwen van andere rassen?'

'Hm?'

'Je zei dat mannen van andere rassen hier werden verleid, voor dat... Zaaddrachtprogramma. En vrouwen van andere rassen?'

Yong-ho haalde achteloos zijn schouders op. 'Misschien ook...' Zijn humor was weggevloeid met het laatste beetje soju en zijn gezicht stond ongelukkig. 'Dus wat gaan we doen, broertje?' Hij zuchtte en legde zijn hoofd tegen het raam. 'Ik denk dat mijn uitweg die van Jan Soldaat is.' Hij deed alsof hij de twee vingers van een revolver in zijn keel stak en klakte met zijn tong.

Cho liet een paar minuten voorbijgaan. De eerste trolleybus reed door de Chilsongmunstraat en ontlokte vonken aan de bovenleiding. Op de rivier doorkliefde een kolenschip zijn kielzog op het traag stromende water, dat in het opkomende licht veranderde in parelmoer. Aan de andere kant van de stad blies Krachtcentrale Nummer 1 een roze rookkolom hoog de lucht in, en erachter doemde de eerste rij heuvels op in de nevel, daarna de rij erachter, en, heel vaag, de verste rij.

'Nee, oudere broer,' zei Cho, terwijl hij de sleutel in het contact omdraaide. De krachtige motor startte zacht. 'We gaan ontsnappen.'

28

Station van Hyesan
Provincie Ryanggang, Noord-Korea

Stil stalden de vrouwen hun waren uit. Net als mevrouw Moon hadden ze waarschijnlijk niet geslapen. Er stond geen zuchtje wind. Over de ontwakende markt hing een dodelijke stilte. Het station was in rouwstemming en overal in de stad heerste angst op straat. Mevrouw Yang, mevrouw Kwon en Oma Whiskey hadden voor de afleiding een plan gemaakt voor Sun-i: het meisje zou die avond over de rivier worden gesmokkeld om bij verre familieleden van mevrouw Yang te wonen in Changbai.

Mevrouw Moon zat afwezig op haar rijstzakken en staarde in de ruimte. Haar gedachten zwierven ergens tussen een nachtmerrie en het geestenrijk. Haar oog hoefde maar ergens op te vallen – een paal van een omheining, een hoofddoek, een uniform – en er ontstond in haar hoofd meteen en op een verwrongen manier een geheel, en dan zag ze het aan de paal gebonden lichaam van Undine.

Tae-hyon had haar gesmeekt een paar dagen thuis te blijven, in het dorp, en niet in de buurt van Hyesan te komen. Maar door zich schuil te houden zou er niets veranderen. Door haar poging Undine te redden, een veroordeelde misdadigster, was ze nu een bekende bij de Bowibu. Een getekende vrouw.

Kyu zette de tafel in elkaar. Ze moest eigenlijk beginnen met koken, maar ze kon de eenvoudigste taak nog niet uitvoeren. Sergeant Jang kwam langs en vroeg om bingdu. Ze gaf hem vijf gram zonder zelfs maar te proberen in ruil daarvoor iets van hem gedaan te krijgen.

Ze keek over de lege markt naar het stationsgebouw. Iedereen was aangeslagen door de executies.

Een groep jongelui van de Brigade Sociale Orde Handhaving was bezig de bedelaars van het perron te jagen. Ze zag hoe een bejaarde vrouw werd geschopt en stram opstond. Ze trapten opnieuw om haar te laten weggaan. De vrouw had een blikken beker laten liggen en die schopten ze ook weg, zodat hij rammelend over het perron rolde. Dat tafereel had mevrouw Moon al vaak eerder gezien, maar ditmaal kon ze haar ogen er niet van afhouden. Ze zag de doffe, vieze haren van de vrouw, die moeizaam wegliep, en ze zag het stalen gezicht van de jongens met hun rode armbanden. Diep in haar binnenste voelde ze een woedebui ontbranden en oplaaien. Het vuur vlamde eventjes helder op en doofde toen uit, waarna ze nog somberder werd. Ze leefde in een wereld op z'n kop, waar goed slecht was en slecht goed. Het hielp niets, maar ze wist dat het niet klopte.

Een lam loopt zonder klagen voort...

Ze reageerde amper toen een politieman haar kwam vertellen dat ze die middag om vijf uur op het plaatselijke politiebureau moest verschijnen. In de nasleep van de executies, hoorde ze, was er een team van speciale Bowibu-onderzoekers aangekomen om leden van groeperingen en subversieve elementen uit de weg te ruimen.

Haar naam stond op een lijst.

Moons Koreaanse Barbecue ging die dag niet open. Met Kyu's hulp verkocht ze haar gasbrander en haar hele voorraad. Ze gebruikte het geld om een nieuwe Chinese koelkast te kopen, die ze aan het hoofd van het onderzoeksteam zou aanbieden om haar naam van de lijst te krijgen. Ze konden het accepteren of haar doodschieten. Het was haar allemaal om het even. Ze had niets meer over.

29

De 'Verboden Stad', wooncomplex van de Arbeiderspartij-elite
Joong-gu-wijk
Pyongyang, Noord-Korea

Ettelijke minuten voordat zijn vrouw en Boekie wakker werden was Cho terug in het appartement. Hij had twee dagen niet geslapen en weinig gegeten, maar woede en doodsangst vermengden zich in zijn aderen als brandstof en oxidatiemiddel in een stuwraket.

Zijn geest vonkte door het ontsnappingsplan waaraan Yong-ho en hij in de auto waren begonnen. Ze hadden afgesproken die avond verder te praten.

Hij nam een douche en trok een schoon wit overhemd aan; met trillende vingers maakte hij de knoopjes vast.

Hoe kon hij zijn werkdag doorkomen? Alleen door als een gek te huichelen. Hij moest om tien uur bij de eerste onderminister zijn voor de debriefing en zou de rest van de dag verslag uitbrengen over de ontmoetingen met de yankees.

Het plan hing voor een groot deel af van Yong-ho, die vanmorgen een dringende opdracht zou versturen voor twee Chinese paspoorten, voor zichzelf en voor Cho, met daarin vervalste visa voor Taiwan en Macau. Yong-ho kon dat doen zonder argwaan te wekken; Bureau 39 kreeg regelmatig de beschikking over valse reisdocumenten. Om te betalen zouden ze de magistrale honderddollarbiljetten gebruiken. Als, om welke reden ook, ontdekt werd dat het vervalsingen waren, die niet gebruikt konden worden nadat ze China hadden bereikt, dan – de haartjes in Cho's nek gingen ervan overeind staan –

zou Yong-ho gebruikmaken van de geheime rekeningen van de familie Kim bij de Banco Delta Asia in Macao, waar hij regelmatig namens de Leider stortingen en opnamen had verricht.

Hoeveel tijd hadden ze? Het was onmogelijk dat zeker te weten, maar als Cho koortsachtig nadacht besefte hij dat het lot hun misschien een kleine kans gunde. De Leider vertrok die dag per trein voor een officieel bezoek aan Beijing – Cho had zelf met het Gardecommando de logistiek georganiseerd. De grote man zou na achtenveertig uur terugkomen naar Pyongyang, en na jarenlang diens gedachten te hebben voorspeld zei Cho's instinct dat hij het vellen van een vonnis in zo'n gevoelig geval zou uitstellen tot na de thuisreis.

Ze hadden minder dan achtenveertig uur om het land te ontvluchten.

Yong-ho reisde regelmatig voor Bureau 39. Met een beetje geluk was hij niet te laat als hij morgen Pyongyang per vliegtuig zou ontvluchten, maar Cho kon niet zomaar om een vliegticket vragen. Hij moest op de een of andere manier zijn eigen weg naar het noorden vinden en over de Yalu naar China glippen. Eenmaal in China zou hij zijn valse paspoort gebruiken om Yong-ho te treffen in Taiwan. Van daaruit zouden ze asiel zoeken in het Westen. Yong-ho had Zuid-Korea uitgesloten. Er waren te veel Bowibu-spionnen en moordenaars in het Zuiden geïnfiltreerd, zei hij. Zonder zware beveiliging zouden ze allebei binnen enkele weken worden opgespoord en vermoord.

Naar de grens met China in het noorden gaan was de eerste van Cho's zorgen nog maar. Hoe kon hij zijn vrouw en zoon meenemen? Met wat voor documenten?

En alleen al: hoe ging hij het ze vertellen?

Er was geen enkele manier om een paspoort voor iedereen te krijgen zonder de zaak te verraden. En hij was zelfs nog nooit bij de grens geweest. De bergen kende hij alleen uit de legende, de 'witte hel' waar de Grote Leider de Japanners had verslagen. Zelfs als hij daar per trein kon komen, een reis die via het wrakkige spoorwegnet dagen kon duren, had hij geen idee hoe of waar hij zijn gezin over de rivier kon krijgen. Hij wist dat mensen in het holst van de nacht naar de overkant slopen, maar hij had daar geen contacten, geen tussenpersonen die konden helpen.

De paniek golfde door hem heen, waardoor zijn benen in bordpapier veranderden. Het voelde alsof hij in een nachtmerrie vluchtte voor een monster. Elk scenario dat hij onder ogen zag liep uit op een ramp. Wanhopig realiseerde hij zich dat hij zijn vrouw alleen kon redden door haar achter te laten. Ze kon stellen dat ze was misleid door een crimineel element en zou worden geloofd. Haar eigen status, als dochter van een Heldhaftige Familie, zou haar beschermen.

Maar zijn zoon...

Hij veegde de spanning van zijn gezicht, trok zijn uniformjasje aan en stapte breed glimlachend de keuken binnen.

'Goeiemorgen,' zei zijn vrouw, die het ontbijt klaarzette en hem van opzij bekeek. 'Je ziet zo bleek als een vis.'

Cho kreeg zijn mond niet open. Als hij zijn mond opendeed, zou hij instorten, voelde hij. Hij pakte zijn kopje en zag dat het oppervlak van de thee beefde. Hij stond weer op en verontschuldigde zich. Hij sloot zich op in het toilet en probeerde te denken, denken, maar er kwam geen idee bij hem op. Hij leunde met zijn voorhoofd tegen het koele oppervlak van de spiegel en begon zacht te prevelen, zodat het glas besloeg door zijn adem; tegen wie hij prevelde wist hij niet, maar als de geesten van zijn voorouders hem konden helpen, zouden ze dat nu moeten doen.

Op dat moment hoorde hij Boekies stem in de keuken zeggen dat hij zijn kimchi niet wilde omdat zijn keel erdoor verbrandde. Cho drukte zijn oor tegen de wc-deur. Zijn vrouw mompelde iets over opgezwollen klieren en lichte verhoging. En toen: 'Volgens mij moet je vandaag maar thuisblijven van school.'

Cho veegde zijn gezicht af, reguleerde zijn ademhaling en liep terug naar de keuken. Zo nonchalant mogelijk zei hij: 'Ik zal voor de zekerheid met hem naar de dokter gaan.'

Vijf minuten later had hij Boekies autogordel vastgemaakt op de passagiersstoel van de nieuwe Mercedes en reed hij naar het Universitair Medisch Hospitaal in Tonghung-dong, waarvan het personeel naar zijn idee minder goed betaald werd dan in het speciale ziekenhuis voor de gezinnen van kaderleden. Het was nog vroeg; tijd genoeg voor hem om op zijn werk te komen.

Ze werden naar een schemerige wachtkamer gestuurd, waar het

stonk naar bleekwater. Ze gingen op plastic stoelen zitten. Boekie haalde een legpuzzel tevoorschijn en leunde met zijn hoofd tegen Cho's schouder. Ten slotte verscheen er een jonge verpleegster met een witte hoofddoek om, die hun vroeg mee te komen naar een spreekkamer. Cho hield Boekie bij de hand en droeg zijn zware attachékoffer in de andere. Het was een kleine ruimte. Er stonden een stuk of tien olielampen bij elkaar voor het geval de stroom uitviel. Ze verzocht hem te gaan zitten, vroeg de jongen hoe hij heette, stak een thermometer in zijn mond, voelde zijn keel.

'Niets ernstigs.' Ze glimlachte naar Cho. 'Een lichte virusinfectie.'

Cho zei bedachtzaam en koel: 'Ik wil de meest ervaren arts van dit ziekenhuis spreken.'

'Ik denk niet dat het nodig is,' zei ze verbaasd. 'Hij zal vanzelf...'

'Doe wat ik zeg...' Hij nam de houding aan van een hoge partijfunctionaris die wordt tegengewerkt. '...of je gaat vloeren dweilen op een dysenterieafdeling.'

Ze werd knalrood en vertrok.

Zijn zoon keek Cho met grote ogen aan. 'Is er iets ernstigs?'

'Nee hoor,' zei Cho, terwijl hij in Boekies hand kneep en zijn stem stabiel probeerde te houden.

Opnieuw paniek. *Vecht ertegen.*

Een minuut later kwam er een lange, grijsharige man binnen. Hij droeg een schone witte jas, had een diep doorgroefd gezicht en zijn ogen spraken van een geharde, zakelijke aanpak. 'Ik ben dokter Baek,' zei hij nors.

Cho stond op. 'Ik maak me zorgen over de opgezwollen keel van mijn zoon.'

De arts luisterde met een stethoscoop naar de hartslag van de jongen, keek in zijn mond en voelde ook naar klieren in zijn keel. Daarna zei Cho tegen de jongen: 'Wacht bij de auto.'

Twintig minuten later sprong Cho weer achter het stuur en maakte zijn gordel vast. In zijn koffer had hij een brief met onder het briefhoofd van het ziekenhuis de professionele mening van dr. Baek dat de oorzaak van de opgezwollen keel niet kon worden vastgesteld en de dringende aanbeveling hem te laten onderzoeken op de gespecialiseerde afdeling van het vrouwen- en kinderziekenhuis in Dandong. De afspraak voor de volgende dag werd op dat moment gemaakt. Het had Cho duizend euro en twee flessen Hennessy Black gekost.

Zijn hoofd draaide koortsachtig op de automatische piloot. Hij was bang dat als hij maar even zijn concentratie verloor, zijn zenuwen zouden bezwijken en dat zijn lichaam het zou begeven. Dan zou hij alleen zijn, als een gevangene in een cel, met de vraag die hij niet kon beantwoorden: *Hoe kan ik mijn vrouw in de steek laten?*

Hij controleerde de snelheid waarmee ze reden en ging langzamer rijden, voelde weer paniek. De verkeerspolitie was op elke kruising actief.

Hij had zijn taak binnen drie kwartier volbracht.

Maar het gaat toch om het redden van onze zoon?

Hij kon zijn vrouw niet aankijken. Haar wenkbrauwen schoten omhoog toen hij het haar vertelde. 'Behandeling in *China*?' Hij liet haar de brief zien en probeerde haar gerust te stellen; waarschijnlijk was het vals alarm, maar het kon geen kwaad om zeker te zijn en de specialistische apparatuur bestond niet in Pyongyang. Zijn transpiratie verried hem. Hij straalde schuld uit. Hij wist dat ze er niet in trapte, maar ze zei niets en keerde zich naar het raam. Ze was bang.

Later die dag zou hij de brief van dr. Baek gebruiken om de reisvergunningen te krijgen die hij nodig had voor het grensgebied, en als er nog een keer omgekocht moest worden met harde valuta om ze meteen te laten invullen, dan moest dat maar.

Zijn vrouw zei: 'De auto van het ministerie is aangekomen. Maar dat is jouw chauffeur toch niet?'

Hij liep naar het raam. Cho herkende de gedrongen man niet die op de binnenplaats bij de auto van het ministerie stond; hij keek omhoog naar het gebouw, op zoek naar het appartement van Cho en praatte in een zendontvanger.

Cho voelde zijn maag in steen veranderen. Maar toen kwam die vreemde kalmte weer over hem heen, berusting, haast aanvaarding. Het leek of hij er niet helemaal bij was, of dit iemand anders overkwam.

Hij zuchtte zachtjes en glimlachte bijna. De ginkgo's hadden een mooie, vlammende okerkleur gekregen.

Het gebeurt. Er is niets aan te doen.

Zijn vrouw had zich misschien verbaasd over de lange omhelzing, de vluchtige kus in haar nek, de manier waarop hij in haar hand kneep en met tegenzin losliet, maar hij keerde zich af voordat ze de ontluistering op zijn gezicht zou zien. Boekie was weer naar bed gegaan en Cho stond eventjes te kijken naar de onschuldige rust op zijn gezicht, zijn ademhaling, die lichtjes gehinderd werd door de verkoudheid, zijn onverstoorbare slaap omdat zijn liefhebbende ouders in de buurt waren en hem beschermden.

'Geen Jung-gil vandaag?' vroeg Cho, terwijl hij op de achterbank ging zitten.

'Hij is overgeplaatst, meneer.'

De auto gleed naar de poorten van de Verboden Stad en de slagboom ging omhoog; ze reden langs het Koryo Hotel en toen Cho omkeek zag hij een glimmende zwarte SUV met getinte ruiten staan. De richtingaanwijzer knipperde, en toen begon de auto op een afstand van ongeveer dertig meter zijn auto te volgen, wat opviel in het schaarse verkeer op de doorgaande weg. De witte kentekenplaat had een nummer dat begon met 55: een legervoertuig.

Cho's chauffeur sloeg niet rechts af naar het Kim Il-sungplein, de gebruikelijke route naar het ministerie, maar reed verder door de Sungristraat.

'Waar gaan we naartoe?' vroeg hij kalm.

De ogen van de chauffeur ontmoetten de zijne even in de spiegel, maar de man zei niets. Naast hen reed korte tijd een tram, met achter de ramen een massa vermoeide gezichten en lege ogen, als vissen in een aquarium.

Cho keek omlaag, naar zijn handen. Hij beefde helemaal niet, nu hij wist dat zijn lot bezegeld was. Hij maakte zich geen zorgen om zichzelf. Hij dacht aan Boekie, die vredig lag te slapen. Wanneer zouden ze het doen, vroeg hij zich af, de mannen die hem weg zouden halen? Het was beter dat hij thuis was, en dat het niet op school gebeurde, voor de klas. En zijn vrouw, hoe zou ze reageren? Gillen, smeken, op de grond vallen, hun laarzen vasthouden als ze vertrokken, of proberen haar zoon uit hun armen te wringen? Of zou ze te zeer geschokt en verbijsterd zijn om te bewegen? Hij dacht aan Yong-ho, hoe nauw hij zich gisteravond in de auto in het Moranpark met hem verbonden had gevoeld, en hij vroeg zich af of hij het vliegveld had bereikt.

De auto maakte een scherpe bocht naar links over een smalle betonnen hellingbaan naar de ingewanden van een diepe, ondergrondse parkeergarage. Cho was te diep in gedachten geweest om te zien welk gebouw het was. De zwarte SUV reed er nu vlak achter. Hij remde af en stopte toen de auto van Cho stopte. De koplampen gaven nu groot licht, de motor zoemde, door de witte uitlaatgassen leek hij op een duivelse tank. De vier portieren gingen tegelijk open en vier mannen in uniform stapten uit, met de klep van hun pet diep over hun ogen getrokken. In het schemerige wolfraamlicht kon Cho hun gezicht niet onderscheiden en niet zien of een van hen handboeien bij zich had. Hij deed zijn ogen dicht, genoot hevig van de vijf laatste seconden die van hem alleen waren, voordat niets in zijn leven, of wat ervan over was, nog van hemzelf zou zijn. Hij ademde uit, deed zijn portier open en stapte uit de auto, met een zwaar gevoel in zijn benen, als een man die op het punt staat een schavot te beklimmen.

De vier agenten schoten als één man in de houding.

Achter hen viel er een wig van licht over de betonnen vloer toen een ondergrondse deur openging en twee vrouwen naderden. Het waren jonge, mooie vrouwen, die de met sterren versierde pet en het uniform van de Rode Garde droegen, met glimmende zwarte laarzen.

Ze salueerden strak en precies gelijk. Een van de twee zei: 'Geachte kameraad kolonel Cho, wij hebben de eer u te escorteren.'

Cho's hersenen tolden verbijsterd rond.

Even later stonden ze samen met hem in een lift met houten lambrisering en gepoetste koperen knoppen. Een van de vrouwen glimlachte hem onderweg bedeesd toe en sloeg toen haar ogen neer. Hij wierp een blik op de nummers van de verdiepingen. Hij was in een van de grote staatsgebouwen. Toen de deur openging zag hij een enorme hal met zuilen, verlicht door een hoog glas-in-loodpaneel. De Opperste Volksvergadering.

Er stonden meer zaalwachters van de Rode Garde voor twee enorme palissander deuren ingelegd met lotusbloemen in goud-filigraan. Toen ze de deuren opentrokken kwam er een enorm geroezemoes naar buiten rollen, als een oceaan die op een kust beukt.

Hij ging de grote zaal binnen en zag in de oplopende rijen de honderden afgevaardigden van de Opperste Volksvergadering staan; ze keken naar Cho en applaudisseerden allemaal enthousiast. Het geluid overspoelde hem in donderende golven. Zijn hoofd begon te tollen. Camera's flitsten in zijn gezicht. Achter hem stond ineens een televisieploeg, die hem volgde terwijl de Rode Gardisten hem over de vloer naar het podium leidden, waar hij de lange, kale voorzitter van het Presidium herkende, die een hand uitstak om hem te verwelkomen. Achter hem baadde een enorm stenen standbeeld van Kim Il-sung in roze-blauw licht; aan weerszijden stond een erewacht met een verzilverde kalasjnikov. Cho werd de treden van het podium op geleid naar een stoel tegenover de hele vergadering.

Er ging een bel. Het applaus stopte onmiddellijk en de afgevaardigden gingen zitten. De voorzitter begon bezwerend te spreken, en rekte zijn klinkers voor een plechtig effect.

'Afgevaardigden, aan het begin van de vergadering van vandaag eren we een held van het Juche-ideaal, Cho Sang-ho. Zoals velen van u al hebben gehoord, heeft hij als een echte krijgsman-diplomaat de degens gekruist met de imperialistische jakhalzen en de partizanengeest belichaamd die onze Geliefde Leider Kim Jong-il ons allen aanbeveelt...'

Opnieuw werd er geapplaudisseerd. Cho wierp een heimelijke blik op het standbeeld rechts van hem, met een licht gezwollen buik onder een stenen maopak. Het gezicht stond streng.

'De yankees hebben meer dan hun gelijke gevonden in kolonel Cho. Ik kan u zelfs meedelen dat zij ons vandaag hebben gesmeekt om over drie weken verdere vredesbesprekingen te houden, hier in de hoofdstad van de revolutie...'

Er klonken verraste, triomfantelijke uitroepen onder de afgevaardigden, die opnieuw applaudisseerden. De voorzitter draaide zich om en Cho stond op: 'Kameraad kolonel Cho Sang-ho, voor uw moed tegenover de vijand en voor uw voorbeeldige dienstbaarheid, krijgt u de Orde van de Bewezen Helden, Eerste Klasse.'

Weer flitsten er camera's. De voorzitter stond met zijn rug naar de zaal toen hij Cho de medaille op de borst speldde. Cho keek hem in zijn scherpe, wasachtige gezicht. De ogen van de man ontmoetten de zijne in een flits vol puur venijn. En Cho begreep het meteen, onmiddellijk en zonder twijfel, zonder er nog eens over na te hoeven denken.

Ze hebben me nodig om de Amerikanen aan te pakken.

Toen de medaille op zijn borst was gespeld, keek Cho hoe de afgevaardigden weer opstonden en barstte het applaus voor hem weer los. Hij probeerde een trotse indruk te maken, maar zijn mond voelde als uit ijzer gegoten.

Hij had respijt gekregen. Drie weken, en dan viel de bijl.

Dit is macht, dacht hij, terwijl het applaus over hem heen bleef golven. De televisieploeg had zich onder het podium opgesteld om een duidelijk shot te krijgen. De camera's waren op hem gericht en er scheen fel licht op hem. *Mij de hoogste staatseer schenken, dan me te schande maken, me doden en alle herinneringen aan me uitwissen.* Hij keek in de gezichten van de applaudisserende afgevaardigden op de eerste rij, die zelfgenoegzaam oogden met hun epauletten en rangtekens. *Zo indoctrineert de Leider jullie permanent ter voorkoming van elke zucht naar macht. Zo leert hij jullie de enige waarheid die ertoe doet. Zuiverheid leidt tot beloning. Onzuiverheid leidt tot de dood.*

Terwijl hij de treden af liep en de muur van applaus nog steeds voor hem dreunde, zag hij iets vreemds. Een paar rijen achter de voorste stond een man met zilver haar die niet applaudisseerde; hij was een jaar of vijftig, droeg ook niet het beige uniform van de afgevaardigden, maar een effen zwarte tuniek die was dichtgeknoopt tot aan zijn kin. Hij had een streng gezicht met diepe rimpels, maar niet onvriendelijk. Op het moment dat Cho's ogen de zijne ontmoetten, leek er een onmiskenbare boodschap te worden overgebracht, een soort wijze belofte van iemand die om hem gaf en hem goed kende. Heel geheimzinnig. Toen werd Cho door de vrouwelijke Rode Gardisten de vergaderzaal uit geleid. Hij keek om, wilde nog een blik werpen, maar de man werd aan het gezicht onttrokken door de afgevaardigden, die nog steeds stonden te klappen.

Cho wist nu dat hij elk wakker moment zou worden gadegeslagen; elk telefoontje dat hij pleegde, zou worden opgenomen, elke aantekening die hij stuurde, gelezen. Overal waar hij ging zou hij geschaduwd worden door Bowibu-mensen en straatagenten. Ze zouden zijn buren en collega's medeplichtig maken aan het surveilleren. Boekie naar China brengen kon hij wel vergeten. Geen hoop op ontsnapping. Hij was nu al een gevangene. Vanavond zou hij zijn vrouw vragen van hem te scheiden, in de schrale hoop dat hun zoon bestraffing zou kunnen ontlopen als nazaat van een crimineel element.

Toen hij in zijn kantoor op het ministerie kwam, stond een man in een elektriciensoverall de gloeilamp boven zijn bureau te verwisselen. Een agent van de Bowibu, zonneklaar. Hij liet de man weggaan, deed de deur dicht en belde Yong-ho's mobiele telefoon. Er werd opgenomen door een lage, onbekende stem.

'Met wie?' vroeg Cho. 'Waar is mijn broer?'

Er volgde een pauze en een verandering in de achtergrondruis, alsof het telefoontje op de speakerphone werd gezet. 'Ik ben een vriend van je broer,' zei de stem.

Cho hing op.

Yong-ho was gearresteerd.

Deel twee

Niets is onmogelijk voor iemand met een sterke wil.
Het woord 'onmogelijk' bestaat niet in het Koreaans.

Kim Jong-il

30

Luchtruim boven de Zee van Ochotsk
Drie weken later
17 december 2010

Jenna deed haar ogen open en zag dat de cabine overspoeld was door poollicht. Het uitzicht vanuit het raam verblindde haar. Een bevroren zee, smetteloos als poedersuiker, barstte in zeshoeken. Ver in de diepte braakte een voortpuffende ijsbreker zwarte rook uit en baande een spoor van water door maagdelijke sneeuw. Haar ogen voelden vol korreltjes. Ze waren vroeg vertrokken vanaf luchtmachtbasis Elmendorf in Anchorage.

De stemming in het vliegtuig was ingetogen; een paar laptops stonden opengeklapt, maar het witte hoofd van de slapende gouverneur hing voorover.

Haar mond was uitgedroogd. Ze keek rond naar een stewardess maar herinnerde zich toen dat er op deze vlucht geen cabinepersoneel was.

'Hoef je geen telefoontjes te plegen voordat we vijandelijk luchtruim binnengaan?'

Ze keek opzij en zag de atletische blonde man die naar haar had geknipoogd toen ze aan boord was gegaan, en weer had ze het vage gevoel dat ze hem ergens van kende. Ze ging ervan uit dat hij had zitten werken totdat ze het piepje van een computergame hoorde.

'Chad Stevens,' zei hij, terwijl hij het scherm dichtdeed en zijn hand uitstak. 'Correspondent voor Azië, NBC News. Jij bent Marianne Lee, vermoed ik.'

Ze schudde met tegenzin zijn hand, voelde zich te slaperig om sociaal te doen.

Hij leunde met zijn onderarmen op de bovenkant van de stoelen. 'Dus... een vredesmissie zonder officieel reisplan, zonder diplomatieke bescherming, zonder beveiliging en nul communicatie met de buitenwereld. Volgens mij kan er van alles gebeuren.' Hij had een luide, tenorale stem, die haar op de zenuwen werkte; instinctief dempte ze haar eigen stemgeluid.

'Kan best, ja.'

'Dorst?' Hij hield een volle fles Coca-Cola omhoog.

'O.' Jenna streek haar haar uit haar ogen en glimlachte. 'Graag.' Ze draaide de fles open, nam een slok en spuugde die bijna door de cabine. De vloeistof bestond voor ongeveer de helft uit sterkedrank.

Hij liet een hoog kakellachje horen en gaf een mep op haar rugleuning. 'Jenevermoed!'

Aan de andere kant van het gangpad keek de naaste assistente van de gouverneur, een keurig gekapte grande dame met parelketting en een leesbrilletje, over haar USA *Today* en zei: 'U bent er dus ook in getrapt?'

Jenna gaf de fles terug aan Stevens. 'Het is... eh... een beetje vroeg voor mij.'

'Drank is vanavond voor mijn rekening. En misschien kun je me zelfs een paar dingen zeggen...'

'Veel nachtleven valt er voor u waarschijnlijk niet te vinden, meneer Stevens. En nog minder kans hebt u op een persoonlijk gesprek met mij.'

'We hebben altijd mijn kamer nog.'

Ze lachte ongelukkig. 'Dat is de eerste plek waar ze afluisterapparatuur plaatsen.' Ze ging weer rechtop zitten.

'Jemig, je hebt gelijk.'

Nu wist ze wie hij was. Ze had zijn quasiplechtige verslagen voor de camera gezien en meestal weggezapt. Zijn analyse van Noord-Korea had niets origineels of intelligents.

Hij leunde nog steeds over haar heen; belemmerde haar in haar bewegingen. 'Weet je, een van onze geheim agenten heeft me verteld dat er geen vijfde verdieping is in ons hotel. Dus de liftknoppen gaan van vier naar zes, zeg maar. Vanwege een geheime afluisterpost op de vijfde verdieping. Die heb je in alle hotels voor buitenlanders...'

Jenna deed haar ogen dicht. *Ik hoop dat je die hint begrijpt, makker.*

Ze gaf hem geen aandacht meer, luisterde naar het gezoem van de motoren, stelde zich voor dat er walvissen onder het zee-ijs gleden en dat de ozon door de ijle blauwe lucht wervelde, maar het slapen lukte niet meer. De term 'vijandelijk luchtruim' had haar onvermijdelijk teruggevoerd naar gedachten aan Soo-min. Er ontstonden nieuwe knopen van angst in Jenna's ingewanden. Ze was geschokt door wat de ontvoerder van haar zus zonder het te weten had onthuld tijdens dat Skype-gesprek. Het bewees duidelijk dat Soo-min was ontvoerd. Maar toen de euforie eenmaal was gezakt, begon het tot haar door te dringen hoe hopeloos de situatie was. Alsof ze te horen kreeg dat ze de loterij had gewonnen, maar dat haar prijs op een zwaarbewaakt eiland lag, waar je niets vandaan kon halen; het enige wat ze kon doen, was erlangs varen. Vaag vroeg ze zich af wat er was gebeurd met haar rapport vol 'frisse ideeën' voor de directeur van de CIA.

Achter het raampje was de lucht nu betrokken, het ijs zag nu duifgrijs.

Kolonel Cho zou bij de gesprekken van vandaag zijn. Ze moest absoluut een manier bedenken om even met hem alleen te zijn. Ze had geen idee hoe dat moest, het was niet makkelijk. Iedereen zou constant in de gaten worden gehouden en gezelschap krijgen.

En als hij haar niet zou willen helpen...?

Dan zou ze het openbaar maken. Het hele schandaal aan de grote klok hangen. De wereld vertellen dat haar tweelingzus was gekidnapt en gedwongen tot... *afdeling 915... het Zaaddrachtprogramma...* Ze had geen idee wat dat kon zijn, al zei haar instinct haar dat het iets vreselijks, lugubers was... en met tuinieren had het niets te maken.

Maar op het moment dat ze daarover nadacht, ebde haar vastberadenheid weg. Openbaar maken was erg riskant. Het regime zou volhouden niets te weten over Soo-min. De doofpot zou dichtgaan en het enige flintertje hoop dat Jenna had, zou voorgoed de bodem worden ingeslagen.

Het landingsgestel werd met hydraulische energie uitgeklapt. Er raasde bruin, kaal landschap langs, dat naar haar omhoogkwam. Geen boom te zien. De wielen raakten het asfalt en hobbelden over een landingsbaan met opgevulde kuilen. Aarden wallen. Tankgrachten? Prikkeldraadversperringen. Geen lichten, geen vliegveldverkeer. Het vliegtuig minderde vaart en reed langs twee roestige Toepolev-jets met het logo van Air Koryo.

Het vliegtuig draaide langzaam. Een luchthavengebouw schoof haar gezichtsveld binnen en Jenna voelde een vlaag van opwinding. Boven op het gebouw stond een buitenmaats portret van een lachende Kim Il-sung; het leek een reclamebord voor seniorentandzorg.

Han zou een beroerte krijgen als ze wist waar ik was.

Jenna had jaren gewijd aan het bestuderen van Noord-Korea, maar dit was haar eerste bezoek. Het lukte weinig Amerikanen het land binnen te komen waarmee ze technisch gezien nog steeds in oorlog waren. Ze bekeek alles, hongerig naar details.

Voor het luchthavengebouw vormde een aantal mannen een dreigende rij. Zo te zien was dat het ontvangstcomité van het ministerie van Buitenlandse Zaken en van de binnenlandse veiligheidsdienst; legerjassen flapperden in de wind, gezichten van wassen beelden. Haar ogen zochten naar kolonel Cho, maar hij was er niet bij.

'Daar hebben we de gastvrijheid,' zei Chad Stevens. Ze zag dat de colafles leeg was. Zijn ogen dwaalden alle kanten op als die van een kind.

De vredesmissie bereidde zich voor op het verlaten van het toestel, met de gouverneur voorop. Bij het uitstappen controleerden twee veiligheidsagenten van de CIA met wapperende jaspanden hun naam op de passagierslijst.

'Zeg, jullie gaan toch wel mee?' vroeg Jenna.

'Wij blijven bij het vliegtuig, m'vrouw. Te veel gevoelige communicatieapparatuur aan boord om hier vannacht te laten staan. Morgen om zes uur zijn we weer voor u paraat.'

Ze liep door en voelde de angst toeslaan.

Het was vroeg in de morgen en verzengend koud. Schuin zonlicht viel theatraal op het beton en haar adem veroorzaakte patronen van witte damp, maar er was iets waardoor ze zo'n dag nog nooit had meegemaakt. Niet de lucht, die fris en niet vervuild was maar alleen een vage, weemoedige geur van kolenkachels bevatte. Ook niet de ketens van lage heuvels, die de een na de ander dromerig leken op te doemen. Het was de stilte. Geen verkeer, geen vliegtuigen in de lucht, geen vogelgeluiden.

De witte manen van de gouverneur wapperden in de wind terwijl hij hartelijk de hand schudde van iemand in het ontvangstcomité.

Hoewel hij de pensioenleeftijd al had bereikt en nog twee jaar te gaan had in de hoofdstad van een van de noordwestelijke staten, was de gouverneur, als gerespecteerd voormalig ambassadeur van de Verenigde Staten bij de VN en door zijn jarenlange ervaring met Noord-Korea, de aangewezen persoon om de vredesmissie te leiden. Zijn doel was het verminderen van de spanning na de aanval op het eiland Yeonpyeong en het aanbieden van meer hulp in ruil voor harde concessies. De president had een militair vliegtuig van het Witte Huis beschikbaar gesteld. Jenna's officiële rol was tolken. Haar echte, gevoeliger rol was met haar doorgenomen door Fisk, die zich nog steeds gefrustreerd voelde omdat zijn dienst niets had geweten over Yeonpyeong. Vastbesloten het initiatief te nemen had hij erop aangedrongen dat de missie alleen zaken zou doen met een bekende persoon: kolonel Cho.

Op grond van dagelijkse spysat-controle leek het laboratoriumcomplex in Kamp 22 bijna voltooid. Het was verbluffend snel gebouwd, met hulp van een enorm, vervangbaar leger dwangarbeiders. Fisk was ervan overtuigd dat het allemaal te maken had met het raketprogramma, en daarom verspreidde zijn nervositeit zich door de defensiegelederen. Jenna had de geheime opdracht om eventuele verdere aanbiedingen van hulp te koppelen aan het verzoek het laboratoriumcomplex open te stellen voor inspecteurs. Al heel snel was dat het belangrijkste officieuze doel van de missie geworden en Jenna was er op een uiterst nuchtere manier op geconcentreerd. Ze was er zeker van dat het regime zou weigeren, waardoor haar weinig mogelijkheden zouden overblijven.

Achter de gouverneur liepen de leden van de missie op een rij: een commentator van de *Wall Street Journal* die bekendstond om haar cynische opvattingen over het buitenlands beleid van de president; de naaste assistente van de gouverneur, die de insuline van haar baas in haar handtas bewaarde; twee Oost-Aziëspecialisten van het ministerie van Buitenlandse Zaken, allebei Aziatisch-Amerikaanse mannen van in de veertig met identieke Tom Ford-zonnebrillen; en een cameraman van NBC die aan Chad Stevens was toegewezen. Tot nu toe was alleen Stevens vriendelijk tegen haar geweest, maar ze zou hem nog geen ijsje van een kind toevertrouwen.

Ze werden door het verlaten luchthavengebouw naar een summiere douanecontrole begeleid, die de taak had hun mobiele telefoons en alle communicatieapparatuur in te nemen; bij vertrek zou alles worden teruggegeven.

Door het raam zag ze de glanzende Gulfstream IV van de Amerikaanse luchtmacht staan. De deur van de cabine was dicht en de turbines begonnen te draaien. Zonder hem met haar ogen los te laten, zei ze: 'Ik denk dat we allemaal bij elkaar moeten blijven...'

'Goed idee.' Ze had niet gemerkt dat Stevens naast haar stond. 'Ik heb een hekel aan alleen reizen.'

'*Geepish.*'

Een geüniformeerde douanier wees naar de laptop in Stevens' open Samsonite-koffertje.

'*Geepish!*'

'Hij denkt dat er gps op zit,' zei Jenna.

'Zeg hem dat het gewoon een verdomde laptop is, die ik nodig heb voor mijn werk.'

Buiten stond een stoet auto's te wachten, met voorop een antieke zwarte Lincoln sedan met de vlaggen van de USA en de DPRK op de motorkap. De gouverneur mocht in de eerste auto instappen. Her en der stonden malloten van de veiligheidsdienst van wie ze vermoedde dat ze van de Bowibu waren, met zwarte leren jasjes aan. Ze zag dat Chad Stevens naar de auto achter haar werd geloodst en de anderen naar de auto's achter hem.

Voor ze het wist zat ze alleen op de achterbank van een Nissan Maxima met voorin een chauffeur en een veiligheidsagent. De stoet vertrok in begrafenistempo, met de Lincoln sedan voorop.

Ik ben alleen en zonder bescherming in een vijandig land.

Toen ze een blik achterom wierp zag ze het grote hoofd van Chad Stevens in de auto achter de hare. Hij zwaaide. Ongelooflijk, nu was ze wel in de stemming voor die cola-tic.

Jenna vroeg de twee mannen voorin of ze naar de radio mocht luisteren.

Het tweetal keek elkaar aan. De beveiligingsagent draaide aan de knop, waarna de auto werd gevuld door een uitbundige vrouwenstem: '*...gisteren aangekondigd op het Kangsong-staalcomplex, waar de arbeiders zelf de fakkel ontstaken van een nieuw revolutionair elan, dat zich over het hele land verspreidt...*'

De weg was niet breder dan een landweg. De stoet reed door een dorp dat bestond uit witgekalkte hutten met irimoya-pannendaken, die er op een afstandje schilderachtig hadden uitgezien maar van dichtbij miserabel, alsof de bewoners hun huizen met vee deelden. Aan het begin van het dorp stond een enorme stèle met een gekleurd mozaïek van vader en zoon Kim. Hetzelfde portret had in de aankomsthal gehangen. Ze was een halfuur in het land en had nu al het gevoel dat er geen psychische ruimte was om aan die twee te ontsnappen.

De stoet auto's kwam op snelheid toen ze door de buitenwijken reden over een kaarsrechte doorgaande weg met bomen en eindeloze torenflatcomplexen erlangs. Het leek op een van de filmdecors van Kim Jong-il, of een toekomstvisie uit het kosmonautentijdperk. Elektrische trolleybussen snorden langs; hier en daar reed een Mercedes-Benz met een militaire chauffeur, getinte ruiten en een driecijferige kentekenplaat.

Aan beide zijden van de weg verzamelden zich voor alle flats menigten op de trottoirs. Honderden saai geklede burgers wandelden vijf à zes rijen dik naast elkaar in de lage ochtendzon naar hun werk; voorop liep iemand met een rode vlag.

En er gebeurde iets vreemds met de stem op de radio. Hij werd versterkt en kwam nu van alle kanten, een echo die achter de auto en in de koele lucht tussen de gebouwen leek te galmen. Het duurde even voordat Jenna besefte dat dezelfde stem ook werd uitgezonden via luidsprekers die om de honderd meter aan lantaarnpalen waren bevestigd.

'...een nieuw gevecht om hoge productiesnelheden, kameraden! Laten we ons allemaal solidair betonen met de socialistische helden van het Kangsong-staalcomplex door net zoveel extra uren te werken...'

Ze liet haar hoofd tegen de rugleuning zakken.

Welkom in Pyongyang.

31

Station van Hyesan
Provincie Ryanggang, Noord-Korea

Er hing iets in de lucht. Mevrouw Moon kon niet uitleggen wat. Door een stroomstoring was de luidspreker tot zwijgen gebracht, waardoor de spanning overal leek toe te nemen. Ze voelde het in haar gewrichten, zoals reumatieklijders een storm voelen aankomen. De lucht was betrokken en had een groengele tint doordat er wazige wolken voor de zon hingen. De sfeer op het station was ingetogen, alsof de mensen op hun tenen liepen.

Twintig rijstkoeken lagen in haar nikkelen schaal uitgestald. Haar rug was verdoofd door het op de grond zitten. Ze begon helemaal opnieuw, helemaal vanaf nul, maar het zou haar hoe dan ook lukken. Het onderzoeksteam van de Bowibu had zich laten omkopen met de koelkast en haar naam van hun lijst geschrapt, maar ze wist dat het uitstel tijdelijk was. Ze zouden terugkomen. Met een beetje geluk zou haar kantine over een jaar of twee weer draaien en zou ze het zich kunnen permitteren ze steeds af te kopen. Die gedachten floepten aan en uit in haar hoofd, als bijna kapotte gloeilampen, en maakten haar onrustig. Of misschien was het alleen maar die onnatuurlijke spanning. Ze wou dat er iets gebeurde om die te breken.

Kyu zat tegenover haar op een kist en hield een plastic aansteker onder zijn pijp, met zijn hoofd schuin, als een hond die ver weg hoort blaffen.

'Voelt u het ook?' vroeg hij.

32

Ministerie van Buitenlandse Zaken
Kim Il-sungplein
Pyongyang, Noord-Korea

Cho zat in een gemakkelijke stoel in het kantoor van de eerste onderminister, stijf ingepakt in een nieuw uniform met de medaille op zijn borst. Hij voelde zich een nepacteur in een oorlogsfilm, met achter zich de figuranten: leden van het hogere personeel van het ministerie, allemaal op hun paasbest, met gepoetste schoenen en blinkende decoraties.

De eerste onderminister liep te ijsberen, met een kom thee in zijn hand.

'Onze beste kans krijgen we vanavond tijdens het banket, na een paar soju-toosts.' Een samenzweerderig gelach verspreidde zich door de kamer. 'Dan dienen we onze yankees een bijgerecht van dreiging op, een hoofdgerecht van bedrieglijke informatie en een dessert van vrome beloften. Laten we de oude man naar huis sturen met het idee dat hij vrede in zijn zak heeft...'

Voor zover Cho kon zien was het zeker niet hun taak om de spanning te verminderen, maar om die netjes in de hand te houden. Niet dat het voor hem allemaal iets uitmaakte. De yankees waren tweeëntwintig uur in het land. Hij betwijfelde of de Bowibu zo lang zou wachten. Vermoedelijk zouden ze hem arresteren als hij later die avond het banket verliet en zijn rol uitgespeeld was.

De eerste onderminister zweeg even om van zijn thee te nippen en met een uitgekookt gezicht door de hoge ramen een blik te werpen op het Kim Il-sungplein.

'We moeten onze vijand in mist hullen om te voorkomen dat hij een vermoeden heeft van onze plannen...'

Mist, leugens.

Cho's gedachten keerden terug naar zijn gezin, als een kompas dat het noorden vindt.

Hij had zijn vrouw alles verteld en voelde nog steeds de pijn. Ze leefden het bevoorrechte leven van de elite. Zij had nooit schande ervaren. Ze kende Cho alleen als plichtsgetrouw echtgenoot en toegewijd vader van zijn zoon. Nu moest hij ermee leven dat ze de waarheid kende: er rustte een smet op zijn afkomst. Er zat zo'n ernstige misdaad in zijn bloed dat hij volledig uit de samenleving zou worden geëlimineerd, hoewel hij geen idee had wat die misdaad inhield. Haar reactie varieerde van ongeloof tot shock tot eindeloze huilbuien in de slaapkamer. Wist hij het zeker? Ze bleef het hem vragen, en hoewel hij haar niets kon bewijzen, wist hij het absoluut zeker. Hij zei keer op keer hoe erg hij het vond, maar had geen woorden om haar te troosten. Hij was het probleem.

De volgende dag merkte hij dat ze voor hem terugdeinsde en hun band al losser maakte. De dag daarna bejegende ze hem koel. Op haar gezicht stonden gevoelens van verraad en spijt te zien. Ze bekeek hem met een nieuwe blik, als heel iemand anders. Hij kon niet naar haar kijken. Het stigma was doorgegeven aan de zoon die ze had gedragen! Cho vroeg haar met Boekie naar de datsja van haar ouders te gaan, in Wonsan, aan de oostkust, terwijl hij echtscheiding aanvroeg. En toen het acute gevaar voor Boekie tot haar begon door te dringen, wilde ze het huwelijk zielsgraag ontbinden, zette Cho aan tot haast, zei dat haar familie alle smeergeld zou betalen die nodig was om het proces te versnellen. Cho en zij klampten zich vast aan deze hoop: dat hun zoon gered kon worden door die scheiding en haar familieconnecties.

Cho had hun reisvergunningen zelf geregeld. Dat was het ergste moment geweest: Boekie voor het laatst zien, hem vaarwel zeggen op het perron van het station van Pyongyang, alsof appa over een paar dagen bij hen zou komen voor een wintervakantie. Boekie had hem gevraagd niet te vergeten zijn puzzelboek mee te nemen en Cho moest zich omdraaien om zijn emoties te verbergen.

Zijn eigen leven was voorbij en het verraste hem hoe weinig moeite hij daarmee had. Hij onderzocht dat gevoel, die onbezorgdheid tegenover de dood, hij wilde weten hoe dat kon. Misschien had hij in zijn hart altijd ergens geweten dat het zover zou kunnen komen. Dat het nu gebeurde was een opluchting en gaf hem onverwachte moed. En met die moed kwam er zwarte rook in hem op, een verlangen iets wraakzuchtigs te doen.

Hij had er een paar dagen op gebroed, maar toen een onverwachte gelegenheid zich voordeed, aarzelde hij niet.

Hij was het verschuldigd aan de waarheid, aan de toekomst. Hij was het verschuldigd aan Marianne Lee.

De vorige dag waren Cho's collega's 's ochtends naar de bovenste verdieping geroepen voor een ongeplande vergadering. Hij was niet uitgenodigd. Zodra ze weg waren, stak hij zijn hoofd om de deur van zijn kantoor en keek links en rechts de gang in. Geen van de Bowibu-agenten die hem vermomd als schoonmakers, secretarissen en klusjesmannen in de gaten hadden gehouden, was ergens te zien. Hij had misschien een minuut. Maximaal twee. Het kantoor naast het zijne was van een collega die kapitein Hyong heette. Cho glipte naar binnen en deed de deur dicht.

Terwijl zijn hart tegen zijn ribben roffelde, probeerde hij zijn ademhaling onder controle te brengen.

Afdeling 915, had Yong-ho gezegd. Zaaddrachtprogramma.

Hij pakte Hyongs vaste telefoon, die hem verbond met de telefoondienst van het ministerie, en voelde dat hij een droge mond kreeg. 'Verbind me door met afdeling 915 van het Organisatie- en Gidsdepartement.'

De telefoon werd onmiddellijk opgenomen; de spreker noemde zijn naam en zijn rang.

'Luitenant, u spreekt met kapitein Hyong van het ministerie van Buitenlandse Zaken,' zei Cho; hij probeerde ontspannen en superieur te klinken. 'We hebben de gegevens nodig die u bezit over een vrouw met de naam Soo-min Lee, een Koreaanse Amerikaanse die in 1998 hierheen is gebracht.'

Er volgde een aarzelende pauze. 'Wij verschaffen geen informatie over een geheim programma aan andere ministeries, tenzij...'

‘Het zou ons een cruciaal voordeel kunnen opleveren bij onze gesprekken met de yankees morgen. Moet ik dit echt persoonlijk opnemen met de Leider zelf?’

Weer een pauze aan de andere kant. ‘Eén moment.’

Cho hoorde een gemompeld gesprek op de achtergrond.

De luitenant kwam weer aan de lijn. ‘Een Koreaanse *Amerikaanse*, zegt u?’

‘U hebt me gehoord. Gemengd ras. Afro-Amerikaans en Koreaans.’

Cho hoorde dat er iets op een computertoetsenbord werd ingetikt.

Schiet op.

Met de telefoon in zijn hand wierp hij weer een blik in de gang en zag twee van de Bowibu-lui die hem schaduwden aan het eind ervan staan overleggen. Kennelijk waren ze er net achter gekomen dat hij niet bij de vergadering met de anderen was. Een van hen draaide zich om en kwam zijn kant op lopen.

Snel, alsjeblieft.

Op datzelfde moment trok een document boven op de stapel binnenkomende post van kapitein Hyong Cho’s aandacht. De namen van de afgevaardigden van de Amerikaanse vredesmissie stonden erop vermeld, met een paar details over ieder. Zijn blik ging regelrecht naar Marianne Lee. Hij zag de woorden ‘*is vrijwel zeker de voormalige academica doctor Jenna Williams van Georgetown University, Washington* DC*...*’

De luitenant kwam weer aan de lijn. ‘Ik heb een Soo-min *Williams* gevonden, de enige naam die past bij dat raciale profiel... Naam is gewijzigd in Ree Mae-ok. Het land binnengekomen per onderzeeër op de marinebasis Mayangdo op 23 juni 1998, samen met een Zuid-Koreaanse man van negentien jaar...’

Cho’s hoofd tolde. *Dus het klopt*... ‘Snel, alstublieft, waar wordt ze vastgehouden?’

‘De Paekhwawoncompound, net ten noorden van de stad. Uitsluitend toegankelijk voor genodigden...’

Cho wilde net ophangen toen de luitenant vroeg: ‘Moeten we het dossier doorsturen?’

Nonchalant liep Cho het kantoor van kapitein Hyong uit, in het volle zicht van de Bowibu-functionaris; hij liet Hyongs nietmachine aan zijn hand bungelen alsof hij die even was komen lenen.

Die avond thuis had hij een hele tijd in zijn donkere werkkamer gezeten en zich de achttienjarige Soo-min voorgesteld zoals ze confuus, doodsbang in zijn land aankwam en het idee kreeg dat ze in een nachtmerrie was terechtgekomen. Hoe zou hij die informatie kunnen doorspelen aan Marianne Lee, wier echte naam dr. Jenna Williams was? *Jenna.* Een kwestie van timing, kansen grijpen... En was dat alles wat hij ging doen? Haar vertellen wat hij had ontdekt? Hij voelde hoe het zweet hem uitbrak. *Cho Sang-ho, je bent geen lafaard. Je kunt toch...*

'Nog vragen?'

Cho was met een ruk terug in de kamer.

De eerste onderminister peilde de gezichten van zijn staf door zijn dikke brillenglazen. Zijn ogen bleven hangen op Cho.

'Na de gesprekken wacht jij in het Yanggakdo Hotel op de yankees, Cho, en dan ga je met ze naar het banket. Onthoud,' zei hij, aan het adres van de hele kamer, 'als een yankee informeert naar de extra veiligheidsmaatregelen in de stad, moet je antwoorden dat het een "jaarlijkse routineoefening" is.'

Welke extra veiligheidsmaatregelen?

Cho liep terug naar zijn bureau om zijn toespraak te halen. Dat zou zijn beschamendste aandeel worden: hij moest de pop van een buikspreker spelen en woorden voorlezen die waren geschreven door de Partij. Hij liep de gang in en kwam langs een van de Bowibu-lui die hem schaduwden; de man deed alsof hij een glazen deur poetste. Om de een of andere reden haastte een aantal ambtenaren zich de andere kant op. Plots kwam zijn schouder in botsing met een van de lagere diplomaten; de papieren van de man vlogen over de vloer.

'Rustig aan, kameraad,' zei Cho.

'Het spijt me, meneer.'

Iedereen stond op scherp. Waren ze zo gespannen over het bezoek van de yankees? Het was hem tijdens de vergadering ook opgevallen. De manier waarop de eerste onderminister zenuwachtig door de ramen naar het plein gluurde.

Hij ging aan zijn bureau zitten en begon de toespraak voor de laatste keer door te nemen, maar werd onderbroken door geroep in de gang. Een politieman van het garnizoen Pyongyang kwam aanlopen, gevolgd door twee ordonnansen die dozen droegen.

'Alle laptops, mobiele telefoons en USB-sticks!'

Collega's lieten hun telefoons in de dozen vallen.

Ze stopten bij Cho's deur. 'Alle laptops, mobiele telefoons en USB-sticks!'

Cho liet zijn telefoon erin vallen. 'Wat is er aan de hand?'

'Alle communicatiemiddelen moeten worden geregistreerd bij de Bowibu. Onderdeel van de extra veiligheidsmaatregelen,' zei de politieman, terwijl hij een kleverig etiket met Cho's naam op de telefoon plakte. 'Ze worden morgen teruggegeven.'

Verbaasd liep hij naar de receptie van zijn verdieping, vlak bij de trap, waar een krantenrek stond met alle dag- en weekbladen. Hij bladerde de *Rodong Sinmun* door. Er was geen vermelding van verhoogde veiligheid. Het enige wat hem opviel, was een merkwaardig neutrale mededeling op de eerste pagina over 'noodzakelijke economische maatregelen' die rond het middaguur zouden worden aangekondigd.

Hij luisterde. Het was akelig stil geworden in het gebouw. De vaste telefoons zwegen. Cho wilde teruglopen naar zijn kantoor, draaide zich om en stopte. Achter in de gang stond een man naar hem te kijken. Hij had zilverkleurig haar en droeg een effen zwarte tuniek. Cho herkende hem meteen als de man die hij had gezien tussen de afgevaardigden in de Opperste Volksvergadering. Instinctief liep Cho naar hem toe, maar de man draaide zich om en verdween naar links. Cho overwoog even hem achterna te gaan, maar op dat moment werd hij afgeleid door nieuwe commotie.

De sirenes van de stad begonnen te loeien, in het ene district, dan in een ander, met een glissando op en neer. Op de gezichten van zijn collega's stond paniek te lezen. Alle ogen waren naar de ramen gekeerd. Cho was tot dan toe kalm gebleven, maar die zwarte figuur had hem nerveus gemaakt. Hij begon een vormloze, abstracte onzekerheid te voelen. Toen kwam er van buiten een geluid dat iedereen massaal naar de ramen lokte. Over het uitgestrekte Kim Il-Sungplein holden gewapende militairen en politieagenten. Maar ineens splitsten ze zich in twee stromen, als twee vluchten zwaluwen, en maakten een doorgang vrij, terwijl er van links langzaam een lange, donkergroene loop tevoorschijn schoof, gevolgd door het rinkelen en brommen van rupsbanden. Stomverbaasd zag Cho hoe een T-62-tank midden op het plein positie innam.

Hij pakte de telefoon op het dichtstbijzijnde bureau. Dood.

Achter hem klonken haastige voetstappen. Hij draaide zich om en zag de eerste onderminister door de gang lopen, met in zijn kielzog andere diplomaten van het onderhandelingsteam. Hij wenkte ongeduldig naar Cho.

'De yankees zijn er.'

33

Ministerie van Buitenlandse Zaken
Kim Il-sungplein
Pyongyang, Noord-Korea

Met een jetlag en gedesoriënteerd werden de leden van de Amerikaanse vredesmissie in een rij langs de camera's van het staatsnieuws geloodst, die op hen stonden te wachten voor een groot gebouw met een zuilengalerij vlak bij de Tae-dong. Het leek een zijdeur en niet de hoofdingang aan het Kim Il-sungplein. Berekende intimidatie, dacht Jenna.

Stevens liep naast haar. 'Voelt alsof we criminelen zijn, hè?'

Ze kon de drank ruiken.

Ze werden door twee lange gangen geleid naar een ruime staatsiezaal met een tapijt op de vloer; daar werden ze uitgenodigd plaats te nemen aan de ene kant van een lange, mahoniehouten tafel. Op de muur links was een enorm tafereel geschilderd: een oceaan met blauwgroene golven die op de rotsen slaan en uiteenspatten. Jenna boog zich voorover om het te bekijken. De schildering besloeg een hele muur. Ze besloot dat het de standvastigheid van het regime in stormachtige tijden symboliseerde.

Niemand van het gezelschap, ook de gouverneur niet, had enig idee wat ze konden verwachten. De Noord-Koreanen beheersten het bezoek volledig. De verslaggeefster van de *Wall Street Journal* haalde haar poederdoos tevoorschijn en trok een gezicht toen ze haar lippenstift inspecteerde. De cameraman van Chad Stevens groef iets uit zijn neusgat met de punt van een balpen. De stilte werd verbroken door de vingers van de gouverneur, die op de tafel trommelden, en door het verre geloei van sirenes.

Onverhoeds vlogen de dubbele deuren aan de andere kant van de zaal open. Een grote delegatie kwam binnen en liep in de pas naar de tafel. De gouverneur stond op en schuifelde om de tafel heen met de bedoeling handen te schudden, maar ze marcheerden recht naar hun stoel, stelden zich op in een rij en gingen allemaal tegelijk zitten, terwijl de andere leden achter hen bleven staan. De gouverneur sloeg een figuur, liet zijn hand zakken en zocht, gevolgd door alle ogen in de zaal, zijn stoel weer op. Recht tegenover hem zat kolonel Cho, in een witte militaire tuniek en een kaki pet. Hij had een stervormige medaille gekregen. Jenna probeerde zijn aandacht te trekken, maar zijn blik bleef strak op een vast punt gericht. Zijn hoge jukbeenderen waren scherper geprononceerd en hij had donkere wallen onder zijn ogen.

De Amerikanen zagen een panorama van harde gezichten in slagorde voor zich. Er was geen begroeting geweest, geen glimlach. De stilte begon zwaar te wegen. De gouverneur was zo in de war dat zijn mond openhing. Het was duidelijk dat hij een welkomstwoord had verwacht.

Direct achter Jenna ademde Stevens: 'Die gesprekken met de USSR in de Koude Oorlog? Dolle pret in vergelijking hiermee...'

De gouverneur bleef onverstoorbaar, hij glimlachte vriendelijk, haalde zijn toespraak voor de dag en zette zijn bril op. Hij had vaker voor een publiek gestaan dat moest worden opgewarmd. Maar precies op hetzelfde moment legde kolonel Cho zíjn toespraak op tafel. Met galmende stem begon hij te lezen. Nog vreemder was dat die toespraak in een krant was afgedrukt, schijnbaar als hoofdartikel van de *Rodong Sinmun*.

Voorovergebogen naar het oor van de gouverneur vertaalde Jenna het intimiderende proza: *Ongerechtvaardigde yankeeblokkade van Korea verhindert vrede! Strooplikkers die landen verkopen kennen maar één weg: vernietiging!* De gouverneur tuitte zijn lippen en knikte; hij luisterde de eerste minuten met begrip, haalde zijn pen tevoorschijn en noteerde af en toe iets, maar op zijn gezicht stond steeds meer verbijstering te lezen toen kolonel Cho een bladzij omsloeg en met enige stemverheffing de corruptheid en de morele leegheid van de yankees veroordeelde; na pakweg twintig minuten was er geen aanwijzing dat de toespraak een bepaald punt bereikte of ten einde liep en stak de gouverneur een hand op. Hij maakte een hoge, geërgerde beweging, met het doel Cho te laten stoppen.

Cho keek op.

'Meneer, ik ben een oude man. Ik ben bang dat ik hier geen tijd voor heb, want ik ben misschien al dood voordat u het eind van dat stuk hebt bereikt.'

Jenna vertaalde het. Er volgde weer een stilte, waarin alle ogen van haar naar de gouverneur bewogen.

Toen reageerde de man rechts van Cho. Hij droeg een dikke, stalen bril waarin hij vissenogen kreeg, en een effen bruine tuniek zonder insignes. Hij begon laag, traag te lachen en Jenna begreep waarom de hele scène raar over was gekomen: de dynamiek klopte niet. Cho was maar een spreekbuis. Deze lachende man had hier de macht. De anderen volgden zijn voorbeeld en begonnen smakelijk te lachen, waarna de zaal gevuld was met gelach van mannen. Het gezicht van kolonel Cho bleef somber. Een heel kort moment ontmoetten zijn ogen de hare aleer hij koos voor zijn eigen spiegelbeeld in het glanzende tafelblad. Toen de hilariteit aanhield en luider werd, hoorde ze er een wrede ondertoon in, alsof deze oude man met zijn piekhaar, de gouverneur, de kracht van hun vijand belichaamde.

Later werden de gouverneur en zijn assistente naar hun verblijven in een staatspension gebracht – 'makkelijker om ons gesprek af te luisteren', mompelde hij – en de andere leden van de missie kregen een kamer op de eenendertigste verdieping van het Internationaal Hotel Yanggakdo voor buitenlanders, met over de Taedong heen uitzicht op het stadscentrum. Het hotel lag op een eiland in de rivier, en de enige brug die erheen leidde, werd bewaakt. Er was geen kans onopgemerkt en zonder begeleiding weg te glippen. Zodra ze de deuren van de hal door waren zouden lijfwachten en gidsen hen terzijde staan en informanten onder het hotelpersoneel en chauffeurs zouden al hun bewegingen registreren. De enige privacy was te vinden in hun kamers, maar Jenna geloofde zelfs daar niet helemaal in en deed de deurketting erop.

Ze stond een hele tijd bij het raam te luisteren naar het tuffen van een roestige schuit die schalie uit de rivierbedding opbaggerde en de glissando's van de sirenes, alsof de stad zich voorbereidde op een aanval. Een donkere skyline van torenflats strekte zich uit tot een horizon met spookachtige heuvels. Geen kleur of licht van commercie; geen drukte of bedrijvigheid, alleen kale peertjes die gloeiden in appartementen zonder gordijnen, een woud van beton.

De ergernis van de gouverneur tijdens de bijeenkomst had een kleine Amerikaanse overwinning opgeleverd. De man die was begonnen te lachen, de eerste onderminister, hoorden ze later, had kolonel Cho gebaard de toespraak weg te bergen. Een halfuur lang was daarna hun gedachtewisseling over tafel bijna een normaal gesprek, totdat de gouverneur de memo die Jenna voor hem had geschreven opensloeg, een haarscherpe satellietfoto ophield en het geheime laboratoriumcomplex een ernstige veiligheidsaangelegenheid noemde. De eerste onderminister leek verbijsterd, toen fluisterde een medewerker hem iets in en veranderde de sfeer in de zaal ogenblikkelijk. *De kampen zijn onbespreekbaar*, dacht Jenna, toen ze de gezichten voor zich weer zag verkoelen. Het leek of er een onzichtbare grens was overschreden. *Jammer*. Ze zou ervoor zorgen dat de zaak tijdens het banket opnieuw werd aangekaart.

De sirenes loeiden nog steeds en begonnen op haar zenuwen te werken. Ze zette de oude Toshiba-televisie aan om het geluid te overstemmen. Geschminkte kleuters die overdreven vrolijke gezichten trokken, deden een dansje, staken hun handen in de lucht en zongen: '*Wij werken aan de bonenoogst, de bonenoogst wordt mooier...*'

Cho had de rest van de vergadering gezwegen. Er was iets met hem gebeurd sinds New York. Hij had haar maar even aangekeken, en ze had in zijn blik geen arrogantie bespeurd, maar iets heel onverwachts, iets kwetsbaars. Ze had verdriet, schaamte en spijt gezien. Dat wist ze zeker. Het leek te worden bevestigd doordat hij niet meelachte met zijn kameraden. Hem alleen spreken was onmogelijk geweest. Daarvoor bleef alleen het banket van die avond over...

Ze hing haar kleren op en ging op bed liggen. Ze was uitgeput. Binnen een paar minuten was ze in slaap gevallen onder het zingen van de kinderen, weggedreven naar een rusteloze, verschuivende droom waarin de televisie naar haar keek, de deurknop van haar kamer draaide en de ketting aan de deur rammelde.

34

Station van Hyesan
Provincie Ryanggang, Noord-Korea

Volgens de stationsklok was het exact twaalf uur 's middags. Mevrouw Kwon was de eerste die het hoorde. Toen hoorden alle vrouwen het, ze keken op van hun mat. Het kwam van de andere kant van de stad, een kreet als van de wind die tijdens een storm langs de dakranden giert, of het huilen van boze geesten in de bergen. Toen het dichterbij kwam, klonk het als een massa fluittonen.

De markt stopte om te luisteren.

Plotseling zagen ze Spadekop, zonder sergeant Jang, aan komen rennen langs de stalletjes, met zijn hand aan de klep van zijn pet. Zijn gezicht zag zo rood als een pruim. Hij gebaarde iedereen bij elkaar te komen.

'Als een van jullie een illegale telefoon heeft, dames, zorg dan dat je hem stante pede kwijtraakt. En jullie hebben dit niet van mij gehoord.'

De fluitjes begonnen weer, een heleboel tegelijk, en nu kwam het loeien van de luchtalarmsirenes erbij. De vrouwen keken in de richting van het geluid, met hevige paniek in hun ogen.

'Wat gebeurt er?' vroeg mevrouw Yang, maar Spadekop was alweer weg.

'We zijn in oorlog,' bracht mevrouw Kim naar adem happend uit, en ze sloeg haar mitaines voor haar mond.

Mevrouw Moon zat op haar mat en luisterde. Het dreigde de hele ochtend al. De sfeer was zo gespannen als een trommelvel. Er was nog steeds geen stroom. Nu de fluittonen niet werden overstemd door de geluiden van de luidspreker en de treinen, leken ze in spookachtige golven aan te zwellen en af te nemen.

Toen werd haar aandacht getrokken door gepiep op het plein voor het station. Ze kneep haar ogen tot spleetjes en zag door het hek een lang rood gevaarte in haar blikveld komen. Een groep van de Socialistische Jeugd duwde op aanwijzing van een jongerenleider een enorm bord op wielen tot voor het Partijbureau. In letters van een meter hoog stond er: LATEN WE KAMERAAD KIM JONG-IL VERDEDIGEN MET ONS LEVEN!

Aan de andere kant van het plein klonk motorgeronk: een snel rijdende legertruck. Met piepende remmen en slingerend kwam hij tot stilstand; militairen sprongen uit de laadbak. Ze begonnen meer borden van de vrachtwagen te trekken. Hun officier schreeuwde en wees naar posities rond het plein waar de borden moesten worden bevestigd.

Het fluiten klonk weer, als gegil en nu dichterbij. Hoge, weeklagende tonen, die werden overstemd door de harde klappen van de hamers waarmee spijkers in de muren werden geslagen.

Het eerste bord hing inmiddels en mevrouw Moon werd bekropen door een duistere angst. De letters waren haastig, met witte verf, neergekladderd.

WIE GERUCHTEN VERSPREIDT, WACHT HET VUURPELOTON!

Aan alle kanten werd gehamerd. Klanten in de twee kantines van de markt stopten met eten en keken strak voor zich uit, alsof ze zagen dat er iemand doodgeknuppeld werd. Er hing nu een tweede bord, toen een derde en een vierde.

WIE BUITENLANDSE CULTUUR VERBREIDT, WACHT HET VUURPELOTON!

WIE ILLEGALE BIJEENKOMSTEN ORGANISEERT, WACHT HET VUURPELOTON!

WIE HET SOCIALISME LOSLAAT, WACHT HET VUURPELOTON!

Zonder iets te zeggen verzamelden de vrouwen hun spullen en begonnen in te pakken. Mevrouw Moon keek waar Kyu was. Met hem zou ze zich veiliger voelen en hij zou weten wat er aan de hand was. Het wisselkantoor tegenover het Partijgebouw zette zijn vaste klanten buiten de deur; het schoonheidsinstituut van de staat was al leeg; de apotheek was gesloten.

'...*maximaal honderdduizend won*,' klonk een metalige stem uit de luidspreker, knetterhard, bijna te luid voor haar oren. De stroom was terug. De stationslichten gingen weer aan. De stad duizelde, wist niet of het dag was of nacht. Het gedreun uit de luidspreker klonk luid en met constant volume. '*Ik herhaal: binnen twee dagen, en maximaal honderdduizend*...'

De vrouwen verstijfden.

Ze bleven luisteren tot het eind van de aankondiging: '*Alle scholen en universiteiten zijn tot nader order gesloten; alle mobiele telefoons en geheugensticks moeten onverwijld worden overhandigd aan vertegenwoordigers van het ministerie van Staatsveiligheid*...'

Gespannen keken de vrouwen naar de grond, wachtend tot de aankondiging vanaf het begin zou worden herhaald.

Het nieuws zwaaide door de markt als een sloopkogel:

'*Er komt een nieuwe, waardevoller munteenheid. De nieuwe won is duizend oude won waard. Alle burgers hebben twee dagen de tijd om de oude bankbiljetten in te ruilen voor nieuwe, tot maximaal honderdduizend won. Ik herhaal*...'

Niets bewoog, als na een explosie. Toen de rook was opgetrokken, stonden ze oog in oog met de totale ondergang.

De staat vaagde de rest van hun spaargeld weg.

Mevrouw Kwon ging als een boerin op haar hurken zitten en begon te jammeren met haar handen voor haar gezicht; anderen bleven zich concentreren, luisterden nog een keer naar de aankondiging, stomverbaasd, alsof ze het verkeerd hadden verstaan, of in de hoop dat de woorden konden veranderen.

Hun hele onderneming, al hun lange uren, al hun harde werk.

Minutenlang waren ze in gedachten verzonken. Toen gebaarde mevrouw Lee boos naar de luidspreker. 'Alles wat ik overheb zijn wons,' riep ze, en ontsteltenis veranderde in woede als vochtig brandhout dat vlam vat. De omvang van de ramp begon door te dringen. Even later praatten ze allemaal door elkaar. Hoeveel hadden ze gespaard in wons? Hoeveel in veilige, harde valuta: yuan, dollar, euro?

'Waarom doen ze dit?' gilde mevrouw Yang.

Ze had iets gevraagd wat niet gevraagd mocht worden, maar niemand leek geschokt. De woede die zich over de markt verspreidde, leek door haar woorden alleen maar toe te nemen.

Want handeldrijven is vrij zijn, dacht mevrouw Moon, en ze keek omlaag in haar schoot.

Het gefluit ging weer unisono omhoog; het was nu een achtergrondgeluid bij het geroezemoes van boze stemmen.

Een jongeman met een peuter in zijn armen kwam haastig tussen de stalletjes door lopen. Hij stopte bij de kledingverkopers; die schudden stuk voor stuk hun hoofd. Hij liep naar de vrouwen aan het eind, bij de brug, en smeekte: 'Alsjeblieft, ik heb gespaard om een jas voor mijn zoontje te kopen.' In zijn vrije hand hield hij een pakje binnenkort waardeloze wons.

Door zijn woorden leek er een schakelaar te worden omgezet en sloeg de koortsachtige stemming van de markt weer om. De jongeman liep tussen de stalletjes door, met paniek in zijn kielzog, als opgewaaide bladeren na een onverwacht briesje. Paniek maakte zich meester van de vrouwen rond mevrouw Moon en verbreidde zich over de klanten. Seconden later was de hele markt in rep en roer. Iedereen probeerde zijn wons uit te geven aan iets wat hij kon doorverkopen.

'Een rampdag, ajumma.' Kyu was naast haar opgedoken.

Zonder aarzelen duwde ze een groezelige stapel wons in zijn handen, het enige wat ze had.

'Koop alles wat kan worden doorverkocht,' zei ze. 'Rennen.'

Ze zakte neer op een berg rijstzakken, liet haar hoofd in haar hand vallen en negeerde het schreeuwen en de ruzies die ze om zich heen hoorde ontstaan. Ze had het gevoel dat ze aan de oever zat van een donker meer, dat zich alsmaar bleef uitstrekken, koud en eeuwig. Heel lang, misschien jarenlang, had ze zich ervoor afgesloten, gedaan alsof het niet bestond. Nu zag ze het onder ogen en accepteerde het. Het zou er altijd zijn. Het zou nooit veranderen. *Er is geen toekomst*, dacht ze. De melodie die ze zich half herinnerde, klonk in haar geheugen door een deur die openging naar lang geleden, en alles werd wazig om haar heen.

Een lam loopt zonder klagen voort, het draagt ons aller schuld...

Die regel riep het beeld op van een jonge vrouw in een mooie *hanbok*-jurk; ze zat tussen de bloemblaadjes in de gevlekte schaduw van een bloeiende kersenboom. Ze zong mooi, lief, een lied vol hoop. Haar moeder, die allang niet meer leefde. Mevrouw Moon trok twee van de rijstzakken naar zich toe, drukte ze innig tegen haar borst en legde haar hoofd erop. Haar zoontjes, maar dertien maanden na elkaar geboren. Wat hadden ze gehuild en gekird, wat waren ze gezond geweest, wat een luidruchtige levenslust. Ze was ze kwijt, zoals alles.

Toen Kyu terugkwam, was de hemel verbleekt, goudkleurig, met vurige rode wolken bij de bergtoppen. Hij liet een zware stoffen tas op de grond vallen. Hijzelf was vuil, had zwarte vegen rond zijn ogen en een scheur in zijn jas. Zonder een woord te zeggen ging hij naast haar op haar mat zitten, haalde een pakje bingdu en zijn pijp voor de dag en voerde met zijn dunne vingers zijn ritueel uit. Hij hoefde haar niets te vertellen. Overal om haar heen had het geklonken als een slagveld. Er waren gevechten uitgebroken toen mensen elkaar overboden om willekeurig wat te kopen dat ze konden doorverkopen. Met één vinger tilde ze de rand van de tas op. Het was hem gelukt een teddybeer, een tweedehands sweater en een varkenskop te kopen. Hij had tweeduizend won uitgegeven voor goederen die 's ochtends een paar honderd won zouden hebben gekost. De drie bankbiljetten die hij overhad, gaf hij haar terug.

De rook die hij uitblies was zo wit als ijs; hij bood haar de pijp aan.

Ze keek ernaar. In zijn kleine hand glansde de pijp als een heilig voorwerp. Met een plechtig gevoel zette ze hem aan haar lippen en inhaleerde. Ze kreeg geen hoestbui, de drug verbrandde haar keel niet maar was zacht en schoon, leek meer op mist dan op rook. Haar voorhoofd ontspande zich en even later kon alles haar nog minder schelen. Ze keek naar Kyu en sloeg haar arm om hem heen. Zijn ogen van rookglas monsterden haar, vol wijsheid; toen liet hij zijn hoofd op haar schouder zakken.

'Wat is je achternaam?' Ze had er nooit aan gedacht hem dat te vragen.

'Weet ik niet meer.'

'Weet je dat niet meer? Is "Kyu" je hele naam?' Dat was niet goed. Iedereen had een achternaam. Een mens was niets zonder familie. 'Neem mijn naam,' zei ze.

Hij glimlachte verlegen alsof hij een zeldzaam, kostbaar geschenk kreeg. 'Moon,' zei hij.

Het fluiten en de sirenes werden nu achtergrondmuziek, konden haar niet meer bang maken. Ze nam nog een trekje bingdu. Kyu had gelijk. Het nam pijn weg. Het nam angst weg, en zorgen.

Ze zag mensen die zomaar naar het stationsplein kwamen, groepjes vormden, voor het Partijgebouw stonden te praten en niet op de sirenes letten. De luidsprekerstem hield zijn gestage krijgshaftige gezeur vol: '*Op bevel van het ministerie van Staatsveiligheid geldt vanaf zonsondergang in de hele stad een avondklok. Alle burgers die na zonsondergang vrij op straat rondlopen riskeren arrestatie.*'

De laatste zonnestralen kleurden de onderkant van de wolken dieprood, maar de aantallen mensen op het plein leken te verdubbelen en te verdrievoudigen. Door de bingdu zag ze dingen die er niet waren. Een groeiende menigte zonder angst.

Toen zag ze ook het gezicht van de gefascineerd toekijkende Kyu, en de vrouwen die de markt verlieten en het plein op liepen alsof ze door een onzichtbare draad werden voortgetrokken.

Mevrouw Moon stond op, rechtop. Ze verbeeldde het zich niet. De menigte groeide echt.

Met Kyu's hand in de hare liep ze het plein op. Sommige gezichten herkende ze – verkopers die haar kenden – maar er kwamen steeds grotere aantallen andere burgers bij. De hele stad leek zich te verzamelen, weggelokt uit hun fabrieken en woningen door de geheimzinnige aantrekkingskracht van het stationsplein. De spanning die ze de hele ochtend had gevoeld, was gebroken. Het had gevoeld als een soort statische elektriciteit, maar dit was iets anders. Ze kon het niet uitleggen. Het was een kracht, een magnetische kracht. Iemand droeg een brander met *yontan* van de markt naar het plein en zette hem recht voor het Partijgebouw; de mensen gingen eromheen staan en bliezen in hun handen om hun bloedsomloop op gang te houden.

Toen er een konvooi van een stuk of vijf legertrucks met gele koplampen kwam aanrijden, keek de menigte zwijgend toe. In plaats van weg te hollen bleef hun aantal groeien. Mensen gooiden alle voorzichtigheid overboord; op de gezichten stond een gespannen verwachting. Uit de trucks sprongen tientallen militairen, maar geconfronteerd met die onverwachte, enorme menigte, bliezen ze niet langer op hun fluitjes. De impasse duurde even, totdat het kordon van militairen een kapitein doorliet. Hij liep naar de houtskoolbrander midden op het plein, keek naar links en naar rechts en duwde mensen weg.

Alle ogen op het plein waren op hem gericht.

'Wat is hier aan de hand?' riep hij. 'Hebben jullie geen respect voor ons Partijbureau? De avondklok gaat bijna in en jullie blijven hier rondhangen als schorriemorrie?' Niemand in de menigte bewoog. 'Dat gebeurt er nou als het gif van het kapitalisme zich verspreidt. Wanorde. Gebrek aan respect. Egoïsme. En omdat ik hier zoveel kapitalisten zie...' Hij tikte sarcastisch tegen zijn pet in de richting van Oma Whiskey. '...kunnen jullie net zo goed meteen dit horen: vanaf morgenochtend gaat de stationsmarkt maar drie uur open, van acht tot elf...'

'*Waarom?*' vroeg een stem.

De kapitein stapte van het vuur vandaan. Zijn gezicht trok plotseling bleek weg van verbazing en zijn hand ging naar zijn pistoolholster.

'Wie spreekt er tegen mij?'

Mevrouw Moon stapte door de mensenmenigte naar de vlammen en bleef recht tegenover hem aan de andere kant van de brander staan.

'Hoe durf je me een vraag te stellen.' Hij keek haar boos aan en ademde diep in. 'Je vraagt me waarom... ik zal je vertellen waarom!' Hij wierp een blik in het rond en wilde de hele menigte aanspreken, maar toen hij zijn groeiende publiek zag kwam er een lichte beduchtheid in zijn stem. 'Vanaf nu zullen de prijzen voor voedsel, brandstof en kleding worden vastgesteld door de regering...'

Aan alle kanten klonken woedende kreten in de menigte.

'De regering weet verdomme niet wat ze doet.' Dat leek de stem van mevrouw Lee.

'Morgen wordt het bonnensysteem zeker weer ingevoerd?' Die sarcastische opmerking kwam van mevrouw Kwon.

'Wat worden we geacht te doen met onze waardeloze wons?'

Mevrouw Yang drong naar voren en liet haar gezicht zien; in het licht van het vuur was het zo hard als koper. 'Ze verbranden om het warm te krijgen?'

'Bedragen boven de honderdduizend won moeten op de staatsbank worden gestort,' riep de kapitein.

Er ging een honend gelach op. De kapitein haalde zijn pistool tevoorschijn, stak zijn arm omhoog en vuurde in de lucht, waardoor iedereen in elkaar dook. Het schot echode tegen de gebouwen op het plein en intimideerde de menigte onmiddellijk.

'Markten zijn broedplaatsen voor allerlei niet-socialistische praktijken,' riep hij. 'De Partij voert de volkseconomie opnieuw in...'

'Wij zijn het volk.'

Mevrouw Moon had zonder stemverheffing gesproken. Ze sprak met haar gewone stem, maar haar woorden leken vlam te vatten en op te laaien zodra ze gezegd waren.

Ze deed nog een stap naar de vuurgloed. 'Heeft kameraad Kim Jong-il zelf niet gezegd dat het volk het voor het zeggen heeft in de economie? Wij zijn het volk.' De menigte begon te mompelen en te fluisteren. De onzichtbare kracht leek groter en sterker te worden. Ze voelde dat haar woorden gewicht kregen zodra ze over haar lippen kwamen. Ze voelde geen angst, alleen een groeiend gevoel van opgetogenheid in haar binnenste. Wat ze daarna zei klonk heel eenvoudig en natuurlijk, alsof ze kinderen voor een keuze stelde. 'Hij moet ons rijst geven, of ons laten handeldrijven.'

Ze trok haar laatste drie bankbiljetten uit haar geldriem. Ze zagen er zielig uit en eentje fladderde naar de grond. Ze kneep de andere twee tot een prop, stak haar arm uit en liet ze op de brander vallen.

De menigte verstijfde. Op die bankbiljetten stond het hoofd van de Grote Leider afgebeeld, dat nu opvlamde boven de houtskool. De gezichten stonden geschokt. De daad die ze had gesteld kon niet ongedaan worden gemaakt, niet vergeven worden. De avond kwam van de bergen omlaag buitelen. In het licht van het vuur flonkerden amber- en goudkleurige gezichten; ogen waren zwart en glinsterden. De kapitein deed zijn mond open, maar er kwam geen woord uit.

Mevrouw Moon zag links en rechts iets bewegen. Mevrouw Lee en mevrouw Yang stapten naar voren. Een voor een staken ze hun arm in de lucht en lieten hun prop waardeloze bankbiljetten in de brander vallen. De militairen deden niets, wachtten op een bevel. Iedereen leek te zeer verrast om te bewegen, alsof er een universele wet voor hun ogen werd getransformeerd. Nu deed mevrouw Kwon hetzelfde. Toen mevrouw Kim. Toen Oma Whiskey. Honderdduizenden wons werden aan het vuur toevertrouwd. Door de inkt op de bankbiljetten kregen de vlammen subtiele blauwe, citroengele en fuchsia tinten, die reflecteerden op de gezichten van de vrouwen. Toen begon het papier fel te branden, en vloog er oranje as door de lucht.

De menigte maakte een onheilspellend geluid, als een kudde die werd getergd en uitgedaagd. 'Verspreiden, allemaal!' riep de kapitein. 'Verspreiden, nu meteen, of er dreigt arrestatie!'

Ergens achter in de menigte klonk de kreet van een vrouw: 'Rijst of onze handel.' Een andere stem, jonger en dichter bij het front: 'Rijst of onze handel!'

De kapitein gebaarde naar de militairen en blies op zijn fluitje. Twee seconden lang deden ze niets. Dit was het eerste oproer dat de militairen meemaakten. Plotseling stormden ze op de menigte af, sloegen mensen opzij, schopten, stompten, sloegen ze met geweerkolven tegen de grond. Het ontketende geweld was hevig. De menigte brulde, maar het spreekkoor was ontstaan en verspreidde zich als een bosbrand, waarbij de energie van elk individu werden geïnspireerd door die van anderen.

Rijst of onze handel!
Rijst of onze handel!

Alle burgers op het plein riepen het, luchtten hun hart, vuisten stompten in de lucht. Het spreekkoor was niet door fluitjes te overstemmen. Er vloog een steen door de lucht, die een legertruck raakte, toen een andere, die een van de hogere ramen van het hoofdkwartier van de Partij verbrijzelde. Het hele plein scandeerde eenstemmig: Rijst of onze handel!

Mevrouw Moon had nog nooit zoiets meegemaakt. De wereld op zijn kop. IJzer smolt, steen loste op. Alles leek mogelijk.

Ineens stokte ieders adem; het leek de schokgolf van een ontploffing. Even snel als het oproer was begonnen, stierf het weg; het spreekkoor stopte. Mensen stonden ongelovig te kijken. De kleine brander wierp een zwak licht op de duistere zuilengalerijen van het Partijbureau, maar dat licht was genoeg om te zien dat het lange rode bord dat daar die ochtend was neergezet, beklad was. De menigte probeerde het onmogelijke te bevatten.

In haastige zwarte letters waren boven de naam van de Geliefde Leider twee woorden geschilderd. Er stond nu

WEG MET
KIM JONG-IL

Het enige hoofd dat niet die kant op keek, de enige die omgekeerd stond, was de kapitein. Even bleef zijn gezicht in de schaduw, toen verlichtten de vlammen zijn gelaatsuitdrukking. Zijn ogen stonden verwilderd, ontdaan. Hij liet ze als een laser over de menigte glijden op zoek naar mevrouw Moon.

Ze begon langzaam achteruit te lopen, stap voor stap, zonder zijn aandacht te trekken. Toen zag hij haar. Het volgende wat ze wist, was dat hij op haar afstormde en mensen opzij gooide. Hij pakte zijn pistool bij de loop en hief het op om haar te treffen.

Mevrouw Moon hield haar armen voor haar gezicht.

Maar vanuit het niets rolde er een kleine, donkere gestalte tegen de benen van de kapitein, gooide hem met een klap omver, waarbij 's mans pet door de lucht vloog. Hij viel hard en zwaar op zijn zij, raakte met zijn oor de grond en brulde van de pijn. Voordat hij kon zien wie zijn belager was, was Kyu verdwenen. De kapitein duwde zich op, voelde aan zijn oor en zag dat er bloed aan zijn vingers kleefde.

Mevrouw Moon draaide zich om en deed iets wat ze al jaren niet meer had geprobeerd: ze holde. De bingdu had de stijfheid en pijn in haar knieën weggenomen. Haar hart klopte kalm; haar hoofd was helder. Dat veranderde uiteraard niets aan het feit dat ze jichtig en zestig jaar oud was. Ze had de rails weten te bereiken toen ze werd geraakt. De klap kwam van achteren, een stomp in haar rug, waarmee de lucht uit haar longen werd geslagen. Haar gezicht knalde op losse steenslag.

Op de achtergrond hoorde ze het *rat-tat-tat* van een machinegeweer. Terwijl haar hoofd in het met olie en poep besmeurde grind tussen de bielzen werd geduwd en de handboeien op haar rug om haar polsen sloten, bedacht ze hoe blij ze was dat ze Kyu een naam had gegeven.

35

Eenendertigste verdieping
Internationaal Hotel Yanggakdo
Pyongyang, Noord-Korea

Toen Jenna wakker werd, hing er een oranje schemering boven de stad. De sirenes waren gestopt, waardoor er een lugubere stilte hing. Op straat waren geen mensen en geen auto's te zien. Ze wierp een blik op haar horloge. Ze had maar een paar minuten om zich voor te bereiden.

De waterleidingen in de badkamer lieten een spookachtig gekreun horen voordat er gloeiend heet water uit de douche spatte. Ze waste en droogde snel haar haren, trok haar zwarte Givenchy-jurk aan, gebruikte na een koele, taxerende blik in de spiegel wat make-up en deed haar oorbellen met saffieren in. Ze haalde het zilveren kettinkje van Soo-min uit haar handtas, hing het voorzichtig om haar nek en raakte het hangertje aan met een vingertop. Een dame uit de renaissance die naar een juweel wijst.

Het was verleidelijk om Chad Stevens te laten slapen, maar ze had afgesproken hem op te halen en liep door de gang op zoek naar zijn deur. De ganglichten zoemden, flikkerden en gingen toen helemaal uit, zodat ze in totale duisternis liep, op de schemerige lichtjes van de nooduitgang na. Het hotel begon op haar zenuwen te werken. Ze hoopte dat de liften het deden. Er hing een diepe stilte in het hele gebouw, alsof dit de enige bewoonde etage was.

Ze klopte op de deur van Stevens. Geen reactie. Ze klopte nogmaals en deed langzaam de deur open; hij zat gehurkt boven zijn laptop op de vloer, met een koptelefoon op zijn hoofd en zijn rug naar haar toe. Ernaast stonden zijn open Samsonite-koffer en een halve fles bourbon. Er liep een snoer van de computer naar de vierkante, platte, uitgevouwen satellietantenne op de vensterbank. Op het scherm van de laptop was een studio van BBC World News te zien.

'Stevens, in godsnaam, wat...'

Hij sloeg de laptop dicht en schoot overeind alsof hij betrapt was op het kijken naar porno.

'Jezus, je laat me schrikken.'

Jenna keek verbaasd. 'Waar ben jij mee bezig?'

Hij hield zijn handpalmen omhoog. 'Kom, relax. Zacht praten. Er is iets groots aan het gebeuren...'

'Is dit voor jou een spelletje? We zijn in Noord-Korea, Chad. Heb je enig idee in welk gevaar je ons allemaal hebt gebracht door dat in je koffer te...'

'Het spijt me, oké? Niemand komt er iets van te weten...'

Ze wierp een blik door de kamer en zag de verschillende plekken waar een microfoontje verstopt kon zijn dat op ditzelfde moment registreerde hoe deze oen met zijn grote mond zijn misdaad opbiechtte.

Hij gebaarde naar de laptop. 'Echt waar, er is verbluffend nieuws...'

Ze zuchtte en vouwde haar armen over elkaar, als een onderwijzeres die een flauwe smoes hoort.

Hij schonk een bodempje bourbon voor haar in een koffiekopje en reikte haar dat aan. Zijn gezicht was zijn doffe corpsballenuitdrukking kwijt. Zijn ogen straalden, zijn geest was helder. Ze nam de alcohol aan. Hij ging weer op de grond zitten, deed het scherm open en liet haar een stilstaand, gepixeld beeld zien. De nieuwsbalk onder op het beeld meldde TUNESISCHE STRAATVERKOPER AANSTICHTER OPSTAND. Een woedende menigte trok door een bazaar, reciterend in het Arabisch. De menigte werd verlicht door een brandende auto die omver was gegooid. Honderden vuisten stompten in de lucht. Het beeld viel voortdurend weg. Hij zette het geluid uit. Vervolgens bewoog de camera naar een pasfoto van een jongeman met dun krullend haar en grote, droeve bruine ogen.

'Deze straatverkoper heeft zichzelf gisteren in brand gestoken uit protest tegen... alles. Er begint verdomd een revolutie. Er lopen al massa's mensen op straat in Caïro. Dit zou naar elk ander land over kunnen waaien...'

Jenna keek naar een vage, trillende luchtopname vanuit een helikopter. Een streep witte rook: traangas die werd afgevuurd en ineens een rond gat in de menigte veroorzaakte, als een iris die zich verwijdt. Nu praatten experts geluidloos, in Londen, Istanbul, Caïro.

'Je kunt er donder op zeggen dat alle Arabische dictators vanavond de avondklok instellen. Ze zijn in staat van paraatheid...'

'Reden te meer om dat uit te zetten, Stevens, *nu*. Jezus, vergeet niet waar je bent.'

Haar woorden leken hem te ontnuchteren. Hij klapte de computer dicht en vouwde de antenne op. 'Je hebt gelijk.' Toen trok hij zijn verkopersglimlach: 'Niettemin spannend.' Hij goot zijn bourbon achterover.

'Je bent niet eens gekleed.'

'Waarom ga je niet alvast naar beneden? Ik zie je wel in de hal, met de anderen.' Ze was de deur al door toen hij zei: 'Je ziet er trouwens lekker uit.'

Hij zag niet dat ze met haar ogen rolde.

Op de eenendertigste verdieping stonden de andere leden van de missie in de gang te wachten op de lift. De twee Oost-Aziëspecialisten van het ministerie van Buitenlandse Zaken waren in avondkleding, waarmee ze misschien niet de juiste toon troffen; de journaliste van de *Wall Street Journal* was in de powerdressing van een presidentskandidate, met haar haar in de lak en schoudervullingen. De cameraman van Stevens droeg hetzelfde jeanskloffie als waarin hij was gearriveerd.

Een van de vier liftdeuren ging open; in de cabine stond een groep extreem lange Aziatische mannen in sweatshirts, waarop de woorden BASKETBALTOUR MONGOOLSE VRIENDSCHAP. Er konden maar weinig mensen bij.

'Gaan jullie maar vast,' zei Jenna.

De anderen stapten in en de deuren gingen dicht. Opnieuw flikkerden de lichten, doofden half – en gingen uit. Ze vroeg zich af of de lift er ook last van had, maar het digitale display boven de deuren schoof soepel naar de lobby beneden. In het duister zag ze een kleine halo van felrode lichtjes op zich gericht: een beveiligingscamera. Ze liep naar het raam, buiten bereik van de camera, en keek naar de oostelijke, residentiële kant van de stad. Grote delen waren volledig verduisterd. Het enige wat in het licht baadde, waren de Vader-Zoonportretten, als iconen in een catacombe, als juwelen in de duisternis. Op een dreigende manier mooi.

Haar hersens draaiden het tafereel van zojuist nog eens af.

Een meute die door een bazaar in Tunesië raasde, en de met het uur afkalvende greep op de macht van een dictator in de gloed van de wereldmedia.

De regering hier moet de schrik te pakken hebben...

Het besef trof haar als een revelatie.

Kim Jong-il was niet machtiger dan zijn vermogen dit nieuws in de hand te houden. Als het in dit land uitlekte, als geruchten over revoluties zich hier verspreidden, het kleinste vonkje... het allerkleinste vonkje...

De sirenes. De lege straten. De militairen overal. Jenna legde haar hand op haar voorhoofd. *De avondklok was ingesteld.*

Achter haar gaven de liften een geluidje.

Een van de deuren ging open. Er stond niemand in. Waar was Stevens in vredesnaam?

Ze stapte naar binnen. De deuren gingen dicht. Ze keek naar de aflopende cijfers en herinnerde zich wat Stevens haar in het vliegtuig had verteld. Het stalen paneel naast haar had inderdaad een liftknop voor elke verdieping, van de vijfendertigste tot de lobby, behalve voor de vijfde verdieping.

Ze trok de riem van haar jas strakker. Het was ijskoud in de lift. Ze draaide zich naar de spiegel om haar haar en make-up te controleren. De lift begon na de lange afdaling te vertragen. Hij kwam tot stilstand en de deuren gingen open met een *ping*.

In de reflecterende spiegel zag ze niet de lobby achter zich maar absolute duisternis.

In verwarring keek ze naar het cijfer op het display boven de deur. Het oplichtende etagenummer was '5'.

Ze voelde een ijskoude windvlaag, met een golf van pure leegte. Ze keek een lange, schemerige gang in, als de loop van een geweer. Het lichtje in de lift zoemde en ging uit.

De handen grepen haar vast voordat ze kon gillen.

36

Vijfde verdieping
Internationaal Hotel Yanggakdo
Pyongyang, Noord-Korea

De hand was over haar mond en neus geslagen en smoorde haar gil. Ze kronkelde en wrong zich in bochten, maar hoorde ineens een stem in haar oor sissen: 'Geen geluid, als je je zus wilt zien.'

Jenna verstijfde meteen, met wijd open ogen. Dat was meer dan een enorme verrassing.

Cho's greep verslapte langzaam, hij was niet zeker van haar, en was bedacht op een reactie. Toen haar ogen aan het donker wenden, zag ze een gang met deuren en muren van rookglas. De ruimte was gevuld met laag gezoem en witte ruis, er hing een hittedraadgeur van computerservers.

Ze hield haar adem in, haar hart was een gebalde vuist in haar borst.

Zijn stem was een minieme uitademing, zachter dan gefluister. 'We hebben niet veel tijd. Het banket begint over vijfendertig minuten. Ga je ermee akkoord om precies te doen wat ik zeg?'

'Ja.'

'Er is een prijs. Asiel in de Verenigde Staten. Ik vertrek morgenochtend om zes uur met jullie in het vliegtuig.'

Loopt hij naar ons over? Jenna's hoofd duizelde. Ze had niet de bevoegdheid om een dergelijke belofte te doen, en dat moest hij hebben geweten. Daarna drong de omvang van de gevolgen tot haar door. De Noord-Koreanen die tot dan toe waren overgelopen waren arm en hongerig geweest. En dat iemand van deze rang overliep, *een insider van het regime*, gebeurde maar eens in de tien jaar...

Ze zei: 'Je komt niet in de buurt van het vliegtuig...'

'Toch wel, met jouw hulp.'

Jenna was half in paniek. Hij had haar losgelaten, maar ze hield zijn handen vast en draaide zich in het donker naar hem toe, heel dicht bij zijn gezicht, wel wetend dat de tijd wegvloeide.

Zijn stem klonk gespannen van wanhoop. 'Hebben we een deal?'

Ze zou alles zeggen om haar zus te zien, echt alles, en dat moest hij geweten hebben. 'Ja.'

Hij zweeg even, taxeerde haar, wilde haar geloven.

Bang dat hij plotseling van gedachten zou veranderen, kuste ze hem ineens op zijn wang.

Ze voelde dat zijn ogen in het donker de hare zochten.

'Loop snel naar het eind van de gang. Kijk niet links en niet rechts. Wacht op mij aan de andere kant van de deur. Wees klaar om te rennen.'

Jenna voelde duizelingwekkende golven van angst en euforie. Haar benen wankelden. Ze begon door de gang te lopen, maar kon zich niet inhouden: ze wierp een blik opzij. Achter een wand van rookglas zag ze geüniformeerde mannen met de rug naar haar toe zitten. Ze hadden een koptelefoon op en keken naar batterijen CCTV-schermen. Ze ving een glimp op van bewegende beelden van gasten die op hotelbedden lagen, gasten die op de lift wachtten en op één scherm een vrouw die onder de douche stond. O *stommeling die je bent, Chad Stevens. Ze hebben alles gezien.*

Maar was zij minder dom? Wat voor krankzinnig risico nam ze?

Na een meter of honderd kwam ze bij de branddeur. Ze keek achterom en zag vaag Cho die zijn arm in de lift stak en op een knop drukte. Juist toen hij achteruit sprong gingen de deuren dicht. Toen stootte hij met zijn elleboog hard tegen een paneeltje aan de muur en brak het glas.

Brandmelders klonken luid, oorverdovend, ze legde haar handen over haar oren. Nu kwam hij op haar toe sprinten. Een van de deuren in de glazen wand ging open. Toen een andere. Mannen stapten de gang in.

Jenna glipte door de deur voordat ze haar zagen en hoorde Cho roepen: 'Brand!' Toen, dichterbij: 'Brand! Iedereen naar buiten!'

Hij greep haar elleboog vast. Ze holden omlaag over de schemerige trap, die alleen verlicht was door de bordjes met 'nooduitgang', bereikten de vierde verdieping, toen de derde, die nu leegstroomde. Dienstmeisjes, bewakers en buitenlandse gasten kwamen in een lange rij op de brandtrap af. Iedereen probeerde het lawaai te ontlopen. Niemand lette op Jenna en Cho. Tegen de tijd dat ze de eerste verdieping bereikten en zich in de wriemelende stoet serveersters, karaokegastvrouwen, croupiers, bowlingbaanmedewerkers, barmannen, chef-koks en andere gasten voegden, vorderde hun ontsnapping met een slakkengang.

Ze liepen met de meute mee door de branddeur de ijskoude nachtlucht in en hielden hun hoofd gebogen. Direct links van hen zag Jenna de achterkant van een nieuwe, zilveren Mercedes-Benz sedan met kentekenplaat 2★16, die zo dicht mogelijk bij de nooduitgang was geparkeerd.

'Stap in,' zei Cho, en hij drukte op zijn afstandsbediening om de portieren te ontgrendelen. Ze sprongen naar binnen; Cho smeet zijn portier dicht en startte, met een blik in zijn spiegel.

Nog geen vier meter achter hen, vlak voorbij de branddeur, ging het groot licht van een wachtende auto aan. Maar tussen dat voertuig en de Mercedes liepen de dichte drommen personeel en gasten die het gebouw verlieten en voor de koplampen langsliepen als een streepjescode. Cho liet de motor loeien, haalde de handrem eraf en trapte op het gaspedaal. Met piepende banden scheurden ze weg, net toen de auto achter hen dringend staccato claxonneerde. De wagen zat vast achter de menigte en de claxon ging verloren in de kakofonie van het brandalarm.

Jenna keek naar Cho. Ze liet zich meedrijven op een golf van pure adrenaline en voelde hoe haar training zich deed gelden. *Blijf kalm en alert*. Cho's gezicht was gefocust op de onverlichte weg, en zijn handen hielden het stuur vast alsof het een reddingsboei was. *Concentreer je op hetzelfde als hij*. De auto vertraagde toen hij de controlepost op de Yanggakbrug bereikte, die van het eiland naar de stad leidde. Bewakers beschenen de auto met zaklantaarns en stapten tot haar verbazing daarna achteruit en salueerden. De slagboom ging omhoog zonder dat Cho zelfs maar hoefde te stoppen. Even later waren ze de Taedong over en reden met toenemende snelheid over lange, lege doorgaande wegen, langs het station van Pyongyang en langs het Koryo Hotel.

Het was een vreemde, intrigerende sensatie om de dreigende contouren van torenflats en staatsgebouwen onverlicht voorbij te zien glijden. Een stad in een nachtmerrie, of een belegerde stad in oorlogstijd, des te onwerkelijker doordat de hemel bezaaid was met sterren. Alleen de Vader-Zoonportretten waren verlicht; daar brandden de lampen op stroom die nooit werd onderbroken. Zonder verkeer en zonder stoplichten keek Cho nauwelijks naar links of rechts als ze kruispunten overstaken. Opnieuw voelde ze een golf van nerveuze opwinding.

Ze reden naar het noordwesten, meende Jenna, weg van de monumenten en de rivier. Toen ze over een hoog viaduct kwamen keek ze recht in donkere woningen waar olielampen brandden.

Na een paar minuten hard rijden begonnen de torenflats zeldzamer te worden en kwamen ze door smerige wijken vol hutten met pannendaken, de delen van de hoofdstad die bezoekers nooit te zien kregen. De weg werd slechter toen ze de verspreide buitenwijken bereikten, en Cho moest ineens remmen om een kraterachtige kuil vol water te ontwijken. Toen de stadsgrenzen plaatsmaakten voor heuvels en akkers, verbrak hij zijn stilzwijgen en sprak in het Koreaans.

'Er geldt een avondklok voor de hoofdstad. Ik weet niet waarom. Het telefoonnet ligt plat, wat in elk geval betekent dat de auto die me volgt niet snel alarm kan slaan.'

'Hoe diep zit je in de problemen?'

'De persoonlijke begeleiders van je groep naar het banket zullen denken dat je vastzit in die lift. We hebben...' Hij wierp een blik op het dashboardklokje... 'drieëntwintig minuten voordat het banket begint, voordat ze argwaan krijgen.'

'Vertel me nu waar we naartoe gaan.'

'Ik kan niet beloven dat je haar zult zien.' Hij keek bezorgd voor zich uit. 'Op de terugweg naar de stad zal ik je vertellen wat je moet doen om me in het vliegtuig te krijgen.'

Plots kwam er een opzwepend, huiveringwekkend gevoel van gevaar bij haar op, met sterke onderstromen van schuldgevoelens. Ze had geen flauw idee hoe ze zonder de anderen in gevaar te brengen hem ging helpen, zelfs als het zou kunnen. Er was geen manier om contact op te nemen met Langley voor instructies. Tenzij... *Stevens' satellietantenne.*

Hij vroeg: 'Hoe laat komt het vliegtuig?'

'Ik denk... maar een paar minuten voordat we om zes uur vertrekken en dan stijgt het meteen weer op. Het is een militair vliegtuig van het Witte Huis. Het blijft hier geen minuut langer dan nodig.'

Cho was weer in stilzwijgen verzonken en ze vroeg zich af of hij eigenlijk wel een plan had, of dat hij simpelweg een kans had gekregen door de onverwachte avondklok.

Ze hadden zo hard gereden dat ze nu op het platteland waren, en vanaf de top van een heuvel meende Jenna een glimp van de oceaan op te vangen. De auto vertraagde opnieuw toen ze langs de hoge stenen muur van een grote, omheinde ruimte reden.

'Ga voor de stoel zitten.' Ze naderden een slagboom. Aan weerszijden van de poort stond een laag wachthuisje van gewapend beton, met rollen scheermesdraad ernaast.

Jenna hurkte neer en voelde dat er een deken over haar werd geworpen.

De auto stopte. Ze hoorde zware voetstappen naderen over het grind. Ook nu weer hoorde ze hoe die meteen achteruit stapten en stampend salueerden. Had Cho misschien een paspoort laten zien? Maar hij had zijn raampje niet eens opengedaan. Iets aan de auto zelf opende elke hindernis en maakte alle formaliteiten overbodig... *Het nummerbord?*

'Niet bewegen,' zei hij. Even later vertraagden ze voor een tweede slagboom. Nogmaals een groet, en nogmaals reed de auto verder. 'Je kunt weer gaan zitten.'

Ze zoefden over een weg met Koreaanse esdoorns erlangs, die stuk voor stuk verlicht waren met kleine schijnwerpers en in een goed onderhouden gazon stonden. Links was een grote vijver met in het midden een schitterend verlichte fontein, die het water veranderde in watervallen van witte vonken. De schim van een pauw sleepte zijn lange veren voort en vaag was de verlichte green van een golfbaan te onderscheiden. De verandering was schokkend, alsof ze een grens hadden overschreden van Mogadishu naar Beverly Hills.

Voor hen, boven op een lage heuvel, stond een landhuis met twee verdiepingen en een rood pannendak, verlicht door schijnwerpers die op de omliggende geplaveide paden waren aangebracht. Door de hoge coniferen had de plek iets Toscaans, en uit de ramen vielen stroken gouden licht over de hellende gazons. Ze reden om een tennisbaan heen en langs een overdekte parkeerplaats waar luxe westerse sportwagens en schijnbaar nieuwe, ongebruikte Suzuki-motoren stonden. Cho maakte aanstalten om te stoppen toen er een felle beveiligingslamp aanging en hen vol in het licht zette. Hij reed een stukje verder en vond een plek met diepe schaduw naast een dikke beukenhaag.

'Wat is dit hier?' vroeg Jenna.

'Een paar seconden,' fluisterde hij. 'Dan gaan we weer... begrijp je?'

Jenna's ogen namen elk detail op. Ze zag een soort schietbaan en schietschijven met de contouren van soldaten. Ze vroeg zich af of ze deze plek eerder had gezien op spysat-beelden.

'Heb je gehoord wat ik zei?'

'Ja.'

Ze stapten uit en liepen langs de haag. Het was zo koud dat haar neus ervan tintelde. Haar hakken zonken weg in het gras en ze struikelde bijna; ze stak haar hand uit. Cho greep hem vast.

Hij ging langzamer lopen en gebaarde dat ze in het donker moest blijven toen ze bij het eind van de haag kwamen. Muziek, gelach en een heleboel stemmen – kinderstemmen – kwamen van de zijkant van het landhuis, vanwaar je uitkeek op het meer. Cho hield Jenna bij haar schouder vast en samen tuurden ze langs de laatste beukenbladeren.

In het landhuis was een kinderfeestje aan de gang, zagen ze. De jongsten waren een jaar of negen, maar er leken ook jonge tieners bij, van dertien of vijftien jaar. Ze zaten op de grond aan lage tafels, die parallel aan de muren stonden opgesteld. De muziek, die klonk als een patriottisch Sovjetlied, werd gespeeld door een accordeonensemble van vier kinderen. Ze droegen allemaal westerse kleding –

spijkerbroeken, sneakers, sweatshirts – maar hadden iets vreemd onwesters over zich. Ze waren merkwaardig beheerst en respectvol, maar daar lag het niet aan. Het duurde even voordat Jenna het zag. Sommige kinderen waren blond; andere hadden een donkere huid en donker haar. Jenna zag blauwe ogen maar ook donker- en kastanjebruine. Wat ze in feite gemeen hadden was de vorm van hun ogen. Elk kind was half Koreaans. Glimlachende vrouwen in chima jeogori-jurken brachten ze eten en praatten heel lief met ze. En pas een seconde later stelde Jenna vast dat de vrouw aan het hoofd van de tafel, die een soepele, traditionele Koreaanse zijden jurk droeg, zijzelf was.

Op de plaats voor het gezinshoofd zat haar dubbelgangster. Ze hield een zijden waaier in haar hand en haar haar was gekapt in de conservatieve Noord-Koreaanse stijl van de jaren vijftig, net als bij de andere vrouwen. Ze boog haar hoofd en luisterde naar een van de oudere jongens – die Oost-Aziatische trekken had en opvallend, maïsgeel haar. Hij fluisterde haar iets in het oor. Ze was zo vriendelijk om voor zijn genoegen uitbundig te lachen en deed zijn haar in de war.

Soo-min. Geen twijfel mogelijk. Luttele meters verderop.

Jenna voelde dat haar adem begon te stokken. Kon ze haar ogen geloven? Het was alsof ze een toverdier zag, een folkloristische figuur. Onwillekeurig deed ze een stap naar voren, maar Cho trok haar met een ruk aan haar arm terug.

Het eten dat werd opgediend was ook ongebruikelijk – geen Koreaans eten maar pizza, Coca-Cola en salade. Eten dat geen Noord-Koreaan ooit te zien zou krijgen, laat staan eten.

Er werd een bord voor Soo-min neergezet maar ze wuifde het weg door verontschuldigend haar hoofd te schudden. Toen stond ze op en verstomde het gebabbel en de muziek. De kinderen gingen staan. Ze trok een geanimeerd gezicht en zei iets waarom ze lachten. Nu bogen de kinderen diep, alsof ze op het punt stond weg te gaan.

Jenna wilde met haar arm uitgestrekt op het raam afstormen, maar Cho hield haar stevig vast. Ze kronkelde en probeerde hem van zich af te duwen.

'We gaan weg,' siste hij. 'Nu.'

Ze vergat te fluisteren. Ze vergat verder de hele wereld.

'Ik ga niet weg zonder haar!'

37

Paekhwawoncompound
13 kilometer ten noordwesten van Pyongyang
Noord-Korea

Trillend, met smekend gezicht, en zijn vinger op zijn lippen zei hij tegen Jenna: *geen geluid*.

We hadden een deal. Hij klemde haar arm steviger vast, wist dat hij haar pijn deed.

In de gloed die uit de ramen kwam zag hij een enorme kinetische kracht in haar ogen, emoties die te machtig waren om te beteugelen, zeker voor hem. Hij was voor haar irrelevant geworden. Ze gaf een harde ruk met haar arm, waardoor ze loskwam. Voordat hij haar kon tegenhouden, was ze het tegelpad op gehold.

Vlak voor het raam bleef ze staan. Haar lichaam leek vertederd te worden, te smelten door het tafereeltje dat ze zag.

Soo-min was nog aan het woord; haar roze hanbok-jurk glansde in het gouden licht. De kinderen waren weer gaan zitten. Ze sprak tegen hen alsof ze een verhaal vertelde. Ze luisterden verrukt.

Jenna stak langzaam haar hand op bij wijze van groet. Een jong meisje zag haar als eerste en liet een verrast kreetje horen. Alle kinderhoofden keerden zich tegelijk naar de ramen.

En drie lange seconden ontmoetten de ogen van de zussen elkaar.

Soo-mins gezicht stond blanco, toen leek het open te gaan als een bloem, van knop tot bloemblaadjes van angst en ongeloof, verbazing en vreugde, en Cho voelde dat hij getuige was van iets immens krachtigs dat de zussen verbond, pure energie die tussen hen oversprong.

Toen raakten Jenna's vingertoppen het glas en was het hek van de dam.

Aan alle kanten gingen witte, felle schijnwerpers aan en klonk het oorverdovende, penetrante, elektronische getoeter van een inbraakalarm. De kinderen krabbelden overeind en holden de kamer uit, maar de blik van de zussen wankelde niet. Cho zag hoe er een uitdrukking van hevige angst op het gezicht van Soo-min leek te verschijnen.

Vlakbij blafte een hond.

Om de hoek van het huis, een meter of twintig verderop, stoof een zwarte gedaante het licht in.

Jenna draaide zich om en zag de hond grommend klaarstaan om aan te vallen. Onthutsend snel sprong hij met ontblote tanden op haar toe. Voordat Cho zelfs maar kon reageren, had ze een stap naar voren gezet en liet haar rechterhandpalm op de neus van het dier belanden. Nog een stap en ze had hem hard opzij geschopt. De hond rende jankend weg.

Toen ze weer naar het raam keek, was de kamer leeg. Soo-min was verdwenen.

In de richting van het meer schreeuwden mannenstemmen, en zware voetstappen kwamen over een tegelpad in hun richting. Jenna duwde hard tegen het schuifraam, probeerde de vergrendeling te forceren.

Cho riep: '*Kapsida!*' – *Laten we gaan!*

Plotseling stapte ze achteruit. Twee gewapende bewakers waren de kamer binnengekomen en speurden de ramen af. Cho greep zijn kans. Hij tilde Jenna zo van de grond en droeg haar hollend naar de zijkant van het landhuis. Tot zijn verbazing stribbelde ze niet tegen en voelde hij haar zachte adem over zijn wang strijken. De Mercedes lichtte helder zilver op onder de felle lichten, de bomen waren nu maanwit. Hij had de afstandsbediening in zijn hand, ontgrendelde de portieren en moest haar op de stoel leggen. Haar lichaam lag slap achterover, alsof ze in shock of dronken was. Hij schakelde in z'n achteruit en haalde de handrem eraf. Piepend schoot de auto achteruit over het grind naar de parkeerplaats voor auto's en nieuwe motoren. Hij voelde hoe de bumper met een metalige knal de dichtstbijzijnde motor raakte, die tegen de volgende motor viel en het hele rijtje als dominostenen omkegelde. Hij zwaaide het stuur rond en liet de auto spinnen, grind spoot over de andere auto's en toen schoot hij vooruit over de met bomen omzoomde weg langs het meer naar de uitgang.

Het had geen zin haar nu te verstoppen. Haar gezicht was zelfs de beste kans om daar weg te komen.

De eerste barrière naderde. Zaklantaarns werden op de getinte voorruit gericht. Ze zouden hem niet zomaar doorlaten.

Een jonge agent gebaarde dat hij moest stoppen. Cho deed zijn raampje omlaag. In het wachthuisje toeterde een alarm.

'Sorry, meneer, niemand mag het complex verlaten totdat alles in orde is.'

Cho's gezicht kreeg een keiharde uitdrukking. Hij hield een pasje omhoog waarop in reliëf de met goud versierde insignes van de Arbeiderspartij stonden, het identiteitsbewijs van een elitekorps in de partij. Als hij in één ding goed was, dan was het in het Pyongyang-spelletje van bekrompen hiërarchieën.

'Weet je wel tegen wie je het hebt, snotaap?'

'Meneer...'

Cho liet zijn hoofd samenzweerderig naar de passagiersstoel schieten; de agent hurkte neer om naar Jenna te kijken. Hij zag haar hoofd en profil; ze staarde voor zich uit, zonder iets te zien. Ze leek kalm, haast engelachtig, als iemand die een visioen heeft gezien.

Er verscheen een verwarde blik op het gezicht van de agent.

'Open, die slagboom,' zei Cho.

De agent stak zijn hand in zijn zak om zijn mobiele telefoon te pakken – herinnerde zich toen dat alle mobiele telefoons in beslag waren genomen en dat het netwerk plat lag.

'Ik heb orders om...'

'Mijn passagier moet over luttele minuten in de stad zijn. Ik zal je maar niet vertellen wie ze daar ontmoet. Geloof me, jij wilt het niet op je geweten hebben dat zijn avond wordt verknald.'

De agent wist zich geen raad, verstijfde en keek naar zijn ondergeschikten, die de slagboom bemanden. Pas nu merkte Cho dat hij het vlotte uniform van het Gardecommando droeg. Dit was niet zomaar een militaire eenheid.

In het wachthuisje begon een ouderwetse telefoon nadrukkelijk te rinkelen. Waarschijnlijk had het complex een eigen, intern communicatiesysteem.

'Je vraagt erom, sergeant,' zei Cho bruusk en trok een notitieboekje uit een zak in zijn tuniek. 'Naam?'

Het gezicht van de jongeman vertrok van angst. Na weer een pijnlijke stilte, waarin de telefoon bleef rinkelen, gebaarde hij naar het tweetal bij de slagboom.

Cho trapte op het gaspedaal en schoot onder de slagboom door nog voordat die helemaal open was. Hij wierp een blik op Jenna, maar haar gezicht stond zo ondoorgrondelijk als een stenen Boeddha. De esdoorns langs de weg maakten plaats voor zilverberken, die zwart-wit langsflitsten in de gloed van zijn koplampen. Voor hen doemde de hoofduitgang van het complex op. Hij hoorde het getoeter nog voordat hij zicht had op de twee wachthuisjes van gewapend beton, de hoge muur van de omheining en de hoofdpoort. Hij was er zeker van dat ze intussen via de interne telefoon zouden zijn gewaarschuwd. Er ging een schijnwerper aan, waardoor de silhouetten van vier militairen met een cape om en een helm op te zien waren. Ze versperden hem de weg en hielden hun machinegeweren omhoog.

Cho remde en liet de auto langzaam verder rijden. Verwachtend dat hij zou stoppen, liepen twee van de bewakers naar weerskanten van de auto om de portieren open te trekken. Cho ramde zijn voet omlaag. De wielen van de auto tolden rond. De ene bewaker maakte de snoekduik van een doelverdediger om hem te ontwijken. De andere kreeg een klap van de zijspiegel en sloeg achterover. Er werd geschreeuwd. De Mercedes loeide in een lage versnelling en reed in steeds grotere vaart recht op de uitgang af.

De klap was enorm. Een flits van ijzervonken en de poorten vlogen wijd open.

Jenna leek door de klap uit haar trance gewekt. Ze keek naar Cho. 'Stop de auto. Laat mij rijden.'

'Ik ga nu niet stoppen.'

De auto zwenkte naar links en maakte vaart, raasde nu in bijna totale duisternis voort. Een dunne wolkensluier verborg het licht van de sterren, de maan oogde nu flets en zijdeachtig, als de cocon van een mot. Niet genoeg licht om het landschap te zien. De koplampen van de auto straalden in zwarte leegte, zodat plotselinge bochten en bochtjes pas op het laatste moment te zien waren.

Adrenaline pompte door Cho's aderen. Hij wierp een blik op het klokje. Het banket ter ere van de Amerikanen stond op het punt te beginnen. De toespraak die door de eerste onderminister voor hem was geschreven, zat in zijn binnenzak. Hij drukte zijn voet op het gaspedaal en greep het stuur zo stevig mogelijk vast. De auto hotste en schokte gigantisch over de slechte weg.

'Ik ga het ze vertellen,' riep Jenna. Haar stem werd bijna onverstaanbaar vervormd door het schudden van de auto. 'Ik ga ze vertellen dat ik haar heb gezien. Ze vertrekt morgen met mij.'

'Wil je dat ze om zeep geholpen wordt?' riep Cho. 'Als je ook maar íets zegt, is ze in gevaar. Ze zullen haar bestaan ontkennen, maar ze zal in groot gevaar verkeren. Vertrouw me maar. Je weet er niks van.'

'Jou vertrouwen?' schreeuwde ze. 'De laatste keer dat we elkaar zagen, was jij een van hen!'

Ze straalde pure woede uit. Ze keken op hetzelfde moment naar elkaar, en Cho had het idee dat er een soort vonk tussen hen overschoot, waarvan hij hoopte dat het inderdaad vertrouwen was. *Je bent mooi*, dacht hij. Ze was de eerste westerling met wie hij ooit alleen was geweest, en ze zaten in het donker luttele centimeters van elkaar af.

Hij zei: 'Morgen, als het vliegtuig...'

Zijn oog ontdekte iets in de achteruitkijkspiegel. Was dat een lichtje? Jenna draaide zich om op haar stoel en keek door de achterruit. Daar was het weer... twee lichten, geel als vuurvliegjes, op een heuveltop achter hen.

Toen hoorde hij ze, het boze gezoem van twee motoren die hem naderden. Cho schakelde terug naar een lagere versnelling voor meer beheersing en voerde de snelheid op.

'Kijk uit!' riep ze en ze hield haar onderarmen voor haar gezicht. De auto raakte de enorme kuil in de weg waar ze eerder omheen waren gereden, en liet een dikke wolk van water opvliegen. De voorwielen stuiterden, zodat Cho het stuur bijna uit handen werd gerukt; de achterkant van de auto schuurde over het natte asfalt.

De weg werd vlakker en steeds rechter. De wolken gingen uiteen en Pyongyang doemde vaag op, zwart en uitgestrekt als een enorme geologische formatie.

De twee motoren kwamen dichterbij. Cho zag een flits boven een van de twee. Voordat hij het wist, was de helft van de achterruit veranderd in een doolhof van spinnenwebvormige barstjes. De inslag van het schot weergalmde door de carrosserie van de auto. Hij trok zijn hoofd in en klapte zijn voet hard op het gaspedaal, terwijl het vuurwapen achter hem weer oplichtte. Een volgende *pang!*, weer een kogel die doel trof; de achterruit werd naar binnen geblazen en overspoelde hen met hagel van glas. Er voer een schok door de auto en de lichten gingen uit, maar ze versnelden nog steeds.

Boven het geluid van de wind schreeuwde ze: 'Ze komen dichterbij.'

'We moeten het net kunnen redden tot...' Hij klemde zijn tanden op elkaar en de motor loeide. Ze denderden zonder lichten langs een rechte helling omlaag. De zwarte contouren van populieren schoten langs in zwak maanlicht. '... dáár.' Hij knikte naar een plek in de duisternis. Een stuk of vijf zaklantaarns flitsten aan en ze zagen een soort wachthuisjes aan weerszijden van de weg. Cho wierp weer een blik in de achteruitkijkspiegel. De motoren hadden vaart geminderd.

Jenna keek weer achterom. 'Ze stoppen.'

'We rijden Pyongyang binnen. Het Gardecommando heeft hier niets te zeggen. Dit is het terrein van de gemeentepolitie van Pyongyang.' Hij ging langzamer rijden. 'Laten we hopen dat het communicatiesysteem nog steeds plat ligt.'

De Mercedes ging zo traag rijden dat de schildwachten de kentekenplaat konden zien. Tientallen stralen verlichtten het interieur van de Mercedes met verbrijzelde ramen en zonder lichten en streken over de gezichten van de bestuurder en een vrouwelijke, westerse bezoeker van gemengd ras, die reisde zonder de twee gidsen die de wet verplicht stelde. De mannen moeten een enorm sterke impuls hebben gevoeld de auto tot stilstand te brengen en de inzittenden te arresteren, maar er was een toverkracht die Cho beschermde. De bestuurder van een 2★16- auto ondervragen was de Geliefde Leider zelf ondervragen. Ze stapten opzij en de auto reed de stad binnen.

38

Pyongyang, Internationaal Cultuurhuis
Centrum Pyongyang, Noord-Korea

In de marmeren pracht van de grote zaal gaf het corps diplomatique van het Noord-Koreaanse ministerie van Buitenlandse Zaken een banket op keizerlijke schaal als dank voor de goodwill van de Amerikanen. De gastheer zelf was alleen aanwezig in de vorm van een enorm, overweldigend schilderij, waarop hij met zijn gedrongen gestalte was afgebeeld in een onwaarschijnlijke pose: staand boven op een jeep leidde hij een leger door een sneeuwstorm.

Alle aanwezigen keken om toen Jenna te laat binnenkwam, maar voordat ze ook maar een woord kon uitbrengen, stonden twee lagere diplomaten van het ministerie naast haar en boden overdreven excuses aan voor de 'brandoefening' in het Yanggakdo Hotel, die op zo'n ongepast moment had plaatsgevonden. Cho had haar teruggebracht naar het hotel, waar haar persoonlijke begeleiders op alle verdiepingen koortsachtig naar haar hadden gezocht.

De Noord-Koreanen vormden met hun uniformen en decoraties een onberispelijk front. De Amerikanen zagen eruit als figuranten uit een andere film die per ongeluk in dezelfde studio verzeild waren geraakt. Chad Stevens trok een wulpse grijns naar Jenna en de naaste assistente van de gouverneur keek verstoord naar haar jurk. Jenna ging zitten en voelde haar benen trillen. Ze streek een haarlok achter haar oor en hoorde een brokje glas van een autoruit op de grond vallen.

Er kwamen drie vrouwen met gepoederde gezichten binnen; ze

droegen kayagums, citerachtige tokkelinstrumenten, en begonnen een tedere melodie te spelen.

De eerste onderminister knikte naar Cho, die glimlachend opstond om de gasten in het Engels toe te spreken, en Jenna verbaasde zich over zijn vermogen om zo kalm te blijven en niets te laten blijken van de bijna-doodervaring die ze zojuist hadden beleefd, maar anderzijds nam ze aan dat hij vanaf zijn geboorte was geconditioneerd om zijn gedachten en gevoelens te verbergen. Uit de verschillende stemmen die waarschijnlijk in zijn hoofd schreeuwden, had hij de toon gekozen van een vriendelijke, grootmoedige piraat die het schip vol schatten van de Amerikanen had leeggeplunderd, maar met genoegen zijn slachtoffers op een feestmaal onthaalde en het verleden liet rusten. De Amerikanen hieven het glas op het precaire nieuwe 'onderlinge begrip', misschien niet uit vriendschap maar in elk geval wel in de geest van een tijdelijke wapenstilstand.

Jenna's glas trilde van woede.

Tijdens de maaltijd kon ze geen hap naar binnen krijgen. Ze dineerde met de ontvoerders van haar zus! Hoe kon ze? En achter die geveinsde gastvrijheid lachten deze afpersers en kidnappers de oude gouverneur en het hele gezelschap uit. Het was de bedoeling dat ze zou tolken voor de oude man, die naast haar zat, maar het kostte haar alleen al een bovenmenselijke inspanning om met haar gedachten in die zaal te blijven; het enige wat ze voor zich zag was het tafereel in het landhuis waarvan ze getuige was geweest.

Soo-min in levenden lijve; de enige, echte Soo-min!

Ze was vlak bij haar bestemming gekomen, tot op spreekafstand. Maar ze was niet van plan haar terug te laten glijden in de duisternis. Dít was ongetwijfeld haar kans om het op te lossen, dit was haar kans om een eind te maken aan deze schandalige toestand.

Ze zette haar glas neer en voelde dat haar handen zweetten. Ze zweette over haar hele lichaam, alsof ze in een stoombad was geweest. Haar woede gaf haar kracht. Verdomme, ja, ze zou zelf een scène maken. *Wie waren zij om haar eigen zus van haar weg te houden!* Ze haalde diep adem en duwde toen haar stoel achteruit om op te staan.

In de fractie van een seconde waarin Cho haar blik opving gaf hij een waarschuwing door; haar moed kreeg meteen een koude douche van haar angst.

Wil je haar laten vermoorden...?

Zou ze dat riskeren? Wat als hij gelijk had? Toen kwam er een stroom gedachten op aan Fisk, die op haar rekende, en prompt werd ze overweldigd door hevige aarzelingen en schuldgevoelens.

Terwijl die tegenstrijdige gedachten haar door het hoofd speelden, besefte ze op een gegeven moment dat de eerste onderminister nieuwsgierig naar haar zat te gluren door zijn bril met een stalen montuur. Ze at niet en praatte niet. Haar gevoelens waren vermoedelijk op haar gezicht te lezen; ze kon ze nauwelijks in toom houden, ze waren als water dat kookt achter glas.

Opnieuw keek ze naar Cho. Waarvoor? Geruststelling?

Hij was ernstig in gesprek met Mats Foyer, de enige niet-Amerikaanse westerling aan tafel. Foyer, de Zweedse ambassadeur in Pyongyang, behartigde de belangen van de Amerikaanse missie: de Verenigde Staten onderhielden geen diplomatieke betrekkingen met Pyongyang. Hij was een lange, hoekige man met het gezicht van een koorknaap en een innemende grijns; zijn glas werd royaal bijgevuld door Cho. Maakte hij deel uit van Cho's ontsnappingsplan? De Zweedse ambassadeur? Cho had haar niet verteld hoe hij van plan was op het vliegveld te komen als ze de volgende ochtend zouden vertrekken, en had alleen gevraagd om als ze hem niet zag, het opstijgen zo lang mogelijk uit te stellen.

Plots keek iedereen naar de ramen. Het getokkel van de citermuziek werd overstemd door de sirenes van de stad, die weer begonnen te loeien, met daarbij het knerpen van marcherende voeten.

De gouverneur zei: 'Verdomd veel activiteit daarbuiten...'

'Een jaarlijkse oefening in de hele stad,' zei de tolk van de eerste onderminister.

De hoge deuren gingen open; er kwam een bode haastig door de zaal gelopen; hij gaf de eerste onderminister een briefje. De minister keek boos naar de bode en vouwde het briefje open.

De Amerikanen zagen het gezicht van de man betrekken. Hij probeerde de uitdrukking van zijn mond te verbergen door die met een servet te deppen, en op de een of andere manier wist Jenna het.

Cho's rol was uitgespeeld. Zijn collega's leken de omslag in de stemming te registreren. De sfeer rond de tafel bekoelde, alsof er een koude zeemist over het land trok. Cho zat nu doodstil.

De eerste onderminister kwam overeind en gebaarde naar de muzikanten om te stoppen met spelen, zodat alleen het geluid van de sirenes overbleef, dat in de holle zaal griezelig luid klonk.

'Wij...'

De mond van de man ging open en dicht. Hij leek zijn woorden niet te kunnen vinden, maar de omstandigheden dwongen hem alle subtiliteit overboord te gooien.

'Geachte gasten, helaas moet ik u op de hoogte brengen van een wijziging in ons programma. Uw vliegtuig is opgeroepen en staat nu op u te wachten om onmiddellijk te vertrekken. We hebben de vrijheid genomen uw bagage in de auto's te zetten die nu buiten staan. Die zullen u rechtstreeks naar het vliegveld brengen.'

Er was iets helemaal fout gegaan. De angst op de gezichten van de Noord-Koreanen was besmettelijk. Jenna zag ineens de Tunesische straatverkoper voor zich, en de vlammen van diens lichaam, die zich over een heel continent verspreidden.

De Amerikanen keken elkaar stomverbaasd aan.

'Wat is hier aan de hand?' vroeg de gouverneur.

Het gezicht van de eerste onderminister bevroor in een geforceerde glimlach. Een voor een stonden de Amerikanen op. De hoge deuren werden van buitenaf opengedaan.

Stevens zei: 'Worden we eruit gegooid? Ik zat net zo lekker te kanen.' Hij pakte een paar mandu's uit een schaal en stopte ze in zijn zak.

De Noord-Koreanen liepen met het gezelschap mee tot boven aan de trap. De eerste onderminister, die bleek zag vanwege zijn gezichtsverlies, probeerde een opmerking te mompelen tegen de gouverneur en bood zijn hand aan. De gouverneur knikte kort en liep de grote trap af. De anderen liepen haastig achter hem aan, Jenna als laatste. Onder aan de trap draaide ze zich om en keek omhoog naar de gastheren, die hen uitgeleide deden. Cho glimlachte flauwtjes ten afscheid. Hij zag er onmetelijk verdrietig en verdoemd uit. Hij had een enorm persoonlijk risico genomen om haar Soo-min te laten zien, en ze had een warm gevoel voor hem. Misschien wist hij dat hij geen enkele kans had.

De voordeuren gingen open voordat ze die hadden bereikt. In de kou buiten klonk gerammel van staal en het gedreun van laarzen van hollende mannen. Twee colonnes gewapende militairen kwamen het gebouw binnen, stoven aan weerszijden van hen de trappen op, met machinepistolen voorzien van bajonetten. In de laatste fractie van een seconde voordat ze Cho uit het oog verloor achter de kluwen van uniformen en wapens, meende ze hem haar naam te horen roepen.

39

Geheim pension Maram
Yongsungwijk
Pyongyang, Noord-Korea

Aan weerszijden van Cho ging een bewaker zitten op de achterbank van een militaire SUV. Ze deden de portieren dicht, pakten ieder een van zijn handen, lieten een handboei om zijn polsen glijden en maakten die vast aan twee metalen lussen links en rechts van zijn stoel.

Zijn arrestatie had iets onwerkelijks, leek een tafereel uit een droom. Boven aan de trap voor de feestzaal was zijn hele gezelschap omsingeld, hijzelf, de eerste onderminister en zijn collega's. De soldaten stapten opzij om een kapitein van de Bowibu door te laten, die hem zonder titel aansprak. 'Cho Sang-ho, ik heb een arrestatiebevel voor je.' Hij stak het papier naar voren en Cho hoorde hoe zijn collega's hun adem inhielden. Onder op het document stond de handtekening van Kim Jong-il. Hij kon niet naar hun gezichten kijken, verdroeg het niet om hun uitingen van gechoqueerdheid en verraad op te merken. Zoals hij daar stond, omringd door glinsterende bajonetten, voelde hij zich een figuur midden op een historieschilderij. De verrader ontmaskerd.

De misdaden van zijn voorouders werden eindelijk op hem verhaald. Eindelijk zou hij erachter komen wat ze inhielden. En na zijn escapade van die avond kon hij niet zeggen dat zijn arrestatie ongegrond was – behalve als hij eronderuit kon komen, wat in de chaos van de afsluiting van de stad niet onmogelijk was.

Op de passagiersstoel zat een derde bewaker. Cho voelde geen angst, alleen een vreemd gevoel van opluchting nu de lang gevreesde beproeving eindelijk was begonnen. Hij moest er nu aan geloven. De spanning van de laatste weken, waarin hij de schijn had opgehouden, had alles van zijn uithoudingsvermogen gevergd.

Met een nieuwsgierigheid die grensde aan onverschilligheid, probeerde hij te bedenken of ze hem vanavond nog zouden doodschieten, of wachtten tot morgenvroeg. In een kelder, met een nekschot? Of vastgebonden aan een staak, voor het vuurpeloton? Misschien planden ze wel iets in het openbaar, waar ze een paar dagen voor nodig hadden. Het kon hem niet schelen, zolang zijn vrouw en zoon maar geen schade werd berokkend... Hij klampte zich met heel zijn hart vast aan de hoop dat hij genoeg had gedaan om afstand tussen hem en hen te scheppen. Hij wou dat hij Boekie alles kon uitleggen en vertellen dat hij veel van hem hield. Hij wou dat hij Yong-ho kon troosten en hem zeggen dat hijzelf er geen schuld aan droeg. Hij wilde zielsgraag weten waar ze zich ophielden, of ze veilig waren, en werd misselijk bij de gedachte dat hij niet zou horen wat het lot van zijn gezin was; die onwetendheid zou hem kwellen als zijn laatste uren sloegen.

Bij elke controlepost in de stad die ze passeerden gaf de bewaker op de passagiersstoel tekens met zijn hand uit het raam, en Cho zag bij elke post motorpolitie. Allemaal voor hem? Voor het geval hij hen weer te snel af was? Dat deed hem vaag genoegen.

De auto reed naar een wijk in het oosten van de stad en hield halt op de binnenplaats van een grijs gebouwencomplex van twee verdiepingen met dennenbomen eromheen. Het leek meer op een soort barakkencomplex dan op een gevangenis. De handboeien werden losgemaakt en hij kreeg het bevel uit te stappen. Op de trappen naar de hoofdingang stond in bleek lamplicht de man met het zilveren haar en de effen zwarte tuniek.

'Welkom in pension Maram,' zei hij, en tot Cho's verbazing schudde hij zijn hand. 'Mijn naam is Ryu Kyong. Ik heb ernaar uitgekeken je te ontmoeten.' Hij had een stevige handdruk en een vaderlijk, knap gezicht; de huid rond zijn ogen was verweerd en hij had twee diepe groeven aan weerszijden van zijn mond, als ronde haken, en een zijscheiding in zijn haar. Met een knikje gaf hij aan dat de auto weg kon rijden. 'Kom, alsjeblieft.'

Hij had hem niet beleefd aangesproken, eerder een vaderlijke toon aangeslagen, niet oneerbiedig maar zijn stem had zoveel gezag dat Cho zich een kind of een student voelde, en hij vroeg zich af of deze man, Ryu Kyong, soms deel had uitgemaakt van zijn vroege leven.

Cho liep, met links en rechts een bewaker, achter de man aan een trap op en twee gangen door. Ze kwamen bij een kleine kamer, schoon en schaars ingericht: een bed, een lamp en een houten tafel en stoel, waarboven de Vader-Zoonportretten hingen. Een wasbak in een hoek. De bakstenen muren waren lichtgroen geschilderd, zoals in een sanatorium, wat een vage herinnering opriep bij Cho. Pension Maram... Daar werden uitgestoten leden van de elite vastgehouden. De vloer was van donker gepolijst hout, dat een aangename warmte uitstraalde. Op het bureau zag hij een nette stapel wit papier en een aantal stompe potloden. Er lag een opgevouwen blauwe overall op het voeteneinde van het bed; hij kreeg het verzoek die aan te trekken. Ze keken toe terwijl hij zich omkleedde. De bewakers haalden zijn riem, veters en uniform met medaille weg. Dat speet hem niet.

'Heb je misschien honger?' vroeg Ryu Kyong.

Cho kwam net van een banket. 'Nee.'

'Maak het jezelf dan gemakkelijk. Ga wat slapen en als je er klaar voor bent, schrijf je alles vanaf het begin af aan zo gedetailleerd mogelijk op. Neem alle tijd die je nodig hebt.'

'Wat opschrijven?'

'Je bekentenis.' Ryu Kyong glimlachte begripvol. Zijn ogen keken diep in die van Cho, peilden hem, en Cho zag er empathie en intelligentie in. 'Beken de misdaad die je hier heeft gebracht.'

Voordat Cho een van de vragen kon uitkiezen die in zijn hoofd begonnen te krioelen, vertrok Ryu Kyong en deed de deur met een klik op slot.

40

Luchtruim boven de Japanse Zee

Er hing een grimmige sfeer in de cabine. Het bezoek was enorm gênant geweest voor de gouverneur, een vernedering. Chad Stevens zat het verhaal te typen op zijn laptop, tussen slokken bourbon door, met een gezicht dat grinnikte in het bleke licht van het scherm. Jenna wist dat ze zich allemaal afvroegen wat voor verhaal ze morgen in hemelsnaam zouden ophangen in Washington. Eigenlijk zou ze moeten proberen te helpen, maar ze bleef in haar hoofd de gebeurtenissen van de laatste paar uren steeds maar weer in versneld tempo afdraaien.

Haar tweelingzus, haar zien, haar aankijken, al die pijn en vreugde in haar hart... er was een vreemde combinatie van verrukking en bezorgdheid bij haar blijven hangen. Ze was zo rusteloos alsof er elektriciteit door haar heen ging. Uiteindelijk vroeg ze Stevens om een scheutje bourbon, in een poging tot rust te komen.

Stevens, wist ze, zou maar al te graag een babbeltje met haar maken bij een borrel, maar ze vertrouwde zichzelf niet. Eén verkeerd woord, één duwtje en het hele Soo-minverhaal zou uit haar komen tuimelen. Ze worstelde met aan de ene kant de neiging haar hart te luchten en aan de andere kant haar angst; angst voor de gevolgen die haar zus zou ondervinden als dit uitkwam. In haar hele leven was ze nog nooit zo dicht bij een diep intuïtief besef geweest, de overtuiging dat haar toekomst en die van Soo-min weer stevig met elkaar waren verknoopt. Op de een of andere manier zou haar gedrag vanaf nu ook Soo-min beïnvloeden.

Ze keek door het raampje en zag de heldere driekwart maan in een wolkeloze hemel en, ver beneden, de wazige, besneeuwde schapenweiden van Hokkaido.

Soo-min had er gezond en niet ongelukkig uitgezien, maar wie wist welk masker ze droeg om daar te overleven? De herinnering aan de ontsnapping uit die tuin was vaag.

Er kwam een gedachte bij haar op die de bourbon in haar mond veranderde in gal.

Hadden die hufters in Pyongyang de link gelegd tussen haar en hun geheime gevangene die nooit uit dat complex kwam...? Als ze het wisten, als ook maar enigszins zou blijken dat ze erachter waren gekomen... Jenna deed haar ogen dicht. Dan zou ze gecompromitteerd zijn, een wandelend veiligheidsrisico. Ze zou een volledige verklaring moeten afleggen tegenover Fisk en meteen haar positie moeten opgeven. Ze mocht zichzelf niet blootstellen aan chantage, en dat smerige regime geen pressiemiddel bezorgen in Washington. De bezorgdheid sloeg weer toe.

Ze wou dat ze iets comfortabelers aan kon trekken in plaats van haar avondkleding, maar haar bagage was in de haast voor het opstijgen in het ruim gegooid. Terwijl ze rommelde in haar tasje op zoek naar iets om de make-up van haar gezicht te vegen, bevroor ze plotseling.

Half uit haar tasje stak een strakke rol papier met een elastiek erom.

Ze herinnerde zich dat Cho haar haar tasje had aangegeven toen hij haar afzette bij het hotel alvorens snel naar het banket te gaan, terwijl hij toen waarschijnlijk al wel wist dat zijn kansen om per vliegtuig te ontsnappen nihil waren.

Ze haalde het elastiek eraf en streek de papieren glad. Het was enigszins gerimpeld, alsof het verborgen had gezeten rond een onderarm of onderbeen, vochtig van het zweet was geworden en toen opgedroogd. Het waren fotokopieën van zo'n slechte kwaliteit dat de woorden bijna verloren gingen in de donkere mist van de blootstelling aan licht. Bovenaan stond het wapen van de Arbeiderspartij en een briefhoofd.

ORGANISATIE- EN GIDSDEPARTEMENT
VERSLAG OVER DE STAND VAN ZAKEN BETREFFENDE
AFDELING 915 VAN HET STRATEGIECOMMANDO VAN DE PARTIJ
OVER LOKALISATIE EN HET ZAADDRACHTPROGRAMMA
JUCHE-JAAR 98
STRIKT GEHEIM

Jenna begon te lezen, aanvankelijk confuus, maar naarmate ze vorderde groeide allengs haar verbazing. Toen ze de laatste pagina's opsloeg, kwam ze bij een soort bijlage terecht met pasfoto's van tientallen kinderen. Ook al was de reproductie zo donker dat ze nauwelijks hun gezichten kon zien, ze wist – ze wist zéker – dat dit de half-Koreaanse kinderen waren die ze had gezien in het landhuis. Onder elke foto stond een nummer, een geboortedatum en een landsnaam. Ze zag Duitsland, Rusland, Iran, Pakistan, maar de meerderheid, minstens twee derde, was bestemd voor de Verenigde Staten.

Jenna nam een grote slok bourbon, liet haar hoofd achterover op de stoel zakken, deed haar mond open en ademde.

O mijn god...

Haar hoofd gloeide van opwinding. Hoe kwam ze in hemelsnaam die negen uur naar Anchorage door, en dan nog eens negen uur naar Washington?

Ze keek naar het witte piekhaar van de gouverneur, wiens hoofd mismoedig tegen het raampje was gezakt. Ze hoopte dat er een manier zou zijn hem te laten weten dat de missie geen flop was geweest. Integendeel. Er was een goudmijn gevonden.

De laatste pagina van de stapel was bijna te donker om te ontcijferen. Er stonden duistere pasfoto's op van drie niet-glimlachende volwassenen in uniform, twee mannen en een vrouw. Ze werden omschreven als directeur, eerste onderdirecteur en tweede onderdirecteur van de Paekhwawoncompound. Als naam van de tweede onderdirecteur stond 'Ree Mae-ok' vermeld. Jenna's hart sloeg een slag over.

Het was Soo-min.

41

Geheim pension Maram
Yongsungwijk
Pyongyang, Noord-Korea

Cho werd voor zonsopgang wakker. Het getraliede raam van zijn kamer zag uit op een binnenplaats met in het midden een jeneverbes, die in de lente misschien prachtig was geweest, maar nu het geheel een troosteloze aanblik bezorgde. Er was 's nachts een dun laagje sneeuw gevallen en hier en daar gloeide dat geel op in het licht van de schijnwerpers, maar toen hij opkeek, straalden de sterren ijskoud.

Hij lag op zijn rug op zijn bed, dat zacht en warm was, en luisterde naar het ritme van zijn ademhaling; zijn hoofd voelde helderder dan het jarenlang geweest was. Alsof hij op een frisse, vroege ochtend op een bergtop stond en vanaf een afstand naar zijn verleden kon kijken als naar een lange, beboste vallei. Hij stond op, plensde koud water in zijn gezicht en liep een poosje door de kamer – zes stappen van deur naar raam, vier stappen van muur naar muur –, ging aan het bureau zitten en begon te schrijven. In het begin was zijn handschrift kriebelig en aarzelend, maar al snel begonnen de woorden soepel en vlot tevoorschijn te komen, terwijl zijn zinnen stroomden als een rivier door het dal. Toen zijn maag begon te rommelen en er een bewaker binnenkwam met een kom noedels, een hardgekookt ei en een kop hete zwarte thee op een dienblad, scheurde hij zich met moeite van het potlood los. Hij schrokte het eten naar binnen en ging verder met schrijven.

Iets in de vriendelijke manier van doen van Ryu Kyong had Cho moed gegeven. Hij mocht de man wel, niet alleen omdat hij zich verbaasde over het contrast tussen zijn beschaafde houding en zijn rol hier, als cipier voor staatsvijanden, maar omdat hij zich verbeeldde aan dat verweerde, humane gezicht af te lezen dat hij hem volledig begreep, hem kende. Het was het gezicht van een oom die hij kon vertrouwen.

Naarmate de pagina's zich vulden, werd Cho bezeten door een allesoverheersende gedachte: dat elk woord dat hij schreef de waarheid was. Hij had zijn leven gewijd aan de Grote Leider en de Geliefde Leider. Hij had hard gewerkt en was gemotiveerd door hun leer. Hij had uitgeblonken in die meest gerespecteerde van alle kwaliteiten: betrouwbaarheid. Hij had zelfs die revolutionaire kwaliteit verworven die nooit werd genoemd, maar die even belangrijk was: zelfbedrog. Wat moest hij opbiechten? Zijn carrière was vlekkeloos, zijn leven onberispelijk. Hij zou zeker worden vrijgesproken, net als Yong-ho. Op de een of andere manier zou Ryu Kyong dat zien. Cho kon evenmin schuldig worden bevonden aan de misdaad van een onbekende voorouder als iets aan de vorm van zijn oren veranderen.

Hij pauzeerde even. Wat was die misdaad die tientallen jaren nadien zijn leven had kapotgemaakt? Hij had geen idee, maar aangezien het vrijwel zeker was gebeurd voordat hij werd geboren, vroeg hij zich af of er aanwijzingen waren in zijn vroegste herinneringen.

Hij wist nog wat een lieve verzorgster hij had gehad in het weeshuis in Nampo, een grote villa waar voor de revolutie een rijke reder had gewoond. Hij wist nog dat hij met hart en ziel 'Wij zijn gelukkig' had gezongen. De eerste woorden die hij had leren schrijven waren: 'Dank u, Grote Leider Kim Il-sung, voor mijn eten.' Bijna voordat hij kon lopen had hij voor het portret van de grote man gebogen. Hij was opgegroeid in het zonlicht van die glimlach. En even diep als zijn liefde voor de Leider was ook zijn haat voor de doodsvijand van zijn land: Amerika. Daar hadden de leraren wel voor gezorgd.

Hij herinnerde zich levendig – en beschreef even levendig – hoe zijn bestaan voorgoed veranderde toen de kinderen naar de ramen waren gedromd en een glimmende zwarte Wolga zagen waarin een man en een vrouw uit Pyongyang zaten. Hij was vier jaar oud. Hij en Yong-ho werden uit hun klas geroepen naar het kantoor van de directeur, waar ze een gedicht moesten opzeggen. Het paar had verrukt gelachen en hen heel lief behandeld, hun snoep en sap gegeven uit een winkel met harde valuta, en de directeur hurkte neer, keek de jongens recht aan en vertelde ze dat ze heel veel geluk hadden gehad: 'Deze meneer en mevrouw zijn jullie ouders. Ze zijn jullie komen halen, jullie gaan naar huis.' Cho herinnerde zich dat hij zich verward en gelukkig voelde. Vanaf die dag had hij een heerlijk leven. Hij woonde in een groot huis in de Mansuwijk in Pyongyang, waar Yong-ho en hij allebei hun eigen slaapkamer hadden. Hun vader, professor in talen aan de Kim Il-sung Universiteit, en hun moeder, politiek instructeur bij de luchtmacht, hadden gehoor gegeven aan de oproep van de Grote Leider om weeskinderen te adopteren. Maar ze waren ook vrijgevig en zorgzaam, hadden zelf geen kinderen en behandelden Cho en Yong-ho als hun eigen zoons. Gaandeweg vervaagden zijn herinneringen aan het weeshuis en vergat hij zelfs dat hij er ooit was geweest; hij dacht er alleen af en toe aan terug in zijn tienerjaren, de tijd dat hij nieuwsgieriger werd naar de wereld. Toen hij op een keer zijn moeder vroeg waar hij vandaan kwam, werd ze iemand die hij niet kende. 'Wat geweest is, is geweest,' had ze gezegd, op een toon die ze niet eerder tegenover hem had aangeslagen. 'Stel die vraag nooit meer.'

Op elfjarige leeftijd werd zijn hoofd kaalgeschoren en ging hij naar de Revolutionaire Eliteschool Mangyongdae. Aangemoedigd door zijn vader blonk hij uit in voetbal, Mandarijn en Engels; Yong-ho in basketbal, fysica en wiskunde. Op de universiteit studeerde Cho hard – goed studeren getuigde van toewijding aan de Leider – en hij genoot van zijn militaire dienst, waar een beroep werd gedaan op zijn gevoel van hiërarchie en discipline. Zijn trots bereikte een hoogtepunt toen hij werd aangenomen in het lagere diplomatieke korps, waar hij zich al snel onderscheidde als onderhandelaar; zijn combinatie van tact en stevige taal leverde waardevolle handelsconcessies op voor zijn land en droeg bij aan een serie snelle promoties.

Cho schreef zeer uitgebreid en merkte niet dat de tijd verstreek.

Zijn eten op het dienblad werd koud. Hij had zelfs niet gemerkt dat de bewaker het had binnengebracht. Buiten zijn raam begon de zon inmiddels onder te gaan en overgoot de kamer met het rode licht van citrusfruit; de schijnwerpers op de binnenplaats knipperden aan.

Hij beschreef hoe hij zijn aanstaande had ontmoet tijdens een massaal dansfeest in het 1 Mei-stadion. Ze had hem de bloem uit haar haar gegeven, wat verkeerd viel bij haar vriendinnen. Haar familie had een sterke revolutionaire achtergrond en hij vond haar beeldschoon. Politiek goed bij elkaar passen was gunstig voor een echtpaar; ook verliefd worden was een uitzonderlijke weldaad. Na twee jaar kregen ze eindelijk een zoon, en nadien veranderden hun gevoelens voor elkaar. Het was alsof al hun liefde was overgegaan op de baby. Zijn vrouw zorgde voor de ideologische opvoeding van Boekie, en iets in die taak had haar harder, koeler gemaakt.

Cho's pols deed pijn. Hij pauzeerde en ging even liggen. Op de binnenplaats paradeerde een gewapende eenzame bewaker, heen en weer, met constant dezelfde pas, en toen Cho verder schreef leek hij het ritme van diens voetstappen over te nemen. Hij naderde het eind van zijn getuigenis en sloot af met zijn triomf in New York. Hoe had hij die missie tot een succes kunnen maken als hij geen beroep had gedaan op zijn levenslange haat jegens de Amerikanen? Op de grenzeloze liefde voor zijn land?

Meer durfde hij niet te schrijven. Hij kon geen woorden wijden aan de diepe ontgoocheling die in New York was begonnen, aan de gevoelens voor Jenna, die hij zelfs niet tegenover zichzelf zou toegeven, de geheimen die hij aan haar had verraden, en toch... sloot hij niet uit dat hij er met Ryu Kyong over zou praten.

Toen de tweede ochtend een bewaker hem zijn ontbijt kwam brengen, zei Cho dat hij klaar was. Kort daarna verscheen Ryu Kyong.

'Je hebt gerust, hoop ik,' zei hij.

'Ja.' Cho ging rechtop staan, als een novice tegenover een wijze abt.

'Goed. We hebben veel uren werk voor de boeg, jij en ik.'

Hij keek Cho weer aan en ze wisselden een vertrouwelijke blik. *Je bent in goede handen*, leken die ogen te zeggen.

Cho gaf hem met een diepe buiging de beschreven pagina's.

Er ging een dag voorbij, toen nog een, en Cho begon de tijd uit het oog te verliezen. Hij sliep veel, droomde over zijn vrouw en Boekie, picknickte met hen in de zon onder de bomen van het Moranpark.

Hij at drie flinke maaltijden per dag en voelde dat hij aankwam. Hij werd een halfuur per dag naar de binnenplaats gebracht voor lichaamsbeweging en keek nieuwsgierig naar de twee andere gevangenen die ook werden gelucht, totdat een bewaker hem toeblafte zijn ogen neergeslagen te laten.

Na drie, misschien vier dagen werd Cho wakker geschud door een bewaker. Uit de stilte om hem heen leidde hij af dat het na middernacht was. Ze liepen een trap af, toen nog een trap, en volgden een lange gang in een betonnen kelder, met aan weerskanten stalen deuren. Aan het eind van de gang werd hij in een kelderkamer gelaten waar het zo donker was dat hij geen idee kreeg van de afmetingen ervan. Er waren twee lichtkringen; in de ene stond een houten stoel, waarop hij moest gaan zitten, in de andere een tafel. Door de vochtige betonnen muren en het verroeste ijzer hing er een koelte die Cho deed huiveren. Omdat hij nog niet goed wakker was, duurde het even voordat hij besefte dat Ryu Kyong aan de tafel zat te lezen; Cho herkende zijn eigen handschrift. Schijnbaar een eeuwigheid zaten de twee zwijgend tegenover elkaar, terwijl Ryu de pagina's in de kleine lichtkring omsloeg en af en toe knikte. Toen hij aan het eind kwam, vlocht hij zijn vingers in elkaar en ging rechtop zitten, zodat de schaduw over zijn gezicht gleed. Zijn stem galmde in de holle, donkere ruimte.

'Cho, om tot de kern van deze zaak door te dringen, heb ik je hulp nodig. Ik kan het niet zonder jou. Ben je bereid mee te werken?'

'Natuurlijk,' zei Cho. Hij werd bekropen door een vaag onheilspellend gevoel.

'De afgelopen paar weken heb ik je geobserveerd. Ik wilde je leren kennen.' Hij vouwde zijn armen over elkaar en leunde achterover, zodat zijn gezicht volledig in het duister verkeerde. 'Het gaat om een zeer ernstige zaak. Er is een Speciale Missie van twintig man samengesteld om onderzoek te doen naar je echte familie; ze werden gekozen door de Leider zelf, en ik was een van hen. Zo ernstig hebben we dit genomen, Cho, maar het was het waard. Jij was het waard. Er was wat graafwerk voor nodig, maar uiteindelijk hebben we de waarheid ontdekt.'

'De waarheid?' Cho's stem klonk toonloos.

'Weet je, niets van wat je hier hebt neergeschreven, verklaart hoe jij en je broer, allebei kleinzonen van een geëxecuteerde Amerikaanse spion...'

Wat?

'...erin zijn geslaagd kronkelend en liegend op te klimmen tot zulke vertrouwelijke posities.'

Ryu Kyong stond op en ging voor Cho op het bureau zitten.

Cho was te verbluft om te spreken. Zijn hoofd zocht koortsachtig naar de informatie die Yong-ho had opgevangen over hun echte familie. Toen hij zijn stem weer kon gebruiken, wist hij uit te brengen: 'Ik... heb mijn echte vader en mijn grootvader nooit gekend.'

Ryu Kyong glimlachte treurig en keek omlaag, bijna alsof hij zich voor Cho geneerde. 'Uit jullie geboorteakte bleek dat jullie zijn geboren in een heroïsche stamboom, als kleinzonen van een gedecoreerde veteraan. Misschien was je daar ook mee weggekomen, als we geen contact hadden gezocht met de familie van de veteraan om een kleine reünie voor jullie te regelen. Zijn kleinkinderen zeiden niets van jullie te weten. Daarna zijn we serieus begonnen met onderzoeken en inderdaad, jullie geboorteaktes waren vervalst.'

Cho dacht dat hij door de vloer zakte. De hoop die hij op zijn bekentenis had gevestigd, vervloog, was gebouwd op drijfzand.

'We hebben de ambtenaar van de burgerlijke stand gevonden die de akte had vervalst, en hebben het verhaal heel snel uit hem gekregen. Hij was blijkbaar door jullie biologische moeder royaal omgekocht, om de schijn te wekken dat jij en je broer onwettige kinderen van haar waren en dat de vader een stamboom klasse A had. Tja, waarom deed ze dat? De Bowibu had zelfs een dossier over jullie moeder. Dertig jaar geleden werd ze betrapt toen ze de documenten van jullie vader probeerde te veranderen – van jullie echte vader – door te vermelden dat hij was gestorven bij een ongeluk op zijn werk. Daarvoor werd ze veroordeeld tot dwangarbeid van onbepaalde tijd. Een moedige vrouw, je moeder. Twee keer nam ze een groot risico om jullie toekomst te beschermen, jullie een fatsoenlijke start in het leven te geven. Maar wat probeerde ze te verheimelijken? Haar dossier leidde naar dat van jullie vader. Jullie biologische vader...'

Ryu Kyong boog zich voorover om een map uit een aktetas naast het bureau te halen en een leesbril op te zetten. '...heette Ahn Chunhyok. Hij werd in oktober 1977 betrapt toen hij met een motorboot probeerde het land te ontvluchten. Veroordeeld door een volkstribunaal. Geëxecuteerd op zijn werk, de Chollima-scheepswerf in Nampo, voor het voltallige personeel, in november 1977 – een maand voordat jij werd geboren. Jullie moeder heeft dat in het weeshuis verzuimd te melden, toen ze jou en je broer daar achterliet.'

Cho werd duizelig. Hij bracht zijn handen naar zijn hoofd.

Ryu Kyong zei zachtjes: 'Hadden we afgesproken dat je mocht bewegen?'

Cho bevroor, verrast.

'O, maar Cho, het wordt nog beter... Je vaders dossier leidde ons naar de identiteit van jullie grootvader, Ahn Yun-chol.' Hij sloeg zijn armen over elkaar en begon rond de tafel te lopen. 'Volgens alle bronnen was hij een kleurrijk stuk schorem. Een soort rondreizende genezer en sjamaan, een kleine kapitalist die in de oorlog langs de achtendertigste breedtegraad zijn mystieke gaven probeerde te gelde te maken. Het Amerikaanse leger huurde hem in om berichten naar hun eenheden in de voorhoede bij Pyongyang te brengen, waarschijnlijk in ruil voor geld. Na onze overwinning op de yankees kwam zijn verraad uit. Hij werd in 1954 geëxecuteerd als spion. Grootvader en vader allebei terechtgesteld als verrader. Een indrukwekkende afstamming, Cho. Een van de ergste gevallen die ik ooit heb doorkregen. Ik kan je zeggen dat de Leider persoonlijk erg overstuur was. Hij heeft je afdeling bij het ministerie van Buitenlandse Zaken opgedragen drie weken revolutionaire inspanning te leveren om zich te ontdoen van jouw besmettelijke invloed. Je voormalige collega's zijn gedegradeerd.' Hij zwaaide met zijn hand alsof dat nauwelijks het vermelden waard was. 'De vraag die ons interesseert is hoe jij en je broer er zo lang mee zijn weggekomen.'

Ryu Kyong legde zijn handen boven op de stoel. Hij keek nu aandachtig naar Cho, zag hoe de innerlijke beroering zich op diens gezicht aftekende en gaf hem de tijd om met een eerlijke bekentenis te komen. Maar alles wat Cho kon zeggen was: 'Ik ben onschuldig. Ik heb tot nu toe nog nooit van deze mannen gehoord.'

De ondervrager schudde vaag zijn hoofd, alsof Cho een kind was dat betrapt was op stelen maar zo dom was het te ontkennen.

'We hebben jullie echte, verraderlijke stamboom vastgesteld. Wat we nu moeten weten is... hoe de spionagemissie van je grootvader aan jou werd doorgegeven en wat zijn instructies waren.'

Cho staarde Ryu Kyong aan. 'Dat kunt u niet menen...'

'Hoe heeft je grootvader, de Amerikaanse spion, zijn missie doorgegeven aan je vader en aan jou? Was het een geschreven instructie?'

Cho werd overweldigd door wanhoop en ongeloof als door een virus. 'Dit is kolder!'

Ryu Kyong glimlachte licht en zuchtte. Toen wierp hij een snelle blik in de duisternis achter Cho en besefte Cho voor het eerst dat er nog iemand in de kamer was. Een stoel schraapte achteruit. Leer kraakte. Zijn armen werden vastgegrepen en zijn handen werden achter de rugleuning stevig geboeid. Zijn maag veranderde in ijs.

De ondervrager draaide een schakelaar om. Een stel zwakke spots verlichtte een vlekkerige betonnen muur met een ijzeren rail waaraan roestige handboeien en haken hingen.

Hij ging weer zitten, met zijn handen gevouwen voor zich op tafel. Op mateloos geduldige toon vroeg hij: 'Hoe heeft je grootvader, de Amerikaanse spion, zijn missie aan jou doorgegeven? Wat waren zijn instructies?'

Cho voelde zich gevangen in een dimensie die kant noch wal raakte. Waarheid, logica en gezond verstand waren op hun kop gezet en binnenstebuiten gekeerd. Konden ze serieus geloven dat hij handelde op bevel van een onbekende grootvader en een vader die allebei waren gestorven voordat hij zelfs maar was geboren?

'Niemand heeft me instructies gegeven. Ik heb niets te zeggen. Ik heb mijn biologische familie noo...'

De slag trof zijn rechteroor. Alles werd wit voor zijn ogen en er ging een hoog, blikkerig geluid door zijn hoofd. Hij kromp ineen en probeerde zijn hoofd tussen zijn knieën te drukken. Hij had nog nooit zo'n vlijmende, explosieve, witte pijn gevoeld. Hij piepte tussen zijn tanden, verloor bijna het bewustzijn. Zijn hersenen waren verlamd. Toen hij zwaar ademend opkeek, stroomde het vocht uit zijn ogen.

Ryu Kyong zat niet meer aan tafel. Er vlamde een lucifer op, die kort een donkere hoek van de kamer verlichtte toen de ondervrager een sigaret opstak.

'Als je hoopt me ervan te overtuigen dat je geen Amerikaanse spion bent, spaar je de moeite.' Hij had een ontspannen houding. Er was niets agressiefs aan hem, en toch was hij nu een baas met een hond aan de lijn, die de situatie absoluut, dodelijk controleerde. Door de klap tegen Cho's oor klonken zijn woorden als het zoemen van kleine insecten.

Ryu Kyong pakte de papieren van Cho's getuigenis met zijn vingertoppen van tafel, hield ze boven een aansteker en liet ze in een metalen prullenbak vallen. De vlammen verlichtten korte tijd de grote kelderruimte, die verschuifbare tussenwanden met klinknagels had.

'Tijdens je bezoek aan New York, vorige maand, werd een van onze diplomaten, eerste secretaris Ma, door de yankees gearresteerd terwijl hij met belangrijke Partijzaken bezig was. Was jij het die hem verried?'

'Nee!' Cho zette grote ogen op. Ryu Kyong deed alsof hij niet merkte dat hij zo schrok.

'Vier avonden geleden, vlak voor het staatsbanket voor de yankeejakhalzen, heb je veertig minuten alleen doorgebracht in gezelschap van de vrouwelijke yankeebezoeker. Weet je zeker dat je haar niets hebt laten zien of verteld?'

Cho voelde dat zijn gezicht brandde. Hij kon niets zeggen.

'Aha. We kunnen dus veilig aannemen dat je een Amerikaanse spion en een verrader bent. Maar dat laat de kwestie van je bekentenis nog steeds onverlet.'

Er kwam een gevoel van hulpeloosheid over Cho, een diepe moeheid. Hij zat vast in een nachtmerrie waarin hij alle werkelijkheidszin begon te verliezen, maar het proces bevatte een krankzinnige transcendente logica.

Ryu Kyong drukte zijn sigaret uit en keek naar Cho als naar een zoon die na jaren van dwars gedrag de degelijke liefde kreeg die hij altijd nodig had gehad. 'Wat water?'

Cho knikte.

De ander gebaarde dat de handboeien moesten worden losgemaakt, waarna Cho een blikken beker water in zijn trillende hand kreeg gestopt. Hij dronk het in één teug op en het kopje werd uit zijn hand genomen.

'We spreken elkaar weer,' zei Ryu Kyong. 'Denk goed na over je bekentenis.' Hij liep de kamer uit en Cho hoorde anderen, misschien wel vijf paar zware schoenen, de kamer binnenkomen en zich achter hem verzamelen, waar hij hen niet kon zien. Hij durfde niet om zich heen te kijken.

De kap werd zo onverwacht over zijn hoofd gegooid, dat hij niet eens kon schreeuwen. Meteen daarna werd hij van de stoel geslagen en van alle kanten geschopt. Tegen zijn buik, zijn benen, zijn ribben, zijn hoofd. Hij was buiten adem en kon niet ademen in de grove kap. Hij rolde heen en weer over de grond, probeerde vergeefs zijn lichaam te beschermen, slagen te ontwijken die hij niet kon zien, het was een monsterlijke, barbaarse schoppartij, tegen zijn ruggengraat, zijn testikels, zijn heupbeen, zijn enkels. Hij schreeuwde dat ze moesten stoppen, als ze maar stopten. Na een harde, doffe trap tegen zijn slaap zag hij oranje sterretjes en verloor hij het bewustzijn.

Toen hij bijkwam, lag hij op de betonnen vloer van een kleine cel, verlicht door een zoemende lamp achter gaas. De cel was maar ongeveer anderhalve meter lang en zestig centimeter breed, het was onmogelijk er te staan of te liggen. Bij zijn voeten stond een kom dunne, zoute soep, die al lang koud was geworden. Een paar maïskorrels dobberden erbovenop. Hij had geen idee hoelang hij buiten westen was geweest, of hoe laat het was, dag of nacht. Bijna onmiddellijk begon zijn lichaam oncontroleerbaar te beven in de vrieskou, maar hij kon nauwelijks een arm bewegen om zich warm te slaan. Zijn lichaam was een bloeiend bloembed van pijn, van zijn kruin tot zijn voetzolen.

Het kijkgaatje in de deur bewoog en er verscheen een oog. Hij hoorde een bewaker tegen een andere praten; de deur ging open, twee bewakers staken een arm naar binnen en grepen hem bij zijn enkels; toen ze hem naar buiten sleepten, besefte hij dat zijn beproeving tot dan toe maar een routineus murw maken was geweest, een voorspel.

Zijn echte nachtmerrie begon.

42

O Street
Georgetown
Washington DC
Kerstavond

Jenna legde de cadeaus in de auto en belde haar moeder om te zeggen dat ze eraan kwam. Kerstmis was voor hen allebei een moeilijke tijd van het jaar, een onaangename herinnering aan het feit dat ze een half gezin waren; Jenna's slechte humeur werd er alleen maar erger door.

Toen de missie de week ervoor was teruggekomen uit Pyongyang had Fisk haar opgewacht op de luchtmachtbasis Andrews. Het was na middernacht en ze was dankbaar voor de rit. Maar toen ze in zijn auto stapten en Jenna zei: 'Ik heb mijn zus gezien', was hij zo verbaasd dat hij haar niet meteen naar huis reed. Zittend in de auto op de lege parkeerplaats had ze het drama met Cho beschreven, de kinderen van een gemengd ras die ze in het landhuis had gezien, en het dossier dat Cho haar had gegeven. 'Onze binnenlandse veiligheid wordt bedreigd.'

Fisk staarde in het luchtledige om dat tot zich te laten doordringen, voordat hij de sleutel in het contact omdraaide.

Uiteindelijk mompelde hij: 'Ik heb eerlijk gezegd nooit gedacht dat je zus nog zou leven.'

Jenna liet haar hoofd tegen het koele glas rusten en deed haar ogen dicht. Ze was uitgeput en wilde niets anders dan in bed ploffen. De auto reed op hoge snelheid van de ene lichtkring van een straatlantaarn naar de volgende langs de verlaten autoweg naar Georgetown.

Hij vroeg: 'Zou een van die spionnen van dat... Zaaddrachtprogramma actief kunnen zijn?'

'Volgens het dossier zijn de oudsten negentien.'

'Perfect. Dus ze zouden al hier kunnen zijn, op onze campussen.'

'Heel goed mogelijk.'

Hij stoof op, kon het niet geloven. 'Jezus christus allemachtig... testen met langeafstandsraketten, geheime wapenlaboratoria, gehersenspoelde kinderen die er vreemd uitzien...'

De combinatie van jetlag, vermoeidheid en honger veroorzaakte in Jenna een opwelling van woede. Wat verwachtte hij dan? Het Noord-Korea van Kim Jong-il was een spookhuis. *Doe de deur open en je zult in elke kamer iets gruwelijks vinden, van de kelder tot de zolder...*

Hij draaide O Street in. Met een vriendelijker stem vroeg hij: 'Wat wil je doen aan Soo-min?'

Jenna keek somber door de lege straat. Zoals met alles wat Noord-Korea betrof, waren er geen goede mogelijkheden. 'Ik weet het niet.'

Toen ze uitstapte zei hij: 'Het spijt me, maar alles aan dat landhuis en dat programma blijft geheim.'

Pas toen ze in haar appartement was, begreep ze waarom hij dat had gezegd: om te voorkomen dat ze haar moeder iets zou vertellen, dat ze haar het kerstcadeau kon geven dat ze zo zielsgraag wilde geven: de wetenschap dat zij, Jenna, Soo-min met haar eigen ogen had gezien. Het besef dat de dochter van Han nog leefde.

De volgende dag was ze in Langley ondervraagd over de missie en zette ze zich aan de vertaling van het dossier.

Ze had gepakt, stond klaar om aan de vijftien kilometer naar Annandale te beginnen en deed net haar voordeur op slot, toen ze haar vaste telefoon hoorde rinkelen. Meestal negeerde ze die telefoon, maar ditmaal was er iets waardoor ze bleef staan. Er was zoveel ontzettend vreemds gebeurd de laatste tijd, dat zelfs de meest alledaagse gebeurtenissen vol betekenis leken. Ze deed de deur van het slot, stormde naar binnen en pakte de telefoon vlak voordat hij op de voicemail overschakelde.

De ingetogen stem van een stafmedewerkster van het Witte Huis vroeg haar aan de lijn te blijven voor een interlokaal gesprek.

Het Witte Huis?

Jenna hoorde een klik toen er werd doorgeschakeld, gevolgd door een lange stilte. Ineens ervoer ze een buitengewoon gevoel van voorbeschikking, een gewichtige stand van de sterren.

'Mevrouw?' Nu was er een mannelijke stafmedewerker aan de lijn en ze wist wat er ging komen: 'Hier komt de president van de Verenigde Staten.'

Het kostte haar de grootste moeite de telefoon van schrik niet op de bank te gooien.

Het volgende wat ze wist was dat de bekende bariton het woord richtte tot haar, Jenna Williams, in haar eigen huis.

'Dokter Williams, ik heb zojuist uw rapport gelezen...'

Haar mond ging open. Haar geest zocht koortsachtig: *Welk rapport?* Het zweet brak haar uit, zoals ze in jas met sjaal aan de grond genageld stond.

'...Ik moet u nageven: er zijn niet zoveel aanbevelingen waarvan ik rechtop ga zitten, maar die van u wel.'

Haar stem was gefluister. 'Dank u.'

Hij heeft het over... Haar geest vond vormen en verbanden. *De 'frisse ideeën' om Kim aan te pakken.* Het rapport dat de CIA-directeur haar had gevraagd te schrijven, een maand geleden.

'Ik moet u vragen... zijn dit uw ideeën?'

'Ja, meneer.'

'Ik ben geïntrigeerd door uw redenering. Die druist... tegen de intuïtie in.'

Niet voor het eerst had ze onwillekeurig het gevoel dat het haar boven de pet ging. 'Ze zijn inderdaad wel wat... bizarrig, geloof ik.'

Hij lachte en even ving ze een vleugje van dat opwindende charisma op. 'Radicaal, zo zou ik ze noemen. Nou, luister, misschien komt er niets van, want ik zal het Congres nooit overtuigen, maar ik wil ze nader onderzoeken. Ik geef uw rapport door aan het ministerie van Buitenlandse Zaken. Ze nemen nog wel contact op. Bent u bij uw familie deze kerst?'

'Bij mijn moeder, Han.'

'U beiden dan heel mooie dagen gewenst.'

Het gesprek had maar heel kort geduurd. Ze stond even naar de hoorn te kijken in een trance van blozende wangen en bonkend hart, maar ze voelde zich opleven, alsof er luchtbelletjes in haar borst opwelden, en opeens slaakte ze een kreet. Ze had nu toch iets om aan haar moeder te vertellen.

Later, toen ze hem bij Han thuis in Annandale op het tv-journaal zag, besefte ze dat hij haar had gebeld vanaf zijn vakantieadres op Hawaï.

Toen ze drie dagen na Kerstmis terugkeerde naar haar training op de Farm, begon onbekend hoger personeel van de Dienst haar in de kantine te herkennen, oogcontact te maken, een stap opzij te zetten om haar voor te laten gaan, alsof ze een lichtende aura had. Ze zou snel ontdekken dat haar ideeën in bepaalde milieus in Washington en daarbuiten al voor rimpelingen zorgden in de vijver van de gevestigde meningen.

43

Geheim pension Maram
Yongsungwijk
Pyongyang, Noord-Korea

In de donkere verhoorkelder zag Cho een nieuw gezicht tegenover zich, een functionaris die jonger was dan hijzelf. De man zat kaarsrecht en droeg een gesteven uniform. Een leren riem tussen zijn schouder en zijn pistoolholster knerpte als hij zich bewoog. Zijn glanzende, gladde hoofd oogde zo rond en bleek als de maan. Zijn ogen keken Cho uitdrukkingsloos aan. Zijn pet met een glanzende, zwarte klep lag naast hem op het bureau.

'Hoe heeft je grootvader, de Amerikaanse spion, zijn missie aan jou doorgegeven? Wat waren zijn instructies?'

Cho voelde zich moe en hongerig. Hij schudde vaag zijn hoofd.

'Ik heb mijn grootvader en mijn vader nooit gekend...'

'Hoe heeft je grootvader, de Amerikaanse spion, zijn missie aan jou doorgegeven? Wat waren zijn instructies?'

Cho's hoofd zakte op zijn borst en zweeg. Iemand achter hem deed een stap naar hem toe en hij zag uit een ooghoek iets door de lichtkring zwaaien, als de grijpstaart van een aap. Een afrollende elektriciteitskabel.

Soms sloegen ze hem met kabels, soms met houten knuppels. Huilend als een dier kronkelde hij over het beton in plassen van zijn bloed en urine. Als hij het bewustzijn verloor, werd hij steeds met water bijgebracht. De eerste keer dat het gebeurde, merkte hij dat zijn kleren drijfnat en ijskoud waren; in zijn mond voelde hij bloed en afgebroken stukjes tand. Ruwe handen sleurden hem terug naar de stoel om verder ondervraagd te worden. Andere keren werd hij geslagen met een leren riem, maar waren zijn benen en armen zo strak aan de stoel vastgebonden dat hij geen vin kon verroeren om dekking te zoeken.

Af en toe meende hij in het duister achter zich te horen hoe Ryu Kyong de afranselingen liet stoppen, maar de vraag van de jonge agent was meedogenloos en veranderde nooit. Een paar keer verloor hij zijn geduld en sloeg Cho met zijn blote handen in zijn gezicht; daarbij raakte hij de open wond aan zijn oor, met als gevolg een hoge, metalige galm.

Geleidelijk raakte Cho's lichaam verdoofd, en in de luwten, als hij een moment de tijd kreeg de pijn te verwerken en te proeven, besefte hij tot zijn verbijstering dat hem bijna niets werd gevraagd over zijn vlucht van veertig minuten met Jenna voor het banket: de ondervragers zagen dat simpelweg als het bewijs van zijn schuld. Het doel, de impuls achter het vragen stellen was hun wens om te weten hoe zijn verraderlijke stamboom verborgen was gebleven, en hem in staat had gesteld met bedrog zijn weg te vinden naar zo'n hoge vertrouwenspositie dat hij rechtstreeks boodschappen kon doorgeven aan zijn yankeebetaalmeesters, en zijn broer in staat stelde toegang te krijgen tot de persoonlijke aangelegenheden van de Geliefde Leider zelf.

Langzaam begon Cho het tussen de klappen door te begrijpen. Voor een verraad op deze schaal was het niet genoeg hem te doden. Hij diende uit het diepst van zijn hart te bekennen, te smeken om vergiffenis voordat hij werd doodgeschoten, en te getuigen van berouw en liefde voor de Leider. Daar draaide alles om, en zijn dood, daarna, was een administratief detail.

Hij wist niet zeker hoe vaak hij was gemarteld toen ze hem begonnen te tergen met het lot van zijn gezin. 'Je zoon is verbannen naar een dorp in de noordelijke bergen – vanwege jou, Cho. Je vrouw besloot met hem mee te gaan.' Toen hij dat hoorde, ging er iets in hem dood. Zijn gezin, *outcasts in een ruig bergdorp*? Een paar minuten keek de ondervrager toe terwijl hij openlijk snikte. 'Beken nu,' zei de man zacht, 'en ze kunnen terug naar huis in Pyongyang. Je zoon kan terug naar school.' Maar Cho kende het systeem goed genoeg om te weten dat de ondervrager loog. Het was precies andersom: Boekie zou tot een veel slechter lot worden veroordeeld – een werkkamp, een gebied waar je nooit meer van terugkwam – *áls hij bekende.*

Zoon van een Amerikaanse spion die had bekend.

En hoe meer Cho dat besefte en hoe langer en wreder de sessies werden, hoe sterker zijn wil om niet te bekennen. Het voelde bijna als een bovennatuurlijke vastberadenheid. Het was de parel die hij niet zou afstaan, de schat die hij ze nooit zou geven. Hij zou hier toch gauw genoeg sterven. En voor die tijd zouden ze het niet uit hem loskrijgen.

Dat was zijn enige wapen, zijn enige kans om zijn vrouw en zoon te beschermen.

Het ondervragen ging dag en nacht door. Soms was het de jonge agent met het kaalgeschoren hoofd. Soms anderen, allemaal jong. Ryu Kyong deed maar af en toe mee, maar Cho wist zeker dat hij vaak achter in de kamer aanwezig was en hem observeerde. Twee keer, vier keer, zes keer, hij wist het niet precies, stopte het afstraffen plotseling en werd de tafel naar zijn stoel gedragen, zodat hij de witte papieren en het potlood voor zich kreeg. Elke keer grilliger schreef Cho dezelfde woorden als eerder, of een samenvatting ervan. Dan las de ondervrager ze, op zoek naar een kiertje, een barst waardoor hij hem kon pakken, waarna de pagina's voor zijn gezicht werden verscheurd. Telkens voelde Cho haat, als een fakkel die door zijn lichaam vlamde.

Algauw ging hij malen door het slaapgebrek. De woorden van de ondervragers klonken alsof ze onder water werden gesproken. Hij verloor de draad van de vragen, mompelde: 'Begrijp het niet' en werd dan nog harder gemept en geslagen.

Afgezien van een vaag gevoel dat de dagen lengden tot weken, had hij geen idee hoelang hij al in de martelkamer van het pension Maram was. Op een dag werd hij in zijn piepkleine cel achtergelaten met het bevel de hele dag in kleermakerszit en met zijn hoofd gebogen te zitten. Een gevangene hoefde maar een wenkbrauw te bewegen, of de bewakers gooiden de deur open en sloegen hem met berkentakken. Ze liepen heen en weer voor de cellen en loerden op de kleinste overtreding. Zelfmoord, waar hij vaak aan dacht, was onmogelijk. Na tien uur zitten in die positie kon hij niet meer lopen.

De volgende dag werd hij aan zijn armen naar de verhoorkamer gesleept, waar Ryu Kyong op hem wachtte, roerloos aan tafel. Hij keek naar Cho met zijn goedaardige, meditatieve gezicht, als een eerbiedwaardige geleerde.

Hij haalde diep adem voordat hij iets zei, en was duidelijk teleurgesteld. 'Waarom doe je jezelf dit aan, Cho? Wil je je hachje redden?'

Cho was op zijn hoede, zijn hart roffelde terwijl hij luisterde of hij achter zich hoorde bewegen, maar ze leken alleen in de kamer te zijn.

'U doet me dit aan.'

'Het kan allemaal in een minuut voorbij zijn, als je zou willen, en ik kan helpen.' De blanco papieren lagen op tafel. Ryu Kyong hield een potlood omhoog. 'Je zult jezelf niet redden, maar je zult je zoon redden, die geen schuld heeft aan je misdaad. Kom, zullen we het samen schrijven?'

De woorden 'vuile leugenaar' vertroebelden Cho's geest als gifgas. Na een eindeloze pauze, waarin Cho resoluut naar de vloer staarde, vertrok Ryu Kyong.

Die dag werd hij met zijn handen opgehangen aan de ijzeren staaf. Zijn tenen raakten nauwelijks de vloer, de handboeien sneden in zijn polsen en zijn middel voelde alsof het uit zijn torso werd gescheurd. Bewakers sloegen zijn benen zo vaak dat ze opzwollen tot boomstammen. Zelfs toen had hij het ergste nog niet gehad. Ze brachten hem naar een zo kleine cel dat hij moest hurken, half onder koud water. Hij werd daar twee dagen achtergelaten. Toen hij het bewustzijn verloor, werd hij naar buiten gesleurd en kwam hij weer bij voor het witte papier en het potlood. De watercel was nog erger dan de bamboesplinters die ze onder zijn vingernagels duwden; daarmee werden dan de nagels een voor een losgescheurd, terwijl hij tussen zijn kreten door aangespoord werd om te bekennen, soms paaiend, andere keren rauw in zijn oren schreeuwend.

Hij gaf niet toe.

Op een nacht werd hij voor het eerst in weken naar buiten gebracht en ademde hij koude, zuivere lucht in. Hij kreeg het bevel om op de platgelopen sneeuw van de binnenplaats neer te knielen en niet te bewegen. Sneeuwvlokken vielen neer op zijn haar en zijn gezicht. Hij zat daar urenlang op zijn knieën als een stenen ornament. Na pakweg een uur verminderden zijn hevige rillingen en was hij verdoofd en vreemd sereen, terwijl bewakers in dikke jassen van konijnenbont af en aan liepen. Hij kon niet opstaan toen ze het hem bevalen en moest weer naar binnen worden gesleept.

Gaandeweg gebeurde het martelen onregelmatiger. Op sommige dagen lieten ze hem in zijn cel verhongeren, of gaven hem zoute soep maar niets te drinken, zodat zijn dorst ondraaglijk werd en zijn tong plakkerig. Na dagen zonder eten waren zijn biceps even dun als zijn polsen, terwijl zijn benen zo opgezwollen waren dat hij nauwelijks kon zitten. Toen ze hem daarna uit zijn cel haalden, was hij tot zijn verbazing opeens in een hoek van de warme bewakerskantine geplant, vanwaar hij moest toekijken hoe zij witte rijst en dampende stoofpot met varkensvlees en champignons aten uit een grote aardewerken pot. Hij kreeg hevige maagpijn en de bewakers lachten om de blik op zijn gezicht. Het witte papier en het potlood werden hem gebracht, en een kom rijst met stoofpot werd net buiten zijn bereik neergezet. Met een homp vers brood ernaast.

Cho keek een andere kant op; tranen liepen over zijn wangen.

Uren later kwam er een man in een vuile witte jas zijn cel binnen, voelde zijn pols en zijn botten en wreef koele zalf in de verwondingen die ontstoken waren geraakt en etterden. Hij zei Cho zich te ontdoen van zijn overall, die intussen niet meer was dan een vuil, stinkend hoopje vodden, en maakte zijn verwoeste lichaam schoon met antiseptische doekjes, gaf hem schone kleren, haalde tot slot een injectiespuit tevoorschijn en spoot hem iets in waarna zich een euforisch gevoel door hem verspreidde voordat hij in een uitgeputte opiumslaap viel.

Toen hij wakker werd, keek hij Ryu Kyong in het gezicht. De man had een arm om hem heen geslagen en hield Cho vast alsof hij een bemind, stervend kind was. Hij sprak zacht, teder. Ze bevonden zich in een lichte, zonnige kamer met witte muren, die Cho verblindden. Hoelang was hij daar al? Aan de bomen buiten het raam kwamen nieuwe bladeren. Witte wolken voeren als luchtschepen langs.

'De Geliefde Leider is het brein van onze grootse beweging,' zei Ryu Kyong. 'Hij is de geest die ons recht op de rails van de geschiedenis houdt. Hij is alwetend en onfeilbaar. Ben je het daarmee eens, Cho?'

Cho voelde geluk door zich heen stromen. Wat straalde er een wijsheid, een verdraagzaamheid in de ogen van Ryu Kyong.

'Ja,' zei hij, en hij voelde een glimlach over zijn gezicht trekken.

'En als de Leider het brein is, dan is de Partij het kloppende hart van de beweging en het leger de kracht en het spierstelsel. Dat klopt toch?'

Cho knikte, als een jongen die simpele rekensommen krijgt uitgelegd.

'De massa's – arbeiders, boeren, bouwvakkers – zijn de organen en het zenuwstelsel. Ze zijn de cellen en het levenssap van de beweging. Ze hoeven niet onafhankelijk te denken, omdat het brein die zware verantwoordelijkheid op zich neemt.' Er verscheen pijn in de ogen van Ryu Kyong en zijn gezicht vulde zich met empathie. 'Maar als een van de cellen in het lichaam ziek blijkt te zijn, als er een tumor wordt ontdekt, zelfs als die drie generaties lang verborgen is gebleven, kan niet worden toegestaan dat die blijft of groeit. Dat zie je toch wel, Cho? Onbetrouwbaarheid moet worden weggesneden, volledig worden verwijderd, zodat het lichaam onsterfelijk kan blijven en nooit verloren gaat.'

Cho deed zijn ogen dicht, hij wilde de schoonheid van Ryu Kyongs logica niet bederven.

'Als we die niet uitroeien, begaan we een misdaad tegen onze toekomst. Ik weet dat je dat zult begrijpen. Doe het nu en bespaar jezelf meer onnodig lijden. Doe het uit liefde voor ons volk. Schrijf je bekentenis neer en de Leider zal je vergeven. Sterf in vrede, met zijn dankbaarheid in je hart en met je zoon in veiligheid...' Ryu Kyong liet Cho voorzichtig op een comfortabele mat op de vloer zakken. Hij woog niets. Zijn lichaam was vel over been. Er werd een dienblad gebracht waarop een kom stond vol dampende bouillon met bonenpasta; Cho at als een uitgehongerde hond onder het oog van Ryu Kyong. Zonder dat Cho het had gemerkt waren de witte vellen papier en het potlood weer tevoorschijn gekomen; ze lagen netjes op de vloer naast de mat.

Cho zei: 'Wat hebt u met Yong-ho gedaan?'

'Hij bekende snel en volledig. Hij stierf met een zuiver geweten.'

Ryu Kyong ging weg en deed de deur op slot.

Cho keek naar de schuivende witte wolken en luisterde naar een Vlaamse gaai die op de dakrand zat te kwetteren. Hij zag de schaduwen op de binnenplaats langer worden naarmate de zon het westen naderde. Hij zag dat de jeneverbes begon te bloeien; er vlogen wolkjes muggen omheen. De lente zat in de lucht.

Toen Ryu Kyong terugkwam, vele uren later, zat Cho in kleermakerszit, met zijn rug tegen de muur.

Het witte papier bleef blanco en onaangeroerd.

Hij keek naar het gezicht van zijn ondervrager en reageerde met begrip op diens begripvolle gelaatsuitdrukking. Interessant was dat er geen woede of frustratie in die ogen stond... maar angst.

Twee dagen lang bleef Cho in een gewone cel met een raam en een deken, hij kreeg koolsoep en maïspap te eten. De bewakers lieten hem met rust. Hij zakte weg in een diepe lethargie en raakte ergens tussen dagdromen en slapen verzeild. Hij dacht vaak aan Boekie. Toen hij een keer rechtop zat, zag hij zijn zoontje voor zich, glashelder, met zijn halsdoek van de Rode Pioniers om; hij zat op zijn hurken te lezen in zijn schoolboek. 'Bij een van de veldslagen tijdens de bevrijdingsoorlog van het Grote Vaderland hebben drie dappere ooms van het Koreaanse Volksleger dertig Amerikaanse imperialistische schoften afgemaakt. Hoeveel schoften maakte elke soldaat af?' Boekie keek naar hem op, met zijn schattige glimlach. Cho's tranen vloeiden overvloedig, maar toen zijn blik weer helder werd, was er niemand. En soms dacht hij aan de Geliefde Leider zoals hij aan zijn bureau zou werken tot in de kleine uurtjes, arrestatiebevelen ondertekende, door wolken sigarettenrook heen telefonische bevelen gaf en tot in de details de levens van zijn vertrouwelingen regelde. Hij herinnerde zich de paar keren dat hij Kim Jong-il had ontmoet. Diens houding, zowel grillig als pedant. De manier waarop hij naar je keek met een vreemde ironie in zijn blik.

Op de derde dag kwamen ze hem halen, en hij was klaar, voelde geen woede meer. Hij had vrede gesloten met zichzelf. Kettingen werden vastgemaakt om zijn polsen en zijn enkels. Maar op de binnenplaats zag hij in plaats van een staak en een vuurpeloton een groene Russische vrachtwagen met een overkapping. Hij kreeg bevel aan de achterkant in te stappen; de bewakers stapten met hem in. Voordat hij kon vragen waar ze naartoe gingen, zag hij in een flits een geweerkolf neerkomen. Hij verloor het bewustzijn.

Cho had geen idee waar hij was. De vrachtwagen had vele uren gereden. Hij was de enige gevangene. Het was stikdonker; de dageraad was nog uren ver weg. Hij kreeg bevel uit te stappen en op zijn knieën te gaan zitten. In de zwakke gele lichten zag hij een laag, grijs, uitgebreid gevangeniscomplex. Hij hoorde honden blaffen. Felle zoeklichten zwierven vanaf hoge wachttorens over het voorplein. Boven op de muren lagen rollen scheermesdraad. Hij was bij de ingang van een groot strafkamp.

Dat had hij absoluut niet verwacht. De enige reden dat hij daar kon zijn, de enige reden dat hij niet met een kogel in zijn hart werd begraven, was dat hij niet had bekend.

Hij kon niet zien hoe groot het kamp voorbij de verblindende lichten was, maar had het idee dat hij een andere wereld binnenging, waar andere natuurwetten golden.

'Kijk naar de grond!' schreeuwde een van de bewakers.

Geschrokken boog Cho zijn hoofd. Hij hoorde iemand naderen, vergezeld door een blaffende hond. Uit de beleefde toon waarop de bewakers hem aanspraken, vermoedde Cho dat deze man een hogere gevangenisfunctionaris was, misschien wel de onderdirecteur zelf. De man moest een formulier ondertekenen en grinnikte alsof hij een verrassing kreeg.

'Gespioneerd voor Amerika?' De schaduw van zijn hoofd maakte met gespeeld respect een buiging voor Cho. 'Welkom in Kamp 22.'

Cho lachte haast hardop om de ironie. Het kamp waarvan hij het bestaan tegenover Jenna had ontkend tijdens het diner in New York – wat leek die wereld ver en onwerkelijk! – slokte nu zijn leven op.

De kettingen werden losgemaakt van zijn polsen en enkels. Juist toen hij door de poort werd geleid, klonk er in de verte gedreun, een diep basgeluid, als zwaar artillerievuur, ergens ver naar rechts. Hij nam aan dat het onweer was, totdat hij een vurige oranje gloed zag oprijzen naar de wolken, een gloed die een dag maakte van de nacht en werd gevolgd door een rookkolom; hij besefte dat het een proeflancering was. De bewakers bleven staan om te kijken.

Hij werd opgesloten in een wachtcel voor nieuwaangekomenen, vanwaar hij de bewakers kon horen eten in de belendende ruimte; ze spraken met de rauwe accenten van de provincie Noord-Hamgyong.

Kort daarop kreeg hij een bord met een kliekje en moest een uniform aantrekken van grof blauw nylon, dat stonk naar lijken en gestolde pus. Toen kwam dezelfde hoge functionaris binnen, monsterde hem met een slinkse blik, alsof hij zijn gezicht in zijn geheugen prentte voordat het definitief misvormd werd, en keek in een open map. Hij zei tegen de bewakers: 'Afdeling gezinnen, dorp 40, hut 21.'

Cho's hart trok samen; hij voelde zijn knieën knikken.

Mijn gezin hier? Mijn vrouw en zoon?

In die vreselijke hel? Welke haatdragende woorden zouden zij voor hem in petto hebben omdat hij hun dit had aangedaan? Hun leven kapot had gemaakt? Hij voelde zo'n pijn en wanhoop dat hij bijna flauwviel. *Al die tijd had hij kunnen bekennen!* Het zou niet het minste verschil hebben gemaakt. Hij had hun op zijn minst de voldoening van zijn dood kunnen geven!

De staat liet zich niets ontgaan. Het meedogenloze mechanisme van de staat zou hem in de gevangenis herenigen met zijn gezinsleden, ongeacht de gevolgen.

Hij hoorde het geluid voordat hij wist wat het was: een ontzinde jammerklacht die in zijn binnenste opkwam. Hij begon zichzelf in zijn gezicht te stompen.

'Wat bezielt die gozer, godverdomme?' vroeg de bewaker en hij gaf hem een harde trap tegen zijn knie zodat hij op de grond viel.

Achter in een andere vrachtwagen huilde hij bittere tranen. Hij was vastbesloten een eind aan zijn leven te maken zodra het kon. Maakte niet uit hoe. Van die beslissing kalmeerde hij een beetje terwijl hij nadacht over de komende confrontatie. Het verwijt en de woede van zijn vrouw. Het onbegrip, het trauma van zijn zoon. In welke fysieke toestand zouden ze verkeren? Zijn vrouw was mooi. Ze zou overgeleverd zijn aan bewakers, die haar misbruikten zoals ze wilden.

O, hij wilde niet langer leven.

De rit duurde minstens een halfuur en leidde over ruige, hobbelige paden, lang genoeg voor hem om een indruk te krijgen van de enorme omvang van het kamp. Ten slotte werd hem bevolen uit te stappen. In het licht van de lantaarns van de bewakers zag hij een rij grove hutten, gemaakt van afbrokkelende modderstenen en met strooien daken. Er hing een penetrante geur van uitwerpselen. Er waren nu geen kettingen of handboeien; in dit nieuwe universum waren die niet nodig. Hij werd verwezen naar een half ingestorte hut, gedeeltelijk gebouwd met maïsstengels, en met nummer 21 op de muur geschilderd. In het enige venster zat grijs vinyl in plaats van glas. Het klapperde in de ijzige wind. Een van de bewakers duwde hem naar de deur van zijn nieuwe gezinswoning, die Cho met bezwaard gemoed opendeed.

Een eenzame kaars in een pot wierp flakkerend licht over een vloer van aangestampte aarde, die onverwacht warm was. In een van de hoeken zag Cho een berg vodden, die tot zijn verrassing opkeek. De vrouw was een jaar of zestig, had zilvergrijs haar en keek hem met keiharde, argwanende ogen aan. In het schemerlicht zag hij een gevangenisgezicht vol sporen en schaduwen.

Cho was te verward om iets te zeggen.

De bewaker duwde hem de kamer binnen.

'Wat mankeert jou? Ben je niet blij je moeder te zien?'

44

Kamp 22
Provincie Noord-Hamgyong, Noord-Korea
Augustus 2011

'Opschieten, stelletje hoeren. Dubbel zo snel werken, anders zwaait er wat!'

Het lawaai in de keuken was oorverdovend, hoewel er niemand praatte. Bewakers brulden, de radio draaide non-stop dezelfde toespraak af, en tussen de wolken zure stoom klonk het constante geraas van metalen soeplepels, pannen en eetketeltjes.

De meisjes hielden het noodtempo van het kamp vol. Niemand liep de kantjes ervan af, anders zouden ze dat mooie baantje kwijt zijn nog voordat ze waren neergevallen en een bewaker om genade konden smeken. Een keukenbaantje wilde iedereen wel in de wereld van de goelag. Je kon graankorrels van de vloer en spoeling uit de varkensstal achteroverdrukken, je brak je rug niet op een akker of in een mijn, je had zelfs maïsbladeren om je gat mee af te vegen. Maar de meisjes hadden een prijs betaald. Sommige waren er aangesteld om te klikken. Of erger nog, ze waren de protegee van een bewaker geworden, die met hen kon doen wat hij wilde, in de opslagruimte, achter de varkensstallen, in het bos. Zwangere meisjes werden weggehaald en niet meer teruggezien.

Mevrouw Moon vermeed oogcontact met hen. Ze had het baantje gekregen omdat ze in haar politiedossier 'kokkin' werd genoemd. Ze maakte maaltijden klaar voor bewakers, niet voor gevangenen, en kreeg dus zeep en heet water om zich mee te wassen; daardoor zat ze niet onder het vuil en had ze geen stinkende lompen zoals de meisjes. Ze at restjes uit de kantine van de bewakers en kon voedsel meesmokkelen voor haar zoon, om hem sterk te houden.

Mijn zoon.

Dertig jaar lang had ze in dromen om haar zoons geroepen. Op het moment tussen slapen en waken voelde ze soms – bij zonsopgang, als het contact met de geestenwereld niet werd gestoord en ze haar ogen dichthield – hun aanwezigheid zo sterk dat ze hun handen vast kon houden. Ze had nooit durven hopen een van hen nog terug te zien in deze wereld.

Maar o, wat een wrede, grillige streek had het lot haar geleverd om een zoon hierheen te brengen, naar deze plek.

Toen ze hem in de nacht dat hij was aangekomen in de deur van de hut zag staan, had haar onbegrip maar enkele seconden nodig gehad om te veranderen in herkenning. In het kaarslicht had ze haar eigen gezicht in het zijne gezien. Dat was een van de grootste schokken van haar leven: ze wist wie hij was. Ze keken naar elkaar als over een afstand van tientallen jaren. Ten slotte zei ze: 'Ik ben Moon Song-ae. Ik ben je moeder.'

Hij wist niet wat hij hoorde, maar toen die nieuwe realiteit tot hem doordrong, waren er allerlei tegenstrijdige emoties op zijn gezicht te lezen. Ze stond op en probeerde hem te omhelzen, maar hij keerde zich af. De beklemmende pijn die ze toen voelde had haar ter plaatse kunnen doden.

Dagenlang sprak hij niet, ook al moesten ze de enige deken van de hut delen. Hij voelde een afkeer van haar en deed weinig moeite dat te verbergen. Haar schuldgevoel was nog groter dan haar angst voor hem; ze werd erdoor verteerd. Het kwam door haar dat hij daar was. Een andere verklaring was niet mogelijk. Ze had het familieverleden niet verborgen gehouden. Ze was tegenover hem tekortgeschoten. Wat een ellendig voorteken was ze, dat ouwe wijf, een vreemde uit een verleden dat zijn leven te gronde had gericht. Maar ze waren familie en moesten daarom een hut delen. Het feit dat ze totale vreemden voor elkaar waren, speelde voor de staat geen rol.

Dus ze spaarde hem, haar vervreemde zoon. Ze bezorgde hem geen opgelaten gevoel door met hem te praten. Ze wist niet eens hoe hij nu heette. Ze keerde zich om en deed alsof ze sliep als hij bij de hut terugkwam, onder het kolenstof, rillend van de honger en vermoeidheid, en zorgde dat er warm eten voor hem stond in de stalen pan. Ze monsterden elkaar als de ander niet keek. Ze kon zijn blik voelen. Al op het eerste moment dat ze hem zag wist ze dat hij niet gewend was aan lichamelijk werk en meteen begon ze te tobben. Hoe zou hij dat overleven, het graven van piepkleine tunnels, het duwen van die loodzware karren, de wreedheid van de bewakers? Hoe snel kon hij zich ertoe brengen ratten, slangen en maden te eten om in leven te blijven? Dat baarde haar nog meer zorgen dan Tae-hyon, die thuis zichzelf moest voeden zonder haar. Zonder hun vrouw waren mannen hulpeloos.

Dus begon ze risico's te nemen voor haar zoon. Koolbladeren en aardappelschillen waren makkelijk tussen de lagen van haar kleding uit de keuken te smokkelen. Vlees was gevaarlijk, de waakhonden konden het ruiken, maar het lukte haar om kleine, krokante stukjes varkensvlees mee te nemen, die ze kookte in een stoofpotje en voor hem liet staan nadat ze was gaan slapen.

Ongeveer een week na zijn aankomst werd ze in de kleine uurtjes wakker van zijn gekreun. Het was vroeg in de zomer en het was al licht. Hij lag op zijn zij met zijn rug naar haar toe. Ze boog zich over hem heen en zag dat zijn ogen opgezwollen en paars waren en dat zijn lichaam zware kneuzingen en sneeën had. Zo temden de bewakers alle nieuwkomers. Zonder een woord te zeggen stak ze de kachel aan om water warm te maken en sloeg haar arm om hem heen. Hij duwde haar niet weg. Ze begon zijn wonden te deppen en hem schoon te maken met de zoom van haar schort. Toen hij in slaap viel met zijn hoofd in haar schoot, vielen haar tranen op zijn haar.

's Morgens keek hij haar voor het eerst aan en zag ze in zijn ogen het begin van acceptatie, maar nog geen band.

Een paar dagen later volgde er weer een afranseling; ze verpleegde hem opnieuw en verzorgde zijn wonden zo goed ze kon. Ze gaf hem haar eigen eten en zei dat ze geen honger had. Toen ze die avond ging liggen om te slapen probeerde hij iets tegen haar te zeggen, maar verslikte zich in het woord *omma*. Ze hoorde dat hij zacht begon te huilen. Ze zou hem de tijd geven. Ze kon dit niet overhaasten.

De volgende nacht sprak hij haar voor het eerst aan. Heel stijf vroeg hij: 'Vertel me alstublieft over mijn afkomst.'

En dus vertelde ze hem die de nachten daarna. Hij kwam te weten dat hij was geboren in de westelijke haven van Nampo. Zijn vader was scheepsbouwer, zijn moeder kokkin. Hij was geboren als Ahn Sang-ho.

'Je vader was een vriendelijke man,' zei ze. 'En knap. Je lijkt sterk op hem. Hij had talent voor boten en repareerde de vissersvloot van Nampo. Vlak na ons trouwen werd hij uitgeroepen tot modelarbeider. De scheepswerf organiseerde een plechtigheid voor hem. Kort daarna werd je broer geboren; onze toekomst zag er veilig en gelukkig uit. Modelarbeiders werden aangespoord Partijlid te worden, dus je vader meldde zich aan.' De ogen van mevrouw Moon dwaalden naar de kachel. 'Toen kwam de controle van zijn sociale achtergrond; dat duurde maanden. Je vader was in de oorlog geboren, toen veel geboorteaktes zoek of verspreid raakten. Toen ze de zijne uiteindelijk vonden, was de schok enorm. Hij was tijdens de oorlog zijn familie kwijtgeraakt. Hij had maar een vage herinnering aan zijn vader. Een spion voor Amerika? Wie weet of het waar was of niet? Het stond zo geregistreerd, dus dat was dat. Erger kon het niet. Je vader werd van de scheepswerf weggestuurd. Van de ene dag op de andere verzeilden we in de laagste kaste. We hadden geen toekomst. Hij wist dat hij de rest van zijn leven een outcast zou zijn en ongeschoold werk zou doen. Hij zou dag en nacht in de gaten worden gehouden. Dus maakte hij een plan om een motorboot te stelen om met ons naar het Zuiden te varen. Het was oktober. We wachtten op een ochtend met dichte mist, zo'n mist die de hele dag blijft hangen, zodat we voorbij de kustbewaking konden glippen. We zouden die tachtig kilometer lange reis naar het Zuiden maken zonder een kompas, maar je vader was een ervaren zeeman. Toen het ochtend werd, hing er buiten een dikke soep. Perfect. Het was doodstil in de haven. Hij ging eerst; ik kwam apart, met je broertje in mijn armen, om het minder verdacht te maken...' Ze zuchtte en haar gezicht werd somber bij de herinnering. 'Toen ik bij de haven aankwam, zag ik vijf agenten die uit de mist kwamen hollen en hem arresteerden naast de boot. Ze hadden hem streng bewaakt, hij had geen schijn van kans. Als ik een paar seconden eerder was geweest, hadden ze mij ook gegrepen. Een maand later werd hij opgehangen tijdens een volkstribunaal voor dezelfde menigte die hem als modelarbeider had toegejuicht. Ik was acht maanden zwanger van jou, maar ze dwongen me vanaf de eerste rij toe te kijken. Om ons te beschermen had ik de Bowibu verteld dat mijn man me valse informatie had gegeven over zijn sociale achtergrond en me niets had verteld over zijn ontsnappingsplan...' Ze snoof walgend. 'Ze zijn altijd bereid dergelijke verklaringen te geloven. Maar vanaf die dag was ik verdacht en stond ik voor een vreselijke keuze. Als ik jou en je broer zou houden, zou jullie een leven in de laagste kaste wachten, zonder kans op geluk, een goed huwelijk of lonend werk. En ik had moeite het hoofd boven water te houden. Vandaar dat ik jullie geboorteaktes liet veranderen. Ik heb een ambtenaar van het staatsbevolkingsregister in Nampo omgekocht om de indruk te wekken dat jullie echte vader uit een plaatselijke heldhaftige familie kwam, de familie van een veteraan die we vóór het proces van je vader goed hadden gekend. Toen heb ik jou en je broer naar het weeshuis in Nampo gebracht.' Tranen rolden stil over haar wangen. 'Het was het moeilijkste wat ik ooit heb gedaan...' Cho sloeg zijn arm om haar heen, zijn moeder, en ving haar zachte trillen op. '...maar jullie toekomst hing ervan af. Ik moest jullie achtergrond verbergen. Om er extra zeker van te zijn, wachtte ik vier jaar, daarna probeerde ik de doodsoorzaak van je vader te laten veranderen in "een ongeluk" en de dodelijke details weg te werken. Ik dacht dat als iemand het zou controleren tegen de tijd dat jij en je broer jongemannen waren, de waarheid allang vergeten zou zijn. Maar nu werd ik verklikt door de ambtenaar van het bevolkingsregister en verbannen naar de bergen in het noorden, een strafboerderij in het district Baekam, waar ik achtentwintig jaar heb geleefd.' Ze huilden samen, hun gezichten glinsterden van de tranen, en ze hielden elkaars handen vast.

Een tijdje was het leven in Kamp 22 voor mevrouw Moon draaglijk door het wonder van haar zoon. Terwijl de meeste kampbewoners na het werk zonder één sprankje hoop in de hutten terugkeerden, lagen zij en Cho urenlang wakker. Ze hoorde verhalen over haar schoondochter en haar kleinzoon. Zijn reis naar Amerika vond ze onvoorstelbaar. Cho hoorde dat hij een stiefvader had, Tae-hyon, een mijnwerker met wie ze in Baekam had kennisgemaakt en was getrouwd.

Ze vertelde hem dat haar eigen ouders niet lang na haar verbanning waren gestorven. Ze vermoedde dat ze christenen waren geweest, die in het geheim andere gelovigen ontmoetten – een herinnering die ze al tientallen jaren had begraven. 'Er zijn hier christenen,' mompelde ze. 'Ze mogen niet naar de hemel kijken en moeten hun ogen neergeslagen houden.'

'En jij, omma?' vroeg Cho. 'Kijk jij naar de hemel?'

Mevrouw Moon staarde naar de muren. Ze had geen antwoord.

Dankzij Cho voelde ze zich al snel weer mens. Maar in Kamp 22 kon het fataal zijn om je mens te voelen, want gevangenen werden er kwetsbaar door. Ze had al vroeg geleerd dat je om in die hel te overleven, moest vergeten dat je ooit een mens was. Je moest een dier worden. Nu was ze niet meer afgestompt, haar geweten ontwaakte, en terwijl juli in augustus overging, voelde ze hoe ze wegzakte in een duistere depressie. Dat hield ze eerst voor hem verborgen, ze trok een opgewekt gezicht, maar algauw kon ze het onmogelijk nog langer maskeren en ging hij zich ernstig zorgen over haar maken. Ze had het erover dat ze wilde sterven in haar slaap, een eind aan haar leven wilde maken. Ze begreep niet waarom haar lichaam bleef voortbestaan terwijl zij dat zelf niet wilde. Hij zei tegen haar: 'Blijf hopen, dan overleven we. We hebben elkaar. Wat moet ik als jij doodgaat?' Bij die gedachte alleen al brak haar hart.

Maar het waren niet de ontberingen, het vuil en de wreedheid waar mevrouw Moon depressief van werd.

Ze roerde de koolbladeren in de pan met het idee dat ze iets duivels in de luchtbelletjes van het kokende water zag, en goot ze rustig af terwijl de keukenmeisjes om haar heen koortsachtig in de weer waren.

Net als de meisjes had mevrouw Moon een prijs betaald voor haar keukenbaantje. Maar wat ze deed, was erger dan elke vorm van klikken.

Vóór Cho was alle gevoel uitgebannen door haar levenswil. Nu probeerde de gruwel zelf haar te raken vanuit het schemerduister, volgde haar, fluisterde haar naam, kriebelde in haar nek en verdween zodra ze over haar schouder keek.

Ze droeg de pan met gekookte kool de keuken uit, vergezeld door een gewapende bewaker – elke keer een andere. Ze had gehoord hoe ze in de messroom strootjes trokken voor die taak.

Ze liep over het paadje door de boomgaard naar het nieuwe laboratoriumcomplex, dat verscholen lag aan het eind van het dal. Rechts groeiden appelbomen in rijen, links pruimenbomen, maar ze keek er niet naar, zelfs niet als ze in bloei stonden en heerlijk geurden. Onder die bomen lagen de ondiepe graven van geëxecuteerde gevangenen, en de grond die ze bemestten, bracht beroemd fruit voort. Enorme, zoete appels die veel geld opbrachten in Beijing. Pruimen zo zacht en geurig dat ze naar Japan werden geëxporteerd.

Achter de toegangspoort leidde een korte betonnen oprit naar de hoofdingang van het complex. De bewaker tikte een code in op het toetsenpaneel naast de deur, die automatisch openging, en dan stapten ze een andere wereld binnen. Schone wanden van geruwd staal, glanzende witte vloeren, felle plafondverlichting, gefilterde lucht. Wetenschappers in blauwe jasschorten en met mondmaskers voor liepen in de gang langs hen heen.

Ze kwamen bij de receptie van het enorme laboratorium, dat zichtbaar was achter dik glas en een luchtdichte deur. Voor die deur stond een speciale machine waar bezoekers doorheen liepen om alle verontreiniging uit hun kleren te laten blazen. De bewaker vroeg de receptioniste naar Chung, het wetenschappelijk hoofd. Na een paar minuten verscheen dr. Chung, een norse, kalende man met een week gezicht en weke lippen, die ook een mondmasker om zijn hals had hangen. 'Ik heb je gevangene vandaag nodig,' zei hij. Hij had een hoge, heldere, bijna vrouwelijke stem. 'Blijf je wachten?'

De bewaker aarzelde. 'Ja, meneer.'

Mevrouw Moon hield de pan met gekookte koolbladeren met beide armen gestrekt en gebogen hoofd recht voor zich. Hij nam hem van haar aan.

'Hoe heet je, vrouwtje?' Dat vroeg hij haar elke keer.

Mevrouw Moon keek op. 'Moon, meneer.'

De blik die hij op haar wierp was geen blik tussen medemensen. 'Kom, we gaan, gevangene Moon.'

45

Chilmark
Martha's Vineyard
Massachusetts

De geheim agenten achter de ramen droegen donkere poloshirts en Ray-Bans, als trainers bij een chique atletiekclub. Een keurige jongeman met een oortje in stak zijn hoofd om de deur. 'Evergreen is net weg uit het clubhuis, mevrouw. We verwachten de auto's binnen een paar minuten.'

Evergreen. Wie bedacht die namen?

Jenna's handen lagen werkeloos in haar schoot. Haar was verteld dat dit moment van de dag bestemd was voor ontspanning; ze had die wenk ter harte genomen en was gekomen zonder papieren en laptop.

Het was stil in de studeerkamer, op het tikken van een koperen scheepsklok na. Jenna keek om zich heen: boeken langs de wanden, oude geschiedenis, filosofie. Een Griekse buste. Het huis was voor een paar maanden geleend van een technologiemagnaat die niet veel ouder was dan zij. Achter de openslaande deuren schoven en wiegden lichtvlekken over een gazon dat in de luwte van grove dennen lag. Aan de andere kant zag ze een privésteiger, een geel strand op een landtong en het donkerblauwe water van Nantucket Sound, dat glinsterde als een rondtollende munt. Meeuwen ondernamen duikvluchten en krijsten.

Van buiten kwam een vlaag witte ruis, de voorbode van het geronk van een kleine stoet auto's. Ze luisterde naar de zware, bomvrije voertuigen die over het grind langs de rand van het voorterrein reden, hoorde portieren die opengingen, een lage vrouwenstem die groette, een hond die blafte. Jenna ging staan, met haar gezicht naar de deur, en streek haar jurk glad. Een kleine, koekjeskleurige hond kwam binnentrippelen, sprong op ter begroeting en begon toen druk te snuffelen. Het dier had een vacht van stijve, glanzende krullen, als een pruik uit de Restauratie.

Vlak voor de deur vulde dezelfde vrouwenstem de holle gang.

'Te heet vandaag daar op de golfbaan!'

'Ja, mevrouw.'

De minister van Buitenlandse Zaken kwam de kamer binnen, richtte haar bovenmaatse glimlach recht op haar en stak haar hand uit.

'Het spijt me dat ik u heb laten wachten, dr. Williams. Mijn man is aan het golfen met de president. Wij *echtgenotes* gingen kijken naar de tee-off,' zei ze, om onduidelijke redenen met een zuidelijk accent.

Jenna glimlachte beleefd.

'Goed, ter zake.' De vrouw deed de deur dicht en wachtte even, nam een ogenblik om een aantekening uit een goedgevulde geest op te halen. Ze droeg een ruimvallend limoengroen linnen jasschort, alsof ze net achter haar schildersezel had gezeten, of achter de pottenbakkersschijf. 'Goed idee van onze vriend in Pyongyang om de vierde juli te vieren. Ook al was het met een testraket voor de middellange afstand.' Ze liet haar schoenen van haar voeten glijden en nestelde zich in de fauteuil tegenover Jenna. 'Dat heeft uw rapport teruggebracht op mijn bureau.' Ze liet een wrang lachje horen, waaruit Jenna begreep dat er in de hoogste kringen onenigheid bestond over haar ideeën. 'Het lijkt erop dat u behoorlijk veel invloed hebt gekregen.' De grote blauwe ogen keken haar nu aan, als geladen geweren. 'Ik begrijp het. Sancties werken niet. Als Kim de broekriem moet aantrekken, zijn raketten en kernwapens toch de laatste dingen waarop hij gaat bezuinigen?' Ze knipte in haar vingers om de aandacht van de hond te trekken; het dier sprong op haar schoot.

Er kwam een dienstbode binnen, die een dienblad neerzette met een kan ijsthee en twee glazen. Jenna wachtte tot ze weg was.

‘Het is niet alleen dat ze niet werken, mevrouw,’ zei ze. ‘Sancties spelen Kim in de kaart. Door het isolement dat ze hem opdringen krijgt hij meer macht en niet minder, zijn volk schaart zich achter hem in een soort defensief nationalisme. Hoe meer we hem isoleren, hoe gevaarlijker hij wordt.’

Het gezicht van de minister toonde een lichte frustratie. ‘Natuurlijk, goed, maar wat u aanbeveelt, is een volledige ommekeer van tientallen jaren beleid. Hebt u erover nagedacht hoe ik dat kan verkopen?’ Ze hield de voorpoten van de hond omhoog en veranderde hem in een pop die bewoog terwijl ze sprak. ‘Alle beperkingen voor Noord-Korea op het gebied van handel, reizen en bankverkeer opheffen? Diplomatieke betrekkingen aanknopen? Een kwaadaardige, totalitaire tirannie behandelen alsof het een normaal land is... zoiets als *Canada*?’

Jenna zei: ‘Neem me niet kwalijk, maar niets anders heeft gewerkt. Volgens mij kan dat regime alleen worden veranderd door het uit zijn isolement te halen. Gesprekken beginnen. Doen wat we kunnen om de economie op gang te helpen. Die kleine markthandelaartjes macht geven en ze veranderen in welvaartmakers.’

‘Dat kan tientallen jaren duren.’

Op dat moment wist Jenna één ding zeker: deze vrouw had haar zinnen gezet op een hoger ambt.

‘Uiteindelijk zal die dictator worden verdreven door de economische bloei, mevrouw. Niet door isolement.’

De minister zette de hond neer, nam een slokje ijsthee en richtte over de glasrand heen haar blik op Jenna. ‘Die laatste keer dat we elkaar spraken,’ zei ze vriendelijk, ‘stelde u voor hem te doden.’

Jenna knipperde niet met haar ogen. ‘Als u dat niet doet, is dit uw volgende beste mogelijkheid.’

De vrouw keek naar het raam. Er leek een reeks gedachten over haar gezicht te spelen als de schaduwen van voortjagende wolken in de herfst, en Jenna wist dat ze dacht aan de eisen van de macht: de stromen kritiek die ze over zich heen zou krijgen in het Congres, de reactie van de media, de schade aan haar reputatie, het loven en bieden waaraan ze zou moeten beginnen bij de VN, de puur psychologische inspanning van dat alles – en één opwindend moment had Jenna daar in die kamer met die boekengeur en die seconden wegtikkende klok het gevoel dat ze was aangeland bij een gewichtig momentum, waarop de toekomst zou kunnen veranderen.

De minister ging ongeduldig verzitten, alsof ze tot een lang uitgestelde beslissing was gekomen. Ze glimlachte stijf naar Jenna. 'Ik heb gehoord dat u binnenkort afstudeert. Bent u klaar voor actieve operaties?'

Jenna was met de laatste loodjes bezig van haar opleiding op de Farm. Ze keek er niet naar uit om 's nachts ergens geparachuteerd te worden.

'Ik heb om een aanstelling verzocht bij Binnenlandse Veiligheid op het contactpunt van de CIA. Niet uit Washington weg.'

De minister wierp haar een vragende blik toe, maar niets in Jenna's blik verried het beeld dat ongevraagd voor haar geestesoog verscheen, als een foto die in een donkere kamer op het belichte papier in de ontwikkelaar opdoemt: Soo-min omringd door een klas half-Koreaanse kinderen.

46

Kamp 22
Provincie Noord-Hamgyong, Noord-Korea
Eerste week van december 2011

De dag was slecht begonnen bij Groeve Nummer 6. Die nacht was er sneeuw gevallen, wat inhield dat er een paar mannen moesten worden gereserveerd voor het vrijmaken van de paden voor de kolenwagens, en de bezetting van de werkploeg was toch al krap. Cho liep voor aan de rij mannen tussen de puinhellingen door, en dacht eraan dat hij volgende week een jaar geleden was gearresteerd. Hij herinnerde zich de schok van zijn eerste dag in de mijn, toen hij meende in een onvoorstelbare nachtmerrie te zijn terechtgekomen. Skeletten zwart van het roet en invaliden van wier huid de etter afdroop. Een diep, voor de zon onbereikbaar dal met mijnschachten waaruit dampen ontsnapten. Krassende kraaien die rondjes vlogen boven hun hoofd. 'Niet nadenken,' hadden ze hem gezegd. 'Gewoon doen. Het wordt wel makkelijker.'

Toen ze de tunnel binnengingen, begonnen de mannen hun gebeden te fluisteren. Tegen wie ze fluisterden – de geesten van hun voorouders, de Grote Leider, God zelf – had Cho nooit gevraagd. Ze wisten dat ze het eind van de dag misschien niet levend zouden halen.

Groeve Nummer 6 ging niet beneden aan de berg naar binnen maar hoog op de bergwand, en volgde de schrale steenkoollaag met een lange, niet-gestutte mijngang, die eindigde bij een verticale schacht; die leidde naar de volgende lange mijngang, enzovoort, steeds dieper de berg in, in een reeks kleine stappen omlaag. Alleen op een plek waar levens niets kostten, besefte Cho, zou zo'n mijn worden gegraven. De lange mijngangen waren erg instabiel door het natuurlijke schuiven en inklinken van de rotsen. Hij wist niet meer hoeveel plotselinge instortingen hij had meegemaakt, waarna hij met zijn blote handen lijken moest opgraven, en hoe vaak de mannen zich een weg naar buiten hadden gegraaid als ze ingesloten waren geraakt.

Hij wachtte onder aan de eerste schacht terwijl de mannen de ladder afklommen. Hij had ze georganiseerd in ploegen gravers, katroldraaiers en wagenduwers, en na de lunch zouden ze wisselen. De muffe, stinkende lucht kwam hun tegemoet. Cho merkte het amper meer. Dat was het makkelijkste deel van zijn werkdag. Hij besefte dat hij gered was door de continue dwangarbeid en het dagelijkse gevecht om bevelen te gehoorzamen en slaag en verhongering te vermijden. Als hij tijd had gehad om stil te staan bij zijn toestand, zou hij al maanden geleden dood zijn geweest.

Maar wie hield hij voor de gek?

Hij was gered door zijn moeder. Zijn echte moeder. Zonder haar zou hij de eerste week niet hebben overleefd. Van alle verrassingen die hij ooit had meegemaakt, was zij de mooiste. Voordien had hij nooit in wonderen geloofd.

Ze was maar drie maanden vóór hem in Kamp 22 aangekomen, maar door haar werkzame jaren op een strafboerderij was ze er degelijk op voorbereid geweest. Ze was veel sneller geacclimatiseerd dan de meeste anderen. Van haar had hij geleerd hoe het kamp functioneerde, hoe ploegen rouleerden en in wat voor problemen de bewakers zelf terechtkwamen als de quota niet werden gehaald. Hij leerde gebruikmaken van het controlesysteem, waarin sommige gevangenen fungeerden als bewakershulpjes. Hij kreeg een zesde zintuig voor verklikkers. Hij had geleerd welke hendels hij moest overhalen om in leven te blijven. En hoe meer hij leerde, hoe minder machteloos hij zich voelde. Hij had geaccepteerd wat hem was overkomen en daar een soort vrede uit geput. Veel gevangenen overleefden de eerste paar weken niet, de cruciale overgangsperiode, omdat de schok te groot was. Hij had het dankzij zijn moeder overleefd. Dankzij haar wilde hij niet meer dood.

Cho had altijd geloofd dat zijn adoptiemoeder van hem had gehouden. Nu was hij daar minder zeker van. Ze was een afstandelijke, formele vrouw, die de Partij was toegewijd. Zou ze zonder aarzelen voor hem hebben gezorgd als hij zo smerig en down was als nu? Hij wist het niet. Maar zijn echte moeder, deze vrouw, Moon Song-ae: wat ze ook voor hem voelde, het was onmiskenbaar puur en onvoorwaardelijk. Hoewel ze hem nauwelijks kende, was het liefde.

Ineens voelde hij bezorgdheid knagen. De laatste tijd leek het alsof haar wil om te leven volledig op hem was overgegaan, en zij leeg en met de wil om te sterven achterbleef. Niets van wat hij zei, kon haar opmonteren. Hij had zelfs aangeboden met haar te bidden. Ze had ergens last van, een soort ziekte, waar ze niet over wilde praten. Na alles wat ze hadden gedeeld, voelde hij dat er toch iets was wat ze voor hem verborgen hield, en dat knaagde aan haar.

Nu niet wegkwijnen, omma, niet na dit alles.

Onder in de derde schacht kwamen ze in de nieuwe mijngang waar ze de hele week aan hadden gewerkt. Een kleine, smalle gang van een meter of dertig. Ze hadden geen hout om het plafond te stutten, en durfden hem dus niet te breed te maken. Toen Cho binnenkwam, bleef hij staan. Er was iets. Hij tilde de lantaarn omhoog en snoof. De anderen leken het ook te voelen. Die nacht was de lucht veranderd. Het was veel kouder geworden... en vochtig. Hij liet zijn hand over de wand glijden. Die glom, voelde nat en verspreidde de vage petroleumgeur van antraciet.

'Hier klopt iets niet,' zei een man die Hyun heette en in wie Cho vertrouwen had.

'Waarschijnlijk sijpelt er water van een bron door,' zei Cho.

De mannen keken elkaar aan. Ook Cho had er een ongemakkelijk gevoel bij, maar het was te laat om iedereen te hergroeperen.

'Vochtige steenkool is zwaarder,' zei een ander. 'Zo halen we de quota sneller.'

Cho werkte de hele ochtend als een beest, hakte in het glinsterende antraciet en schepte het met blote handen naar achteren. In de kille lucht zweetten de mannen vrijuit. Achter hem klonk het onafgebroken rinkelen van de pikhouwelen en het hoesten van verstopte longen. Gitzwarte mannen die glinsterden als wormen. Het was essentieel om in beweging te blijven. Er moest een volle laadkist klaarstaan om in de schacht omhoog te worden gehesen op het moment dat er een lege verscheen, anders klopte het systeem niet. Als het systeem niet klopte, haalden ze het quotum niet. Als ze het quotum niet haalden, werden de voedselrantsoenen verkleind.

Tussen de middag rustten ze een kwartier om een handvol gekookte tarwe naar binnen te werken. Hyun had in een van de mijngangen een opgerolde witte slang gevonden; die werd in stukken gesneden en verdeeld; ze scheurden met hun tanden het kleverige, vezelige vlees kapot, aten als gekken.

Ze gingen weer aan het werk, hakten verder in de kolenader, maar hoe verder ze groeven, hoe natter het werd. Er druppelde nu water langs de muren en vormde een plas op de grond. Cho voelde de angst van de mannen en besloot de mijngang te verlaten. Net wilde hij ze zeggen hun biezen te pakken, toen iets zijn aandacht trok. Aan zijn voeten kronkelde iets zilverwits in het lantaarnlicht: een slank visje.

Plots hoorden ze een schreeuw. Cho drong langs de anderen naar de schacht. Het jongste lid van de ploeg, een jongen van negentien, had niet snel genoeg geladen. Er waren twee lege laadkisten omlaag gekomen vanaf de gang erboven en een ervan was tegen zijn hand gekomen.

Cho trok hem opzij. Hij probeerde de laadkist op te tillen om hem aan de katrol te haken, maar de natte kolen waren zwaar en hij begon al zwak en moe te worden. Zijn benen trilden. 'Help me even.'

Het volgende moment kwam er uit de mijngang een geluid van spattend, vallend water; de mannen schreeuwden.

Tegelijk veranderde de luchtdruk. Hij draaide zich naar de mannen om te roepen.

Voordat hij een geluid kon maken, veranderde de mijngang in een grommende, brullende massa. De kreten van de mannen werden gesmoord. Een enorme watervloed stortte met de kracht van een straalmotor door de schacht, blies hem opzij en smakte hem met zijn schouder tegen de muur. De lantaarn ging uit. Een van de laadkisten knalde tegen zijn onderarm. Hij wist het katroltouw te grijpen, maar kon zich niet met één arm optrekken. De stortvloed steeg tot boven zijn hoofd, overspoelde hem en de wereld werd zwart en stil. Hij maaide met zijn benen in complete duisternis, klampte zich vast aan het touw. Luchtbellen pruttelden uit zijn mond.

Na wat een lange minuut leek had hij het gevoel snel omhoog te gaan, zijn lichaam schraapte tegen de zijwand van de schacht. Plotseling kon hij ademen; hij hoorde zijn naam roepen en werd uit het water getrokken door de katroldraaier in de mijngang erboven. Het water was veertig meter in de schacht omhooggekomen en zelfs toen hij omhoog werd getrokken hoorde hij het achter zich nog nabruisen. Hij werd op de grond gelegd, slokte grote happen lucht naar binnen en verloor het bewustzijn.

Toen hij bijkwam had hij het ijskoud en klappertandde. Hij wilde hoesten maar kon zich nauwelijks bewegen. Zijn lichaam was zo verdoofd en verzwakt dat hij niet zeker wist wat er beschadigd was, maar zijn schouder voelde niet in orde en zijn onderarm vertoonde een onnatuurlijk ogende knik. Hij deed zijn ogen dicht en kreunde. Naast hem in het donker klonk een gejammer dat hij herkende. De tienerjongen was ook gered.

'Waar zijn de anderen?' vroeg Cho hees.

'Alleen ik,' zei Hyun. 'De vijf in de mijngang hebben het niet gered.' Hij ging op zijn hurken zitten en sloeg zijn handen voor zijn gezicht. 'We waren godverdomme aan het graven onder een meer.'

Cho deed zijn ogen dicht en concentreerde zich op zijn ademhaling. *De ironie*. De mannen hadden vaak voor de lol gezegd dat ze de andere kant zouden bereiken als ze bleven graven.

Buiten de mijn werd Cho door zijn overgebleven ploeggenoten op de sneeuw gelegd. Hij had een ontwrichte schouder. Dat zou kunnen worden verholpen, maar de gebroken onderarm niet, tenzij een gevangene met een medische opleiding hem zou kunnen spalken in de ziekenboeg van het kamp; dat was, wist iedereen, de wachtkamer van de dood. Als hij gezond en sterk was geweest, zou hij het ergste gevreesd hebben, maar hij voelde zich alleen maar verdoofd en van slag. Zelfs de kou hinderde hem niet. Hoogstwaarschijnlijk zou hij nu meteen worden neergeschoten. Als mijnwerker had hij afgedaan. Cho keek wanhopig naar de tienerjongen, wiens gezicht vol tranen stond, en hij knipoogde naar hem, alsof hij wilde zeggen: *zet het uit je hoofd*.

Er kwamen twee bewakers aangesjokt en Cho verloor de moed. De grootste, een zwijn van een man met een zweep aan zijn riem, liep voorop, maar de ander was een van de oudere bewakers. De ouderen waren milder en minder strikt met de regels, wist Cho intussen. Hyun trok zijn muts af, viel op zijn knieën en sloeg zijn ogen neer om uit te leggen wat er was gebeurd, maar tot verbazing van de mannen zei de bewaker: 'Deze gezond?' wijzend naar de tienerjongen.

Cho zei: 'Ja, meneer.'

De jongen werd aan zijn arm meegetrokken naar een open jeep die beneden naast de paden voor de kolenwagens stond, die tussen de hellingen van zwart gletsjerpuin liepen. Cho had hem net opgemerkt. Achterin zaten vier gevangenen. Ernaast stonden twee mannen in een blauwe overall; om hun hals hing een mondmasker en een laboratoriumbril.

De oudere bewaker boog over naar Cho's gezicht. 'Nou, heb jij even geluk vandaag?'

In de ziekenboeg werd Cho's schouder gezet en zijn arm primitief gespalkt. Een paar uur later kreeg hij lichter werk toegewezen, op een bouwproject twee dalen van de mijn verwijderd. Hij glimlachte bijna toen hij begreep dat hij een platte, volgeladen kar moest duwen, wat met enig geluk mogelijk was voor een eenarmige.

Na de mijn was dit vakantie. Het was laat in de middag. Hij voelde voor het eerst in maanden zonlicht op zijn gezicht. Bij de ingang naar de bouwplaats reed een passerende boerenkar door een kuil in de weg en verloor wat radijzen; de rij gevangenen stormde erop af, ze graaiden links en rechts naar de bolletjes en verorberden ze meteen, ondanks schreeuwende en schoppende bewakers. Cho had nooit echt van radijsjes gehouden. Nu waren het de meest hemelse dingen die hij ooit had geproefd.

Het bouwproject, dat aan het eind van het dal lag en aan het eind van de spoorweg die door het hele kamp liep, was een bijgebouw van een nieuw laboratoriumcomplex, hoorde hij. Zijn collega's daar waren schoner en gezonder dan de mijnwerkers. Vermoedelijk waren ze er nog niet zo lang. Hij werd toegewezen aan een ploeg van vijftig gevangenen, verdeeld in groepen van tien, die de taak hadden materialen te lossen uit de treinen die tweemaal per dag uit de haven van Chongjin aankwamen, en vrachtwagens te lossen die over de weg arriveerden uit het noorden, uit China. Er werden enorme roestvrijstalen centrifuges uitgeladen uit de ene; uit een andere desktopcomputers verpakt in witte dozen met een Apple-logo. Wat het ook voor laboratorium was, het had een ongekend ruim budget.

Tegen het eind van zijn eerste werkdag op dit project werd het werk stilgelegd met een fluitsignaal.

'In de rij, hoofd omhoog, stelletje tuig!' schreeuwde een bewaker. Een gemuilkorfde hond blafte.

De gevangenen stelden zich schuifelend op in een lange rij voor de vrachtwagens, met hangend hoofd en de handen op de rug.

'Een rij, zei ik!' De bewaker schopte een oudere gevangene die te traag was. Het skeletachtige lichaam van de man sloeg als een bos stro tegen de zijkant van een vrachtwagen.

'Niet nodig, sergeant,' zei een lichte, heldere stem.

Een man inspecteerde de rij, met een bewaker achter zich. Hij was geheel gekleed in een witte bodysuit en een strakke muts over zijn haar. Om zijn hals hingen een laboratoriumbril en een mondmasker. Ook zijn rubberlaarzen waren wit.

'Ik ben wetenschappelijk hoofd Chung,' zei hij met een vriendelijke glimlach. 'Ik ben op zoek naar drie gezonde mannen om voor me te werken in het laboratoriumcomplex. Daar heb je het warm en krijg je goed te eten, en in ruil daarvoor kunnen we je om wat bloedmonsters vragen...'

Cho voelde een golf van vertwijfeling door de rij gaan.

De dokter bekeek elke gevangene van top tot teen, alsof hij een veehandelaar was. 'Jij, professor,' zei hij tegen een lange jongeman. 'Hoe oud ben je?'

'Zesentwintig, meneer.'

De arts tilde het ooglid van de man op met de punt van een gehandschoende vinger en keek in zijn mond. Een knikje naar de bewaker en de man werd uit de rij getrokken.

'Voorzichtig, alsjeblieft,' zei dr. Chung met een verwijtend lachje.

Cho zette een hoge borst, strekte zich in zijn volle lengte uit, en wenste dat hij zijn gezicht met sneeuw kon schrobben en kleur op zijn wangen en lippen wrijven.

De dokter stopte voor de man rechts van Cho. 'Hoe oud ben je, vader?'

'Drieënveertig, meneer.'

De dokter ging een stap verder en bleef staan voor Cho.

Zijn ogen monsterden diens gezicht en op dat moment probeerde Cho zich in te beelden hoe hij eruitzag in de ogen van de dokter. Hij had zichzelf een jaar lang niet in een spiegel gezien, maar kon zich de gele, spookachtige man met holle wangen wel voorstellen. Een menselijk wrak met de intense stank van langdurige gevangenschap. De muffe, zoetige geur van het kamp.

De dokter liep verder.

Even later werd iemand anders geselecteerd; een jonge knul die niet meer dan een paar weken in het kamp kon zijn, werd uit de rij gehaald.

Het fluitje klonk weer en de niet-gekozenen togen weer aan het werk.

Later beschreef Cho zijn dag aan zijn moeder in de hut terwijl zij de rijst voor het avondeten roerde. Hij dacht dat ze blij zou zijn te weten dat hij gemakkelijker werk had, maar ze bleef met haar rug naar hem toe staan en zei niets; hij schreef haar zwijgen toe aan haar depressiviteit.

Ze aten zonder iets te zeggen. De maaltijd omvatte nauwelijks drie happen. Toen kneep ze de kaars uit en stapte onder de deken.

Hij sliep bijna toen ze iets zei. In het donker klonk haar stem verontrustend kalm.

'Als die dokter terugkomt, moet je je verstoppen. Als dat niet kan, veins dan een hoestbui. De bewakers zullen denken dat je stoflong hebt opgelopen in de mijn en dan word je niet geselecteerd.'

'Wat bedoel je?'

Cho draaide zich om en keek in haar richting, maar ze was weer tot zwijgen vervallen.

47

Kamp 22
Provincie Noord-Hamgyong, Noord-Korea

Na een week in de zon en in de openlucht te hebben gewerkt, etterde Cho's huid niet meer. Hij voelde zich sterker. Zijn dag bestond nu uit een dag en een nacht, en niet meer uit eindeloze duisternis. Het permanente delirium van uitputting dat de mijn met zich meebracht, was voorbij. Zijn primitief gespalkte onderarm genas, al was hij erg gevoelig voor aanrakingen en groeide het bot niet helemaal recht vast. Tillen en dragen moest met zijn rechterarm.

Een stoïcijnse dertiger had Cho verteld wat hij weten moest over de bouwplaats, de weg gewezen, gewaarschuwd welke bewakers moordenaars waren en welke een oogje dichtknepen. Cho verbaasde zich erover dat zelfs daar natuurlijke menselijkheid kon bestaan. De man heette Jun. Zijn rug was geknakt, zodat hij zijn hoofd moest optillen om Cho aan te kijken. Zijn huid was leerachtig en was strak over zijn botten gespannen zoals bij alle gevangenen, maar tot Cho's verbazing had hij blauwe ogen. Hij vertelde de kleinzoon te zijn van een Amerikaanse krijgsgevangene uit de Koreaanse oorlog. Hij was in het kamp geboren en er nooit uit geweest.

Na de mijn bleef Cho's hart bijna stilstaan door de temperatuur die boven de grond heerste. Zweet op zijn voorhoofd veranderde in ijs in de striemende wind die door het smalle dal joeg. De lucht leek kristallen te vormen in zijn neus. Zijn blote vingers bleven plakken aan de stalen kar die hij duwde. Zijn dag werd een constant gevecht om warm te blijven, maar andermaal hielp Jun hem door te laten zien hoe hij lege jutezakken moest stelen als de bewakers even niet keken en ze onder de dunne nylon gevangeniskleren rond zijn lichaam moest wikkelen.

Weer prees Cho zich gelukkig. Het gebouw moest zo duizelingwekkend snel worden voltooid dat de gevangenen elke dag twee kopjes voedsel kregen, een met gemengde granen en een met gekookte maïs, dubbel zoveel als Cho in de mijn had gekregen, hoewel hij hier op het bevroren aardoppervlak geen larven of ratten kon vinden voor eiwit.

De bewakers hadden zich nooit in de mijnschachten gewaagd, maar hier bleven ze vlak bij de gevangenen, met geweren op hun rug en ver over hun oren getrokken mutsen van konijnenbont. Hij begon een ervaren gevangene te worden, besefte hij. Hij keek de bewakers nooit in het gezicht maar voelde instinctief wanneer hun ogen op hem gericht waren. Hij hield zijn oren open en lette op de kleinste details die hem iets konden opleveren en hem in leven hielden.

Al werkend viel Cho iets zeer merkwaardigs op.

Onder het wegsjouwen van zakken cement uit de treinwagon fluisterde hij naar Jun: 'De bewakers... waarom gaan ze het laboratorium niet binnen?'

Jun bewoog zijn lippen nauwelijks: 'Ze zijn bang.'

Hij zweeg omdat een van de verklikkers binnen gehoorsafstand kwam.

Jun liet een zak op de handkar van Cho zakken, dicht genoeg bij zijn gezicht om haast onhoorbaar te praten: 'Het complex werd hier tot een jaar geleden zwaar bewaakt. Toen kreeg de vrouw van een bewaker een baby zonder armen en benen. Een andere werd blind geboren.'

Jun wierp hem een waarschuwende blik toe. Roddel was iets om voor op te passen in het kamp.

Het was zondag en het sneeuwde hard, maar de treinen arriveerden nog steeds met bouwmaterialen en vertrokken beladen met kolen; vrachtwagens moesten worden gelost. De gevangenen werkten onder een spervuur van vloeken en klappen. De bewakers schopten en sloegen de gevangenen alsof ze minder waren dan dieren. 'Vooruit, stelletje verraders, stelletje klootzakken!'

Ze waren al sinds zes uur aan het werk en Cho had als ontbijt alleen maar een mondvol rijst gegeten en een paar koolbladeren die zijn moeder in haar schort had meegesmokkeld. Hij zag hoe Jun een zware zak cement uit de treinwagon pakte en hem zo makkelijk op zijn kromme rug tilde alsof het een hoofdkussen was. Cho had nog steeds een gespalkte arm en duwde de kar met alleen zijn goede arm; zijn klompen slipten op de bevroren zwarte modder.

Ineens gleden zijn voeten onder hem vandaan en belandde hij hard met zijn gewonde arm op het ijs. Voordat hij het wist, had hij een geweerkolf tegen zijn schouder gekregen. De pijn schoot als een blikseminslag door zijn ruggenmerg.

'Wat is dit? Sabotage? STA OP!'

Cho krabbelde moeizaam overeind en had zichzelf net rechtop gekregen toen hij een trap in zijn onderrug kreeg. Even zag alles door de pijn wit voor zijn tranende ogen. Hij had de hele dag gebibberd maar voelde nu ineens een vuur door zich heen schieten. Zelfs zijn vingers, die de cryonische kou van de stalen handkar voelden, waren plotseling heet en zweetten.

De sneeuwstorm werd steeds heviger. Fijne korreltjes prikten in zijn gezicht en zijn ogen. Hij kon amper twee meter voor zich uit zien. De gevangenen droegen hun vracht op een rij. Hij kon net de gebogen vorm van Jun zien sjouwen met zijn cementzak. Ze naderden de ingang van het bijgebouw.

Plotseling werd alles wit om hen heen. Geen zichtbaarheid meer, geen dimensies. Hij hoorde een schrille kreet, en door een opening in de wervelende sneeuw zag hij Jun zijn evenwicht verliezen. De zak viel van zijn rug, raakte de grond en scheurde ver open. Lichtgrijs cement viel op de weg; het leek de as van een crematie. Jun zakte op zijn knieën, nam zijn pet af en bleef doodstil zitten; met hangend hoofd wachtte hij zijn lot af.

Drie bewakers holden op hem toe, gingen om hem heen staan en keken naar het verspilde cement. De gevangenen liepen niet verder.

'Zoon van imperialistisch tuig, hoelang ben je hier al?'

Jun bibberde over zijn hele lijf. 'Tweeëndertig jaar, meneer. Heel mijn leven. Alstublieft.'

De bewaker keek de anderen aan. 'Tweeëndertig jaar in Kamp 22 is lang genoeg, vinden jullie niet?'

Hij trok zijn revolver en schoot Jun van vlakbij in zijn hoofd.

Het geluid echode tegen de steile wanden van het dal en het kleine lichaam smakte op de grond als een speeltje. De rij gevangenen versteende en in Cho brak iets.

Het leek in slow motion te gebeuren. Hij hoorde een stem brullen. Die van hemzelf. Hij stormde op de bewaker af, met zijn goede arm als een speer voor zich uit. Hij zag de verraste blik op het gezicht van de man. De andere twee tastten naar hun holsters. Cho greep de pols beet van de hand die nog steeds de revolver vasthield, maar een uitgehongerde, uitgemergelde gevangene was geen partij voor drie doorvoede, geoefende moordenaars.

Hij voelde hoe hij met geweld achteruit werd getrokken en onderuitgehaald. Het volgende wat hij zag was de grijs-witte lucht en de gezichten van drie bewakers. Een met ijs en modder bedekte zware schoen drukte op zijn luchtpijp, terwijl de revolver op zijn gezicht werd gericht.

Cho deed zijn ogen dicht. Een uitzinnig moment zag hij zijn vrouw en zoon badend in licht, ergens ver weg en gelukkig. Hij zag zijn moeder als een jonge vrouw. Hij zag Jenna die aan de andere kant van een met kaarsen verlichte eettafel stralend naar hem glimlachte.

De haan werd gespannen met een soepele klik. De vinger spande zich.

'Ho, wacht even,' zei een hoge, heldere stem. Getrippel van rubberlaarzen naderde op een holletje. 'Niet zo snel, kameraden. Deze man is een strijdlustig tiepje, hè?'

Aan de rand van zijn blikveld zag Cho een blauwe laboratoriumoverall en een witte, gehandschoende hand naar hem uitgestrekt: 'Kom, meneer. Ik help u overeind.'

48

Ministerie van Binnenlandse Veiligheid
Nebraska Avenue Complex
Washington DC

Jenna's doorbraak was een kwestie van puur geluk.

Haar tijd op het contactpunt van de CIA bij Binnenlandse Veiligheid was voorbij. In drie maanden had ze geen enkele aanwijzing gevonden, niets wat een jonge migrant die de Verenigde Staten binnenkwam in verband kon brengen met de kinderen van het Zaaddrachtprogramma, met dat landhuis in Pyongyang. Fisk zei haar dat de Dienst andere prioriteiten had. 'Zet er morgen een punt achter. We moeten je volgende operatie bespreken.' Een voor een haalde ze de pasfoto's en visumafschriften van haar bord, allemaal van half-Aziatische jongvolwassenen die kort waren vastgehouden door de Amerikaanse immigratiedienst vanwege iets ongewoons in hun achtergrond of documenten. En allemaal waren ze toegelaten tot het land. Ze had alle namen doorgehaald.

Onverdraaglijk, het idee dat ze haar tijd had verspild, en zelfs nu deed het pijn de zaak op te geven. Het enige wat ze nodig had gehad, was een aanwijzing, een sleutel om de puzzel open te krijgen, maar die was nooit gekomen.

'Je gaat ervantussen, hè?' De corpulente jongen op de werkplek naast die van haar zat een ketting van paperclips te maken. In het begin had ze zijn muffe geur toegeschreven aan gebrekkige hygiëne, maar al snel begon ze het op te vatten als de geur van een laag moreel. Die leek overal in het gebouw te hangen.

Ze maakte een net stapeltje van de gekopieerde paspoortpagina's en zat er een poosje peinzend naar te kijken. Als er eventueel kinderen uit dat landhuis de Verenigde Staten waren binnengekomen, zouden ze paspoorten hebben gehad waarin hun land van herkomst gemaskeerd was en zouden ze via een doorvoerland binnengekomen zijn, wist Jenna. En dat doorvoerland zou op de buitengewoon korte lijst moeten staan van de vrienden van Noord-Korea op de wereld, landen waarvan de veiligheidsdiensten elkaar de hand boven het hoofd hielden. Cuba sloot ze uit; uit Cuba kwam haast niemand via de normale immigratiekanalen binnen. Ook China leek haar erg onwaarschijnlijk. Beijing zou niet betrokken willen worden bij Kims geheime operaties. Dan bleven Syrië, Iran, Pakistan, Maleisië, Rusland en Vietnam over. Reizigers uit de eerste vier van die landen werden degelijk in de gaten gehouden door het Antiterroristisch Centrum van de CIA vanwege eventuele links met Al-Qaida of Hezbollah, en diverse keren was ze meegegaan met CIA-agenten naar de vliegvelden Dulles, Logan en JFK om achter een doorkijkspiegel een zwetende student met grote ogen te observeren die werd ondervraagd door Binnenlandse Veiligheid.

Aanvankelijk was ze ervan uitgegaan dat Noord-Korea valse paspoorten zou gebruiken: uiteindelijk vervalsten ze alles, van honderddollarbiljetten tot viagrapillen. Ze had uitgebreide kruiscontroles tussen verschillende diensten uitgevoerd voor elke jongvolwassene die bij immigratie werd betrapt op een vals paspoort van een land op die lijst. Maar na drie maanden zonder aanknopingspunt begon ze te vermoeden dat de kinderen misschien het land binnenkwamen met frauduleus verstrekte géldige paspoorten. En dat maakte haar taak onmogelijk. Met een geldig paspoort uit Syrië, Rusland of Vietnam waren er geen hinderpalen voor een jongvolwassene die een wettig visum aanvroeg voor werk, toerisme of studie. Zij zouden niet ontdekt worden. Controle van de achtergronden, biometrische gegevens, discriminerend aanhoudingsbeleid, het zou geen vat op hen hebben. Dat proberen alleen op te lossen leek nu absurd. Voor die taak zou de inspanning van een internationaal team nodig zijn met de hoofden van de CIA-bases in al die landen, en ze wist dat hogere echelons in Langley twijfelden aan het Zaaddrachtprogramma.

Geïndoctrineerde jongvolwassenen met een buitenlands uiterlijk? Opgeleid tot spionnen en moordenaars? Op sommige dagen gaf ze het gewoon op en ging ze terug naar Langley om het spysat-verkeer in de gaten te houden. Simms liet haar de nieuwste verontrustende beelden zien van het geheime lab in Kamp 22, dat leek uit te breiden. Er werd een tweede gebouw uit de grond gestampt.

Haar telefoon ging en ze was niet blij toen ze zag dat het Hank was, van Antiterrorisme, een norse, gescheiden man wiens aanbod om samen te gaan eten ze tweemaal had afgeslagen. Ze was ruim vijf keer met hem meegegaan naar een vliegveld.

'Ik heb er weer eentje op Dulles, ben je geïnteresseerd? Aangekomen uit Maleisië.'

Ze wierp een wanhopige blik op de stapel pasfoto's op haar bureau, klaar voor de papierversnipperaar, en hoorde zichzelf zeggen: 'Tuurlijk, Hank. Waarom niet?'

Op vliegveld Dulles bij Washington werden ze begroet door een stevig gebouwde jonge vrouwelijke immigratieambtenaar die Jenna nooit eerder had ontmoet. Ze legde uit dat ze zelf een Maleisisch-Amerikaanse achtergrond had.

'Nooit eerder zo een meegemaakt,' zei ze, 'alsof dat kind... een soort fantoom is.'

Misschien kwam het door de angstaanjagende blik op haar gezicht, maar Jenna kreeg prompt koude rillingen.

In een verhoorkamer achter een doorkijkspiegel zat een jonge vrouw van gemengd ras, en half Oost-Aziatisch; Jenna wist het zeker. Ze had lichte, amandelvormige ogen, een gebruinde huid en een lange vlecht in haar glanzend zwarte haar. De aangehouden jongeren die ze eerder in die kamer had gezien, waren steevast bezweet of onrustig en vertoonden het hele scala aan nerveuze trekjes. Maar deze zat kaarsrecht, koel, evenwichtig en volkomen uitdrukkingsloos. Haar kleding had iets merkwaardig neutraals: nieuw paramilitair jasje met capuchon, nieuwe Gap-baseballpet, nieuwe witte sneakers – het soort outfit waarvan een oudere generatie denkt dat een tiener het draagt.

'Naam: Mabel Louise Yeo,' zei de immigratieambtenaar, 'achttien jaar oud; spreekt perfect Amerikaans Engels; geldig Maleisisch paspoort; echt studentenvisum. Ingeschreven aan George Washington University om in september toegepaste natuurkunde te gaan studeren. Zei dat ze net een paar dagen naar huis was gegaan voor een familiekwestie. Heeft een huisadres in Kuala Lumpur. Alles klopt. Maar... er is iets aan haar.'

'Haar lichaamstaal,' zei Jenna.

'Sterker nog, de taal die ze spreekt. Ze kent geen woord Maleis. Ik zei hallo tegen haar en vertelde dat ik die buurt waar ze woonde wel kende.' De ambtenaar streek met een hand over haar gezicht. 'Geen sjoege. Dus toen ondervroeg ik haar in het Engels. Maar het lijkt alsof ze vasthoudt aan een script. Zodra we dat loslaten, klapt ze dicht. Waar dit kind ook vandaan komt... niet uit Maleisië.'

'Mag ik met haar praten?' vroeg Jenna.

'Een fantoomkind,' zei Hank. 'Grappig.'

Jenna deed de deur open. Op het moment dat het meisje Jenna's gezicht zag slaakte ze een verraste kreet en sprong van haar stoel. Voordat een van hen kon reageren, had ze haar armen om Jenna heen geslagen.

Tot haar verbazing merkte Jenna dat ze de wang van het meisje tegen de hare drukte, haar haren streelde, alsof ze een klein meisje was dat gescheiden was van haar ouders.

In Noord-Koreaans dialect fluisterde ze: 'Je zult wel moe zijn na je lange reis.'

49

Kamp 22
Provincie Noord-Hamgyong, Noord-Korea

Mevrouw Moon droeg de pan met gekookte koolbladeren door de boomgaard naar het laboratoriumcomplex. De bewaker achter haar bleef spelen met het wieltje van zijn aansteker. Links zag ze een werkploeg in de grond hakken, zwarte lijven tegen de maagdelijke sneeuw. Weer een kuil te midden van de bomen. *Straks komen ze nog plaats tekort*, dacht ze, en ze stelde zich, niet voor het eerst, de gezichten voor van de verre consumenten van deze vruchten, hun reacties als ze wisten wat de appels en pruimen zo buitensporig sappig maakte. En elke keer volgde dezelfde gedachte: het geheim was veilig. Niemand verliet Kamp 22, zelfs niet als lijk.

In het complex wachtte ze terwijl de koolbladeren werden weggebracht en behandeld. Ze zou binnenkort daar werken, had wetenschappelijk hoofd Chung haar verzekerd. Het nieuwe, bijna voltooide bijgebouw was een eetzaal voor personeel. Er waren keukens, en zij zou die leiden, verantwoordelijk zijn voor het personeel van gevangenen en een bon krijgen voor zeep en een nieuw stel kleren. Door dat nieuws, dat garandeerde dat ze de winter zou overleven en genoeg te eten zou hebben, was haar depressie inmiddels simpelweg totaal.

Dr. Chung was goedgeluimd. Mevrouw Moon zag dat zijn werk en deze voorziening belangrijk werden gevonden. Pyongyang stuurde elke week inspecteurs. Een politiek actieteam was op bezoek geweest en had het laboratorium en de gangen versierd met leuzen op lange rode spandoeken. LATEN WE VAN ONS LAND EEN VESTING MAKEN! WETENSCHAP IS DE MOTOR VAN DE OPBOUW VAN HET SOCIALISME!

Een halfuur later kreeg ze de koolbladeren in een pan terug van een wetenschapper die een volledig witte bodysuit droeg met laboratoriumbril en mondmasker. Ze hield haar hoofd weg van de dampen en ging achter dr. Chung bij de deur staan, terwijl hij zijn toespraakje hield voor de gevangenen, die binnen zaten. De bewakers wilden het eigenlijke laboratorium niet binnen, vandaar dat de procedure in de hand werd gehouden met een truc: 'Namens het bestuur van deze voorziening heet ik u welkom. Wij wetenschappers werken om ons land te verdedigen tegen zijn vijanden, terwijl jullie een kans krijgen jezelf vrij te kopen en het welzijn van een sterker Korea veilig te stellen. We zullen jullie voeden en jullie gezondheid in de gaten houden, en in ruil daarvoor helpen jullie ons met het testen van nieuwe vaccins. Voordat we de eerste bloedmonsters nemen, moeten jullie deze koolbladeren eten en ze verteren, want ze zijn gedrenkt in vitaminen, ijzer en glucose. Als er diabetici onder jullie zijn, die geen suiker mogen, laat dat dan weten...'

Mevrouw Moon liep naar binnen met de pan vol koude, gekookte koolbladeren.

Glimlach naar ze, vrouw, zei de mond van dr. Chung geluidloos en hij trok met zijn vingers een glimlach.

Ze kon niet naar hen kijken. Ze zaten naakt rond een afvoer in de vloer in een ruimte met glimmende tegels, die werd bewaakt door beveiligingscamera's. Niet iedereen liet zich voor de gek houden, wist ze.

Hongerige, argwanende ogen keken haar aan. Ze liep van de een naar de ander en gaf als een robot ieder met een vork een groot koolblad in handen. In feite zei de geur al genoeg. Bij deze test waren elf gevangenen betrokken, allemaal mannen, die op de betegelde bank zaten en hun handen in hun schoot hielden om hun eerbaarheid te beschermen. Toen ze een gespalkte onderarm zag keek ze op en stond oog in oog met haar zoon.

Mevrouw Moon was verlamd. De beveiligingscamera was vanaf het plafond in de hoek op haar gericht. Plots gleed de pan kletterend uit haar vingers op de grond. Ze mompelde een verontschuldiging en pakte hem op, nam even de tijd om te gaan staan en legde toen een blad in Cho's handen. Ze dwong zichzelf door te gaan naar de volgende gevangene. Ze concentreerde zich volledig op het niet kijken naar Cho.

Toen de laatste gevangene was bediend, liep ze haastig naar buiten voordat het begon. Achter haar werd de deur luchtdicht afgesloten.

Cho zag dat de uitgemergelde mannen hun koolbladen in enkele tellen naar binnen schrokten. Hun lijven waren geraamten, vuiligheid en plekken haar, en dat waren dan nog de gezonde exemplaren. Als ze al enige argwaan hadden gekoesterd, waren ze te hongerig om zich daar iets van aan te trekken. Op het moment dat zijn moeder de ruimte verliet, werd de deur sissend luchtdicht afgesloten en begon er een ventilatiesysteem te zoemen. Hij keek naar het koolblad in zijn hand en knauwde er een stuk af. Het was vers, knapperig, zuur – en onbehandeld, zoals het uit zijn moeders schort was gegleden op het moment dat ze de pan liet vallen. Hij kauwde en keek toe, allengs overmand door een akelig voorgevoel en hij bedacht hoe kwetsbaar een naakt mens is.

Het begon als een aardbeving. De eerste gevangene die de kool had opgegeten, een kleine man van in de dertig, die tanden miste, begon te trillen. Al snel was zijn aanval zo hevig dat hij op de grond viel, kronkelde en wriemelde, krijsend als een dier, terwijl er schuimend bloed uit zijn mond en neusgaten kwam. Toen begon het bij de gevangene naast hem en het volgende moment lagen er vier op de vloer met bloedbellen op hun gezicht en schuimende mond. Ze brulden als beesten die werden geslacht.

Cho was te geschokt om te bewegen. Hij kon alleen maar toekijken. Ledematen schoten uit en schopten, in een stinkend bad van bloed en uitwerpselen. De dood sloeg snel toe, bij de een na de ander, en algauw lagen ze allemaal roerloos op de grond. Het had niet meer dan tien, twaalf seconden geduurd voordat ze stierven.

Cho zat alleen op de bank even naar dat tafereel te kijken en kokhalsde toen.

Even later siste de deur en ging open. Twee wetenschappers in witte gaspakken en met mondmaskers voor kwamen binnen. Een van de twee had een soort digitaal klokje in zijn hand.

Hij zei: 'Jij... kool opeten.'

Cho hijgde. Hij was schor. 'Heb ik opgegeten.'

De wetenschapper stapte over de lichamen alsof het kussens waren, de witte rubberlaarzen raakten besmeurd met bloed. 'Mond open.'

Cho deed zijn mond open en liet restjes groene kool op zijn tong zien.

Ze trokken hem aan zijn armen de kamer uit en lieten de gruwel achter de deur. Cho stond nu in een verblindend witte wachtkamer. Een van de twee liep weg en riep: 'Haal wetenschappelijk hoofd Chung.'

Cho was naakt en merkte dat hij naast zijn moeder stond. Misschien was het de naaktheid en een onontkoombaar gevoel van schaamte, maar hij begon plompverloren te huilen.

De stem van zijn moeder naast hem fluisterde: 'Je bent sterk, Sang-ho. Je bent goed. Vind een manier om te vluchten. Vind een manier. Doe het voor mij.'

Cho huilde zoals hij niet had gehuild sinds hij een baby was.

Hij zei: 'Ik wil niet zonder jou.'

Ze bewoog haar hoofd opzij toen een camera zich op haar richtte. 'Mijn leven is voorbij. Ik heb er hier te veel gedood. Zelfs van mezelf mag ik niet meer leven. Maar jij... vertel de wereld wat je hebt gezien. Vertel de wereld wat hier gebeurt.'

Zonder hem aan te kijken, raakten haar vingers zachtjes de zijne aan. Ze pakte zijn hand en kneep erin achter haar rug, uit het zicht van de camera's. Het was haar afscheid, besefte hij. Hij zette alles op alles om haar niet aan te kijken. Toen deed ze zijn hand dicht en voelde hij een hard, balvormig voorwerp in zijn handpalm, zo groot als een kastanje.

'Gebruik dit om mensen om te kopen.' Haar stem was louter adem. Hij hoorde haar amper doordat de ventilatie zoemde. 'Het is minstens vijfduizend yuan waard.'

Dr. Chung kwam stampend op hen af en bleef staan om te luisteren naar de uitleg van de dienstdoende wetenschapper. Chung was zo opgewonden dat hij zijn mondmasker niet had voorgedaan. Cho hoorde de woorden *wellicht natuurlijke immuniteit.*

Dr. Chung duwde de wetenschapper weg. 'Natuurlijke immuniteit tegen *scytodotoxine X*?' riep hij. 'Eén *microgram* van dat spul is genoeg. Dat ouwe wijf moet hem geholpen hebben!'

Cho's hoofd zakte op zijn borst.

'Goed dan,' zei dokter Chung, en hij ontblootte zijn tanden. 'Wat moeten we met deze *bedrieger* doen?'

Als er bewakers bij waren geweest, zou hij ter plekke doodgeslagen zijn. Maar er waren geen bewakers.

Cho liet zich op zijn knieën zakken, vouwde zijn handen voor zijn borst en smeekte: 'Niet naar de mijn, meneer. Alstublieft. Ik zal alles doen in het kamp. De poeptanks legen. Lijkencorvee. Maar niet de mijn.'

Er kwam een uitdrukking van montere onbezorgdheid op het gezicht van dr. Chung. Hij maakte een wijd armgebaar. 'Stuur een bewaker!' zei hij monotoon. 'Gooi dit stuk vuil terug in de mijn.'

De volgende ochtend kwam Cho weer bij de ploeg van Groeve Nummer 6. Hyun keek naar zijn gespalkte arm. Cho wist wat hij dacht. Een week in de mijn met een fractuur die nog moest helen, dat zou hij niet overleven. Hyun klopte hem op zijn schouder en gaf hem een lantaarn.

De tocht naar de nieuwe steenkoollaag duurde ongeveer dertig minuten. Ze gingen naar de derde mijngang van boven, die scherp naar rechts draaide, weg van de schacht die leidde naar de ondergelopen vierde mijngang, het waterige graf van zijn vijf collega's. Cho treuzelde totdat hij achter aan de rij liep. Hij hoopte dat wat hij van plan was te doen, eruit zou zien als zelfmoord. Het wás praktisch zelfmoord. Zelfs als zijn voorgevoel klopte waren zijn kansen om te overleven verschrikkelijk klein. Als het niet klopte, was hij dood. Terugkeer was niet mogelijk.

Hij wachtte tot het team om een bocht in de tunnel was verdwenen en glipte toen weg, snel terug naar de mond van de ondergelopen schacht. Hij boog zich over de rand en hield de lantaarn voor zich uit. De ladder was er nog, verdween in het water, dat glinsterde als zwart marmer. Waar kwam het vandaan, dat water? Wist hij het maar zeker. Er schoot een verkrampend angstgevoel door hem heen. Zelfs als hij een doorgang vond, zou hij makkelijk in een nauwe grot zonder uitweg kunnen belanden.

Cho hoorde hoe zijn ademhaling ondiep werd; zijn hart bonsde in zijn slapen. Hij voelde zijn dood naderen.

Er klonken snelle voetstappen. Iemand kwam terug hollen om hem te zoeken. Hij zette de lantaarn neer en voelde de adrenaline gonzen in zijn borst.

Hij vulde zijn longen en deed zijn ogen dicht.

Niet aarzelen. Doe het nu.

Hij sprong.

De tijd leek te vertragen. IJzig koude lucht zoefde langs zijn oren. Hij schoot als een pijl in het water. De kou beving hem met een schok. Water daverde langs zijn gezicht terwijl hij de schacht in schoot. Toen hij langzamer begon te zakken greep hij de sporten van de ladder en duwde zich omlaag. Zijn longen begonnen al te barsten. Hij had niets meer om zich aan vast te houden; alleen zijn tastgevoel kon hem leiden. Hij dreef in een zwarte leegte. Onder in de schacht klauwden zijn handen naar de wanden in een poging de opening naar de mijngang te vinden. *Het zou hier moeten zijn.* Zijn armen schuurden langs de wanden terwijl hij tegen een opkomende paniek vocht. Hij stak zijn hand zo ver mogelijk uit, tastte met zijn vingers... en voelde het gladde, koude gezicht van een lijk.

Zijn ogen puilden uit hun kassen. Hij schreeuwde, verloor grote bellen kostbare lucht en voelde nieuwe paniek opkomen. Hij duwde het lichaam weg.

Een scherpe pijn: zijn voorhoofd raakte een rots.

Was dit de mijngang? Hij graaide langs de wanden, tastte naar het dak, terwijl zijn longen begonnen te verkrampen en te zwoegen. Het dak was intact. De instorting moest verderop zijn gebeurd. Hoe ver? Twintig meter? Meer? Hij schraapte met zijn nagels over de rots en duwde zich voort door de krappe, benauwde ruimte, waarbij hij zijn handen kneusde en schaafde. Het water kwam zijn oor in en zorgde voor een grafachtige akoestiek, hij hoorde elke luchtbel, elke waterbeweging. Toen streek zijn gezicht over het wijd uitgespreide haar van een ander mensenhoofd, en weer barstte het afgrijzen in hem los.

Het lijk leek de ruimte volledig te blokkeren. Het voelde opgeblazen. Terwijl hij er in paniek naar stompte en het omlaag probeerde te duwen, merkte hij dat zijn lichaam het begon te begeven. Zijn longen implodeerden. Binnen een paar seconden zouden ze zich overgeven aan het water.

Dit is het dan, Cho Sang-ho, zei een stem in zijn hoofd. *Hier eindigt het dus.*

In een laatste wanhopige duw drukte hij het lichaam bij de schouders omlaag. Wil, angst en verbeelding versmolten en gaven hem psychische kracht. Het volgende wat hij wist, was dat hij geen ruwe steenkool aanraakte, maar gladde, glibberige steen, een berg stenen die van boven was gevallen. En in zijn binnenoor hoorde hij het geluid van bewegend, stromend water. Zijn voeten hadden nu grip op de rotsblokken. Hij schopte als een sprinter en toen schoot hij omhoog door water. Hij kon niet langer zijn adem inhouden.

Eén seconde, twee...

Plotseling was daar het wateroppervlak en barstten lucht en geluid weer boven hem los. De lucht die hij met grote happen opslokte, bezorgde hem zo'n verzaligd gevoel dat hij dreigde te bezwijmen.

Het was nog steeds stikdonker om hem heen. Aan de echo's van vallende druppels meende hij te horen dat hij in een nauwe grot was, net zoals hij had gevreesd. Maar het water bewoog snel.

Het droeg hem rustig verder, terwijl hij hijgde en op adem kwam, maar algauw zwom hij met de stroom mee, peddelend als een hond. De grot werd nauwer en de stroming sterker. Voor zich hoorde hij het geruis van een opening. Hij zette zich schrap en liet zich met zijn voeten vooruit door het water meevoeren naar een put vol geruis. Zijn tanden knarsten van doodsangst toen hij kwam vast te zitten; water raasde over hem heen. Verwoed kronkelde hij zich vrij en glibberde door een gat waar alleen een skelet doorheen kon glippen.

Hij kwam in een andere holle ruimte terecht, hoestte, hijgde en voelde tegelijk frisse lucht op zijn gezicht. Hij durfde zijn zintuigen niet te geloven, maar zag het begin van bleek daglicht. Hij stond op en waadde erheen, uitgeput en leeg, met overal sneeën en kneuzingen, al zijn ledematen bloedden. Maar hij leefde nog.

Ja, hij leefde nog.

Hij worstelde zich door een opening waar dode adelaarsvarens voor hingen, knipperde met zijn ogen. Het daglicht was een even grote schok als de kou. Er was een grote den voor de ingang van de grot gevallen, waar hij overheen moest klauteren. Na een korte waterval veranderde de stortvloed in een wildwaterrivier, die tussen de keien door daverde.

Hijgend stapte hij voorzichtig over de rotsen naast de waterval en liet zich hoestend en huilend neervallen op een stuk dood gras. Bijna onmiddellijk begon hij zo hevig te beven dat hij nauwelijks meer op zijn knieën kon zitten.

Hij was nu in een ander dal, dat diep in de schaduw lag, een van de vele dalen die uitliepen op het brede dalbekken waarin het kamp lag. Hij wierp een blik om zich heen, zag steile hellingen bedekt met dicht dennenbos. De lucht was arctisch wit. Kraaien cirkelden ver boven hem, maar van het kamp geen spoor.

Hij was dwars door de berg heen aan de andere kant terechtgekomen. Er was geen uitkijktoren te zien, geen omheining die onder stroom stond.

Hij was eruit.

50

Provincie Noord-Hamgyong, Noord-Korea

Cho klemde zijn tanden op elkaar tegen het klapperen en hield zijn gezicht in de zon, die een beetje warmte gaf. De witte beek stroomde schuimend door een smalle geul, maar boven het geluid uit hoorde hij vogels zingen, voor het eerst in meer dan een jaar. Zijn verrukking duurde maar een paar seconden. Er begon een innerlijke klok te tikken. Hij was ijskoud en nat, had geen onderdak en geen eten. Hij was zo geconcentreerd geweest op het wegkomen uit de mijn dat hij zich niet had afgevraagd wat erna kwam – maar hij wist dat hij niet veel tijd had.

Hij liep het bos in en begon zich een weg te worstelen door dood kreupelhout, tegen de steile, met rotsen bezaaide helling op. Zijn lichaam was zo verzwakt door de honger dat hij elke paar stappen moest stilstaan. De kam van het smalle dal leek onmogelijk hoog en bestond uit scherpe stenen, maar hij moest zich oriënteren om de goede richting te weten. Hij kende deze ruige streek alleen uit volksverhalen en legenden.

Hij bleef weer stilstaan toen hij meende een krassend geluid te horen. Hij luisterde... het geluid was sterker dan zijn fluitende ademhaling en hij besefte dat het afkomstig was van een bemoste steile rots aan zijn linkerhand. Hij gluurde in de spleten tussen de rotsen en zag een glazig zwart oog naar hem terugkijken: een bruin konijn, dat erin was gevallen en er niet meer uit kon. In een reflex pakte Cho het bij zijn oren en trok het dier naar buien. Hij draaide het de nek om, scheurde de pels eraf en verslond het rauwe vlees met vraatzuchtige happen en zonder te kauwen. Het smaakte zoet als stroop. Een paar minuten later waren alleen nog de pels en botjes over. Hij veegde het geronnen bloed van zijn mond en rustte even uit. Hij voelde het verschil onmiddellijk. De voeding veranderde in zijn lichaam in energie.

Hij begon weer te klimmen en probeerde na te denken.

Hyun zou hem pas op het eind van de werkdag als vermist melden, omstreeks elf uur die avond, als de ploeg naar het aardoppervlak terugkeerde voor het appèl. Dood door een ongeluk kwam dagelijks voor in de mijnen en veel lichamen werden nooit gevonden. Zelfmoorden gebeurden veel vaker. Zouden de bewakers aannemen dat hij in de ondergelopen schacht was gesprongen of gevallen, en het daarbij laten? Nee, dat zouden ze niet... Hij had zo'n hoge positie bekleed dat ze die gok niet zouden wagen. Hij had te veel heibel geschopt aan de top. Pyongyang zou zijn dood bevestigd willen zien.

Ze zullen opdracht geven tot een onmiddellijke zoektocht naar het lichaam.

Hij voelde hevige wroeging toen hij besefte dat Hyun en zijn mannen het water in zouden worden gestuurd om hem te vinden. Hij had hun leven op het spel gezet.

Vierentwintig uur had hij op z'n hoogst, berekende hij. Vierentwintig uur en dan zou het kamp een opsporingsbericht uitgeven en de controleposten en de grensautoriteiten waarschuwen. Hij had nergens een plek om te schuilen en op krachten te komen en moest zo snel mogelijk de grens bereiken.

Maar zelfs als hij daar aankwam, wat dan?

Eén stap tegelijk.

Halverwege de ochtend naderde hij de top van de bergkam, waar nu een lage wolk over hing. Ondanks de kou en zijn natte kleren prikte het zweet in zijn ogen, en zijn lichaam gloeide door de inspanning. Met één laatste reuzenstap bereikte hij de rotsen bovenaan.

Even zag hij niets dan wervelende grijze damp, toen werd de wolk dunner en keek hij neer op Kamp 22, dat zich steil onder hem en tot in de verte uitstrekte. Een slavenrijk zo groot dat hij de grenzen ervan niet kon onderscheiden. Rookpluimen stegen op uit de mijnschachten. Hij zag honderden ploegen sloven op de eindeloze bruine velden. Uit de kledingfabrieken kwam het gehamer van verre machines. Hij richtte zijn blik naar het zuiden, waar zo ver het oog reikte de dorpen van de gevangenen lagen, en voelde zijn borst samentrekken als hij aan zijn moeder dacht. Hij zag de executieplaats en de zwarte rook die opsteeg uit de crematoria. Een flits lichtte op aan de horizon, gevolgd door ver gedreun, en boven de zee in het oosten klom een raket naar de hemel.

Cho keek naar zijn handen en zag dat hij zijn vuisten had gebald. Hij beefde.

In die kuil leden en stierven goede, betrouwbare mensen. Wat waren ze beetgenomen voordat ze hier de poort binnengingen. Wat had hij zichzelf verschrikkelijk beetgenomen, zijn hele leven. Hij voelde tranen opkomen. Dit was dus wat er verborgen lag achter het decor. Dit was het zwarte hart van de zaak die hij had gediend.

Boven hem draaide een kraai rondjes en kraste, een slecht voorteken. Maar Cho voelde zich niet verdoemd. Even brak de zon door de rondkolkende wolk en liet een vergulde straal vallen op het zwarte landschap beneden. Hij voelde de drang om als verlosser op te treden. Hij zag zijn levensdoel voor zich.

Ik zal getuigen. Ik zal overleven en getuigenis afleggen aan de wereld.

Terwijl hij langs de andere kant van de kam naar het noordwesten omlaag klauterde, probeerde hij in de beschutting van de bomen te blijven, maar twee keer moest hij een open veld oversteken, waar zijn spoor duidelijk zichtbaar was in de diepe sneeuw. Verderop omlaag zag hij een paar verspreide boerderijen en schuren. Inmiddels viel de sneeuw in grote, draaiende vlokken. Hopelijk kon die zijn sporen uitwissen.

De eerste schuur stond in een veld naast een pijnboombosje aan de rechterkant, waarachter een dichtbeboste helling lag die omlaag leidde naar een spoorlijn. Hij stopte en luisterde – doodse stilte – en liep speurend om de schuur heen. Hij had geluk. Aan de buitendeur hing aan een haak een boerenoverall, buiten gehangen om de luizen te laten doodvriezen. De stof was rafelig en opgelapt. Cho haalde de overall van de haak en probeerde de deur. Binnen rook het sterk naar mest en rottend stro. Er lag een oude bruine os op het hooi, die zijn enorme kop onverschillig zijn kant op draaide en snoof. Cho glipte naar binnen, kleedde zich om en vond ook een te groot paar rubberlaarzen. Voordat hij zijn blauwe gevangenisplunje onder een berg kuilvoer begroef, trok hij het touwtje weg waar hij zijn zak ruw had dichtgenaaid, en haalde het harde cellofaanballetje tevoorschijn dat zijn moeder in zijn hand had gedrukt. Hij hield het omhoog en bestudeerde het. Door sneeuw gereflecteerd licht filterde tussen de spleten in de schuurwand en weerkaatste op de piepkleine witte kristallen onder het cellofaan.

Bingdu. Een gram of veertig, schatte hij.

Hij keek om zich heen naar een plat oppervlak dat hij kon gebruiken, en vond op de vloer een stuk van een gebroken ruit; hij veegde het schoon en legde het op zijn schoot; toen ging hij op een hooibaal zitten en begon langzaam het cellofaan los te maken; hij scheurde het in kleine stukjes.

Hoelang had zijn moeder dat stiekem bij zich gehouden? Waarom had ze het gisteren meegebracht naar het laboratoriumcomplex?

Cho stopte en staarde in de verte.

Om zichzelf van het leven te kunnen beroven. Op een zelfgekozen moment. Het enige wat ze hoefde te doen, was een overdosis nemen. Alles doorslikken. Haar hart zou stoppen. Zijn blik werd wazig. Het duurde een paar minuten voordat hij zichzelf kon dwingen door te gaan.

Uiterst precies maakte hij met zijn vingernagel losse porties poeder, waarvan hij kleinere, in cellofaan gewikkelde bolletjes maakte, totdat hij er tien had, die glinsterden als parels in het witte licht; de rest bleef een grotere bal.

Rotting onder de berg hooi zorgde voor een lichte warmte. Hij liet de bingdu-parels in een zak van de overall glijden en voordat hij het wist, had hij zich met hooi toegedekt en was in slaap gevallen.

Hij werd gewekt door mannenstemmen.

Hij had geen idee hoelang hij had geslapen. Het licht door de planken was vaag neonblauw geworden en zijn honger was duchtig teruggekeerd. Zijn gezicht was gevoelloos en bevroren.

De stemmen kwamen van buiten en praatten over de verdwenen overall. De deur ging krakend open, Cho zonk weg in het hooi en zag dat de schuur werd verlicht door een olielamp. Een man en een jongen van boven de tien kwamen binnen. Over hun kleren en mutsen lag wit poeder. Cho bad tot zijn voorouders dat het genoeg had gesneeuwd om al zijn sporen uit te wissen en niet te verraden dat hij de schuur wel was binnengegaan maar niet had verlaten.

'Appa, niemand verstopt zich in mest,' zei de jongen met een sterk accent van Hamgyong. 'De dief is weg.'

De vader bleef een moment staan en leek de gebroken ruit te zien liggen die Cho had gebruikt om de bingdu te verdelen. Langzaam liepen ze weg en deden de deur dicht.

Cho lag doodstil, met zijn zenuwen volledig op scherp. Hij wachtte een paar minuten en stond toen zo zacht mogelijk op. Hij deed de deur voorzichtig open en keek om zich heen. Het sneeuwde hard. De sporen van de boer en zijn zoon liepen naar links. Het was ongeveer dertig meter over het veld naar de beschutting van de dennen. Hij stapte door de diepe, verse sneeuw. Zijn been zakte weg tot aan de knie. Hij kon alleen lopen door reusachtige, overdreven grote stappen te nemen. Een hofhond blafte, waarna een stuk of tien andere honden verderop in het dal ook aansloegen.

Hollend waadde hij door de verse sneeuw naar het bos.

Onder de dennen, waar de sneeuw niet was doorgedrongen, bleek het donkerder. Hij bleef doorlopen, sloeg takken opzij, slalomde bergafwaarts tussen de bomen door en bereikte de spoorlijn.

Dit was de spoorlijn waarover de kolen van Kamp 22 werden weggevoerd met als bestemming vermoedelijk Hoeryong, ongeveer tien kilometer naar het noorden. Hij had het zien liggen vanaf de bergkam, het stadje aan de Tumen, die de grens met China vormde. Met geluk zou hij er tegen de avond aankomen. Hoelang had hij geslapen? Aan de lucht te zien was het halverwege de middag, het werd al donker. Wat een stommeling was hij geweest! Die boer of zijn hond zou zijn sporen vinden en de Bowibu waarschuwen voordat hij twee kilometer had afgelegd. Zijn kans op ontsnapping was aanzienlijk gedaald.

Cho hoorde achter zich verre honden blaffen en voelde de adrenaline opspelen. Hij begon te hollen, struikelend en vallend over de dwarsliggers en de losse steenslag.

In Hoeryong was het donker, op enkele spaarzame lichten na rond de standbeelden en monumenten. Hij wist zeker dat een stad van deze omvang een onofficiële markt zou hebben, waar hij kon kopen wat hij nodig had. En ja hoor, langs het perron van het station zag hij enkele tientallen ajumma's die bezig waren hun koopwaar in te pakken bij de blauwe lichtstralen van penzaklampen. Een kolenkomfoor gaf meer rook af dan licht. Hij liep naar een vrouw met een hoofd gehuld in vodden. Ze was aan het inpakken: flesjes huisgemaakte maïslikeur en pakjes Chinese sigaretten van het merk Dubbel Geluk.

Hij zei zo min mogelijk tijdens het kopen. Het accent van Pyongyang zou in deze omstreken werken als een lichtreclame. Ze keek hem maar heel even aan, maar hij zag hebzucht en achterdocht in haar blik. Zijn maag verkrampte toen ze in de bleke gloed van haar zaklantaarn de witte bingdu-parel onderzocht, het pakje openmaakte en een paar kruimels opsnoof vanaf het puntje van een huissleutel. Even later wandelde hij weg met een fles maïslikeur en tien pakjes sigaretten in een plastic tas.

Een groep spoorwegwerkers zat hete bouillon te eten in een geïmproviseerde kantine op straat voor het station van Hoeryong; hun gezichten werden verlicht door een klein, helder vonkje in een pot, een lamp die op raapzaadolie brandde. De verkoper accepteerde drie sigaretten van Cho als betaling voor een kom eten; hij ging bij de mannen aan tafel zitten. Zijn enige gedachte was het voedsel snel opeten en dan weggaan. Hij had geen papieren als hij door iemand werd aangehouden. Het beste was om diezelfde avond te ontsnappen over de rivier. Maar toen hij de bouillon proefde, met verse noedels en vezelig, gemarineerd varkensvlees, voelde hij zich overweldigd: het eerste echte voedsel dat hij in een jaar nuttigde. Hij merkte onmiddellijk dat hij er meer mens van werd. Het beesten- of slavenleven dat hij had geleid kwam hem nu al onwerkelijk voor, als een nachtmerrie. Hij keek naar de gezichten van de spoorwegwerkers.

Ze zagen zwart van de olie en de steenkoolroet, maar in Cho's ogen, die gewend waren aan het gevangenenkamp, waren het toonbeelden van gezondheid, en dat herinnerde hem eraan dat hij zijn eigen spiegelbeeld al een hele tijd niet had gezien. Hij keek om en tuurde naar een donkere ruit in het stationsgebouw achter zich. Zelfs in het schemerlicht hapte hij naar lucht bij de aanblik, en hij kreeg diep medelijden met zijn verwoeste lichaam. Zijn hoofd was een grijze, skeletachtige bol met kale plekken. Kriskras over de blote hoofdhuid liepen littekens van pakken slaag. Op zijn gezicht zag hij zweren en steenpuisten door uithongering en gebrek aan zonlicht, zijn huid was een strak over het bot getrokken, oude lap, waardoor hij grote, donkere ogen kreeg. Het was zijn eigen gezicht, dat leed geen twijfel, maar het was bijna net zo veranderd als zijn innerlijk.

'Waar kom je vandaan, burger?'

Het gezicht van de spoorwegarbeider was een zwart masker zonder glimlach. De anderen waren gestopt met eten en keken naar hem. Ineens besefte hij hoe erg de overall stonk naar mest.

'Uit Chongjin,' mompelde Cho, zich bewust van zijn accent. 'Ik... ben zwaar ziek geweest. Ik ben naar het noorden gekomen om medicijnen te kopen.'

De ogen van de man stonden nu wat milder, en Cho voelde dat zijn antwoord een test had doorstaan: de mensen hier waren gewend aan bezoekers die naar China wilden glippen om goederen te kopen die ze in hun thuisland niet konden krijgen.

'Heb je tabak bij je?' vroeg de man.

Cho haalde een pakje sigaretten tevoorschijn en deelde uit.

'Dubbel Geluk', zei de spoorwegarbeider waarderend. Hij stak de sigaret achter zijn oor en ging verder met zijn bouillon. Cho dacht dat het gesprek daarmee ten einde was, maar de man zei: 'De rivier is te breed om hier ongemerkt over te steken en het ijs is dun. Loop naar het westen over de Musanweg totdat de rivier smal wordt en stevig ijs heeft. In de buurt van de zesde wachttoren is een stille plek.'

'Als je wordt aangehouden door een bewaker, bied je hem crackers en sigaretten aan,' zei een van zijn vrienden.

'En beloof iets mee te nemen op je terugweg,' zei de ander, terwijl hij opstak. 'Een fles Maotai is erg mooi, of Chinees geld. Vertel ze dat je maar een dag of twee weg bent en vraag hoe laat ze dienst hebben.'

Cho kon zijn geluk niet op. Hij boog, bedankte hen en gaf ze allebei een heel pakje, dat ze aannamen. Roetzwarte gezichten met een ivoorwitte glimlach. Hij stond op en boog weer, maar werd afgeleid door een beweging achter zich. Hij draaide zich om en zijn hart stond bijna stil.

Er liep iemand weg met een pot en een kwast. Op de ruit waarin Cho zijn spiegelbeeld had gezien, keek zijn eigen gezicht hem nu aan vanaf een strooibiljet in zwart-wit.

GEZOCHT VOOR MOORD

CHO SANG-HO

En onder de foto van zijn gezicht:

GEVAARLIJK!

MELD ELK SPOOR AAN HET

MINISTERIE VAN STAATSVEILIGHEID

Moord? Hij voelde zijn benen week worden.

Even was zijn paniek te groot om zich om te draaien naar de mannen.

Nu al? Joeg de Bowibu nu al op hem? Hyun had hem waarschijnlijk meteen als vermist opgegeven. Als het hem een extra kopje maïsmeel opleverde kon Cho het hem niet kwalijk nemen. De foto fascineerde hem, al stond hij er voor zijn gevoel vreemd ver vanaf. Het was het gezicht van zijn vorige leven. Gladgeschoren, het haar achterover, zelfingenomen, arrogant, rijk. Een foto uit zijn dossier bij de Partij. Zijn epauletten opzij waren net zichtbaar.

'Bedankt, burgers.' Hij wenste de mannen een goede nacht.

Ze staken hun sigaretten omhoog ten afscheid.

Zodra hij uit het zicht was, begon hij te hollen. *Gezocht voor moord? O, m'n grootje!* Hij herinnerde zich die truc: hoge kaderleden werden beschuldigd van gruwelijke misdaden als ze overliepen, en ook de Chinese politie werd op de hoogte gesteld. Eén ding was duidelijk: ze waren vastbesloten hem te vangen, en dat besef ontlokte hem een even grote, tegengestelde vastberadenheid. Hij zou zich niet laten pakken.

Maar terwijl hij over een verlaten weg naar het westen stormde, versterkt door voedsel en rust, dwong hij zich langzamer te lopen. Hij had zelf gezien hoe hij veranderd was. Het was onvoorstelbaar dat iemand die foto met dit gezicht associeerde.

Bij een busstation aan de westrand van de stad keek zijn gezicht hem vanaf elke lantaarnpaal aan. Hij vond een andere onofficiële markt en ruilde meer van zijn bingdu-parels in voor Chinese yuans, rijstcrackers, een wollen muts en weer sigaretten. Van een verkoper achter een mat vol elektronica kocht hij voor vijftig yuan een illegale, ongeregistreerde Nokia-gsm met een oplader en een telefoonkaart van China Mobile. De verkoper legde uit hoe hij de kaart moest gebruiken en voegde eraan toe: 'Als je tenminste ergens een plek kunt vinden om de telefoon op te laden.'

Er was niemand die keukenmessen verkocht of iets anders dat hij als wapen kon gebruiken. Hij zou zich veiliger hebben gevoeld als hij iets had om zich te verdedigen. Het resterende geld gebruikte hij om een penzaklamp te kopen, een scheermesje en een pakje vloeitjes. Hij moest erg veel moeite doen om kalm te blijven en zo min mogelijk te zeggen. Niemand leek op hem te letten. Hij was een zwerver, een niemand, en hij stonk als een tochtige geit.

De weg naar het westen liep door een industriegebied met roestige schoorstenen en stille fabrieken. Na een korte pauze om te controleren of hij niet werd gevolgd, glipte hij een duister vrachtterrein op en vond een oude, leegstaande garage. Hij hurkte neer tussen de olievlekken op de betonnen vloer, draaide zijn penzaklamp aan en haalde voorzichtig het grootste, nog resterende bolletje bingdu tevoorschijn. Hij had bedacht dat hij in elk geval de bingdu in een soort wapen kon veranderen. Hij gebruikte het scheermesje om met vaste hand een Dubbel Geluk-sigaret in de lengte in tweeën te snijden en strooide het kristalpoeder royaal op de tabak, zodat die verzadigd was van de drug. Hij plakte de sigaret weer dicht met een vloeitje en bekeek zijn handwerk. Het was haast onmogelijk te zien dat eraan was geknoeid. Iedereen die deze sigaret van hem accepteerde en oprookte, zou een overdosis binnenkrijgen die groot genoeg was om een hartstilstand te veroorzaken. En de dood zou in een eufore wolk komen. Hij stopte de sigaret keurig terug in het pakje, ondersteboven, zodat hij wist waar de drug in zat.

Al snel was hij de stad uit en volgde een kronkelend, onverhard pad langs de Tumen, de grensrivier. Het was daar veel kouder. De rivier, rechts van hem, was een weg van ijs, bleek en doorschijnend, alsof het licht van de sterren erdoor werd verzwolgen. Te donker om de Chinese oever te zien. Om de paar meter stond er een bord met GRENSGEBIED! HALT! Maar wat hem meer verontrustte was dat er geen enkele beschutting was in de vorm van bomen, en dat er op alle smallere plekken een plompe betonnen uitkijktoren stond, waarin hij de bovenkant van bewakershelmen zag bewegen achter lange, smalle ramen.

Cho voelde een golf van paniek.

Steek nu over, zei een stem in zijn hoofd, *voordat je wordt aangehouden*. Het was donker genoeg om ongezien naar de overkant te glippen. Waarom niet hier, voor een uitkijktoren, waar ze er het minst op bedacht zouden zijn, en voordat hij een patrouille tegenkwam?

Hij voelde een mateloze onrust en merkte dat zijn benen hem naar het ijs droegen en dat zijn zintuigen overweldigd waren door paniek. De andere oever was maar veertig meter verderop. Binnen een minuut was hij erover. Hij stapte van de oever af. Zijn rechtervoet stond nu op het ijs en het bloed zong in zijn oren.

'Halt!'

De stem kwam uit het niets. Cho stond als versteend.

'Handen omhoog! Omdraaien.'

Langzaam stak hij zijn handen op, draaide zich om en zag één soldaat, aan zijn stem te horen nog maar een tiener, die een AK-74 op hem richtte.

Amper uit de Socialistische Jeugdafdeling. De soldaat draaide een dunne zaklantaarn aan die aan de loop was bevestigd.

'Wat doe je hier? Je mag hier niet komen.'

'Kameraad, ik...'

'Heb je iets te eten?'

Verrast gebaarde Cho naar de plastic tas die hij droeg en liet hem zakken. Langzaam gaf hij een pakje rijstwafels aan de soldaat, die het weggriste en in zijn jaszak stopte. Aangemoedigd gaf Cho hem ook een onaangebroken pakje sigaretten en het flesje maïslikeur; alles verdween in zijn zakken. De jongen droeg een camouflagehelm en een paar enorme canvas schoenen.

'Laat me je paspoort zien.'

Cho stak zijn handen in de lucht. 'Kameraad, ik ben maar een gewone man, ik hoop daar familieleden te bezoeken die me de medicijnen zullen geven die ik nodig heb. Morgenavond om dezelfde tijd ben ik hier terug, met rijst voor jou, en een fles Maotai.'

Er viel een stilte terwijl de jongen dit verwerkte.

'Kom je uit Pyongyang...?'

'Ja.' Het woord was eruit voordat Cho zich kon inhouden.

De jongen stak zijn hand in zijn borstzak en haalde er een papier uit. De zaklantaarn werd op het verwoeste gezicht van Cho gericht en toen weer op het papier. Nogmaals. Cho tuurde in de felle straal.

'Hoe heet je?' Nu luider, opgewonden.

Cho had nog nooit aan een schuilnaam gedacht. Hij aarzelde en het fluitje van de jongen klonk voordat hij iets kon zeggen.

Tot zijn verbazing gingen overal langs de oever en op het dak van de uitkijktoren lichten aan, die hem vonden en bij hem samenkwamen, alsof hij een acteur op het podium was.

Cho draaide zich om en rende, rende voor zijn leven, uitglijdend en vallend op het ijs. Opstaan en rennen. Hij hoorde zijn adem snuiven in zijn neus als een stier.

Achter hem riepen stemmen en er begon een sirene te loeien op de uitkijktoren. Hij wist dat het grensgarnizoen niet op de Chinese oever mocht vuren.

'Halt of we schieten!'

Hoe verder hij kwam, hoe veiliger hij zou zijn... Seconde na seconde, meter na meter kwam hij dichterbij en zag hij China in het donker vorm krijgen. Boom, heuvel, veld.

Er snerpte iets langs zijn oor. IJsscherven spatten als glas in zijn ogen toen de eerste kogel het bevroren oppervlak raakte; daarna klonk het zweepslaggeluid van een geweerschot.

Een andere kogel plofte in een boomstam voor hem.

Hij was vlak bij de oever toen hij een soort enorme duw tegen zijn linkerbeen voelde, gevolgd door nog een schot. Hij viel en gleed met zijn gezicht over het ijs.

Een paar tellen voelde hij geen pijn, hoewel hij wist dat hij geraakt was. Toen schoot de pijn als een bliksemflits door hem heen en verblindde hem. Hij schreeuwde het uit. Ademen was moeilijk. Toen de volgende kogel zo vlak langs zijn oor scheerde dat hij de wind voelde, was er iets haast bovennatuurlijks in zijn binnenste dat hem vooruitjoeg. Hij stond op, steunde op één been en voelde een stoot adrenaline. Voordat hij het wist greep hij wortel en tak beet en hees zich op de oever, van het ijs af.

De zoeklichten op de Noord-Koreaanse oever leken hem kwijt te raken, de stralen zwaaiden heen en weer, drongen binnen in de zwarte bossen en gaven de bomen lange schaduwen. Cho kroop continu vooruit. Hij ploegde door diepe sneeuw, beschermde zijn gezicht tegen kale takken en liet een bloedspoor achter. Zijn lichaam werd zwaarder, zonk weg in de zachte poedersneeuw. Hij viel voorover en kwam weer op adem. De helft van zijn gezicht waarop hij over het ijs gegleden was, voelde geschaafd en verbrand. Zijn kuit gloeide. Hij voelde de schurende hitte van de kogel. De broekspijp van de overall zag zwart van het bloed. De zoeklichten gingen uit en even was het stikdonker om hem heen, maar hij wist dat de soldaten in de uitkijktoren al radiocontact zouden hebben met de Chinese grensposten. *Dringend! Een moordenaar ontsnapt*... Ze zouden toestemming vragen Bowibu-agenten naar de overkant te sturen om hem af te maken, als een ontsnapt dier uit de dierentuin. De tas met rijstcrackers en proviand was hij onderweg kwijtgeraakt. Maar het pakje met de bewerkte sigaret had hij nog steeds in een van zijn zakken en de mobiele telefoon en oplader in de andere.

Hij knipperde het zweet uit zijn ogen en keerde zich om in de zachte sneeuw. Hij scheurde een stuk broekspijp los en maakte een tourniquet. Daarmee bond hij zijn kuit aan de bovenkant af; hij klemde zijn tanden op elkaar toen hij hem strak trok; zijn adem siste in zijn neusgaten; hij wreef sneeuw over zijn wond. Hoe erg was het? Heel erg. Inwendig letsel, verbrijzelde zenuwen aan losgescheurd vlees. Een gapend gat in zijn been door de zware militaire munitie. Hij had geen gevoel in zijn voet, die slap hing, maar de kogel moest het bot op een millimeter hebben gemist. Een bloedspoor door de sneeuw! Had hij het ze makkelijker kunnen maken? Hij voelde een plotselinge golf van euforie, waarvan hij vermoedde dat het een hormonaal effect van de schok was. Hij pakte een gevallen tak om die te gebruiken als kruk, hees zichzelf overeind en strompelde verder.

Voor hem werd het bos dunner; hij zag een weg met aan weerszijden hoge sneeuwwallen. Voorbij de weg, amper een halve kilometer verderop, zag hij de lichten van een boerderij, en erachter onderscheidde hij de lichtblauwe omtrekken van een rij kale heuvels. Hij dwong zichzelf op de richel van geruimde sneeuw te klimmen en wilde zich net naar de weg laten zakken, waarbij hij oranje sterretjes zag van de pijn in zijn kuit, toen hij een auto hoorde. Hij besloot hem aan te houden en om hulp te vragen. Zich overgeven aan het lot, of hierbuiten sterven. Hij dacht niet dat hij de boerderij zou halen.

Toen hij de lichten zag hield hij acuut zijn adem in. Blauwe en rode flitsen van een politieauto. Hij rolde zich op zijn rug en bleef doodstil liggen. Geen tijd om te vluchten. De auto reed traag. Achter een dicht portierraam kraakte een politieradio. Hij reed langs hem heen en Cho herademde.

Tegen de tijd dat hij het erf van de boerderij bereikte hortte zijn adem en worstelde hij om niet te bezwijmen door bloedverlies. Hij klopte op de deur. Het rook er sterk naar varkens. Binnen gromde een hond. Er klonken voetstappen, de deur ging open, er viel een wig van geel licht over de grond. Hij zag het silhouet van een mannenhoofd.

'Wie ben je? Wat wil je?'

Cho spande zich in om zijn blik scherp te krijgen. De omtrek van de man werd wazig. Hij kon het gezicht niet zien. Ineens voelde hij zich misselijk.

'Als je van de overkant komt, kan ik je niet helpen.'

Zijn hoofd begon te draaien. De deur werd recht in zijn gezicht dichtgedaan. Het volgende wat hij wist, was dat de grond omhoogkwam naar zijn wang; hij viel flauw.

Cho kwam weer bij bewustzijn doordat hij gesnuif hoorde en een natte neus aan zijn oor voelde. Zijn kuit klopte en was verdoofd. Een grof, door de zon gelooid gezicht tuurde van boven op hem neer. De man was een jaar of vijftig en bekeek hem met de schichtige argwaan van een boer. Cho's neusgaten registreerden de chemische geur van een ontsmettingsmiddel. Zijn ogen probeerden zijn omgeving in zich op te nemen. Hij lag ruggelings op een betegelde keukenvloer voor een brandende kachel, die een roodachtige gloed wierp. Het was een eenvoudige, armoedige ruimte; boven de gootsteen hing een aantal geblutste metalen pannen. Een hond was druk bezig hem te besnuffelen en constateerde dat hij rook naar bloed en vuil.

'Wat is er met je been gebeurd?' vroeg de boer, met het zingende accent van Koreaans Chinees.

Toen Cho dicht bij zijn voeten iemand duidelijk hoorde inademen besefte hij dat zijn linkerbeen boven op een dampende kom rustte, en dat een grote vrouw met felrode onderarmen zijn wond probeerde schoon te maken met een ontsmettingsmiddel. Bij elke aanraking kromp hij in elkaar.

'Een ongeluk... tijdens het oversteken van de rivier,' zei Cho zwakjes. Het had geen zin te ontkennen waar hij vandaan kwam. 'Bedankt dat u me geholpen hebt.'

'In wat voor problemen zit je?'

Cho kneep zijn ogen dicht. 'Hebt u pijnstillers?'

De boer sjokte weg en kwam terug met een fles amberkleurige vloeistof.

'Zelfgemaakt.' Hij raakte Cho's lippen aan met de fles en Cho voelde hoe de alcohol als lava zich een weg brandde door zijn keel. Hij hoestte en toen hij sprak, was zijn stem pure adem. Boer en boerin stonden nu beiden boven hem.

'Alstublieft. Kan ik mijn telefoon opladen?' Cho trok hem zwakjes uit de zak van zijn overall.

Het echtpaar wisselde blikken. Met tegenzin nam de boer hem van hem aan. 'Het stopcontact is in de kamer hiernaast.'

'Ik zal zo snel mogelijk weggaan en u niet langer lastigvallen.'

'Blijf voorlopig maar hier,' zei de boer zonder hem uit het oog te verliezen. 'Praten doen we later wel.'

De vrouw droogde zijn kuit af en legde er een handdoek onder, en de boer gaf hem nog een flinke slok zelfgestookte alcohol.

Alle energie was uit Cho weggestroomd. Opnieuw zonk hij weg, beurtelings bij en buiten bewustzijn, zonder gevoel voor tijd. Hij droomde van gedempte stemmen die ruziemaakten in de kamer ernaast. Toen hij wakker werd, brandde het vuur in de kachel lager en parelde het zweet op zijn koortsige voorhoofd, zijn rug was stijf en deed pijn op de harde vloer. Hij hief zijn hoofd op en zag dat de hond vanaf een matje in de hoek naar hem keek. De boer sprak in het Mandarijn in de kamer ernaast, toen ging de keukendeur een kiertje open en zag hij de man naar hem turen.

'Alstublieft,' zei Cho. 'Mijn telefoon...'

'Uitrusten, uitrusten,' zei de man doodkalm.

Cho zette een keel op: 'Geef me mijn telefoon!'

De boer kwam de keuken binnen en keek boos naar hem. Hij gaf Cho de mobiele telefoon, die warm was van het opladen. Cho zette hem aan.

Met trillende handen typte hij de code van de telefoonkaart in om het krediet van vijftig yuan toe te voegen, zonder een idee te hebben of het genoeg was, en typte vervolgens het nummer in dat hij bijna een jaar geleden uit zijn hoofd had geleerd. Hij had geen idee hoe laat het in Washington was.

Jenna klonk onmogelijk ver weg, een stem uit een andere wereld.

Hij had geen seconde te verspillen. Hij groette niet; vertelde haar eenvoudig waar hij was, in het Engels, zodat de boer het niet verstond, en tussen de moeizame ademhalingen door begon hij te beschrijven wat hij wist van het programma van experimenten op mensen in Kamp 22.

'Ik heb daar gevangengezeten. Ik heb het gezien.'

Ze zei: 'Deze telefoon kan worden afgeluisterd...'

Ze waarschuwde hem. De Chinese politietroepen beluisterden alle telefoontjes van gsm's naar buitenlandse nummers, en bij dit telefoontje zou onmiddellijk een rode vlag worden gehesen: de beller bevond zich in een afgelegen grensgebied en hij sprak met iemand in Langley, Virginia. Maar dat deed er nu niet toe.

'Luister nou maar. Over een paar minuten ben ik toch dood. Je vriend Fisk had gelijk. De nucleaire dreiging van Kim Jong-il is bluf, een rookgordijn voor iets veel, veel ergers... Het doel van de testvluchten van de langeafstandsraket is de Verenigde Staten binnen bereik van een zenuwgas te brengen met de naam scytodotoxine X, een massavernietigingswapen dat de voedsel- en watervoorziening vergiftigt en miljoenen doodt. Dat is de lading die de kop van de raket volgens plan moet dragen. Ik heb gezien wat één microgram van dit spul in tien luttele seconden doet met een menselijk lichaam. Je kunt het je niet voorstellen.'

De argwaan op het gezicht van de boer veranderde in pure vijandigheid nu hij hoorde dat er Engels werd gesproken. Hij vroeg: 'Ben je een spion?'

Cho zei: 'Het was goed je stem te horen.'

'Wacht.' Voor het eerst klonk Jenna in paniek. 'Wat is je precieze locatie?'

Op het erf, vlak buiten het raam stopte een voertuig en het pla fond van de keuken werd een caleidoscoop van flitsende rode en blauwe lichten.

'Het heeft geen zin. Vaarwel, Jenna.'

'Hé!' De boer probeerde de telefoon uit Cho's hand te wringen, maar Cho wilde haar alleen nog vaarwel horen zeggen.

Er klonk alleen witte ruis en telefoongerinkel in het verre Langley. Jenna's stem was koel en beheerst: 'Geef alsjeblieft de telefoon door aan die persoon bij jou in de kamer. Zeg hem dat ik hem even moet spreken.'

51

Hoofdkantoor van de CIA
1000 Colonial Farm Road
Langley, Virginia

'Is de informatie niet kostbaarder dan de informant...?' Fisk grijnsde altijd op die schaapachtige manier als hij zijn principes overboord zette. 'Echt waar? Een operatie ter plaatse in China?'

'Hij is de waardevolste bron die we ooit in het Noorden hebben gehad,' zei Jenna en ze probeerde haar stem niet te verheffen. 'Hij heeft ons hoogwaardige informatie gegeven niet over één...'

'Oké, oké...'

'...maar over twéé geheime operaties in Noord-Korea. We kunnen hem godverdomme niet in de kou laten staan in China.'

'Maar het risico...'

Na een lange woordenwisseling op zijn kantoor had Fisk toegegeven.

'Ik heb een safehouse nodig in Yanji, een plaatselijke contactpersoon en een wapen,' zei Jenna.

Hij liet zijn hoofd met een verslagen zucht achterovervallen in zijn stoel.

Er werden stappen ondernomen voor goedkeuring tot op het niveau van de nationale veiligheidsadviseur en binnen enkele uren was het gelukt een operatie op poten te zetten voor Cho's exfiltratie naar de Verenigde Staten met een vals Amerikaans paspoort. Bij aankomst zou hij het asiel krijgen dat alle Noord-Koreaanse overlopers aangeboden kregen.

'We hebben geen tijd om je een officiële diplomatieke dekking te geven,' zei Fisk en hij wreef over zijn gezicht. 'De Chinezen zullen lont ruiken. Je gaat opereren als NOC, dus onder niet-officiële dekking.' Hij knikte terwijl ze zichtbaar terugschrok. 'Weet je zeker dat hij je zoveel waard is?'

'Niet-officiële dekking' was de gevaarlijkste status overzee voor een operationele CIA-agent. Als ze werd betrapt, zou ze overgeleverd zijn aan de Chinese veiligheidsdiensten. Ze zou geen diplomatieke onschendbaarheid of bescherming hebben. Ze zou elk verband met haar regering moeten ontkennen.

'Als dit fout gaat, Jenna,' zei hij, ineens boos op haar, 'is het je eigen schuld.'

52

Yanji
Provincie Jilin, China
Zaterdag 17 december 2011

Zodra ze door de glazen deuren van het vliegveld bij Yanji was gelopen benam de kou van Mantsjoerije Amy Miller de adem. Gelukkig hoefde ze niet te wachten. Een chauffeur hield een bord met haar naam omhoog en bracht haar rechtstreeks naar haar hotel, in een zakenwijk met neonreclames en blitse torens van heldergroen glas. Zelfs het centrum van de stad zag er vervallen en smakeloos uit, vond ze.

Ze keek stralend naar de receptionist toen hij het nummer van haar paspoort overschreef; op het inschrijvingsformulier voor gasten noteerde ze als beroep 'touroperator', en een huisadres in de Arlington Heightsbuurt van Milwaukee, en ze vroeg in het Engels of er nog andere deelnemers aan de Vakantiebeurs Noord-China in het hotel logeerden. Pas toen ze de kruier een fooi had gegeven, haar kamerdeur op slot had gedaan en een gloeiend hete douche had genomen, begon Amy Miller zich weer Jenna Williams te voelen.

Yanji, in de provincie Jilin in Noordoost-China, was een stadje op minder dan vijftig kilometer van de Noord-Koreaanse grens. De grote populatie etnische Koreanen sprak Mandarijn als tweede taal. Jenna was er tijdens haar studie verschillende keren geweest – het Noord-Koreaanse dialect had ze geleerd in Yanji – en elke keer voelde ze dat ze in een grensstad was waar alles kon gebeuren. Er hing een speciale sfeer, die niet helemaal positief was. Undercoveragenten van de Bowibu mochten er vrijelijk op ontsnapte Noord-Koreanen jagen, minderjarige meisjes werden verhandeld in louche massagesalons en nooit meer teruggezien, en de stadsautoriteiten waren een speelbal van gewelddadige bendes door de inkomsten van methamfetamine.

Het hoofd van de CIA in Shenyang had een safehouse voor haar geregeld op vijf minuten lopen van het hotel, maar ze wist dat 'safe' hier een relatieve term was. Haar aanwezigheid in de stad was ongetwijfeld opgemerkt door de Chinese staatsveiligheidspolitie en de kans was vrij groot dat ze haar intussen al in de gaten hielden. Ze zou extreem voorzichtig te werk moeten gaan.

Het safehouse was een appartement op de achtste verdieping van een smerig huizenblok waar het in de portalen rook naar gestold varkensvet. Toen ze er aankwam, na een lange omweg waarin ze rechtsomkeert had gemaakt en diverse rondjes in tegengestelde richtingen had gelopen om er zeker van te zijn dat ze niet werd gevolgd, vond ze Cho terug. Hij lag onder een deken op een slaapmatje, wisselde droom en werkelijkheid af, onder de hoede van Lim, een zorgzame, jonge, bebrilde CIA-informant uit Shenyang die als softwareprogrammeur voor de volksmilitie werkte, en een illegale chirurg die Lim had geregeld om de schotwond aan Cho's linkerkuit te behandelen. De kuit begon rood te worden en zwol op. Lim hield Cho verdoofd met oxycodon, omdat de chirurg, van wie Jenna vermoedde dat hij voor de stadsbendes werkte, had geweigerd te opereren voordat zijn aanzienlijke honorarium contant was betaald. Nog voordat ze haar jas had uitgedaan had Jenna hem dat geld gegeven. Van Lim kreeg ze een dikke, gewatteerde envelop met daarin een compacte Beretta 8000, haar favoriete handvuurwapen, met een geladen dubbelkoloms magazijn.

De varkensboer had precies gedaan wat ze hem had opgedragen: hij had Cho's mobiele telefoon nog steeds in zijn hand toen hij de deur voor de Chinese grenspolitie opendeed. Ze had elk woord van zijn Koreaans met een Chinees accent gehoord terwijl hij met hen sprak. 'Hij kwam hier hulp vragen, een uur of twee geleden. Ik zei dat hij zich moest aangeven. Waarom bleven jullie zo lang weg? Hij kan inmiddels overal zijn.'

Ze had haar aanbod gestand gedaan en de volgende dag had de boer een klein fortuin op zijn bankrekening gevonden. In de vroege uurtjes was het haar gelukt een auto te sturen om Cho te halen en naar Yanji te vervoeren.

Ze wist dat zijn verdwijning in China geen zaak van de Chinese grenspolitie meer was, maar inmiddels zou zijn geëscaleerd tot staatsveiligheidsniveau, waarschijnlijk onder politieke druk vanuit Pyongyang. Er was niet veel tijd. Het was essentieel om hem de komende twaalf uur het land uit te krijgen. Ze had zijn Amerikaanse paspoort bij zich. Het hoofd van de CIA was bezig zijn vlucht te regelen vanuit Shenyang – een rit van acht uur – op documenten van een ziekteverzekering.

De chirurg was een kleine, stevig ogende Han-Chinees, die zwijgend op zijn knieën werkte. Ze zag hoe hij de wond schoonmaakte, met een pincet kleine stukjes kogelhuls verwijderde, de in- en de uitgangswond dichtnaaide en een schoon verband rond de kuit wikkelde. Hij sneed de verrotte lappen rond Cho's onderarm weg, bevoelde voorzichtig het genezende bot en verbond de arm opnieuw. Toen zette hij twee glazen flesjes met een sterk kalmeringsmiddel op tafel, naast een pakje wegwerpspuiten. 'Zijn bloeddruk moet laag worden gehouden. Geef hem een injectie voor de rit naar Shenyang. En ook een voor de vlucht.'

Lim liet de chirurg uit en ging toen kleren en eten kopen. Cho had niets om aan te trekken en zou veel voedsel nodig hebben vóór de lange reis naar Shenyang. Jenna begon zich nu pas zorgen te maken over dat deel van het plan: politiecontroleposten langs de route onderzochten routinematig de identiteitsbewijzen van automobilisten.

Ze kookte water in een steelpan op het kleine kookplaatje in de keuken, maakte een kop groene thee voor zichzelf, ging op de vloer zitten met haar rug tegen de muur, en zag dat het weer begon te sneeuwen; dwarrelende vlokken die de wereld buiten het raam diffuus wit maakten, een lege ruimte. Het was twee uur in de middag. Zodra Lim terugkwam met de boodschappen, zou ze Cho wakker maken en kijken hoe goed hij kon reizen.

Ze zag zijn borstkas op en neer gaan, en kwam als gevolg daarvan in een meditatieve stemming. De muurklok tikte. De verwarmde vloer verspreidde een geur van chemisch bos. Op de tafel, het enige andere meubel in de kamer, lagen Cho's aardse bezittingen: een pakje Dubbel Geluk met twee sigaretten erin, een paar gekreukelde yuanbiljetten en een paar kleine, in cellofaan verpakte bolletjes van een of ander geheimzinnig wit poeder. Verder helemaal niets. De mobiele telefoon had hij waarschijnlijk gedumpt.

Hij zou iedereen kunnen zijn, dacht ze en nam het pakje sigaretten vast en draaide het rond in haar hand. Een niemand. Een alledaagse man. Zijn lichaam was een en al bot en pezen, maar de strakke huid maakte zijn gezicht merkwaardig sereen, als van een jonge jongen. Ze legde zijn deken recht, trok hem op tot Cho's kin en voelde een vreemde neiging zijn wang te strelen, zijn voorhoofd glad te strijken. Van al die arrogantie die ze in New York had gezien, was niets over. Ze was niet religieus, maar had het idee dat zijn ziel verlichting had gevonden en nu vernederd en bescheiden door de sneeuwwolken kon zweven. Het deed haar denken aan een uitspraak van Solzjenitsyn: Je hebt alleen macht over iemand zolang je hem niet alles ontneemt; maar als iemand van alles is beroofd, is hij niet meer in je macht. Dan is hij vrij.

Toen ze hem in Pyongyang ontmoette, zat hij al zwaar in de problemen. *Veroordeeld tot Kamp 22, een plek waar je nooit meer wegkwam... en nu, ontsnapt?* Ze schudde haar hoofd in stille verbazing. Hij moest het regime zwaar hebben beledigd. Ze probeerde te bedenken welke wet hij kon hebben overtreden, maar herinnerde zich toen dat er in Noord-Korea hoegenaamd geen wetten golden, op één na, die bij overtreding de strengste straf opleverde: absolute loyaliteit aan de Kim-dynastie.

'Raak die niet aan.'

Ze schrok op uit haar gemijmer. Cho's ogen waren nauwe spleetjes.

'Ik... rook niet. Ik zal ze niet aanraken.'

'Gooi ze weg. Een van de twee heb ik gevuld met speed... voor het geval ik iemand... moest doden met een overdosis.'

Ze knikte dom en stak het pakje in haar jaszak. Ze zou ze op de juiste manier weggooien, in een vuilnisbak op straat.

Zijn stem was amper meer dan gefluister. 'Je... hebt me gered. Waarom?'

Hij lag op zijn zij en keek haar aan, met zijn gezicht half verborgen door het kussen. Ze voelde dat hij eigenlijk te trots was om te verdragen dat hij haar zo onder ogen kwam.

'Je hebt me mijn zus laten zien. Ik heb je eruit gehaald. Was dat onze afspraak niet?'

Het was zo stil in het appartement dat ze zichzelf konden horen ademen.

Ze vroeg: 'Waarom Kamp 22?'

Hij keek haar lang aan voordat hij antwoord gaf. Toen glimlachte hij flauwtjes en ging achterover liggen, met zijn blik naar het plafond. 'Je zou kunnen zeggen dat het mijn lot was... en in de sterren stond geschreven voordat ik zelfs maar was geboren.'

'Je hebt het overleefd,' fluisterde ze.

Hij knikte heel licht. 'Dankzij de liefde van mijn moeder.'

Voordat ze hem kon vragen wat hij bedoelde, keken ze naar de deur omdat ze de liftdeur hoorden opengaan in de gang. Ook al wist Jenna dat het Lim maar was, die terugkwam met de boodschappen, toch was ze meteen op haar hoede. Ze liep Cho's kamer uit en deed de deur achter zich dicht, waarna ze de procedure volgde, haar Beretta tevoorschijn haalde en de veiligheidspal ontgrendelde. Ze had het magazijn die ochtend gecontroleerd en de ziel en de grendel schoongemaakt. Er zaten vijftien kogels in. Ze wachtte op het afgesproken teken: twee dubbele klopjes op de deur. Het teken werd gegeven. Ze maakte het veerslot los en deed de deur een kiertje open. Ineens vloog de deur naar binnen open en raakte haar bijna in het gezicht. Ze hief de Beretta en richtte met beide handen.

Lim stond voor de deur. Zijn lip trilde. Hij mimede het woord 'sorry'.

De man die de Glock 17 op Lims oor gericht hield, had een kaalgeschoren hoofd en droeg een goedkoop zwartleren jasje. Achter hem stonden vier politieagenten van de Chinese staatsveiligheid in marineblauwe uniformen. De man met het leren jasje sprak kalm in het Koreaans: 'Laat je wapen vallen.'

Langzaam liet Jenna de Beretta op de grond zakken.

‘Stap nu naar voren.’

Sneller dan ze kon reageren werd er een grove kap over haar hoofd getrokken. Om Cho te waarschuwen schreeuwde ze, zo hard ze kon, totdat een hand haar mond bedekte. Haar handen werden vastgegrepen en er gleden koude stalen boeien over.

Lerenjas zei: ‘Geen geluid meer, en we werken dit op de prettige manier af.’

Ze liepen met haar door de gang, langs de nieuwsgierige blikken van buren, de lift in en haalden de kap van haar hoofd. Ze stond wankel op haar benen. Ze hadden haar dekking doorzien als een slechte vermomming. Het verraste haar alleen dat ze haar zo snel hadden gevonden.

De deur ging dicht en de lift begon sidderend te dalen. Ze dacht aan haar moeder en hoe ze het haar zou uitleggen. Ze dacht aan Soomin, en aan Fisk en zijn teleurstelling. Treurig om een loopbaan zo te eindigen.

Lerenjas stond met zijn rug naar haar toe. Twee van de Chinese politiemannen stonden achter haar. De andere twee waren het appartement in gegaan om Cho te arresteren, nam ze aan.

‘Waar gaan we naartoe?’

Lerenjas zei niets.

Voor de ingang van het gebouw lieten ze haar instappen in een ongemarkeerde zwarte Volkswagen Bora sedan. De twee politiemannen zaten links en rechts van haar achterin. Lerenjas ging op de passagiersstoel naast de wachtende chauffeur zitten.

De chauffeur zette de richtingaanwijzer aan en reed de verkeersstroom in, waarbij de ruitenwissers een waas van nevel en neon tot stand brachten. Jenna huiverde, ze miste haar jas. Ze droeg een spijkerbroek, haar sneakers, een lichte trui en alleen een zwart gewatteerd vest zonder mouwen.

Ze probeerde na te denken en vermoedde dat ze haar naar Shenyang brachten, de dichtstbijzijnde grote stad. In het beste geval zou ze ervan worden beschuldigd het land illegaal, met valse documenten, te zijn binnengekomen en daarna worden gebruikt als onderhandelingstroef nadat Beijing in Washington diplomatiek protest had aangetekend. In het slechtste geval zou ze in een geheime gevangenis verdwijnen, voetboeien om krijgen en dan stevig worden ondervraagd. Cho zou niet zoveel geluk hebben. Wat ze ook voor hem in petto hadden, het zou niet veel goeds zijn en ze ontdekte dat ze zich wel zorgen maakte over zijn lot, maar niet over het hare.

Op dat kritieke moment kwam er een vreemde rust over haar. Als anderen in paniek raakten, sloeg een operationeel agent aan het afwegen. Ze kon natuurlijk onderhandelen over Cho's vrijlating met de informatie die hij haar al had gegeven... De Chinezen waren even geschokt als Washington door de moorddadige potentie van Kims bewind. Ze moest daar niet te licht over denken.

De vroege avondspits zorgde voor opstoppingen in het centrum van Yanji, maar na pakweg een halfuur werden de wegen stiller. De auto had elke afslag naar de snelweg genegeerd en het was nu duidelijk dat hun bestemming niet Shenyang was. Volgens haar inschatting waren ze op weg naar het zuiden. De torenflats werden schaarser, de voorsteden verdwenen geleidelijk, en algauw hadden ze de stadsomgeving geheel achter zich gelaten en scheurden zuidwaarts langs industrieterreinen en kaal boerenland dat nauwelijks zichtbaar was in de snel vallende winterse schemer.

Jenna's gelijkmoedigheid begon te verdwijnen en haar humeur maakte plaats voor angst.

Ten zuiden van Yanji was er niets anders dan de grens van Noord-Korea.

Ze begon ondiep te ademen, het werd klam onder haar armen.

'Meneer,' zei ze tegen Lerenjas, 'kunnen we niet even praten?' Lerenjas bleef roerloos op de passagiersstoel zitten. 'Ik heb de bevoegdheid om een zeer voordelige regeling voor jullie allemaal te treffen,' zei ze, kijkend naar de twee politiemannen, 'zet de auto even aan de kant, dan kunnen we een babbeltje maken.'

De auto maakte nog meer vaart.

Een rode zon ging onder achter onstuimige sneeuwwolken en de weg strekte zich verder uit naar het zuiden, door kolkende sneeuwbuien.

O mijn god, nee.

De twee Chinese politiemannen keken neer op Cho, die op zijn slaapmatje onder een deken lag; ook zijn armen lagen onder de deken. Een zendertje op een revers knetterde.

'Sta op. Kleed je aan,' zei een van de twee in het Mandarijn. Hij draaide de plafondlamp aan en keek om zich heen naar Cho's kleren, maar zag er geen.

Cho nam ze belangstellend op. Hij was niet heel verbaasd geweest toen hij hen in de kamer zag verschijnen. Jenna's kreet had hem gewaarschuwd. Ze waren allebei jong, amper in de twintig. Alledaagse gezichten. Doffe oogopslag. Hadden ze hun opleiding eigenlijk wel afgemaakt? De bewakers die hij gewend was, waren doorgewinterde moordenaars, die qua wreedheid niet onderdeden voor alle andere soorten mensen die hij ooit had meegemaakt. Maar de Chinese veiligheidstroepen hadden twee jongens gestuurd om hem te arresteren. Hij, Cho, die uit Kamp 22 was ontsnapt. Hij glimlachte flauwtjes. Zijn vroegere ego zou zich behoorlijk beledigd hebben gevoeld. Hij durfde zijn laatste yuan erom te verwedden dat ze nog nooit hadden geschoten met hun dienstrevolver.

'Vooruit, sta op,' zei dezelfde soldaat opnieuw. Hij had het accent van een boerenpummel.

'Ik kan me niet bewegen,' zei Cho met vlakke stem in het Mandarijn. 'Ik heb een enorme verwonding aan mijn rug. Als jullie me hier weg willen halen, zal het op een brancard moeten.'

'Waar heb je het over? Laat zien.'

De agent deed zijn handschoenen uit en trok Cho's deken weg. Cho's handen lagen onder hem, alsof hij zijn rug ondersteunde en zijn ruggengraat weghield van de aanraking met de vloer. De politieman probeerde hem op zijn zij te draaien, maar stopte toen Cho een vinnige pijnkreet slaakte.

De politiemannen keken elkaar aan.

Het zendertje op de revers liet een vlaag ruis horen. '*Kom erin, Wang. Hoe zijn jullie vorderingen? Over.*'

De agent die op zijn knieën zat zei tegen de ander: 'Haal de brancard uit het busje.'

Het landschap werd onherbergzamer en veranderde in een golvende, met rotsen bezaaide vlakte die zich eindeloos uitstrekte. Hier en daar lagen witte plekken van sneeuwbanken. Jenna zag geen tekenen van bewoning.

Na een tijdje begon de weg parallel te lopen aan een spoorbaan. De zon was bijna onder. Een meteorologische truc van het licht gaf de wolken de kleur van perziken en mandarijntjes. De auto vertraagde en stopte. In een volstrekte uithoek. Een weg, een spoorweg, en verder niets. Daar zat ze dan, alleen in vijandig gebied, met handboeien om. Haar angst veranderde langzaam maar zeker in pure paniek.

Ver van alles en iedereen. Ze hadden de juiste plek voor de moord gekozen.

Haar stem beefde onwillekeurig toen ze zei: 'Meneer, wat u ook wilt, ik krijg het met één telefoontje voor u geregeld...'

Lerenjas grinnikte. 'Mondje dicht.'

Ze probeerde na te denken, een strategie uit te stippelen, maar ze kon haar handen niet gebruiken, had geen ruimte om te trappen en dit viertal was gewapend. Ze had opeens immens te doen met zichzelf. Met haar onvervulde bestaan. Met de toekomst die ze nooit zou kennen. Ze staarde voor zich uit terwijl Lerenjas een sigaret opstak en het raampje liet zakken. De chauffeur zette de radio aan... Peng Liyuan die een patriottische ballade zong, begeleid door een mannenkoor. De chauffeur trommelde met zijn vingers op het stuur. Lerenjas keek uit het raam.

Toch was het erg vreemd, deze moord, zonder iets van de geheimzinnigheid en de duistere energie van een naderende wandaad. Maar wie was zij om de reden te vinden? Het zou gebeuren. Waarom zouden ze anders daarheen zijn gereden? Misschien wachtten ze op haar beul.

De politieman rechts van haar mompelde iets in het Mandarijn tegen de anderen en hield zijn mobiele telefoon omhoog: geen bereik hier.

Lerenjas schrok op en schoot zijn sigaret uit het raampje.

Aan de horizon, een kilometer of twee in noordelijke richting, kwam een trein hun kant op rijden, langzaam, als een donkergroene haag.

Lerenjas pakte iets uit het dashboardkastje, stapte uit en klauterde tegen de spoordijk op. Staand tussen de sporen hield hij een oranje vlag in zijn ene hand en een zaklamp in de andere. Hij gaf een teken aan een trein die in de richting van Noord-Korea reed... waarvandaan? Beijing?

Jenna keek aandachtig toe. De koplampen van de trein knipperden één keer als bevestiging van het teken. Hij reed al minder snel.

Een paar minuten later was hij op hun hoogte, remde langdurig en sissend af, koppelingen botsten en remmen piepten. Jenna rook de geur van verkoold staal die via het open portier binnenkwam.

Hij was immens groot, veel hoger dan een normale trein. Op de neus van de locomotief stond een grote witte ster tussen twee rode vlaggen. De rijtuigen waren donkergroen geschilderd. Sommige hadden geen ramen, andere zwartgetint glas. Op twee wagons was luchtdoelgeschut gemonteerd: één dicht bij de voorkant en de andere achter aan de trein. Glanzende koperen Koreaanse letters op de zijkant van de locomotief droegen de naam STER VAN HET NOORDEN.

Deuren gingen open en tientallen gehelmde militairen sprongen op de steenslag.

Lerenjas deed het achterportier van de auto open. Jenna werd naar buiten geduwd en op het grind voor de trein aan haar armen vastgehouden door de Chinese politiemannen.

Ze begon te bibberen.

De soldaten hadden zich regelmatig verspreid langs de hele trein en hielden hun kalasjnikovs in een hoek van vijfenveertig graden. Even gebeurde er niets. Dunne sneeuwvlokken bleven vallen. De lange jaspanden flapperden in een ijzige bries. Eindelijk verscheen er een officier in een treindeur en wenkte met een vinger Lerenjas dichterbij. Die maakte Jenna's handboeien los, nam haar bij de arm en leidde haar bijna hoffelijk de spoorbaan op naar de trein. De officier stak zijn hand omlaag en hielp haar de drie treden van het trapje op tot in de wagon. De zware deur ging dreunend achter haar dicht.

Cho keek naar het gezicht van de politieman, dat bleek oplichtte in de gloed van zijn mobiele telefoon; hij gebruikte één hand om zijn berichten te bekijken en peuterde met de andere in zijn neus. Buiten viel de schemering. Ze hoorden de lift. Zijn collega was terug.

'Geen brancard in het busje,' zei hij.

De ander keek naar Cho. 'Goed. We tillen je zelf.'

Weer sprak Cho kalm en gelijkmatig: 'Als ik verlamd vanaf mijn nek word teruggebracht naar Noord-Korea, wat zullen ze dan van jullie twee denken? Hoe zal jullie kapitein het uitleggen?' Hij glimlachte naar hen. 'Jullie kunnen maar beter een brancard vinden.'

Een van de twee vloekte en zei tegen de ander: 'Stuur een bericht naar de jongens in bureau Onsong. Kijk of ze een brancard hebben.'

In de geluiddichte trein merkte Jenna dat ze ondiep ademhaalde.

Zachte Koreaanse volksmuziek op de fluit. De officier wees de weg, duwde haar zachtjes in haar rug door een reeks coupés: een vergaderruimte met een lange, glanzende tafel, een zitruimte met sierlijke, comfortabele banken en een bar met spiegels, een communicatieruimte met flatscreenwanden en militaire functionarissen die over radiofoons zaten te spreken. Een van hen hield haar staande en scande haar van top tot teen met een metaaldetector. Hij nam haar haar sleutels en telefoontje af.

Op het volgende treinbalkon zei de officier haar te wachten. Ze stapte terzijde toen een stuk of tien vrouwen in lange zijden hanbokjurken uit de coupé voor haar langs kwamen gestroomd. Witbepoederde gezichten keken even naar haar terwijl ze haar ruisend en in een wolk van zoete geuren passeerden. Ze droegen muziekinstrumenten: citers en fluiten. De agent verscheen opnieuw. Weer werd Jenna met een hand in haar rug vooruit geduwd; ze kwamen in een coupé die een langwerpige eetcoupé leek te zijn en leeg was op twee soldaten na, die de wacht hielden aan de andere kant van de deur, en een kleine, oude man in beige kleren die alleen zat te eten aan een gedekte tafel. De deur achter haar ging dicht. De geur van de vrouwen hing er nog.

'Dr. Williams?' vroeg de oude man, en bracht een servet naar zijn mond. 'Dank voor uw komst.' Hij stond met enige moeite op en glimlachte naar haar. 'Kom alstublieft zitten.'

Jenna dacht dat ze droomde, ze kon alleen maar staren. De man was Kim Jong-il.

53

Veertig kilometer ten zuiden van Yanji
Provincie Jilin, China

Haar lichaam verplaatste zich, op de een of andere manier. Haar ledematen gehoorzaamden aan een soort automatische piloot, terwijl haar geest in shock verkeerde en was dichtgeklapt. Ze kon haar ogen niet van hem afhouden. Hij ging weer zitten. Zijn aandacht was alweer bij het eten.

Meer dan tien gouden schaaltjes stonden voor hem uitgestald. Van een ervan pakte hij met zilveren eetstokjes een brokje op en kauwde langzaam.

Er was voor haar gedekt, er stond ook een kristallen bokaal.

'Alstublieft,' zei hij, en hij gebaarde met zijn eetstokjes dat ze moest gaan zitten.

Het rolgordijn naast hem was neergetrokken zodat het glooiende landschap niet te zien was, en de lampen in de coupé hadden oranje kappen, maar het gebrekkige licht kon niet verbergen dat de man een frêle indruk maakte.

Jenna ging zitten.

Tegenover haar, voorovergebogen in zijn stoel, zat de Leid-ster van de Eenentwintigste Eeuw, de Geliefde Leider, een man wiens beeltenis was uitgehouwen in marmer, gegoten in brons, geschilderd in olieverf, massaal gezeefdrukt, weergegeven in een patroon van enorme glasmozaïeken, voorgesteld door honderdduizend schoolkinderen die gekleurde kaarten ophielden, en op wolken in de lucht geprojecteerd. Zijn naam was in zes meter hoge letters op de rotshelling van de Paektu uitgehakt, met bevende stemmen door luidsprekers gezegd, door legerkoren gezongen, door peuters aangeroepen om te danken voor het eten op tafel en door redenaars geprezen op massabijeenkomsten. Onder die naam waren honderden boekwerken geschreven over van alles, van nitraatmeststoffen tot de filmkunst, die naam was gegeven aan talloze scholen, universiteiten, fabrieken, tanks en raketwerpers. Die naam was geroepen door kaderleden voor het vuurpeloton in een wanhoopspoging om van hun loyaliteit te getuigen, die naam spookte door de dromen van overlopers, hoe ver weg ze ook uit zijn rijk waren gevlucht.

Maar de absolute macht had het verval van zijn lichaam niet gestopt. Het beroemde wijd uitstaande haar was droog en dun; ze kon op bepaalde plekken zijn hoofdhuid zien. Naast zijn mond liepen diepe groeven, waardoor zijn wangen zakten als hij at; zijn huid was grijswit en had levervlekken. Met de buitenmaatse bril op een kleine, vrouwelijke neus leek hij niet zozeer een man als wel een homunculus, in leven gehouden louter door macht.

'Ik heb meestal veel trek op deze reizen,' zei hij onduidelijk. 'Nu heeft het eten zijn smaak verloren.' Hij wees met zijn eetstokjes naar een gerecht. 'Gekoelde varenbloesem reinigt het gehemelte. Gelei van kwarteleieren gaat goed samen met de gegrilde fazant, die werd geschoten op mijn eigen gronden. Dit is gebakken octopus met ginkgonoten, bereid door mijn hoogste sushikok. Maar raad eens wat het beste voedsel op deze tafel is?' Hij keek haar geamuseerd aan. 'Het brood! Vanmorgen uit Chabarovsk naar me overgevlogen.'

Zijn stem klonk dun, droog en licht stotterend. De linkerarm trilde en de ene kant van zijn lichaam leek verzwakt, alsof hij een beroerte had gehad.

Deze man heeft geen vijf jaar meer te leven, dacht ze. En ze zei: 'Ik heb... geen trek.'

Naast Jenna verscheen een smetteloze jongeman in een wit jasje; hij boog voor haar met zijn hand op zijn hart gedrukt en schonk een drankje in haar glas uit een gouden fles, die hij op tafel liet staan.

'Baedansul,' zei Kim Jong-il, en hij draaide het etiket in haar richting. 'Gestookt voor mij door het Instituut voor Biomedische Wetenschappen. Tachtig procent, dat mag ik nu niet meer aanraken van mijn artsen. Artsen...' Hij snoof verbitterd. 'Als ze me behandelen, trillen hun handen. Maar ik moet me pas zorgen maken... als ze niet trillen.'

Hij dronk iets wat op verdunde rode wijn leek. Hij hief zijn glas naar haar om te toosten, maar ze bewoog niet.

'Waarom ben ik hierheen gebracht?'

Hij stopte met eten en keek op slag minder vriendelijk.

Hij gebaarde de jonge bediende om af te ruimen, stak toen zijn hand op en maakte een polsbeweging om de soldaten achter hem weg te sturen.

Ze aarzelden. 'Grote generaal, wij...'

'Laat ons alleen.' Hij deed zijn ogen dicht. Het verheffen van zijn stem had hem geënerveerd. De soldaten verdwenen door de deur.

Zijn mond nam een neutrale uitdrukking aan, maar de piepkleine ogen waren zo helder als spelden.

'Het symbool van Amerika is de adelaar, hè? Een vogel die zweeft. En de trots van Korea is het berglandschap dat tot de wolken reikt. Er is geen obstakel dat we niet kunnen overwinnen als we samen besluiten nemen.'

Jenna kon geen antwoord op die spreukachtige opmerking bedenken.

'Als ik diplomatiek word bejegend,' vervolgde hij, 'word ik een diplomaat, en ik wil diplomatiek worden bejegend, dr. Williams.' Hij walste zijn drankje en nam een slok. 'Mijn vader heeft jarenlang gevochten als guerrillastrijder tegen de Japanse bezetters in Korea. Hele winters bracht hij door in berggrotten in de provincie Ryanggang met mijn moeder en een toegewijde groep rebellen. Overdag waren ze de imperialisten te slim af, 's nachts zongen ze liederen rond vuren in de sneeuw. Een eenvoudig, heldhaftig leven. Toen kwam de revolutie van '48, waarna mijn vader niet meer de leider van een kleine groep rebellen was, maar de leider van een land van achttien miljoen mensen. Dus onze nieuwe natie werd een verlengstuk van het leven dat hij kende. Wij zijn een guerrillavolk dat in oorlog is met de wereld. Dat is de toestand die ik heb geërfd. Dat zijn wij. Ik kan niets doen om het te veranderen zonder dat het uit elkaar valt.'

Hij zuchtte als een man die diep uit de beker van de levenservaring had gedronken en moe was. Hij zette zijn glas neer.

'Wij hebben iets gemeen, u en ik,' zei hij, flauwtjes glimlachend. 'Uw leven werd net als het mijne lang geleden gevormd door ongeluk en gebeurtenissen waar u geen invloed op had. Geen van ons beiden kon kiezen wat voor mens we werden.'

Ze voelde haar oren branden nu ze, op een vage, onuitgesproken manier, voelde dat ze gechanteerd zou worden.

'U kent me niet,' zei ze. Een vaag gevoel van misselijkheid begon in haar maag te gisten.

Kim Jong-il tilde de jaloezie een paar centimeter omhoog en tuurde naar buiten. De zwarte Volkswagen sedan die haar daar had gebracht, wachtte nog steeds op de hobbelige weg parallel aan de spoorbaan. Lerenjas stond ernaast en trotseerde de kou om te roken. De gehelmde soldaat onder het raam stond zo roerloos als een standbeeld. Sneeuwvlokken plakten vast aan de loop van zijn kalasjnikov. Het laatste licht van de dag had zich teruggetrokken naar de horizon in een palet van onheilspellende rode en paarse tinten. Tussen de wolken door priemden een paar sterren.

Hij zei: 'Een jaar geleden drong u in een geheim rapport voor CIA-directeur Panetta aan op een radicale verandering in de houding van Amerika tegenover mij. U stelde voor om een eind te maken aan alle sancties en embargo's tegen mijn land, en aan alle beperkingen op reizen, geldverkeer en handel. U pleitte voor niets minder dan een totale ommekeer in het Amerikaanse beleid. Het was een stoutmoedig, gedurfd voorstel. De minister van Buitenlandse Zaken was ertegen, maar onder druk van het Witte Huis heeft ze uw ideeën naar het schijnt meegedeeld aan de Chinezen en de Zuid-Koreanen en later aan de Russen. Te oordelen naar haar e-mails was ze hoogst verrast dat zij niet negatief reageerden. Vorige week schreef ze in een e-mail aan uw president dat ze vertrouwen had gekregen in uw aanbevelingen. Ze staat klaar om ermee naar buiten te treden en te lobbyen bij de VN...'

Jenna staarde hem koel aan. *Daar komt de aap uit de mouw.*

'...en als ze dat eenmaal doet, zal de president haar volledig steunen.'

Kim Jong-il keek haar weer aan. Het tanende licht weerspiegelde in zijn bril zodat ze zijn gelaatsuitdrukking niet kon zien, maar zijn stem verkoelde.

'U gaat de minister van Buitenlandse Zaken vertellen dat u terugkomt op uw rapport. Na veel gewetensonderzoek bent u er ernstig aan gaan twijfelen. Het is uw mening als deskundige dat alle sancties en embargo's tegen mijn land permanent van kracht moeten blijven.'

Er verstreek een lange stilte voordat Jenna koel zei: 'Uw land is arm en geïsoleerd door buitenlandse sancties.'

'Denkt u dat ik niet weet wat u aan het doen bent?' Er was een onderstroom van woede in zijn stem gekomen, maar nu leek hij zijn gezicht tot iets verzoenends te dwingen en voelde ze het gewicht van wat hij zei: 'Mijn volk bestaat uit onschuldige kinderen. Door hen bloot te stellen aan de stormen van de wereldeconomie, en daarmee aan alle verderfelijke invloeden van de moderne wereld... zouden spanningen ontstaan die ze niet konden verdragen.'

Bijna tegen zichzelf mompelde Jenna: 'Zolang ze hongerig en arm zijn en in het donker moeten leven, kunnen ze niet tegen u in opstand komen.' Ze voelde plotseling een diepe afkeer voor deze man. 'Waarom denkt u dat ik zoiets zou doen?'

'Dat leek me volstrekt duidelijk.' Hij drukte op een knop opzij aan de tafel.

De deuren achter hem aan het uiteinde van de coupé gingen open en er verscheen een vrouw in een lichtblauwe zijden hanbok-jurk.

Jenna sprong overeind.

Het zwarte haar van haar zus was strak naar achteren getrokken en haar karamelkleurige huid was wit gepoederd. Haar gezicht stond uitdrukkingsloos, als van een vreemde pop met glazige, wezenloze ogen.

Zonder haar aan te kijken stak Kim Jong-il een vinger in de lucht en wenkte haar naar voren.

Jenna keek geschokt toe terwijl Soo-min als een vampier in haar richting gleed. Ze voelde dat ze begon te beven en besefte dat ze huilde.

Er was een brancard gevonden. De twee politiemannen hadden nu een barslecht humeur. Degene die hem had moeten ophalen, glom van het zweet en vloekte, maar Cho deed alsof zijn neus bloedde en keek vanaf zijn matje zonder een spier te vertrekken naar het plafond. Ze legden de brancard naast hem op de vloer.

'Voorzichtig,' zei hij. 'Ik stel voor dat jullie allebei aan een kant van me gaan staan en me heel voorzichtig optillen, waarbij een van jullie mijn hoofd ondersteunt.'

Ze hurkten aan weerskanten van zijn matje en schoven hun handen onder hem om hem op te tillen.

'Zo ja,' zei Cho grijnzend. 'Voorzichtig, voorzichtig.'

'Soo-min... Ik ben het.' De tranen stroomden over Jenna's gezicht. Ze stak haar armen uit. 'Jee-min.'

Soo-min bleef ter hoogte van de dictator staan. Ze hield haar ogen neergeslagen en meed Jenna's blik, maar Jenna voelde dat de emoties van haar zus achter de façade kolkten, als vlammen achter glas. Kim Jong-il stak zwakjes zijn hand uit naar die van Soo-min, pakte hem vast en drukte hem tegen zijn schouder, een intimiteit die Jenna misselijk maakte.

'Ik ben erg blij jullie hereniging te kunnen verwezenlijken,' zei hij.

Jenna strompelde naar voren en sloeg haar armen om Soo-min, maar haar zus bleef stijf staan, reageerde niet, alsof Jenna een vreemde was.

'Alsjeblieft, omhels haar,' zei Kim Jong-il zwaaiend met zijn hand. 'We zijn hier allemaal familie.'

Langzaam, als een ledenpop, tilde Soo-min haar armen op en legde ze rond Jenna's schouders; Jenna voelde het hart van haar zus hevig kloppen. Hun wangen drukten tegen elkaar. Soo-mins huid gloeide.

'Lieve zus,' zei Soo-min met een vreemde stem, die niet uit haar lichaam leek te komen; een soort bandopname. Op haar mond lag een verstarde glimlach. 'Het socialisme heet je welkom en wenst je veel succes bij je inspanningen voor mijn volk.'

Het gezicht van Kim Jong-il zag niet vermoeid meer; zijn ogen stonden levendig en geslepen.

Soo-min liet Jenna los. Ze boog diep voor hem, fluisterde: 'Grote generaal,' en schuifelde toen, voorovergebogen en wel, achteruit naar de deur.

Jenna wilde haar volgen, maar Soo-min keek op en seinde met haar ogen een duidelijke, alerte waarschuwing. Toen verdween ze, even snel als ze was gekomen.

Jenna had een droge mond. Ze greep naar het kristallen glas met de heldere vloeistof en nam een slok voordat ze zich herinnerde dat het alcoholpercentage tachtig procent was. Ze hoestte en voelde hoe haar gezicht begon te gloeien. Haar been trilde. Ze ging weer zitten en stortte in.

Kim Jong-il grinnikte zachtjes. 'Ik wou dat ik samen met u zo'n glas kon drinken... Maar ach...' Hij klopte op zijn hart. Zijn kleine vingers waren zo wit als maden. 'Ik hoop dat u en ik elkaar nu begrijpen? Ik zal persoonlijk de veiligheid van uw zus garanderen.' Zijn blik verhardde. 'Maar het spijt me dat hetzelfde niet gezegd kan worden over de verrader Cho Sang-ho. Hij zal vanavond worden teruggebracht en aan ons worden overgedragen.'

Jenna voelde de alcohol naar haar hoofd stijgen. In haar lichaam werd een ondraaglijke strijd gevoerd. Ze wist niet goed wat ze met haar handen aan moest, stopte ze in de zakken van haar gewatteerde jasje en raakte de hoek van een pakje sigaretten aan.

Cho's sigaretten.

Prompt overviel haar een merkwaardige sensatie, alsof ze plotseling een eenvoudige oplossing had gezien voor een onmogelijk vraagstuk.

'Ik ben bang dat we u hebben geschokt, dr. Williams. U zit te trillen. Drink nog wat.'

'Neem me niet kwalijk... een sigaret zou me goeddoen. Mag ik?'

'Natuurlijk.'

Ze haalde het pakje uit haar zak.

'Dubbel Geluk,' zei hij met spijt in zijn stem. 'Het beste merk van China. Ook dat genot is mij verboden.'

Hij drukte op de knop opzij van de tafel.

Ze maakte het pakje open en stak bevend een sigaret tussen haar lippen. Ze had geen idee welke van de twee door Cho was bewerkt.

Ze speelde Russisch roulette. De mannelijke bediende verscheen met een dikke glazen asbak en een chromen tafelaansteker, die Kim Jong-il van hem aannam.

'Een mooie vrouw zou zichzelf geen vuurtje hoeven geven.'

Hij knipte de aansteker aan en hield hem onder de punt van haar sigaret.

Ze nam een piepklein trekje en zag de punt roze kleuren. Ze proefde onmiskenbaar tabak en voelde dat het beven minder werd.

Daarna stelde ze de daad, van ganser harte en zonder een moment na te denken.

Ze bood hem de tweede sigaret aan.

Op zijn gezicht was te zien hoe hij vocht tegen de verleiding.

'Helaas. Verboden door de artsen.'

'Jammer,' zei Jenna terwijl ze haar hoofd tegen de stoel liet vallen en de rook uitblies. 'Het zou mooi zijn geweest als ik later mijn kinderen kon vertellen dat ik samen met de machtigste man van Azië een sigaret heb gerookt.'

Zijn gezicht stond bijna kinderlijk blij, alsof alle belemmeringen na haar opmerking van tafel waren. 'In dat geval zou het onsportief zijn te weigeren.'

Hij liet de sigaret uit het pakje glijden en stak hem in zijn mond.

Ze voelde de trance van het noodlot, pakte de zware chromen aansteker en knipte hem voor hem aan, waarbij ze zag dat er letters in stonden gegraveerd:

UIT VRIENDSCHAP, VAN V.V. POETIN, 2001

Hij inhaleerde diep en deed zijn ogen dicht van genot. 'Vertel eens,' zei hij, waarbij de rook tegelijk met de woorden naar buiten kwam: 'Van wie kwam het idee om Cho te redden bij die vreselijke rivieroever? Van u?'

'Ja.'

'U bent een genie.' Hij grinnikte weer. 'De Chinezen sliepen gewoon door, zo snel vond uw CIA-operatie plaats...'

Zonder hem met haar ogen los te laten nam ze nog een trekje, ditmaal dieper. Ze had al jaren niet meer gerookt en was vergeten hoe licht je in je hoofd wordt. Het tegelijk kalmerende en stimulerende effect. Ze keek hem strak aan om te zien of de speed werkte. Een overdosis, had Cho gezegd. Groot genoeg om iemand te doden.

'Ik ben dol op verhalen over reddingsacties,' vervolgde hij, en nam nog een trekje. 'Vooral in films. Verhalen die het publiek in hun ban houden en hun emotionele reactie sturen.'

'Behalve dat deze reddingsactie eindigt met de dood van Cho en de blijvende opsluiting van mijn zus.'

Hij leek het niet te horen en keek weer naar het raam, opeens bedachtzaam. 'Je zou hier echt een film van kunnen maken.' Hij hield de sigaret schuin naast zijn gezicht, als een verleidster in een film. 'Het thema zou plichtsbesef zijn, en de aangeboren goedheid van de Koreaanse ziel...'

Ze nam nog een zenuwachtig trekje. De rook brandde niet haar keel zoals ze zich dat herinnerde. Als ze uitademde, leek het zelfs meer op een soort mist...

Ze voelde haar pols.

Het bloed bonkte en op haar voorhoofd was het zweet uitgebroken. De vage misselijkheid die ze voelde sinds ze in de coupé was, werd steeds heviger en er kwam een dunne maar onmiskenbare golf van euforie bij.

O, *SHIT!*

Driftig drukte ze de sigaret uit.

Kim Jong-il zat nog steeds te babbelen en keek uit het raam. Haar gezicht werd heet en rood. Hoeveel had ze gerookt? Drie, vier trekjes...

'Uit liefde voor uw zus bent u de wereld overgetrokken op zoek naar haar, en al doende vond u uw ware roeping, mensen dienen. Dat wordt de verhaallijn. U genoot natuurlijk niet de privileges van uw zus, had niet de rijkdommen van het socialisme ervaren, de bevrijding die onze ideologie brengt, de bedwelmende sensatie van een massabeweging...'

De sluipende kracht van de drug begon te werken. Haar longen vulden zich diep als ze ademde. Ze wist dat ze verwijde pupillen had.

'...Maar het is de Koreaanse in u die triomfeert over het lagere ras waarmee uw bloed is vermengd...'

Van vlak boven haar middenrif dreigde een tintelend, opvlammend gevoel van verrukking haar hele lichaam te doorstromen.

'Ik zal mijn scenarioschrijvers hier en nu aanwijzingen geven om dit script uit te werken.' Hij keek weer naar haar. 'Ik zal het een geheimz...'

Gefrappeerd door haar transformatie verstijfde hij. Hij zag grote, heldere ogen, schouders die op en neer deinden als van een krachtig beest. Ze had het gevoel alsof haar hele lichaam opzwol voor zijn ogen. De misselijkheid was aan het verdwijnen en liet een opwindend glashelder, hyperscherp denkvermogen achter; al haar zintuigen stonden op scherp. Ze kon haast zien hoe amechtig zijn zwakke hart sloeg. Ze kon de soldaten horen praten in de bewakerskamer achter de verste deur.

Met zachte stem zei ze: 'U vroeg me of we elkaar nu begrijpen.' Ze stond langzaam op van haar stoel. 'Het antwoord is nee.' Haar ogen keken strak in de zijne. 'Er is geen brug die ik niet zal verbranden... Geen aarde die ik niet zal niet verschroeien... om mijn zus terug te krijgen.'

Kim Jong-il zag hoe ze zich in haar volle lengte oprichtte, en zijn blik was nu duidelijk alert, gealarmeerd. Zijn vingers hielden nog steeds de half opgerookte sigaret vast. Plots schoof zijn linkerhand onder de tafel om ergens op te drukken. Een paniekknop.

De deur aan het eind van de coupé vloog open en de twee soldaten van het Gardecommando kwamen gewapend met hun AK-74's hun Leider te hulp gesneld. Drie seconden lang was ze onzichtbaar voor hen, want ze hadden alleen aandacht voor Kims wensen en behoeften. Beiden waren lang en zwaargebouwd, als honderdmetersprinters, maar daar trok ze zich niets van aan.

In de natuurkunde van Newton neemt de kracht van een stoot kwadratisch toe met de snelheid van het stotend object, maar lineair met de massa ervan.

Kim Jong-il wees naar haar. Beiden keken naar haar.

Met andere woorden...

De dichtstbijzijnde wilde haar grijpen. Ze draaide haar lichaam negentig graden en gaf een vernietigende zijwaartse trap tegen zijn wang. De bal van haar hiel trof doel met zacht krakende botten als resultaat.

...met snelheid genereer je meer kracht dan met omvang.

De soldaat ging neer als een boom en knalde tegen de stoel naast Kim Jong-il. De tweede soldaat wilde zijn pistool trekken. Met een razendsnelle beweging schepte ze de zware chromen aansteker van tafel en gooide hem zo hard mogelijk. Het ding trof het oog van de soldaat met zo'n knal dat hij in tweeën brak en dat de aanstekerbenzine over tafel en het gordijn achter hem spatte.

Even waren de enige geluiden haar ademhaling en het gekreun van de soldaat wiens oog ze kapotgegooid had. De ander was bewusteloos.

Ze voelde hoe er een mantel van kracht op haar schouders neerdaalde. Ze was onoverwinnelijk.

Hun geweren bleken AKSU's, zag ze, toen ze er een wegtrok bij de bewusteloze soldaat, de verkorte versie van de AK-74, die ontworpen was voor het man-tegen-mangevecht. Ze hield van de grip, het gewicht van dat wapen. Ze zette de veiligheidspal om.

Kim Jong-il hoestte. Een onwerkelijk moment lang was ze hem bijna vergeten. Hij hamerde zijn knokkel tegen het raam en probeerde de aandacht te trekken van de soldaat die buiten op wacht stond en op wiens helm hij neerkeek. Maar het pantserglas, dat vacuüm afsloot, hield alle geluid binnen.

Hij hoestte weer, kreeg een hevige hoestbui, en hij ritste zijn jasje bovenaan open. Blindelings tastte hij naar zijn glas. Ze pakte de kristallen bokaal met Baedansul van tachtig procent die voor haar was ingeschonken en gaf hem die in de hand; gefascineerd keek ze toe hoe hij de alcohol achteroversloeg. Zijn hoesten werd een soort hees kokhalzen, zijn gezicht kreeg nu een dieprode kleur van pruimen.

Jenna schudde haar hoofd. Ze liet zich afleiden. *Ze moest Soo-min vinden.*

Net wilde ze in de richting hollen waarin Soo-min was verdwenen, toen de deur achter haar openging. Weer twee soldaten, die ongelovig naar binnen keken. Ze tastten naar hun handwapen.

Jenna richtte de AKSU op hen. De karabijn in haar handen vuurde volautomatisch kogels af en had een krachtige terugslag.

Wonden gingen als klaprozen open in hun borst, de soldaten sloegen achterover. Achter hen verscheen nog een soldaat. Een salvo, en ook hij was geveld.

Een golf van euforie welde op vanuit haar tenen en steeg naar haar kruin. Ze was Diana, de godin van de jacht, die zilveren pijlen afschoot. Ze zwaaide de rokende loop van de AKSU terug naar het andere eind van de coupé.

Er was een radio-oortje op de grond gevallen; er kwam knetterend radioverkeer uit.

Alle soldaten in de trein stonden op het punt naar de coupé te komen; tijd voor een afleidingsmanoeuvre. De brandende sigaret van de dictator was op de vloer gevallen. Ze raapte hem op en gooide hem naar de aanstekerbenzine die van de tafel erachter druppelde.

Woempf! Een heldere, zuivere vlam volgde razendsnel het spoor van de benzine. Een seconde later vatte een van de gordijnen vlam en veroorzaakte een bijtende witte rookwolk.

Op hetzelfde moment begon over de hele lengte van de trein het alarm te toeteren, dat alle andere geluiden verdrong. Buiten renden de soldaten weg van hun post.

Ze wist niet precies waarom ze nog een laatste keer naar Kim Jong-il keek. Misschien vanuit een besef van een gedeeld lotsmoment – of gewoon uit nieuwsgierigheid. Zijn vreselijke hoesten werd overstemd door het alarm. Hij haalde amper adem; hij was bezig te stikken, een man in een vacuüm, en zijn ogen begonnen uit te puilen als eieren. Wat was er weinig voor nodig om het leven uit zijn zieke hart te persen. Een miniem, giftig mengsel van alcohol, rook en paniek. Zijn bril was op tafel gevallen. Even ontmoetten zijn ogen de hare, schijnbaar met een smeekbede. *Sterf*, dacht ze, terwijl zijn lichaam schokte door de stuiptrekking in zijn borst. Het grote hoofd schoot achteruit en zakte toen met een langzame uitademing op zijn borst.

De twee politiemannen zaten gehurkt aan weerszijden van Cho. Ze hadden hun handschoenen, pet en jas uitgedaan en waren er volledig op geconcentreerd hem stukje voor stukje op de brancard te krijgen.

'Zo ja,' fluisterde Cho tussen samengeklemde tanden door. 'Ga door.'

Ze zweetten overvloedig. Hij zag de aderen in hun hals kloppen.

Plots schoot de deken met een ruk omhoog. Zo snel als een hagedis had Cho zijn dunne armen uitgestoken en zijn vuisten weer teruggetrokken.

Een van de politiemannen keek hem aan, zijn ogen puilden uit van ongeloof. De andere viel voorover op handen en voeten. Er kwam een pruttelend geluid uit zijn keel.

Ze hadden allebei een injectienaald in hun hals gekregen.

Een van de twee worstelde met Cho's vuist en trok de naald eruit. De spuit was leeg. Hij had de volle dosis gehad.

Met de AKSU schuin tegen haar lichaam kwam Jenna in beweging. Ze barstte van energie en had maar één wens: Soo-min vinden.

Ze sprintte naar de deuren achterin en kwam in een kleine, verlaten bewakersruimte terecht. Links van haar ging een treindeur open; ijskoude wind kwam binnen. Een soldaat met een helm op klauterde omhoog. Met twee scherpe bewegingen sloeg ze de kolf van de AKSU in zijn gezicht, trapte hem tegen zijn borstkas en duwde hem achterover. Ze trok de massieve deur, gemaakt van dik pantserstaal, met beide armen dicht en drukte het slot omlaag.

Een kleine gang voerde langs een toilet. Het alarm toeterde extra luid doordat het er zo smal was. Ze deed de volgende deur voorzichtig open en achter zich dicht.

Het tafereel dat ze zag, had haar normaal gesproken versteld kunnen doen staan, maar in haar veranderde gemoedstoestand voelde ze simpelweg hoe zich een stralende glimlach over haar gezicht verspreidde.

Soo-min zat daar met een clubje kinderen. Het waren er een stuk of acht, jongens en meisjes, die hun gezichten verstopten in de loshangende plooien van haar blauwe zijden hanbok-jurk of onder haar armen. Een paar hielden hun handen voor hun oren tegen het geluid. De jaloezieën in het rijtuig waren naar beneden. Het enige licht kwam van een aan de muur gemonteerd flatscreenscherm, waarop een tekenfilm voor kinderen werd gedraaid. De ruimte was ingericht als een gerieflijke woonkamer, met banken en luie stoelen.

Ze behoorden tot de half-Koreaanse kinderen die ze in het landhuis had gezien, wist Jenna. Een van de jongens draaide zich om en keek haar aan. Hij zag er Oost-Aziatisch uit, maar had kastanjebruin haar – en ze zag zichzelf ineens door zijn ogen: een door drugs verdwaasde gewapende westerling in spijkerbroek en verder met hetzelfde uiterlijk als de vrouw die hem beschermde.

Met de AKSU nog steeds schuin voor zich stak Jenna haar linkerhand uit, wapperde met haar vingers en riep haar zus boven het getoeter van het alarm: 'Soo-min, kom!'

Er klonk een enorme dreun tegen de deur achter haar: er werd met een laars tegen getrapt. De kinderen begonnen te huilen en te gillen.

Soo-mins ogen vonkten van angst. Ze zette de kinderen op hun voeten en dreef ze naar de volgende deur van de coupé, weg van Jenna. Al hollend klampten ze zich aan haar vast.

Achter de dichte deur klonk geschreeuw van soldaten en gebonk van laarzen.

Jenna ging achter haar zus aan, maar toen Soo-min de laatste van de kinderen door de verste deur had gedirigeerd, deed ze hem dicht en ging er beschermend met haar rug tegenaan staan.

Jenna stapte over op Engels. 'Susie, laten we gaan.'

De deur die Soo-min had dichtgedaan was hun enige uitweg.

Weer klonk er een enorme dreun tegen de deur waardoor Jenna was binnengekomen.

Haar zus stond versteend, haar gelaatsuitdrukking was moeilijk te peilen, een mengeling van angst, verwarring en iets anders, dat Jenna verontrustte, maar op dat moment werd ze afgeleid doordat de vloer plotseling bewoog: de trein begon te rijden.

Cho kwam langzaam op zijn ellebogen omhoog en zag zijn ontvoerders over de vloer kronkelen en naar adem happen. Hun bewegingen werden trager. Waarschijnlijk een sterk kalmeringsmiddel. Of ze raakten in een soort shock, wat gezien hun jeugdige leeftijd mogelijk was. Voor het eerst drong het tot hem door dat hij poedelnaakt onder de deken lag. Hij ging staan op zijn matje en testte zijn gewicht op zijn zwaar verbonden kuit. Hij voelde zich helemaal niet slecht, vermoedelijk dankzij de oxycodon die Lim hem tegen de pijn had gegeven. Wat was er eigenlijk met Lim gebeurd?

Hij werd afgeleid door een gorgelend geluid op de vloer. Een van de mannen bewoog zijn hand naar zijn pistoolholster. Voordat hij zijn wapen kon trekken sprong Cho op hem af, trok de wapenstok uit de koppelriem van de man en gaf hem ijskoud een mep op de schedel. Knock-out. De ander was al op zijn zij gerold. Cho wachtte even, met de wapenstok omhoog en hoorde toen zacht gesnurk uit zijn keel komen.

Zonder een seconde te verspillen begon Cho de bewusteloze politieman, die ongeveer even lang was als hij, uit te kleden, hoewel Cho's lijf er door het strafkamp heel anders uitzag dan de armen en schouders van de ander.

Even later nam een magere man gekleed in een marineblauw uniform en laarzen van de Chinese staatsveiligheidspolitie de lift naar de hal, stelde met een harde klap van zijn wapenstok de liftknoppen buiten werking en stapte naar buiten in vuile sneeuwresten op de stoep. De ijzig koude straat glansde als nat bloed onder de knalrode neonlichten. Hij voelde in de zakken van het jasje, vond een mobiele telefoon, die hij in een vuilnisbak gooide, en autosleutels. Hij drukte op 'ontgrendelen' en zag de indicatorlampjes van een nieuw, ongemarkeerd BMW-minibusje dat tien meter verderop stond geparkeerd oplichten en tinkelen in de donkere rij geparkeerde auto's.

'Aha,' mompelde Cho.

De deur van de coupé werd wijd opengeschopt en drie, vier soldaten kwamen met halfautomatische geweren binnenstormen. Jenna aarzelde geen fractie van een seconde. Ze opende het vuur met de AKSU en maaide ze neer met een salvo totdat ze het magazijn had leeggeschoten. Dikke grijze rook van het vuur in de eetruimte stroomde binnen.

Een van de soldaten lag op de grond te kermen vanwege een schot in zijn maag. Ze pakte zijn magazijn en herlaadde haar AKSU. Tussen het getoeter van het alarm hoorde ze mannen stikken; het vuur in de restauratiewagen moest intussen een uitslaande brand zijn, die voorkwam dat er meer versterkingen verschenen.

Jenna hield de AKSU weer horizontaal, haalde de trekker over en vuurde in de rook in de gang. Vaag zag ze nu twee lichamen en de oranje flakkerende gloed van de vlammen die uit de coupé kwamen.

Ze holde terug en greep Soo-min bij haar arm, sleurde haar door de ingetrapte deur van de coupé in de richting van de zware treindeur in de bewakersruimte, met het wapen in haar andere hand.

De treindeur zou niet opengaan zolang de trein in beweging was. Jenna gebaarde dat Soo-min achteruit moest gaan. Ze vuurde drie keer op het glas, dat verbrijzelde in een massa flitsende, oorverdovende brokstukken. Toen de deur openging kwam er een brullende vrieslucht van buiten, die haar de adem benam. De trein begon snelheid te maken.

Ze pakte de hand van Soo-min stevig vast en riep: 'Kom, springen.'

'Waarheen?'

'Naar huis.'

Ze keken elkaar aan, en na die ultrakorte seconde waarin sterren en vlammen in Soo-mins ogen weerspiegelden, wist Jenna dat haar zus niet voor haar verloren was.

Er kwam een grote vlaag poedersneeuw aanwaaien. Ze sprongen en de brandende trein denderde zuidwaarts de nacht in.

Cho klikte de autogordel vast en startte. De krachtige motor begon zacht te draaien en het dashboard lichtte op. Volle tank. Weer kraakte het aan zijn revers vastgeklemde zendertje.

'*Wang, hoor je me? Kom er maar in. Over.*'

Cho aarzelde. Het Mandarijn van de boerenpummel was niet zo moeilijk. Hij drukte op de knop. 'Hé, hier Wang. We hebben wel even tijd nodig. De gevangene ligt gewond op een brancard en de lift is kaduuk. Over.'

'*Ontvangen. We sturen hulp. Over.*'

'Eh, nee, nee, we redden het wel. Goeie eh... oefening voor ons. Als ik niet bij jullie terugkom is het omdat we die piechem dragen.'

Cho trok het zendertje los van de fleecekraag, deed de deur open en liet het in de straatgoot vol stromend smeltwater vallen. Terwijl hij vooroverboog naar het handschoenenkastje om te zien of er een wegenkaart lag, ontdekte hij een oplichtend schermpje in het dashboard. Karakters in het Mandarijn flitsten TOETS BESTEMMING IN. Aarzelend raakte hij het schermpje aan en tikte toen op de gok: S – H – E – N – Y – A – N – G.

Het schermpje verwerkte dat en toverde een route voor zijn neus via de snelweg G1212 Jilin-Shenyang en een grote rode pijl.

AFSTAND: 717 KM.

TIJD: 7 U 44 MIN.

Hij schudde zijn hoofd. *Ongelooflijk*. Het leek toverij. Maar hij sprong bijna van zijn stoel toen hij een zachte Chinese vrouwenstem hoorde: 'O-ver vier-hon-derd me-ter,' beval de stem, 'links af-slaan naar snel-weg G-1212'.

Jenna kreeg de mannen uit de Volkswagen Bora door om hulp te roepen. Ze kwamen met zaklantaarns op haar toe, Lerenjas, de twee Chinese politieagenten en de chauffeur. Jenna ondersteunde de strompelende, huiverende Soo-min, die niets anders droeg dan een gracieuze zijden hanbok. Achter de rug van Soo-min, in de plooien van haar jurk, hield Jenna de AKSU vast. Toen ze zo dichtbij waren dat ze hun gezicht kon zien, haalde ze het wapen tevoorschijn en schoot één keer over hun hoofden. De mannen verstijfden. De koplampen van de Volkswagen schenen een andere kant op en de gezichten van de mannen waren in de schaduw. Haar doel was de auto bereiken. Ze klappertandde nu. Zo te horen Soo-min ook. De temperatuur daalde snel.

'Laat jullie wapens op de grond vallen,' riep ze tegen de wind in.

Niemand bewoog, en ze vroeg zich af hoevelen van hen Koreaans verstonden.

Ze vuurde nog een keer in de grond voor hun voeten, waarbij een hoop grind omhoog spoot. Ze schermden hun ogen af.

'Laat je wapens vallen of de volgende kogel gaat dwars door een knieschijf en het schot daarna maakt een gaatje in een long!'

Langzaam haalden ze hun pistolen voor de dag en lieten ze vallen.

'Ga op de grond liggen. Met het gezicht omlaag.'

Ze gingen op hun knieën zitten.

'Lieve zus,' fluisterde Jenna, zonder haar wapen te laten zakken, 'verzamel alsjeblieft hun wapens.'

De mannen moeten gedacht hebben dat ze in een vreemde droom zaten. Een Noord-Koreaanse vrouw, afkomstig uit de persoonlijke trein van de Geliefde Leider, zweefde tussen de rotsen en het ijs door als een dame uit een sprookje, pakte hun wapens, beroofde hen van hun kracht nadat de trein brandend en wel naar de horizon was gereden.

Eén minuut later zaten Jenna en Soo-min met vastgegespte autogordels voor in de Volkswagen, en stoven door het ruige landschap naar Yanji.

Jenna was aan het bijkomen van de roes die ze in de trein had beleefd. De werking van de speed was aan het verdwijnen. Ze keerde terug naar de gepantserde spionnenmodus, schatte kansen in en dacht vooruit aan mogelijke gevaren.

Ze voelde hoe de enorme massa vragen die ze Soo-min wilde stellen, groeide als waterdruk achter een stuwdam, maar vragen konden wachten totdat ze Shenyang bereikten. Het enige wat ze nu kon doen, was tijdens het rijden af en toe een blik werpen op het profiel van haar zus. Ze kon het wonder van haar aanwezigheid naast haar niet geloven. Soo-min, Susie. Ze had haar zoveel te zeggen en had alle tijd van de wereld om dat te doen. Soo-min keek alleen maar strak naar de weg, met heldere, glazige ogen. Ze haalde snel, ondiep adem. Jenna herkende de symptomen van shock.

Ergens in de buurt van de stadsgrenzen van Yanji gooide ze de AKSU en de pistolen in het veld en gaf gas op de oprit naar de snelweg. Zodra er alarm was geslagen zou de politie de auto volgen via een transponder, en dus lieten ze om kwart over elf het voertuig achter bij het busstation van Changchun. Vervolgens huurde Jenna voor een royaal tarief een taxi om hen verder naar Shenyang te brengen.

54

De snelweg G1212 Shenyang-Jilin
Negentig kilometer ten oosten van Meihekou
Provincie Jilin, China

Cho had ongeveer twee uur gereden. Hij voelde zich uitgerust en wakker, zij het lichtjes hongerig. Hij had niets te eten gevonden in de minibus en durfde geen tankstation binnen te gaan. Het meeste zorgen maakte hij zich over mogelijke tolstations op de snelweg, waar hij zou moeten stoppen; dat waren de voor de hand liggende plekken voor de politie om hem te vangen. Inmiddels zou er zeker alarm zijn geslagen in Yanji. Maar hij kwam geen tolstations tegen, alleen gele borden voor ELEKTRONISCHE TOLINNING. Hij had de navigatie uitgeschakeld maar kon het gevoel niet van zich afzetten dat hij nog steeds werd gevolgd. In de portefeuille van luitenant Wang vond hij een klein bedrag in contanten. Cho had al besloten het voertuig te dumpen in de volgende stad, Meihekou, waar hij over pakweg een uur zou aankomen, en dan een buskaartje te kopen voor de rest van de weg naar Shenyang. Hij zou andere kleren moeten vinden. Ze zouden uitkijken naar het politie-uniform.

Dat zijn zorgen voor later.

Hij reisde westwaarts door de uitlopers van het Changbaigebergte. De snelweg volgde de bochten en golvingen van het landschap, en liep zo nu en dan over een hangbrug boven een diep dal. Wat was Jilin een sombere provincie in de winter. Een vuiloranje gloed achter de bergen links was alles wat er van het daglicht overbleef. Het oogde als een chemische reactie. De heuvels waren bedekt met een dikke sneeuwlaag, die er nu in de schemering lichtgrijs uitzag. Rechts van hem zag hij de lampen en vlammen van een enorme schalieolieraffinaderij; hij rook de giftige stank.

De weg ontrolde zich eindeloos door het donker. Er was zand en zout gestrooid, maar de wegranden waren toch nog glad. Hij greep het stuur steviger beet. Het verkeer was schaars en reed snel. In de slipstream van een gigantische vrachtwagen die hem had ingehaald, begon hij te slingeren en werd besproeid met bruine sneeuwmodder. Hij durfde niet sneller te rijden, de verkeerspolitie geen reden te geven hem aan te houden.

Hij zette de radio aan. Bepaalde muziek maakte hem rustig. Een orkest van Chinese meisjes, die een door de staat goedgekeurd stuk speelden op citers en xiao's. Zijn verbonden kuit begon weer pijnlijk te kloppen. Hij haalde nog een oxycodon-capsule uit zijn borstzak, wrong hem zonder water door zijn keel en leidde zichzelf opnieuw af met gedachten aan zijn zoon.

Tijdens zijn maanden in Kamp 22 was er geen dag en geen uur geweest waarop hij niet aan zijn zoon had gedacht. Boekie, zijn enige kind, zijn kereltje. Wat was de grap achter de bijnaam? Cho wou dat hij het zich kon herinneren. Hij zag het omhooggedraaide gezichtje met de schattige glimlach voor zich. Het puzzelboek dat hij altijd met zich mee leek te dragen. Een onschuldig kind, dat van dieren hield. In de vage weerspiegeling van de achteruitkijkspiegel betrapte Cho zich op een glimlach en tranen in zijn ogen. Hij zou alles geven om te weten wat er met Boekie was gebeurd. De glimlach verdween van zijn gezicht. Hij zou het nooit ofte nimmer weten. De kans dat hij dood zou zijn was te verschrikkelijk om bij stil te staan, hoewel het idee hem in zijn dromen had achtervolgd. Cho geloofde niet echt dat zijn zoon dood was. Maar het was ondenkbaar dat hij naar Pyongyang was teruggekeerd. Was hem verteld dat hij zijn vader moest verachten en veroordelen als een verrader? Bijna zeker. Zou hij het geloven? Cho hoopte van niet. Hij hoopte dat zijn zoon de waarheid zou bewaren in een hoekje van zijn hart waar de Partij nooit bij kon, en dat troostte hem. Hij geloofde dat zijn zoon een kinderlijk inzicht had in zijn oude vader dat volwassenen ontbeerden. Over de moeder van de jongen had Cho minder twijfels. Zijn intuïtie zei hem dat ze haar snel zouden hebben bewerkt. En eigenlijk was hij haar al lang voor zijn ondergang begonnen kwijt te raken; het verbaasde hem dat hij dat nu pas zag. Wat zou ze hem verfoeien... Wat zou ze de dag vervloeken waarop ze hem ooit had ontmoet.

Merkwaardig, maar telkens als hij zich hen drieën probeerde voor te stellen als het gezin dat ze hadden kunnen zijn, gelukkig samen, poserend voor een foto 's zomers aan de kust bij Wonsan misschien, of in een ander leven, heel ergens anders, in New York City, met het Vrijheidsbeeld op de achtergrond, was het niet het gezicht van zijn vrouw dat hij naast zich zag, maar dat van Jenna.

Jenna, die de wereld was overgestoken om hem te redden, hem, een hopeloze stumper die alles had verloren. Een lege menselijke huls. Ze wist niet dat hij haar echte naam kende.

Hij schudde licht zijn hoofd. De vrijheid hebben om van zo'n vrouw te houden... hij durfde het zich niet voor te stellen.

Daarna probeerde hij te bedenken waar ze nu kon zijn en voelde als brandend maagzuur bezorgdheid in zijn borst opkomen. Hij hoopte dat ze ongedeerd was. De Chinezen hadden geheime gevangenissen, die onzichtbaar waren voor het Westen en waar geen regels golden voor het ondervragen van spionnen. Maar ze was een Amerikaans staatsburger, hield hij zichzelf voor. Dat alleen al zorgde voor magische bescherming. Ze kwam uit een wereld die werd geregeerd door wetten en mensenrechten. Ze konden haar niet mishandelen, zoals hem wel. Op de een of andere manier zou het goed met haar zijn.

Cho wierp weer een blik in de achteruitkijkspiegel. Een eindje achter hem bewogen de koplampen van een eenzame auto, die dezelfde snelheid aanhield. Werd hij gevolgd? Die auto was er al een hele tijd.

Tussen snel bewegende sneeuwwolken zag hij de speldenprikken van piepkleine, koude sterren. Er kwam een heldere halvemaan op, die de sneeuw dofblauw kleurde. Het hele uitspansel hing boven hem, wentelde onverschillig rond en die gedachte maakte hem erg klein en zijn problemen irrelevant. Zijn broer was dood. Zijn lieve moeder, die nooit was opgehouden van hem te houden of in hem te geloven, was vrijwel zeker ook dood. Wat was hij anders dan een tijdelijke verzameling atomen, vergankelijk, zoals al het andere. Hij zou de weg van alle dingen gaan. De wereld zou zonder hem blijven draaien. Niemand zou zich hem herinneren.

Hij had niet gezien op welk moment het tegemoetkomende verkeer aan de andere kant van de vangrail was verdwenen. Alle rijstroken de andere kant op waren leeg. Een ongeluk verderop?

Toen flitste er iets in zijn spiegeltje en zag hij de lichten, een kilometer of twee achter zich.

Hij wist eerst niet wat het was, het leek wel een lugubere kermisattractie, maar het was een brede massa veelkleurige lichten, die afstand bewaarde maar ongemerkt dichterbij kwam, totdat hij zag dat de eenzame auto die hem volgde, gezelschap had gekregen van drie andere auto's, die naast elkaar reden, in elke rijbaan één. Erachter volgden er meer, allemaal met groot licht, knipperlichten en roodblauwe zwaailichten, een stille muur van naderend licht.

Hij voelde geen verrassing en geen angst.

Cho zette de muziek op de radio uit. Nu was er alleen nog het gezoem van de motor, het razen van de wind – en de verre rotor van een helikopter, die dichterbij kwam totdat hij het ritme van de bladen kon onderscheiden. Hij keek omhoog door het schuifdak maar kon hem niet zien.

De paar auto's op de weg voor hem reden de vluchtstrook op.

Het volgende moment werd hij verblind. Van bovenaf werd er een strakke witte straal op hem gericht, die met hem mee bewoog, hem in het interieur van de minibus verlichtte als de lichtstraal van een vergrootglas boven een ongelukkige mier. Hij had het gevoel dat hij werd opgehangen in de voortglijdende plas licht. Hij dwong zich zijn ogen op de weg te houden.

Er kwam een flauwe glimlach om zijn lippen.

Dus ze namen geen risico's. Hij had per slot twee politiemensen onschadelijk gemaakt en de riem en de holster van Wang met het dienstpistool Type 92 gestolen. Hij was een gewapende voortvluchtige misdadiger.

Hij voelde zich opvallend rustig. Zijn ademhaling was regelmatig.

De snelweg leidde over de top van een lage heuvel. Hij drukte zijn voet omlaag en versnelde. De politieauto's achter hem verhoogden hun snelheid ook.

Aan de andere kant van de heuvel zag hij de val. Aan het eind van een lange brug was een wegversperring opgericht van tientallen politieauto's met knipperende lichten. Het was een brug over een kloof in een dal. In het verblindende licht kon hij niet zien hoe diep het was. Uiteindelijk nam hij zijn voet van het gaspedaal.

Bijna midden op de brug stopte hij. Hij zette de motor uit en bleef even stilzitten. Het geklapper van de helikopter klonk nu heel luid, vlak boven hem. Om hem heen baadde de brug in een blauwwitte gloed, als een toneelpodium. De schare politieauto's achter hem was ook gestopt, op veilige afstand, vlak voor de oprit van de brug.

Een metalen stem galmde: '*Dit is de gewapende volkspolitie. Stap met je handen in de lucht uit het voertuig.*'

De versterkte stem weerkaatste of echode niet, maar werd opgeslokt door het donker en Cho voelde dat de kloof onder de brug erg diep was.

Hij ademde langzaam uit. Nooit had hij zich zo levend gevoeld, zo aanwezig in het moment. Zo... vredig.

Van alle mogelijke einden die zich hadden aangeboden sinds zijn problemen begonnen, was dit het juiste, wist hij. Het einde waarvoor hij was voorbestemd. Misschien kon niets van wat hij in zijn leven had gedaan hier iets aan hebben veranderd. Toeval bestond niet.

Langzaam stapte hij uit. Hij zette voet op de weg en hief zwakjes zijn handen op. Van boven, van achteren en van voren werd licht op hem gericht. Verderop zag hij de silhouetten van gehelmde politie op hem afkomen.

'*Blijf staan,*' dreunde de stem vanuit de lucht.

Hij draaide zich om en zag ze ook van achteren naderen.

Zijn adem vormde een lange witte pluim in de vrieslucht.

Hij keek op, wilde de sterren een laatste keer zien, maar het licht van de helikopter verblindde hem, terwijl de neerwaartse luchtstroom aan zijn kleren en zijn haar rukte.

Ik ben klaar, dacht hij. *Ik ben al heel lang klaar.* Hij liet zijn armen zakken.

'*Hou je handen omhoog!*'

In vier lange stappen was hij bij de vangrail.

'*Blijf waar je bent!*'

In twee stijve bewegingen was hij over de rail geklauterd.

'Halt! Niet bewegen!'

Hij hield zich vast aan de reling en boog zich voorover boven een donkere kloof. De adem van de nacht gierde door het dal, beet in zijn gezicht, verdoofde zijn oren, bevroor de tranen in zijn ogen. Onder zich zag hij leegte, een vacuüm. O, het was ongetwijfeld diep genoeg.

Tijd om los te laten.

Terwijl hij viel en de wind door zijn haar raasde, liet hij alle noodzaak om te begrijpen, alle noodzaak om te weten los. En op dat moment begreep hij alles.

55

Amerikaans consulaat
Shenyang
Provincie Liaoning, China

De logeerkamers in het Amerikaanse consulaat in Shenyang – een uitgestrekt, brutalistisch betonnen gebouw – deden Jenna denken aan een Oost-Duits budgethotel, maar harde bedden had ze nooit erg gevonden. Soo-min had nauwelijks iets anders gedaan dan slapen sinds ze hier een half etmaal geleden om drie uur 's nachts waren aangekomen, gespannen en uitgeput.

Jenna had het pijnlijk gevonden om het hoofd van de CIA-basis te melden dat haar missie niet was geslaagd, dat ze Cho Sang-ho was kwijtgeraakt, het belangrijkste Noord-Koreaanse contact dat ooit had gepoogd het land te verlaten. Zonder hem zou de waarheid over het raketprogramma misschien nooit ontdekt zijn. Maar toen ze Charles Fisk de gebeurtenissen in de trein van Kim Jong-il had beschreven in een rapport dat was gestuurd via het eigen CIA-internet voor gecodeerde topgeheime communicatie, had de reactie van Langley haar verrast.

Ze had een uitbrander verwacht vanwege het bloedbad dat ze had aangericht, een formele berisping, een opschorting van haar taken in afwachting van een onderzoek, maar Fisk was onder de indruk. 'Je hebt je niet laten chanteren en je hebt je zus, een ontvoerde USA-burger, teruggehaald.' De CIA-directeur werd onmiddellijk op de hoogte gesteld en was blij geweest dat hij de president kon informeren over Kims dood voordat het nieuws officieel bekend was geworden. En twee dagen later had Noord-Korea het nog steeds niet openbaar gemaakt. 'Het spijt me echt van Cho,' zei Fisk, 'maar onze eerste prioriteit is nu, zodra je terug bent, het ondervragen van Soo-min.'

Wat?!

Misschien had Jenna een blinde vlek voor haar zus, maar dit had ze niet aan zien komen.

'Je zei dat ze misschien al jaren tot Kims entourage behoorde,' zei Fisk. 'Ze zou een goudmijn aan informatie kunnen zijn en ze heeft uit de eerste hand kennis van het Zaaddrachtprogramma. Ze kent al die kinderen. Met haar hulp kunnen we ze vinden.'

En hoe worden ze daarna aangepakt?

Jenna voelde meteen en hevig de neiging het voor Soo-min op te nemen. Ze vond het verontrustend dat haar tweelingzus zo weinig had gezegd tijdens de reis naar Shenyang. Ze had niet eens naar haar ouders gevraagd en Jenna besloot te wachten tot het juiste moment om haar te vertellen dat Douglas was overleden. Eén keer maar had Jenna haar ergens op zien reageren, namelijk toen ze geschrokken ineenkromp en haar gezicht verborg bij het zien van de politiebewaking voor de poort van het consulaat. Jenna had haar hand gedrukt en gekust. 'Er is niets om bang voor te zijn. Je bent geen vluchteling. Je bent een Amerikaans staatsburger.' Soo-min had nog geen woord Engels gezegd.

'Ik ben bang dat mijn zus lijdt aan een ernstig trauma,' zei Jenna. 'Misschien reageert ze niet goed op vragen.'

'We hebben bij Langley personeel dat getraind is in het verhoren van informanten met een PTSS,' zei Fisk en logde uit. Einde verhaal.

Later lag ze in de logeerkamer en keek hoe Soo-min zachtjes ademde. In slaap, als haar gezicht zacht en in rust was, zag ze eruit zoals Jenna zich haar herinnerde. Maar op het moment dat haar zus wakker werd zou het masker terugkomen en was ze opnieuw op haar hoede, waakzaam, afstandelijk, wist Jenna. Een raadsel. Ze leek een soort duisternis in zich te dragen, als een tumor. Jenna had het kettinkje met het zilveren tijgertje omgedaan zodat Soo-min het kon zien en wachtte tot ze haar ogen open zou doen, in de hoop haar te verrassen.

‘Wie is Ha-jun?’ vroeg ze zachtjes, in het Koreaans. Soo-min bewoog niet, en een tijdje dacht Jenna dat haar zus haar opzettelijk niet had gehoord. ‘Die naam fluisterde je in je slaap.’

Soo-min ging rechtop zitten. Haar haar viel over haar gezicht, maar ze hield haar ogen strak op Jenna gericht. Met een stem die nauwelijks meer was dan gefluister, zei ze: ‘Mijn zoon.’

Heb je een zoon? Jenna voelde iets in haar hart bezwijken. ‘Was hij een van de kinderen in het landhuis?’

Soo-min knikte haast onmerkbaar en met een uitdrukkingsloos gezicht.

‘Is hij daar nog?’

Na een pauze die zo lang duurde dat Jenna dacht dat haar zus permanent tot zwijgen was vervallen, zei Soo-min: ‘Hij is bij mij weggehaald... toen hij acht jaar oud was.’

‘Waarom?’

‘Veel redenen.’

Jenna had een angstaanjagend gevoel over de massa niet onderzochte onderwerpen die voor hen lagen, als nieuwe continenten die uit de mist opduiken.

Langzaam, aarzelend, alsof ze een nieuwe taal leerde, begon Soo-min de vragen van Jenna te beantwoorden. Het was alsof ze in het donker rondtastte naar geestelijke hulpmiddelen waar ze zich lang geleden van had ontdaan, en Jenna zag dat dit nog maar een klein beginnetje was. Het proces van de terugkeer van Soo-min naar de wereld zou tijd vergen, misschien maanden, zelfs jaren.

Verbijsterend was dat ze Koreaans sprak met het sterke accent van het Noorden. Meer dan een jaar, vertelde ze, waren zij en Jae-hoon, de jongen van het strand, vastgehouden in een bewaakt wooncomplex, dat ze deelden met vier Japanse stellen die al vele jaren eerder waren ontvoerd. ‘We moesten trouwen van de mensen die voor ons verantwoordelijk waren. Jae-hoon is de vader van mijn zoon.’ Een regelmatige, dreigende aanwezigheid in het complex, vermoedde Jenna, was Sin Gwang-su, hun ontvoerder. Maar nadat de zoon van Soo-min was geboren, werden moeder en zoon overgebracht naar het landhuis op de Paekhwawoncompound en om redenen die Jenna niet duidelijk waren, hadden ze geen contact meer met Jae-hoon.

Soo-min beweerde zijn lot niet te kennen. Het was alsof haar geheugen alleen nog iets kon beschrijven van wat er was gebeurd voor de aankomst in het landhuis, en elke keer dat Jenna en zij elkaar aankeken, had Jenna sterk het gevoel dat de magnetische kracht die haar altijd met haar zus had verbonden aansluiting zocht, probeerde synchroon te lopen, maar niet goed contact kon krijgen. Zodra het verhaal bij het landhuis kwam, werd alles daarentegen weer geheimzinnig. Wat haar rol daar ook was geweest, wilde ze niet vertellen, het geheim was achter te veel deuren weggesloten, maar Jenna had met eigen ogen gezien dat Soo-min een sterke band had met de kinderen daar. Het kon niet makkelijk zijn geweest ze in de steek te laten.

Toen Jenna vroeg: 'Waarom was je in de trein van Kim?' ging het licht in Soo-mins ogen uit; ze boog haar hoofd en zweeg verder.

Het is verboden over de Generaal te spreken.

Uit niets bleek dat ze het zilveren kettinkje herkende.

Bij het ontbijt zei de consul: 'U hebt hooggeplaatste vrienden. Ik kreeg zojuist een e-mail van de minister van Buitenlandse Zaken zelf. Uw zus krijgt een tijdelijk Amerikaans paspoort. U bent hier morgen allebei weg.'

Daarna belde Jenna haar moeder en vroeg haar de volgende dag naar het vliegveld Dulles bij Washington te komen. Ze gaf Han de vluchtgegevens.

'Sinds wanneer moet ik je van het vliegtuig halen?' vroeg Han.

Dat was het moment waarover Jenna had gefantaseerd, het nieuws dat ze Han zo graag wilde vertellen, maar nu was ze zenuwachtig, alsof ze een zo breekbaar cadeau aanbood dat het in de handen van haar moeder stuk kon gaan.

'Ik heb Soo-min bij me.'

Stilte op de lijn. Jenna ervoer de schok als een explosie onder water.

Han probeerde iets te zeggen, maar haar stem werd onduidelijk toen ze de naam van haar dochter uitsprak, en toen huilden zij en Jenna samen in stilte, hete tranen rolden over hun wangen, duizenden kilometers van elkaar verwijderd.

'Ik wil haar spreken,' zei Han.

'Ze is zichzelf nog niet, omma. Je kunt beter wachten tot je haar ziet.'

Die dag dacht Jenna ook veel aan Cho. Als ze eerlijk tegen zichzelf was, was het meer dan een beroepsmatige mislukking om hem te verliezen in Yanji. Telkens als ze hem voor zich zag, in de kamer op dat onderduikadres, schuchter naar haar kijkend van boven de dekens, met het licht van sneeuwwolken weerspiegeld in zijn ogen, te waardig en schuchter om haar zijn lichaam te laten zien, ervoer ze gevoelens van... verlies, genegenheid, spijt. Nog nooit had ze iemand ontmoet die zo zwaar op de proef was gesteld als hij. Ze had genoeg over geschiedenis gelezen om te weten dat extreme omstandigheden, zoals veldslagen, hongersnood en concentratiekampen, het slechtste in de mens bovenhaalden; alleen bij zeldzame, speciale mensen haalden ze het goede boven. De man die ze in die kamer had gezien, was geen dier en geen monster geworden. Hij had de glans van menselijkheid. Hij had zichzelf gevonden.

56

Vliegveld van Beijing
Beijing, China
Maandag 19 december 2011

De tweelingzussen zaten naast elkaar en nipten van hun koffie in de transferhal van het vliegveld van Beijing. Ze droegen identieke suède laarzen, strakke jeans, Benetton-T-shirts en korte donsjassen. Jaren geleden, als meisjes, gingen ze nooit eender gekleed. Waarom Jenna nu wel dezelfde kleren voor hen had gekocht, wist ze niet precies; ze had alleen een vaag besef van de wil om opnieuw een gezamenlijke identiteit met Soo-min te smeden, en het feit dat dit niet spontaan leek te gebeuren, verontrustte haar. Soo-min was niet gewend aan jeans en bleef aan haar benen krabben. In een van de weinige opmerkingen die ze op het vliegveld maakte gaf ze toe dat ze jarenlang alleen hanbok-jurken had gedragen.

Jenna zei tegen zichzelf dat Soo-min met hulp langzaam de oude Soo-min weer zou worden. Als ze problemen had met de spanningen van de vrije wereld en met het verlies van haar zoon, zou zij, Jenna, haar houvast en haar gids zijn. Ze zou alles doen wat mogelijk was om het leven van haar zus normaal en gelukkig te maken.

Ze stonden op het punt naar hun gate te vertrekken toen hun aandacht werd getrokken door het tv-scherm aan de muur. Het Chinese nieuws bracht live berichtgeving uit Noord-Korea, ondertiteld in het Mandarijn. Drie dagen na dato werd het nieuws eindelijk wereldkundig gemaakt. De nieuwslezeres droeg een zwarte hanbok. Haar ogen waren rood van het huilen en haar gezicht was doodsbleek.

Jenna keek onbewogen toe. 'Daar gaat-ie dan...'

'Onze grote kameraad... onze Geliefde Leider... Algemeen Secretaris van de Arbeiderspartij, Voorzitter van de Defensiecommissie, Opperbevelhebber van het Koreaanse Volksleger...'

De stem van de vrouw raakte verstikt van emotie. Jenna zei: 'Onze vlucht wordt omgeroepen. We moeten gaan.'

'...*KIM JONG-IL*...'

Soo-min keek naar het scherm met een vreemde blik op haar gezicht, een soort vervoering.

'...*Genie der Genieën, Leid-ster van de Eenentwintigste Eeuw, Vader van de Natie, Leider van Alle Socialistische Volken, Heldere Zon van de Juche-gedachte, Kindervriend...*'

Ze leek haar ogen niet van het scherm los te kunnen maken. Voorzichtig liet Jenna haar opstaan en leidde haar in de richting van de gate.

Op de lange loopband probeerde ze Soo-mins aandacht af te leiden door haar te vertellen over de rampzalige gelegenheden waarbij Han haar had voorgesteld aan mannen die op een komische manier ongeschikt waren, maar Soo-min leek het niet te horen. Het nieuws werd uitgezonden vanaf elk scherm waar ze langsliepen.

'...*in zijn trein een hartinfarct gekregen, die werd veroorzaakt door de buitensporige mentale en fysieke belasting van zijn levenslange toewijding aan de zaak van het volk...*'

In de hal bij de gate bleef Soo-min als aan de grond genageld staan kijken naar de schermen. Toen Jenna een losgekomen haarlok achter haar oor schoof, merkte ze het niet. Ze was in trance.

'...*overal in het land komen arbeiders uit fabrieken en kantoren gesneld en vinden er spontane uitbarstingen van ontroostbaar verdriet plaats omdat het nieuws niet wordt geloofd. Iedereen wil maar één ding: deel uitmaken van het massale openbare rouwproces...*'

Er verschenen beelden van menigten die huilden en weeklaagden op de besneeuwde straten van Pyongyang. Mensen die op de grond vielen en in hun eigen gezicht stompten, mensen die snikten en hun handen ten hemel hieven.

Soo-min leek betoverd door de taferelen. Plots sloeg ze haar hand voor haar mond en onderdrukte een schrille kreet. Passagiers in de hal draaiden zich om en keken toe. Voordat Jenna iets kon zeggen was Soo-min opgesprongen.

Jenna liep haar achterna. Een surreëel moment dacht ze dat haar tweelingzus aan haar ontsnapte, maar ze zag haar het toilet binnenlopen.

De passagiers begonnen aan boord te gaan van het vliegtuig naar Washington. Jenna besloot naar het toilet te lopen, maar bleef stilstaan toen ze besefte dat Soo-min een paar minuten voor zichzelf wilde. Bijna alle passagiers waren al aan boord toen ze eindelijk tevoorschijn kwam. Haar ogen waren opgezwollen en zagen rood, maar alle emoties die ze had ervaren waren bedwongen en uitgedoofd. Het masker was terug en haar gezicht stond weer kalm. Ze was koel, afstandelijk, bedaard. Het lukte haar zelfs naar Jenna te glimlachen toen ze dichterbij kwam.

Jenna pakte haar hand vast. 'Gaat het?'

Ze knikte.

Het vliegtuig steeg op door grijze motregen, omhoog naar de zonovergoten vlakten erboven. Soo-min hield haar gezicht tegen het raampje gedrukt en bleef kijken naar de wolken van witte watten. Het begon tot Jenna door te dringen dat de gedachten van haar zus zich op een veel vreemdere plek bevonden dan ze zich kon voorstellen, en misschien was er geen makkelijke manier om haar daar te bereiken. Het vliegtuig boog af naar het oosten, in de richting van de Stille Oceaan, waarbij de cabine werd overstroomd met morgenlicht. Ze keek naar het profiel van Soo-min en dacht eraan terug dat zij, Jenna, ook door een hel was gegaan toen ze haar tweelingzus verloor. De tijd had haar wonden geheeld en haar sterker gemaakt. De tijd zou hetzelfde doen met Soo-min.

'Over dertien uur thuis,' zei ze en ze greep de hand van Soo-min vast.

Prompt schrok Soo-min op. Ze keek Jenna aan. Een ultrakort moment, een minieme fractie van een seconde, gleed het masker weg en zag Jenna opnieuw angst, verbijstering... en iets anders, onbuigzaamheid, doelgerichtheid.

Ineens vol begrip vroeg Jenna: 'Waarom ben je met mij uit die trein gesprongen?'

Eindelijk draaide Soo-min zich in haar stoel om naar Jenna en nam haar beide handen beet. Voor het eerst zei ze iets in het Engels: 'Omdat mijn zoon in Amerika is.'

57

Kamp 22
Provincie Noord-Hamgyong, Noord-Korea
Donderdag 16 februari 2012

De cel was een betonnen vierkant, nauwelijks groot genoeg om in te liggen. Twee dunne dekens en een emmer voor lichamelijke behoeften, meer was er niet. Mevrouw Moon zat in de interne gevangenis van het kamp, een maand of twee, dacht ze, maar dat was niet met zekerheid te zeggen. Ze had geen raam. Elke dag was identiek aan de vorige en de normale tijdseenheden leken te hebben geruild van waarde. Minuten konden zich voortslepen als uren, maar de weken vlogen. 's Morgens en 's avonds werd ze uit de cel gelaten voor het appèl op het enorme centrale plein naast het hoofdgebouw van het kamp, dus ze wist wanneer het dag was en wanneer nacht en had een vaag gevoel van het verstrijken van de maanden. Ze had zelfs tekenen geconstateerd – een frissere grondgeur in de lucht, een formatie grijs-gevleugelde duikereenden die naar het noorden vloog – waaruit ze afleidde dat de lente in aantocht was. Die kleine details hielden de waanzin op afstand.

Het ochtendappèl was zonder incidenten verlopen. Maar ze was nog maar net terug in haar cel toen de deur weer werd ontgrendeld en een bewaker haar opdroeg naar buiten te komen. Ooit was er een tijd dat ze akelige voorgevoelens zou hebben gekregen van zoiets – individueel onder bewaking gesteld worden betekende altijd iets slechts – maar nu was ze alleen maar nieuwsgierig. De wil om te leven had ze allang niet meer. Ze bevond zich niet in een land, leefde niet echt en was strikt genomen ook niet helemaal dood. Tot haar verbazing bracht de bewaker haar naar het hoofdgebouw en liet haar in een ontvangstruimte waar ze nog niet eerder was geweest. Alles glansde en rook naar geboende vloeren. Op de muur achter de belangrijkste balie hing een portretfoto van een dikke jongeman die ze niet herkende.

Ongeveer twintig gevangenen waren daar verzameld, mannen en vrouwen, haveloos en vies. Ze waren aan drie zijden omringd door ruim tien bewakers, die langs de muren stonden alsof dit een soort plechtigheid was. Een stuk of zeven gevangenen zagen er nog ouder uit dan zij. Witharige skeletten en gebogen kreupelen.

Dus ze zouden niet worden doodgeslagen. Daarvoor zouden ze niet naar die plek zijn gebracht.

Er kwam een functionaris met hoge, gepoetste laarzen uit de deur van het kantoor. De bewakers gingen met een ruk in de houding staan. De gevangenen bogen in een hoek van negentig graden.

'Gevangenen...' De man met de laarzen zweeg, wachtend tot ze weer rechtop waren gaan staan. Hij las met zachte, duidelijke stem zijn tekst van een papier: 'Vandaag, op deze zestiende dag van februari, de Dag van de Heldere Ster, waarop ons volk het onzelfzuchtige, wonderbaarlijke leven van onze Geliefde Leider Kim Jong-il gedenkt, wiens dood voor ons immer een zwaar verlies zal blijven en wiens geest eeuwig zal voortbestaan, heb ik toestemming gekregen van het Centraal Comité van onze grote Partij u het volgende mee te delen.'

De spanning nam toe. De gevangenen hielden hun adem in.

'Ter ere van de nagedachtenis van zijn overleden vader heeft onze nieuwe leider, de Grote Opvolger Kim Jong-un' – de functionaris gaf de klinkers een sonore klank –, 'in zijn grenzeloze genade gratie verleend aan tien gevangenen wier verzoekschriften hem hebben ontroerd en aan alle gevangenen in het kamp die ouder zijn dan zestig jaar.'

De ogen van mevrouw Moon schoten wijd open. Een paar mensen links en rechts van haar slaakten kreten en begonnen te huilen. Mevrouw Moon keek verdwaasd om zich heen. De bewakers oogden al even verwonderd als de gevangenen. Voordat ze ook maar enigszins konden beseffen wat dat betekende, vielen de gevangenen een voor een op hun knieën.

Na een pijnlijke worsteling belandde ook zij op haar knieën. Een van de oudere gevangenen verloor zijn evenwicht en viel om. Niemand hielp hem.

De man met de gepoetste laarzen riep: 'Lang leve de Grote Opvolger!'

Ze riepen: 'Lang leve de Grote Opvolger!'

Kippenkak en geitenkak! Overleef ik dit?

'Lang leve de Grote Opvolger!'

Ik heb het recht niet om te leven.

Mevrouw Moon kreeg een willekeurige, opgevouwen fabrieksoverall in een te grote maat aangereikt. Omdat er nooit iemand werd bevrijd uit Kamp 22, bewaarde men de oorspronkelijke bezittingen van de gevangenen niet. Mevrouw Moon kreeg een formulier overhandigd.

'Nauwkeurig lezen en dan ondertekenen,' zei de bewaker. Het was een verklaring dat ze niemand iets over Kamp 22 mocht vertellen, in welke gesproken of geschreven vorm ook. 'Doe je mond open en je zult sneller hierheen worden teruggebracht dan je maïs poept.'

Het was een bont gezelschap dat naar de hoofdingang van het kamp liep. Een soort schipbreukelingen, dacht ze. Sommigen waren al te oud en te ver heen, zag ze, om nog lang van hun vrijheid te genieten. Hun lichaam zou niet herstellen, en de gruwelen zouden hen in dromen achtervolgen. Strompelend liep ze in de flapperende overall achter hen aan, onder de blik van tientallen bewakers die naar het spektakel waren komen kijken, met op hun gezicht een mengeling van verwarring en achterdocht. Wat ze zagen ging in tegen al hun instincten, al hun impulsen en training.

Het was halverwege de ochtend. De lucht had een kille korenblauwe kleur en de mussen verzamelden zich en sjilpten in het gele gras. Mevrouw Moon voelde zich niet lichthartig. Vrijgelaten; maar waar kwam ze terecht? In een grotere gevangenis, een gevangenis met de omvang van het hele land. Waarom was ze hier niet doodgegaan en vergeten op het moment dat ze het wilde? Een lijk geworden dat een vruchtboom mest gaf?

Aan de andere kant van de poort stond een groepje mensen te wachten. Enkelen van hen zwaaiden en huilden toen ze een gezicht herkenden. Een kind holde in de armen van een vader. Een zoon omhelsde huilend zijn moeder. Het kamp had de families waarschijnlijk van tevoren op de hoogte gesteld, zodat ze allemaal werden afgehaald en geen zwervers hoefden te worden.

Toen mevrouw Moon één dunne, gebogen man apart zag staan van de anderen, smolt er iets in haar. Zijn gezicht lichtte op, werd een jongensgezicht toen hij haar zag. Tae-hyons kleren waren versleten en versteld. Zijn jas hing als draperieën af van zijn uitgemergelde schouders en hij had zoveel haar verloren dat hij zo kaal was als een klinknagel. Wat een zielig geval! Hoe had hij het gered? Dat er ook maar één echtgenoot zonder zijn vrouw kon overleven, vond ze een wonder.

'Dus je leeft nog?' vroeg ze.

Hij bood haar een groene appel aan. En hij had nog iets voor haar, dat hij uit zijn jasje liet glijden en in haar hand drukte zodra ze uit het zicht van de poort waren.

Ze deed haar hand open en haar gezicht rimpelde tot een glimlach. De eerste keer dat ze glimlachte sinds lange tijd.

M'n grootje! Een chocoladekoek.

'Van een ballon,' fluisterde hij. 'Gisterochtend in het bos.'

Hand in hand liepen ze nu verder over de onverharde weg. Het had de hele week niet geregend en de mussen fladderden en badderden in het stof langs de wegrand. Hoe verder ze van de kamppoort kwamen, hoe zoeter en schoner de lucht werd. Mevrouw Moon hield haar gezicht schuin in de richting van de lauwe zonnewarmte en ademde in. De lente was in aantocht.

Epiloog

De ochtendlucht was koel door de mist en maakte de haren van de jongen vochtig. Hij volgde het pad omhoog, liep op blote voeten over een tapijt van dennennaalden. Het licht van de dageraad drong in schuine stralen het bos binnen en loste langzaam de witte wolkjes op die bleven hangen aan de bovenste hellingen van het dal. De kleur van de kalkstenen rotsmassa's van de verre bergen in het westen veranderde van geelbruin in goud.

De jongen bleef even stilstaan en luisterde. Hij kon het verschil horen tussen een Vlaamse gaai en een ekster. Hij kon zelfs het verschil zien tussen de vijf dennensoorten die ter plaatse groeiden, wist de naam van de zijrivier die door de vallei naar de Yalu stroomde en kende de geologische perioden in de rotslagen her en der langs het pad. Hij wist dat er van kevers meer soorten bestonden dan van enig ander dier op aarde. 's Nachts herkende hij de helderste sterren in de sterrenbeelden, herinnerde zich hun afstand in lichtjaren en berekende zijn gewicht in de zwaartekracht van elke planeet. Dat alles hield hij voor zichzelf. De dorpelingen hadden hem uitgelachen vanwege zijn accent, zijn schoenen gestolen, hem scheldwoorden toegeroepen die hij niet begreep en met stokken geslagen. Maar in minder dan geen tijd was hij kennelijk net zo vuil en haveloos geworden als zij en zijn taal net zo grof; hij had zo'n honger dat hij levende rupsen verslond en de koppen van libellen afbeet.

Hij legde zijn zak brandhout neer en zakte door zijn knieën om zijn val te inspecteren – een eenvoudige platte rots die werd gestut met een stok. Als hij geluk had, ving hij een konijn of een eekhoorn, maar die ochtend waren al zijn vallen leeg geweest.

Plotseling landde er een grote, net gedode bruine haas zachtjes naast hem op de grond. Hij sprong op en greep naar zijn foerageermes. Op een rots met een inscriptie in het Oudchinees zat een oude vrouw naar hem te kijken.

'Blijkbaar sta ik eerder op dan jij,' zei ze.

Haar zilveren haar was op haar achterhoofd samengebonden op de oude Koreaanse manier, met een naald door een knotje, en ze droeg een verschoten, gewatteerd Chinees jasje. Haar oogspleetjes knipperden en haar gezicht had de geprononceerde botten van iemand die een leven vol ontberingen had doorstaan.

'Ben jij de jongeman die Woo-jin wordt genoemd?'

De jongen keek haar strak aan en zweeg.

'Ze zeiden dat ik je op dit pad zou vinden.' Ze nam een groot pakket van haar rug en maakte het open. Ze haalde er een mandje van bamboe uit, dat ze aan hem gaf. Hij nam het van haar aan zonder te buigen, gooide het deksel eraf en vond vier groentenoedels, die hij gulzig in zijn mond propte.

'Ik zwerf al maanden door deze provincie,' zei ze, kijkend hoe hij at. 'Op zoek naar jou.'

De jongen at zonder haar met zijn ogen los te laten en zonder een uitdrukking op zijn gezicht.

'Met die domme blik hou je mij niet voor de gek, jongeman. Ik weet dat je kunt lezen wat er op deze rots staat. En ik zie het gezicht van je vader in dat van jou.'

De jongen stopte met kauwen. Zijn ogen gingen wijd open van verbazing.

'Kent u mijn vader?'

'Oho, hij kan praten!' Er kwamen rimpels in het gezicht van de oude vrouw toen ze glimlachte. 'Hoelang is het geleden dat iemand je "Boekie" heeft genoemd?'

Het was stil in het bos op het gesjilp van de mussen en het spatten van een bergbeek na.

'Wie bent u?' vroeg hij.

'Ik heet Moon. Ik ben je oma.'

Opmerkingen van de auteur

Het idee voor dit verhaal kreeg ik tijdens een bezoek aan Noord-Korea in 2012, toen mijn kleine reisgezelschap werd verleid enkele van de dagelijkse rituelen van de Kim-cultus mee te maken. Elke dag van de reis werden we gevraagd onze eerbied te betonen door in de rij te gaan staan en te buigen voor een van de ontelbare standbeelden van Kim Il-sung, de oprichter en zelfbenoemde Grote Leider van het land. Als we hadden geweigerd hadden we het gevaar gelopen onze twee gidsen, een vriendelijke man en een vrouw met wie we een goede band onderhielden, in de problemen te brengen.

Veel aspecten van Noord-Korea zijn vreemder dan verdichtsels, dus lezers willen misschien wel weten welke elementen van de roman op feiten berusten.

Het Ontvoeringsprogramma

In de jaren zeventig en vroege jaren tachtig voerde de Noord-Koreaanse staat actief ontvoeringen uit vanaf de Japanse en Zuid-Koreaanse stranden. De slachtoffers waren geen belangrijke militaire of politieke personen, maar willekeurige burgers, tienerparen die naar de zonsondergang keken, een gescheiden man die een hond uitliet, een dorpskapper, enzovoort. Een volledige verklaring voor deze bizarre criminele praktijk is nooit gegeven. Sommige ontvoerde slachtoffers kregen als taak om lokale straattaal en gebruiken aan te leren aan spionnen en huurmoordenaars die werden getraind om in Japan en Zuid-Korea te infiltreren; van anderen werd de identiteit gestolen; een heel klein aantal werd gehersenspoeld en als spionnen teruggestuurd naar huis, maar de meesten hadden geen duidelijk nut voor Noord-Korea. Ze werden tientallen jaren ondergebracht in geïsoleerde wooncomplexen en mochten maar beperkt in contact komen met de Noord-Koreaanse bevolking, of ze stierven onder mysterieuze omstandigheden. Jarenlang waren die ontvoeringen het onderwerp van broodjeaapverhalen en complottheorieën in Japan, tot 2002, toen de Japanse premier Junchiro Koizumi tijdens een bezoek aan Pyongyang tot zijn verbijstering excuses kreeg aangeboden van Kim Jong-il voor de ontvoering van dertien Japanse burgers. (Het ware aantal loopt vrijwel zeker in de honderden.) Dat was de enige openbare verontschuldiging die Kim Jong-il ooit heeft geformuleerd. Hij hoopte dat dit zou leiden tot de overdracht van miljarden yen als herstelbetaling door Japan, maar het had een spectaculaire averechtse uitwerking toen het Japanse publiek met verontwaardiging reageerde en de vrijlating van de ontvoerden eiste.

Naast de Japanse en Zuid-Koreaanse slachtoffers worden er vermoedelijk slachtoffers uit ten minste twaalf landen vastgehouden, onder wie acht uit Europa. Het meest gedetailleerde onderzoek naar de ontvoeringen is het uitstekende verslag van Robert S. Boynton, *The Invitation-Only Zone* (Farrar, Straus and Giroux, 2016).

Het Zaaddrachtprogramma

Misschien omdat hij er nooit zeker van kon zijn dat zijn ontvoerde slachtoffers met succes geïndoctrineerd en betrouwbaar werden, schrapte Kim Jong-il kennelijk het Ontvoeringsprogramma en verving het door het Zaaddrachtprogramma, dat pas in 2014 aan het licht kwam na de publicatie van de bijzondere autobiografie *Dear Leader* van Jang Jin-sung (Rider, 2014). In een verslag dat doet denken aan een aflevering van *The Twilight Zone* beschrijft Jang, een insider van het regime die als propagandist voor de Partij werkte, hoe Noord-Korea aantrekkelijke vrouwelijke agenten naar het buitenland stuurde om zwanger te worden van mannen van andere rassen, mannen met een blanke, bruine of zwarte huid. Tegelijkertijd werden vrouwen van andere rassen gekidnapt en naar Pyongyang gebracht om te vrijen met mannelijke Noord-Koreaanse agenten. Hun half-Koreaanse kinderen werden in Pyongyang geboren en zagen er buitenlands uit. Het doel was het kweken van loyale spionnen die geboren en getogen waren in Noord-Korea en grondig geïndoctrineerd. Die kinderen leven strikt gescheiden van de rest van de bevolking. In hun behoeften wordt voorzien door Afdeling 915 van het Organisatie- en Gidsdepartement, het schimmige orgaan waarmee de heersende Kim de macht uitoefent.

Diplomatieke gangsters en Bureau 39

In de jaren zeventig had de Noord-Koreaanse regering steeds meer moeite met het financieren van haar ambassades in het buitenland. Die kregen daarom de opdracht zichzelf te bedruipen. Met gebruikmaking van diplomatieke postzakken, die vrij zijn van douaneonderzoek, organiseerden Noord-Koreaanse diplomaten de smokkel van goud, illegaal ivoor, valse dollars, farmaceutische middelen en harddrugs, die in Noord-Korea heel zuiver werden vervaardigd en werden verkocht aan plaatselijke criminele organisaties. Die smokkelwaar van diplomaten is vele malen ontdekt door grenswachten en snuffelhonden. Sommige ambassades zijn ook betrokken geweest bij de ontvoering van plaatselijke burgers, andere bij het doorsluizen van kapitaal naar Bureau 39, het geheimzinnige potje dat dient voor het financieren van de luxueuze levensstijl van de Kims en voor het kopen van de loyaliteit van hun trawanten. Voor het beste overzicht van de illegale economie van Noord-Korea, zie *North Korea Confidential* door Daniel Tudor en James Pearson (Tuttle Publishing, 2015). Dit boek biedt ook het overtuigendste antwoord op de vraag waarom Kim Jong-un zijn oom Jang Song-taek, het brein achter Bureau 39, in 2013 liet executeren.

Christenen

Noord-Korea kent geen godsdienstvrijheid, behalve natuurlijk de Kim-aanbidding. Enkele overlopers hebben getuigd van het bestaan van geheime christelijke 'huiskerken' in de steden. Die vormen heel kleine gemeenten, die veel verschillende ontmoetingsplaatsen hebben uit angst voor ontdekking, een praktijk die sterk op de vroegchristelijke kerk lijkt. Ze lezen bijbelverzen die met de hand op stukjes papier zijn overgeschreven. Iedereen die wordt betrapt op het bezit van een echte bijbel loopt kans op terechtstelling of een leven in de goelag. Buitenlandse bezoekers krijgen soms twee grote kerken in Pyongyang te zien, vol gemeenteleden die gezangen zingen. *Dear Leader*, de autobiografie van Jang Jin-sung, bevestigde wat velen al hadden vermoed over deze kerken: ze vormen een cynische schijnvertoning die is opgezet om buitenlanders te misleiden en internationale hulp te krijgen. Ze worden gerund door de Afdeling Verenigd Front van de Arbeiderspartij, en de gemeenteleden zijn agenten van die afdeling.

De goelag

Globaal gezien zijn er twee soorten werkkampen in Noord-Korea. De eerste categorie omvat kampen voor mensen die zijn veroordeeld tot 'revolutionaire heropvoeding door arbeid', waaruit gevangenen weer tot de maatschappij kunnen worden toegelaten als ze hun straf overleven, om dan de rest van hun bestaan nauwlettend in de gaten te worden gehouden. De tweede categorie, die onder het ministerie van Staatsveiligheid valt, de Bowibu, omvat de extreem wrede, hermetisch afgesloten kampen voor politieke gevangenen. Wie daar gedetineerd wordt heeft weinig hoop op vrijlating en moet zich doodwerken als slaaf op een boerderij, in een fabriek of in een mijn. Volgens schattingen van Daniel Tudor en James Pearson in *North Korea Confidential* worden er ongeveer 80.000 tot 120.000 politieke gevangenen in hermetisch afgesloten kampen vastgehouden.

In beide soorten kampen zijn de omstandigheden levensbedreigend en onhygiënisch. Marteling, slaag, verkrachting, kindermoord, openbare en geheime executies komen vaak voor, net als extreem gevaarlijk werk zonder veiligheidsuitrusting of bescherming. Maar de meeste gevangenen sterven aan ziekten en ondervoeding, aangezien de porties voedsel klein zijn en velen hun toevlucht nemen tot het eten van knaagdieren, slangen en insecten om te overleven. Het dagelijks bestaan in de kampen wordt geschilderd door een aantal onthutsende memoires van overlopers. De meest memorabele zijn *The Aquariums of Pyongyang* door Kang Chol-hwan (Basic Books, 2001) en *The Eyes of Tailless Animals* door Soon Ok Lee (Living Sacrifice Book Company, 1999). Beide schrijvers zijn na hun uiteindelijke vrijlating uit Noord-Korea ontsnapt. Het verslag van Soon Ok Lee is een van de weinige die getuigen van de wrede behandeling van christenen in de kampen. De beschrijvingen van de martelingen die Cho ondergaat in hoofdstuk 43 zijn gebaseerd op het verslag van Soon Ok Lee van de martelingen die zij zelf in de gevangenis heeft ondergaan.

In zeldzame gevallen kan een gevangene gratie krijgen of op een speciale datum vervroegd vrijgelaten worden, zoals de verjaardag van de Leider, maar net als de vrijlating van mevrouw Moon aan het eind van de roman, is dat puur arbitrair. Gevangenen mogen ook een petitie indienen bij de Leider om te pleiten voor genade. Die brieven worden behandeld door het Organisatie- en Gidsdepartement en eens in de zoveel tijd wordt een gelukkig individu wonder boven wonder vrijgelaten. Bij één gelegenheid heeft Kim Jong-il naar verluidt een gouden horloge gestuurd aan een gevangene wiens smeekbede hem had geroerd, maar hij gaf geen toestemming voor diens vrijlating.

Sommige analisten hebben zich afgevraagd wat het doel van de werkkampen is. Uitgehongerde, uitgemergelde gevangenen zijn lang niet zo productief als doorvoede, gezonde werkers. De kampen leveren geen bijdrage aan de economie van het land. Helaas hebben ze als hoofddoel controle. Net zoals een functionerende democratie vrije verkiezingen nodig heeft, zo heeft een totalitaire dictatuur concentratiekampen nodig, alleen al om het volk onder de duim te houden door te dreigen met angst.

Associatieve schuld

Als een gevangene wordt veroordeeld moeten vaak drie generaties van zijn familie, inclusief kinderen en ouderen, de straf met hem ondergaan. De familie woont dan in één hut in het kamp. Kinderen die in de kampen worden geboren, dragen de schuld van hun ouders en kunnen erop rekenen dat ze zullen opgroeien, werken en sterven in de kampen. De beroemdste van die kinderen is Shin Dong-hyuk, wiens verbazingwekkende verhaal wordt verteld door Blaine Harden in *Escape from Camp 14* [vertaald als: *Vlucht uit Kamp 14*].

Noord-Koreanen dragen de geregistreerde schuld van hun voorouders ook in het *songbun*-systeem. Door dat kastensysteem, dat alleen in Noord-Korea bestaat, wordt de bevolking in drie klassen verdeeld: betrouwbaren, twijfelgevallen en vijanden, afhankelijk van wat de voorouders van de vader deden vlak voor, tijdens en na de stichting van de staat in 1948. Als er bij je voorouders arbeiders en boeren waren die tijdens de Koreaanse Oorlog aan de goede kant hebben gevochten, zal je familie als 'betrouwbaar' gelden. Maar je familie krijgt het stempel 'vijandig' als je voorouders ook landeigenaren, handelaren, christenen of prostituees omvatten, of mensen die tijdens de koloniale overheersing met de Japanners heulden of tijdens de Koreaanse Oorlog naar het zuiden vluchtten. De vijandige klasse – ongeveer veertig procent van de bevolking – wordt tewerkgesteld op boerderijen, in mijnen en minne baantjes. Alleen de betrouwbare klasse gaat in Pyongyang wonen, heeft de mogelijkheid zich bij de Arbeiderspartij aan te sluiten en de vrijheid om een loopbaan te kiezen.

In de roman is het personage van kolonel Cho losjes gebaseerd op Kim Yong, die als kind was geadopteerd uit een weeshuis door een betrouwbare familie in Pyongyang. Maar toen voor een belangrijke promotie zijn geboorteakte werd gecontroleerd, kwam hij te weten dat hij de zoon was van een geëxecuteerde verrader die tijdens de Koreaanse Oorlog voor de Amerikanen had gespioneerd – een ergere achtergrond is niet denkbaar. De nachtmerrie die toen begon voor Cho, is Kim Yong echt ten deel gevallen. Hij werd gedeporteerd naar het hermetisch afgesloten Kamp 14, waar hij in de mijnen moest werken, en later naar het minder strenge Kamp 18, waar hij bij zijn gezin kwam, nadat zijn voormalige collega's voor hem in beroep waren gegaan. Zijn meeslepende ontsnapping, beschreven in *Long Road Home* (Columbia University Press, 2009), is nog steeds een van de beste memoires van een overloper.

Kamp 22 en experimenten op mensen

Kamp 22, ook bekend als concentratiekamp Hoeryong, is een uitgestrekt, geïsoleerd, hermetisch afgesloten kamp in het noordoosten van het land, met rauwe omstandigheden die de verbeelding tarten. Voor zover ik weet is er geen getuigenis van overlopers uit Kamp 22. De beschrijving in hoofdstuk 14 is het resultaat van satellietbeelden en de getuigenissen van voormalige bewakers.

Kwon Hyuk, voormalig hoofd van de afdeling veiligheid in Kamp 22, liep over naar Zuid-Korea. Net als Ahn Myong Chol, een voormalige bewaker, beschreef hij laboratoria met luchtdicht afgesloten kamers voor experimenten met chemische wapens op menselijke gevangenen, waarbij gas door een buis de kamer in werd gepompt en wetenschappers hen vanachter glas observeerden. Drie à vier gevangenen tegelijk werden vermoord, vaak een heel gezin. Soon Ok Lee beschreef een experiment in concentratiekamp Kaechon waarbij vijftig gezonde vrouwen vergiftigde koolbladeren te eten kregen. Alle vijftig stierven binnen twintig minuten na braken en inwendige bloedingen. In 2013 getuigde ze daarvan tegenover de Commissie voor de Rechten van de Mens van de Verenigde Naties in New York.

De trein van de Geliefde Leider

Kim Jong-il was bang om te vliegen, misschien omdat hij opdracht had gegeven tot de bomaanslag in 1987 op vlucht 858 van Korean Air, waarbij 115 mensen om het leven kwamen; een en ander in een poging potentiële bezoekers aan de Olympische Spelen van 1988 in Seoul af te schrikken. Nadien was er altijd de mogelijkheid van een represaille tegen hem. De meeste van zijn reizen werden uitgevoerd in zijn eigen gepantserde trein, die zeventien coupés had, inclusief luxueuze woonvertrekken en een satellietcommunicatiecentrum. Hij reisde het liefst 's nachts, als scrollende Amerikaanse spysats hem niet konden volgen. In 2001 legde hij zelfs zevenduizend kilometer af van Pyongyang naar St. Petersburg (dat hij hardnekkig 'Leningrad' bleef noemen). Hij deed daar eenentwintig dagen over. De fijnproever Kim reisde met een grote entourage, testte de plaatselijke gastronomie, liet onderweg verse vis en wild naar hem overvliegen, en zelfs wijnen en kazen uit Frankrijk. Onderweg was hij zo goed geluimd dat hij zijn bedienden en Russische gasten trakteerde op patriottische Sovjetliederen. Vandaar dat het misschien passend was dat hij in die trein aan zijn eind kwam, op 17 december 2011, volgens de officiële Noord-Koreaanse staatsmedia door een hartinfarct tijdens een van zijn eindeloze inspectietochten.

Raketten en projectielen

Lezers met adelaarsogen zullen ontdekken dat ik vrij ben omgesprongen met de data van de lancering van raketten met satellieten door Noord-Korea. Tot nog toe hebben er vijf plaatsgehad, respectievelijk in 1998, 2009, 2012 (tweemaal) en 2016. Niet meer dan twee ervan zijn er blijkbaar in geslaagd een satelliet in een baan om de aarde te brengen. Het echte doel van het raketprogramma is evenwel hoogstwaarschijnlijk het testen van de technologie die nodig is voor intercontinentale ballistische langeafstandsraketten die de Verenigde Staten kunnen bereiken. Dergelijke raketten moeten de atmosfeer verlaten en terugkeren zonder dat hun lading verbrandt. Na verschillende lanceringen van testraketten in de zomer van 2017 lijkt het erop dat Noord-Korea deze technologie nu geheel of grotendeels onder de knie heeft.

Verder lezen

Ik had dit verhaal niet kunnen schrijven zonder de geschiedenissen, artikelen en memoires van een aantal auteurs te hebben gelezen. Het onderzoek deed me evenveel genoegen als het schrijven, en veel van de boekwerken waarin ik de details voor dit verhaal heb gevonden, zijn van een verbluffend niveau. Sommige heb ik hierboven al genoemd. Wat hier volgt is een kleine aanvullende selectie. Ik dien hier te zeggen dat alle vrije opvattingen van de waarheid en alle historische onnauwkeurigheden in de roman louter voor mijn rekening komen.

Nothing to Envy van Barbara Demick (Spiegel & Grau, 2009) is een uitstekend leesbaar verslag van de manier waarop gewone mensen erin slaagden de hongersnood van de jaren negentig te overleven, en hoe sommigen van hen de tientallen jaren van ideologische indoctrinatie opzij zetten om marktkoopman te worden.

The Real North Korea (Oxford University Press, 2013) en *North of the* DMZ (McFarland, 2007) van Andrei Lankov, wiens wrange humor zeer werd gewaardeerd, zijn beide uitstekende algemene inleidingen op Noord-Korea, net als *The Impossible State* van Victor Cha (Bodley Head, 2012), een ervaren adviseur voor het buitenlands beleid van president George W. Bush. Ik ben dr. Cha schatplichtig voor de scène waarin de Noord-Koreaanse diplomaten een avondje uit krijgen aangeboden in de 21 Club in Manhattan, en die waarin de Amerikaanse missie aankomt in Pyongyang.

The Hidden People of North Korea van Ralph Hassig en Kongdan Oh (Rowman & Littlefield, 2009) heeft enkele fascinerende beschrijvingen van de keizerlijke levensstijl van Kim Jong-il. Aan het andere eind van de sociale ladder brengt *Under the Same Sky* (Houghton Mifflin Harcourt, 2015) informatie uit de eerste hand over het leven van de kotchebi, de zwervende straatjeugd van Noord-Korea, geschreven door een overloper die ooit een van hen was, Joseph Kim.

Ten slotte biedt zowel *Blowing My Cover* van Lindsay Moran (Putnam, 2004) als *The Art of Intelligence* van Henry A. Crumpton (Penguin Press, 2012) bijzondere inkijkjes in de dagelijkse activiteiten van een operationeel agent van de CIA.

Ik kan deze boeken niet genoeg aanbevelen.

Woordenlijst met Koreaanse woorden die worden gebruikt in dit boek

ajumma
Ajumma, dat soms wordt vertaald als 'tantetje', is een term voor een oudere getrouwde vrouw. In sommige contexten is het een respectvolle aanspreekterm, in andere kan het pejoratief zijn. Het wordt vaak gebruikt om matroneachtige, doordouwerige, hardwerkende no-nonsensevrouwen aan te duiden.

appa
Vader (*informeel*).

banchan
Kleine bijgerechten zoals gebakken vis, geroosterd zeewier en kimchi, geserveerd naast een Koreaanse hoofdmaaltijd.

bingdu
Letterlijk 'ijs'. Noord-Koreaans slang voor methamfetamine (speed).

Bowibu
Het ministerie van Staatsveiligheid (*Gukga Anjeon Bowibu*) is de zeer gevreesde geheime politie van Noord-Korea, die ook verantwoordelijk is voor het toezicht in de concentratiekampen.

bulgogi
Bulgogi, letterlijk 'vuurvlees', is een populair Koreaans gerecht. Dunne, gemarineerde reepjes rundvlees worden geroosterd op een bakplaat, vaak midden op een restauranttafel, en daarna in een blad knapperige sla gerold en zo gegeten.

chima jeogori
Een traditionele Koreaanse jurk bestaande uit een *chima* (kort jasje), gedragen over een *jeogori* (lange rok vanaf de borst). In Noord-Korea wordt de chima jeogori dagelijks gedragen, in Zuid-Korea vooral bij speciale gelegenheden.

Chollima
Een mythologisch gevleugeld paard dat veel voorkomt in de Oost-Aziatische culturen. In Noord-Korea is het de naam die wordt gegeven aan het equivalent van de Grote Sprong Voorwaarts van het regime van Mao, en van de Stachanovietenbeweging in de Sovjet-Unie. Chollima diende vooral de beroepsbevolking te inspireren om ruim de quota te halen.

dobok
Een loszittend kledingstuk dat wordt gedragen om Koreaanse krijgskunsten als taekwondo te beoefenen. '*Do*' betekent 'manier'. '*Bok*' betekent 'kleding'.

galbi
Gegrild vlees, bijvoorbeeld op een tafelgrill gebraden runderribbetjes, bekend Koreaans gerecht.

hanbok
Benaming van de gecombineerde chima jeogori-jurk.

kapsida!
'Laten we gaan!'

kimchi
Koreaans gerecht op basis van gefermenteerde kool.

kisaeng
Een kunstenaar, muzikant of courtisane in dienst van het keizerlijke Koreaanse hof die de taak had vermaak te bieden, een traditionele functie die aan het eind van de 19e eeuw verdween.

kotchebi
Letterlijk 'bloeiende zwaluwen', de Noord-Koreaanse zwerfkinderen die, net als zwaluwen, voortdurend op zoek zijn naar voedsel en onderdak. Het aantal kotchebi's nam sterk toe tijdens de hongersnood in de jaren negentig, toen ze naar de steden trokken nadat hun ouders van de honger waren omgekomen.

kwangmyongsong
'Heldere ster' of 'leid-ster', een naam die soms wordt gegeven aan Kim Jong-il en tevens de naam van het ruimtevaartprogramma van Noord-Korea.

mandu
Een met vlees gevulde noedel, warm geserveerd. *Mandu-guk* is soep van mandu geserveerd in een bouillon van rundvlees of ansjovis.

man-sae
'Lang leve!' wordt geroepen door menigten in Noord-Korea als uiting van de overwinning, of om de regerende Kim een lang leven te wensen. De uitdrukking stamt uit China, waar de keizer een leven van tienduizend jaar werd gewenst.

noraebang
Een Koreaanse versie van karaoke, waarbij geluiddichte privéruimten te huur zijn voor vriendengroepen.

-nim
Oftewel *seonsaeng-nim*, gewoonlijk vertaald als 'leraar'. Een respectvolle, eerbiedige aanspreekvorm voor een persoon met meer kennis en vaardigheden.

omma
Moeder (*informeel*).

ri
Een Koreaanse afstandsmaat van ongeveer 400 meter.

sassayo
'Kom kopen.' *Tteok sassayo*: 'Kom rijstkoeken kopen.'

soju
Een traditionele Koreaanse heldere alcoholische drank op basis van rijst, tarwe, gerst of aardappelen, meestal puur gedronken.

soondae
Slachtafval (koeien- of varkensdarmen) gevuld met kimchi, rijst of pittige sojabonenpasta.

-yang
Bij formele aangelegenheden een eervolle aanspreekvorm voor een vrouw.

yontan
Antracietbriket, overal in Noord-Korea gebruikt om te koken en huizen te verwarmen.

Dankbetuigingen

Ik heb heel veel geluk gehad met de steun en aanmoediging van een agent van wereldklasse, Antony Topping van Greene & Heaton, die voortdurend in de roman heeft geloofd, vanaf het stadium van het elementaire idee tot het voltooide manuscript. Kate Rizzo bij hetzelfde bureau en Daniel Lazar van Writers House in New York zijn ook onvermoeibaar met het boek bezig geweest. Ik ben vol bewondering voor beiden.

Ook had ik geweldige tekstredacteuren, Jade Chandler van Harvill Secker in Londen en Nate Roberson bij Crown Publishing in New York. Hun doordachte lezing van het boek maakte duidelijk dat ik te maken had met enkele van de intelligentste beoefenaars van het vak.

Speciale dank gaat uit naar een bijzondere familie die ik al vele jaren ken: Claudia, die mijn herschreven hoofdstukken leest, soms diverse malen; Giles, die me de beginselen van taekwondo heeft gedemonstreerd; Barret, wiens kennis van dodelijke neurotoxines ik nooit ergens anders zou hebben gevonden, en Nadia, die me bij haar thuis op Menorca uitnodigde, een perfecte omgeving voor mij om te denken en te schrijven.

Mijn ouders hebben me ook vaak een vredig thuis bezorgd als ik weg wilde uit Londen om zonder afleiding te kunnen schrijven, soms weken achtereen. Ze hebben me altijd volledig gesteund in alles wat ik heb gedaan, en daarmee mag ik me buitengewoon gelukkig prijzen.

Er is veel gereisd voor dit boek. Mijn gastheren in Washington, John Coates en Ed Perlman, ben ik erkentelijk voor het plezierige verblijf bij hen, dat langer duurde dan de bedoeling was vanwege orkaan Sandy; en dr. Josiah Osgood van Georgetown University dank ik voor mijn rondleiding over de campus van Georgetown.

De gastvrijheid die ik in Seoul ontmoette, zal ik nooit vergeten: dank aan mevrouw Choi, aan Yoon Seo en aan Yang Jong-hoon, hoogleraar fotografie aan Sangmyung University, die deze ongemanierde westerling veel leerde over de Koreaanse etiquette en cultuur, en me een diepe liefde voor Korea bezorgde.

Enorm veel dank aan Kim Eun-tek, die me in contact bracht met de groep overlopers in Seoul en die er met zijn tact in slaagde talloze interviews te regelen met mensen wier verhalen niet gemakkelijk te vertellen waren. Ik moet ook mijn grote waardering uitspreken voor de eindeloos geduldige Keunhyun, die mijn online vragen op elk moment van de dag of de nacht beantwoordde.

Maar het belangrijkste is nog mijn dank aan Seth Yeung, een van de geweldigste mensen die ik ken. Hij heeft veel voor lief moeten nemen toen ik dit boek aan het schrijven was. Zijn leven heeft het mijne onmetelijk veel gelukkiger gemaakt.

Tot slot een dankwoord aan de mensenrechtenactiviste Hyeonseo Lee, de enige Noord-Koreaanse die ik de eer en het voorrecht heb gehad een vriendin te mogen noemen. Zij heeft haar verhaal met mij gedeeld en samen met haar heb ik de bestseller *Meisje met zeven namen* geschreven, waarin Lee vertelt hoe ze Noord-Korea is ontvlucht. Haar moed, intelligentie en pure wilskracht inspireerden tot veel aspecten van deze roman.